suhrkamp taschenbuch 84

Bertrand Russell, geboren am 18. Mai 1872 in Chepstow/Monmouthshire, starb am 2. Februar 1970 in Penrhyndendraeth/Wales. Russell studierte am Trinity College Mathematik und Sozialwissenschaften. Er lehrte an den Universitäten Harvard, Oxford, London, Peking, Chicago, Los Angeles. 1950 wurde er mit dem Nobelpreis für Literatur ausgezeichnet. Russell ist einer der bekanntesten Mathematiker. Weltruhm erlangte er durch sein Engagement gegen die Atomrüstung und gegen den Vietnamkrieg. Er ist der Initiator des nach ihm benannten Tribunals, das die Amerikaner der Kriegsverbrechen in Vietnam für schuldig befand. Wichtige Werke: *Principia mathematica* (1910–1913), *Einführung in die mathematische Philosophie* (1919), *The Practice and Theory of Bolshevism* (1920), *Analyse des Geistes* (1921), *On Education* (1926). *Das naturwissenschaftliche Zeitalter* (1931), *Philosophie des Abendlandes* (1946), *Gesunder Menschenverstand und Atomkrieg* (1954), u. a.
Dieser Band setzt den ersten Teil der innerhalb der Reihe der suhrkamp taschenbücher (st 22) erschienenen Autobiographie Bertrand Russells (1872–1914) fort. Er dokumentiert eine ungeheuer bewegte Zeit im Leben dieses brillanten und weltoffenen Geistes: die Jahre vom Ausbruch des Ersten Weltkriegs bis kurz vor das Ende des Zweiten. Der Krieg veranlaßte Russell, grundlegende Fragen neu zu überdenken. Dabei verlor er alte Freunde und gewann neue. Er schrieb eine neue Art von Büchern und vertrat seine pazifistische Überzeugung so kompromißlos, daß er 1918 wegen Aufwiegelung zur Kriegsdienstverweigerung inhaftiert wurde. Er besuchte das nachrevolutionäre Rußland und lehrte in China. Er schloß eine zweite und dritte Ehe, gründete eine Schule und ging nach Amerika. Dieses glänzend geschriebene Erinnerungswerk vereinigt bruchlos Russells leidenschaftlichen Radikalismus und seine eminente theoretische Begabung.
Autobiographie III erschien als suhrkamp taschenbuch 192.

Bertrand Russell
Autobiographie II
1914–1944

Suhrkamp

Aus dem Englischen von Julia Kirchner
Titel der Originalausgabe:
The Autobiography of Bertrand Russell. 1914-1944

suhrkamp taschenbuch 84
Zweite Auflage, 13.–15. Tausend 1978

Druck: Nomos Verlagsgesellschaft, Baden-Baden
Printed in Germany
Umschlag nach Entwürfen
von Willy Fleckhaus und Rolf Staudt

Inhalt

Vorwort 7
Der Erste Weltkrieg 9
Rußland 143
China 186
Zweite Ehe 227
Spätere Jahre in Telegraph House 292
Amerika 1938–1944 335

Zeittafel

Mein Dank für die Erlaubnis, einige Briefe in diesen Band aufzunehmen, gilt den folgenden: Les Amis d'Henri Barbusse; Margaret Cole für den Brief von Beatrice Webb; John Conrad, vertreten durch J. M. Dent & Sons für die Briefe Joseph Conrads; Valerie Eliot für die Briefe T. S. Eliots; den Erben Albert Einsteins; den Verwaltern des H. G. Wells Erbes (©1968 George Philip Wells und Frank Wells); Pearn, Pollinger & Higham zusammen mit William Heinemann Ltd. für Auszüge aus Briefen von D. H. Lawrence; dem Public Trustee und der Society of Authors für die Briefe Bernard Shaws; und dem Council des Trinity College, Cambridge. Faksimiles von Urkunden mit königlichem Copyright aus dem Public Record Office erscheinen mit Erlaubnis des Leiters des H. M. Stationery Office. Die obige Liste umfaßt nur diejenigen, die um eine offizielle Danksagung gebeten haben; viele andere waren ebenfalls so freundlich, der Veröffentlichung von Briefen zuzustimmen.

Vorwort

»The Defiled Sanctuary«
von William Blake

I saw a chapel all of gold
  That none did dare to enter in,
And many weeping stood without,
  Weeping, mourning, worshipping.

I saw a serpent rise between
  The white pillars of the door,
And he forced and forced and forced
  Till down the golden hinges tore:

And along the pavements sweet
  Set with pearls and rubies bright,
All his shinning length he drew, –
  Till upon the altar white

Vomited his poison out
  On the bread and on the wine.
So I turned into a sty,
  And laid me down among the swine.

Der Erste Weltkrieg

Die Jahre von 1910 bis 1914 waren eine Zeit des Übergangs. Zwischen meinem Leben vor 1910 und meinem Leben nach 1914 gab es eine so scharfe Trennung wie in dem Leben Fausts vor und nach seiner Begegnung mit Mephisto. Ich machte einen Verjüngungsprozeß durch, der von Ottoline Morrell bewirkt und durch den Krieg weitergeführt wurde. Es mag seltsam erscheinen, daß der Krieg verjüngen kann, aber tatsächlich rüttelte er mich aus meinen Vorurteilen wach und ließ mich eine Reihe von grundlegenden Fragen neu überdenken. Er brachte mir außerdem eine neue Art von Aktivität, bei der ich nicht jene Schalheit empfand, die mich jedesmal überkam, wenn ich zur mathematischen Logik zurückzukehren versuchte. Ich habe mir daher angewöhnt, in mir einen nicht übernatürlichen Faust zu sehen, für den der Weltkrieg Mephisto war.

Während der heißen Tage im späten Juli war ich in Cambridge und diskutierte mit den verschiedensten Leuten die Lage. Ich wollte einfach nicht glauben, daß Europa so wahnsinnig sein werde, sich in einen Krieg zu stürzen, aber ich war überzeugt, daß England, wenn es Krieg gäbe, darein verwickelt sein würde. Ich glaubte fest, England müsse neutral bleiben, und ich sammelte Unterschriften zahlreicher Professoren und Fellows für eine Erklärung, die zu diesem Zweck im *Manchester Guardian* erschien. Am Tage der Kriegserklärung änderten die meisten von ihnen ihre Meinung. Rückblickend erscheint es unglaublich, daß man nicht deutlicher erkannte, was kommen sollte. Wie im ersten Band dieser Autobiographie erwähnt, traf ich am Sonntag, den 2. August, Keynes, der über den Großen Hof des Trinity College eilte, um sich das Motorrad seines Schwagers auszuleihen, da er nach London mußte.[1] Ich fand bald heraus, daß

1 Sein Schwager war A. V. Hill, ein Experte in wissenschaftlicher Medizin. Er wohnte an dem mir benachbarten Treppenaufgang.

die Regierung ihn als finanziellen Berater zu sich gebeten hatte. Daran merkte ich, wie unmittelbar unsere Teilnahme am Krieg bevorstand. Am Montagmorgen beschloß ich, nach London zu fahren. Ich hatte mit den Morrells am Bedford Square Lunch und fand, daß Ottoline völlig meiner Meinung war. Sie stimmte Philips Entschluß zu, eine pazifistische Rede im Unterhaus zu halten. Ich ging zum Unterhaus in der Hoffnung, Sir Edward Greys berühmte Erklärung zu hören, aber die Menge war zu groß, und ich konnte nicht hineinkommen. Ich erfuhr jedoch, daß Philip seine Rede pünktlich gehalten hatte. Den Abend verbrachte ich damit, durch die Straßen zu wandern, vor allem in der Nähe des Trafalgar Square, wo ich eine beifallrufende Volksmenge sah und die Emotionen der Vorübergehenden beobachtete. An diesem und den folgenden Tagen entdeckte ich zu meiner Verwunderung, daß den Durchschnittsbürger die Aussicht auf Krieg freute. Ich hatte mir törichterweise eingebildet, was die meisten Pazifisten behaupteten, daß Kriege von despotischen und machiavellistischen Regierungen einer widerstrebenden Bevölkerung aufgezwungen werden. Ich hatte in den vorangegangenen Jahren bemerkt, wie sorgfältig Sir Edward Grey log, um die Öffentlichkeit nichts von den Methoden erfahren zu lassen, mit denen er uns zu einer Unterstützung Frankreichs im Kriegsfall verpflichtete. Naiverweise bildete ich mir ein, die Öffentlichkeit werde ärgerlich sein, wenn sie von seinen Lügen erführe; sie war ihm im Gegenteil sogar dankbar dafür, daß er ihr die moralische Verantwortung abgenommen hatte.

Am Morgen des 4. August ging ich mit Ottoline in den leeren Straßen hinter dem British Museum auf und ab, dort, wo jetzt Universitätsgebäude stehen. Wir erörterten die Zukunft mit düsteren Worten. Sprachen wir mit anderen von den Schrekken, die wir voraussahen, hielt man uns für verrückt; doch es stellte sich heraus, daß wir, verglichen mit der Wirklichkeit, hemmungslose Optimisten gewesen waren. Ich besuchte am Abend des 4. die letzte Versammlung eines Neutralitäts-Ausschusses, dessen Leiter Graham Wallas war, nachdem ich auf dem ganzen Weg den ›Strand‹ hinunter mit George Trevelyan gestritten hatte. Während der Versammlung ertönte ein lauter Donnerschlag, den die älteren Mitglieder alle für eine deutsche Bombe hielten. Dies zerstreute die letzten noch vorhandenen Gefühle zugunsten der Neutralität. Die ersten Kriegstage waren für mich sehr verblüffend. Meine besten Freunde, wie die Whiteheads, zeigten eine wilde Kriegsbegeisterung. Männer, wie J. L. Hammond, die seit Jahren gegen eine Teilnahme an europäischen Kriegen geschrieben hatten, waren wegen Belgien außer sich. Da ich seit langem von einem Militärfreund im Staff College wußte, daß Belgien unvermeidlich in den Krieg verwickelt werden würde, hatte ich bedeutenden Publizisten nicht die Gedankenlosigkeit zugetraut, nichts von dieser wichtigen Tatsache zu wissen. Die Zeitung *Nation* gab regelmäßig jeden Dienstag ein Essen für ihre Mitarbeiter, und am 4. August ging ich dorthin. Im Herausgeber Massingham fand ich einen heftigen Gegner unserer Kriegsbeteiligung. Begeistert begrüßte er mein Angebot, in diesem Sinn in seiner Zeitung zu schreiben. Am nächsten Tag bekam ich einen Brief von ihm, der mit den Worten begann: »Heute ist nicht gestern . . .« und darlegte, daß er seine Meinung völlig geändert habe. Trotzdem druckte er in seiner nächsten Ausgabe einen langen Brief von mir ab, in dem ich gegen den Krieg protestierte.[1] Was seine Meinung änderte, weiß ich nicht. Ich weiß, daß eine der Töchter Asquiths ihn am Spätnachmittag des 4. August die Stufen der Deutschen Botschaft herunterkommen sah, und ich habe den Verdacht, daß man ihn daraufhin vor der Unklugheit gewarnt hatte, in einer solchen Krise nicht genug Patriotismus zu zeigen. Im ersten Kriegsjahr blieb er auch patriotisch, aber mit der Zeit vergaß er allmählich, daß er es je gewesen war. Bei den Morrells am Bedford Square begannen sich einige pazifistische Parlamentsmitglieder mit zwei oder drei Gleichgesinnten zu treffen. Ich ging gewöhnlich zu diesen Treffen, aus denen die ›Union of Democratic Control‹ entstand. Es war interessant für mich zu beobach-

1 Der vollständige Text ist auf Seite 50 wiedergegeben.

ten, daß viele dieser pazifistischen Politiker mehr an der Frage interessiert waren, wer von ihnen die Antikriegsbewegung leiten sollte als an einer wirklichen Aktion gegen den Krieg. Doch es gab sonst niemand, mit dem man zusammenarbeiten konnte, und ich bemühte mich, eine gute Meinung von ihnen zu haben.

Währenddessen lebte ich in der größten emotionalen Spannung. Obwohl ich nichts der ganzen Kriegskatastrophe Vergleichbares voraussah, sah ich doch wesentlich mehr voraus als die meisten. Diese Aussicht erfüllte mich mit Schrecken, noch mehr aber entsetzte mich die Tatsache, daß die Erwartung des Blutbades etwa neunzig Prozent der Bevölkerung begeisterte. Ich mußte meine Ansichten über die menschliche Natur revidieren. Damals hatte ich keine Ahnung von Psychoanalyse, aber ich gelangte von selbst zu einer Sicht der menschlichen Leidenschaften, die jener der Psychoanalytiker ähnlich war, und zwar beim Versuch, die Gefühle der Allgemeinheit in bezug auf den Krieg zu verstehen. Bis dahin hatte ich geglaubt, es sei durchaus normal für Eltern, ihre Kinder zu lieben; der Krieg überzeugte mich davon, daß dies eine seltene Ausnahme ist. Ich hatte geglaubt, daß die meisten Leute Geld mehr als fast alles andere lieben, aber ich entdeckte, daß ihnen Zerstörung noch lieber ist. Ich hatte angenommen, daß Intellektuelle meistens die Wahrheit lieben, doch ich fand wiederum, daß kaum zehn Prozent von ihnen die Wahrheit der Popularität vorziehen. Gilbert Murray, seit 1921 eng mit mir befreundet, war Buren-Anhänger gewesen, als ich es nicht war. Natürlich erwartete ich, daß er wieder auf seiten des Friedens sein werde; doch er wich von seiner Linie ab, um von der Bosheit der Deutschen und von den übermenschlichen Tugenden Sir Edward Greys zu schreiben. Verzweifelte Zärtlichkeit für alle die jungen Männer, die abgeschlachtet werden sollten, und Wut gegen alle Staatsmänner Europas überkam mich. Mehrere Wochen lang fühlte ich, daß es mir bei einem zufälligen Zusammentreffen mit Asquith oder Grey schwerfallen würde, sie nicht umzubringen. Allmählich jedoch verschwanden diese persönlichen

Gefühle. Sie wurden von der Größe der Tragödie und der Erkenntnis, daß es Mächte im Volk gibt, die von den Staatsmännern bloß aktiviert werden, aufgesogen.
Trotz alledem quälte auch mich der Patriotismus. Die Erfolge der Deutschen vor der Marneschlacht waren mir schrecklich. Ich wünschte mir die Niederlage Deutschlands ebenso glühend wie nur irgendein pensionierter Oberst. Die Liebe zu England ist fast das stärkste Gefühl in mir, und indem ich versuchte, es in einem solchen Augenblick beiseitezuschieben, leistete ich einen äußerst schweren Verzicht. Dennoch zweifelte ich keinen Augenblick an dem, was ich tun mußte. Ich bin zeitweise durch Skeptizismus gelähmt gewesen, manchmal war ich zynisch und dann wieder gleichgültig, aber bei Kriegsausbruch war mir, als höre ich die Stimme Gottes. Ich wußte, daß es meine Aufgabe sei zu protestieren, wie aussichtslos dieser Protest auch sein würde. Mein ganzes Dasein hatte daran teil. Als Verfechter der Wahrheit ekelte mich die nationale Propaganda aller kriegführenden Nationen an. Als Verehrer der Kultur erschreckte mich die Rückkehr zur Barbarei. Als Mann mit verhinderten väterlichen Gefühlen griff mir das Massaker der Jugend ans Herz. Ich glaubte nicht, daß es allzuviel nützen würde, sich dem Krieg zu widersetzen, aber ich glaubte, daß diejenigen, die nicht das Gleichgewicht verloren hatten, der Ehre der menschlichen Natur zuliebe zeigen mußten, wie fest sie standen. Nachdem ich Truppenzüge von Waterloo Station hatte abfahren sehen, hatte ich merkwürdige Visionen von London als einem irrealen Ort. In meiner Einbildung stürzten die Brücken ein und versanken, und die ganze große Stadt löste sich auf wie Morgennebel. Ihre Bewohner kamen mir vor wie Gespenster, und ich fragte mich oft, ob nicht die Welt, in der ich zu leben geglaubt hatte, nur das Ergebnis meiner eigenen fiebrigen Alpträume sei.[1] Solche Stimmungen dauerten jedoch nicht lange und kamen durch die Notwendigkeit zu arbeiten zu einem Ende.

1 Ich sprach von diesen Eindrücken mit T. S. Eliot, der sie in *The Waste Land* aufnahm.

Während der ersten Phase des Krieges war mir Ottoline eine sehr große Hilfe und Stütze. Ohne sie wäre ich am Anfang völlig einsam gewesen, doch sie wankte weder in ihrem Haß für den Krieg, noch in ihrer Weigerung, die Mythen und Falschheiten anzunehmen, von denen die Welt überschwemmt war.

Einen gewissen Trost fand ich auch in den Unterhaltungen mit Santayana, der zu jener Zeit in Cambridge lehrte. Er war neutral, und er hatte jedenfalls nicht genug Respekt vor dem Menschengeschlecht, um sich darüber Sorgen zu machen, ob es sich zugrunde richtete oder nicht. Seine ruhige, philosophische Abgeklärtheit wirkte beruhigend auf mich, obwohl ich nicht den Wunsch hatte, ihn nachzuahmen. Kurz vor der Marneschlacht, als es so aussah, als ob die Deutschen bald Paris einnehmen würden, bemerkte er mit verträumt klingender Stimme: »Ich glaube, ich muß nach Paris. Meine Winterunterwäsche ist dort, und ich will nicht, daß die Deutschen sie kriegen. Es gibt auch noch einen anderen, wenn auch weniger wichtigen Grund; ich habe dort das Manuskript eines Buches, an dem ich die letzten zehn Jahre gearbeitet habe, aber das macht mir nicht so viel Sorge wie die Unterwäsche.« Er fuhr jedoch nicht nach Paris, denn die Marneschlacht ersparte ihm diese Mühe. Statt dessen sagte er eines Tages zu mir: »Morgen fahre ich nach Sevilla, ich möchte gerne an einem Ort sein, wo die Leute ihre Leidenschaften nicht zurückhalten.«

Mit Beginn des Oktobersemesters mußte ich wieder mit meinen Vorlesungen über mathematische Logik anfangen, was mir jedoch eine etwas nichtige Beschäftigung erschien. So unternahm ich es, unter den Dons[1] eine Sektion der ›Union of Democratic Control‹ zu organisieren, mit der in Trinity vorerst recht viele sympathisierten. Ich sprach bei Zusammenkünften vor Undergraduates[2], die mir gerne zuhörten.

1 Don = an angelsächsischen Universitäten ein Collegeleiter, Fellow oder Tutor, seltener ein Professor. (A. d. Ü.)

2 Undergraduate = Student an Universitäten oder Colleges, der noch nicht sein Bachelor-Examen hat. (A. d. Ü.)

Ich erinnere mich, bei einer Rede gesagt zu haben: »Es ist völlig unsinnig zu behaupten, die Deutschen seien bösartig«, und zu meiner Überraschung klatschten alle im Raum Beifall. Aber mit dem Sinken der *Lusitania* begann sich eine kriegerische Haltung breitzumachen. Man schien anzunehmen, ich sei irgendwie verantwortlich für die Katastrophe. Von den zur ›Union of Democratic Control‹ gehörigen Dons waren mittlerweile viele Offiziere geworden. Barnes (später Bischof von Birmingham) ging fort und wurde Master of the Temple.[3] Die älteren Dons gebärdeten sich immer hysterischer, und man begann mich am hohen Tisch zu meiden.

Jede Weihnachten während des Ersten Weltkrieges hatte ich einen Anfall tiefster Verzweiflung, solch völliger Verzweiflung, daß ich nichts anderes tun konnte, als untätig in meinem Stuhl zu sitzen und mich zu fragen, ob die Menschheit zu irgend etwas gut sei. In der Weihnachtszeit des Jahres 1914 fand ich auf Ottolines Rat hin einen Weg, meine Verzweiflung erträglicher zu machen. Ich begann im Auftrag des Wohlfahrtsausschusses notleidende Deutsche zu besuchen, um mich nach ihren Verhältnissen zu erkundigen und ihre Not zu lindern, falls sie es verdienten. Im Laufe dieser Arbeit begegnete ich inmitten der Kriegsfurie erstaunlichen Beispielen von Freundlichkeit. Nicht selten hatten Wirtinnen in armen Wohnvierteln, die selbst auch arm waren, Deutschen erlaubt, ohne Miete bei ihnen zu wohnen, denn sie wußten, daß es für Deutsche unmöglich war, Arbeit zu finden. Dieses Problem gab es bald nicht mehr, da alle Deutschen interniert wurden; aber während der ersten Kriegsmonate war ihre Lage bedauernswert.

Eines Tages im Oktober 1914 traf ich T. S. Eliot in der New Oxford Street. Ich wußte nicht, daß er in Europa war, aber erfuhr bald, er sei aus Berlin nach England gekommen. Natürlich fragte ich ihn, was er vom Krieg halte. »Ich weiß nicht«, antwortete er, »ich weiß nur, daß ich kein Pazifist bin.« Das heißt, jede Entschuldigung für Totschlag schien ihm recht. Ich schloß enge Freundschaft mit ihm und später

3 Master of the Temple = Rektor der Rechtskollegien in London. (A. d. Ü.)

auch mit seiner Frau, die er Anfang 1915 heiratete. Da sie schrecklich arm waren, gab ich ihnen eines der beiden Schlafzimmer meiner Wohnung, was zur Folge hatte, daß ich sie oft sah.[1] Ich liebte beide und bemühte mich, ihnen bei ihren Sorgen zu helfen, bis ich entdeckte, daß sie diese Sorgen genossen. Ich besaß einige Pfandbriefe mit einem Nominalwert von £ 3000 von einer Maschinenfabrik, die während des Krieges natürlich Munition herzustellen begann. Mein Gewissen war belastet, da ich nicht wußte, was ich mit diesen Pfandbriefen tun sollte, und schließlich gab ich sie Eliot. Jahre später, als der Krieg zu Ende und er nicht mehr arm war, gab er sie mir zurück.

Während des Sommers 1915 schrieb ich die *Principles of Social Reconstruction* oder *Why Men Fight,* wie man das Buch ohne meine Zustimmung in Amerika nannte. Ich hatte nicht beabsichtigt, ein solches Buch zu schreiben, und es ähnelte durchaus nichts, was ich früher geschrieben hatte, aber es war spontan. In Wahrheit bemerkte ich erst, worum es ging, als ich damit fertig war. Es hat ein System und eine These, aber ich entdeckte beides erst, als ich außer den Anfangs- und Schlußworten schon alles geschrieben hatte. Ich schlug eine Philosophie der Politik vor, die von dem Glauben ausgeht, daß der Impuls bei der Gestaltung des menschlichen Lebens wirksamer ist als bewußte Absicht. Ich teilte die Impulse in zwei Gruppen, in die possessiven und die kreativen, wobei ich dem Leben den Vorrang gab, das sich vor allem auf die schöpferischen Impulse gründet. Ich nannte als Beispiele für Verkörperungen possessiver Impulse den Staat, Krieg und Armut; für Verkörperungen kreativer Impulse Erziehung, Ehe und Religion. Die Freisetzung der schöpferischen Kraft sollte meiner Überzeugung nach das Prinzip der Reform sein. Zuerst hielt ich Vorlesungen aus dem Buch, und dann veröffentlichte ich es. Zu meiner Überraschung hatte es sofort Erfolg. Ich hatte es nicht in der Erwartung geschrieben, daß man es lesen werde, nur als

1 Die manchmal angestellte Vermutung, daß wir uns gegenseitig beeinflußten, ist unbegründet.

Glaubensbekenntnis. Aber es brachte mir eine Menge Geld ein und legte den Grundstock für alle meine späteren Einnahmen.

Diese Vorlesungen standen in einem gewissen Zusammenhang mit meiner kurzen Freundschaft zu D. H. Lawrence. Wir glaubten beide, daß es Wichtiges über die Reform menschlicher Beziehungen zu sagen gäbe und merkten nicht gleich, daß wir, was die Art der nötigen Reformen betraf, diametral entgegengesetzte Ansichten hatten. Meine Bekanntschaft mit Lawrence war kurz und hektisch und dauerte insgesamt ein Jahr. Wir wurden von Ottoline zusammengeführt, die uns beide bewunderte und uns glauben machte, daß auch wir einander bewundern müßten. Der Pazifismus hatte mich in eine Stimmung bitterer Auflehnung gebracht, und ich fand auch in Lawrence eine ähnliche Rebellion. Daher dachten wir anfänglich, es gäbe eine ziemlich große Übereinstimmung zwischen uns, und nur allmählich entdeckten wir, daß wir uns mehr voneinander unterschieden, als sich jeder von uns vom Kaiser unterschied.

Lawrence hatte damals zwei Haltungen gegenüber dem Krieg: einerseits konnte er kein überzeugter Patriot sein, da er eine deutsche Frau hatte; andererseits aber war er so voll Haß auf die Menschheit, daß er gerne glaubte, beide Seiten müßten im Recht sein, da sie einander haßten. Als ich dies erkannte, wurde mir klar, daß ich mit keiner der beiden Haltungen sympathisieren konnte. Wir merkten unsere Verschiedenheit jedoch beide nur allmählich, und zu Anfang war alles in bester Ordnung. Ich lud ihn ein, mich in Cambridge zu besuchen, und stellte ihn Keynes und einigen anderen Leuten vor. Er haßte sie alle mit einem leidenschaftlichen Haß und sagte, sie seien »tot, tot, tot«. Eine Weile glaubte ich, er habe recht. Ich mochte sein Feuer, ich mochte die Energie und Leidenschaftlichkeit seiner Gefühle. Ich mochte seine Überzeugung, daß man etwas sehr Grundlegendes brauche, um die Welt in Ordnung zu bringen. Ich stimmte mit ihm darin überein, daß die Politik nicht von der Psychologie des Einzelnen getrennt werden könne. Ich spürte, daß er ein Mann von einer bestimmten imaginativen Schöpferkraft war, und bei meinen ersten Meinungsverschiedenheiten mit ihm dachte ich, daß vielleicht seine Einsicht in die menschliche Natur tiefer als die meine sei. Nur allmählich kam ich dazu, in ihm eine eindeutige Kraft des Bösen zu sehen, und ich erkannte, daß auch er dieselben Gefühle mir gegenüber zu haben begann.

Zu dieser Zeit bereitete ich die Vorlesung vor, die später als *Principles of Social Reconstruction* veröffentlicht wurden. Er wollte ebenfalls Vorlesungen halten, und eine Zeitlang schien eine Art loser Zusammenarbeit zwischen uns möglich. Wir tauschten eine Reihe von Briefen aus, von denen die meinen verlorengegangen sind und die seinen veröffentlicht wurden. In seinen Briefen kann man die allmähliche Erkenntnis unserer grundlegenden Meinungsverschiedenheit verfolgen. Ich glaubte fest an Demokratie, während er bereits die ganze Philosophie des Faschismus entwickelt hatte, ehe noch die Politiker daran dachten. »Ich glaube nicht an demokratische Kontrolle«, schrieb er. »Ich bin der Meinung, daß der Arbeiter nur die Leiter und Aufseher für seine unmittelbaren Belange zu wählen vermag, mehr aber nicht. Man muß das Wahlverfahren völlig reformieren. Der Arbeiter sollte Vorgesetzte für die Angelegenheiten wählen, die ihn unmittelbar betreffen, aber weiter nichts. Die höheren Regierenden sollten von den anderen Klassen gewählt werden. Das Ding muß in einem richtigen Kopf enden, wie jedes organische Gebilde – keine alberne Republik mit albernen Präsidenten, sondern ein gewählter König, etwas wie Julius Caesar.« In seiner Phantasie nahm er natürlich an, daß er selbst Julius Caesar sein werde, wenn man eine Diktatur errichte. Das gehörte zu der traumhaften Art seines ganzen Denkens. Er vermied jeglichen Zusammenstoß mit der Realität. Er erging sich in langen Tiraden, wie man der Menge »die Wahrheit« verkünden müsse, und schien nicht daran zu zweifeln, daß die Menge zuhören werde. Ich fragte ihn, welche Methode er anwenden werde. Würde er ein Buch über seine politische Philosophie schreiben? Nein: in unserer korrupten Gesell-

schaft ist das geschriebene Wort immer eine Lüge. Würde er in den Hyde-Park gehen und »die Wahrheit« von einer Seifenkiste herunter verkünden? Nein: das wäre bei weitem zu gefährlich (von Zeit zu Zeit überkam ihn eine merkwürdige Vorsicht). Nun, sagte ich, was würden Sie tun? An diesem Punkte pflegte er das Thema zu wechseln.
Allmählich bemerkte ich, daß er die Welt nicht wirklich verbessern wollte, sondern sich nur in beredten Monologen darüber erging, wie schlecht sie sei. Wenn jemand diese Monologe belauschte, um so besser, aber sie waren hauptsächlich dazu bestimmt, eine kleine, gläubige Schülerschar zu schaffen, die in den Wüsten Neu-Mexicos sitzen und sich heilig vorkommen würde. All das wurde mir in der Sprache eines faschistischen Diktators vorgetragen, als das, was ich predigen *müsse,* wobei das »müsse« dreizehnmal unterstrichen war.
Nach und nach wurden seine Briefe feindselig. Er schrieb: »Wozu dient im übrigen ein Leben, wie Sie es führen? Ich glaube nicht, daß Ihre Vorlesungen *wirklich* gut sind. Sie sind so ziemlich passé, nicht wahr? Wozu noch auf dem verfluchten Schiff herumhängen und die Pilgerkaufleute in ihrer eigenen Sprache beschwatzen? Warum fallen Sie nicht über Bord? Warum verschwinden Sie nicht aus der ganzen Schau? Man muß in diesen Tagen ein Geächteter sein, nicht ein Lehrer oder Prediger.« Dies schien mir reine Rhetorik. Ich wurde mehr zu einem Geächteten, als er es je gewesen war, und konnte seinen Vorwurf gegen mich nicht recht einsehen. Er formulierte diesen Vorwurf auf verschiedene Weise und zu verschiedenen Zeiten. Bei einer anderen Gelegenheit schrieb er: »Hören Sie doch auf zu arbeiten und zu schreiben und werden Sie eine Kreatur anstelle eines mechanischen Instruments. Verschwinden Sie vom ganzen Gesellschaftsschiff. Werden Sie, Ihrem eigenen Stolz zuliebe, ein Nichts, ein Maulwurf, eine Kreatur, die ihren Instinkten folgt und nicht denkt. Seien Sie um Himmels willen ein Baby und nicht länger ein Weiser. *Tun* Sie nichts mehr – aber um Himmels willen versuchen Sie zu *sein* – Fangen Sie am aller-

ersten Anfang an und seien Sie ein wirkliches Baby: im Namen Ihres Mutes.«

»Ja, und ich wollte Sie bitten, wenn Sie Ihr Testament machen, hinterlassen Sie mir genug, um davon zu leben. Ich will, daß Sie immer leben. Aber ich will, daß Sie mich teilweise zu Ihrem Erben einsetzen.«

Die einzige Schwierigkeit bei diesem Plan war, daß ich – wäre ich einverstanden gewesen – nichts zu hinterlassen gehabt hätte. Er vertrat eine mystische Philosophie des »Blutes«, die mir mißfiel. »Es gibt«, sagte er, »einen anderen Ort des Bewußtseins als Gehirn und Nerven. Es gibt ein Blutbewußtsein, das unabhängig von dem gewöhnlichen geistigen Bewußtsein in uns existiert. Man lebt und denkt und hat sein eigenes Sein im Blut, ohne Bezug auf Nerven und Gehirn. Das ist die eine, der Dunkelheit gehörende Hälfte des Lebens. Wenn ich einer Frau beiwohne, dann ist die Blutwahrnehmung außerordentlich groß. Meine Bluterkenntnis ist überwältigend. Wir sollten uns bewußt sein, daß wir ein Blutsein haben, ein Blutbewußtsein, eine Blutseele, die in sich vollkommen sind, getrennt von allem geistigen und nervlichen Bewußtsein!« Das schien mir barer Unsinn, und ich lehnte diese Gedanken entschieden ab, obwohl ich damals nicht wußte, daß sie direkt nach Auschwitz führten.

Es machte ihn rasend, wenn man annahm, jemand könne vielleicht freundliche Gefühle für einen anderen hegen, und wenn ich den Krieg wegen der durch ihn verursachten Leiden ablehnte, so beschuldigte er mich der Heuchelei. »Es ist keineswegs wahr, daß Sie, Ihr innerstes Selbst, wirklich Frieden wollen. Sie befriedigen auf indirekte, verlogene Weise Ihre Lust zu stechen und zu schlagen. Tun Sie das doch auf direkte und ehrenwerte Weise und sagen Sie ›Ich hasse euch alle, ihr Lügner und Schweine, und ich bin darauf aus, euch eins auszuwischen‹, oder bleiben Sie bei der Mathematik, wo Sie ehrlich sein können – aber als Friedensengel kommen – nein, da ziehe ich Tirpitz tausendmal in dieser Rolle vor.«

Es fällt mir jetzt schwer, die verheerende Wirkung zu verstehen, die dieser Brief auf mich hatte. Ich war geneigt zu glau-

ben, daß er Einblicke hatte, die mir verschlossen waren, und wenn er sagte, daß sich mein Pazifismus auf Blutgier gründe, so nahm ich an, er habe recht. Vierundzwanzig Stunden lang dachte ich, ich sei nicht geeignet zu leben, und erwog Selbstmord. Aber danach folgte eine gesündere Reaktion, und ich beschloß, Schluß mit einer solchen Morbidität zu machen. Als er verlangte ich *müsse* seine Doktrin predigen und nicht meine, lehnte ich mich auf und sagte ihm, er solle nicht vergessen, daß er nicht länger ein Schulmeister und ich nicht sein Schüler sei. Er hatte geschrieben, »Sie sind der Feind der gesamten Menschheit, voll von feindseligen Begierden. *Nicht* Haß gegen Falschheit inspiriert Sie, sondern Haß auf Leute aus Fleisch und Blut – eine pervertierte geistige Blutgier. Warum geben Sie es nicht zu? Lassen Sie uns wieder Fremde werden. Ich denke, es ist besser.« Ich dachte dies auch. Aber es machte ihm Vergnügen, mich anzuprangern, und er schrieb mir noch einige Monate lang Briefe, die genügend Freundliches enthielten, um die Korrespondenz aufrechtzuerhalten. Schließlich verklang sie ohne irgendeinen dramatischen Schlußpunkt.
Lawrence war, obwohl die meisten Leute dies nicht begriffen, das Sprachrohr seiner Frau. Er hatte die Beredtsamkeit, sie jedoch die Ideen. Sie verbrachte gewöhnlich jeden Sommer eine Zeitlang mit einer Gruppe österreichischer Freudianer, und zwar, als die Psychoanalyse in England wenig bekannt war. Irgendwie machte sie sich vorzeitig jene Ideen zu eigen, die später von Mussolini und Hitler entwickelt wurden, und diese Ideen gab sie Lawrence, sagen wir, durch Blutbewußtsein weiter. Lawrence war im Grunde ein schüchterner Mann, der seine Schüchternheit durch Prahlerei zu verbergen suchte. Seine Frau war nicht schüchtern, und ihre Aussagen haben eher einen niederschmetternden Charakter. Unter ihren Flügeln fühlte er sich verhältnismäßig sicher. Wie Marx empfand er einen snobistischen Stolz, eine deutsche Aristokratin geheiratet zu haben, und in *Lady Chatterley* putzte er sie wunderbar heraus. Seine Gedanken waren zahllose Selbsttäuschungen unter der Maske eines strengen Realis-

mus. Seine deskriptiven Fähigkeiten waren bemerkenswert, doch seine Ideen können nicht so bald vergessen werden.
Was mich zuerst bei Lawrence anzog, war eine bestimmte Dynamik und eine Art herausfordernder Anmaßung, die man für selbstverständlich zu halten geneigt ist. Ich war bereits daran gewöhnt, daß man mir eine ungebührliche Abhängigkeit von der Vernunft vorwarf, und vielleicht dachte ich, er könne mir eine belebende Dosis Unvernunft eingeben. Tatsächlich erhielt ich gewisse Anregungen durch ihn, und ich glaube, daß das Buch, das ich trotz seiner heftigen Vorwürfe schrieb, besser war, als es gewesen wäre, wenn ich ihn nicht gekannt hätte.
Das bedeutet jedoch nicht, daß irgend etwas Gutes in seinen Ideen war. Rückblickend glaube ich nicht, daß ihnen irgendein Verdienst zukommt. Es waren die Ideen eines überempfindlichen Scheindespoten, der der Welt grollte, weil sie nicht sofort gehorchen wollte. Wenn er wahrnahm, daß es auch andere Leute gab, so haßte er sie. Die meiste Zeit lebte er in der einsamen Welt seiner Vorstellungen, die von Phantomen – so wild, wie er sie sich wünschte – bevölkert war. Seine übertriebene Betonung des Sexuellen beruhte darauf, daß er dabei zugeben mußte, nicht das einzige menschliche Wesen im Universum zu sein. Doch das war so schmerzlich für ihn, daß er Geschlechtsbeziehungen als einen ewigen Kampf ansah, bei dem jeder den anderen zu zerstören versucht.
Die Welt zeigte in der Zwischenkriegszeit einen Hang zum Wahnsinn. Der Nazismus war der emphatischste Ausdruck dieser Anziehung. Lawrence war ein geeigneter Exponent des Wahnsinnskults. Ich bin nicht sicher, ob die kalte, unmenschliche geistige Gesundheit von Stalins Kreml eine Verbesserung bedeutete.[1]
Mit dem Jahr 1916 wurde der Krieg grausamer und die Lage der Pazifisten zuhause immer schwieriger. Mein Verhältnis zu Asquith war nie unfreundlich. Er hatte Ottoline, bevor sie heiratete, bewundert, und ich traf ihn zuweilen in Garsington, wo sie lebte. Einmal, als ich splitternackt in einem Teich

1 Siehe auch meine Briefe an Ottoline über Lawrence auf Seite 70 f.

gebadet hatte, fand ich ihn beim Heraussteigen auf einer Bank sitzen. Es fehlte bei dieser Gelegenheit ein wenig an jener Würde, die das Zusammentreffen eines Ministerpräsidenten mit einem Pazifisten hätte kennzeichnen müssen. Doch ich hatte jedenfalls das Gefühl, daß er mich wohl nicht einsperren würde. Zur Zeit des Osteraufstands in Dublin wurden siebenunddreißig Kriegsdienstverweigerer zum Tode verurteilt, und mehrere von uns gingen als Abgeordnete zu Asquith, um eine Herabsetzung des Strafausmaßes zu erreichen. Obwohl er gerade nach Dublin reisen wollte, hörte er uns höflich zu und unternahm die nötigen Schritte. Es war allgemein angenommen worden, selbst von der Regierung, daß Kriegsdienstverweigerer von Gesetzes wegen nicht der Todesstrafe unterlägen, aber dies stellte sich als Irrtum heraus, und ohne Asquith wären einige erschossen worden.

Lloyd George war jedoch ein schwieriger Fall. Ich ging einmal mit Clifford Allen (Vorsitzender der ›No Conscription Fellowship‹[1]) und Miss Catherine Marshall zu ihm, um ihn über die Kriegsdienstverweigerer zu interviewen, die im Gefängnis waren. Die einzige Zeit, die er für uns frei hatte, war zum Lunch in Walton Heath. Es mißfiel mir, seine Gastfreundschaft annehmen zu müssen, aber dies schien unvermeidbar. Sein Benehmen uns gegenüber war freundlich und ungezwungen, doch er gab keinerlei Gewißheit. Zum Schluß, als wir aufbrachen, hielt ich ihm eine Anklagerede in fast biblischem Ton, wobei ich ihm sagte, sein Name werde mit Schande bedeckt in die Geschichte eingehen. Danach hatte ich nicht das Vergnügen, ihm nochmals zu begegnen.

Als die Zeit der Einberufung kam, verwandte ich praktisch meine gesamte Zeit und Energie auf die Angelegenheiten der Kriegsdienstverweigerer. Die ›No Conscription Fellowship‹ bestand nur aus Männern im Militäralter, aber sie nahm auch Frauen und ältere Männer als außerordentliche Mitglieder auf. Nachdem der ganze ursprüngliche Vorstand im Gefängnis war, wurde ein Ersatzvorstand gebildet, zu dessen stell-

1 No Conscription Fellowship = Vereinigung der Kriegsdienstverweigerer. (A. d. Ü.)

vertretendem Vorsitzenden man mich ernannte. Es gab eine Menge Arbeit, teilweise mußte man sich um die Interessen einzelner kümmern, teilweise die militärischen Behörden überwachen, damit keine Kriegsdienstverweigerer nach Frankreich geschickt würden, denn nur, nachdem sie nach Frankreich geschickt worden waren, konnte die Todesstrafe über sie verhängt werden. Dann mußten überall im ganzen Land Reden gehalten werden. Ich verbrachte drei Wochen in den Bergbaugebieten von Wales und sprach manchmal in Sälen, manchmal im Freien. Die Veranstaltungen wurden kein einziges Mal unterbrochen, und immer war der größte Teil der Zuhörerschaft wohlwollend, solange ich mich auf die Industriegebiete beschränkte. In London war die Lage jedoch anders.

Clifford Allen[1], der Vorsitzende der ›No Conscription Fellowship‹, war ein junger Mann von großem Geschick und Scharfsinn. Er war Sozialist und kein Christ. Es gab immer gewisse Schwierigkeiten, freundliche Beziehungen zwischen christlichen und sozialistischen Pazifisten herzustellen, und er bewies in dieser Hinsicht eine bewundernswerte Unparteilichkeit. Im Sommer 1916 wurde er jedoch vor ein Kriegsgericht gestellt und kam ins Gefängnis. Danach sah ich ihn den ganzen Krieg hindurch nur gelegentlich an den Tagen zwischen den Urteilsverkündungen. Anfang 1918 wurde er aus gesundheitlichen Gründen freigelassen (er war tatsächlich dem Tode nahe), aber kurz danach kam auch ich ins Gefängnis.

Bei der ersten Vorladung Clifford Allens vor das Polizeigericht begegnete ich Lady Constance Malleson, allgemein bekannt unter ihrem Bühnennamen Colette O'Niel. Ihre Mutter, Lady Annesley, unterhielt eine Freundschaft zu Prinz Heinrich von Preußen, die vor dem Krieg begann und wieder aufgenommen wurde, als der Krieg vorbei war. Dies machte sie zweifellos einer neutralen Haltung gegenüber geneigt, aber Colette und ihre Schwester Lady Clare Annesley waren beide authentische Pazifisten, und sie stürzten sich

1 Später Lord Allen of Hurtwood.

in die Arbeit der ›No Conscription Fellowship‹. Colette war mit Miles Malleson, einem Schauspieler und Dramatiker verheiratet. Er hatte sich 1914 als Kriegsfreiwilliger gemeldet, aber das Glück gehabt, wegen einer leichten Schwäche eines Fußes befreit zu werden. Seine Vorrangstellung, die er auf diese Weise genoß, benutzte er äußerst großzügig zugunsten der Kriegsdienstverweigerer, da er sich nach seiner Einschreibung von der Wahrheit des pazifistischen Standpunkts hatte überzeugen lassen. Ich sah Colette im Polizeigericht und wurde ihr vorgestellt. Man sagte mir, daß sie zu Allens Freunden gehöre, und ich erfuhr von ihm, daß sie großzügig mit ihrer Zeit, frei in ihren Auffassungen und aufrichtig in ihrem Pazifismus sei. Daß sie jung und sehr schön war, hatte ich selbst gesehen. Sie war beim Theater und hatte rasch nacheinander in zwei Hauptrollen Erfolg gehabt, aber als der Krieg kam, verbrachte sie ihren ganzen Tag damit, in dem Büro der ›No Conscription Fellowship‹ Umschläge zu adressieren. Auf diese Auskünfte hin unternahm ich natürlich Schritte, um sie besser kennenzulernen.

Mein Verhältnis zu Ottoline war in der Zwischenzeit weniger vertraut geworden. Im Jahr 1915 verließ sie London und zog in das Manor House in Garsington in der Nähe Oxfords. Es war ein schönes, altes Haus, das als Bauernhof benutzt worden war, und sie war vollauf damit beschäftigt, alle seine Möglichkeiten wieder nutzbar zu machen. Ich fuhr recht oft nach Garsington, doch ich fand sie mir gegenüber verhältnismäßig gleichgültig.[1] Ich schaute nach anderen Frauen aus, um mich zu trösten, aber ohne Erfolg, bis ich Colette begegnete. Nach dem Polizeigerichtsverfahren traf ich Colette beim Dinner einiger Pazifisten. Hinterher ging ich mit ihr und einigen anderen in ihre Wohnung, 43 Bernard Street, in der Nähe des Russell Square. Ich fühlte mich sehr von ihr angezogen, aber hatte keine Gelegenheit, etwas zu unterneh-

1 Einige meiner Briefe an Lady Ottoline aus den frühen Kriegsjahren, die meinen damaligen Gemütszustand wiedergeben, finden sich auf den Seiten 67 ff.

men, außer daß ich erwähnte, ich werde in ein paar Tagen eine Rede in den Portman Rooms in der Baker Street halten. Als ich dorthin kam, sah ich sie auf einem der vordersten Plätze sitzen und lud sie daher nach der Versammlung ein, mit mir in einem Restaurant zu Abend zu essen und brachte sie anschließend nach Hause. Diesmal kam ich zum Zug. Sie war sehr jung, aber ich fand sie voll eines ruhigen Mutes, der ebenso groß war wie der Ottolines (Mut ist für mich eine wesentliche Eigenschaft in jeder Frau, die ich wirklich lieben soll). Wir sprachen die halbe Nacht lang und verliebten uns inmitten des Gesprächs ineinander. Es gibt Leute, die sagen, man solle vorsichtig sein, aber ich bin nicht ihrer Meinung. Wir kannten uns kaum, und doch begann in diesem Augenblick eine zutiefst ernste und wichtige Beziehung, die manchmal glücklich, manchmal auch schmerzlich war, aber nie trivial oder unwürdig, um nicht neben den großen allgemeinen Emotionen der Kriegszeit bestehen zu können. Tatsächlich war der Krieg von Anfang bis zum Ende in das Gewebe unserer Liebe mit versponnen. Als ich das erstemal mit ihr im Bett lag (als wir uns zum erstenmal liebten, waren wir nicht miteinander ins Bett gegangen, da es zu viel zu sagen gab), hörten wir plötzlich ein bestialisches Triumphgeheul auf der Straße. Ich sprang aus dem Bett und sah einen brennenden Zeppelin herabfallen. Der Gedanke an tapfere Männer, die unter Qualen starben, hatte den Triumph auf der Straße ausgelöst. Colettes Liebe war in diesem Augenblick eine Zuflucht für mich, nicht vor der Grausamkeit selbst, der man nicht entfliehen konnte, aber vor dem tödlichen Schmerz der Erkenntnis, daß die Menschen so sind. Ich erinnere mich an einen Sonntag, den wir mit einem Spaziergang in den South Downs zubrachten. Am Abend kamen wir zum Lewes Bahnhof, um den Zug zurück nach London zu nehmen. Der Bahnhof war voller Soldaten, die fast alle zurück an die Front fuhren, die meisten betrunken, die Hälfte von betrunkenen Prostituierten begleitet, die Hälfte von Ehefrauen oder Freundinnen, alle verzweifelt, alle rücksichtslos, alle verrückt. Die Brutalität und der Schrecken der Kriegswelt überkamen mich, aber ich klammerte mich an Colette. In einer Welt des Hasses bewahrte sie Liebe, Liebe in jeder Bedeutung des Wortes, von der allergewöhnlichsten bis zur allertiefsten, und sie hatte eine felsenfeste Unerschütterlichkeit, die in jenen Tagen unschätzbar war.

Nach der Nacht, in der der Zeppelin fiel, verließ ich sie in den frühen Morgenstunden und kehrte in das Haus meines Bruders am Gordon Square zurück, wo ich lebte. Ich traf unterwegs einen alten Mann, der Blumen verkaufte und rief: »Süße, liebliche Rosen!« Ich kaufte einen Strauß, bezahlte ihn und bat ihn, die Rosen in der Bernard Street abzugeben. Jeder würde vermuten, daß er das Geld behalten und die Blumen nicht abgeliefert hätte, aber dem war nicht so, und ich wußte, daß es nicht so sein werde. Die Worte »süße, liebliche Rosen« waren seitdem immer eine Art Refrain aller meiner Gedanken an Colette.

Wir fuhren zu dreitägigen Flitterwochen (ich konnte nicht mehr von meiner Arbeit erübrigen) in die ›Cat and Fiddle‹ in der Heide oberhalb Buxton. Es war bitterkalt, und das Wasser in meiner Kanne war am Morgen gefroren. Aber die trostlosen Moore paßten zu unserer Stimmung. Sie waren öde, aber vermittelten das Gefühl unendlicher Freiheit. Wir verbrachten die Tage mit langen Spaziergängen und die Nächte in einer Erregung, die alles Leid der Welt in sich schloß, aus der jedoch eine Ekstase hervorging, die beinahe übermenschlich schien.

Ich wußte in den ersten Tagen nicht, wie ernst meine Liebe zu Colette war. Ich hatte mich an den Gedanken gewöhnt, daß alle meine ernsten Gefühle Ottoline gehörten. Colette war so viel jünger, so viel weniger eine Persönlichkeit, so viel empfänglicher für leichtfertige Vergnügen, daß ich meinen eigenen Gefühlen nicht traute und irgendwie annahm, ein leichtes Abenteuer mit ihr zu haben. Zu Weihnachten fuhr ich nach Garsington, wo eine große Gesellschaft versammelt war. Keynes war da und verlas die Trauformel für zwei Hunde, wobei er mit den Worten endete: »Was der Mensch verbunden hat, soll der Hund nicht scheiden.« Lytton Strachey war dort und las uns das Manuskript von *Eminent Victorians* vor. Auch Katherine Mansfield und Middleton Murry waren anwesend. Ich hatte kurz zuvor ihre Bekanntschaft gemacht, aber erst dieses Mal lernte ich Katherine richtig kennen. Ich weiß nicht, ob mein Eindruck von ihr richtig war, aber er unterschied sich sehr von dem anderer Leute. Ihre Konversation war wunderbar, weitaus besser als das, was sie schrieb, besonders, wenn sie von Dingen erzählte, die sie schreiben wollte; aber wenn sie über andere Leute sprach, war sie neidisch, dunkel, voll eines beängstigenden Scharfsinns, mit dem sie aufdeckte, was diese nicht im mindesten zu offenbaren wünschten und was es auch immer Schlechtes in ihren Eigenschaften gab.[1] Sie haßte Ottoline, weil Murry es nicht tat. Es war mir klar geworden, daß ich über meine Gefühle für Ottoline hinwegkommen müsse, da sie diese nicht mehr genügend erwiderte, um mich irgendwie glücklich zu machen. Ich hörte mir alles an, was Katherine Mansfield gegen sie zu sagen hatte; schließlich glaubte ich sehr wenig davon, aber es war mir möglich geworden, an Ottoline mehr als an eine Freundin und weniger als an eine Geliebte zu denken. Danach sah ich nichts mehr von Katherine, aber ich konnte meinen Gefühlen für Colette erlauben, sich frei zu entfalten.

Als ich Katherine zuhörte, waren wir in einer gefährlichen Übergangszeit. Der Krieg hatte mich an den Rand eines völligen Zynismus gebracht, und es fiel mir äußerst schwer zu glauben, daß es sich auszahlte, auch nur irgend etwas zu tun. Manchmal hatte ich solche Anwandlungen von Verzweiflung, daß ich einige Tage lang völlig untätig in meinem Stuhl saß, mit nichts anderem beschäftigt, als mit der gelegentlichen Lektüre von Kirchenvätern. Doch am Ende dieser Zeit kam der Frühling, und ich fand mich frei von allen Zweifeln und allem Zögern, die mein Verhältnis zu Colette getrübt hatten. Auf dem Höhepunkt meiner winterlichen Verzweiflung hatte ich jedoch etwas zu tun gefunden, was sich zwar als ebenso nutzlos herausstellte wie alles übrige, mir aber im

1 Vergleiche auch meinen Brief an Lady Ottoline auf Seite 70.

Augenblick nicht völlig wertlos erschien. Da Amerika noch immer neutral war, richtete ich einen offenen Brief an Präsident Wilson, in dem ich ihn dazu aufrief, die Welt zu retten. In diesem Brief schrieb ich:

Sir,
Sie haben die Möglichkeit, der Menschheit einen außerordentlichen Dienst zu erweisen, einen Dienst, der sogar den Abraham Lincolns übertreffen wird, wie groß dieser auch gewesen ist. Es steht in Ihrer Macht, dem Krieg durch einen gerechten Frieden ein Ende zu setzen und damit so weit wie möglich auch die Furcht vor neuen Kriegen in der nächsten Zukunft zu mildern. Noch ist es nicht zu spät, die europäische Zivilisation vor der Vernichtung zu retten; aber es mag zu spät sein, wenn der Krieg, wie uns unsere Militaristen drohen, noch zwei oder drei Jahre lang weitergeht.
Die militärische Lage hat sich mittlerweile so entwickelt, daß der Ausgang allen, die zu denken imstande sind, in seinen großen Umrissen klar sein dürfte. Die Autoritäten aller kriegführenden Länder müssen einsehen, daß für keine Seite ein Sieg möglich ist. In Europa sind die Deutschen im Vorteil; außerhalb Europas und zur See die Alliierten. Keine Seite vermag einen so vernichtenden Sieg zu erringen, daß sie die andere zum Frieden zwingen kann. Der Krieg fügt den Nationen unsagbare Verluste zu, doch nicht solche Verluste, die eine Fortsetzung der Kämpfe unmöglich machen. Es ist offensichtlich, daß – wie lange der Krieg auch immer weitergehen mag – zuletzt auf der Basis des ungefähren augenblicklichen Verhältnisses von Gewinn und Verlust Verhandlungen stattfinden müssen, wobei sich die Bedingungen nicht sehr von jenen unterscheiden werden, die jetzt erreicht werden können. Die deutsche Regierung hat diese Tatsache erkannt und ihre Friedensbereitschaft zu Bedingungen zum Ausdruck gebracht, die zumindest als mögliche Diskussionsbasis angesehen werden sollten, da sie in den Punkten nachgeben, die die Ehre der Alliierten betreffen. Die alliierten Regierungen haben bisher nicht den Mut gehabt, öffentlich

bekanntzugeben, was sie privat nicht abstreiten könnten, daß nämlich die Hoffnung auf einen glänzenden Sieg kaum noch gehegt werden kann. Da ihnen dieser Mut fehlt, sind sie bereit, Europa in die Schrecken einer Fortsetzung des Krieges zu verwickeln, vielleicht für weitere zwei oder drei Jahre. Diese Situation ist für jeden humanen Menschen untragbar. Sie, mein Herr, können dem ein Ende setzen. Ihre Macht gibt Ihnen dazu Möglichkeit und Verantwortung; und Ihre früheren Taten lassen mich darauf vertrauen, daß Sie Ihre Macht mit einem Maß an Weisheit und Menschlichkeit gebrauchen werden, das unter Staatsmännern selten zu finden ist.

Der bereits in diesem Krieg angerichtete Schaden ist unermeßlich. Nicht nur Millionen kostbarer Leben sind vernichtet, nicht nur eine noch größere Anzahl von Männern ist verstümmelt oder gesundheitlich zerrüttet, auch der gesamte Stand der Zivilisation ist gesunken. Furcht hat des Menschen innerstes Sein ergriffen, und mit der Furcht ist die Grausamkeit gekommen, die diese immer begleitet. Haß ist zur Lebensregel geworden, und man wünscht anderen mehr Schaden, als man sich selbst Gutes wünscht. Die Hoffnung auf friedlichen Fortschritt, in der wir unsere Jugend verbrachten, ist tot und kann nie wieder zum Leben erweckt werden. Schrecken und Barbarei sind unser Lebenselement. Die Freiheiten, die unsere Vorfahren in Jahrhunderten des Kampfes errungen haben, sind in einem Tag geopfert worden, und alle Nationen sind nur auf das eine gräßliche Ziel der gegenseitigen Vernichtung aus.

Aber all dies ist nichts im Vergleich zu dem, was die Zukunft für uns bereithält, wenn der Krieg so lange weitergeht, wie uns die Ankündigungen einiger unserer führenden Männer erwarten lassen. Da der Druck sich verstärkt und Kriegsmüdigkeit den Durchschnittsmenschen ungeduldiger macht, muß die Schärfe der Unterdrückung ständig zunehmen. In allen kriegführenden Ländern zeigen die Soldaten, die verwundet oder auf Urlaub sind, einen entschiedenen Abscheu vor den Schützengräben, sie verzweifeln daran, je eine militärische Entscheidung herbeizuführen, und sehnen sich nach

Frieden. Unsere Militaristen haben sich erfolgreich der Gewährung des Stimmrechts für Soldaten widersetzt; und doch ist in allen Ländern der Versuch unternommen worden, die Zivilbevölkerung davon zu überzeugen, daß Kriegsmüdigkeit nur bei den feindlichen Soldaten auftritt. Der tägliche Tribut an jungen, vernichteten Leben wird zu einem Schrekken, der kaum zu ertragen ist. Und doch prangert man ein Eintreten für den Frieden als Verrat an den Soldaten an, obwohl sich die Soldaten mehr als alle anderen nach Frieden sehnen. Überall begegnet man den Freunden des Friedens mit dem teuflischen Argument, daß die tapferen Männer, die gefallen sind, ihr Blut nicht umsonst vergossen haben dürften. Und so wird jeder Impuls, die noch lebenden Soldaten zu begnadigen, im Keim erstickt und von einer falschen und nutzlosen Loyalität denen gegenüber zunichte gemacht, die unserer Hilfe nicht mehr bedürfen. Sogar die Männer, die man bisher zur Munitionsproduktion, zu Dockarbeiten und anderen für die Fortführung des Krieges wesentlichen Zwekken zurückgehalten hat, werden nach und nach eingezogen und durch Frauen ersetzt – die unheimliche Drohung farbiger Arbeitskräfte im Hintergrund. Es besteht die wirkliche Gefahr, daß, wenn nichts getan wird, um der Raserei nationaler Leidenschaften Einhalt zu gebieten, die europäische Kultur, wie wir sie gekannt haben, so völlig zugrunde gehen wird, wie es der Fall war, als Rom den Barbaren erlag.

Es mag einem merkwürdig vorkommen, daß die Öffentlichkeit scheinbar alles duldet, was von den Behörden zur Fortführung des Krieges getan wird. Aber dieser Schein ist in großem Maße trügerisch. Eine Fortführung des Krieges wird aktiv von einflußreichen Persönlichkeiten und von der Presse befürwortet, die überall unter der Kontrolle der Regierung steht. In anderen Teilen der Gesellschaft unterscheiden sich die Ansichten jedoch erheblich von denen der Zeitungen, aber die öffentliche Meinung bleibt stumm; sie ist nicht informiert, da diejenigen, die sie lenken könnten, so schweren Strafen ausgesetzt sind, daß nur wenige offen zu protestieren wagen, und diese wenigen können keine große Publizität erlangen. Aus beträchtlicher persönlicher Erfahrung, verstärkt durch all das, was ich von anderen lernen kann, glaube ich, daß der Wunsch nach Frieden fast allgemein ist, nicht nur bei den Soldaten, sondern durchweg in den Klassen der Lohnempfänger, und vor allem in Industriegebieten, trotz höherer Löhne und regelmäßiger Beschäftigung. Wenn man das Volk in einem Plebiszit befragte, ob man mit Verhandlungen beginnen sollte, so glaube ich sicher, daß eine überwältigende Mehrheit diesen Weg begrüßen würde und daß das gleiche für Frankreich, Deutschland und Österreich-Ungarn gilt.

Die Zustimmung zu den fortgeführten Feindseligkeiten beruht völlig auf Furcht. Jede Nation glaubt, daß ihre Feinde die Angreifer seien und in ein paar Jahren wieder kriegführen könnten, wenn man sie nicht vollständig besiegt. Die Regierung der Vereinigten Staaten hat die Macht, nicht nur die europäischen Regierungen zum Frieden zu zwingen, sondern auch die anderen Völker zu beruhigen, indem sie sich selbst zum Friedensgaranten macht. Ein solcher Schritt würde, selbst wenn ihn die Regierungen übelnähmen, von der Bevölkerung jedes Landes mit Freude begrüßt werden. Wenn die deutsche Regierung, wie es wahrscheinlich ist, nicht nur die eroberten Gebiete zurückgeben, sondern auch der ›League to Enforce Peace‹ oder einer ähnlichen Einrichtung zur friedlichen Schlichtung von Streitigkeiten beitreten würde, so wäre die Angst gemildert, und es ist fast sicher, daß ein Vermittlungsangebot von Ihrer Seite eine unwiderstehliche Bewegung zugunsten von Verhandlungen auslösen würde. Aber die Lage ist so verfahren, daß eine baldige Beendigung des Krieges nur durch die Vermittlung einer außenstehenden Macht wahrscheinlich ist, und eine solche Vermittlung kann nur von Ihnen kommen.

Man kann sich fragen, mit welchem Recht ich mich an Sie wende. Ich habe keinen Titel; ich gehöre nicht zum Regierungsapparat. Ich spreche nur, weil ich es tun muß; weil andere, die an Kultur und menschliche Brüderlichkeit hätten denken müssen, sich von nationalen Leidenschaften haben mitreißen lassen; weil mich ihr Abfall zwingt, im Namen von Vernunft und Barmherzigkeit zu sprechen, damit man uns nicht nachsagen kann, niemand in Europa habe sich dessen erinnert, was Europa für die Menschheit getan hat und noch tun muß. Es ist die europäische Rasse, in Europa und außerhalb, der die Welt das meiste von dem verdankt, was sie an Gedankengut, an Wissenschaft, an Kunst, an Regierungsidealen und Zukunftshoffnungen besitzt. Wenn man ihr erlaubt, sich in einem sinnlosen Gemetzel zu zerstören, so wird etwas verlorengehen, was wertvoller ist als diplomatisches Prestige, unvergleichlich viel wertvoller als ein fruchtloser Sieg, an dem die Sieger selbst zugrunde gehen. Ich habe mir wie meine übrigen Landsleute glühend den Sieg der Alliierten gewünscht; wie sie habe ich gelitten, als der Sieg auf sich warten ließ. Aber ich vergesse nie, daß Europa gemeinsame Aufgaben zu erfüllen hat; daß ein Krieg zwischen europäischen Völkern im Grunde ein Bürgerkrieg ist; daß unsere Feinde alles Böse, das wir von ihnen denken, auch von uns denken, und daß es in Kriegszeiten für die Kriegführenden schwer ist, die Tatsachen richtig einzuschätzen. Vor allem sehe ich, daß keine der Streitfragen des Krieges so wichtig ist wie der Frieden. Der Schaden, den ein Frieden zufügt, der nicht alles Gewünschte bringt, ist nichts, verglichen mit dem Schaden, der durch die Fortführung der Kämpfe angerichtet wird. Während alle Machthaber in Europa für das sprechen, was sie fälschlicherweise für die Interessen ihrer jeweiligen Nationen halten, treibt mich eine tiefe Überzeugung, für alle Nationen im Namen Europas zu sprechen. Im Namen Europas wende ich mich an Sie, damit Sie uns Frieden bringen.

Durch die Zensur in jenen Tagen war die Übersendung eines solchen Dokuments schwierig, aber Helen Dudleys Schwester Katherine, die diese besucht hatte, nahm es auf sich, den Brief mit sich zurück nach Amerika zu nehmen. Sie versteckte ihn erfinderisch und lieferte ihn pünktlich einem Komitee amerikanischer Pazifisten ab, durch die er in fast jeder Zeitung Amerikas abgedruckt wurde. Wie man sieht, dachte ich wie die meisten Leute zu dieser Zeit, daß der Krieg nicht mit einem Sieg für eine der Parteien enden könne. Dies hätte zweifellos gestimmt, wenn Amerika neutral geblieben wäre.

Von der Mitte des Jahres 1916 an bis zu meinem Gefängnisaufenthalt im Mai 1918 beschäftigte ich mich außerordentlich viel mit den Angelegenheiten der ›No Conscription Fellowship‹.

Meine Stunden mit Colette mußten der pazifistischen Arbeit abgerungen werden und hatten meist mit der Arbeit selbst zu tun. Clifford Allen wurde periodisch für ein paar Tage aus dem Gefängnis entlassen, um wieder vors Kriegsgericht zu kommen, sobald deutlich wurde, daß er sich immer noch weigerte, den militärischen Befehlen zu gehorchen. Wir pflegten zusammen zu den Verhandlungen zu gehen.

Als die Kerenski-Revolution kam, wurde in Leeds eine große Versammlung von Sympathisierenden abgehalten. Ich sprach bei dieser Versammlung, und Colette und ihr Mann waren da. Wir fuhren mit dem Zug dorthin, zusammen mit Ramsay MacDonald, der die Zeit damit verbrachte, so langweilige, lange Geschichten täppischen, schottischen Humors zu erzählen, daß man kaum merkte, wann die Pointe kam. In Leeds wurde beschlossen, den Versuch zu unternehmen, Organisationen in den verschiedenen Bezirken Englands und Schottlands zu bilden, die nach russischem Modell Arbeiter- und Soldatenräte fördern sollten. In London wurde zu diesem Zweck eine Versammlung in der Brotherhood Church in der Southgate Road abgehalten. Patriotische Zeitungen verteilten in allen benachbarten Wirtshäusern (die Gegend ist sehr arm) Flugblätter, in denen sie behaupteten, wir stünden mit den Deutschen in Verbindung und gäben ihren Flugzeugen Zeichen, wo sie Bomben abwerfen sollten. Dies machte uns ziemlich unbeliebt in der Gegend, und der Pöbel belagerte sofort die Kirche. Die meisten von uns glaubten, als Anhänger der völligen Gewaltlosigkeit, daß Widerstand entweder unmoralisch oder unklug sei, und andere waren der Auffassung, daß wir zu wenige waren, um der gesamten

Slumbevölkerung der Umgegend Widerstand zu leisten. Nur wenige, unter ihnen Francis Meynell, versuchten sich zu wehren, und ich erinnere mich, daß er mit blutüberströmtem Gesicht von der Tür zurückkam. Der Pöbel brach herein, angeführt von einigen Polizeioffizieren; alle, außer den Polizisten, waren mehr oder weniger betrunken. Die Wildesten waren Mannweiber mit Holzbrettern voller rostiger Nägel. Die Polizisten versuchten, die Frauen unter uns zu veranlassen, sich als erste zurückzuziehen, so daß sie, wie es ihnen angebracht schien, mit den pazifistischen Männern verhandeln könnten, die sie alle für Feiglinge hielten. Mrs. Snowden zeigte bei dieser Gelegenheit eine sehr bewundernswerte Haltung. Sie lehnte es strikt ab, den Raum zu verlassen, wenn den Männern nicht erlaubt würde, gleichzeitig fortzugehen. Die übrigen anwesenden Frauen stimmten mit ihr überein. Dies brachte die Polizisten, die sich um die Rohlinge zu kümmern hatten, noch mehr auf, denn sie legten keinen besonderen Wert darauf, sich mit Frauen herumzuschlagen. Aber inzwischen war die Erregung des Pöbels gestiegen, und die Hölle brach los. Jeder mußte so gut es ging entfliehen, während die Polizei ruhig zusah. Zwei der betrunkenen Mannweiber begannen mich mit ihren Nagelbrettern anzugreifen. Während ich überlegte, wie man sich gegen einen solchen Angriff zur Wehr setzen sollte, ging eine unserer Damen zu den Polizisten und sagte ihnen, sie sollten mich verteidigen. Doch sie zuckten bloß mit den Achseln. »Aber er ist ein hervorragender Philosoph«, sagte die Dame, doch die Polizisten zuckten weiter mit den Achseln. »Aber er ist in der ganzen Welt als Gelehrter berühmt«, fuhr sie fort. Die Polizisten blieben ungerührt. »Aber er ist der Bruder eines Grafen«, schrie sie schließlich. Bei diesen Worten stürzten die Polizisten herbei, um mir beizustehen. Doch sie kamen zu spät, um helfen zu können, und ich verdanke mein Leben einer jungen, mir unbekannten Frau, die sich lange genug zwischen mich und die Weiber stellte, daß ich fliehen konnte. Es freut mich sagen zu können, daß sie selbst nicht angegriffen wurde. Doch ziemlich vielen Leuten, darunter einigen

Frauen, wurden die Kleider vom Leib gerissen, als sie das Gebäude verließen. Colette war auch bei diesem Vorfall anwesend, aber der Pöbel zwischen mir und ihr war so dicht, daß ich nicht zu ihr dringen konnte, bis wir beide draußen waren. Wir gingen in tiefer Niedergeschlagenheit zusammen nach Hause.

Der Geistliche, der zu der Brotherhood Church gehörte, war ein Pazifist von bemerkenswertem Mut. Trotz dieser Erfahrung lud er mich bei einer der nächsten Gelegenheiten ein, in seiner Kirche zu reden. Doch der Pöbel setzte die Kanzel in Brand, und die Ansprache wurde nicht gehalten. Das waren die einzigen Gelegenheiten, bei denen ich mit persönlicher Gewalttätigkeit konfrontiert wurde; alle meine anderen Versammlungen blieben ungestört. Aber so groß ist die Macht der Pressepropaganda, daß meine nichtpazifistischen Freunde zu mir kamen und sagten: »Warum versuchst du immer noch bei Versammlungen zu reden, wenn alle von dem Pöbel gestört werden?«

Unterdessen war mein Verhältnis zur Regierung sehr schlecht geworden. Im Jahr 1916 schrieb ich ein von der ›No Conscription Fellowship‹ veröffentlichtes Flugblatt[1] über einen Kriegsdienstverweigerer, der trotz der Gewissensklausel zu einer Gefängnisstrafe verurteilt worden war. Das Flugblatt erschien ohne meinen Namen, und es überraschte mich sehr, daß diejenigen, die es verteilten, ins Gefängnis kamen. Ich schrieb daher an die *Times,* um klarzustellen, daß ich der Autor sei. Ich wurde in das Mansion House vor den Oberbürgermeister zitiert und hielt eine lange Rede zu meiner Verteidigung. Bei dieser Gelegenheit verurteilte man mich zu einer Geldstrafe von £ 100. Ich zahlte die Summe nicht, so daß meine Sachen in Cambridge teilweise verkauft wurden, um die Strafe zu entrichten. Doch wohlwollende Freunde kauften sie auf und gaben sie mir zurück, so daß mir mein Protest ein wenig wirkungslos vorkam. In Trinity hatten unterdessen alle jüngeren Fellows Offiziersstellen bekommen, und auch die Älteren wollten natürlich das Ihre tun.

1 Der vollständige Text befindet sich auf Seite 88.

Daher enthoben sie mich meiner Dozentur. Als die jüngeren am Ende des Krieges zurückkamen, bat man mich wiederzukommen, aber zu jener Zeit verspürte ich nicht mehr den Wunsch dazu.

Die Munitionsarbeiter neigten merkwürdigerweise dazu, Pazifisten zu sein. Meine Reden vor den Munitionsarbeitern in Süd-Wales, über die alle von den Detektiven ungenau Bericht erstattet wurde, veranlaßten das Kriegsministerium, einen Befehl auszugeben, mir keine Erlaubnis für irgendeines der Sperrgebiete mehr zu erteilen.[1] Sperrgebiete waren jene, von denen man besonders wünschte, daß kein Spion in sie eindringe. Dazu gehörte die gesamte Küste. Auf Einspruch hin erklärte das Kriegsministerium zwar, daß es mich nicht für einen deutschen Spion halte; trotzdem wurde mir nicht gestattet, irgendwohin in die Nähe der Küste zu gehen, aus Angst, ich könnte den Unterseebooten Signale geben. Als der Befehl herauskam, war ich gerade von Bosham in Sussex, wo ich bei den Eliots wohnte, nach London gefahren. Ich mußte sie bitten, mir meine Haarbürste, meinen Kamm und meine Zahnbürste zu bringen, da die Regierung Einspruch dagegen erhob, daß ich sie selbst holte. Schon aufgrund dieser verschiedenen Artigkeiten von seiten der Regierung hätte ich die pazifistische Arbeit aufgeben sollen, da ich auch ihre völlige Sinnlosigkeit eingesehen hatte. Als ich jedoch merkte, daß die Regierung anders dachte, nahm ich an, ich könne mich irren und machte weiter. Abgesehen von der Frage, ob ich irgend etwas Nützliches tat, konnte ich nicht gut in dem Augenblick aufhören, wo die Furcht vor den Folgen als mein Motiv hätte gelten können.

Zur Zeit jenes Verbrechens jedoch, für das ich ins Gefängnis kam, hatte ich schließlich entschieden, daß nichts mehr getan werden könne, und mein Bruder ließ die Regierung von meinem Entschluß wissen. Es gab damals eine kleine Wochenzeitung mit dem Titel *The Tribunal,* die von der ›No Conscription Fellowship‹ herausgegeben wurde, und ich

1 Siehe meinen Bericht von meinem Zusammentreffen mit General Cockerill im Kriegsministerium auf Seite 103.

pflegte wöchentlich einen Artikel dafür zu schreiben. Nachdem ich nicht mehr der Herausgeber war, bat mich der neue Herausgeber, da er eine Woche lang krank war, im letzten Moment, den wöchentlichen Leitartikel zu schreiben. Ich tat dies und sagte darin, daß man amerikanische Soldaten in England als Streikbrecher benutzen würde, eine Beschäftigung, an die sie in ihrem eigenen Land gewohnt seien.[1] Diese Behauptung wurde unterstützt von einem Senatsbericht, den ich zitierte. Ich wurde hierfür zu sechs Monaten Gefängnis verurteilt. All das war jedoch keineswegs unangenehm. Es erhielt mir meine Selbstachtung, und ich konnte über Dinge nachdenken, die weniger schmerzlich waren als die allgemeine Zerstörung. Durch die Vermittlung Arthur Balfours kam ich in die erste Abteilung, so daß ich im Gefängnis so viel lesen und schreiben konnte, wie ich wollte, vorausgesetzt, daß ich keine pazifistische Propaganda betreibe. Ich fand das Gefängnis in vieler Hinsicht recht angenehm. Ich hatte keine Verpflichtungen, keine schwierigen Entscheidungen zu treffen, keine Angst vor Besuchern, keine Unterbrechung meiner Arbeit. Ich las unendlich viel; ich schrieb ein Buch. *Introduction to Mathematical Philosophy,* eine halb populärwissenschaftliche Fassung von *The Principles of Mathematics,* und begann mit der Arbeit für *Analysis of Mind.* Ich hatte ein ziemlich großes Interesse an meinen Mitgefangenen, die mir moralisch keineswegs unter der übrigen Bevölkerung zu stehen schienen, obwohl sie im allgemeinen etwas unter dem Intelligenzdurchschnitt lagen, was sich durch die Tatsache gezeigt hatte, daß sie sich hatten fangen lassen. Für alle, die nicht in der ersten Abteilung sind, vor allem für jemanden, der zu schreiben und zu lesen gewohnt ist, ist das Gefängnis eine harte und schreckliche Strafe; für mich aber war es dank Arthur Balfour nicht so. Ich bin ihm für seine Vermittlung zu Dank verpflichtet, obwohl ich ein heftiger Gegner seiner gesamten Politik war. Bei meiner Ankunft erheiterte mich der Torwächter, der meine Daten aufnehmen mußte. Er fragte mich nach meiner Religion, und

1 Der vollständige Text befindet sich auf den Seiten 115-118.

ich antwortete: »Agnostiker«. Er fragte, wie man das schreibe, und bemerkte mit einem Seufzer: »Nun gut, es gibt viele Religionen, aber ich nehme an, sie verehren alle denselben Gott.« Diese Bemerkung erheiterte mich etwa eine Woche lang. Einmal, als ich Stracheys *Eminent Victorians* las, lachte ich so laut, daß der Wächter zu mir kam und mir sagte, ich müsse daran denken, daß das Gefängnis ein Ort der Strafe sei. Bei einer anderen Gelegenheit schickte mir Arthur Waley, der Übersetzer chinesischer Lyrik, ein übersetztes Gedicht, das er noch nicht veröffentlicht hatte und das ›The Red Cockatoo‹[1] hieß.
Es lautet wie folgt:

Sent as a present from Annam-
A red cockatoo.
Coloured like the peach-tree blossom,
Speaking with the speech of men.
And they did to it what is always done
To the learned and eloquent.
They took a cage with stout bars
And shut it up inside.

Ich hatte einmal in der Woche Besuch, natürlich immer in Gegenwart des Wächters, was aber trotzdem sehr aufheiternd war. Ottoline und Colette pflegten abwechselnd zu kommen und zwei andere Leute mitzubringen. Ich fand eine Methode, Briefe herauszuschmuggeln, indem ich sie in die unaufgeschnittenen Seiten von Büchern steckte. Ich konnte dies natürlich nicht in Gegenwart des Wächters erklären, daher probierte ich es erst aus, indem ich Ottoline die *Proceedings of the London Mathematical Society* gab und ihr sagte, das Buch sei interessanter als es scheine. Bevor ich diesen Trick erfand, hatte ich einen anderen, durch den ich Liebesbriefe an Colette in die Briefe einfügte, die von dem Gefängnisdirektor gelesen wurden. Ich gab vor, daß ich Memoiren aus der Französischen Revolution lese und Briefe des Girondisten Buzot an Madame Roland entdeckt habe. Ich braute Briefe auf französisch zusammen, von denen ich

1 Jetzt in *Chinese Poems* (London, George Allen + Unwin Ltd.).

sagte, ich habe sie aus einem Buch abgeschrieben. Die Lage Buzots ähnelte meiner eigenen genügend, um diese Briefe glaubhaft zu machen. In jedem Fall habe ich den Verdacht, daß der Direktor kein Französisch konnte, aber seine Unwissenheit nicht zugeben wollte.

Das Gefängnis war voller Deutscher, einige von ihnen sehr intelligent. Als ich einmal eine Besprechung eines Buches über Kant veröffentlichte, kamen mehrere von ihnen zu mir und diskutierten voller Wärme über meine Interpretation dieses Philosophen. Eine Zeitlang war Litwinow in demselben Gefängnis, aber man gab mir keine Gelegenheit, mit ihm zu sprechen, obwohl ich ihn oft aus der Ferne sah.

Einige meiner Stimmungen im Gefängnis werden in den folgenden Auszügen aus Briefen an meinen Bruder beschrieben, die so abgefaßt sein mußten, daß sie die Zensur des Gefängnisdirektors passieren konnten:

(6. Mai 1918) »... Das Leben hier ist genauso wie auf einem Ozeandampfer; man ist mit einer Reihe durchschnittlicher menschlicher Wesen zusammengesperrt, unfähig zu entfliehen, außer in die eigene Luxuskajüte. Ich sehe keine Anzeichen dafür, daß sie schlimmer sind als der Durchschnitt, abgesehen davon, daß sie wahrscheinlich weniger Willensstärke haben, wenn man nach ihren Gesichtern urteilen kann, die alles sind, woran ich mich halten kann. Das gilt vor allem für die Schuldner. Das einzige, was einem wirklich hier schwerfällt, ist, daß man seine Freunde nicht sieht. Es war eine große Freude, Dich neulich zu sehen. Ich hoffe, Du bringst das nächste Mal zwei andere mit – ich glaube, Du und Elisabeth habt beide die Liste. Es liegt mir daran, so viele wie möglich von meinen Freunden zu sehen. Du schienst zu denken, daß ich in diesem Punkte gleichgültiger werden sollte, aber ich bin sicher, Du irrst Dich. Diejenigen zu sehen, an denen mein Herz hängt, sollte ich nicht gleichgültiger werden, obwohl auch der Gedanke an sie eine große Befriedigung ist. Es ist mir ein Trost, im Geiste alle möglichen Gelegenheiten, bei denen die Dinge nach meinem Sinn waren, noch einmal zu erleben.

Ungeduld und Tabakmangel bedrücken mich noch nicht so sehr wie erwartet, aber sicher kommt das später noch. Die Ferien von der Verantwortung sind wirklich herrlich, so herrlich, daß dies fast alles andere überwiegt. Hier brauche ich mich um nichts in der Welt zu kümmern: alles übrige ist für Nerven und Willen himmlisch. Man ist frei von der quälenden Frage: Was könnte ich außerdem noch tun? Gibt es hier noch irgendeine wirksame Unternehmung, an die ich nicht gedacht habe? Habe ich das Recht, das ganze Ding fahren zu lassen und wieder zur Philosophie zurückzukehren? Hier *muß* ich alles fahren lassen, was bei weitem erholsamer ist als die Entscheidung zu treffen, alles fahren zu lassen und dann daran zu zweifeln, ob die eigene Wahl gerechtfertigt war. Das Gefängnis hat einige der Vorteile der Katholischen Kirche ...«

(27. Mai 1918) »... Sag Lady Ottoline, daß ich die beiden Bücher über die Amazone lese: Tomlinson gefiel mir *sehr;* Bates langweilt mich beim Lesen, aber hinterläßt Bilder in meiner Vorstellung, über die ich mich hinterher freue. Tomlinson verdankt *Heart of Darkness* viel. Der Gegensatz zu Bates ist erstaunlich: man sieht, wie unsere Generation im Vergleich dazu ein wenig verrückt ist, weil sie sich selbst Einblicke in die Wahrheit gestattet hat, und die Wahrheit ist gespenstisch, ungesund, gräßlich: je mehr die Menschen davon wissen, um so weniger bleibt ihnen an geistiger Gesundheit. Die Viktorianer (die guten Seelen) waren geistig gesund und erfolgreich, weil sie nirgendwo an die Wahrheit herankamen. Aber ich für meinen Teil möchte lieber verrückt durch die Wahrheit als gesund durch Lügen sein ...«

(10. Juni 1918) »... Unter diesen Umständen hier zu sein, ist nicht so unangenehm wie mein Aufenthalt als Attaché an der Pariser Botschaft, und nicht so schrecklich wie die anderthalb Jahre, die ich mit einem Einpauker verbrachte. Die jungen Leute dort gingen fast alle in die Armee oder in die Kirche, daher waren sie auf einem viel niedrigeren moralischen Niveau als der Durchschnitt ...«

(8. Juli 1918) »... Ich gräme mich keineswegs, im Gegenteil. Zuerst dachte ich eine ganze Menge über meine Angelegenheiten nach, aber (ich glaube) nicht mehr, als vernünftig gewesen wäre; nun denke ich kaum noch daran, da ich alles getan habe, was ich tun konnte. Ich lese viel und denke recht fruchtbar über Philosophie nach. Es ist seltsam und irrational, aber es ist nun einmal so, daß meine Stimmung von der militärischen Lage wie von nichts anderem abhängt: wenn die Alliierten Fortschritte machen, fühle ich mich heiter, wenn nicht, beunruhige ich mich über alle möglichen Dinge, die wenig mit dem Krieg zu tun zu haben scheinen ...«

(22. Juli 1918) »... Ich habe über Mirabeau gelesen. Sein Tod ist amüsant. Als er starb, sagte er: ›*Ah! si j'eusse vécu, que j'eusse donné de chagrin à ce Pitt!*‹, was ich Pitts Worten vorziehe (außer in der Version von Dizzy). Das waren jedoch nicht die allerletzten Worte, die Mirabeau von sich gab. Er fuhr fort: ›*Il ne reste plus qu'une chose à faire: C'est de se parfumer, de se couronner de fleurs et de s'environner de musique, afin d'entrer agréablement dans ce sommeil dont on ne se réveille plus. Legrain, qu'on se prépare à me raser, à faire ma toilette toute entière.*‹ Dann, sich an einen Freund wendend, der schluchzte: ›*Eh bien! êtes-vous content, mon cher connaisseur en belles morts?*‹ Zum Schluß, als er einige Gewehrschüsse hörte: ›*Sont-ce déjà les funérailles d'Achilles?*‹ Danach hielt er offensichtlich seinen Mund, da er, wie ich annehme, dachte, daß jede weitere Bemerkung eine Antiklimax wäre. Er veranschaulicht die These, die ich letzten Mittwoch vertrat, daß nämlich alle außergewöhnliche Energie durch einen außergewöhnlichen Grad von Eitelkeit hervorgerufen wird. Es gibt nur ein anderes Motiv: die Liebe zur Macht. Philipp II. von Spanien und Sidney Webb aus der Grosvenor Road sind nicht durch ihre Eitelkeit bemerkenswert.«

Es gab nur eines, wodurch sich mein Geist gefangen fühlte, und das stand in Zusammenhang mit Colette. Genau ein

Jahr, nachdem ich mich in sie verliebt hatte, verliebte sie sich in jemand anderen, obwohl sie nicht wollte, daß sich dadurch etwas in unserer Beziehung änderte. Ich jedoch war schrecklich eifersüchtig.[1] Ich hatte die schlimmste Meinung von ihm, und nicht ganz ohne Grund. Wir stritten uns des öfteren heftig, und das Verhältnis zwischen uns wurde nie wieder ganz so wie es gewesen war. Während meines Aufenthaltes im Gefängnis quälte mich die Eifersucht unaufhörlich, und das Gefühl meiner Ohnmacht brachte mich zur Raserei. Ich hielt meine Eifersucht, die ich als eine abscheuliche Regung ansah, nicht für gerechtfertigt, doch trotzdem verzehrte ich mich. Als ich zum erstenmal einen Anlaß dazu hatte, hielt mich dies vierzehn Tage lang fast jede Nacht wach, und schließlich bekam ich nur dadurch Schlaf, daß ich einen Arzt bat, mir Schlaftabletten zu verschreiben. Ich erkenne nun, daß meine Erregung ganz und gar töricht war und Colettes Gefühle für mich ernst genug, um jede kleinere Affaire zu überdauern. Aber ich argwöhne, daß die philosophische Haltung, die ich jetzt in solchen Dingen einnehmen kann, weniger der Philosophie zuzuschreiben ist als dem physiologischen Abbau. Tatsächlich war Colette natürlich sehr jung und konnte nicht ständig in der Atmosphäre tiefen Ernstes leben, in der ich in jenen Tagen existierte. Doch obwohl ich dies jetzt weiß, so ließ ich doch meiner Eifersucht freien Lauf und kritisierte sie heftig, mit dem natürlichen Ergebnis, daß ihre Gefühle für mich erheblich abkühlten. Unsere Liebesbeziehung dauerte bis 1920, aber wir fanden nie die Vollendung des ersten Jahres wieder.

Ich kam im September 1918 aus dem Gefängnis, als es bereits klar war, daß der Krieg aufhören würde. Während der letzten Wochen gründete ich wie die meisten anderen meine Hoffnungen auf Woodrow Wilson. Das Ende des Krieges

1 Später erkannte ich, daß meine Gefühle nicht nur der Eifersucht entsprangen. Wie häufig bei einer so tiefernsten Verbindung, wie sie die unsere für mich war, hatte ich den Eindruck, daß nicht nur unsere Zusammenarbeit zerbrochen, sondern auch, wie es in diesen Jahren so oft und auf so viele Arten geschah, ein Heiligtum entweiht sei.

kam so schnell und war so dramatisch, daß niemand Zeit hatte, seine Gefühle den veränderten Umständen anzupassen. Ich erfuhr am Morgen des 11. November, einige Stunden vor der allgemeinen Öffentlichkeit, daß der Waffenstillstand bevorstand. Ich ging auf die Straße und erzählte es einem belgischen Soldaten, der sagte: »*Tiens, c'est chic!*« Ich ging in einen Tabakladen und erzählte es der Dame, die mich bediente. »Ich bin froh drüber«, sagte sie, »denn nun können wir die internierten Deutschen loswerden.« Um elf Uhr, als der Waffenstillstand verkündet wurde, hielt ich mich in der Tottenham Court Road auf. Innerhalb von zwei Minuten waren alle aus den Läden und Büros auf die Straße gekommen. Sie kaperten die Busse und ließen sie dorthin fahren, wohin sie wollten. Ich sah, wie sich ein Mann und eine Frau, die einander völlig fremd waren, inmitten der Straße begegneten und sich küßten, als sie aneinander vorbeigingen.

Bis spät in die Nacht blieb ich allein in den Straßen und beobachtete die Stimmung des Volkes, wie ich es in den Augusttagen vor vier Jahren getan hatte. Die Menge war immer noch leichtfertig und hatte in der Schreckenszeit nichts dazugelernt, außer daß sie noch rücksichtsloser Vergnügungen nachjagte als zuvor. Ich fühlte mich merkwürdig einsam inmitten des Freudenfests, wie ein Geist, der aus Versehen von einem anderen Planeten heruntergefallen ist. Natürlich freute ich mich auch, aber ich konnte keine Gemeinsamkeit zwischen meiner Freude und jener der Menge finden. Mein ganzes Leben lang habe ich mich danach gesehnt, jene Einheit mit einer großen Anzahl menschlicher Wesen zu empfinden, die die Mitglieder begeisterter Mengen fühlen. Diese Sehnsucht war oft groß genug, um mich selbst zu täuschen. Ich habe mir nacheinander eingebildet, ein Liberaler, ein Sozialist oder ein Pazifist zu sein, aber im Grunde war ich nichts davon gewesen. Der skeptische Intellekt hat mir immer, wenn ich mir sein Schweigen am meisten gewünscht hätte, Zweifel eingeflüstert, hat mich von der leichten Begeisterung der anderen getrennt und mir verzweifelte Einsamkeit gebracht. Als ich während des Krieges mit

Quäkern, Gewaltlosen und Sozialisten zusammenarbeitete und bereit war, die zu unpopulären Meinungen gehörige Unpopularität anzunehmen, pflegte ich den Quäkern zu sagen, daß meiner Meinung nach viele Kriege in der Geschichte gerechtfertigt seien, und den Sozialisten, daß ich die Tyrannei des Staates fürchte. Sie sahen mich scheel an und fühlten – obwohl sie weiterhin meine Hilfe annahmen –, daß ich keiner von ihnen war. Bei allen Beschäftigungen und Vergnügungen habe ich von früher Jugend an die Qual der Einsamkeit gefühlt. Ich bin ihr fast völlig in den Augenblicken der Liebe entronnen, doch auch dabei habe ich bei einigem Nachdenken gemerkt, daß dieses Entrinnen teilweise auf Illusionen beruhte.[1] Ich habe keine Frau kennengelernt, für die die Forderungen des Intellekts so absolut waren, wie sie es für mich sind, und jedesmal wenn sich der Intellekt einschaltete, fand ich, daß die Gleichgestimmtheit, die ich in der Liebe suchte, versagte. Ich wollte am liebsten durch das leben, was Spinoza »die intellektuelle Liebe Gottes« nennt, aber ich hatte noch nicht einmal den ein wenig abstrakten Gott, den sich Spinoza gestattet, um ihm meine intellektuelle Liebe darzubringen. Ich liebte einen Geist, und indem ich dies tat, wurde mein innerstes Ich selbst gespenstisch, und ich vergrub es tiefer und tiefer unter Schichten von Heiterkeit, Zuneigung und Lebensfreude. Aber meine tiefsten Gefühle sind immer einsam geblieben und haben in menschlichen Dingen keine Gesellschaft gefunden. Die See, die Sterne, der Nachtwind an einsamen Orten bedeuten mir mehr als selbst die Menschen, die ich am meisten liebe, und ich bin mir bewußt, daß menschliche Zuneigung für mich im Grunde nur ein Versuch ist, der vergeblichen Suche nach Gott zu entfliehen.

Der Krieg von 1914-1918 änderte alles für mich. Ich hörte auf, theoretisch zu sein, und begann, eine neue Art von Büchern zu schreiben. Ich änderte meine Ansichten über die menschliche Natur. Ich war zum erstenmal zutiefst davon überzeugt, daß der Puritanismus das menschliche Glück

1 Dies und das Folgende trifft nicht mehr zu (1967).

nicht fördere. Das Schauspiel des Todes erweckte in mir eine neue Liebe zum Lebendigen. Ich gelangte zur Überzeugung, daß die meisten Menschen zutiefst unglücklich sind und sich in destruktiven Wutanfällen Luft machen, und daß das Sein nur durch Verbreitung instinktiver Freude glücklicher werden könne. Ich sah, daß die Grausamkeiten unserer Welt Reformer und Reaktionäre gleichermaßen irregeleitet hatten. Ich wurde allem gegenüber mißtrauisch, was strenge Disziplin forderte. Da ich das Endziel der anderen ablehnte und alle Alltagstugenden auf die Abschlachtung der Deutschen gerichtet sah, fiel es mir schwer, nicht ein völliger Antinomist zu werden. Aber das tiefe Mitleid, das ich mit allen Leiden der Welt empfand, rettete mich davor. Ich verlor alte Freunde und erwarb mir neue. Ich lernte einige wenige Leute kennen, die ich zutiefst bewundern konnte, wobei ich an erster Stelle E. D. Morel nennen möchte. Ich lernte ihn in den ersten Kriegstagen kennen und sah ihn häufig, bis er und ich ins Gefängnis kamen. Er war von einer aufrichtigen Liebe für die wahrheitsgetreue Darlegung von Tatsachen erfüllt. Da er früher die Ungerechtigkeiten der Belgier im Kongo enthüllt hatte, fiel es ihm nun schwer, den Mythos des ›ritterlichen kleinen Belgien‹ hinzunehmen. Da er das diplomatische Vorgehen der Franzosen und Sir Edward Greys hinsichtlich Marokkos genauestens studiert hatte, konnte er die Deutschen nicht als die einzigen Sünder ansehen. Trotz aller Schwierigkeiten der Propaganda und der Zensur tat er, mit unermüdlicher Energie und unendlichem Geschick, was er nur konnte, um die britische Nation über das wahre Ziel aufzuklären, für das die Regierung die jungen Männer in die Schlachthäuser trieb. Mehr als irgendeinen anderen Kriegsgegner griffen die Politiker und die Presse ihn an, und von denen, die seinen Namen gehört hatten, glaubten neunundneunzig Prozent, er werde vom Kaiser bezahlt. Schließlich kam er ins Gefängnis für das rein technische Vergehen, Miss Sidgwick und nicht die Post benutzt zu haben, um einen Brief und einige Dokumente an Romain Rolland zu schicken. Er war nicht wie ich in der ersten Abteilung und litt an seiner

Gesundheit Schaden, von dem er sich nie wieder erholte. Trotz alledem verließ ihn sein Mut nie. Er blieb oft lange in der Nacht auf, um Ramsay MacDonald zu trösten, der häufig »kalte Füße« bekam, aber als MacDonald eine Regierung zu bilden beauftragt wurde, fiel es ihm nicht ein, jemanden wie Morel zu ernennen, dem der Makel prodeutscher Einstellung anhaftete. Morel war durch diesen Undank zutiefst getroffen und starb kurz danach an einem Herzleiden, das er sich während des harten Gefängnislebens zugezogen hatte.
Es gab unter den Quäkern einige, die ich, trotz der sehr verschiedenen Weltanschauung, ungeheuer bewunderte. Ich könnte als Beispiel dafür den Schatzmeister der ›No Conscription Fellowship‹, Mr. Grubb, nennen. Als ich ihn zum ersten Mal traf, war er siebzig Jahre alt, sehr ruhig, aller Publizität durchaus abgeneigt und äußerst unerschütterlich. Er nahm die Dinge ohne irgendein sichtbares Anzeichen von Erregung auf. Er setzte sich für die jungen Männer im Gefängnis ohne die geringste Spur von Eigennützigkeit ein. Als er und einige andere wegen pazifistischer Veröffentlichungen angeklagt wurden, wohnte mein Bruder der Verhandlung bei und hörte dem Kreuzverhör zu. Obwohl er kein Pazifist war, beeindruckte ihn der Charakter und die Lauterkeit dieses Mannes. Er saß neben dem Staatsanwalt Matthews, der sein Freund war. Als sich der Staatsanwalt nach dem Kreuzverhör niedersetzte, flüsterte ihm mein Bruder zu: »Wirklich, Matthews, die Rolle Torquemadas steht Ihnen nicht!« Diese Bemerkung meines Bruders ärgerte Matthews dermaßen, daß er nie wieder mit ihm sprach.

Eines der merkwürdigsten Ereignisse des Krieges war, was mich betraf, eine Aufforderung des Kriegsministeriums, dort zu erscheinen und freundlich zu diskutieren. Mehrere Bürokraten mit den bezauberndsten Manieren und der freundlichsten Haltung ersuchten mich, Sinn für Humor zu zeigen, denn sie waren der Meinung, daß niemand mit Sinn für Humor unpopulären Ansichten Ausdruck geben würde. Sie hatten jedoch keinen Erfolg, und hinterher bedauerte ich, nicht geantwortet zu haben, daß ich jeden Morgen beim Lesen der Verlustziffern meine Seiten vor Lachen hielte. Nach Kriegsende sah ich, daß alles, was ich getan hatte, außer für mich selbst, völlig nutzlos gewesen war. Ich hatte nicht ein einziges Leben gerettet oder den Krieg um auch nur eine Minute verkürzt. Es war mir nicht gelungen, irgend etwas zu tun, um die Bitterkeit zu verringern, die der Friedensvertrag von Versailles mit sich brachte. Auf jeden Fall aber war ich kein Komplize beim Verbrechen aller kriegführenden Nationen gewesen, und was mich selbst betrifft, so hatte ich mir eine neue Philosophie und eine neue Jugend errungen. Ich hatte mich von dem Don und Puritaner freigemacht. Ich hatte gelernt, instinktive Prozesse zu verstehen, was mir vorher nicht möglich gewesen war, und ich hatte durch die lange Absonderung ein gewisses Gleichgewicht erlangt. In jenen Tagen des Waffenstillstands setzten die Menschen große Hoffnungen auf Wilson. Andere begeisterten sich für das bolschewistische Rußland. Als ich merkte, daß mir keine dieser Quellen des Optimismus erreichbar war, gelang es mir trotzdem, nicht zu verzweifeln. Nach reiflicher Überlegung erwarte ich, daß das Schlimmste noch kommen wird[1], aber ich habe den Glauben nicht verloren, daß Männer und Frauen schließlich doch noch das einfache Geheimnis instinktiver Freude lernen werden.

Briefe

Von Norbert Wiener

Göttingen
Bühlstr. 28
Deutschland
[Juni oder Juli 1914]

Mein lieber Mr. Russell,

augenblicklich studiere ich, Ihrem Rat folgend, hier in Göttingen. Ich höre eine Vorlesung über Gruppentheorie bei

1 Diesen Absatz schrieb ich 1931.

Landau, eine Vorlesung über Differentialgleichungen bei Hilbert (ich weiß, das hat ziemlich wenig mit Philosophie zu tun, aber ich wollte Hilbert hören) und drei andere Vorlesungen bei Husserl, eine über Kants ethische Schriften, eine über die Prinzipien der Ethik und ein Seminar über Phänomenologie. Ich muß gestehen, daß die intellektuellen Verrenkungen, die man machen muß, bis man die richtige phänomenologische Haltung gefunden hat, meine Fähigkeiten völlig übersteigen. Die Anwendung der Phänomenologie auf die Mathematik und der Anspruch Husserls, daß man die Grundlagen der Mathematik nicht erklären könne, ohne von der Phänomenologie auszugehen, scheinen mir absurd.
Symbolische Logik steht in Göttingen in geringem Ansehen. Wie gewöhnlich wollen die Mathematiker nichts mit etwas so Philosophischem wie der Logik zu tun haben, während die Philosophen nichts mit etwas so Mathematischem wie den Symbolen zu tun haben wollen. Aus diesem Grunde habe ich dieses Semester nicht viel selbständig gearbeitet: es ist entmutigend, eigene Arbeit zu versuchen, wenn man weiß, daß keiner, mit dem man darüber spricht, ein Wort von dem versteht, was man sagt. Während der Pfingstferien besuchte ich Frege in Brunshaupten in Mecklenburg, wo er seine Ferien verbringt. Ich hatte mehrere interessante Gespräche über Ihre Arbeit mit ihm.[1]
Ich danke Ihnen sehr für Ihr Interesse an meinem Artikel und an meiner Entdeckung. Ich habe jetzt einiges Material, aus dem man mit meiner Arbeit über Wahrnehmbarkeitsgrade einen neuen Artikel machen könnte: ich möchte Sie fragen, was ich damit tun soll. Es ist eine Erweiterung meiner früheren Arbeit über polyadische Beziehungen, die einige Serieneigenschaften besitzen: zum Beispiel »Zwischen«-Beziehungen zwischen den Punkten einer gegebenen Geraden ...[1]
Ich sende Ihnen anliegend meine Neudrucke und bitte Sie um

1 Diese Teile des Briefes wurden ausgelassen, da sie für das allgemeine Interesse zu technisch waren.

Entschuldigung, daß ich sie nicht eher geschickt habe. Der Grund dafür ist der: ich sende alle meine für die Verteilung in Amerika bestimmten Artikel an Vater, mit der Anweisung, »sie zu säen, wo sie Wurzeln schlagen könnten«. Vater hat sicherlich geglaubt, ich hätte Ihnen Ihre Exemplare direkt geschickt.

Ich freue mich zu hören, daß Sie eine so angenehme Zeit mit uns hatten, und ich werde gewiß das nächste Jahr bei Ihnen in Cambridge studieren. Mir wird eben bewußt, was meine Arbeit bei Ihnen für mich bedeutet hat. Ihr sehr ergebner

Norbert Wiener

An die Londoner ›Nation‹ zum 15. August 1914

Sir,

entgegen der großen Mehrheit meiner Landsleute protestiere ich selbst in diesem Augenblick im Namen der Menschlichkeit und Zivilisation gegen unsere Beteiligung an der Zerstörung Deutschlands.

Vor einem Monat war Europa ein friedlicher Verband von Nationen: wenn ein Engländer einen Deutschen tötete, wurde er gehängt. Wenn jetzt ein Engländer einen Deutschen tötet oder wenn ein Deutscher einen Engländer tötet, so ist er ein Patriot, der sich um sein Land sehr verdient gemacht hat. Mit gierigen Augen durchsuchen wir die Zeitungen nach Nachrichten von Blutbädern und freuen uns, wenn wir von unschuldigen jungen Männern lesen, die – blind den Befehlen gehorchend – zu Tausenden von den Maschinengewehren von Liège niedergemäht worden sind. Wer das Volk von London in den Nächten vor dem Krieg gesehen hat, konnte erleben, wie eine ganze, bis dahin friedliebende und menschliche Bevölkerung in wenigen Tagen in den tiefen Abgrund primitiver Barbarei gestürzt wurde und in einem einzigen Augenblick den Blut- und Haßinstinkten freien Lauf ließ, gegen die das gesamte Gebäude der Zivilisation errichtet worden ist. »Patrioten« in allen Ländern begrüßen diese bru-

tale Orgie als edle Entschlossenheit, das Recht zu verteidigen; Vernunft und Barmherzigkeit werden in einer großen Flut des Hasses fortgespült; verschwommene Abstraktionen von unvorstellbarer Bosheit – Deutschland für uns und die Franzosen, Rußland für die Deutschen – verschleiern die einfache Tatsache, daß unsere Feinde Menschen sind wie wir selbst, weder besser noch schlechter – Männer, die ihre Familien und den Sonnenschein und alle kleinen Freuden des Alltags lieben; Männer, jetzt wahnsinnig vor Schrecken bei dem Gedanken an ihre Frauen, ihre Schwestern, ihre Kinder, die durch unsere Hilfe der rohen Behandlung erobernder Kosaken ausgeliefert sind.
All dieser Wahnsinn, all diese Wut, dieser flammende Tod unserer Zivilisation und unserer Hoffnungen sind über uns gekommen, weil eine Anzahl Herren in Amt und Würden, die ein luxuriöses und meist stumpfsinniges Leben führen und allesamt weder Phantasie noch Herz besitzen, beschlossen hat, daß lieber das eintreten solle, als daß einer von ihnen auch nur die geringste Beeinträchtigung seines nationalen Stolzes erlitte. Keine literarische Tragödie kommt dem sinnlosen Greuel des Weißbuches gleich.
Die Diplomaten, die von Anfang an das unvermeidliche Ende voraussahen und es großteils zu vermeiden wünschten, doch von Stunde zu Stunde der raschen Krise zugetrieben und durch allzugroße Empfindlichkeit davon zurückgehalten wurden, auch nur die geringsten Konzessionen zu machen oder zu akzeptieren, welche die Welt gerettet haben könnten, drängten schließlich aus Angst weiter, sie könnten ihrer Armeen für das gegenseitige Gemetzel verlustig gehen.
Und hinter den Diplomaten, in den öffentlichen Dokumenten kaum auszunehmen, stehen gewaltige Kräfte nationaler Gier und nationalen Hasses – atavistische Instinkte, verderblich für die Menschheit auf ihrem jetzigen Stand, aber von wilden und halbtierischen Vorfahren überkommen, von Regierung und Presse konzentriert und dirigiert, von der Oberschicht als Ablenkung von sozialer Unzufriedenheit gefördert, künstlich genährt von dem unseligen Einfluß der Waffenfa-

brikanten, unterstützt von einer ganzen üblen Literatur des »Ruhmes« und von jedem Geschichtsbuch, mit dem die Gedanken der Kinder verdorben werden.

England kann – wie alle anderen Nationen, die an diesem Krieg teilnehmen – weder im Hinblick auf seine nationalen Leidenschaften noch auf seine Diplomatie freigesprochen werden.

In den letzten zehn Jahren ist unter der begünstigenden Pflege der Regierung und eines Teils der Presse der Haß auf Deutschland und die Angst vor der deutschen Marine gezüchtet worden. Ich will nicht behaupten, daß Deutschland schuldlos sei; ich will nicht leugnen, daß die Verbrechen Deutschlands größer sind als unsere eigenen. Aber ich behaupte, welche defensiven Maßnahmen auch nötig sein mögen, sie hätten im Geiste ruhiger Voraussicht getroffen werden müssen, nicht in einem völlig unnötigen Aufruhr von Panik und Argwohn. Es sind diese absichtlich ausgelöste Panik und dieser Argwohn, die in der Öffentlichkeit jene Haltung hervorgerufen haben, durch die unsere Beteiligung am Krieg möglich wurde.

Unsere Diplomatie ist ebenfalls nicht schuldlos gewesen. Geheime Verhandlungen, verheimlicht vor dem Parlament und (anfänglich) selbst vor dem größten Teil des Kabinetts, schufen trotz wiederholter Leugnungen eine Verpflichtung, die plötzlich bekanntgemacht wurde, als das Kriegsfieber jenen Punkt erreicht hatte, wo die öffentliche Meinung toleranter gegenüber der Enthüllung wurde, daß das Leben vieler und der Unterhalt aller durch die verantwortungslosen Entscheidungen eines Mannes verpfändet worden waren. Doch obwohl Frankreich unsere Verpflichtungen kannte, weigerte sich Sir E. Grey bis zum letzten Moment, Deutschland von den Bedingungen unserer Neutralität oder unserer Intervention zu unterrichten. Am 1. August gibt er eine Unterhaltung mit dem deutschen Botschafter wie folgt wieder (Nr. 123):

»Er fragte mich, ob wir uns zur Neutralität verpflichteten, wenn Deutschland verspreche, die belgische Neutralität nicht zu verletzen. Ich antwortete, daß ich dies nicht sagen könne; wir seien immer noch frei und erwögen, wie wir uns verhalten sollten. Ich könnte nur sagen, daß unsere Haltung zum großen Teil von der öffentlichen Meinung hier bestimmt sei und daß die Neutralität Belgiens einen sehr großen Einfluß auf die öffentliche Meinung haben werde. Ich glaubte nicht, daß wir allein unter dieser Bedingung ein Neutralitätsversprechen abgeben könnten. Der Botschafter drang in mich, Bedingungen zu äußern, unter denen wir neutral blieben. Er schlug sogar vor, die Unverletzlichkeit Frankreichs und seiner Kolonien zu garantieren. Ich sagte, ich fühle mich verpflichtet, endgültig jedes Neutralitätsversprechen unter solchen Bedingungen abzulehnen, und ich könne nur sagen, daß wir freie Hand behalten müßten.«

Hierin zeigt sich, daß die Neutralität Belgiens, die Unverletzlichkeit Frankreichs und seiner Kolonien und die Flottenverteidigung der Nord- und Westküsten Frankreichs lediglich Vorwände waren. Wäre Deutschland unseren Forderungen in jeder Hinsicht nachgekommen, so hätten wir immer noch keine Neutralität versprochen.

Ich kann mich nicht der Folgerung erwehren, daß die Regierung in ihrer Pflicht gegenüber der Nation versagt hat, indem sie ihre langfristigen Abmachungen mit den Franzosen nicht früher bekanntgab und sie im letzten Augenblick zur Grundlage eines Ehrenappells machte; daß sie in ihrer Pflicht gegenüber Europa versagt hat, da sie ihre Haltung nicht gleich bei Beginn der Krise deutlich machte; und daß sie in ihrer Pflicht gegenüber der Humanität versagt hat, indem sie Deutschland nicht von den Bedingungen unterrichtete, die ihre Nichtteilnahme an einem Krieg sicherten, der, wie er auch immer ausgeht, unsagbare Not und den Verlust von vielen Tausenden unserer mutigsten und edelsten Bürger verursachen wird.

Ihr etc.

12. August 1914

Bertrand Russell

Von Lord Morley[1]

Flowermead
Princes Road
Wimbledon Park, S. W.
7. Aug. 16 ['14]

Lieber Mr. Russell,

haben Sie Dank für die Mitteilung, daß Sie und ich dasselbe über diesen Zusammenbruch des Rechts und der politischen Klugheit denken. Die Anerkennung von seiten eines Mannes wie Sie ist von wirklichem Wert, und ich schätze sie aufrichtig.

Ihr
M.
[Morley]

Von C. P. Sanger

Cote Bank
Westbury-on-Trym
Bristol
Freitag, 7. Aug. 1914

Lieber Bertie,

es war sehr freundlich von Dir zu schreiben. Ich fühle mich von dem Schrecken der ganzen Sache übermannt. Wie du weißt, habe ich Grey immer für einen der bösesten und gefährlichsten Verbrecher gehalten, die je Schande über die Zivilisation gebracht haben, aber es ist furchtbar, daß ein liberales Kabinett daran teilgenommen haben sollte, einen Krieg zu verursachen, der die teutonische Zivilisation zugunsten von Serben und russischen Autokraten vernichtet. Ich bete dafür, daß die wirtschaftliche Unordnung recht bald zum Frieden zwingen wird, aber es sieht so schlimm aus wie nur möglich.

In Freundschaft
Dein
C. P. Sanger

1 Ich hatte ihm geschrieben, um ihm dafür zu gratulieren, daß er mit Kriegsausbruch aus der Regierung ausgeschieden war.

Von F. C. S. Schiller

Esher House
Esher, Surrey
19. 8. 14

Lieber Russell,

ich habe gerade Ihren bewundernswerten Brief in der *Nation* gelesen und dann das Weißbuch, wobei ich der Folge von Ereignissen besondere Aufmerksamkeit schenkte, die in der von Ihnen aus Nr. 123 zitierten Stelle gipfeln. Als Ergebnis muß ich nicht nur mein völliges Einverständnis mit Ihren Ansichten bekennen (die die eines jeden zivilisierten Mannes sind), sondern auch mit Ihren Argumenten. Es scheint mir auf Grund seiner eigenen Aussage klar, daß Sir E. Grey einen großen Teil der Schuld an der Katastrophe trägt, gleichgültig ob er nun wissentlich oder aus Dummheit gehandelt hat, wie er es tat. Er hat sich ständig geweigert, Deutschland unter irgendeiner Bedingung eine Versicherung der Neutralität zu geben, bis er den Glauben schuf, daß England seiner Meinung nach kämpfen müsse, und Deutschland lief daraufhin »Amok«. Aber die Beweise zeigen, daß es bereit war, viel für unsere Neutralität zu bieten.

Zuerst (Nr. 85) sicherte es die Unverletzlichkeit Frankreichs im Besonderen und Belgiens zu (obwohl es die Frage seiner Neutralität offenließ). Als Grey sagte, das sei nicht genug (Nr. 101) und eine Zusicherung bezüglich der belgischen Neutralität (Nr. 114) verlangte, erklärte der deutsche Staatssekretär dumm, doch anscheinend ehrlich, worin die Schwierigkeiten bestünden (Nr. 122) und sagte, er müsse den Kanzler und den Kaiser konsultieren. Dies haben die Zeitungen als Weigerung dargestellt, die Garantie zu geben, während es doch klar ist, daß Lichnowskys Unterhaltung mit Grey (Nr. 123) am nächsten Tag eine Antwort *war.* Und ich weiß nicht, wie noch mehr hätte konzediert werden können: die belgische Neutralität und die Unverletzlichkeit Frankreichs und seiner Kolonien, mit einem Hinweis auf ein Einverständnis mit allen Bedingungen, die Grey stellen würde, wenn er sie nur vorbrächte. Natürlich hätte dies den Krieg mit Frankreich zu einer Farce gemacht und bedeutete wahrscheinlich, daß Frankreich überhaupt nicht (ernsthaft) angegriffen, sondern nur in Schach gehalten werden sollte. Man gewinnt durchweg den Eindruck, daß Deutschland in Wirklichkeit mit *Rußland* kämpfen wollte und es mit Frankreich nur des Bündnissystems wegen aufnehmen mußte. Außerdem, daß Rußland Österreich zur Verzweiflung getrieben hatte (Nr. 118 s. f.), zu kämpfen bereit war (109, 139), log oder von Deutschland der Lüge verdächtigt wurde (112, 121, 139 S. 72 und 144 oben). Es wird einem bei dem Gedanken übel, daß dieses Blutbad ausgelöst worden ist, um die Tyrannei des Zaren über die ganze Welt auszudehnen. Was die Frage von Greys guten Absichten anbelangt, ist Ihnen aufgefallen, daß der Auszug aus dem Kriegsbericht keinen Hinweis auf den wichtigen Inhalt von Nr. 123 bringt? Dies war wahrscheinlich der Grund, daß keine der Zeitungen anfänglich davon Notiz nahm. Was die Antwort des Herausgebers der *Nation* an Sie betrifft, so verdreht er ganz einfach die Zeitenfolge. Lichnowskys Angebot, Belgiens Neutralität zu respektieren, kam *nach* Greys Anfrage und beantworte sie. Greys Antwort erscheint als bloße Spiegelfechterei, und wenn er wirklich neutral hätte bleiben wollen, so hätte er sicher auf L.s Angebote hin gefragt: »Sind das feste Garantien?« Aber er antwortete überhaupt nicht.

Es nützt jedoch nichts, über vergossene Milch Tränen zu vergießen, und nur wenig, darüber nachzudenken, wie man die europäische Kultur retten kann; ich fürchte, dieser Schrecken wird lange genug dauern, um sie völlig zu zerstören. Aber ich vermute, daß nicht viel von den Potentaten, Staatsmännern und Diplomaten übrig bleiben wird, durch die diese Katastrophe ausgelöst worden ist, wenn die leidenden Millionen sie erst sechs Monate lang ertragen haben werden.

Immer Ihr ergebener
F. C. S. Schiller

An und von J. L. Hammond

Lieber Hammond, 5. Sept. 1914

Ich freue mich, daß Norman Angell antwortet und bin sehr zufrieden, daß er mich ersetzt hat.

Was Belgien betrifft, so gibt es einige Fragen, die ich gerne an Sie richten möchte, nicht in streitbarer Absicht, sondern weil ich weiterhin, wenn möglich, ein gewisses Maß an politischem Respekt für die *Nation* fühlen möchte, mit der ich in der Vergangenheit weitgehend übereingestimmt habe.
I. War die *Nation* nicht unterrichtet von der Tatsache, die allen an militärischen Dingen Interessierten bekannt war, daß nämlich die Deutschen viele Jahre lang kein Geheimnis aus ihrer Absicht gemacht hatten, Frankreich im nächsten Krieg durch Belgien anzugreifen?
II. hat die *Nation* in früheren Jahren die Verletzung Belgiens, wenn es dazu kommen sollte, als einen gerechtfertigten Grund zum Krieg mit Deutschland angesehen?
III. Wenn dem so ist, warum hat sie nie den kleinsten Hinweis bezüglich ihrer Haltung gegeben oder die Regierung gebeten, diesen Standpunkt Deutschland klarzumachen? Wenn sie Belgien zu retten beabsichtigte, wäre dies offensichtlich ihre Pflicht gewesen.
IV. Warum protestierte die *Nation* in der Vergangenheit gegen die Verstrickung auf dem Kontinent, wenn die angebliche Pflicht, Belgien zu schützen, bereits all die Schwierigkeiten mit sich brachte, die aus einem Bündnis mit Frankreich und Rußland entstehen konnten?
Es scheint mir, daß in der Vergangenheit wie in der Gegenwart die Politik der *Nation* sentimental war, in dem Sinne, daß sie sich geweigert hat, den ihrer Politik entgegenstehenden Tatsachen ins Auge zu sehen. Ich weiß jedenfalls nicht, wie man sie von dem Vorwurf freisprechen kann, entweder in der Vergangenheit gedankenlos gewesen oder jetzt hysterisch zu sein. Wenn es irgendeine Antwort gibt, so wäre ich sehr dankbar dafür.

Ihr ergebener
Bertrand Russell

Oatfield
19. Okt. 1914

Lieber Russell,
Ihr Brief – der meine Schrift einer gewissen Dunkelheit

bezichtigt – war ein großer Schock, aber er wäre das noch mehr gewesen, hätte ich nicht bereits eine weniger taktvoll übermittelte Andeutung von den Druckern erhalten. Ich hatte mich daher bereits schon an die mühsame Aufgabe der Berichtigung gemacht, mit dem hier vorliegenden Ergebnis.

Mein Brief war eine Antwort auf den Ihren, in dem Sie fragen, warum die *Nation,* wenn sie glaubte, wir sollten wegen Belgien kämpfen, ihre Leser nicht hatte wissen lassen, daß sie diese Meinung vertrat, und warum sie, wenn dies ihre Ansicht war, sich gegen eine Verstrickung mit dem Ausland aussprach. (Ich schicke Ihnen Ihren Brief der Einfachheit halber mit.) Als erstes muß ich Sie bitten – um der *Nation* gerecht zu werden –, zwischen der *Nation* und mir zu unterscheiden. Ich trug keine Verantwortung für die Linie des Blattes, was Außenpolitik (oder Rüstung) anbelangt, und habe nichts damit zu tun. Freilich stimmte ich völlig mit der *N.* hinsichtlich Persien überein. Ich bin also nicht ganz der Richtige, um Ihre Fragen zu beantworten; aber ich denke, die *Nation* kann sich gegen den Vorwurf der Inkonsequenz verteidigen.

1. Ich weiß nicht, ob die *Nation* davon wußte oder nicht. (Persönlich wußte ich nichts. Ich dachte mir immer, daß Deutschland Absichten auf Belgien und Holland haben könne, und in dem letzten Artikel über Außenpolitik, den ich im *Speaker* schrieb, sagte ich, wir könnten nicht tatenlos zusehen, wenn es sie angriffe.)

2. Die *Nation* machte im April 1912, im März 1913 und in der Woche vor Kriegsausbruch auf unsere Verpflichtung Belgien gegenüber aufmerksam.

3. Ich denke mir, daß man nicht die Regierung aufforderte, Deutschland das mitzuteilen, da man es für allgemein bekannt hielt, daß eine englische Regierung ihre Verpflichtung als bindend ansehen würde.

4. Die *Nation* argumentierte, daß die Entente mit Frankreich und Rußland einen allgemeinen Krieg wahrscheinlicher mache und wir, wenn wir unabhängig seien, Belgien leichter

schützen könnten. »Deutschland würde nicht die Neutralität Belgiens für einen kleinen militärischen Vorteil verletzen, wenn es sonst mit unserer Neutralität rechnen könnte« (März 1913). Man mag sich geirrt haben, die allgemeine Kritik an Grey mag richtig oder falsch und die Idee, eine Anglo-Französisch-Deutsche Entente aufzubauen, undurchführbar gewesen sein, aber es scheint mir kein Widerspruch darin zu liegen, diese Politik einige Jahre lang zu vertreten und dann Deutschland für denjenigen zu halten, der sie zum Scheitern gebracht hat. Massinghams Ansicht ist, daß Deutschland 1) während der letzten vierzehn Tage keine Konzessionen für den Frieden Europas machen wollte und 2) darauf bestand, in Belgien einzufallen.
Wenn Sie sagen, daß Ihrer Meinung nach die *Nation* in der Vergangenheit die kriegswilligen Mächte in Deutschland nicht genug in Betracht gezogen hat, so stimme ich überein. Ich glaube, diesen Fehler haben alle Friedensvölker begangen. In seinem – in vieler Hinsicht bewundernswürdigen – Buch *The War of Steel and Gold* äußerte sich Brailsford sehr skeptisch und sagte voraus, daß es nie wieder einen großen Krieg in Europa geben werde. Ihr J. L. Hammond

Von Helen Dudley

[1914]

Vielen Dank für die Blumen. Sie sind ein großer Trost für mich und ebenso auch Dein Brief – ich habe ihn viele Male gelesen. Es war schrecklich neulich abend – und doch wäre es vielleicht ungleich viel schrecklicher gewesen, wenn wir uns nicht gesehen hätten. Ich hätte vielleicht das Gefühl gehabt, daß ich Dich nie wiedersehen kann. Das ist nun alles vorbei: Ich verstehe, wie es mit Dir steht, und fühle mehr denn je, daß eine tiefe, dauernde Freundschaft möglich sein wird; ich hoffe sehr bald – sobald ich wieder Kraft erlangt habe. Nichts was geschehen ist, macht letzten Endes einen Unterschied – alles war und ist wunderschön.

Leb' wohl für heute, und wenn man in dieser zerrissenen Welt von Frieden sprechen kann: Friede mit Dir.

H.
[Helen Dudley]

An Geo. Turner, Esq.

Trinity College
Cambridge
26. April 1915

Sehr geehrter Mr. Turner,

es tut mir leid, Ihnen sagen zu müssen, daß ich meinen Beitrag für die Cambridge Liberal Association nicht erneuern kann und nicht länger Mitglied sein möchte. Einer meiner Hauptgründe für die Unterstützung der Liberalen war, daß ich sie für weniger geneigt hielt als die Union, sich auf einen europäischen Krieg einzulassen. Es stellt sich jedoch heraus, daß sie seit ihrer Amtsübernahme ihre Anhänger zu hintergehen und insgesamt eine Politik zu verfolgen suchten, deren Ergebnis mir verhaßt ist. Unter diesen Umständen kann ich weder direkt noch indirekt etwas tun, um die augenblickliche Regierung zu unterstützen.

Hochachtungsvoll
Bertrand Russell

Der Schreiber des folgenden Briefes war ein hervorragender Forscher und Soldat. Er leitete die britische Tibet-Expedition im Jahr 1903-04. Er war ein äußerst angenehmer und liberal denkender Mann, den ich sehr schätzte. 1914 reisten wir zusammen auf der »Mauritania«.

Von Sir Francis Younghusband

London
11 Mai 1915

Mein lieber Russell,

ich bin so bekümmert darüber, daß Sie sagen, Sie fühlten sich aufgrund Ihrer Ansichten über den Krieg isoliert. Es sollte genau umgekehrt sein. Sie sollten spüren, wie stolz Ihre Freunde auf Ihre geistige Unabhängigkeit und Aufrichtigkeit sind. Eitle und eingebildete Spinner mögen von Ihren Freunden verabscheut werden. Aber unglücklicherweise fühlen gerade diese sich nicht isoliert wie Sie. Die sind allzu zufrieden mit sich selbst, um etwas derartiges zu empfinden. Nur Männer wie Sie haben solche Gefühle.

Aber denken Sie bitte daran, daß Ihre Freunde Sie bewundern und daß Sie ihnen helfen, selbst wenn sie nicht Ihrer Meinung sind. Das Wesentliche ist, daß Sie in einer solchen Zeit gesagt haben, was Sie denken. Denn Sie wissen mehr über die Deutschen und andere Länder auf dem Kontinent als die meisten von uns, und Sie haben sich mit den ersten Anfängen des Prozesses besonders beschäftigt. Und in diesen Zeiten ist es von der größten Wichtigkeit und dem größten Wert, daß es Männer wie Sie gibt, mit deren Hilfe sich die übrigen prüfen können. Ehe der Krieg ausbrach, wußte ich kaum etwas über Deutschland. Und ich neige durch meine Erbanlage dazu, den Standpunkt eines Soldaten einzunehmen. Darum bin ich von einem ganz anderen Gesichtspunkt an die Frage herangegangen als Sie. Um so mehr aber interessierte es mich zu wissen, was Sie dachten, und ich versuchte, durch Sie zu einer eindeutigen und gerechten Haltung zu kommen.

Aus meiner eigenen Erfahrung in Regierungsgeschäften und militärischen Dingen könnte ich sagen, daß es fast unmöglich für jemanden außerhalb der internen Regierungskreise war, sich ein wahrheitsgetreues Bild von den ersten Anfängen zu machen. Die Krise kam für das außenstehende Publikum so plötzlich. Sie hatte sich seit längerem unter der Oberfläche zusammengebraut, aber wir wußten nichts davon – oder sehr wenig. Dann plötzlich brach sie hervor, und wir mußten uns so gut wie möglich dazu stellen. Und was die militärische Seite betrifft, so weiß ich aus Erfahrung, wie schrecklich gefährlich es ist, wenn man die physischen Mittel hat, um den eigenen Standpunkt durchzusetzen – wie geneigt man ist, den eines anderen zu mißachten. Ich habe dies bei militärischen Befehlshabern im Feld gesehen, und wahrscheinlich war ich selbst auch nicht sehr viel besser. Daran scheint mir Deutschland zu leiden. Es hatte zweifellos eine ungeheure Macht angesammelt, und das machte es völlig rücksichtslos gegenüber den Gefühlen und Rechten anderer. Und was wir ihm meiner Meinung nach beibringen müssen, ist die elementare Tatsache, daß es sich nicht auszahlt, diese Rechte und Gefühle zu mißachten – und daß es sie achten *muß*.

Ihr sehr ergebener
Francis Younghusband

Ein für viele typisches Beispiel:

Ryde
20. Sept. '15

Es mag, glücklicherweise, vollkommen wahr sein, daß Sie nicht am Trinity College lehren – aber Ihre besten Freunde, wenn Sie welche haben, können nicht leugnen, daß Sie ein dummer Esel sind. Und nicht nur ein dummer Esel – sondern ein gemeiner und verlogener obendrein – denn Sie sind unverschämt und falsch genug zu sagen, daß »zweifellos auf beiden Seiten Grausamkeiten geschehen sind«. Sie wie Ihre Freunde (?) Pigou, Marshall, Walter G. Bell, A. R. Waller, Conybeare etc. wissen sehr gut, daß der Britischen Armee Grausamkeiten vorzuwerfen eine bösartige Lüge ist, deren sich nur ein englischer Boche-Verräter schuldig machen kann – und Ihr erbärmlicher Versuch, die Russen mit hineinzubringen, stempelt Sie zu dem ab, was Sie sind! Ihr

J. Bull

Der Anlaß für den folgenden Brief war, daß ich Shaws Platz bei einer Versammlung übernehmen sollte, bei der über den Krieg diskutiert wurde.

Von G. B. Shaw

10 Adelphi Terrace
[London] W. C.
16. Oktober 1915

Lieber Bertrand Russell,

Sie sprechen besser mit den Webbs darüber. Was mich betrifft, handeln Sie genauso, wie es Ihnen Ihr Geist eingibt.

Wenn Sie die Katze nicht aus dem Sack lassen wollen, dann ist es ganz leicht, die Versammlung mit der simplen Feststellung zu eröffnen, daß dies eine Versammlung der Fabianer sei und daß die Aufgabe der ›Fabian Society‹[1] darin bestehe, im Rahmen des Möglichen und leidenschaftslos soziale Probleme zu untersuchen und Heilmittel für soziale Mißstände zu finden; daß der Krieg ein soziales Problem wie andere sei und solche Untersuchungen neben Rekrutierungsdemonstrationen und patriotischer Erneuerung notwendig seien; daß das Thema des Vortrags für diesen Abend der psychologische Aspekt des Krieges sei; und daß Sie das Vergnügen hätten, sich an den und den etc. zu wenden ...

Ich werde gewiß nicht besonders politisch, versöhnlich oder milde sein. Ich möchte, daß man mir zuhört und daß der Vortrag ein Erfolg wird; ich möchte aber auch die Zuhörer *ermutigen,* wenn ich kann; aber ich werde so oft wie möglich so tun, als fordere ich den Blitz heraus. Wichtig ist, daß die Versammlung guter Laune ist und die Sache zügig verläuft; denn was wirklich mit jedem los ist: man hat Riesenangst. In der rechten Tonart kann man alles sagen; in der falschen nichts: das einzig Heikle bei der Angelegenheit ist die Festlegung der Tonart.

Ich habe nicht den geringsten Einwand gegen die Zeilen, die Sie vorschlagen; und ob vor oder nach meiner Rede ist mir egal. Unsere Aufgabe ist es, in den Leuten den Ernst gegenüber dem Krieg zu wecken. Was mich in Wut bringt, ist die ungeheuerliche Trivialität der verfluchten Sache und die vulgäre Leichtfertigkeit dessen, was wir für Patriotismus halten.

Stets Ihr
G. B. S.

P. S. Da dies hier erst am späten Nachmittag ausgetragen wird (wenn überhaupt), schicke ich es an die Webbs.

1 Fabian Society: eine 1884 in England gegründete sozialistische Gesellschaft. (A. d. Ü.)

Der Anlaß für den folgenden Brief war mein Artikel über die Politik der Entente, in dem ich Gilbert Murrays Verteidigung Greys kritisiert hatte.

An Gilbert Murray — 34, Russell Chambers
Bury Street, W. C.

Lieber Gilbert, — 28. Dezember 1915

vielen Dank für Deinen Brief. Es tut mir sehr leid, daß ich einen falschen Eindruck bezüglich Deiner Beziehung zum F. O.[1] hervorrief. Ich war ganz sicher, daß Du mehr mit ihm zu tun gehabt hättest.

Ich stimme allem zu, was Du über Zukunft sagst. Ich möchte nicht mit denen streiten, die liberale Ideen vertreten, obwohl ich vielleicht andere Ansichten über den Krieg habe. Ich hielt es für nötig, Dir zu antworten, ebenso wie Du es für nötig hieltest, Deinen Artikel zu schreiben, aber das bedeutet nicht, daß irgend etwas Beleidigendes in meiner Antwort sein sollte; wenn es doch der Fall war, dann bedaure ich es. Ich fühle, daß unsere Freundschaft immer noch in der ewigen Welt lebt, was ihr auch hier und jetzt widerfahren mag. Und auch ich kann sagen: Gott segne Dich.

Stets Dein
B. Russell

Der folgende Brief hätte in Band I aufgenommen werden sollen, wäre er zur Zeit der Veröffentlichung von Band I verfügbar gewesen. Da dies nicht der Fall war, füge ich ihn hier anderen Briefen Santayanas bei.

Von George Santayana — Queen's Acre
Windsor

Lieber Russell, — 8. Februar 1912

vielen Dank für Ihre Nachricht, die heute morgen mit einem Brief Ihres Bruders eintraf. Ich werde den Sonntag mit ihm

1 F. O. – Foreign Office (A. d. Ü.)

in Telegraph House verbringen, aber habe vor, Montag oder Dienstag nächster Woche nach Cambridge zu fahren und rechne damit, Sie zu sehen. Inzwischen habe ich Ihnen ein Angebot des Harvard Colleges zu machen oder vielmehr zu erneuern. Wäre es Ihnen möglich, nächstes Jahr vom Oktober 1912 bis zum Juni 1913 in der Eigenschaft eines Philosophieprofessors dorthin zu gehen? Royce macht Ferien, ich bin fort, und Palmer ist nur die erste Hälfte des akademischen Jahres dort. Nur Perry Münsterberg und zwei oder drei junge Psychologen werden zur Stelle sein. Man möchte, daß Sie eine Vorlesung über Logik halten – drei Stunden in der Woche, von denen eine einem noch zu findenden Assistenten überlassen werden kann, für Referate etc. und, was wir ein »Seminary« oder »Seminar« nennen, worüber Sie mögen. Es würde Ihnen auch möglich sein, wenn Sie Lust hätten, entweder in Harvard oder am Lowell Institut in Boston einige allgemeinere Vorträge zu halten. Für letzteres gibt es spezielle Honorare, das Gehalt eines Professors beträgt gewöhnlich $ 4000 (£ 800). Wir hoffen, Sie nehmen dieses Angebot an, denn es gibt niemand, von dem die junge Philosophenschule in Amerika lieber lernen möchte als von Ihnen. Sie würden neue Maßstäbe für gedankliche Präzision und Unabhängigkeit einführen, die den Studenten die Augen öffnen und wahrscheinlich den größten Einfluß auf die heranwachsende Generation von Berufsphilosophen in diesem Land haben würden.

Eine baldige Antwort ist nicht besonders dringend, so daß Sie mir gar nicht zu schreiben brauchen und abwarten können, bis ich Sie nächste Woche sehe – außer Ihr Entschluß ist absolut klar und unumstößlich; dann könnten Sie mir vielleicht ein paar Zeilen nach Telegraph House schicken. Meine ständige Adresse ist: c/o Brown Shipley & Co. 123 Pall Mall. S. W.

Ihr sehr ergebener
G. Santayana

P. S. Ich wollte Ihr freundliches Angebot, mich in Cambridge aufzunehmen, nicht ablehnen, aber da ich Mitte der Woche fahre, weiß ich nicht, ob dies auch für Sie bequem ist.

Oxford, 5. Mai [1915]

Ich las Folgendes über »Kriegsbabies« in einer spanischen Zeitung: »Kitchener hat, indem er eine Armee schuf, auch die Liebe geschaffen. Das ist eine große Veränderung in einem Land, in dem man vorher nur die Ehe kannte.«

G. Santayana

[Dez. '17]

Die Situation ist zweifellos schlecht von einem militärischen Standpunkt aus, oder für die, die ärgerlich sind, weil der Krieg ihre privaten oder politischen Machenschaften stört. Er mag noch lange dauern; oder aber wieder nach einem Scheinfrieden anfangen. Doch wenn ich die Sache ruhig betrachte, als Philosoph, so finde ich nichts, weswegen man pessimistisch zu sein brauchte. Wenn ich nach Sandford zum Lunch gehe, was oft geschieht, so erfreut es mein Herz, so viele frisch gepflügte Felder zu sehen: England ist dabei, ein Ackerland zu werden statt eines Landes aus Mooren und Marschen wie das barbarische Norddeutschland. Das allein scheint mir mehr als alle Verluste aufzuwiegen: es baut seine *Grundlagen* richtig. Was Rußland betrifft, so habe ich Lenin nicht ungern (im Gegensatz zu diesem albernen Kerenski!); er hat ein Ideal, für das er zu kämpfen bereit ist, und es ist ein zutiefst antideutsches Ideal. Wenn er an der Macht bleibt, so wird er vielleicht noch mit den Deutschen kämpfen müssen, und das sicherlich mit sehr giftigem Gas. Im übrigen glaube ich, daß die Pläne der Deutschen in Berlin völlig fehlgeschlagen sind und daß die pädagogische, industrielle und militärische Vorherrschaft Preußens, mit der man uns gedroht hat, zuhause unterminiert wird. Ein militärischer Sieg würde jetzt nichts nützen, denn je mehr Völker sie ködern, um so mehr Sprengkörper bringen sie im eigenen Nest zum Explodieren.

Was die Toten und den Kapitalverlust angeht, so kümmert mich das wenig. Die getöteten jungen Männer würden älter werden, wenn sie lebten, und dann würden sie zu nichts nütze sein; und nachdem sie ein paar Jahre lang zu nichts nütze waren, würden sie an Katarrh oder kranken Nieren oder durch den Strick oder durch Altersschwäche sterben – und wäre das weniger schrecklich? Ich möchte, und bin fast froh darüber, daß die Welt ärmer wird; ich wünschte nur, auch die Bevölkerung würde weniger dicht werden; und ich bin durchaus bereit, mit einer Brotkarte und einer Wohnungskarte zu leben und nur unter einer Nummer und nicht unter einem Namen bekannt zu sein, vorausgesetzt, daß dies alles der Verlogenheit ein Ende macht und wirklich die politische Luft säubert. Aber ich fürchte, die Katastrophe wird nicht groß genug dafür sein und man flickt irgendeine verlogene Abmachung zusammen – trotz Lenin –, so daß es uns genauso gehen wird wie vorher. Die Menschen sind nicht intelligent. Es ist sehr unvernünftig, dies von ihnen zu erwarten, und das ist ein Verhängnis, mit dem mich meine Philosophie schon seit langer Zeit versöhnt hat. Wie sonst hätte ich vierzig Jahre lang in Amerika leben können?

All das wird Sie nicht interessieren, aber da es geschrieben ist, werde ich es fortschicken. [G. Santayana]

An Ottoline Morrell [Cambridge] 1915

Hast Du in der heutigen *Morning Post* den mit »Ritz Hotel« überschriebenen Brief eines Amerikaners gesehen, in dem er seinem Entsetzen und seiner Verwirrung darüber Ausdruck gibt, in der Kapelle des New Colleges eine Tafel mit der Inschrift »Pro Patria« gefunden zu haben, auf der alle Namen der New College-Männer stehen, die im Krieg gefallen sind, darunter *drei Deutsche!* Er teilte sein Entsetzen dem Kirchendiener mit, der antwortete: »Sie starben für *ihr* Land. Ich kannte sie – es waren feine Kerle.« Das ist verdienstvoll für das New College. Der ehrenwerte Amerikaner hält es für nötig, uns eine Lektion zu erteilen, wie man Patriot zu sein hat.

»Elizabeth« [meine Schwägerin] drückt ihr Bedauern über die Tatsache aus, daß ihre fünf deutschen Neffen im Feld immer noch leben. Sie ist eine echte Patriotin. Der Amerikaner würde sie mögen. Ich könnte Dienst. und Mittw. den 15. und 16. zu Dir kommen, wenn es Dir paßt. Ich würde gern [D. H.] Lawrence sehen . . .

[Cambridge]
Sonntag abd.
[Poststempel vom 10. Mai '15]

Ich spüre die Last des Krieges weit mehr seit meiner Rückkehr hierher – man wird sich der Verluste hier so schrecklich bewußt. Und der Tod von Rupert Brook hat mir dieses Gefühl erst recht gegeben. Es ist tödlich, jetzt hier zu sein, wo alles gewohnte Leben aufgehört hat. Es wird andere Generationen geben – doch die Furcht bleibt, daß etwas in unserer Kultur für immer verloren sein wird, so wie es war, als Griechenland auf dieselbe Weise unterging. Merkwürdig, wie hoch man Kultur einschätzt – mehr als alle seine Freunde oder sonst etwas – die langsame Vollendung des Menschen, der sich aus dem unvernünftigen Tier entwickelt – das scheint der letzte Lebenszweck. Ich lebe nicht für das menschliche *Glück,* sondern für das allmähliche Zutagetreten des Geistes. Und hier wurde das fast zu allen Zeiten gefördert – und was erreicht wurde, wird an neue Generationen weitergegeben, die dort weitermachen, wo wir aufgehört haben. Und jetzt kommt all das zu einem Stillstand, und niemand weiß, ob der Punkt, an dem es wieder beginnen wird, so ist wie der, wo es aufgehört hat. Und all die älteren Apostaten sind überglücklich.

34 Russell Chambers
Mittw. nacht
[Poststempel vom 27. Mai '15]

Ich merke erst jetzt, wie sehr mich Cambridge bedrückt hat. Ich fühle mich weit lebendiger hier und weit fähiger, den Schrecken zu begegnen, die die Zeit bringen mag. Ich finde es unaussprechlich schmerzlich, für einen Verräter gehalten zu werden. Bei jeder zufälligen Begegnung im Hof zittere ich vor innerer Angst. Man müßte etwas mehr abgehärtet sein. Liebste, vergib, daß ich in der letzten Zeit so gräßlich war. Aber ich habe wirklich eine ziemlich schlechte Zeit gehabt und wurde von Schrecken heimgesucht, und ich wollte nicht von all dem sprechen, was in meinen Gedanken vorging, bis es sich gemäßigt hat, denn es war übertrieben und verrückt. Deshalb war ich steif und langweilig.

Freitag
[Poststempel vom 11. Ju '15]

Ich denke, ich werde mich mit den ›No-Conscription‹-Leuten anfreunden. Die U. D. C.[1] ist zu zahm und durch Belanglosigkeiten verwirrt. Das mag nach dem Krieg in Ordnung sein, aber nicht jetzt. Ich wünschte, gute Menschen wären nicht so weichlich. Die Gewaltgegner, die ich hier kenne, sind so sonntagsschulhaft – man merkt, daß sie die eruptiven Eigenschaften der menschlichen Natur nicht kennen, daß sie wenig Humor haben, keine Willensstärke, nichts von dem, was Menschen wirksam macht. Sie hätten nie die Pharisäer angeprangert oder die Geldwechsler hinausgeworfen. Wie leidenschaftlich sehne ich mich danach, durch die Gefängnismauern der eigenen Natur hindurchzubrechen. Ich empfinde in diesen Tagen so viel, als ob in mir eine große Kraft für das Gute von Skeptizismus und Zynismus und fehlendem Glauben eingekerkert sei. Aber diejenigen, die keine solche Zurückhaltung haben, kommen einem immer unwissend und ein wenig töricht vor. All das gibt einem das Gefühl großer Einsamkeit.
Ich kann aus Lawrence's Philosophie nicht klug werden. Ich fürchte mich, mit ihm darüber zu sprechen. Sie liegt mir nicht.

Juli 1915

Lawrence hat meine ganze Zeit in Anspruch genommen, von morgens an bis 10.30, so daß ich gestern nicht schreiben

1 Union of Democratic Controll (A d. Ü.)

konnte. Wir hatten einen schrecklichen, aber keinen verhängnisvollen Streit. Er greift mich wegen verschiedener Dinge an, wegen derer man mich meinem Gefühl nach nicht tadeln kann – vor allem dafür, daß ich wissenschaftlich veranlagt bin und Tatsachen anerkenne. Ich werde Dir seinen geschriebenen Kommentar zu meinem Lehrplan schicken. Ich wüßte gern, was Du darüber denkst. Er nahm mich zu einem russischen Juden, Kotilianski, und [Middleton] Murry und Mrs. Murry [Katherine Mansfield] mit – sie saßen alle zusammen in einem kahlen Geschäftszimmer in einem der oberen Stockwerke neben dem Holborn Restaurant und rauchten bei geschlossenen Fenstern pausenlos Zigaretten, träge und zynisch. Ich fand Murry *gemein* und die ganze Atmosphäre tot und verderbt.

Dann gingen wir in den Zoo – der Pavian war mir eine große zynische Befriedigung: er sah jeden lang und nachdenklich an, zeigte dann langsam seine Zähne und knurrte mit unvorstellbarem Haß und Abscheu. Swift hätte ihn geliebt. Dann gingen wir hinauf nach Hampstead zu den Radfords, wo Mrs. Lawrence war. Nach der ersten Stunde war ich todmüde, denn wir fingen sofort zu streiten an. Ich sagte Lawrence, ich glaubte, wir müßten unabhängig voneinander sein, in jedem Fall zu Anfang, und nicht versuchen, eine Schule zu gründen. Wenn er von Politik spricht, kommt er mir so wild vor, daß ich nicht öffentlich mit ihm zusammenarbeiten könnte. Ich hoffe, er ist nicht gekränkt. Es sah nicht so aus, denn ich hatte es sehr vorsichtig ausgedrückt. Seine Gedanken sind undiszipliniert, und er hält seine Wünsche für Tatsachen. Außerdem ist er ein Wirrkopf. Er sagt, »Tatsachen« seien ziemlich unwichtig, nur auf die »Wahrheiten« käme es an. London ist eine »Tatsache«, keine »Wahrheit«. Aber er will, daß London niedergerissen wird. Ich versuchte, ihm verständlich zu machen, daß es absurd sei, wenn London unwichtig wäre, aber er wiederholte immerzu, daß London nicht wirklich existiere und er dies leicht den Leuten zeigen könne und sie es dann niederrissen. Er vertraute derartig auf seine Überzeugungskraft, daß ich ihn herausforderte, zum Trafalgar Square zu gehen und mit seiner Predigt anzufangen. Das brachte ihn auf die Erde zurück, und er begann Ausflüchte zu machen. Seine Haltung ist ein wenig verrückt und nicht ganz ehrlich oder zumindest sehr wirr. Er hat die Lektion individueller Ohnmacht nicht gelernt. Und er sieht in allen meinen Versuchen, ihn auf Tatsachen hinzuweisen, nur Ängstlichkeit, Mangel an Mut, kühn zu denken, zügellosen Pessimismus. Wenn man einen Schimmer der Tatsachen in seinen Kopf hineinbekommt, wie es mir schließlich gelang, verliert er den Mut und sagt, er wolle zu den Südseeinseln fahren und mit sechs Eingeborenenweibern in der Sonne liegen. Er ist ein dicker Brocken. Das Schlimme bei ihm ist ein Hang zu verrückter Übertreibung.

Juli 1915
Dienstag

Ja, der Tag, den Lawrence mit mir verbrachte, war schrecklich. Ich wurde immer verzweifelter und zählte nur noch die Augenblicke, bis er vorbei war. Teilweise kam dies von der Leber, aber nicht nur. Lawrence erinnert sehr an Shelley – er ist ebenso subtil, aber von einer ähnlichen Ungeduld gegenüber Tatsachen. Die Revolution, auf die er hofft, ist genauso wie Shelleys Prophezeiung der Bande Anarchisten, die fliehen, während die Leute ein Liebesfest feiern. Seine menschliche Psychologie ist bis zu einem gewissen Punkt erstaunlich gut, aber dann läßt er sich durch seine Liebe zu grellen Farben verleiten.

Freitag abend. Ich habe mit meinem Harvard-Schüler [T. S.] Eliot und seiner Frau gegessen. Ich erwartete, daß sie schrecklich sein würde, weil er so geheimnisvoll mit ihr tat; aber sie war nicht so übel. Sie ist blond, ein wenig vulgär, unternehmend, voller Leben – eine bildende Künstlerin, sagte er wohl, ich hätte sie eher für eine Schauspielerin gehalten. Er ist feinsinnig und gleichgültig; sie sagt, sie habe ihn geheiratet, um ihn anzuregen, aber sie finde, sie könne es nicht. Offensichtlich hat er geheiratet, um angeregt zu werden. Ich denke, sie wird seiner bald müde sein. Sie weigert sich, aus Angst vor Unterseebooten nach Amerika zu gehen und seine Verwandten zu besuchen. Er schämt sich seiner Heirat und ist sehr dankbar, wenn man freundlich zu ihr ist. Er ist der Miss-Sands-Typ von Amerikaner. [Miss Sands war eine hochgebildete Neuengländerin, eine Malerin und Freundin von Henry James und Logan Pearsall Smith.]

Hatch
Kingsley Green
Haslemere
Donnerst. morgen
[Poststempel vom 9. Sept. '15]

Liebste,

ich war sehr froh über Deinen Brief heute morgen – es ist ein so lieber Brief. Ich wünschte, ich könnte es vermeiden, unglücklich zu sein. Ich kann es, wenn ich Interessen fern von Dir habe und nicht immer und ewig in der Familienatmosphäre bin – sonst aber wird das Gefühl, nichts als ein überflüssiger Geist zu sein, der zusieht, aber nicht teilnimmt, unerträglich. Wenn ich jede Woche einige Tage in der Stadt verbringe, wird alles in Ordnung sein. Die Lady[1] hat mir die Situation erklärt und wird damit heute bei einem Picknick fortfahren, während Mrs. Waterlow [ihre Schwester] in die Stadt fährt. Sie sagt – und ich glaube ihr –, daß sie anfangs unvorsichtig mit meinem Bruder war, da sie ihn für sicher verheiratet und daher als Liebhaber geeignet hielt. Plötzlich, ohne sich mit ihr zu beraten, schrieb er ihr und teilte ihr mit, er lasse sich scheiden. Das verschlug ihr den Atem und schmeichelte ihr ziemlich. Sie ließ sich treiben, sagte nichts Endgültiges, aber gestattete ihm stillschweigend, alles zu glauben. Nun ist sie sehr unruhig, da der unerbittliche Augenblick näherrückt, wenn die Scheidung vollzogen sein wird und sie sich entscheiden muß. Ihre Einwände gegen ihn sind folgende:

1 Elisabeth, die dritte Frau meines Bruders.

a) Er schläft mit 7 Hunden auf seinem Bett. Sie könnte keinen Augenblick unter solchen Umständen schlafen.[1]
b) Er liest laut Kipling.
c) Er liebt Telegraph House, das gräßlich ist.

Ich glaube wohl, daß sich andere Einwände finden ließen, wenn man lange genug danach suchte; aber sie sind alle drei so gewählt, daß sie bei mir Anklang finden. Sie ist eine Schmeichlerin und hat sich offensichtlich vorgenommen, mich auf ihre Seite zu bringen, wenn sie mit ihm bricht. Doch das ist ein vergebliches Unterfangen. Ich liebe meinen Bruder zu sehr und wäre allzusehr durch sein Leiden betroffen, um ihr innerlich zu vergeben, selbst wenn sie das Recht ganz auf ihrer Seite hat. Sie sagt, sie sei noch immer sehr unentschlossen, aber ich glaube nicht, daß sie ihn heiraten wird. Sie wäre *entzückt,* ihn weiter als Liebhaber zu haben, aber ich bin sicher, daß er damit nie einverstanden wäre.

Ich muß aufhören, da ich das sofort aufgeben muß.

Beunruhige Dich nicht über mich. Alles wird in Ordnung sein, solange ich dafür sorge, daß sich meine Gedanken nicht allzusehr auf das konzentrieren, was ich nicht haben kann. Ich fand das Picknick der Kinder *herrlich,* denn endlich einmal war ich kein Gespenst. Ich kann nicht an dem Familienleben teilnehmen, wenn Du da bist, teils weil Du meine Aufmerksamkeit in Anspruch nimmst, teils weil ich in Deiner Nähe immer wie von Schrecken gelähmt, steif und unbeholfen bin: durch das Gefühl, von Dir kritisiert zu werden. Ich weiß, daß Dich einige Dinge, die ich tue oder lasse, aus Gründen stören, die ich nicht begreife, und das macht es mir unmöglich, in Deiner Nähe natürlich zu sein, wenn ich auch manchmal deswegen die Dinge übertreibe, die Du haßt. Aber wenn ich nicht müde bin, kann ich über all das hinwegkommen. Da ich in Deiner Nähe verkrampft und ängstlich bin, reicht meine Vitalität in Garsington nicht lange genug aus, und wenn sie

1 Ich erzählte ihr von dem Hund Josephines, der Napoleon biß. Was Kaiser ertragen haben, kann sie vielleicht auch. [Josephines Hund biß Napoleon in der Hochzeitsnacht in die Wade.]

aufgebraucht ist, bin ich schutzlos gegen Gedanken, die ich fernhalten möchte.

Donnerstag nacht
[Poststempel London,
29. Oktober '15]

Liebste,

ich habe mich so über Deinen Brief gefreut. Ich hatte angefangen, mir Sorgen zu machen. Es freut mich, daß Lawrence so wunderbar war. Ich zweifle nicht, daß er recht hat, wenn er geht, aber ich könnte England nicht im Stich lassen. Ich kann den Gedanken einfach *nicht ertragen,* daß England seinen Lebensabend beginnt – der Schmerz ist zu groß. Ich will das nicht glauben, und ich will glauben, daß eben diese Schande schließlich einen neuen Geist wachruft. Je mehr es mit England abwärtsgeht, um so dringender möchte ich helfen und um so mehr fühle ich mich auf Gedeih und Verderb an England gebunden. Ich kann von nichts anderem schreiben, alles scheint im Vergleich dazu so belanglos. Dein B.

Mittwoch
[Poststempel vom 10. November '15]

Eliot hatte gestern einen halben Tag frei und kam um 3.30 nach Hause. Es ist wirklich merkwürdig, daß ich ihn wie einen Sohn lieben gelernt habe. Er wird immer mehr zu einem Mann. Er hat eine tiefe und ganz selbstlose Zuneigung zu seiner Frau, und sie liebt ihn wirklich sehr, aber hat von Zeit zu Zeit einen Hang zur Grausamkeit ihm gegenüber. Eine dostojewskische Grausamkeit, nicht die direkte, alltägliche Sorte. Ich bringe die Dinge zwischen ihnen jeden Tag ein wenig mehr in Ordnung, aber ich kann sie zurzeit nicht allein lassen und bin natürlich sehr beteiligt. Sie ist eine Person, die auf des Messers Schneide lebt und als Verbrecherin oder als Heilige enden wird – ich weiß noch nicht als was. Sie ist durchaus zu beidem fähig.

Liebste, [1915] Mittw.

ich weiß nicht, was in letzter Zeit mit mir ist, aber ich bin wieder in jenen Zustand der Lethargie zurückverfallen, der mich in Abständen seit Kriegsbeginn überkommt. Ich bin sicher, daß ich anders leben müßte, aber ich habe gänzlich alle Willenskraft verloren. Ich möchte jemanden haben, der mich lenkt und mir befiehlt, wo ich leben und was ich tun soll und mir keinerlei Selbstbestimmung mehr läßt. Ich habe noch nie etwas Ähnliches gefühlt. Ich bin sicher, es ist alles bloß geistige Erschöpfung, aber sie ist sehr intensiv, nimmt mir jegliches Interesse und läßt mir keine Energie, durch eigene Anstrengung zu einer besseren Gemütsverfassung zu kommen. Ich sollte wirklich gegen alles kämpfen, was mir angeblich guttut. Doch ich habe nur den Drang, still herumzusitzen und zu grübeln.

Ich kann nicht viel tun, bis meine Vorlesungen zu Ende sind, aber das wird jetzt nicht mehr lange dauern. Wenn ich jemanden wie Desmond [MacCarthy] dazu bringen könnte, mit mir aufs Land zu gehen und viel mit mir zu wandern, so würde ich mich erholen. Aber alle sind beschäftigt, und ich habe nicht die Energie, irgend etwas zu arrangieren. Ich arbeite überhaupt nicht. Ich werde mich demnächst für Harvard an die Arbeit machen müsssen, aber der Gedanke an Arbeit ist ein Alptraum. Ich bin sicher, daß etwas getan werden muß, sonst zerbreche ich.

Irene [Cooper Willis] war gerade hier und hat mich wegen Helen [Dudley] ausgescholten – jemand hat ihr kürzlich die ganze Geschichte erzählt –; das hat mich auch nicht heiterer gemacht. Schuldbewußtsein ist eines der Dinge, die mich in diesen Tagen beunruhigen. Die Lage in der Welt ist schuld daran, denke ich, und das schreckliche Gefühl der Ohnmacht. Ich glaubte, ich hätte es überwunden, aber es ist schlimmer wieder da denn je. Fällt Dir nichts ein, was mir helfen könnte? Ich wäre Dir dankbar dafür. Mein Dasein ist augenblicklich wirklich zu schrecklich.

Ich weiß nun, daß es sich nur um eine Krankheit handelt, und ich bin nicht länger Dir oder irgend jemandem gegenüber

kritisch. Mein Wille ist verlorengegangen. Ich habe ihn zu sehr in Anspruch genommen, jetzt ist er zerbrochen.
Du hast schon genug Sorgen – aber wenn Du jemanden wüßtest, der sich eine Weile um mich kümmern und mich herumkommandieren könnte, so würde das die Lage ändern.
Dein B.

Samstag [1916]

Ich lege einen Brief von Captain White bei. Du wirst sehen, daß er dieselbe Art von Feindschaft oder Antagonismus mir gegenüber fühlt wie Lawrence. Ich glaube, dieses Gefühl besteht bei den meisten, denen ich in geistigen Dingen nahestehe, und ist wahrscheinlich dasselbe, das Dich davon abhielt, mich in dem Maße zu mögen, wie Du es anfänglich glaubtest. Ich wünschte, Du könntest es herausfinden und mir sagen, was es ist. Es gibt mir das Gefühl großer Isolierung. Leute, mit denen ich intellektuell sympathisiere, haben kaum je irgendein geistiges Leben, oder zumindest sehr wenig; und die anderen scheinen meine intellektuelle Seite unerträglich zu finden. Du wirst denken, daß ich wieder in Morbidität verfalle, aber das stimmt nicht; ich möchte der Angelegenheit nur auf den Grund gehen, um sie zu verstehen. Wenn ich sie nicht überwinden kann, so wird jede größere Leistung dadurch erschwert.
Ich hatte White gesagt, es beunruhige mich, daß meine Hörerschaft anwachse und daß Leute, denen meine Vorträge [1] unangenehm sein müßten, das nicht empfänden – vor allem Mrs. Acland [deren Mann bei der Regierung war], die da sitzt und sich amüsiert, ohne zu merken, daß, was ich sage, eine Verurteilung der Regierung ist. Ich dachte nach meinem letzten Vortrag, ich würde praktisch auf die Nutzanwendung hinweisen.
Ich merke, daß ich sehr wenig von dem weiß, was Du in der letzten Zeit gedacht und gefühlt hast. Ich war so beschäftigt,

1 Diese Vorträge wurden später als *Principles of Social Reconstruction* veröffentlicht.

daß meine Briefe langweilig waren, darum darf ich mich nicht beklagen. Aber es wird eine Erleichterung sein, Dich zu sehen und ein wenig herauszufinden, was in Dir vorgegangen ist. Seit meinem letzten Besuch in Garsington war ich ganz glücklich, was die persönlichen Dinge anbelangt. Erinnerst Du Dich daran, daß ich damals, als Du Vittoz trafst [ein Schweizer Arzt, der sie behandelte], eine Menge über Erkenntnistheorie schrieb, was Wittgenstein mit äußerster Strenge kritisierte? Seine Kritik war, obwohl ich nicht denke, daß Du es damals gemerkt hast, ein Ereignis von größter Wichtigkeit in meinem Leben und beeinflußte alles, was ich seitdem getan habe. Ich sah, daß er recht hatte, und ich sah, daß ich nie wieder hoffen dürfte, ein grundlegendes philosophisches Werk zu schaffen. Mein Antrieb war zerschellt, wie eine Welle an einem Wellenbrecher zerspritzt. Äußerste Verzweiflung[1] überkam mich, und ich versuchte, bei Dir Trost zu finden. Aber Du warst mit Vittoz beschäftigt und hattest keine Zeit für mich. So überließ ich mich Zufallständeleien, und das verstärkte meine Verzweiflung. Ich *mußte* Vorlesungen für Amerika schreiben, aber ich wählte ein metaphysisches Thema, obwohl ich davon überzeugt war und bin, daß jede grundlegende Arbeit in der Philosophie nur logisch sein kann. Der Grund dafür war, daß mich Wittgenstein überzeugt hatte, daß, was ich in der Logik tun wolle, zu schwierig für mich sei. So fand mein philosophischer Impuls in dieser Arbeit keine wirkliche vitale Befriedigung, und die Philosophie verlor ihre Macht über mich. Das lag mehr an Wittgenstein als am Krieg. Der Krieg hat in mir bloß einen neuen und weniger schwierigen Ehrgeiz geweckt, der mir ebensogut scheint wie der alte. Meine Vorlesungen haben mich davon überzeugt, daß Leben und Aktivität mit diesem neuen Ehrgeiz möglich sind. Daher möchte ich in Ruhe arbeiten, und ich fühle mich friedlicher, was die Arbeit anbetrifft, als je seit Wittgensteins heftigem Angriff.

1 Ich überwand die Stimmung bald.

Von Stanley Unwin 40, Museum Street
London, W. C.

Sehr geehrter Mr. Russell, 29. November 1915

ich ersehe mit dem allergrößten Interesse aus der laufenden Nummer des *Cambridge Magazine,* daß Sie eine Vorlesungsreihe über *The Principles of Social Reconstruction* zu halten gedenken.

Wenn Sie diese Vorträge anschließend in Buchform zu veröffentlichen beabsichtigen, so hoffe ich, wir werden das Vergnügen haben, diese für Sie herauszugeben.

Wir legen einen Prospekt zu *Towards a Lasting Settlement* bei, ein Band, für den Sie sich, wie wir wissen, interessieren. Wir hoffen, das Buch am 6. Dezember zu veröffentlichen.

Ihr ergebener
Stanley Unwin

[*Das war der Anfang meiner Verbindung mit Allen & Unwin*]

Von T. S. Eliot

Dienstag

Lieber Bertie, [Jan. 1916]

das ist furchtbar nett von Dir – wirklich das äußerste an Großzügigkeit. Es tut mir sehr leid, daß Du zurückkommen mußt – und Vivien sagt, Du seist ein Engel ihr gegenüber gewesen – aber natürlich werde ich mit der größten Dankbarkeit die Gelegenheit beim Schopfe fassen. Ich bin sicher, Du hast alles nur Mögliche getan und sie äußerst geschickt behandelt – besser als ich. Ich frage mich oft, wie die Dinge ohne Dich gegangen wären – ich glaube, wir werden dir sogar ihr Leben schulden.

Ich werde den 10.30-Zug nehmen und freue mich darauf, mit Dir zu sprechen, bevor Du abfährst. Mrs. Saich[1] erwartet Dich. Sie hat es mir hier sehr bequem gemacht. Herzlich

Tom

1 Die Reinemachefrau meiner Wohnung. Sie sagte, ich sei »ein sehr perzentrischer Herr«. Einmal als der Gasmann kam und es sich herausstellte, daß er

Von Charlotte C. Eliot

4446 Westminster Place
23. Mai 1916

Lieber Mr. Russell,

Ihr Brief bezüglich eines uns geschickten Telegramms kam vor kurzem an. Ich schreibe nun, um Ihnen für die Zuneigung zu danken, die darin zum Ausdruck kam. Es war natürlich, daß Sie nach der schrecklichen Tragödie von Sussex neulich so fühlten. Mr. Eliot hielt es nicht für möglich, daß die Deutschen (ein Synonym für das Allerfürchtenswerteste) sogar einen amerikanischen Passagierdampfer angreifen würden. Das wäre doch offensichtlich entgegen ihren Interessen. Freilich bin ich mir bewußt, daß die Möglichkeit eines Krieges zwischen Deutschland und Amerika immer noch besteht. Je mehr wir von offenen und *geheimen* deutschen Methoden erfahren, um so größer wird die moralische Entrüstung vieler Amerikaner. Ich bin froh, daß alle unsere Vorfahren Engländer sind, mit einer weit zurückreichenden Linie französischer Ahnen. Ich schicke Tom die Abschrift eines Briefes, den sein Urgroßvater 1811 geschrieben hat und der von seinem Großvater (einem von ihnen) berichtet, der um 1676 in der Grafschaft Devon in England geboren wurde – Christopher Pearse.

Ich bin sicher, Ihr Einfluß wird meinen Sohn in jeder Weise bestärken, die Philosophie zu seinem Lebenswerk zu machen. Professor Wood sagt, seine Dissertation sei außergewöhnlich wertvoll. Ich hatte gehofft, er würde sich nächstes Jahr nach einem Universitätsposten umsehen. Wenn er das nicht tut, werde ich es bedauern. Ich glaube unbedingt an die Philosophie, aber nicht an den freien Vers.

Tom ist Ihnen für Ihre Sympathie und Freundlichkeit sehr dankbar. Ich teile diese Dankbarkeit.

Ihre ergebene
Charlotte C. Eliot
[T. S. Eliots Mutter]

Sozialist war, sagte sie, »er spreche genau wie ein Herr«. Sie hatte angenommen, daß nur »Herren« Sozialisten seien.

An Lucy Martin Donnelly
Professorin für Englisch am
Bryn Mawr College

34 Russell Chambers
Bury St., W. C.
10. Februar 1916

Meine liebe Lucy,
ich habe mich gefreut, von Ihnen aus Kioto zu hören – was die Kontinente betrifft, so sind es bis jetzt nur 3, in die ich Ihnen geschrieben habe – es ist einfach Ihre Pflicht, auch nach Afrika und Australien zu gehen, um Ihre Sammlung zu vervollständigen.
Ich hoffe sehr, Sie können es einrichten, mit der Sibirischen Eisenbahn nach England zu kommen. Es wäre eine große Freude, Sie zu sehen, und ich könnte Sie sicher dazu bringen, mit den Ansichten zu sympathisieren, die ich und die meisten meiner Freunde über den Krieg haben.
Sie brauchen sich nicht wegen meiner Vorträge zu sorgen. Helen [Flexner] machte mir in einem Brief wirklich Vorhaltungen, die mich amüsierten. Ich hätte gedacht, sie wüßte nachgerade, daß gesellschaftliche Vorsicht bei der Äußerung einer Meinung nicht meine Stärke ist. Wenn sie Christus gekannt hätte, bevor er seine Bergpredigt hielt, so würde sie ihn gebeten haben zu schweigen, aus Angst, er schade seiner sozialen Stellung in Nazareth. Leute, die in der Welt zählen, vergessen solche Dinge. Tatsächlich sind meine Vorträge ein großer Erfolg – sie sind ein Versammlungsort für die Intellektuellen, von denen täglich immer mehr zu meiner Überzeugung gelangen, nicht nur im Hinblick auf den Krieg, sondern auch was die allgemeine Politik betrifft. Alle möglichen Literaten und Künstler, die Politik früher verachteten, werden jetzt zum Handeln gezwungen, wie in Frankreich bei der Dreyfus-Affaire. Auf lange Sicht wird ihre Haltung eine tiefgreifende Wirkung haben. An sie wende ich mich hauptsächlich. – Ich habe es aufgegeben, über den Krieg zu schreiben, da ich das Meine gesagt habe und es nichts Neues zu sagen gibt. – Mein eigener Ehrgeiz ist umfassender und weniger unmittelbar als der, den meine Freunde für mich hegen. Ich lege keinen Wert auf Applaus, den man bekommt,

wenn man sagt, was die anderen denken; ich möchte tatsächlich die Denkweise der Leute *ändern*. Macht über die Gedanken der Leute ist der wichtigste persönliche Wunsch meines Lebens; und diese Art von Macht erlangt man nicht, wenn man populäre Dinge sagt. In meiner Jugend waren meine philosophischen Anschauungen so unpopulär und merkwürdig wie nur denkbar; und doch habe ich sehr viel Erfolg gehabt. Jetzt habe ich eine neue Karriere begonnen, und wenn ich lebe und meine Fähigkeiten wahre, werde ich wahrscheinlich ebenso erfolgreich sein. Harvard hat mich eingeladen, in zwölf Monaten einen Vorlesungskurs über die Dinge zu geben, über die ich jetzt lese, und ich habe zugestimmt. Sobald der Krieg vorbei ist, werden die Leute hier gerade das wollen. Wenn Sie einmal verstehen, was ich anstrebe, so werden Sie auch sehen, daß ich den richtigen Weg gehe, um es zu verwirklichen. Bei jedem großen Unternehmen gibt es harte Zeiten, die man durchstehen muß, und natürlich kann der Erfolg auch erst kommen, wenn man bereits tot ist – aber diese Dinge spielen keine Rolle, wenn man es ernst meint. Ich habe Wichtiges über die Philosophie des Lebens und der Politik zu sagen, etwas Zeitgemäßes. Der allgemeine Standpunkt der Leute hier hat sich während der letzten 10 Jahre außerordentlich rasch geändert; ihr Glauben an die verschiedensten Dinge hat sich aufgelöst, und sie wollen eine neue Doktrin. Diejenigen, die die Zukunft formen, wollen von nichts *hören*, was alten Aberglauben und alte Konventionen aufrechterhält. Es besteht eine scharfe Kluft zwischen alt und jung; nach einer allmählichen Entwicklung bin ich auf seiten der Jungen gelandet. Und weil ich auf ihrer Seite bin, kann ich etwas an Erfahrung beitragen, das sie anzuerkennen bereit sind, wenn es nicht bloße Kritik ist. – Lassen Sie bald wieder von sich hören – ich interessiere mich für ihre Eindrücke im Fernen Osten.

Herzl. Ihr
B. Russell

Haben Sie Romain Rollands *Das Leben Michelangelos* gelesen? Es ist ein wunderbares Buch.

An Ottoline Morrell Sonntag nachm.
[Poststempel London, 30. Jan. 1916]

Ich habe eine ganze Menge von Havelock Ellis über Sex gelesen. Er schreibt vieles, was jeder wissen müßte, sehr wissenschaftlich und objektiv, höchst wertvoll und interessant. Wie unsinnig ist es doch, die Leute über sexuelle Dinge in Unwissenheit zu halten, selbst wenn sie denken, sie wüßten alles. Ich glaube, fast alle zivilisierten Leute sind in gewissem Maße das, was man für abnorm halten könnte, und sie leiden, weil sie nicht wissen, daß in Wirklichkeit ebenso viele Leute genau so sind wie sie. Man hört immer wieder, daß etwas schiefgeht, wenn Leute heiraten, nur weil sie nichts von dem wissen, was wahrscheinlich geschehen wird, und weil sie sich fürchten, offen darüber zu sprechen. Es scheint mir klar, daß Heiraten durch Kinder zustandekommen sollten, und daß Verhältnisse, die keine Kinder einbeziehen, vom Gesetz ignoriert und von der Öffentlichkeit als unwesentlich betrachtet werden sollten. Nur durch Kinder hören Verhältnisse auf, eine rein private Angelegenheit zu sein. Ich bin sicher, daß die ganze traditionelle Moral abergläubisch ist. Es ist nicht wahr, daß diejenigen, die sehr zurückhaltend sind, das Beste wahrscheinlich noch zu erwarten haben – sie werden entweder unfähig, sich gehen zu lassen, oder sind, wenn sie es tun, zu heftig und unbesonnen. Bist Du meiner Meinung?

Leb' wohl, Geliebte. Ich bin so glücklich, wie man es in diesen Zeiten nur sein kann, und ganz voller Liebe. Es *wird* eine große Freude sein, Dich wiederzusehen, wenn Du kommst.

Dein B.

Trin. Coll.
27. Febr. 1916

Liebste,

ich glaube, ich vergaß Dir zu sagen, daß ich zum Wochenende hierher kommen werde. Ich kam hierher, um bei den ›Indian Majliss‹, einem Club indischer Studenten, zu sprechen. Sie hatten ihr jährliches Dinner, ungefähr 100 von ihnen, und baten mich, den Trinkspruch auf »Indien« auszubringen. Dein Freund Sarawadi (?) war da und sprach ganz ausgezeichnet. Sie hatten mich wegen meiner Haltung bezüglich des Krieges gebeten – zumindest nehme ich das an. Aber als ich sprechen wollte, überkam mich ein merkwürdiges Gefühl der Verantwortung. Ich erinnerte mich daran, daß ich trotz allem ja doch nicht will, daß die Deutschen gewinnen und Indien in diesem Augenblick rebelliert. Ich sagte, wenn ich ein geborener Inder wäre, so glaubte ich nicht, daß ich den Sieg Deutschlands wünschen würde. Dies wurde mit tödlichem Schweigen aufgenommen, und in folgenden Reden wurde gesagt, das sei das einzige an meiner Rede gewesen, womit sie nicht einverstanden gewesen wären. Ihr Nationalismus war eindrucksvoll. Sie sprachen von Einigkeit zwischen Moslems und Hindus, von dem Druck Englands, von der völligen Niederlage als der einzigen Möglichkeit, Tyrannen in Schach zu halten. Viele von ihnen waren begabt, sehr ernst, recht zivilisiert. Der Mann, der zum Schluß sprach, war ein Biologe, voll von Leidenschaft für die Wissenschaft, gerade vor seiner Rückkehr nach Indien. »Ich gehe«, sagte er, »aus diesem Land des Wohlstandes in das Land der Epidemien und Hungersnöte; aus diesem Land der Freiheit in das Land, wo ich, wenn ich wahrhaftig bin, zum Verräter werde, wenn ich ehrlich bin, zum Rebellen; aus diesem Land der Erleuchtung in das Land des religiösen Fanatismus, in das Land, das ich liebe, in mein Land. Ein Mann muß mehr als menschlich sein, um ein solches Land zu lieben; aber jene, die ihm dienen wollen, sind mehr als menschlich geworden.« Welch eine Verschwendung, einen solchen Mann politische Schlachten schlagen zu lassen! In einer glücklicheren Welt würde er wahrscheinlich Schutzmittel gegen Cholera erfinden; so wie sie ist, wird sein Leben voller Kampf und Bitterkeit sein, voll Widerstand gegen das Böse sein statt Gutes zu schaffen. Sie waren alle furchtlos und nachdenklich; die meisten sehr verbittert. Bei alledem zeigte sich ein merkwürdiger Hang zu Studentenulk und Hänselei, Spott über die jeweiligen Vorzüge von Oxford und Cambridge und Klatsch, wie er englische Jungen in Friedenszeiten amüsiert. Das Gemisch, das sich in jeder einzelnen Rede fand, war sehr merkwürdig. Heute abend komme ich wieder mit ihnen oder einigen von ihnen zusammen und halte ihnen meinen Vortrag über Erziehung. Ich bin wirklich sehr froh, ihren Standpunkt und Charakter kennengelernt zu haben. Es muß schrecklich tragisch sein, zivilisiert und gebildet zu sein und zu einem Land wie Indien zu gehören.

Helen [Dudley] kommt zum Lunch. Ich hoffe, ich werde Nicod sehen, auch Armstrong.[1] Gestern hatte ich Lunch mit Waterlow[2], was langweilig war.

Ich sprach eine halbe Stunde lang zu den Indern, ganz ohne Vorbereitung und ohne die geringsten Notizen. Ich glaube, ich spreche besser so, spontaner und weniger monoton.

Trinity College
Sonntag abend, 19. März '16

Liebste,

die Melancholie dieses Ortes ist in der jetzigen Zeit unerträglich – die Colleges sind ausgestorben, nur ein paar Inder, einige blasse Pazifisten und blutrünstige alte Männer, die siegreich einherhumpeln, während die Jugend fort ist. Soldaten sind in den Höfen einquartiert und exerzieren auf dem Rasen; kriegerische Geistliche predigen ihnen mit Stentorstimme von den Stufen des Studentenhauses aus. Die Stadt versinkt nachts in eine Dunkelheit, im Vergleich zu der London eine lodernde Flamme ist. Alles, was einem lieb war, ist tot, zumindest für den Augenblick; und es ist schwer zu glauben, daß es je wieder zum Leben erwacht. Niemand denkt an Lernen oder hält es für irgendwie wichtig. Und von der äußeren Erstarrung wandern meine Gedanken zu der Erstarrung meiner selbst – ich sehe auf meinen Regalen die

1 Armstrong lernte ich als Undergraduate in Cambridge kennen. Er meldete sich bei Kriegsbeginn als Freiwilliger, verlor ein Bein und wurde Pazifist.
2 Später Sir Sidney. Er war ein Neffe von Elizabeth und im Auswärtigen Amt tätig. Wir hatten viele gemeinsame Freunde in Cambridge.

Mathematik- und Philosophiebücher, die sonst voller Hoffnung und Interesse zu sein schienen und mich nun völlig kalt lassen. Die Arbeit, die ich geleistet habe, scheint so klein, so unbedeutend in dieser Welt, in der wir nun leben. Und in allem anderen, außer der Arbeit, bin ich völlig gescheitert. Alle Hoffnungen, die ich vor fünf Jahren hegte, erscheinen mir wie Gespenster. Ich mühe mich ab, sie aus meinem Geist zu verbannen, aber ich kann nicht. Alle glücklichen Zeiten, die wir hatten, sind in meiner Erinnerung, obwohl ich weiß, daß es besser ist, nicht daran zu denken. Ich weiß, ich muß arbeiten und denken und lernen, an geistigen Dingen interessiert zu sein, aber mein Denkvermögen wird von größter Müdigkeit übermannt. Es hat keinen Zweck, weiter vor den Gespenstern fortzulaufen. Ich muß sie mich einholen lassen und ihnen entgegentreten. Wenn ich wieder gelernt habe, ordentlich zu arbeiten, werde ich mich innerlich freier fühlen, und alles wird besser sein. Seit ich Dich kenne, habe ich versucht, von Dir zu bekommen, was man aus sich selbst bekommen sollte.

46 Gordon Square
Bloomsbury
Dienstag nacht
[1916]

Liebste,
ich habe nichts von Dir gehört seit dem Brief, den Du am Freitag schriebst, aber da ich meine Post jetzt nur einmal am Tag bekomme (wenn ich morgens danach frage), ist das nicht verwunderlich.

Ich hatte heute ein seltsames Abenteuer. Lloyd George kam auf den Gedanken, er könne genau so gut aus erster Hand etwas über die Kriegsdienstverweigerer erfahren, und so lud er Clifford Allen, Miss Marshall und mich zum Lunch in seine Wohnung in der Nähe von Reigate ein; er ließ uns in seinem eigenen Wagen abholen und wieder zurückbringen. Es war sehr unbefriedigend, und ich glaube, er wollte nur sein Geschick erproben, als er versuchte, einen Handel zu begin-

nen. Trotzdem war es was wert, daß er Allen sah und weiß, wer jetzt am Ruder ist. Er wird jetzt eher zögern, ihn erschießen zu lassen.
Ich bin überzeugt, daß die Männer sehr viel werden leiden müssen, ehe die öffentliche Meinung und die Regierung eines Tages aufhören werden, sie zu verfolgen. Ich hatte den Eindruck, Ll. George glaubte, daß der Krieg noch lange weitergeht, und auch, daß er die ganze Lage sehr schlecht beurteilt. Er schien mir ziemlich herzlos. Hinterher sah ich Anderson [ein Parlamentsmitglied der Labour-Partei] im Unterhaus: er ist ein aalglatter Schwindler.
Die Sache mit L. G. ist ganz privat, nehme ich an.
Als erstes will er alle Entscheidungen der Gerichte nochmals überprüfen und die Kriegsdienstverweigererfälle erneut verhandeln. Zweifellos sind eine ganze Reihe von ihnen Feiglinge: man ist unaussprechlich grausam gegenüber Feigheit – einige sind verrückt geworden, einige haben Selbstmord begangen, und die Leute zucken nur mit den Schultern und bemerken, sie hätten keine Courage gehabt. Neun Zehntel der menschlichen Rasse ist unglaublich hassenswert.

Von Bernard Shaw

10 Adelphi Terrace W. C.

Lieber Bertrand Russel, 18. April 1916

Yeats schrieb mir über Chappelow und legte den Brief einer Dame bei, die eine Cousine von ihm ist. Aber ich weiß wirklich nicht, was man tun kann. Das Gesetz ist rechtskräftig, und er muß entweder dienen oder sein Märtyrertum bis zu Ende erleiden. Es gibt keinen Grund, weshalb man für ihn eine Ausnahme beantragen könnte: anscheinend hat er wie ein Kind die Dinge einfach laufen lassen, unfähig sich vorzustellen, daß das Gesetz irgend etwas mit ihm persönlich zu tun haben könnte, anstatt sich an jemanden zu wenden und sich beraten zu lassen. Ich habe keinen privaten Einfluß; und das Gegenteil, das ich wahrscheinlich habe, würde ihm nicht helfen.

Nach seinem Brief sieht es nicht so aus, als ob er das Zeug zum Märtyrer hätte. Er scheint wie viele Literaten in praktischen Dingen hilflos zu sein, und die Armee ist in mancher Hinsicht der richtige Platz für ihn; denn er wird lernen, dem Unvermeidlichen zu begegnen, und er wird doch keine Verantwortung tragen. Er wird gefüttert, gekleidet und gedrillt werden, und man wird ihm sagen, was er tun soll; und er wird unbegrenzte Möglichkeiten haben, über andere Dinge nachzudenken. Man wird ein ganzes Jahr lang nicht von ihm verlangen, jemanden umzubringen; und falls ihn sein Gewissen unerträglich quälen sollte, kann er seine Waffen hinwerfen und seine zwei Jahre Zwangsarbeit tun, wenn er muß, und ist viel besser dafür gerüstet. Aber mittlerweile wird man ihn entweder als untauglich entlassen oder er wird gemerkt haben, daß ein Mann, der in einer Gesellschaft lebt, dem Kollektivgewissen entsprechend handeln muß, zu welchem Protest ihn sein persönliches Gewissen auch treibt. Ich glaube, das ist es, was wir allen pazifistischen jungen Männern sagen müßten, die sich an uns wenden, Märtyrertum ist eine Angelegenheit für den einzelnen: man kann niemandem dazu raten.
Ich tadle keinen intelligenten Mann, wenn er versucht, falls möglich, der grauenhaften Langeweile des Militärdienstes auszuweichen; aber Chappelow ist anscheinend zu hilflos gewesen, um irgendeinen Ausweichversuch gemacht zu haben: er hat ganz einfach dagestanden und der Bahn der Dampfwalze nachgestarrt. Es tut mir leid für ihn; aber ich kann ihm nur raten zu dienen. Können Sie etwas Besseres vorschlagen?

Stets Ihr
G. Bernard Shaw

Postscriptum
Es würde ihm kaum helfen zu sagen: »Es macht mir nichts aus, durch das Gewissen Englands oder mein eigenes Gewissen verpflichtet zu sein; aber ich habe kein Vertrauen zu dem Gewissen Lord Northcliffs, Sir Edward Carsons und General Robertsons, die natürlich das eigene immer für das beste halten.«

P. P. S.
Einfluß kann nur helfen, den Gefangenen herauszuholen, nachdem er unter diesem oder jenem Vorwand verurteilt worden ist.

Das Folgende ist das Flugblatt, für das ich zusammen mit denen, die es verteilt hatten, angeklagt wurde:

Zwei Jahre Zwangsarbeit für die Weigerung,
dem Befehl des Gewissens
zuwiderzuhandeln

Das war das Urteil, das über Ernest F. Everett, 222 Denton's Green Lande, St. Helens, durch ein Kriegsgericht am 10. April [1916] verhängt wurde.
Everett war Lehrer in St. Helens und seit seinem sechzehnten Lebensjahr Kriegsgegner. Er wandte sich als Kriegsdienstverweigerer an die Amts- und Berufungsgerichte, die ihn beide sehr parteiisch behandelten, da sie ihre Kompetenzen überschritten und seine Entlassung von der Schule empfahlen. Sie erkannten seinen Antrag auf Gewissensfreiheit nur insoweit an, als sie ihn dem Dienst ohne Waffe zuwiesen. Da aber der Zweck eines solchen Dienstes darin besteht, die Verlängerung des Krieges zu fördern und andere für die Schützengräben freizumachen, war es für ihn unmöglich, die Entscheidung der Gerichte anzunehmen.
Am 31. März wurde er wegen seines Fernbleibens verhaftet, vor das Verwaltungsgericht gebracht, mit einer Strafe von £ 2 belegt und den Militärbehörden übergeben. Diese brachten ihn unter Bewachung zu den Warrington-Kasernen, wo man ihn zwang, Uniform anzulegen. Am 1. April kam er nach Abergele, wo er in ein Korps zum Dienst ohne Waffe gesteckt wurde, das zur Armee gehört.
Er nahm konsequent die Haltung des passiven Widerstandes gegenüber allen militärischen Befehlen ein. Am ersten Mor-

gen, dem 2. April, als den Männern befohlen wurde, zum Arbeitsdienst anzutreten, weigerte er sich mit den Worten: »Ich weigere mich, auch nur irgendeinem Befehl von irgendeiner Militärbehörde zu gehorchen.« Nach Aussagen des Korporals, der die Befehle erteilte, sagte Everett dies »auf eine sehr nette Art«.

Der Korporal benachrichtigte den Leutnant, der den Befehl wiederholte und Everett vor den Folgen seines Verhaltens warnte. Everett antwortete immer noch höflich, aber erklärte, warum er nicht gehorchen könne. Der Leutnant beorderte den Kriegsdienstverweigerer in die Arrestzelle, wo er die ganze Nacht über blieb.

Der Hauptmann besuchte den Gefangenen, der ihm erklärte, daß »er keine Befehle entgegennehmen werde«. Der Hauptmann befahl, ihn wegen Ungehorsams vor den Kommandeur zu bringen. Als nächstes kam Everett vor den Oberst, der ihm Abschnitt 9 des Armeegesetzes vorlas und ihm die ernsten Folgen des Ungehorsams erklärte. Aber Everett blieb standhaft und sagte, »er würde und könne keinem militärischen Befehl gehorchen«.

Das Ergebnis war, daß er am 10. April vor das Kriegsgericht kam. Er erklärte zu seiner eigenen Verteidigung: »Ich bin bereit, für eine wichtige, nationale Angelegenheit zu arbeiten, die keinen Militärdienst einschließt, solange ich nicht dadurch andere zu jener Tätigkeit freistelle, zu der ich selbst nicht bereit bin.«

Das Urteil lautete auf zwei Jahre Zwangsarbeit. Everett erleidet diese grausame Strafe nur, weil er sich weigerte, gegen sein Gewissen zu handeln. Er kämpft den alten Kampf für Freiheit und gegen religiöse Verfolgung, in dem gleichen Geist, in dem Märtyrer in der Vergangenheit litten. Wollen Sie sich den Verfolgern anschließen? Oder wollen Sie für die eintreten, die trotz Schande und Qual für Geist und Körper nach ihrem Gewissen handeln?

Vierzig andere Männer leiden wie Mr. Everett für ihre Gewissensfreiheit. Können Sie schweigen, wenn so etwas geschieht?

Herausgegeben von der ›No Conscription Fellowship‹, 8, Merton House, Salisbury Court, Fleet Street, London, E. C.

Aus *The Times* vom 17. Mai 1916
Adsum qui feci[1]

Sir,
ein Flugblatt wurde kürzlich von der ›No Conscription Fellowship‹ herausgegeben, das sich mit dem Fall Mr. Everetts befaßt, einem Kriegsdienstverweigerer, der wegen Ungehorsams militärischen Behörden gegenüber von einem Kriegsgericht zu zwei Jahren Zwangsarbeit verurteilt wurde. Man hat sechs Personen zu unterschiedlich langen Gefängnisstrafen mit Zwangsarbeit verurteilt, weil sie dieses Flugblatt verteilt haben. Ich wünsche bekanntzugeben, daß ich der Autor des Flugblatts bin und daß, wenn jemand angeklagt wird, ich die Hauptverantwortung trage.

Hochachtungsvoll
Bertrand Russell

Von A. N. Whitehead

Liebster Bertie, 4. Juni [1916]

viel Glück in jeder Hinsicht. Laß mich wissen, ob und wie ich Dir helfen oder Dir irgendeinen Freundschaftsdienst erweisen kann. Du weißt gut genug, daß die bloße Tatsache, daß ich Deine Ansichten über offizielle Politik und private Pflichten in Verbindung damit für falsch halte, meine Zuneigung nicht vermindert.

Herzlich Dein
A. N. Whitehead

Ich fange gerade mit meiner Rede für die Abteilung A in Newcastle im September an – ich werde sie Dir im Ms. zeigen.

1 Die Überschrift zu diesem Brief wurde von *The Times* hinzugefügt.

Von Cecil Spring Rice
Britischer Botschafter
in Washington

Britische Botschaft
Washington
8. Juni 1916

Mein lieber Mr. President[1],

es tut mir leid, Ihnen sagen zu müssen, daß Russell aufgrund der »Kriegsnotstandsgesetze« für schuldig erklärt worden ist, ein unerwünschtes Flugblatt geschrieben zu haben. Unter diesen Umständen wird es unmöglich sein, ihm einen Paß auszustellen, damit er das Land verläßt.

Es tut mir und auch Sir Edward Grey leid, daß es unmöglich ist, Ihren Wünschen entgegenzukommen, aber ich vertraue darauf, daß Sie die Notwendigkeit einsehen, die meine Regierung zu einem solchen Schritt veranlaßt.

Seltsamerweise war es in der Berliner Botschaft, daß wir anläßlich eines Besuches in Berlin Unannehmlichkeiten wegen Russells Haltung hatten, da die Deutsche Regierung seine Sprache scharf ablehnte.[2]

Ihr ergebener
Cecil Spring Rice

An Professor James H. Woods,
Philosophische Abteilung der
Harvard-Universität

34 Russell Chambers
30. Juli 1916

Lieber Professor Woods,

Ihr Brief und der des Botschafters kamen nicht ganz überraschend für mich. Ich telegraphierte Ihnen nach ihrem Erhalt, aber ich zweifle daran, ob das Telegramm je zu Ihnen gelangt ist. Ihr Brief war sehr freundlich. Die Anspielung auf meine Tätigkeit in Berlin ist irreführend. Ich war dort im Jahre 1895, um ein Buch über den deutschen Sozialismus zu schreiben. Das führte mich dazu, mit Sozialisten Kontakt aufzunehmen, und deswegen wurde ich aus der Botschaft

1 Präsident = Rektor der Harvard-Universität.

2 Es war nicht meine Sprache, sondern die Tatsache, daß ich sozialistische Versammlungen besuchte, gegen die Einspruch erhoben wurde.

ausgeschlossen. Ich trat die ganze Zeit dort nie in der Öffentlichkeit auf. Der Kaiser hielt zahllose Sozialisten wegen ihrer Meinung im Gefängnis, was mich mit Haß gegen ihn erfüllte, den ich bis heute bewahrt habe. Aber außer bei ganz privaten Unterhaltungen äußerte ich während der ganzen Zeit dort nie meine Gefühle. Seit 1895 war ich nicht wieder in Berlin.
Ich wüßte gern, ob Sie das Protokoll meines Verfahrens gesehen oder bekommen haben. Es ist Ihnen zugeschickt worden, aber es mag durch die Zensur aufgehalten worden sein, der daran gelegen ist, daß Amerika nicht die Art meines Verbrechens kennt. Sie werden gehört haben, daß ich aus eben diesem Grund aus Trinity herausgeworfen bin. Mein ganzes Verbrechen besteht darin, gesagt zu haben, zwei Jahre Zwangsarbeit im Gefängnis sei eine übermäßige Strafe dafür, aus Gewissensgründen eine Beteiligung am Krieg abzulehnen. Seither hat man dasselbe Vergehen mit dem Tode bestraft, umgewandelt zu 10 Jahren Zuchthausstrafe. Jeder, der denkt, man könne mich dazu bringen, meinen Mund zu halten, wenn solche Dinge vorkommen, irrt sich gewaltig. Und die Regierung macht nur ihre eigenen Fehler bekannt, wenn sie den fruchtlosen Versuch unternimmt, diejenigen von uns zu bestrafen, die nicht schweigen werden. Arbeiter werden ins Gefängnis geschickt, wenn sie das Verbrechen begehen, das ich begangen habe. Und wenn sie herauskommen, will niemand sie einstellen, so daß sie von der Fürsorge leben müssen. Dies ist ein Krieg für die Freiheit.
Dieser Brief wird Sie zweifellos nie erreichen, aber vielleicht findet ihn der Zensor interessant. Wenn er Sie erreicht, lassen Sie es mich postwendend wissen. Es ist von einigem öffentlichen Interesse zu erfahren, was man durchläßt, und wenn ich im Laufe von 6 Wochen nichts von Ihnen höre, so werde ich annehmen, daß der Brief abgefangen worden ist.
Das sind harte Zeiten. Aber im Ausland zeichnet sich ein neuer Geist ab, und Gutes wird schließlich bei allem herauskommen. Ich wünschte, Ihr Land hätte sich nicht auf die Bahn des Militarismus begeben.

Ihr stets dankbarer
B. R.

An Ottoline Morrell

Liebste, [Juni 1916]

1000 Dank für Deinen lieben, lieben Brief, den ich gerade erhalten habe. Ich bin dankbar dafür.

Dieses Gerichtsverfahren ist genau das, was ich wollte. Mein Fall steht moralisch sehr gut – so gut wie nur möglich. Ich glaube auch, daß er gerichtlich gut steht, obwohl sie mich zweifellos schuldig sprechen werden, und ich hoffe es sogar. Ich war bei dem Rechtsanwalt (George Baker) und habe mit ihm abgemacht, daß ich mich selbst ohne einen Barrister am Montag beim Erstgericht verteidige. Dann werde ich Berufung einlegen[1] und das zweitemal einen Barrister mitnehmen. Das wird nicht vor Herbst sein, so daß es mir möglich sein wird, im Sommer durchs Land zu fahren, wie ich geplant hatte. Das ist keineswegs ein wilder Plan – abgesehen von allem Guten, was es bewirken kann, werde ich eine Menge Wissenswertes lernen.

Ich sah Miss Marshall und Allen und ein paar andere. Sie freuten sich alle und hoffen, daß ich ein sehr strenges Urteil bekomme. Alles ist ein großer Spaß, aber auch eine prächtige Gelegenheit. Die Art von Gelegenheit, nach der ich mich gesehnt habe – und ich bin ganz legitim dazu gekommen, ohne etwas Abwegiges zu tun. Ich kehre jetzt nach Cambridge zurück, komme Freitag wieder herein und bleibe bis Montag. Denk an mich am Montag um 11.30. Ich hoffe, ich werde mich der Lage gewachsen zeigen.

Lebwohl, mein Liebstes. Deine Liebe und Übereinstimmung helfen mir weit mehr, als Du weißt. Dein

B.

Montag abd. [1916]

Heute hatte ich Lunch mit Rev. Morgan Jones, einem prominenten Pazifisten hier [in Süd-Wales] und richtigen Heiligen, und machte dann mit ihm einen Spaziergang übers

1 Ich legte Berufung ein und wurde wieder verurteilt.

Land. Anschließend fuhr ich in eine benachbarte Stadt zu einer Versammlung – sie sollte in der Schule stattfinden, was aber im letzten Augenblick abgesagt wurde, so daß wir sie im Freien abhielten. Ein unitarischer Pfarrer sprach, dessen Sohn C. O.[1] ist. Es ist großartig, was die C. O.s für die Sache des Friedens getan haben – Heldentum findet sich nicht mehr allein auf der Seite des Krieges.
Ich hätte in feindlichere Distrikte gehen sollen. Hier gleicht das Ganze nur einem Picknick, und ich habe das Gefühl, ich könnte besser in der Stadt verwendet werden. Nach dem 23. bin ich zurück in der Stadt – der größte Teil unseres Nationalen Ausschusses wird dann nicht mehr dasein.
Ich bin *sehr* neugierig, wie Allens Besuch ausging. Ich fürchte mich schrecklich davor, daß es ein Mißerfolg war.
Reden ist eine große nervliche Anspannung. Die übrige Zeit fühle ich mich sehr matt. Aber ich schlafe gut, und mein Geist ist ruhig, daher werde ich nicht wirklich müde. Ich habe zur Zeit keine wirklichen Sorgen.
Ich werde sehr arm sein, da ich Amerika und wahrscheinlich Trinity verliere. Ich muß eine andere Möglichkeit finden, um Geld zu verdienen. Ich denke, wenn Trinity mich hinauswirft, werde ich akademische Vorträge über philosophische Themen in London ankündigen. Es wäre herrlich, wenn das gelänge, denn es würde die politische Arbeit nicht stören. Ich habe oft davon geträumt, eine unabhängige Schule zu haben wie Abälard. Es könnte zu großen Dingen führen. Ich fühle, daß ich erst an der Schwelle des Lebens stehe – das übrige war Vorbereitung – ich meine, soweit es die Arbeit betrifft. Ich habe mich erst vor kurzem irgendwie gefunden, ich habe Gleichgewicht und Gesundheit, ich habe nicht länger das Gefühl von ungenutzten Kräften in mir, was eine ständige Qual für mich war. Es ist mir gleichgültig, was die Behörden mit mir tun, sie können mich nicht lange aufhalten. Früher kam ich mir entweder böse vor oder ich resignierte und wurde passiv – jetzt fühle ich mich ganz aktiv und bin mit

1 C. O. Conscientious Objector = Kriegsdienstverweigerer. (A. d. Ü.)

meiner Aktivität zufrieden. Ich habe keine inneren Konflikte mehr, und nichts beunruhigt mich mehr wirklich.
Es ist mir klar, daß ich, sobald der schlimmste Druck vorbei ist, eine intellektuellere Beschäftigung haben möchte. Ich sehe endlose Möglichkeiten der Beschäftigung mit politischer Theorie. Sie wird den Vorteil haben, daß man alle möglichen Menschen sehen muß und alle möglichen Tatsachen des menschlichen Lebens kennenlernt; sie wird nicht die eine Hälfte meiner selbst unbefriedigt lassen wie die abstrakte Arbeit. Es fragt sich nur, ob ich nicht eines Tages plötzlich von der Leidenschaft für die ewigen und vollkommenen Dinge wie Mathematik übermannt werde. Selbst die abstrakteste politische Theorie ist schrecklich irdisch und zeitbedingt. Aber das muß man der Zukunft überlassen.
Es ist sehr traurig, daß ich Dich so selten sehe. Ich habe das Gefühl, als könnten wir unsere Vertrautheit verlieren und die Gewohnheit, von persönlichen Dingen zu sprechen. Es wäre ein großer Verlust, wenn dies geschähe. Ich weiß außerordentlich wenig von Deinem gegenwärtigen Innenleben, und ich wünschte, ich wüßte mehr, aber ich weiß nicht, wie ich es herausbekommen soll. Meine eigene Existenz ist so objektiv geworden, daß ich im Moment kaum noch ein Innenleben habe – aber es wäre da, hätte ich die Muße dazu.
Mein Liebstes, ich bin voller Liebe zu Dir – ich habe immerzu Visionen von glücklichen Tagen nach dem Krieg, wenn wir zu Dichtung und Schönheit und Sommerwäldern zurückkehren, und zu Visionen von Dingen außerhalb dieser Welt. Aber der Krieg hält einen an die Erde gebunden. Und manchmal frage ich mich, ob wir beide so unpersönlich geworden sind, daß wir Schwierigkeiten haben, uns persönlicher Liebe hinzugeben. Dir ist es ja immer schwergefallen. Das wäre ein großer Verlust. Ich hoffe, es ist nicht so. Bitte schreib einen ausführlichen Brief, wenn Du kannst, und erzähle mir etwas von Deinem inneren Leben.

Vom Trinity College Council

Trinity College
Cambridge
11. Juli 1916

Lieber Russell,

es ist meine Pflicht, Sie davon zu unterrichten, daß heute der folgende Beschluß einstimmig vom College Council angenommen wurde:

»Da Mr. Russell der Verletzung des Kriegsnotstandsgesetzes für schuldig befunden und dies auf Berufung hin bestätigt worden ist, wird er seiner Dozentur an diesem College enthoben.«

Ihr ergebener
H. McLeod Innes

Von S. Alexander

24, Brunswick Road
Withington
M/C
16. 7. 16

Lieber Russell,

ich bin empört über das Vorgehen von Trinity, das eine Schande für sie ist (und sie gleichzeitig auch lächerlich macht). Ich teile Ihre Ansichten über den Krieg nicht (ich denke, Sie wissen dies) und kann die Folgen Ihres Unternehmens nicht recht beurteilen, obwohl mir die ungeschickte und ungerechte Behandlung der Kriegsdienstverweigerer verhaßt ist. Aber vernünftige Leute respektieren ehrliche Überzeugungen, selbst wenn sie Sie nicht persönlich kennen und bewundern; und das Vorgehen von Trinity ist sowohl intolerant als auch unverschämt. Es trifft uns alle an den Universitäten (und anderswo) vielleicht mehr, als es Sie trifft.

Ihr ergebener
S. Alexander
[der bekannte Philosoph]

Ich habe nur die Trinity Adresse und muß dies dorthin schikken.

Von meinem Bruder Frank

Telegraph House
Chichester
16. Juli 1916

Mein lieber Bertie,

ich habe die Bekanntmachung von Trinity in der Zeitung gesehen, und was Du auch immer sagen magst, ich bedaure es sehr. Gewiß waren Dir diese muffigen alten Dozenten sehr unsympathisch und standen auch Deinen Ansichten ablehnend gegenüber, aber trotzdem habe ich immer gedacht, Du seist für ein akademisches Leben sehr geeignet und für die Jugend eine Persönlichkeit von großem Wert, indem Du sie in ihren Gedanken wachrüttelst. Ich glaube, im Laufe der Zeit wird Dir das alles weit mehr fehlen, als Du Dir bewußt bist, und Du wirst es wahrscheinlich bedauern.

Ich kann nicht versuchen, Dir Deine Laufbahn vorzuschreiben – Du allein mußt Dein Führer und der einzige Richter Deiner Handlungen sein – aber isoliere Dich nicht zu voreilig und vor allem, nimm Dich in acht vor dem breiten Publikum. Der Durchschnittsmensch ist solch ein Narr, daß jeder geschickte Mensch, der zu reden versteht, ihn eine Weile lenken kann. Was die Welt von hervorragenden Geistern wie dem Deinen erwartet, ist nicht das Handeln – wofür gewöhnliche Politiker oder Demagogen gut genug sind – sondern Denken, eine weit seltenere Fähigkeit. Denke unsere Probleme durch, halte das Ergebnis schriftlich fest und laß das Ganze langsam durch die Lehrer der nächsten Generation durchsickern. Und glaube nicht, daß die Leute, die Du triffst, so ernst, so tief oder so aufrichtig sind wie Du.

Als bloße Erfahrung und zum Kennenlernen der menschlichen Natur mag das, was Du jetzt tust, seinen Wert haben; aber Du verstehst, daß ich Dir zu sagen versuche, daß Du Dich selbst *verausgabst.* Du machst für die Welt nicht den besten Gebrauch von Deinen Talenten. Sobald Du das erkennst, wirst Du Deine Tätigkeit ändern.

Nun – ich halte Dir nicht oft eine Predigt, weil Du das in der Regel nicht brauchst, aber im Augenblick glaube ich, daß Du ein wenig (oder eher ziemlich) aus Deiner Bahn geraten bist.

Bis zum 1. Februar ist noch eine lange Zeit – warum könntest Du nicht früher nach Amerika gehen? Sie müßten froh sein, Dich loszuwerden.
Komm und besuche uns, wenn Du in London bist, und versuche, hier ein paar ruhige Tage im August bei uns zu verbringen.

Herzlich Dein
F.

Von F. M. Cornford[1]

Burrows Hill
Gomshall
Surrey
23. Juli 1916

Lieber Russell,
ich habe erst heute einen Bericht über das Vorgehen des College Council und Ihre Verhandlung beim Amtsgericht erhalten.
Ich muß Ihnen sagen, daß ich Ihren Prozeß für völlig ungerechtfertigt halte, und die Entscheidung war, so weit ich sehen kann, durch keinerlei Beweise gestützt.
Ich bin froh, daß Sie sagten, Sie könnten Ihre Freunde achten, die nicht ganz in demselben Sinn Pazifisten sind wie Sie. Ich weiß nicht, was Sie von mir denken: aber ich habe den Kampf bewundert, den Sie aufgenommen haben.
Was den College Council betrifft, so wissen Sie zu viel darüber, um ihn mit dem College zu verwechseln. Die älteren Dons schienen sich das letztemal, als ich sie sah, in den verschiedensten Stadien des Wahnsinns zu befinden. Irgend etwas muß getan werden, wenn die jüngeren zurückkehren. Ich bin sicher, daß es eine Mehrheit des ganzen Lehrkörpers gegen den Council gegeben hätte, wenn die Sache vor eine College-Vollversammlung gekommen wäre.
Es ist mir sehr schmerzlich, daß der Council uns in Ungnade fallen ließ. Als Sie und Moore zurückkamen[2], war ich froh,

1 Cornford war ein Dozent von Trinity, der ausgezeichnete Arbeiten über alte Philosophie schrieb. Seine Frau war die Dichterin Frances Cornford. Sein Sohn fiel im spanischen Bürgerkrieg. Ich mochte sie beide sehr.
2 Moore war aufgefordert worden, von Edinburgh zurückzukommen, als er dort eine Stelle hatte.

daß wir Sie beide wiedergewonnen hatten, und nun haben wir einen von Ihnen verloren; das ist ein wirlicher Kummer und eine Demütigung.

Ihr ergebener
F. M. Cornford

An G. Lowes Dickinson

34 Russell Chambers
Bury Street, W. C.
Sonntag [1916]

Lieber Goldie,

vielen Dank für Deinen Brief in der *Nation*[1], den ich voll Dankbarkeit las. Man hat ein wenig das Gefühl, seinen eigenen Nachruf[2] zu lesen, etwas, was ich mir immer gewünscht habe! Die Whiteheads sind *sehr* anständig in diesem Punkt. Ich denke, McT.[3] und Lawrence haben den ersten Anstoß gegeben. Ich bin gepfändet worden, aber dank mitfühlender Freunde habe ich nichts verloren. Ich weiß nicht, wer sie sind – aber wer sie auch immer sein mögen, ich bin äußerst dankbar und gerührt.

Clifford Allen wird morgen geholt. Casement[4] soll erschossen werden. Ich schäme mich, frei zu sein.

Immer Dein
B. R.

Von C. P. Sanger

Finches
Aston Tirrold
22. Aug. 1916

Lieber Bertie,

Du wirst gemerkt haben, was ich über dieses ganze Verfahren denke. Bist Du bei uns je Constable begegnet, einem jungen Wirtschaftsmann, der Barrister werden will? Er ist nun Major und schreibt mir von der Front: »Ich habe mich sehr gefreut,

1 Vom 29. Juli 1916.

2 Ich konnte dies im Jahr 1921 tun. Die Anspielung bezieht sich auf meine Entlassung von Trinity.

3 McTaggart.

4 Sir Roger Casement, der erst wegen seines Protests gegen die Grausamkeiten im Kongo bekannt wurde, war ein irischer Rebell, der für die Deutschen Partei nahm. Er wurde verhaftet, verurteilt und hingerichtet.

daß es Proteste wegen des Vorgehens von Trinity gegen Bertrand Russell gab. Ich muß sagen, daß die Männer, mit denen ich hier zusammengekommen bin, fast alle mit mir übereinstimmen, daß das College sich nur lächerlich gemacht hat...«
Masefield, der über die Dardanellen schreibt, hat die Erlaubnis erhalten, einige amtliche Dokumente etc. einzusehen. Es ist äußerst entmutigend, daß Literaten von Rang versuchen sollen, ein reines Elends-›Epos‹ für amerikanischen Gebrauch zu machen. Freundschaftlich Dein Charles Percy Sanger

Von James Ward 6, Selwyn Gardens
Cambridge

Lieber Russell, 3. IX. 16

ich bin erstaunt und betrübt darüber, wie man Sie herumhetzt und jagt. Es ist äußerst empörend, und ich kann einfach nicht das Motiv dafür erkennen. Hat man Angst, daß Sie sich nach Amerika davonschleichen werden, oder gibt es irgendeinen wütenden Fanatiker, der die Leute zu überreden sucht, daß Sie das sind, als was uns die McTaggarts bezeichnen – Pro-Deutsche? Ich sehe, daß man einen Vortrag von Ihnen in Manchester ankündigt: besteht nicht die Gefahr, daß Ihre Vorträge verboten werden? Nun, Sie müssen sich mit Würde und Geduld wappnen, und es wird Stimmen geben, die sich binnen kurzem zu Ihren Gunsten äußern werden.
Seit unserem Treffen habe ich versucht, eine Erklärung aufzusetzen, um Ihre Handlungsweise zu rechtfertigen; sie soll mir außerdem als Präambel dienen, die zusammen mit einer Protestaufforderung gegen die Maßnahmen des Colleges allen Kollegen (außer dem Council) zugeschickt wird[1]...

Stets Ihr
James Ward

1 Dieses Unternehmen blieb erfolglos.

Der Schreiber des nächsten Briefes fiel bald danach. Ich bin ihm nie begegnet, aber lernte seine Verlobte Dorothy Mackenzie kennen, die auf die Nachricht von seinem Tod drei Wochen lang erblindete.

Von Leutnant A. Graeme West

9th Batt. Oxfordshire
Buckinghamshire Light
Infantry
Bovington Camp
Wareham
Dorset
Sonntag, 3. Sept. 1916

Lieber Mr. Russell,
beim Anblick der neuen Szene, die zu dieser erstaunlichen Farce hinzugekommen ist, deren bedauerlicher Protagonist Sie sind, konnte ich nicht umhin, Ihnen zu schreiben. Natürlich wissen Sie, daß vernünftige Männer, wenn sie noch leben oder vernünftig geblieben sind, nur Bewunderung für Sie hegen, und deswegen mögen Sie ausrufen, daß diese Zeilen unverschämt sind. Ich nehme an, den Worten nach sind sie es; aber nicht für mich.
Ich kann der Freude nicht widerstehen, direkt mit jemandem zu kommunizieren, den ich vor dem Krieg als Verfasser der klarsten und scharfsinnigsten philosophischen Prosa in England bewunderte, und den ich um so mehr jetzt bewundere, wo alle Intellektuellen, außer – Gott sei Dank – Shaw, den Gebrauch ihrer Vernunft verloren haben.
Ich glaube, es mag eine gewisse Entschuldigung für diese Freiheit geben in einer Zeit, wo die Vernunft und das Denken in Gefahr sind, und wo Sie, ihr fähigster Verteidiger, Opfer der Unzulänglichkeit und Lächerlichkeit geworden sind: in einer solchen Zeit sollten diejenigen, die die Gerechtigkeit lieben, sprechen. Ich weiß, Sie haben viele Freunde in der Armee und wissen, daß sich auch dort Männer guten Willens finden, selbst wenn England sich durch die Armee und ihre Herrschaft in dem jetzigen Zustand befindet; doch wird Ihnen eine weitere Versicherung des völligen Verständnisses und der Sympathie gewiß nicht unangenehm sein.

Wäre ich zurück in den Linien – und ich wünschte, ich wäre es – so hätte ich ein halbes Dutzend Männer aus unserer Kompanie gefunden, die zusammen mit mir unterschrieben hätten: hier ist es anders.
Haben Sie also Dank für alles, was Sie sind und geschrieben haben, für *A Free Man's Worship* und *Justice in War Time* und *The Policy of the Entente* und vieles andere; und ich hoffe, daß ich (und Sie natürlich, denn wir wissen nicht, was man Ihnen noch antun wird) am Leben bleibe, um Sie zu sehen.

Ihr ergebener
A. Graeme West
2. Leutnant

Von H. G. Wells
[*An Miles Malleson*]

52, St. James's Court
Buckingham Gate, S. W.
[1916]

Sehr geehrter Mr. Malleson,
ich denke, daß eine kleine Minderheit der C.O.s[1] wirklich ehrliche Männer sind, aber ich glaube, daß, falls man den Weg eines C. O. nicht erschwert, er für alle möglichen Drükkeberger als Fluchtweg dienen wird. Natürlich fällt die Kontrollfunktion in die Hände von ungeschickten und groben Männern. Ich fühle wirklich nicht so sehr viel Sympathie mit diesen »Märtyrern«. Ich bin mir nicht so sicher wie Sie, daß alle C.O.s ihre Weigerung auf Liebe gründen und nicht auf Haß. Ich habe weder Cannan noch Norman je liebevoll von einem menschlichen Wesen sprechen hören. Ihre normale Haltung war immer die der Opposition – gegen alles. Begeisterung macht sie giftig. Und ich halte auch die *Labour Leader*-Gruppe für durch und durch unehrlich, ich meine Ramsey MacDonald, Morel und den Herausgeber. Ich mag mich irren, aber das ist meine allmähliche und schlichte Überzeugung.

Ihr sehr ergebener
H. G. Wells

1 Conscientious Objectors = Kriegsdienstverweigerer. (A. d. Ü.)

Meine Aufzeichnungen über das Treffen mit General Cockerill am 5. September 1916:

Ich sprach wie verabredet um 3.15 im Kriegsministerium bei Sir Francis Younghusband vor, um General Cockerill zu sehen. Er hatte einen Bericht meiner Reden in Süd-Wales neben sich und befaßte sich besonders mit einem Satz einer Rede, die ich in Cardiff gehalten und in der ich gesagt hatte, daß es keinen guten Grund gäbe, warum dieser Krieg auch nur einen Tag länger dauern solle. Er sagt, eine solche Behauptung gegenüber Bergarbeitern oder Munitionsarbeitern ziele darauf hin, ihren Eifer zu verringern. Er sagte außerdem, daß ich Männer ermutige, sich zu weigern, für ihr Land zu kämpfen. Er sagte, er würde den Befehl zurückziehen, der mir Einreise in Sperrgebiete untersage, wenn ich die politische Propaganda aufgeben und zur Mathematik zurückkehren wolle. Ich sagte, ich könne das nicht mit meinem Gewissen vereinbaren.
Er sagte:
»Sie und ich haben wahrscheinlich eine andere Auffassung von Gewissen. Für mich ist es eine recht schwache Stimme, aber wenn sie zu lärmend und schrill wird, dann fürchte ich, ist es nicht länger ein Gewissen.«
Ich antwortete:
»Sie wenden dieses Prinzip nicht auf diejenigen an, die für den Krieg schreiben und sprechen; Sie sind nicht der Auffassung, daß sie, wenn sie ihre Ansichten geheimhalten, gewissenhafte Leute, doch wenn sie diese in der Presse oder auf der Rednerbühne äußern, reine Propagandisten sind. Diese Unterscheidungen scheinen mir nicht gerecht zu sein.«
Er schwieg lange und antwortete dann:
»Ja, das stimmt. Aber«, sagte er, »Sie haben das Ihre gesagt. Könnten Sie sich nicht damit zufriedengeben und zu jenen anderen Beschäftigungen zurückkehren, in denen Sie« – wie er hinzuzufügen geruhte –, »so viel Hervorragendes geleistet haben? Glauben Sie nicht, daß man einen gewissen Mangel

an Humor beweist, wenn man ständig dasselbe wiederholt?«
Ich versäumte zu antworten, daß ich diesen Mangel – wenn es einer ist – bei den *Times,* der *Morning Post* und anderen patriotischen Organen beobachtet hätte, die mir einen gewissen Hang zur Wiederholung zu haben schienen, und wenn es schon keinen Zweck habe, wenn ich mich wiederhole, so könne ich nicht einsehen, warum ihm so viel daran liege, mich davon abzuhalten. Was ich aber in Wirklichkeit sagte, war, daß ständig neue Probleme entstünden und ich nicht mein Recht verschachern könne, darüber zu sprechen.
Ich sagte:
»Ich frage Sie als Mann: hätten Sie nicht weniger Achtung vor mir, wenn ich den mir vorgeschlagenen Handel annähme?«
Nach langem Zögern antwortete er:
»Nein, ich hätte mehr Achtung vor Ihnen. Ich hielte mehr von Ihrem Sinn für Humor, wenn Sie sich über die Nutzlosigkeit klar wären, immer und immer wieder dasselbe zu sagen.«
Ich erzählte ihm, daß ich daran denke, Vorträge über die allgemeinen Prinzipien der Politik in Glasgow, Edinburgh und Newcastle zu halten. Er fragte, ob diese auch die Propaganda enthalten würden, gegen die er sich wende. Ich sagte nein, nicht direkt, aber sie würden die allgemeinen Prinzipien darlegen, aus der sich die Propaganda entwickelt habe, und zweifellos würden Menschen mit genügend logischem Scharfsinn in der Lage sein, ihre Schlüsse zu ziehen. Er gab daraufhin zu verstehen, daß solche Vorträge nicht erlaubt werden könnten. Er schloß mit der ernsten Bitte, nicht noch die Aufgabe der Soldaten zu erschweren, wenn sie in einen Kampf auf Leben und Tod verstrickt seien.
Ich sagte ihm, er schmeichle mir mit der Annahme, mein Einfluß sei groß genug, um zu irgendeinem derartigen Ergebnis zu führen, aber ich könne wirklich nicht auf Grund einer Drohung mit meiner Propaganda aufhören, und wenn er seiner Bitte habe Nachdruck verleihen wollen, so hätte er sie nicht mit einer Drohung verbinden sollen. Ich sagte, ich

bedaure aufrichtig, gezwungen zu sein, etwas den Behörden Unangenehmes zu tun, aber ich habe in dieser Sache keine andere Wahl.
Wir gingen mit gegenseitiger Hochachtung auseinander, und ich, was mich betrifft, ohne die geringsten feindlichen Gefühle. Trotzdem war es völlig klar, daß er zum Äußersten greifen würde, wenn ich die politische Propaganda nicht aufgäbe.

An Ottoline Morrell

[September 1916]
Montag nacht

Liebste,
es scheint wirklich die Möglichkeit zu bestehen, daß sich die Behörden mir gegenüber erweichen lassen – das tut mir fast leid! Ich werde bald mit der Wiederversöhnung mit Mrs. E. [Mrs. T. S. Eliot] zu einem Ende kommen. Ich denke, es wird dann alles in Ordnung sein, auf einer besseren Basis. Sobald dies getan ist, komme ich nach Garsington. Ich sehne mich danach.
Ich bin mir in dieser Zeit mehrerer Dinge bewußt geworden. Es ist seltsam, auf welche Weise man herausfindet, was man wirklich will, und wie egoistisch das immer ist. Was ich dauernd haben will – nicht bewußt, aber zuinnerst – ist Stimulans, etwas, was mein Gehirn aktiv und fruchtbar sein läßt. Ich glaube, daß es das ist, was mich zum Vampir macht. Den stärksten Stimulans erhalte ich durch das instinktive Gefühl des Erfolges. Fehlschläge lassen mich zusammenbrechen. Merkwürdige Dinge geben mir das Gefühl des Scheiterns – zum Beispiel, daß die C. O.s alle, außer einer Handvoll, einen Alternativdienst machen. Wittgensteins Kritik gab mir das Gefühl völligen Scheiterns. Die eigentliche Schwierigkeit zwischen Dir und mir war immer, daß Du in mir das Gefühl des Versagens auslöstest – zuerst, weil Du nicht glücklich warst; dann auf andere Weise. Um *wirklich* glücklich mit Dir zu sein, nicht nur augenblicklich, müßte ich dieses Gefühls des Versagens verlieren. Bei Mrs. E. fühlte ich mich erfolgreich, weil ich erreichte, was ich erreichen wollte (was nicht wirklich schwer

war), aber nun habe ich dieses Gefühl verloren, keineswegs durch Deine Schuld. Das Gefühl des Erfolges fördert meine Arbeit: verliere ich es, so wird das, was ich schreibe, langweilig und leblos. Ich empfinde den Erfolg oft als völlig vom Glücksgefühl getrennt: es hängt davon ab, worauf man seinen Willen richtet. Instinktiv wende ich mich Dingen zu, bei denen Erfolg möglich ist, nur um des Stimulans willen.
Ich habe Dich immer wegen Deiner selbst geliebt, und nicht als Stimulus oder aus irgendwelchen egozentrischen Gründen. Aber als ich fühlte, daß ich durch die Liebe zu Dir und das Gefühl der Erfolglosigkeit an Energie verlor, hat dies eine Art instinktiven Groll hervorgerufen. Das lag allem zu Grunde – und nun, da ich endlich der Sache auf den Grund gekommen bin, wird es mich nicht länger beunruhigen. Aber solange ich nicht umhin kann, bei Dir dieses Gefühl des Versagens zu haben, muß ich zwangsläufig von Zeit zu Zeit woanders nach einem Antrieb suchen. Das würde nur dann aufhören, wenn mir nichts mehr an der Arbeit läge. Ich bin sicher, daß all das die reine Wahrheit ist.
Ich würde meine Wünsche, was Dich betrifft, in eine andere Richtung lenken, wenn ich von einer Richtung wüßte, in der ich wirklich Erfolg haben könnte. Aber ich glaube nicht, daß es auf diese Weise möglich ist.
Die seltenen Augenblicke mystischer Erkenntnis, die ich hatte, waren immer dann, wenn ich frei von dem Wunsch nach Erfolg war. Aber sie haben eine neue Art von Erfolg mit sich gebracht, den ich sogleich bemerkte und wollte, und so wurde mein Wille wieder auf die alten Bahnen zurückgelenkt. Ich glaube auch nicht, daß ich irgendetwas Wertvolles ohne diese Art von Willen tun könnte. Es ist sehr kompliziert.

An Constance Malleson (Colette) Gordon Square
29. September 1916

Du bist schon da, wo ich mühsam hingelangen wollte, und das ohne die Erschöpfung einer langen Anstrengung. Ich habe viele Leute in der Vergangenheit gehaßt. Noch immer ist mir die Sprache des Hasses leicht zur Hand, aber ich hasse jetzt niemanden wirklich. Es sind Niederlagen, die einen hassen lassen – und jetzt habe ich nirgends das Gefühl der Niederlage. Niemand braucht sich je besiegen zu lassen – es liegt an einem selbst, ob man unbesiegbar ist. Erst kürzlich habe ich ein Gefühl der Freiheit empfunden, das ich vorher nicht kannte... Ich mag den Geist des Sozialismus nicht – ich glaube, Freiheit ist die Grundlage für alles.

»Die Schlüssel zu einem ewigen Frieden« –
Ich bin nicht so groß, *wirklich* nicht – ich weiß, wo Frieden ist – ich habe ihn gesehen und zeitweilig gefühlt –, ich kann mir jedoch immer noch Mißgeschicke vorstellen, die mir den Frieden rauben. Aber es gibt eine Welt des Friedens, und man kann in ihr leben und doch noch aktiv sein, trotz allem, was schlecht in der Welt ist. Weißt Du, wie manchmal alle Schranken der Persönlichkeit fallen und man der ganzen Welt gegenüber offensteht: den Sternen und der Nacht und dem Wind und allen Leidenschaften und Hoffnungen der Menschen, und allen langen Jahrhunderten des Wachstums; sogar die kalten Abgründe des Raumes werden freundlich – »*E il naufragar m'e dolce in questo mare*«. Und von diesem Augenblick an überkommt eine Form des äußersten Friedens alle Gefühle – selbst wenn man ganz von Leidenschaft erfüllt ist. Ich fühlte es in jener Nacht am Fluß. Ich glaubte, Du wolltest Dich mir entziehen, und fühlte, daß ich das Wunderbarste, das mir je begegnet ist, verlieren würde, wenn Du es tätest. Dennoch blieb ein endgültiger tiefer Frieden. Wenn er nicht gewesen wäre, glaube ich, hätte ich Dich damals verloren. Ich kann die Kleinlichkeit und die erdrückende Enge *rein* persönlicher Dinge nicht ertragen: ich möchte immer weltoffen leben, möchte, daß persönliche Liebe wie ein Leuchtfeuer ist, das die Dunkelheit erhellt, und nicht eine ängstliche Zuflucht vor der Kälte, wie es so oft geschieht.
London unter den Sternen ist eigenartig bewegend. Das Augenblickliche der einzelnen Leben erscheint so seltsam –
In bestimmter Weise, die ich nicht in Worte fassen kann,

glaube ich, daß manche unserer Gedanken und Gefühle nur dem Augenblick gehören, während andere Teil der ewigen Welt sind, wie die Sterne. Selbst wenn ihre eigentliche Existenz vergeht, scheint irgendetwas – ein Geist oder eine Wesenheit – zu dauern, Teil der wirklichen Geschichte des Universums zu sein, nicht nur der einzelnen Person. Gewissermaßen ist das die Art, wie ich leben möchte, so daß so viel Leben wie möglich diese Qualität der Ewigkeit besitzt. Ich kann nicht erklären, was ich meine: Du wirst es von Dir aus verstehen müssen. Natürlich gelingt es mir nicht, so zu leben – aber das ist »der glänzende Schlüssel zum Frieden«.
O ich bin glücklich, glücklich, glücklich – B.

Gordon Square
23. Oktober 1916

Ich wollte Dir viel über mein Leben erzählen, und jesesmal hat mich der Augenblick überwältigt. Ich bin merkwürdig unglücklich, weil das Muster meines Lebens, weil meine Natur so hoffnungslos kompliziert ist: eine Menge widersprüchlicher Impulse. Und aus all dem wird Dir, zu meinem tiefen Kummer, Leid erwachsen. Das Zentrum meines Ichs ist immer und ewig schreckliche Qual – eine merkwürdige wilde Qual – eine Suche nach etwas, das außerhalb der Welt liegt, nach etwas Verklärtem und Unendlichem – der seligen Vision – Gott – ich finde es nicht, ich glaube nicht, daß es gefunden werden kann – aber die Liebe dazu ist mein Leben – es gleicht der leidenschaftlichen Liebe zu einem Gespenst. Manchmal erfüllt es mich mit Wut, manchmal mit wilder Verzweiflung, es ist die Quelle von Sanftmut, Grausamkeit und Arbeit, es erfüllt alle meine Leidenschaften – es ist der eigentliche Lebensquell in mir.
Ich kann es nicht erklären oder es anders als nur Torheit erscheinen lassen – aber ob töricht oder nicht, es ist die Quelle all dessen, was Gutes in mir sein mag. Ich habe andere gekannt, die es hatten – Conrad vor allem – aber das ist selten; es schließt einen auf merkwürdige Weise von allem aus und

gibt einem das Gefühl großer Isolierung, es läßt das Evangelium anderer oft dürftig erscheinen. Ich bin mir seiner jetzt oft nicht bewußt, nur wenn mich etwas stark aufrüttelt, Glück oder Unglück. Ich versuche, davor zu fliehen, obwohl ich glaube, daß ich es nicht sollte. In jenem Augenblick mit Dir am Fluß fühlte ich es besonders stark.
»Fenster, die der Welt immer offenstehen«, sagte ich Dir einmal, aber durch seine Fenster sieht man nicht nur die Freude und Schönheit der Welt, sondern auch ihre Qual, Grausamkeit und Häßlichkeit, und das eine ist ebenso wert, gesehen zu werden, wie das andere, und man muß in die Hölle schauen, bevor man irgendein Recht hat, vom Himmel zu sprechen.

B.

Von Leutnant A. Graeme West

Mittwoch nacht
27. Dez. 1916

Lieber Mr. Russell,
heute nacht hier an der Somme habe ich ihre *Principles of Social Reconstruction* beendet, die ich vorfand, als ich von der Front zurückkam. Ich hatte einige Besprechungen davon gesehen, eine in der *Nation* und eine in *Land and Water* und von dem Lob der ersteren und der schlecht verhüllten Verachtung der letzteren schloß ich auf ein gutes Buch. Es ermutigt mich um so mehr, als der Stand der Meinungen in England in immer niedrigere Tiefen eines unwürdigen Hasses zu fallen scheint. Nur Gedanken wie die Ihren, nur die Existenz von Männern und Frauen wie Sie, machen es wert, den Krieg zu überleben – wenn man zufälligerweise überleben sollte. Außerhalb dieses kleinen erfrischenden Lichtkreises kann ich nichts sehen als eine sengende Wüste.
Fürchten Sie deswegen nicht, daß das geistige Leben in uns erstirbt oder Hoffnung und Energie verlöschen; einige wenige von uns trägt auf jeden Fall die Hoffnung, eine »Gottesstadt« gründen zu helfen, abseits von den gegenwärtigen Schrecken und der noch schlimmeren Meinungsintoleranz, wie wir sie in unseren Zeitungen sehen. Wir werden nicht erlahmen, und die

Energie und Ausdauer, die wir hier für eine gräßliche Aufgabe aufwenden mußten, werden wir für die schöpferische Arbeit des Friedens verdoppeln können. Wir sind zu jung, um für immer an Leib und Seele Schaden zu nehmen, selbst durch diese Leiden. Wir fürchteten vielmehr, ehe Ihr Buch kam, daß wir niemanden mehr in England finden würden, der mit uns bauen könnte. Denken Sie also daran, daß man sich auf uns verlassen kann und wir hinterher doppelt so viel tun werden, wie wir während des Krieges getan haben; nach der Lektüre Ihres Buches wurde dieser Entschluß leidenschaftlicher denn je; es ist um Ihretwillen, daß wir weiterleben wollen.

Ich habe Ihnen bereits geschrieben und sollte mich vielleicht entschuldigen, wieder zu schreiben, aber das scheint mir ziemlich absurd: Sie können nichts dagegen haben zu wissen, daß man Sie versteht und bewundert und daß es Menschen gibt, die froh wären, mit Ihnen arbeiten zu können.

Ihr ergebener
A. Graeme West. 2. Leutnant
6th Oxford & Bucks. L. I.
B. E. F.

Aus der Presse:
Leutnant Arthur Graeme West, Oxford and Bucks Light Infantry, dessen Tod heute öffentlich bekanntgegeben wurde, war der älteste Sohn von Arthur Birt West, 4 Holly Terrace, Highgate. Er fiel am 3. April [1917] im Alter von 25 Jahren.

An Colette Guildford
28. Dezember 1916

Wie kann Liebe zwischen Explosionen und abstürzenden Zeppelinen und all den äußeren Bedingungen unserer Liebe blühen? Sie muß scharf und schmerzlich werden, damit sie in einer solchen Welt leben kann. Ich wünsche sehnlichst, daß es anders sei – aber sanfte Dinge sterben in diesem Schrekken, und unsere Liebe muß um ihres lebendigen Blutes willen Qualen ertragen.

Ich hasse die Welt und fast alle Leute in ihr. Ich hasse den Labour-Kongreß und die Journalisten, die Männer fortschikken, damit man sie niedermetzelt, und die Väter, die selbstzufriedenen Stolz empfinden, wenn ihre Söhne getötet werden, und selbst die Pazifisten, die immer noch sagen, die menschliche Natur sei im Grunde gut, trotz der täglichen Gegenbeweise. Ich hasse diesen Planeten und die Gattung Mensch – ich schäme mich einer solchen Gattung anzugehören. Und wozu tauge ich in einer solchen Stimmung? B.

Von Dorothy Mackenzie 77, Lady Margaret Road
Highgate, N. W. 5
Lieber Mr. Russell, 5. Juni [1917]
ich bin froh, daß Sie Graeme Wests Brief an das *Cambridge Magazine* schickten, denn ich bin ganz sicher, daß er im Namen sehr vieler spricht, von denen einige überleben *werden.*

Als ich Ihre *Principles of Social Reconstruction* gelesen hatte, konnte ich Sie zu meiner Freude, da ich eine junge Frau und nicht ein junger Mann bin, im Kindergarten der ›Fabian Society‹ sprechen hören. Und ich wagte zu sagen, daß Sie zu düster seien und die Welt nicht so verdorben, wie Sie dächten. Ich konnte dies tun, weil ich an West dachte, und Sie lächelten freundlich über meinen jugendlichen Optimismus, aber die Traurigkeit Ihres Lächelns machte mir Angst.

Nun weiß ich, daß Sie recht hatten und ich unrecht. Aber ich versichere Ihnen, Mr. Russell, daß wir Frauen bauen wollen, und unglücklicherweise überleben wir. Und ich kann meinen Brief schließen, wie er den seinen schloß, und ganz aufrichtig sagen: »Es ist um Ihretwillen, daß wir weiterleben wollen.«

Es ist schwer zu wissen, was man tun soll. Ich bin Volksschullehrerin, und alle Klassen außer der meinen werden mit militärischen Methoden erzogen. Ich muß arbeiten, als ob ich etwas zu verbergen hätte, und meine Ideen so weit wie möglich verschweigen. Kinder entwickeln sich, wie Sie wissen, in unseren Volksschulen nicht von selbst. Ihr Kapitel über Erziehung ermutigte mich mehr als alles, was ich gelesen oder gehört habe, seit ich zu unterrichten begann. Ich danke Ihnen für die Ermutigung. Es ist äußerst traurig, in diesen Tagen zu unterrichten: schlecht bezahlt, überarbeitet, der Mensch, den ich am meisten liebte, für eine Sache getötet, an die er nicht länger glaubte, ohne die Anteilnahme der meisten Freunde und Verwandten, finde ich Stärke und Trost in Ihnen und in Ihrem Buch. Ich glaube zutiefst, daß Sie verstehen.

Dorothy Mackenzie

Von A. N. Whitehead

Twelve
Elm Park Gardens
Chelsea, S. W.
8. Jan. 17

Lieber Bertie,

es tut mir schrecklich leid, aber Du scheinst meinen Standpunkt nicht einzusehen.

Ich will nicht, daß meine Ideen *gegenwärtig* unter meinem Namen oder dem eines anderen propagiert werden – das heißt, so weit sie bereits zu Papier gebracht sind. Das Ergebnis wäre eine völlig irreführende Darstellung, die mir unvermeidlich bei der endgültigen Fassung einen Strich durch die Rechnung machen würde.

Meine Ideen und Systeme entwickeln sich anders als die Deinen, die Inkubationszeit ist länger, und das Resultat erhält seine verständliche Form erst in der letzten Phase. Ich möchte nicht, daß Du meine Notizen, die kapitelweise klar sind, in etwas hineindrängst, was ich als eine Reihe von Halbwahrheiten ansehen würde. Ich habe mein ganzes Leben lang immer wieder an diesen Ideen gearbeitet und würde auf der einen Seite meiner spekulativen Existenz völlig entblößt sein, wenn ich sie jemand anderem zur Ausarbeitung übergäbe. Nun, da ich Licht zu sehen beginne, scheint mir dies weder durch irgendeinen wissenschaftlichen Vorteil noch durch Notwendigkeit gerechtfertigt.

Es tut mir leid, daß Du Dich nur mit Hilfe dieser Notizen zur Arbeit fähig fühlst. Aber ich bin sicher, Du irrst darin, und das ganze verbleibende Feld des Denkens steht Dir zur Bearbeitung offen, obwohl es für Dich selbstverständlich leichter wäre, mit einigen entwickelten Notizen weiterzuarbeiten. Aber meine Gründe sind endgültig. Natürlich werde ich Dir die Arbeit zuschicken, wenn ich sie in jene Form gebracht habe, die meine Ideen ausdrückt. Herzlich Dein

Alfred N. Whitehead

Vor Kriegsbeginn hatte Whitehead einige Notizen über unsere Erkenntnis der Außenwelt gemacht, und ich hatte ein Buch zu diesem Thema geschrieben, in dem ich mich, mit gebührendem Hinweis auf den Urheber, auf Ideen bezog, die mir Whitehead vermittelt hatte. Der obige Brief zeigt, daß er darüber sehr ärgerlich war. Tatsächlich setzte dies unserer Zusammenarbeit ein Ende.

An Lady Emily Lutyens

57, Gordon Square
W. C. (1)
21. III. 17.

Liebe Lady Emily,

ich habe meinen Artikel um sieben Zeilen gekürzt, was notwendig schien – sechs Zeilen gegen Ende und eine in der Mitte der letzten Spalte.
Muß wirklich gesagt werden, daß ich der »mutmaßliche Erbe des derzeitigen Earl Russell« bin? Ich kann nicht einsehen, daß die Tatsache der Kinderlosigkeit meines Bruders meine Ansichten respektabler macht.
Ich habe ein paar Ungenauigkeiten in der Biographie korrigiert. Meine Einstellung zum Krieg ist wohl kaum die des »kritischen Abstandes«. Meine Haltung ist die des intensiven und leidenschaftlichen Protests: ich betrachte den Krieg als einen Greuel, eine Schande, eine überwältigende und nicht zu mildernde Katastrophe, die das ganze Leben grauenvoll werden läßt.

Ihr sehr ergebener
Bertrand Russell

An Colette Gordon Square
27. März 1917

Ich kann nicht den tausendsten Teil von dem ausdrücken, was in meinem Herzen ist – unser Tag auf dem Land war so herrlich. Den ganzen Sonntag über wuchs und wuchs es, und in der Nacht schien es die Grenzen des Irdischen zu zerreißen. Ich fühle mich nicht länger allein in der Welt. Deine Liebe bringt Wärme in alle Winkel meines Seins. Du hast oft von einer trennenden Wand zwischen uns gesprochen. Sie existiert nicht mehr. Der Winter hört auf, wir werden Sonnenschein und Vogelgezwitscher haben, und wilde Blumen, Primeln und Hyazinthen, und dann den Geruch des Hagedorns. Wir werden die Freude in uns lebendig erhalten. Du bist stark und mutig und frei, voller Leidenschaft und Liebe – meine tiefsten Träume werden wahr.

Gordon Square
23. September 1917

Der ganze Bereich meines Herzens, wo Du lebtest, scheint ausgebrannt.
Es bleibt uns nichts anderes, als zu versuchen, einander zu vergessen.
Lebwohl – B.

Von Colette Mecklenburgh Square
26. September 1917

Ich dachte bis letzte Nacht, daß unsere Liebe wachsen und wachsen würde, bis sie so stark wäre wie die Einsamkeit selbst.
Ich habe mit Dir in die Ewigkeit geblickt. Ich habe die Zügel des Ruhms in beiden Händen gehalten. Jetzt, obwohl ich immer noch an die Schönheit ewiger Dinge glaube, werden sie nicht mehr für mich da sein. Du wirst die Krone auf Dein Werk setzen. Du wirst auf der Höhe unpersönlicher Größe stehen. Ich verehre Dich, aber unsere Seelen sind einander

fremd. Ich bete, daß ich bald erschöpft sei und diese Qual ende.

C.

An Colette

Gordon Square
25. Oktober 1917

Ich habe wirkliches Glück mit Dir erlebt. Könnte ich nach meinen Überzeugungen leben, so wäre es noch da. Ich fühle mich in Selbstsucht gefangen – zu erschöpft von den Anstrengungen, zu müde, um mich zur Liebe durchzuringen. Wie kann ich diesen Abgrund überbrücken?

Aus *The Tribunal.* Donnerstag, 3. Januar 1918

Das deutsche Friedensangebot
von Bertrand Russell

Je mehr wir über die Bolschewiken hören, um so absurder wird die Legende unserer patriotischen Presse. Man hat uns gesagt, daß sie unfähige und korrupte Phantasten seien, daß sie bald zum Sturz kommen müßten, daß die Mehrzahl der Russen gegen sie sei und daß sie der Verfassunggebenden Versammlung nicht die Erlaubnis zu einer Zusammenkunft zu erteilen wagten. Alle diese Behauptungen haben sich als völlig falsch erwiesen, wie jeder bei der Lektüre des sehr interessanten Berichtes von Arthur Ransome in den *Daily News* vom 31. Dezember sehen kann.
Lenin, den man uns aufforderte, als deutschen Juden anzusehen, ist in Wirklichkeit ein russischer Aristokrat, der jahrelang wegen seiner Anschauungen verfolgt wurde. Die Sozialrevolutionäre, die man als Feinde der Bolschewiken darstellte, haben Verbindung mit ihnen aufgenommen. Die Verfassunggebende Versammlung tritt zusammen, sobald die Hälfte ihrer Mitglieder in Petrograd ist, und beinahe die Hälfte ist bereits eingetroffen. Nicht der geringste Beweis unterstützt den Hinweis auf deutsches Geld.
Der spektakulärste und erstaunlichste Triumph der Bolsche-

wiken sind ihre Verhandlungen mit den Deutschen. In militärischer Hinsicht ist Rußland wehrlos, und wir alle hielten es für einen Beweis, daß sie bloße Phantasten seien, als sie mit Verhandlungen begannen und gleichzeitig darauf bestanden, kein russisches Gebiet an die Deutschen abzutreten. Man sagte uns, Deutschland würde unfehlbar darauf bestehen, die baltischen Provinzen zu annektieren und seine Herrschaft über Polen auszudehnen. Weit entfernt davon, haben die deutsche und die österreichische Regierung offiziell verkündet, daß sie bereit seien, die russischen Friedensbedingungen anzunehmen, vorausgesetzt, daß es sich um einen allgemeinen Frieden handle, und sie haben die Westmächte aufgefordert, diesen Bedingungen zuzustimmen.

Dieser Schritt hat die Regierungen der Westmächte in ein sehr grausames Dilemma gestürzt. Wenn sie das deutsche Angebot ablehnen, so sind sie vor der Welt und ihren eigenen Sozialistischen und Arbeiterparteien entlarvt; sie zeigen allen deutlich, daß sie den Krieg nur zur Gebietserweiterung fortführen. Wenn sie das Angebot annehmen, so verschaffen sie den gehaßten Bolschewiken einen Triumph und erteilen den demokratischen Revolutionären allerorts eine Musterlektion darüber, wie man mit Kapitalisten, Imperialisten und Kriegshetzern umzugehen hat. Sie wissen, daß sie von einem patriotischen Standpunkt aus auf keinen besseren Frieden hoffen können, wenn sie den Krieg fortführen; daß aber von dem Standpunkt aus, Freiheit und allgemeinen Frieden zu verhindern, eine gewisse Hoffnung in der Fortführung des Krieges liegt. Es ist bekannt, daß es überall in Europa Hungersnot geben wird, wenn nicht bald Frieden kommt. Mütter werden durch den Anblick ihrer sterbenden Kinder wahnsinnig werden. Männer werden miteinander um den Besitz der einfachsten Lebensgüter kämpfen. Unter solchen Umständen wird die gesunde, konstruktive Anstrengung, derer es für eine erfolgreiche Revolution bedarf, unmöglich sein. Das amerikanische Militär, das dann England und Frankreich besetzen wird, gleichgültig ob diese nun erfolgreich gegen die Deutschen sind oder nicht, wird zweifellos imstande sein, Streikende einzuschüchtern – eine Beschäftigung, an die die amerikanische Armee zuhause gewöhnt ist. Ich behaupte nicht, daß die Regierung solche Gedanken hat. Aller Anschein spricht dafür, daß sie überhaupt keine Gedanken irgendwelcher Art hat, und daß sie von der Hand in den Mund lebt und sich mit Unwissenheit und sentimentalem Geschwätz tröstet. Ich sage nur, daß sie, wäre sie überhaupt zu denken fähig, versuchen müßte, in der von mir angedeuteten Richtung eine Ablehnung der Bedingungen des deutschen Friedensangebotes zu rechtfertigen, falls sie dieses wirklich ablehnen will. Einige Demokraten und Sozialisten haben vielleicht nichts gegen eine Fortsetzung des Krieges einzuwenden, da es klar ist, daß dies zu einer allgemeinen Revolution führen würde. Ich denke, daß dies tatsächlich die Folge wäre, aber ich glaube nicht, daß wir deswegen einer Ablehnung der Verhandlungen zustimmen sollten, falls das der Entschluß ist, zu dem unsere Regierung gelangt. Die Art von Revolution, die uns in diesem Falle drohte, wäre bei weitem zu ernst und schrecklich, als daß etwas Gutes dabei herauskäme. Es wäre eine Revolution der Gewalt, des Hasses und Blutvergießens, angetrieben von Hunger, Terror und Verdächtigung – eine Revolution, in der das Beste der westlichen Kultur zwangsläufig vernichtet würde. Das ist die Aussicht, die unsere Regierenden ins Auge fassen müssen. Das ist das Risiko, das sie eingehen für so erbärmliche Dinge wie die Annektierung der afrikanischen Kolonien und Mesopotamiens. Die Kriegsziele der Labour-Partei, die diese einstimmig am 28. Dezember angenommen hat, sind im großen und ganzen sehr vernünftig und könnten leicht als Grundlage für einen sofortigen Verhandlungsbeginn dienen. Die Labour-Partei hat im Augenblick gewaltige Macht. Hofft man zu viel, wenn man glaubt, daß sie diese Macht dazu benutzen wird, einen Schimmer von Vernunft bei den blinden und wahnsinnigen Regierenden der Westmächte zu erzwingen? Die Labour-Partei hält den Schlüssel in Händen. Sie kann, wenn sie will, innerhalb eines Monats einen gerechten und dauernden Frieden sichern, aber läßt sie diese Gelegenheit verstreichen, so wird alles, was uns teuer ist, dem allgemeinen Untergang geweiht sein.

[Der obige Artikel war jener, für den ich zu Gefängnis verurteilt wurde.]

An Professor Gilbert Murray

57, Gordon Square
London, W. C. 1
15. Februar 1918

Mein lieber Gilbert,

ich bin sehr durch das Wohlwollen deines Briefes gerührt. Es ist wirklich anständig von Dir, etwas zu unternehmen, obwohl unsere Standpunkte so verschieden sind. Hätte ich gewußt, welches Aufsehen der eine Satz im *Tribunal* erregen würde, so hätte ich ihn sehr viel vorsichtiger formuliert, um Mißverständnisse bei einem Publikum zu vermeiden, das nicht an den Ton verzweifelter und kämpferischer Pazifisten gewöhnt ist. Hätte die Regierung keine Anklage erhoben, so hätte niemand außer den Pazifisten je diesen Satz gesehen. Es ist tausend gegen eins sicher, daß auch kein Amerikaner ihn je gesehen hätte. Ich habe für das *Tribunal* ein Jahr lang jede Woche einmal geschrieben, gewöhnlich in großer Eile mitten in anderer Arbeit. Im Laufe dieser Zeit war es fast unvermeidbar, daß ich zumindest einen unvorsichtigen Satz von mir geben würde – unvorsichtig, was die Form betrifft, denn was den Inhalt angeht, so stehe ich dazu.

So weit ich herausfinden kann, war der unmittelbare Grund für die Anklage die Tatsache, daß ich aufgehört hatte, diese Artikel zu schreiben oder mich tatsächlich an der pazifistischen Arbeit zu beteiligen, außer daß ich gelegentlich an Ausschußsitzungen teilnahm. Ich entschloß mich zu diesem Schritt im letzten Herbst, aber es war unmöglich, dies sofort in die Tat umzusetzen, ohne Kollegen Unannehmlichkeiten zu bereiten. Ich informierte daher die ›No Conscription Fellowship‹, daß ich zum neuen Jahr nicht mehr ihr stellvertretender Vorsitzender sein werde. Wie vereinbart, erschien der letzte Artikel, den ich für das *Tribunal* schrieb, am 10. Januar, eine Woche nach dem Artikel, dessentwegen ich angeklagt bin. Es sieht so aus, als ob sich die Behörden darüber klarwurden, daß sie, wenn sie mich bestrafen wollten, dies sofort tun mußten, da ich keine weiteren Verbrechen mehr begehen würde. Alle meine Pläne zielten darauf ab, mich wieder ganz aufs Schreiben und auf philosophische Vorträge zu verlegen, aber ob es mir nun möglich sein wird, diese Pläne zu verwirklichen, wenn ich aus dem Gefängnis komme, ist selbstverständlich zweifelhaft. Die Aussicht auf das Gefängnis mißfällt mir nicht so sehr, vorausgesetzt, daß man mir viele Bücher zu lesen erlaubt. Ich glaube, die Freiheit von Verantwortung wird eher erholsam sein. Mir fällt nichts ein, was für mich getan werden könnte, es sei denn, die amerikanische Botschaft verträte den Standpunkt, daß die Angelegenheit zu lumpig ist, um der Anklage wert zu sein. Aber ich kann nicht sagen, daß ich eine Einstellung des Verfahrens sonderlich wünschte. Ich glaube, die von uns, die im Luxus von Geld leben, das durch das Strafrecht geschützt wird, sollten eine gewisse Vorstellung von dem Mechanismus haben, durch den unser Glück gesichert ist, und aus diesem Grund werde ich froh sein, ein Gefängnis von innen kennenzulernen.

Mit meinem allerbesten Dank stets sehr herzlich Dein

Bertrand Russell

57, Gordon Square W. C. 1

Lieber Gilbert, 27. 3. 18.

Du bist so überaus freundlich gewesen, daß ich glaube, ich sollte Dir schreiben, was in meinem Fall zu tun ist. Angenommen, das Urteil wird bestätigt, so wäre es anscheinend gut, um die erste Klasse zu bitten. Das muß bald vorbereitet werden, da die Dinge langsam gehen. Hirst ist bereit, sich an Morley, Loreburn, Buckmaster und Lansdowne zu wenden und sie zu bitten, an Cave zu schreiben. Es scheint mir, daß Asquith und Grey ebenfalls bereit wären; auch einige unpolitische gebildete Leute. Falls Du bereit wärest, könntest Du das besser tun als sonst irgendwer. Wenn private Reklamationen fehlschlagen (was wahrscheinlich ist), werden Briefe

an die Presse notwendig sein. All dies müßte schnell getan werden, wenn es erfolgreich sein soll.
Ich sah E. D. Morel gestern zum erstenmal, seit er heraus ist, und war von der Härte einer sechsmonatigen Strafe beeindruckt. Sein Haar ist völlig weiß (er hatte vorher kaum eine Spur von Weiß); als er zuerst herauskam, brach er völlig zusammen, physisch und psychisch, vor allem infolge ungenügender Ernährung. Er sagt, man dürfe nur eine dreiviertel Stunde pro Tag lesen, die übrige Zeit verbringe man mit Gefängnisarbeit etc. Es ist höchst wahrscheinlich, daß mein Verstand nicht so leistungsfähig bleibt wie vorher, wenn das Urteil nicht gemildert wird. Ich würde dies bedauern, da ich noch eine Menge Philosophie betreiben möchte.

Stets Dein
Bertrand Russell

Von E. M. Forster

Alexandria
12. 2. 18

Lieber Russell,
inmitten eines sechsgängigen Dinners im Club, sagte man mir gestern abend, daß Sie im Gefängnis seien. Dies um Ihnen meine Sympathie zu bekunden. Ich nehme an, man wird Ihnen dies erst zuteil werden lassen, wenn Sie herauskommen.
Hier ist alles Bequemlichkeit und Ruhe. Wir werden wirklich noch sehr schrullig werden, wenn all das und der Krieg noch lange weitergehen.

Freundschaftlich Ihr
E. M. Forster

Von Lancelot Hogben

London, 10. April 18

Lieber Russell,
ich schreibe Ihnen nur ein paar Zeilen, um Ihnen zu sagen, wie glänzend Ihre Verteidigungsrede war. Da ich ein ehemaliger Sträfling bin, verstehe ich ein wenig, um welchen Preis

Sie die Wahrheit gesagt haben. Für uns, die wir jünger sind und so viele unserer eigenen Freunde zynischer Gleichgültigkeit oder akademischen Vorurteilen erliegen sehen, ist es ermutigend, daß es wenigstens einen unter den Intellektuellen Europas gibt, der es den Gefühlen nicht erlaubt, das Leben des Geistes zu töten ... Dies ist ziemlich unwirksam, aber was hilft's,

viel Glück
Ihr sehr ergebener
Lancelot Hogben

Von G. Lowes Dickinson

11 Edwardes Square
W. 8. Ap. 19, [1918]

Lieber Bertie,
ich wünschte, ich hätte Dich gesehen, aber es war mir nicht möglich, es einzurichten, und heute fahre ich für den Rest des April fort. Ich hoffe, am 1. Mai da zu sein. Es ist schwer, irgendwelche Hoffnung zu haben. Ich nehme an, das Beste, was Dir jetzt passieren kann, wäre erster Klasse Gefängnis zu bekommen. Wenn man dich zu einer Geldstrafe verurteilt, so wirst Du vermutlich gleich einberufen werden und als C. O. durch die Mühle gehen müssen. Die einzige Chance ist, daß der rohe [Lord] Derby nicht mehr im Kriegsministerium ist, und ich nehme an, daß Milner mehr Sympathie für die C. O.s hat. Wir werden von ebenso gemeinen wie unfähigen Leuten regiert, und das Land in seiner Angst und seinem Haß will es immer noch so haben. Manchmal steigt mir die Schamröte ins Gesicht, daß ich ein Engländer bin. Dabei weiß man, daß der einzelne Engländer ein anständiger, freundlicher und wohlmeinender Kerl ist. Es ist die Meute und ihre Anführer, die so gemein sind. Aber was helfen schon Worte? Man kann nichts daran ändern; und die menschlichen Worte scheinen jede Bedeutung verloren zu haben. Um das Thema zu wechseln: ich lese gerade Aristoteles, über die Seele. Es ist erfrischend, in eine Zeit zurückversetzt zu sein, wo die Fragen von erstklassigen Köpfen neu untersucht wurden. Aristoteles' Methode könnte die Deine sein. Ich glaube jedoch, man sieht, daß der Begriff »Substanz« das Denken bereits auf eine

gewisse, unbewußte Bahn festgelegt hat. Dank Dir, nehme ich an, und anderen, erscheint mir mein Verstand in meinem hohen Alter freier und aktiver als in der Jugend. Aber die Wolfsmeute wird nicht eher ruhen, bis sie jeden freien Geist und jede aufrechte Seele gerissen hat. Das ist das heimliche Ziel des Krieges. Bis dann. G. L. D

[Lowes Dickinson]

Von C. P. Sanger

58 Oakley Street
Chelsea, S. W. 3
28. April 1918

Lieber Bertie,

obwohl wir uns in der letzten Zeit nicht viel gesehen haben, bist Du ständig in meinen Gedanken. Es ist schwer zu sagen, was man fühlt – Du hast mir immer sehr viel bedeutet, und ich kann den Gedanken nicht ertragen, daß Du vielleicht ins Gefängnis mußt, obwohl ich weiß, daß Deine Stärke und Selbstdisziplin Dich sicher durch die Feuerproben führen werden. Es ist eine verrückte Welt – ein Alptraum. Manchmal denke ich, wir werden aufwachen und sehen, daß alles bloß ein Traum war. Ich hoffe, daß die Wirklichkeit sich als besser erweisen wird als der Anschein – wenn irgend etwas außer dieser absurden Welt aus Blut und Sprengstoff existiert.

Aber wenn die Dinge gebessert werden können, so bist es Du und jene, die wie Du sind, die es tun werden; und die jüngeren Männer werden – wenn welche von ihnen überleben – ihre Augen auf Dich richten. In Freundschaft Dein

C. P. Sanger

PS Daphne[1] beauftragt mich, Dich zu grüßen.

Von G. B. Shaw

Ayot, St. Lawrence
Welwyn, Herts.
18. März 1918

Liebe Miss Mackenzie,

ich bin natürlich recht besorgt um Russell; aber ich kann nichts tun: er muß sich selbst helfen, und das kräftig, wenn er

1 Seine Tochter.

seine Berufung gewinnen will. Bei seinem Prozeß scheint keine angemessene Verteidigung dagewesen zu sein: er oder sein Anwalt hätten eine Woche lang gegen Gewaltherrschaft und Ungerechtigkeit und Nichtbeachtung der Menschenrechte und Gott weiß was sonst reden und zum Himmel schreien müssen, damit es den Behörden so leid wie nur möglich getan hätte, diese Frage aufgeworfen zu haben, selbst, wenn sie das Urteil trotzdem durchgebracht hätten. Russell ist kein Dummkopf, der sich nicht selbst verteidigen kann. Er ist kein armer Mann, der sich keinen starken Anwalt leisten kann. Er ist faktisch ein Adliger, dessen Familie auf der Seite der Whigs als angestammte Verteidigerin der Volksfreiheiten ein ungeheures Ansehen genießt. Doch er hat beim Publikum den Eindruck hinterlassen, daß man ihn sich wie einen gewöhnlichen Taschendieb in zehn Minuten vom Halse geschafft hat. Das muß bis zu einem gewissen Grade seine eigene Schuld und die seiner Freunde sein. Es sieht aus wie eine Wiederholung des ungeheuerlichen Fehlers, den Morel durch sein Schuldbekenntnis begangen hat; dieses Bekenntnis muß er auf irgendeinen törichten Ratschlag hin gemacht haben und unter dem Eindruck, daß Schuld eine Frage der Tatsachen und nicht des sittlichen Charakters der betreffenden Handlung sei.
Wirklich fraglich ist nur, ob Russell seinen eigenen Fall führen oder einen Anwalt nehmen soll. An seiner Stelle würde ich die Sache ohne Zögern selbst in die Hand nehmen. Ein Anwalt wird irgendeine künstlich sinnreiche Rede auftischen, die ihm eine gute berufliche Chance gibt, vor dem Berufungsgericht anzugeben, eine Rede, die ihn durch keinerlei Verdacht einer Sympathie mit Russells Ansichten kompromittiert, und deren Mißerfolg von vorneherein feststeht. Russell wird keine Probleme dieser Art haben; und er kann sich als Amateur Freiheiten mit dem Prozeßverfahren erlauben, die einem Barrister unmöglich sind. Er ist an öffentliches Reden gewöhnt und daher nicht von der Notwendigkeit gedrängt, einen anderen Mann zu finden, der für ihn spricht, bloß weil er nervös und unerfahren ist.

Sein Fall steht durchaus nicht schlecht. Als erstes kann er darauf hinweisen, daß er wegen einer hypothetischen Prophezeiung angeklagt ist, die ein halbes Dutzend Zeilen in einem Artikel umfaßt, dessen sichere Behauptungen sich seitdem als völlig falsch erwiesen haben und vielleicht sogar gefährlich irreführend waren. Er hat bezüglich der Bolschewiken, der Verfassunggebenden Versammlung, der deutschen und österreichischen Regierung geirrt. Und doch hat man gegen diese Irrtümer keinen Einwand erhoben.
Doch als er sich auf festeren Grund begab und wie Lord Lansdowne argumentierte, daß eine Verlängerung des Krieges unvermeidlich zu einer Hungersnot in ganz Europa führen würde, da fand man einen lächerlichen Vorwand, ihn anzugreifen. Der Krieg ist voller Ironie: die Kriegführenden behaupten, Freiheiten zu verteidigen, die sie zu diesem oder jenem Zeitpunkt mit aller Kraft zu unterdrücken suchten. Die Deutschen vergessen ihre Unterdrückung des preußischen Polen und prangern England als Unterdrücker Irlands, Ägyptens und Indiens an. Die Franzosen vergessen Tonking, Marokko, Algerien und Tunesien und das bonapartistische Regime und schmähen die Deutschen als Eroberer und Annexionisten. Italien vergißt Abbessinien und Tripolis und fordert Dalmatien und einen Teil des österreichischen Tirol, während es Österreich aus nationalistischen Gründen aus dem Trentino vertreibt. Schließlich übernimmt Amerika, das mit seinen eigenen Arbeitern Schwierigkeiten hatte, die in Colorado und einigen anderen Staaten fast die Ausmaße eines Bürgerkrieges annahmen, die Aufgabe, das deutsche Proletariat vor der Sklaverei zu bewahren. Auf alle diese Ironien ist immer wieder mit den bittersten Worten von philosophischen Journalisten hingewiesen worden, außer auf die letzte, auf die Russell als erster sehr milde in *The Tribunal* anspielt. Sofort stürzt sich irgendein blöder Zensor, der nichts von Ironie oder Geschichte oder sonst irgend etwas außer dem Einmaleins seiner Abteilung weiß, auf diese Anspielung wie auf etwas, was es noch nicht gegeben hat und was daher bekämpft werden muß. Aber wichtigster

Punkt ist der folgende: wenn Russell trotz seines sozialen und akademischen Ranges hart dafür bestraft wird, daß er als Pazifist und Philosoph über den Krieg geschrieben hat, dann hat die Einschüchterung der Presse in England einen Grad erreicht, den sie noch nicht einmal in Deutschland oder Österreich erreicht hat; und wenn es wirklich ein Vorteil ist, ein freies Land zu sein, so wird dieser Vorteil an Deutschland gehen. Wir beanspruchen die Unterstützung der Welt in diesem Krieg nur aus dem Grund, weil wir liberale Institutionen vertreten und unsere Feinde despotische. Der Feind erwidert, daß wir das schrecklichste und willkürlichste Reich der Erde seien; und es gibt auf Grund unserer früheren Eroberungen so viel zu diesem Punkt zu sagen, daß die amerikanische und die russische öffentliche Meinung äußerst verwirrt über uns ist. Russell kann sagen: »Wenn es euch gefällt, mich um meiner liberalen Ansichten willen anzuklagen, so tut es, und zum Teufel mit euch: ich bin nicht der erste aus meiner Familie, der für eine gute Sache leidet; aber wenn ihr irgendwelchen Wert auf die Solidarität der Allianz legt, so werdet Ihr darauf bedacht sein, der Welt zu erklären, daß England immer noch der Ort ist, wo ein Mann sagen kann, was er will etc.« (Fortsetzung je nach Belieben.)
Das ist der beste Rat, den ich als Russells Freund in dieser Sache geben kann.

Ihr ergebener
G. Bernard Shaw

10 Adelphi Terrace W. C. 2
29. April 1917 [1918]

Lieber Bertrand Russell,
ich habe das ungute Gefühl, daß Sie am Mittwoch einen Anwalt zu Rate ziehen werden und sechs Monate lang ins Gefängnis gehen, um es Ihrem Anwalt zu ermöglichen, einen günstigen Eindruck bei Gericht zu machen, indem er irgendeine sinnreiche, bereits im Dienst zahlloser Taschendiebe abgenutzte Verteidigung losläßt, auf Grund derer das Gericht diese mit eulenhaftem Ernst (und einem Kompliment an die Verteidigung) freilassen darf.

Ich sehe keinen anderen Ausweg, als eine Szene zu machen und es entrüstet abzulehnen, sich irgendwie für eine Erklärung zu verteidigen, die abzugeben jeder Mann in einem freien Land das völlige Recht hat, und zu sagen, daß Sie, da Sie kein Unbekannter sind und über Ihren Fall in jeder Hauptstadt von San Francisco bis nach Tokio berichtet werden wird, wo er als Maßstab für jene Auffassung der Freiheit gelten wird, für die England zu kämpfen vorgibt, es dem gesunden Menschenverstand des Gerichtes überlassen, das Ansehen des Landes vor dem Wahnsinn seiner unglaubwürdigen und verschreckten Regierung zu retten. Oder Worte von ähnlicher Wirkung. Sie werden nichts gewinnen, wenn Sie rücksichtsvoll sind, und nichts verlieren (im Gegensatz zu einem Barrister), wenn Sie daran erinnern, daß eine Katze einen König ansehen darf und, *a fortiori*, ein Philosoph einen Richter.

Stets
G. B. S.

An meinen Bruder Frank

Brixton
3. Juni 1918

Das Dasein hier ist nicht unangenehm, nur kann man seine Freunde nicht sehen. Dieser eine Umstand macht es für mich hier wirklich sehr unangenehm – aber wenn ich bar jeglicher Zuneigung wäre wie viele Männer mittleren Alters, so hätte ich keinen Grund zur Klage. Man hat keine Verantwortung und unendliche Muße. Ich verbringe meine Zeit sehr fruchtbar. An einem gewöhnlichen Tag widme ich vier Stunden philosophischer Schriftstellerei, vier Stunden philosophischer Lektüre und vier Stunden allgemeiner Lektüre – Du kannst also verstehen, daß ich eine Menge Bücher haben möchte. Ich habe die Memoiren der Madame Roland gelesen und bin zu dem Schluß gekommen, daß man sie sehr überschätzt: snobistisch, eitel, sentimental, neidisch – eher ein deutscher Typ. Die letzten Tage vor ihrer Hinrichtung verbrachte sie damit, kleinliche gesellschaftliche Mißerfolge oder Triumphe aufzuschreiben, die viele Jahre zurücklagen.

Sie war nur aus Neid auf die *Noblesse* Demokratin. Gefängnisse waren in ihren Tagen heiterer als jetzt: sie sagt, wenn sie nicht ihre Memoiren schriebe, würde sie Blumen malen oder ein Lied auf dem Klavier spielen. Klaviere werden in Brixton nicht zur Verfügung gestellt. Andererseits wird man nicht guillotiniert, wenn man herauskommt, was in gewisser Hinsicht ein Vorteil ist. – Während meiner zweistündigen Bewegungspause denke ich über alle möglichen Dinge nach. Es ist gut, Zeit zum Nachdenken zu haben, und alles in allem ist es ein Geschenk des Himmels, hier zu sein. Aber ich will nicht zu viele Geschenke des Himmels!
Ich bin ganz glücklich, und mein Geist ist sehr rege. Ich genieße das Gefühl, meine Zeit fruchtbar zu verbringen – nachdem ich alle die letzten Jahre immer aktiv war, fast nichts gelesen und sehr wenig geschrieben habe und keine Gelegenheit für irgendeine kulturelle Tätigkeit hatte, ist es ein wirkliches Vergnügen, zu einer kultivierten Existenz zurückzukehren. Aber ach, wie froh werde ich sein, wenn es vorbei ist! Ich habe die üble Gewohnheit aufgegeben, mir vorzustellen, der Krieg könnte eines Tages vorbei sein. Man muß unsere Zeit mit jener der Barbareneinfälle vergleichen. Ich fühle mich wie Appolinaris Sidonius. Das Beste wäre, zu sein wie der Heilige Augustinus. In den nächsten 1000 Jahren werden die Leute auf die Zeit vor 1914 zurückblicken, wie man im Mittelalter auf die Zeit vor der Plünderung Roms durch die Gallier zurücksah. Ein seltsames Tier, der Mensch!

In Liebe
Dein Bruder
Bertrand Russell

An Colette

5. Juli 1918

Geliebte, ich sehne mich so nach Dir. Ich denke dauernd an alle die wunderbaren Dinge, die wir zusammen tun werden. Ich denke mir aus, was wir tun, wenn wir nach dem Krieg ins Ausland können. Ich möchte gern mit Dir nach Spanien: um die großartige Kathedrale von Burgos zu sehen, Velasquez in

Madrid, den düsteren Escorial, aus dem Wahnsinnige Unglück über die Menschheit zu einer Zeit brachten, ehe der Wahnsinn allgemein war; Sevilla im tanzenden Sonnenlicht, alle Orangenhaine und Fontänen; Granada, wo die Mauren lange lebten, ehe Ferdinand und Isabella sie vertrieben. Dann könnten wir über die Meerenge nach Marokko fahren wie einst die Mauren, und über Neapel und Rom und Siena und Florenz und Pisa zurückkehren. Stell' Dir die unaussprechliche Freude vor – die Fülle von Farben und Schönheit – Freiheit – der Klang italienischer Glocken; die fremden Rufe, reich, volltönend, und die Melancholie mit der ganzen Last der Jahrhunderte; die unendlich vielen Blumen, unvorstellbar leuchtend; Menschen mit der ganzen Schönheit wilder Tiere, sehr aufrecht, mit glänzenden, bewegt blickenden Augen. Und in die Morgensonne hinauszutreten, mit blauem Meer und blauen Hügeln – es ist alles da für uns, eines Tages. Ich sehne mich nach dem Wahnsinn des Südens mit Dir. Das andere, wonach ich mich mit Dir sehne – was wir eher haben können, ist der Atlantik: die Küste von Connemara, ziehende Nebel, Regen, Wellen, die gegen die Felsen brüllen, Scharen von Seevögeln mit wildem Geschrei, die die eigentliche Seele der rastlosen Traurigkeit des Meeres zu verkörpern scheinen. Und das Aufstrahlen der Sonne, unwirklich, wie der Blick in eine andere Welt – und wilder, wilder Wind, frei und stark und ungestüm. Dort, dort ist das Leben! Und dort, fühle ich, könnte ich mit Dir stehen, und unsere Liebe würde sich mit dem Sturm aus dem Westen vereinigen – denn in beiden lebt derselbe Geist. Meine Colette, meine Seele, ich fühle, wie mich der Hauch der Größe durch unsere Liebe beseelt: ich möchte den Geist des Atlantik in Worte fassen. Ich muß, ich *muß* ehe ich sterbe, einen Ausdruck finden, um das Wesentliche zu sagen, das in mir wohnt, das, was ich noch nie gesagt habe – etwas, das nicht Liebe oder Haß oder Mitleid oder Spott ist, sondern der wirkliche Atem des Lebens, ungestüm und von weither kommend, der in das menschliche Leben die Weite und die erschreckend leidenschaftslose Kraft der nichtmenschlichen Dinge hineinträgt.

10. August [1918]

Wenn ich an Gladstones Stelle gewesen wäre, so hätte ich Gordon nie nach Khartum gehen lassen, aber nachdem man ihn gehen ließ, war es meiner Meinung nach töricht, ihn nicht zu unterstützen, weil es zur Beweihräucherung von Leuten führen mußte. Damit nahm der Imperialismus seinen Anfang, der zu dem Burenkrieg und von da zu den gegenwärtigen Greueln führte. Es ist im politischen Leben sinnlos, eine Politik zu betreiben, die die Leute nicht verstehen. Ich erinnere mich eines unserer Gespräche im Wald darüber, was Allen tun würde, wenn er Premierminister wäre, wobei wir darauf zu sprechen kamen. Ich war mir nicht klar darüber, daß die Filmarbeit, die Du abgelehnt hast, das Leben Lloyd Georges war. Gewiß *mußtest* Du das ablehnen. Ebensogut hätte man vom heiligen Johannes erwarten können, unter Pontius Pilatus eine Stelle als offizieller Biograph von Judas Ischariot anzunehmen.

Welch seltsames Werk ist doch die Bibel. Abraham (der ein Muster aller Tugenden ist), sagt zweimal zu seiner Frau, als er ins Ausland geht: »Sarah, meine Liebe, Du bist eine sehr gutaussehende Person, und es ist sehr wahrscheinlich, daß sich der König in dich verliebt. Wenn er glaubt, daß ich dein Mann bin, wird er mich töten lassen, damit er dich heiraten kann. Darum mußt du als meine Schwester reisen, was du im übrigen ja auch bist.« Jedesmal verliebt sich der König auch wirklich in sie, nimmt sie in seinen Harem auf und wird anschließend dadurch krank, so daß er sie Abraham zurückgibt. Inzwischen hat Abraham ein Kind von seiner Dienstmagd, die Sarah mit dem Neugeborenen in die Wildnis schickte, ohne daß Abraham widerspricht. Komische Geschichte.

Und Gott spricht von Zeit zu Zeit mit Abraham und gibt schlaue weltliche Ratschläge. Dann später, als Moses Gott bittet, ihn sehen zu dürfen, erlaubt ihm Gott seinen »Hinterteil« zu sehen. Es gibt einen schrecklichen Lärm, Donner, Wirbelwind und all den Hokuspokus, und dann hat Gott nur zu sagen, er wolle, daß die Juden zu Passah *un*gesäuertes

Brot äßen – er sagt das immer und immer wieder, wie ein altersschwacher, betagter Herr. Verrücktes Buch.
Einige Texte sind *sehr* komisch. Deut. XXIV, 5: »Wenn jemand kurz zuvor ein Weib genommen hat, der soll nicht in die Heerfahrt ziehen, und man soll ihm nichts auflegen. Er soll frei in seinem Hause sein ein Jahr lang, daß er fröhlich sei mit seinem Weibe, das er genommen hat.«
Ich hätte nie geraten, daß »fröhlich sein« ein biblischer Ausdruck sei. Hier ein anderer, wirklich anregender Text: »Verflucht sei, wer mit seiner Schwiegermutter liegt. Und alle Leute sollen sagen, Amen.« Der Heilige Paulus über die Ehe: »Den Ledigen und Witwen sage ich: Es ist ihnen gut, wenn sie auch bleiben wie ich. Wenn sie aber sich nicht können enthalten, so laß sie heiraten: denn es ist besser zu heiraten als zu brennen.« Das ist bis zu diesem Tage die Lehre der Kirche geblieben. Es ist klar, daß der Satz: »es ist besser zu heiraten als zu brennen«, die göttliche Absicht zeigt, uns alle fühlen zu lassen, wie *überaus* entsetzlich die Qualen der Hölle sein müssen.

Donnerstag 16. [August 1918]

Liebste, wirst Du sehr geduldig und freundlich während der noch verbleibenden sieben Wochen mit mir sein und es mit mir tragen, wenn ich gräßlich bin? Es ist schwer gewesen nach der Hoffnung auf Freilassung. Ich bin sehr müde, sehr erschöpft. Natürlich quält mich die Eifersucht; ich wußte, daß es so sein würde. Ich weiß so wenig von dem, was Du tust, daß ich mir wahrscheinlich mehr als die Wirklichkeit vorstelle. Ich bin von dem Eingeschlossensein und dem Nachdenken über die Zukunft so gereizt geworden, daß ich eine Art Schwindel fühle, einen Trieb, das künftige Glück zu zerstören. *Könntest Du nicht bitte ganz ruhig alles übersehen, was ich aus diesem Trieb in den nächsten Wochen tun werde?* Bis jetzt kann ich gerade noch sehen, daß es wahnwitzig ist, aber bald wird es mir als das einzig Normale erscheinen. Ich werde versuchen, Dich zu verletzen, Dich dazuzubringen, mit mir zu brechen; ich werde sagen, daß ich Dich nicht sehen will, wenn ich herauskomme; ich werde vorgeben, alle Zuneigungen zu Dir verloren zu haben. All das ist Wahnsinn – die Wirkung von Eifersucht und Ungeduld. Die Qual, etwas sehnlichst zu wünschen, wird schließlich so groß, daß man versuchen muß, es nicht länger zu wünschen. Also: *ich will alles, wie wir es geplant haben – Ashford, dann Winchelsea, wenn Du kannst. Wenn ich später sage, daß ich es nicht möchte, bitte achte nicht darauf.*

An Miss Rinder[1]

30. Juli 1918

Vielen Dank für den *Spectator.* Ist es nicht seltsam, daß die Leute im gleichen Atemzug »den Glauben des freien Mannes« rühmen können und etwas an meinen Ansichten über den Krieg auszusetzen haben? Der Ausdruck »Glaube des freien Mannes« ist nichts anderes als die pazifistische Geisteshaltung, als sie mir neu war. So viele Menschen freuen sich an rhetorischen Äußerungen edler Gefühle, aber hassen es, Leute das tun zu sehen, was mit den Gefühlen übereinstimmen muß, wenn sie echt sind. Wie kann jemand, der den Glauben des freien Mannes anerkennt, von mir erwarten, daß ich in die leichtfertige, selbstgerechte moralische Verurteilung der Deutschen miteinstimme? Jede moralische Verurteilung ist völlig gegen jene ganze Lebensauffassung, die damals neu für mich war und nun mehr und mehr Teil meines Daseins geworden ist. Ich bin von Natur aus kämpferisch und werde nur zurückgehalten (falls überhaupt), wenn ich mir bewußt mache, wie tragisch die menschliche Existenz ist und wie absurd es wäre, unsere kurze Zeit in Kampf und Zorn zu verbringen. Dieses Ich, ein komisches, kleines, gestikulierendes Tier auf zwei Beinen, sollte unter den Sternen stehen und sich leidenschaftlich über *seine* Rechte ereifern? Das scheint so lächerlich und außerhalb aller Proportionen. Es wäre viel

1 Miss Rinder arbeitete bei der ›No Conscription Fellowship‹ und kümmerte sich hauptsächlich um die Behandlung der pazifistischen Gefangenen.

besser, wie Archimedes wegen Versunkenheit in die ewigen Dinge getötet zu werden. Und wenn die Menschen sich einmal nicht um ihre Rechte kümmern, um den Kampf, mehr Platz in der Welt einzunehmen, als ihnen zusteht, dann haben sie eine solche Fähigkeit zu Größe in sich. All die Einsamkeit und Qual und die ewige pathetische Hoffnung – die Macht der Liebe und die Erkenntnis der Schönheit – die Konzentration vieler Zeitalter und Räume im Spiegel eines einzigen Geistes – das sind nicht Dinge, die man mutwillig für irgendeinen nationalen Ehrgeiz, den die Politiker preisen, zerstören möchte. Im menschlichen Geist liegt die Möglichkeit zu etwas, das ebenso geheimnisvoll ist wie der Nachtwind, tief wie die See, ruhig wie die Sterne und stark wie der Tod, eine mystische Kontemplation, die »intellektuelle Liebe zu Gott«. Jene, die das erfahren haben. können nicht länger an Kriege oder an irgendeine Form des Kampfes *glauben.* Wenn ich andern vermitteln könnte, was ich auf diese Weise erfahren habe, dann könnte ich auch ihnen das Gefühl der Sinnlosigkeit des Kampfes vermitteln. Aber ich weiß nicht, wie ich es weitergeben soll: wenn ich spreche, dann staunen, applaudieren oder lächeln sie, doch sie verstehen nicht.

An Ottoline Morrell

8. August 1918

Alles, was Du über S. S. [Siegfried Sassoon] schreibst, ist interessant und bitter. Ich kenne die Entrüstung so gut, unter der er leidet – ich habe Monate lang damit gelebt, und am Rande davon Jahre lang. Ich glaube, man kann darüber hinwegkommen, wenn man erkennt, daß andere einen auf die gleiche Art beurteilen könnten, ungerecht, doch mit denselben guten Gründen. Jene von uns, die reich sind, sind genau wie die jungen Frauen, deren Geschlecht durch das Blut der Soldaten blüht. Jeder Autoreifen ist aus dem Blut von Negern unter der Peitsche gemacht, und dennoch sind nicht alle Autofahrer herzlose Bösewichte. Wenn wir Wachsstreichhölzer kaufen, so kaufen wir einen qualvollen und schleichenden Tod für jene, die sie machen ... Krieg ist nur die letzte Blüte des kapitalistischen Systems, aber mit einem ungewöhnlichen Proletariat. S. S. sieht den Krieg, nicht den Frieden, vom Standpunkt des Proletariats aus. Aber das ist nur Politik. Der Grundfehler liegt in den falschen Erwartungen, die zu Zynismus führen, wenn sie nicht verwirklicht werden. Die konventionelle Moral führt uns dazu, von anständigen Leuten Selbstlosigkeit zu erwarten. Das ist ein Irrtum. Der Mensch ist ein Tier, das darauf fixiert ist, sich Nahrung zu verschaffen und seine Gattung fortzupflanzen. Man kann dies erfolgreich tun, wenn man die anderen davon überzeugt, daß man um *ihr* Wohlergehen besorgt ist – aber tatsächlich um das Wohlergehen anderer und nicht um das eigene und das der eigenen Kinder besorgt zu sein, ist unnatürlich. Es kommt vor wie Sadismus und Sodomie, ist jedoch ebenso widernatürlich. Ein gutes soziales System kann nicht dadurch gesichert sein, daß man die Leute selbstlos macht, sondern indem man den eigenen Lebenstrieb mit dem anderer in Einklang bringt. Das ist durchführbar. Unser gegenwärtiges System macht die Selbsterhaltung nur auf Kosten anderer möglich. Dieses System ist falsch; doch es beweist Schwäche, wenn man Leute verabscheut, weil sie nach Selbsterhaltung streben. Der eigene Idealismus muß solchen Schwächen standhalten können. Es genügt nicht, das Tier im Menschen zu vergessen oder zu verleugnen. Der Gott im Menschen wird sich gewiß nicht zeigen, wenn man das Tier frustriert. Diejenigen, die stoische Philosophie hervorgebracht haben, hatten alle genug zu essen und zu trinken. Die Quintessenz der Sache ist, daß der eigene Idealismus *robust* sein und sich den Naturgegebenheiten anpassen muß; und was in der gegenwärtigen Welt schrecklich ist, liegt vor allem an einem schlechten System. Spinoza hat meiner Meinung nach in diesen Dingen immer recht.

11. August 1918

Es ist recht wahr, was Du sagst, daß Du Dich nie ausgedrückt

hast – aber wer, der etwas auszudrücken hätte, hat es getan? Die Dinge, die man sagt, sind immer erfolglose Versuche, etwas anderes zu sagen – etwas, in dessen eigenster Natur es vielleicht liegt, daß es nicht gesagt werden kann. Ich weiß, daß ich mein ganzes Leben lang darum gekämpft habe, etwas zu sagen, von dem ich nie lernen werde, wie ich es sagen soll. Und dasselbe ist mit Dir. Es ist so mit allen, die ihr Leben auf der Suche nach etwas Unbestimmbaren und doch Allgegenwärtigem, und gleichzeitig Flüchtigem und Unendlichem verbringen. Man sucht es in der Musik und am Meer und in Sonnenuntergängen. Manchmal glaubte ich, sehr nahe daran zu sein, in Menschenmengen, wenn ich stark fühlte, was sie fühlten. Man sucht es vor allem in der Liebe. Aber wenn man sich zu der Einbildung verleiten läßt, man habe es gefunden, so zeigt sich gewiß durch irgendeine grausame Ironie, daß man es nicht wirklich gefunden hat. (Am ehesten habe ich mich selbst in dem Kapitel über Erziehung in *Social Reconstruction* ausgedrückt. Aber es ist weit entfernt von einem wirklichen, vollen Ausdruck meiner selbst. Man ist durch Schüchternheit gehemmt.)
Man kommt zu dem Ergebnis, daß man ein Gespenst ist, das ohne wirklichen Kontakt durch die Welt schwebt. Selbst wenn man sich anderen Leuten am nächsten fühlt, scheint etwas in einem hartnäckig zu Gott zu gehören und sich zu weigern, in irgendeine irdische Verbindung einzugehen – so zumindest würde ich es ausdrücken, wenn ich glaubte, daß es einen Gott gibt. Das ist seltsam, nicht wahr? Ich liebe diese Welt leidenschaftlich, und viele Dinge und Menschen in ihr, und doch... was ist das alles? Es *muß* etwas Wichtigeres geben, das fühlt man, obwohl ich es nicht *glaube*. Ich werde verfolgt – irgendein Geist aus einer außerweltlichen Region scheint immerfort zu versuchen, mir etwas zu erzählen, das ich der Welt wiederholen soll; aber ich kann die Botschaft nicht verstehen. Doch indem man diesem Spuk zuhört, fühlt man sich selbst als Spuk. Ich glaube, ich werde die Wahrheit auf meinem Totenbett finden und von Leuten umringt sein, die zu dumm sind, um zu verstehen – die über Medizinen

faseln, statt nach Weisheiten zu suchen. Liebe verbunden mit Phantasie; das scheint fürs erste die Hauptsache. Dein B.

27. August 1918

Ich lese gerade Marsh[1] über Rupert [Brooke]. Die Lektüre macht mich sehr traurig und empört mich sehr. Es schmerzt, von dieser ganzen, jetzt fortgefegten jungen Welt zu lesen – Rupert und sein Bruder und Keeling und zahllose andere, in die man törichterweise damals die Hoffnung der Welt setzte. Sie waren voller Leben und Energie und Wahrheit. Rupert selbst liebte das Leben und die Welt; sein Haß war immer sehr konkret und resultierte aus einer ganz spezifischen Eitelkeit oder Eifersucht, aber insgesamt fand er die Welt liebenswert und interessant. Es war kein Falsch an ihm. Ich glaube, nachdem die Kriegsketzer seinen Körper in den Dardanellen getötet hatten, haben sie ihr Bestes getan, seinen Geist durch Lügen zu töten. Wann werden die Leute die Zähigkeit der Wahrheit begreifen? Ich weiß nicht, wer mein Biograph sein wird, aber ich hätte gern, daß er »mit welcher Rede es ihm recht sein mag« etwa Folgendes berichtet: »Ich war kein feierlicher Heiliger wie auf bunten Glasfenstern, der nur zum Zwecke der Erbauung existiert; ich existierte aus meiner eigenen Mitte heraus. Vieles, was ich tat, war bedauerlich, ich achtete achtbare Leute nicht, und wenn ich vorgab, es zu tun, dann war es Betrug. Ich log und heuchelte, denn hätte ich es nicht getan, so hätte man mich meine Arbeit nicht tun lassen. Aber es besteht keine Notwendigkeit, nach meinem Tode mit der Heuchelei fortzufahren. Ich haßte Heuchelei und Lügen: ich liebte das Leben und wirkliche Menschen und wollte die Schwindler loswerden, die uns davon abhalten, die wirklichen Menschen so zu lieben, wie sie auch wirklich sind. Ich glaubte an Lachen und Spontaneität, und vertraute der Natur, das authentisch Gute in den Menschen zu fördern,

1 Später Sir Edward. Er war ein enger Freund von mir gewesen, als wir noch Undergraduates waren, wurde aber Verwaltungsbeamter, Bewunderer Winston Churchills und dann ein hoher Tory.

wenn Authentizität einmal geduldet werden würde.« Marsh baut eine ehrenwerte Legende auf und erschwert dadurch die Rolle der Jugend in der Zukunft, soweit dies in seiner Macht liegt. Ich versuche so sehr, sie nicht zu hassen, aber ich hasse nun einmal ehrbare Lügner und Unterdrücker und Verderber der Jugend. Ich hasse sie von ganzem Herzen, und der Krieg hat ihnen eine neue Garantie auf die Macht gegeben. Die Jungen wollten sie abschütteln, doch sie haben ihre Stellung gesichert, indem sie die Jungen dazu brachten, sich gegenseitig zu töten. Aber Zorn ist nutzlos; wir müssen in die neue Zeit etwas von der Fröhlichkeit und den zivilisierten Ansichten und der herzlichen, mitteilsamen Liebe herübertragen, die wuchsen, als der Krieg kam. Es ist nutzlos, das Seine zu der Summe von Haß dazuzuzufügen – und so versuche ich, die zu vergessen, die ich nur hassen kann, wenn ich mich an sie erinnere.

Meine liebste O., Freitag, 30. Aug. 1918

es war eine solche *Freude,* Dich zu sehen, obwohl Du nicht bei bester Gesundheit zu sein scheinst, und es in diesen Zeiten schwer ist zu reden – Briefe sind wirklich befriedigender – Deine Briefe sind die *allergrößte* Freude für mich. Um mit Persönlichem anzufangen: ich vertraue wirklich darauf, daß meine *Freunde* alles nur Mögliche tun – niemand hatte je so freundliche und hingebungsvolle Freunde. Ich bin unendlich gerührt über das, was Ihr alle getan habt; die Leute, denen ich nicht traue, sind die Philosophen (auch Whitehead). Sie sind vorsichtig und von Natur aus ängstlich; neun von zehn hassen mich persönlich (nicht ohne Grund). Sie betrachten philosophische Forschung als ein törichtes Unterfangen und nur entschuldbar, wenn es Geld einbringt. Vor dem Krieg bildete ich mir ein, daß recht viele von ihnen die Philosophie für wichtig hielten; jetzt weiß ich, daß die meisten den Professoren Hanky und Panky in *Erewhon Revisited* ähneln.
Ich vertraue G. Murray ganz allgemein in dieser Angelegen-

heit. Wenn er mir einen Posten findet, so ist es hoffentlich nicht *sehr* weit von London – nicht weiter als Birmingham, sagen wir. Ich lege nicht den geringsten Wert auf einen Posten, außer um eine Möglichkeit zu haben, Geddes um den Bart zu gehen: was ich will, ist eigenständige Arbeit in der Philosophie, aber offensichtlich hält das niemand in den Regierungskreisen für wichtig. Natürlich würde ein Posten die Forschung in mancher Hinsicht stören, obwohl es nicht störend zu sein braucht. Ich *muß* mich *irgendwie* völlig erholen, wenn ich aus dem Gefängnis komme. Ich will meinen *Wohnsitz* nicht außerhalb von London haben: ich würde eher noch eine neue Gefängnisstrafe auf mich nehmen, aus Gründen, die man G. Murray nicht erklären kann. Aber ich bin ihm äußerst dankbar für all seine Mühe. Ich *beunruhige* mich nicht im mindesten.
Wie reizend von Dir, auch an Lulworth zu denken. Es war genau der Ort, an den ich gedacht hatte, bevor ich bei R. Brook darauf stieß. Ich war nur einmal ganz kurz dort auf einer Wanderung (1912) und wollte immer zurückkommen. Bleib bitte bei dem Plan – gegen Ende Oktober. Wir können später genau ausmachen, wann. Es wird herrlich werden.
Ich frage mich, ob Du Brett ganz gerecht wirst. Ich bin sicher, ihre Taubheit ist der wichtigste Grund für alles, was Du an ihr bedauerst. Sie schrieb neulich, in dem Brief, den Du mir schicktest, wie schrecklich es für sie sei – ich weiß nicht, ob Du ihn gelesen hast. Wenn nicht, werde ich ihn Dir zeigen. Es tut mir *sehr* leid wegen Burnley. Das ist ein Schlag. Es wird kein Wiedererstehen des Pazifismus geben; der Krieg wird weitergehen, bis die Deutschen sich geschlagen geben, was ich für Ende nächsten Jahres voraussehe. Dann werden wir die ›League to *Enforce* Peace‹ haben, die überall Dienstpflicht verlangen wird. – Sehr interessiert an S. S. und Munitionsfabrik; jede Erfahrung kann nützlich sein. Es würde mir niemals einfallen, davon als von einer »Attitüde« zu reden.
Es tat mir leid, daß ich so viele Bücher abgelehnt habe und Dir die Mühe machte, so viele wegzuschaffen. Ich glaube, in Zukunft wird es mir möglich sein, sie durch Carter Paterson

zu schicken. Meine Zelle ist klein und ich *muß* die Zahl der Bücher beschränken. Zwischen Büchern und Ohrwürmern hatte ich kaum Platz, mich umzudrehen.
Bitte danke Miss Bentinck sehr herzlich für die herrlichen Pfirsiche. Ich finde es *sehr* nett von ihr, sie zu schicken, wo sie mich doch für so böse hält. – Ich weiß nicht, wie lange Du in Kirkby Londale bleiben wirst. Die ganze Gegend ist in meiner Vorstellung mit Theodores Tod verbunden.
Ach, wie herrlich wird es sein, über die Felder gehen, den Horizont sehen, bei Freunden sein und offen mit ihnen sprechen zu können. Es ist jetzt nahe genug, um daran zu glauben. Ich habe mich mit dieser Existenz abgefunden und bin ganz friedlich, aber nur weil alles bald vorbei ist. Alle möglichen Freuden tauchen in meiner Einbildungskraft auf – vor allem reden, *reden,* REDEN! Ich habe nicht gewußt, wie sehr man danach hungern kann. Die Zeit hier hat mir gutgetan, ich habe eine Menge gelesen und eine Menge nachgedacht und mich »gefaßt«, ich berste vor Energie – aber ich sehne mich nach Kultur und kultiviertem Gespräch. Und ich sehne mich nach der *See* und nach Wildheit und Wind. Ich hasse es, so ordentlich zu sein wie ein Buch in einer Bibliothek, wo niemand liest. Das Gefängnis ist auf diese Art schrecklich: Stell' Dir vor, Du wüßtest, Du seiest ein köstliches Buch und irgendein jüdischer Millionär kaufte Dich und bände Dich in den gleichen Einband wie viele andere und steckte Dich in einen Schrank hinter Glas, wo Du nur die Vollständigkeit seines Systems illustrierst – und kein Anarchist dürfte Dich lesen. So fühlt man sich – aber bald wird man darauf bestehen dürfen, gelesen zu werden. – Leb wohl – Alles, alles Liebe – und endlosen Dank für Deine unendliche Zuneigung.
Bitte bleib bei Lulworth – Dein B.

PS. Brief an Brett woanders. Bitte bring die Notizbücher zurück – am Mittwoch wäre es recht. Aber ich werde nicht mehr genug davon haben, wenn sie nicht zurückgebracht werden.

An ›Brett‹

Meine liebe Brett, 30. 8. 18

ich danke Ihnen für Ihren Brief. Es ist eine Wohltat, mir hierher zu schreiben, denn Briefe sind der einzige ungehinderte Kontakt, den ich mit anderen Leuten haben kann. Ich glaube, Gefängnis wäre, wenn es andauerte, schlimmer als Ihr Schicksal, aber da mein Aufenthalt hier so kurz ist, kann man es keineswegs mit dem vergleichen, was Sie ertragen müssen. Ich ahne wirklich, wie furchtbar es ist. Aber ich glaube, es gibt Dinge, die Sie tun können, um es weniger beschwerlich zu machen, kleine Dinge meist. Um mit etwas *Großem* zu beginnen: üben Sie die geistige Disziplin, nicht daran zu denken, welch großes Unglück es ist; wenn Ihre Gedanken in diese Richtung zielen, so unterbrechen Sie sie gewaltsam, indem Sie sich selbst ein Gedicht oder das Einmaleins oder irgend etwas Ähnliches aufsagen. Was die kleineren Dinge betrifft: versuchen Sie, soweit wie möglich, nicht mit Leuten zusammenzusitzen, die eine allgemeine Unterhaltung führen; ziehen Sie sich mit einem Gesprächspartner in eine Ecke zurück. Machen Sie sich vor allem dadurch interessant, daß Sie sich für jeden, mit dem Sie sprechen, interessieren, bis die Dinge einfach und natürlich werden. Ich nehme an, Sie haben Lippenlesen geübt. Achten Sie auf Ihre innere Haltung gegenüber den Leuten: Seien Sie nicht satirisch oder desinteressiert, bringen Sie sich dazu, sich in ihre Lage zu versetzen und die Leidenschaften mitzuempfinden, die sie bewegen, und Dinge ernst zu nehmen, die ihnen wichtig sind. Urteilen Sie nicht moralisch über die Leute: wie richtig auch immer Ihr Urteil sein mag, es ist eine unfruchtbare Haltung. Zu den meisten Menschen gibt es einen recht einfachen Schlüssel; wenn Sie ihn finden, können Sie ihre Herzen aufschließen. Ihre Taubheit braucht Sie nicht daran zu hindern, wenn Sie auf Gesprächen zu zweit bestehen. Es schien mir für Sie in Garsington immer schrecklich mühsam, so viel Zeit inmitten von Gesprächen und Gelächter zu verbringen, die Sie nicht verstehen können. Tun Sie es

nicht mehr als Sie müssen. Sie *können* »in das menschliche Leben eingeschlossen« sein. Aber das kostet Mühe und setzt voraus, daß Sie etwas *geben* können, was die Leute schätzen. Obwohl Ihre Taubheit das vielleicht erschwert, macht sie es dennoch nicht unmöglich. Bitte halten Sie das alles nicht für unverschämt. Ich habe es nur geschrieben, weil ich den Gedanken nicht ertragen kann, daß Sie leiden.
Armer Mr. Green! Sagen Sie ihm, er solle mich konsultieren, wenn er eine Eroberung machen will; ich werde ihm weisen Rat erteilen, den er offensichtlich braucht. – Ihre Schilderung der drei Frauen hört sich sehr aufregend an. Ich hoffe von Herzen, daß es großartig werden wird. Ich hoffe, Sie zu sehen, wenn Sie von der Vernichtung Ihrer Mitmenschen in Schottland zurückkehren. Ich stimme mit jenem chinesischen Philosophen überein, der ohne Köder fischte, weil er gerne fischte, aber nicht gerne Fische fing. Als der Kaiser ihn bei dieser Beschäftigung antraf, machte er ihn zum Premierminister. Aber ich fürchte, daß mir das nicht passieren wird.

Ihr
B. R.

Die Dame, an die der obige Brief gerichtet ist, war die Tochter Lord Eshers, aber alle ihre Freunde kannten sie unter ihrem Familiennamen Brett. Zu jener Zeit, als ich ihr diesen Brief schrieb, verbrachte sie ihre meiste Zeit mit den Morrells in Garsington. Sie ging später auf den Spuren von D. H. Lawrence nach New Mexico.

An Ottoline Morrell 31/8/18
(Für jeden, den es interessieren mag)

Es gab nie einen Ort wie das Gefängnis mit einer solchen Bilderfülle – sie überkommen mich eines nach dem anderen: Ein früher Morgen in den Alpen, mit dem Geruch aromatischer Tannen und hohen tauglänzenden Wiesen; der Gardasee, wie man ihn plötzlich sieht, wenn man von den Bergen herabsteigt, ein bloßer Schimmer tief unten, tanzend und glitzernd im Sonnenlicht, wie die Augen eines lachenden, verrückten spanischen Zigeuners; ein Gewitter am Mittelmeer, mit tiefvioletter See und den Bergen von Korsika weit draußen im Sonnenlicht; die Scilly-Inseln bei Sonnenuntergang, verzaubert und unwirklich, so daß man glaubt, sie müßten verschwinden, ehe man sie erreicht, wie die Inseln der Seligen, die man in diesem sterblichen Leben nicht erreichen kann; der Duft der Sumpfmyrthe in Skye; Erinnerungen an Sonnenuntergänge vor langer Zeit, bis weit zurück in die Kindheit: als wäre es gestern, kann ich jetzt den Ruf des Mannes auf der Straße in Paris hören, der »artichaux verts et beaux« verkaufte, fast auf den Tag genau vor vierundzwanzig Jahren. Aus der frühesten Kindheit kommt mir die Erinnerung an eine bestimmte Reihe von Lärchen nach dem Regen, mit einem Regentropfen am Ende eines jeden Zweiges; ich kann den Wind in den Baumwipfeln mitternächtlicher Wälder im Sommer hören. Alles Freie oder Schöne kommt mir früher oder später in den Sinn. Was nützt es, den Körper einzuschließen, wenn man weiß, daß der Geist frei bleibt? Und außerhalb meines eigenen Lebens habe ich, seit ich hier bin, in Brasilien, in China und in Tibet gelebt, in der Französischen Revolution, in der Seele von Tieren, und sogar der niedrigsten Tiere. Bei solchen Abenteuern habe ich das Gefängnis vergessen, in dem sich die Welt gegenwärtig eingeschlossen hält: ich bin frei, und auch die Welt wird es sein.

Liebste O., 4. September 1918

wie entsetzlich ist es, Leute zu töten, die vielleicht eine bessere Zukunft geschaffen hätten. Was mich betrifft: ich glaube fest, daß es sich bei mir um ein »sicheres beständiges Wachstum« handelt. Das sind zwei völlig verschiedene Dinge: einige ganz gute technische Ideen, die nur gekommen sind, weil sie fällig waren, wie die Kuckucke im April; und eine gefühlsmäßige Einstellung dem Leben und der Welt gegenüber, nach der ich vor allem seit Kriegsbeginn gesucht habe; doch auch seit jenem Augenblick auf einem Friedhof nahe bei Broughton, als Du mir sagtest, ich sollte in meiner Moral Raum für die Leidenschaftlichkeit schaffen, und ich Dich fragte, was Du meintest und Du es erklärtest. Es ist sehr schwer gewesen: meine instinktive Moral war so sehr durch die Unterdrückung meiner selbst bestimmt. Ich hatte immer vor mir selbst und der dunkleren Seite meiner Instinkte Angst gehabt; jetzt habe ich keine mehr. Du hast das begonnen, und der Krieg hat es vollendet.

Rußland

Die Beendigung des Krieges ermöglichte es mir, mehrere unangenehme Dinge zu vermeiden, die sonst auf mich zugekommen wären. 1918 wurde das Militärdienstalter erhöht, und zum erstenmal wurde auch ich dienstpflichtig, was ich selbstverständlich hätte ablehnen müssen. Ich wurde zu einer ärztlichen Untersuchung einberufen, aber die Regierung konnte trotz größter Anstrengung nicht herausfinden, wo ich mich aufhielt, denn sie hatte vergessen, daß sie mich ins Gefängnis gesteckt hatte. Wäre der Krieg weitergegangen, so hätte ich mich sehr bald wieder als Kriegsdienstverweigerer im Gefängnis befunden. Auch vom finanziellen Standpunkt aus war das Ende des Krieges sehr vorteilhaft für mich. Während ich die *Principia Mathematica* schrieb, hielt ich es für gerechtfertigt, von ererbtem Geld zu leben, wenn es mir auch nicht gerechtfertigt schien, das zusätzliche Kapital zu behalten, das ich von meiner Großmutter geerbt hatte. Ich verschenkte diese Summe gänzlich, einen Teil an die Universität Cambridge, einen Teil an das Newnham College, und den Rest für verschiedene Erziehungsprojekte. Nachdem ich mich von den Pfandbriefen getrennt hatte, die ich Eliot überließ, blieben mir jährlich nur noch etwa £ 100 unverdientes Geld, das ich nicht loswerden konnte, da darüber in meinem Ehevertrag verfügt war. Das erschien jedoch belanglos, da ich nun durch meine Bücher Geld verdienen konnte. Im Gefängnis erlaubte man mir jedoch nur, über Mathematik zu schreiben, aber nicht jene Art von Büchern, mit denen ich hätte Geld verdienen können. Ich wäre also bei meiner Entlassung fast völlig mittellos gewesen, hätten nicht Sanger und einige andere Freunde philosophische Vorträge in London für mich organisiert. Mit Kriegsende war es mir wieder möglich, Geld durch Schreiben zu verdienen, und ich habe mich seither nie mehr in ernstlichen finanziellen Schwierigkeiten befunden, außer zeitweise in Amerika.

Mit Kriegsende veränderten sich meine Beziehungen zu Colette. Während des Krieges hatten wir vieles gemeinsam zu tun gehabt und all die mächtigen Erregungen geteilt, die der Krieg mit sich brachte. Nach dem Krieg jedoch wurden die Dinge schwieriger und gespannter. Von Zeit zu Zeit trennten wir uns für immer, aber immer wieder erwiesen sich diese Trennungen als unerwartet vorübergehend. Während der drei Sommermonate des Jahres 1919 mieteten Littlewood (der Mathematiker) und ich ein Bauernhaus auf einem Hügel etwa eine Meile außerhalb von Lulworth. Es gab viele Zimmer in diesem Bauernhaus, und den ganzen Sommer über hatten wir viel Besuch. Der Ort war außergewöhnlich schön, mit weiten Ausblicken auf die Küste. Die Bademöglichkeiten waren gut, und es gab Stellen, wo Littlewood seine Kühnheit als Kletterer zur Schau stellen konnte, eine Kunst, in der er große Erfahrung hatte. Inzwischen hatte ich mich für meine zweite Frau zu interessieren begonnen. Ich begegnete ihr zum erstenmal im Jahr 1916 durch ihre Freundin Dorothy Wrinch. Beide waren in Girton, und Dorothy Wrinch war eine Schülerin von mir. Sie arrangierte im Sommer 1916 eine zweitägige Wanderung mit ihr selbst, Dora Black, Jean Nicod und mir. Jean Nicod war ein junger französischer Philosoph, ebenfalls mein Schüler, der dem Krieg entgangen war, da er an Schwindsucht litt. (Er starb 1924 an dieser Krankheit.) Er war einer der angenehmsten Menschen, denen ich je begegnet bin, gleichzeitig sehr freundlich und unendlich klug. Er hatte einen schrulligen Humor, der mich entzückte. Einmal sagte ich ihm, daß Leute, die Philosophie studiert hätten, versuchen sollten, die Welt zu verstehen und nicht nur, wie es an Universitäten der Fall sei, die Systeme vorangegangener Philosophen. »Ja«, antwortete er, »aber die Systeme sind so viel interessanter als die Welt.« Dora Black, die ich vorher nie getroffen hatte, interessierte mich sofort. Wir verbrachten den Abend in Shere, und um die Zeit nach dem Abendessen zu vertreiben, begann ich, jeden zu fragen, was er sich am meisten im Leben wünsche. Ich kann mich nicht daran erinnern, was Dorothy und Nicod sagten. Ich sagte, daß ich gern wie der Mann in Arnold Bennetts *Buried Alive* verschwinden würde, vorausgesetzt, ich könnte sicher sein, wie er eine Witwe in Putney zu finden. Dora sagte zu meiner Überraschung, sie wolle heiraten und Kinder haben. Bis zu jenem Augenblick hatte ich angenommen, daß keine intelligente junge Frau einen so einfachen Wunsch gestehen würde, und ich schloß daraus, sie müsse außergewöhnlich aufrichtig sein. Im Gegensatz zu uns war sie zu jener Zeit keine aktive Kriegsgegnerin.

Im Juni 1919 lud ich sie auf Dorothy Wrinchs Anregung mit Allen zum Tee in die Wohnung ein, die ich mit ihm in Battersea teilte. Sie kam, und wir ließen uns auf eine erregte Debatte über die Rechte von Vätern ein. Sie sagte, daß sie für ihr Teil, wenn sie Kinder habe, diese völlig als ihr Eigentum betrachten und nicht bereit sein werde, die Rechte des Vaters anzuerkennen. Ich antwortete hitzig: »Nun, von wem ich auch Kinder haben werde, Sie werden es nicht sein!« Als Folge dieses Streits aß ich mit ihr am nächsten Tag zu Abend, und am Ende des Abends vereinbarten wir, daß sie zu einem langen Besuch nach Lulworth kommen solle. Ich hatte mich an jenem Tag endgültiger als gewöhnlich von Colette getrennt und nahm nicht an, daß ich sie je wiedersehen würde. Am Tage, nachdem Littlewood und ich nach Lulworth gefahren waren, erhielt ich jedoch ein Telegramm von Colette, in dem sie mitteilte, sie sei in einem Mietwagen unterwegs, da es mehrere Stunden lang keinen Zug gebe. Glücklicherweise stand Dora noch einige Tage aus, aber den ganzen Sommer lang hatte ich Schwierigkeiten und Unannehmlichkeiten, ein Überschneiden ihrer Besuche zu vermeiden.

Ich schrieb den obigen Absatz im Jahr 1931 und zeigte ihn 1949 Colette. Colette schrieb mir daraufhin und legte zwei Briefe bei, die ich ihr 1919 geschickt hatte und die mir zeigten, wie viel ich vergessen hatte. Nach ihrer Lektüre erinnerte ich mich daran, daß meine Gefühle während der ganzen Zeit in Lulworth heftigen Schwankungen ausgesetzt waren, ausgelöst von ständigen Änderungen in Colettes Verhalten. Sie hatte drei verschiedene Stimmungen: glühende Verehrung, resignierte Entschlossenheit, für immer zu gehen, und milde Gleichgültigkeit. Jeder einzelne rief ein besonderes Echo in mir hervor, aber die beigelegten Briefe beweisen, daß das Echo heftiger war, als ich mich erinnerte. Ihr Brief und die meinen zeigen die emotionelle Unzuverlässigkeit des Gedächtnisses. Jeder von uns wußte vom anderen, aber es gab Fragen des Takts, die keineswegs einfach waren. Dora und ich begannen eine Liebesbeziehung, als sie nach Lulworth kam, und die Zeit des Sommers, die sie dort verbrachte, war außerordentlich schön. Die Hauptschwierigkeit mit Colette war gewesen, daß sie keine Kinder wollte, und ich fühlte, daß ich, wenn ich je welche haben wolle, es nicht länger aufschieben könne. Dora war durchaus bereit, Kinder zu haben, mit oder ohne Ehe, und gleich von Anfang an trafen wir keine Vorsichtsmaßnahmen. Sie war ein wenig enttäuscht, als sie bemerkte, daß unser Verhältnis sofort den Charakter einer Ehe annahm, und als ich ihr sagte, saß ich gerne die Scheidung einreichen und sie heiraten würde, brach sie in Tränen aus, denn sie fühlte wahrscheinlich, daß dies das Ende der Unabhängigkeit und Sorglosigkeit bedeutete. Aber unsere Gefühle füreinander schienen jene Art von Beständigkeit zu haben, die eine weniger ernsthafte Verbindung unmöglich macht. Diejenigen, die sie nur in der Öffentlichkeit kannten, werden kaum den elfengleichen Charme vermuten, den sie besaß, wenn kein Verantwortungsgefühl sie belastete. Wenn sie im Mondlicht badete oder barfuß über taunasses Gras lief, nahm sie meine Phantasie so vollständig gefangen, wie die ernste Seite ihrer Natur meinem Wunsch nach Vaterschaft und meinem Sinn für soziale Verantwortung entgegenkam.

Unsere Tage in Lulworth waren ein Gleichmaß von herrlichen Unternehmungen im Freien, vor allem Schwimmen, und allgemeinen Gesprächen, die an die besten, die ich je geführt hatte, heranreichten. Die allgemeine Relativitätstheorie war zu jener Zeit ziemlich neu, und Littlewood und ich pflegten endlos darüber zu diskutieren. Wir debattierten beispielsweise darüber, ob die Entfernung von uns zum Postamt dieselbe sei wie die vom Postamt zu uns, obwohl wir in diesem Punkte nie zu einem Schluß kamen. Die Sonnenfinsternis-Expedition, die die von Einstein vorausgesagte Lichtstrahlkrümmung bestätigte, fand zu dieser Zeit statt, und Littlewood bekam ein Telegramm von Edington, in dem er ihm mitteilte, daß das Ergebnis Einsteins Voraussagen entspräche.

Wie es immer der Fall ist, wenn eine Gruppe von Menschen auf dem Lande zusammen ist, die einander gut kennt, so hatten wir einige Kollektivwitze, von denen gelegentliche Besucher ausgeschlossen waren. Zuweilen machten die Forderungen der Höflichkeit diese Späße recht peinlich. Es gab da eine Lady namens Mrs. Fiske Warren, die ich kennengelernt hatte, als ich in Bagley Wood wohnte; sie war reich, schön und intellektuell, sogar hochintellektuell. Zu ihrem inoffiziellen Nutzen waren die »Modern Greats«[1] eingeführt worden. Sorgfältig ausgewählte Dons lehrten sie griechische Philosophie, ohne eine Kenntnis des Griechischen zu verlangen. Sie war eine Dame mit tief mystischen Intuitionen und bewunderte Blake. 1914 war ich in ihrem Landhaus in Massachusetts gewesen und hatte mein Bestes getan, mich ihrer ein wenig verfeinerten Atmosphäre anzupassen. Ihr Gatte, den ich nie gesehen hatte, war ein fanatischer Verfechter der Einheitssteuer und pflegte kleine Republiken wie Andorra zu kaufen, um die Prinzipien Henry Georges in die Praxis umzusetzen. Als wir in Lulworth waren, schickte sie mir ein Buch mit ihren Gedichten und ein Buch ihres Gatten über sein Hobby. Zur gleichen Zeit kam ein Brief von ihrem Mann, der sich in London aufhielt und mich gerne sehen wollte. Ich antwortete, daß ich dies nicht könne, da ich nicht in London sei. Er telegraphierte zurück, er werde am Montag, Dienstag, Mittwoch, Donnerstag oder Freitag zum Lunch kommen, wann immer es mir recht sei, obwohl er deswegen um sechs Uhr morgens aus London abreisen müs-

1 Modern Greats = in Oxford Bezeichnung der Fächergruppe Staatswissenschaft, Volkswirtschaft und Philosophie (A. d. Ü.)

se. Ich wählte Freitag und begann eilig die Seiten der Gedichte seiner Frau aufzuschneiden. Ich fand ein Gedicht mit der Überschrift »An einen, der an meiner Seite schläft«, in dem die Zeile vorkam: »Du bist zu voll vom Fleisch und Weine dieser Welt.« Ich las das Gedicht der Gesellschaft vor und rief die Haushälterin, um ihr zu sagen, daß das Essen reichlich sein solle und Alkohol nicht fehlen dürfe. Es stellte sich heraus, daß er ein magerer, asketischer, ängstlicher Mann war, viel zu ernst, um irgendeinen Augenblick seines Lebens hienieden mit Späßen oder Leichtsinn zu vergeuden. Als wir alle beim Lunch versammelt waren und ich ihm Speisen und Getränke anbot, antwortete er mit trauriger Stimme: »Nein danke, ich bin Vegetarier und Abstinenzler.« Littlewood machte hastig einen sehr schwachen Witz, über den alle viel mehr lachten, als er es verdiente.

Der Sommer, die See, die schöne Landschaft und die angenehme Gesellschaft zusammen mit der Liebe und dem Kriegsende schufen fast ideale Umstände. Gegen Ende des Sommers kehrte ich in Clifford Allens Wohnung in Battersea zurück, und Dora ging nach Paris, um die Forschungen wieder aufzunehmen, die sie in ihrer Eigenschaft als Stipendiatin von Girton über das Thema der Anfänge der französischen Freidenkerphilosophie im siebzehnten und achtzehnten Jahrhundert machte. Ich sah sie immer noch gelegentlich, manchmal in London, manchmal in Paris. Auch Colette traf ich immer noch und war sehr unentschlossen.

Zu Weihnachten trafen Dora und ich uns in Den Haag, wo ich meinen Freund Wittgenstein sehen wollte. Ich hatte Wittgenstein vor dem Krieg in Cambridge kennengelernt. Er war Österreicher, und sein Vater war ungeheuer reich. Wittgenstein hatte Ingenieur werden wollen und war deswegen nach Manchester gegangen. Durch seine Beschäftigung mit Mathematik begann er sich für die Grundlagen der Mathematik zu interessieren und fragte in Manchester, wer über dieses Thema arbeite. Jemand nannte meinen Namen, und er übersiedelte nach Trinity. Er war vielleicht das vollendetste Beispiel eines Genies der traditionellen Auffassung nach, das mir je begegnet ist: leidenschaftlich, tief, intensiv und beherrschend. Er hatte eine gewisse Reinheit, die ich nie wieder in diesem Maße gesehen habe, außer bei G. E. Moore. Ich erinnere mich, daß ich ihn einmal auf eine Versammlung der Aristotelischen Gesellschaft mitnahm, wo verschiedene Dummköpfe waren, die ich höflich behandelte. Als wir zurückkehrten, wütete und tobte er, wie sehr ich mich moralisch degradiere, wenn ich diesen Männern nicht sage, welche Dummköpfe sie seien. Sein Leben war turbulent und unruhig und seine persönliche Stärke außergewöhnlich. Er lebte von Milch und Gemüse, und ich hatte die gleichen Gefühle wie Mrs. Patrick gegenüber Shaw: »Gott möge uns beistehen, wenn er einmal ein Beefsteak essen sollte.« Er besuchte mich jeden Abend um Mitternacht und lief wie ein wildes Tier drei Stunden lang in erregter Stille in meinem Zimmer hin und her. Einmal sagte ich zu ihm: »Denken Sie über die Logik nach oder über Ihre Sünden?« – »Beides«, antwortete er und lief weiter. Ich mochte nicht vorschlagen, daß es Zeit sei, ins Bett zu gehen, denn es schien ihm und mir möglich, daß er Selbstmord begehen würde, wenn er mich verließe. Am Ende des ersten Semesters in Trinity kam er zu mir und sagte: »Denken Sie, daß ich ein völliger Idiot bin?« Ich sagte: »Warum wollen Sie das wissen?« Er antwortete: »Weil ich, wenn ich einer bin, Pilot werde, wenn nicht, Philosoph.« Ich sagte zu ihm: »Mein lieber Freund, ich weiß nicht, ob Sie ein völliger Idiot sind oder nicht, aber wenn Sie mir während der Ferien über irgendein philosophisches Thema, das Sie interessiert, einen Essay schreiben wollen, so werde ich ihn lesen und es Ihnen sagen.« Er tat dies und brachte ihn mir zu Beginn des nächsten Semesters. Sobald ich den ersten Satz gelesen hatte, war ich überzeugt, daß er ein genialer Mann sei, und versicherte ihm, er solle auf keinen Fall Pilot werden. Anfang 1914 kam er in großer Erregung zu mir und sagte: »Ich werde Cambridge verlassen, ich werde Cambridge sofort verlassen.« »Warum?« fragte ich. »Weil mein Schwager in London leben will, und ich es nicht ertragen kann, so nah bei ihm zu sein.« So verbrachte er den Rest des Winters

im fernen Norden Norwegens. Am Anfang fragte ich einmal G. E. Moore, was er von Wittgenstein halte. »Ich halte sehr viel von ihm«, sagte er. Ich fragte warum, und er antwortete: »Weil er in meinen Vorlesungen erstaunt aussieht, und niemand sonst sieht je erstaunt aus.«
Als der Krieg kam, wurde Wittgenstein, der sehr patriotisch war, Offizier in der österreichischen Armee. In den ersten paar Monaten konnte man ihm immer noch schreiben und von ihm hören, aber bald wurde dies unmöglich, und ich wußte nichts von ihm bis etwa einen Monat nach dem Waffenstillstand, als ich einen Brief aus Monte Cassino von ihm erhielt, in dem er berichtete, er sei ein paar Tage nach Waffenstillstand von den Italienern gefangengenommen worden, aber glücklicherweise mit seinem Manuskript. Es stellte sich heraus, daß er in den Schützengräben ein Buch geschrieben hatte, von dem er wollte, daß ich es läse. Er war ein Mann, der nie etwas so Belangloses wie explodierende Granaten bemerkt haben würde, wenn er über Logik nachdachte. Er schickte mir das Manuskript seines Buches, das ich mit Nicod und Dorothy Wrinch in Lulworth diskutierte. Es handelte sich um das Buch, das später unter dem Titel *Tractatus Logico-Philosophicus* veröffentlicht wurde. Es war offensichtlich wichtig, ihn zu sehen und es persönlich zu diskutieren, und es schien das Beste, ihn in einem neutralen Land zu treffen. Wir entschieden uns daher für Den Haag. An diesem Punkt jedoch tauchte eine überraschende Schwierigkeit auf. Sein Vater hatte kurz vor Kriegsausbruch sein ganzes Vermögen nach Holland transferiert und war daher noch ebenso reich wie zuvor. Gerade zur Zeit des Waffenstillstandes starb sein Vater, und Wittgenstein erbte den Hauptteil dieses Vermögens. Er kam jedoch zu dem Schluß, daß Geld für einen Philosophen Unfug sei und schenkte das Ganze seinem Bruder und seinen Schwestern. Folglich konnte er das Fahrgeld von Wien nach Den Haag nicht bezahlen und war viel zu stolz, es von mir anzunehmen. Schließlich fand sich eine Lösung dieses schwierigen Problems. Die Möbel und Bücher, die er in Cambridge gehabt

hatte, waren dort gelagert, und er äußerte den Wunsch, sie mir zu verkaufen. Ich ließ mich von dem Cambridger Möbelhändler, bei dem sie unterstanden, über ihren Wert beraten und kaufte sie zu dem von ihm vorgeschlagenen Preis. Sie waren in Wirklichkeit weit mehr wert als er annahm, und ich machte das beste Geschäft meines Lebens. Diese Transaktion ermöglichte es Wittgenstein, nach Den Haag zu kommen, wo wir eine Woche lang damit verbrachten, sein Buch Zeile für Zeile durchzudiskutieren, während Dora in die öffentliche Bibliothek ging und die Schmähungen des Salmatius gegen Milton las.

Wittgenstein war, obwohl Logiker, gleichzeitig auch Patriot und Pazifist. Er hatte eine sehr hohe Meinung von den Russen, mit denen er an der Front fraternisiert hatte. Er erzählte mir, daß er einmal in einem Dorf in Galizien, wo er im Augenblick nichts zu tun hatte, einen Buchladen gefunden habe; es fiel ihm ein, er könne hier vielleicht ein Buch finden. Es war nur ein einziges da, nämlich Tolstoj über die Evangelien. Er kaufte es und war sehr beeindruckt davon. Eine Zeitlang wurde er sehr religiös, so sehr, daß er mich für zu schlecht hielt, um mit mir zu verkehren. Um sich seinen Lebensunterhalt zu verdienen, wurde er Volksschullehrer in einem Dorf in Österreich namens Trattenbach. Er schrieb mir: »Die Leute von Trattenbach sind sehr schlecht.« Ich antwortete darauf: »Ja, alle Menschen sind sehr schlecht.« Er antwortete dann: »Gewiß, aber die Leute von Trattenbach sind schlechter als Leute anderswo.« Ich erwiderte, daß mein Sinn für Logik sich gegen eine solche Behauptung wehre. Aber seine Meinung wurde durch manches gerechtfertigt. Die Bauern weigerten sich, ihn mit Milch zu versorgen, weil er ihren Kindern Rechenaufgaben gab, die nichts mit Geld zu tun hatten. Er muß während dieser Zeit unter Hunger und ziemlichen Entbehrungen gelitten haben, obwohl man ihn selten dazu bringen konnte, etwas darüber zu sagen, da er von einem luziferischen Stolz besessen war. Schließlich beschloß seine Schwester, ein Haus zu bauen, und stellte ihn als Architekten an. Das brachte ihm genug ein, um mehrere

Jahre davon zu leben, nach deren Ablauf er als Don nach Cambridge zurückkehrte, wo der Sohn Clive Bells Gedichte in Jamben gegen ihn schrieb. Es fiel ihm nicht immer leicht, sich gesellschaftlichen Situationen anzupassen. Whitehead beschrieb mir, wie Wittgenstein ihn zum erstenmal besuchte. Man führte ihn während des Nachmittagstees in den Salon. Er schien kaum die Anwesenheit von Mrs. Whitehead wahrzunehmen, sondern ging eine Weile lang schweigend im Zimmer auf und ab und sagte schließlich heftig: »Ein Satz hat zwei Pole. Das ist a und b.« Whitehead sagte mir, als er dies erzählte: »Ich fragte natürlich, was a und b seien, aber merkte, daß ich genau das Falsche gesagt hatte. ›a und b sind undefinierbar‹, antwortete Wittgenstein mit Donnerstimme.« Wie alle großen Männer hatte er seine Schwächen. Auf der Höhe seines mystischen Eifers im Jahre 1922, zu der Zeit, als er mir mit großem Ernst versicherte, es sei besser gut zu sein als klug, fand ich, daß er sich vor Wespen fürchtete und wegen Wanzen unmöglich noch eine Nacht länger in einer Unterkunft bleiben konnte, die wir in Innsbruck gefunden hatten. Durch meine Reisen nach Rußland und China war ich an Kleinigkeiten dieser Art gewöhnt, aber seine ganze Überzeugung, daß die Dinge dieser Welt ohne Belang seien, konnte ihn nicht dazu bringen, Insekten gleichmütig zu ertragen. Trotz dieser kleinen Schwächen war er jedoch ein eindrucksvoller Mensch.

Fast das ganze Jahr 1920 verbrachte ich auf Reisen. Zu Ostern war ich eingeladen, in Barcelona an der Katalanischen Universität einen Vortrag zu halten. Von Barcelona ging ich nach Mallorca, wo ich in Soller blieb. Der alte Gasthausbesitzer (der einzige am Ort) erklärte mir, daß er mir nichts zu essen geben könne, da er Witwer sei, ich jedoch alle Freiheit habe, in seinen Garten zu gehen und seine Orangen zu pflücken, wann immer ich wolle. Er sagte dies in so höflicher Weise, daß ich mich gezwungen fühlte, meinen tiefsten Dank auszudrücken. In Mallorca begann ich einen großen Streit, der viele Monate hindurch und durch viele Breiten- und Längengrade wütete.

Ich plante, nach Rußland zu gehen, und Dora wollte mit mir kommen. Ich war der Meinung, daß es, da sie sich nie sehr für Politik interessiert hatte, keinen Grund für ihr Mitkommen gäbe, und ich, da Typhus herrschte, mich nicht berechtigt fühlte, sie dieser Gefahr auszusetzen. Wir blieben beide unerschütterlich, und es konnte in dieser Angelegenheit kein Kompromiß gefunden werden. Ich glaube immer noch, daß ich recht hatte, und auch sie glaubt immer noch, daß sie recht hatte.

Kurz nach meiner Rückkehr aus Mallorca bot sich mir die Gelegenheit. Eine Abordnung der Labour-Partei wollte nach Rußland und war einverstanden, daß ich sie begleitete. Die Regierung prüfte meinen Antrag, und nach einem Interview mit H. A. L. Fisher beschloß sie, mich gehen zu lassen. Die Sowjetregierung ließ sich schwerer überzeugen, und als ich bereits unterwegs in Stockholm war, verweigerte Litwinow noch immer die Genehmigung, obwohl wir zusammen im Gefängnis von Brixton gewesen waren. Schließlich jedoch wurden alle Einwände der Sowjetregierung aus dem Wege geräumt. Wir waren eine seltsame Gruppe, Mrs. Snowden, Clifford Allen, Robert Williams, Tom Shaw, ein enorm dikker alter Gewerkschaftler namens Ben Turner, der ohne seine Frau sehr hilflos war und immer zu Clifford Allen kam, um sich seine Stiefel ausziehen zu lassen, Haden Guest als Beauftragter für das Gesundheitswesen und mehrere Gewerkschaftsführer. In Petrograd, wo man uns das kaiserliche Auto zur Verfügung stellte, fuhr Mrs. Snowden, seinen Luxus genießend, umher und brachte ihr Mitleid für den »armen Zaren« zum Ausdruck. Haden Guest war Theosoph; er hatte ein hitziges Temperament und eine beträchtliche Libido. Er und Mrs. Snowden waren sehr antibolschewistisch eingestellt. Robert Williams war, wie ich fand, in Rußland sehr glücklich und der einzige von unserer Gesellschaft, der Reden hielt, die der Sowjetregierung gefielen. Er erzählte ihnen immerzu, daß die Revolution in England kurz bevorstünde, und man schätzte ihn sehr. Ich sagte Lenin, daß man ihm nicht trauen dürfe, und bereits im nächsten Jahr lief er am Schwarzen Freitag über. Außerdem war Charlie Buxton mit uns, dessen Pazifismus ihn dazu gebracht hatte, Quäker zu werden. Als ich eine Kabine mit ihm teilte, bat er mich oft mitten im Satz, innezuhalten, damit er ein stilles Gebet sprechen könne. Zu meiner Überraschung führte ihn sein Pazifismus nicht dazu, schlecht von den Bolschewiken zu denken.

Was mich betrifft, so glich die Zeit, die ich in Rußland verbrachte, einem ständig zunehmenden Alptraum. Ich habe in meinen Schriften gesagt, was mir nach Überlegung die Wahrheit zu sein schien, aber ich habe nicht dem äußersten Entsetzen Ausdruck verliehen, das mich, als ich dort war, überkam. Grausamkeit, Armut, Mißtrauen, Verfolgung waren die Luft, die wir atmeten. Man belauschte ständig unsere Unterhaltungen. Mitten in der Nacht vernahm man Schüsse und wußte, daß Idealisten in Gefängnissen getötet wurden. Es gab eine heuchlerische Vortäuschung von Gleichheit, und jeder wurde »Towarischtsch« genannt, aber es war erstaunlich, wie verschieden dieses Wort ausgesprochen werden konnte, je nachdem, ob die angeredete Person Lenin oder ein fauler Diener war. Einmal in Petrograd (wie man es nannte) kamen vier zerlumpte Gestalten mit vierzehntägigen Bärten, schmutzigen Nägeln und wirrem Haar zu mir. Es waren die vier bedeutendsten Dichter Rußlands. Einem von ihnen erlaubte die Regierung, sich seinen Lebensunterhalt mit Vorlesungen über Versformen zu verdienen, aber er klagte, man bestehe darauf, daß er dieses Thema von einem marxistischen Standpunkt aus lehre, und er könne nicht einsehen, was Marx damit zu tun habe.

Ebenso verwahrlost war die Mathematische Gesellschaft in Petrograd. Ich ging zu einer ihrer Versammlungen, bei der ein Mann einen Vortrag über nichteuklidische Geometrie hielt. Ich konnte nichts davon verstehen außer den Formeln, die er an die Tafel schrieb, aber es waren genau die richtigen Formeln, so daß der Vortrag wohl fachkundig war. Nie habe ich in England Landstreicher gesehen, die so elend aussahen wie die Mathematiker in Petrograd. Man erlaubte mir nicht,

Kropotkin zu sehen, der bald danach starb. Die herrschenden Klassen hatten ein Selbstvertrauen, das genau so groß war wie dasjenige, das in Eton und Oxford entsteht. Sie glaubten, daß ihre Formeln alle Schwierigkeiten lösen würden. Einige der Intelligenteren wußten, daß dies nicht der Fall war, aber sie wagten es nicht auszusprechen. Einmal, bei einem Gespräch unter vier Augen mit einem wissenschaftlichen Mediziner namens Zalkind, begann dieser zu sagen, daß das Klima einen großen Einfluß auf den Charakter habe, aber er gab sich sofort einen Ruck und fügte hinzu: »Natürlich trifft das nicht wirklich zu; nur ökonomische Einflüsse formen den Charakter.« Ich fühlte, daß alles, was ich im menschlichen Leben schätzte, zugunsten einer oberflächlichen, engstirnigen Philosophie zerstört wurde, und daß dabei unbeschreibliches Elend über viele Millionen Menschen gebracht wurde. Mit jedem Tag, den ich in Rußland war, wuchs mein Grauen, bis ich jede Fähigkeit zu einem ausgeglichenen Urteil verlor.

Von Petrograd fuhren wir nach Moskau, das eine sehr schöne Stadt ist, und architektonisch wegen des orientalischen Einflusses interessanter als Petrograd. Ich amüsierte mich über viele kleine Dinge, in denen sich die bolschewistische Liebe zur Massenproduktion zeigte. Die Hauptmahlzeit des Tages wurde etwa um vier Uhr nachmittags eingenommen, und es gab unter anderem Fischköpfe. Ich entdeckte nie, was mit den Körpern geschehen war, obwohl ich annehme, daß die Volkskommissare sie aßen. Die Moskwa war übervoll von Fischen, aber die Leute durften sie nicht fangen, da man noch keine moderne mechanische Methode gefunden hatte, die Angel zu ersetzen. Die Stadt war fast am Verhungern, aber man glaubte, daß mit dem Schleppnetz gefangene Fischköpfe besser seien als mit primitiven Methoden gefangene Fischkörper.

Wir fuhren auf einem Dampfer die Wolga hinunter, und Clifford Allen erkrankte schwer an Lungenentzündung, was die Tuberkulose wieder hervorbrachte, an der er früher gelitten hatte. Wir sollten das Schiff alle in Saratow verlassen, aber

Allen war zu krank zum Transport, so daß Haden Guest, Mrs. Snowden und ich an Bord blieben, um nach ihm zu sehen, während es nach Astrachan weiterfuhr. Er hatte eine sehr kleine Kabine, und die Hitze war unvorstellbar. Die Fenster mußten wegen der Malariamoskitos fest geschlossen bleiben, und Allen litt an heftigem Durchfall. Wir pflegten ihn abwechselnd, obwohl es eine russische Krankenschwester gab, aber sie hatte Angst, in der Nacht bei ihm zu sitzen, weil sie fürchtete, er könne sterben und sein Geist könne sich ihrer bemächtigen.

Astrachan schien mir mehr der Hölle zu gleichen, als alles, was ich mir bisher vorgestellt hatte. Die Wasserversorgung der Stadt stammte aus demselben Teil des Flusses, in den die Schiffe ihren Abfall leiteten. In jeder Straße gab es Wassertümpel, von wo Millionen von Moskitos ausschwärmten. Jedes Jahr hatte ein Drittel der Bewohner Malaria. Es gab keine Kanalisation, nur einen großen Haufen von Exkrementen auf einem sichtbaren Platz mitten in der Stadt. Seuchen waren hier endemisch. Kürzlich hatte man hier im Bürgerkrieg gegen Denikin gekämpft. Die Fliegen waren so zahlreich, daß man zur Essenszeit ein Tischtuch über die Speisen breiten, seine Hand darunterschieben und schnell einen Bissen an sich reißen mußte. Kaum breitete man das Tischtuch aus, war es völlig schwarz von Fliegen, so daß nichts mehr davon sichtbar blieb. Der Ort liegt ziemlich tief unter dem Meeresspiegel, und die Temperatur betrug 120° F im Schatten. Den führenden Ärzten des Ortes wurde von den uns begleitenden Sowjetoffizieren befohlen, sich anzuhören, was Haden Guest zur Bekämpfung der Malaria zu sagen hatte, ein Thema, mit dem er sich im Auftrag der britischen Armee in Palästina befaßt hatte. Er hielt ihnen einen bewundernswerten Vortrag darüber, an dessen Ende sie sagten: »Ja, wir wissen das alles, aber es ist sehr heiß.« Ich nehme an, daß diese Ärzte aller Wahrscheinlichkeit nach das nächste Mal, als die Sowjetbeamten vorbeikamen, erschossen wurden, aber ich weiß nichts davon. Der bedeutendste dieser Ärzte untersuchte Clifford Allen und unterrichtete mich, daß er unmöglich noch länger als zwei Tage leben könne. Als wir ihn etwa vierzehn Tage später nach Reval brachten, sagte mir der ihn dort untersuchende Doktor ebenfalls, er könne nicht mehr als zwei Tage länger leben, aber mittlerweile hatte ich etwas von Allens Lebenswillen kennengelernt und beunruhigte mich weniger. Er lebte noch viele Jahre lang und wurde eine Zierde des Oberhauses.

Nach meiner Rückkehr bemühte ich mich, meine wechselnden Stimmungen vor und während der russischen Reise in Form von zurückdatierten Briefen an Colette zum Ausdruck zu bringen, deren letzten ich später in meinem Buch über China veröffentlichte. Da sie meine Stimmungen zu dieser Zeit besser zeigen als alles, was ich jetzt schreiben kann, will ich sie hier einfügen:

1 London
24. April 1920

Der Tag meiner Abreise rückt näher. Ich habe tausenderlei Dinge zu tun, und doch sitze ich müßig herum, habe nutzlose Gedanken, irrelevante, rebellische Gedanken, wie sie ausgeglichene Menschen niemals denken, Gedanken, die man durch Arbeit zu bannen hofft, die aber ihrerseits die Arbeit bannen. Wie sehr beneide ich diejenigen, die *immer* glauben, was sie glauben, die nicht durch Erstarrung und Gleichgültigkeit gegenüber allem, was den Rahmen ihres Lebens ausmacht, beunruhigt werden. Ich hatte den Ehrgeiz, der Welt von Nutzen zu sein, etwas Bemerkenswertes zu vollbringen, der Menschheit neue Hoffnung zu geben. Und nun, da die Gelegenheit nahe ist, scheint alles Staub und Asche. Wenn ich in die Zukunft blicke, sieht mein ernüchterter Blick nur Streit und immer mehr Streit, verletzende Grausamkeit, Tyrannei, Gewalt und sklavische Unterwerfung. Die Menschen meiner Träume – aufrecht, furchtlos und großzügig – werden sie je auf der Erde existieren? Oder werden die Menschen weiterhin kämpfen, töten und quälen, bis ans Ende aller Zeiten, bis die Erde erkaltet und die sterbende

Sonne nicht länger ihren sinnlosen Wahnsinn beleben kann? Ich vermag es nicht zu sagen. Aber ich kenne die Verzweiflung in meiner Seele. Ich kenne große Einsamkeit, wenn ich wie ein Gespenst durch die Welt wandere und in Tönen spreche, die nicht gehört werden; verloren, als sei ich von einem anderen Planeten gefallen.
Der alte Kampf geht weiter, der Kampf zwischen den kleinen Genüssen und dem großen Leid. Ich weiß, daß kleine Genüsse tödlich sind, und doch – ich bin so müde, so schrecklich müde. Vernunft und Gefühl kämpfen einen tödlichen Kampf in mir und lassen mir keine Energie für ein Handeln nach außen. Ich weiß, daß man nichts Gutes erreicht ohne Kampf, ohne Rücksichtslosigkeit, Organisation und Disziplin. Ich weiß, daß das Individuum für ein gemeinsames Handeln in eine Maschine verwandelt werden muß. Aber ich kann darin keine Inspiration finden, selbst wenn mich mein Verstand zwingt, daran zu glauben. Ich liebe die individuelle menschliche Seele in ihrer Einsamkeit, ihren Hoffnungen und Ängsten, ihren schnellen Impulsen und ihrer plötzlichen Hingabe. Davon führt ein weiter Weg zu den Armeen, Staaten und Beamten; und doch kann man nur durch diesen langen Weg nutzlose Sentimentalitäten vermeiden.
Die ganzen rauhen Kriegsjahre hindurch träumte ich von glücklichen Tagen nach dem Ende, wenn ich mit Dir in einem sonnigen Garten am Mittelmeer sitzen würde, voll vom Duft des Heliotrops, umgeben von Zypressen und heiligen Palmenhainen – dort würde es mir endlich möglich sein, Dir von meiner Liebe zu sprechen und die Freude zu empfinden, die ebenso wirklich ist wie der Schmerz. Diese Zeit ist gekommen, aber ich habe andere Aufgaben, und Du hast andere Wünsche; und während ich hier sitze und darüber grüble, erscheinen mir alle Aufgaben eitel und alle Wünsche töricht.
Doch nicht diese Gedanken werden mich beim Handeln bestimmen.

2 Petrograd
12. Mai 1920

Endlich bin ich hier, in dieser Stadt, die die Welt mit Geschichte gefüllt hat, die den tödlichsten Haß und die brennendsten Hoffnungen hervorgerufen hat. Wird sie mir ihr Geheimnis enthüllen? Werde ich ihre innerste Seele kennenlernen? Oder werde ich nur von Statistiken und offiziellen Tatsachen erfahren? Werde ich verstehen, was ich sehe, oder wird alles ein äußerliches, verwirrendes Schauspiel bleiben?

In tiefster Nacht kamen wir auf dem leeren Bahnhof an, und unsere lärmenden Automobile keuchten durch die schlafenden Straßen. Als ich ankam, schaute ich aus meinem Fenster über die Newa zur Festung von Peter und Paul. Der Fluß glänzte in der frühen Morgendämmerung des Nordens; die Szenerie war unsagbar schön, magisch, ewig, voll alter Weisheit. »Wie wunderbar«, sagte ich zu dem Bolschewiken, der neben mir stand. »Ja«, antwortete er, »Peter und Paul ist jetzt kein Gefängnis mehr, sondern das Hauptquartier der Armee.«

Ich gab mir einen Ruck. ›Mein Freund‹, dachte ich, › du bist hier nicht als Tourist, um wegen Sonnenauf- und -untergängen und Gebäuden, die im Baedecker einen Stern haben, sentimental zu werden; du bist hier, um soziale Studien zu betreiben, um wirtschaftliche und politische Fakten zu untersuchen. Erwache aus deinem Traum, vergiß die ewigen Dinge. Die Männer, zu denen du gekommen bist, würden dir sagen, daß es sich nur um die Phantasiegebilde eines Bürgers mit zu viel Muße handelt. Und bist du sicher, daß es mehr ist?‹ So fand ich zur Unterhaltung zurück und versuchte, den Mechanismus zu lernen, nach dem man einen Regenschirm in Sowjetläden kauft, was sich als ebenso schwierig herausstellte wie die Ergründung der letzten Mysterien.

Die zwölf Stunden, die ich bis jetzt auf russischem Boden verbrachte, haben vor allem Material für den Spotteufel geliefert. Ich kam vorbereitet auf physische Not, Unbequemlichkeit, Schmutz und Hunger, die durch eine Atmosphäre glänzender Hoffnung für die Menschheit erträglich gemacht werden. Unsere kommunistischen Kameraden haben uns, zweifellos zu Recht, nicht einer solchen Behandlung für würdig befunden. Seit der Überquerung der Grenze gestern nachmittag habe ich zwei Festmähler und ein gutes Frühstück genossen, mehrere erstklassige Zigarren und eine Nacht in einem prächtigen Schlafzimmer in einem Palast, in dem aller Luxus des *ancien régime* erhalten ist. Auf den Bahnhöfen unterwegs füllten Soldatenregimenter den Bahnsteig, und der Plebs wurde sorgfältig außerhalb unserer Sichtweite gehalten. Es sieht so aus, als ob ich inmitten jenes Pomps leben werde, der die Regierung eines großen Militärreichs umgibt. So muß ich meine Stimmungen neu orientieren. Zynismus wäre nötig, aber ich bin merkwürdig bewegt und finde Zynismus schwierig. Ich komme ewig zu derselben Frage zurück: Was ist das Geheimnis dieses leidenschaftlichen Landes? Kennen die Bolschewiken sein Geheimnis? Ahnen sie überhaupt, daß es ein Geheimnis hat? Ich bin nicht sicher.

3 Petrograd
13. Mai 1920

Es ist eine seltsame Welt, in die ich gekommen bin, eine Welt der sterbenden Schönheit und des harten Lebens. Jeden Augenblick beunruhigen mich grundlegende Fragen, jene schrecklichen, unlösbaren Fragen, die ein weiser Mann nie stellt. Leere Paläste und volle Speisehäuser, alte Pracht, zerstört oder in Museen mumifiziert, während das wuchernde Selbstvertrauen zurückgekehrter amerikanischer Flüchtlinge sich in der Stadt verbreitet. Alles muß systematisiert werden: es muß Organisation und ausgleichende Gerechtigkeit geben. Die gleiche Erziehung für alle, die gleiche Kleidung für alle, die gleiche Art Häuser für alle, die gleichen Bücher für alle und das gleiche Glaubensbekenntnis für alle – es ist sehr gerecht und läßt keinen Raum für Mißgunst, außer gegen die glücklichen Opfer der Ungerechtigkeit in anderen Ländern.

Und dann betrachte ich die andere Seite des Problems. Ich erinnere mich an Dostojewskis *Schuld und Sühne,* an Gorkis *In der Welt,* an Tolstojs *Auferstehung.* Ich denke über die Zerstörung und Grausamkeit nach, auf der die alte Pracht aufgebaut war: die Armut, Trunksucht, Prostitution, in der Leben und Gesundheit nutzlos vergeudet wurden; ich denke an all die Vorkämpfer der Freiheit, die in Peter und Paul litten; ich erinnere mich an die Auspeitschungen und die Pogrome und Massaker. Aus Haß gegen das Alte werde ich tolerant gegen das Neue, aber ich kann das Neue nicht um seiner selbst willen lieben.

Trotzdem mache ich mir Vorwürfe, daß ich es nicht liebe. Es hat alle Merkmale eines kraftvollen Beginns. Es ist häßlich und brutal, aber voll konstruktiver Energie und Glauben an den Wert dessen, was es hervorbringt. Indem es einen neuen Mechanismus für das gesellschaftliche Leben schafft, hat es keine Zeit, an irgend etwas anderes zu denken, was jenseits dieses Mechanismus liegt. Wenn der Körper der neuen Gesellschaft fertig ist, wird man Zeit genug haben, darüber nachzudenken, wie man ihm eine Seele gibt – so wird mir zumindest versichert. »Wir haben keine Zeit für eine neue Kunst oder eine neue Religion«, sagten sie mit einer gewissen Ungeduld. Ich frage mich, ob es möglich ist, zuerst einen Körper zu bauen und hinterher die nötige Menge Seele hineinzupumpen. Vielleicht – aber ich zweifle daran.

Ich finde keinerlei theoretische Antwort auf diese Fragen, aber meine Gefühle antworten mir mit schrecklicher Hartnäckigkeit. Ich bin in dieser Atmosphäre unendlich unglücklich – erstickt durch ihren Utilitarismus, ihre Gleichgültigkeit gegenüber Liebe und Schönheit und dem Triebleben. Ich kann den rein animalischen Bedürfnissen des Menschen nicht jene Bedeutung beimessen, die ihnen hier von den Mächtigen gegeben wird. Zweifellos ist das so, weil ich nicht mein halbes Leben in Hunger und Bedürftigkeit verbracht habe, wie viele von ihnen. Aber bringen Hunger und Bedürftigkeit notwendigerweise Weisheit mit sich? Versetzen sie den Menschen mehr oder weniger in die Lage, jene Idealgesellschaft zu konzipieren, für die sich jeder Reformer begeistern sollte? Ich kann nicht umhin zu glauben, daß sie den Horizont mehr einengen als erweitern. Aber es bleibt ein beklemmender Zweifel, und ich bin im Zwiespalt...

4 Auf der Wolga
2. Juni 1920

Unser Schiff fährt weiter, Tag für Tag, durch ein unbekanntes und geheimnisvolles Land. Unsere Gesellschaft ist laut, lustig, streitsüchtig, voll leichtfertiger Theorien, mit gewandten Erklärungen für alles, überzeugt, daß es nichts hier gibt, was sie nicht verstehen könnte und kein menschliches Schicksal außerhalb des Gesichtskreises ihres Systems. Einer von uns steht an der Schwelle des Todes[1] und kämpft einen verzweifelten Kampf mit der Schwäche, der Angst und mit der Gleichgültigkeit der Starken, Tag und Nacht von den Geräuschen lauter Liebesspiele und banalen Gelächters überfallen. Und überall um uns herum herrscht eine große Stille, stark wie der Tod, unergründlich wie die Himmel. Es scheint, daß niemand Muße hat, die Stille zu hören, und doch ruft sie mich so beharrlich, daß ich taub werde gegenüber den Propagandisten und den endlosen Informationen der Wohlinformierten.
Letzte Nacht hielt unser Schiff sehr spät an einem trostlosen Ort, wo es keine Häuser gab, sondern nur eine große Sandbank und eine Reihe von Pappeln mit dem Licht des aufgehenden Mondes dahinter. Schweigend ging ich an Land und fand auf dem Sand eine merkwürdige Ansammlung menschlicher Wesen, Halbnomaden, aus irgendeiner entfernten Hungergegend fortgewandert, jede Familie zusammengedrängt, umgeben von ihren Habseligkeiten, einige schlafend, andere wortlos damit beschäftigt, kleine Feuer aus Reisig zu entzünden. Die flackernden Flammen beleuchteten knorrige, bärtige Gesichter wilder Männer, starke, geduldige, urtümli-

1 Clifford Allen.

che Frauen und Kinder, so gelassen und langsam wie ihre Eltern. Sie waren zweifellos menschliche Wesen, und doch wäre es mir leichter gefallen, mit einem Hund oder einer Katze oder einem Pferd vertraut zu werden als mit einem von ihnen. Ich wußte, daß sie hier Tag für Tag, vielleicht wochenlang warten würden, bis ein Schiff käme, mit dem sie zu einem entfernten Ort fahren könnten, wo die Erde, wie sie – vielleicht fälschlicherweise – gehört hatten, freigebiger war als in dem Land, das sie verlassen hatten. Einige würden unterwegs sterben, alle unter Hunger und Durst und der sengenden Mittagssonne leiden, aber ihre Leiden würden stumm sein. Mir schienen sie die eigentliche Seele Rußlands zu verkörpern, ausdruckslos und starr vor Verzweiflung, unbeachtet von der kleinen Gruppe der Westler, aus denen sich alle Fortschritts- und Reaktionsparteien zusammensetzen. Rußland ist so groß, daß sich die wenigen, die sich klar ausdrücken können, darin verlieren, wie die Menschheit und ihr Planet im Weltraum. Es ist möglich, dachte ich, daß die Theoretiker das Elend der vielen vergrößern, indem sie versuchen, sie zu einem Verhalten zu zwingen, das ihren Urinstinkten entgegengesetzt ist, und ich konnte nicht glauben, daß ihnen das Glück durch ein Evangelium des Industrialismus und der Zwangsarbeit gebracht werden kann.

Doch als der Morgen kam, nahm ich trotzdem die endlose Diskussion über die materialistische Konzeption der Geschichte und die Vorzüge einer wirklichen Volksregierung wieder auf. Diejenigen, mit denen ich diskutierte, hatten die schlafenden Wanderer nicht gesehen und würden sich nicht für sie interessiert haben, da sie kein Propagandamaterial waren. Aber etwas von der geduldigen Stille hatte sich auf mich übertragen, etwas Einsames und Unausgesprochenes blieb in meinem Herzen während all der bequemen, gewohnten intellektuellen Gespräche. Und schließlich begann ich zu fühlen, daß alle Politik von einem grinsenden Teufel beseelt wird, der die Energischen und Schlagfertigen lehrt, die unterwürfige Bevölkerung zugunsten ihrer eigenen Tasche oder Macht oder Theorie zu quälen. Als wir weiterfuhren, genährt mit Nahrungsmitteln, die man aus den Bauern herausgepreßt hatte, von einer Armee geschützt, die sich aus ihren Söhnen rekrutierte, fragte ich mich, was wir ihnen als Gegenleistung zu bieten hätten. Aber ich fand keine Antwort. Von Zeit zu Zeit hörte ich ihre traurigen Lieder oder die einen verfolgende Musik der Balalaika; aber der Klang verschmolz mit der großen Stille der Steppen und ließ mich mit einer furchtbar schmerzlichen Frage zurück, die die westliche Hoffnungsfreude verblassen ließ.

Swerdlow, der Transportminister (wie wir ihn nennen sollten), der sich mit uns auf dem Dampfer auf der Wolga befand, war außerordentlich freundlich und hilfreich bei Allens Krankheit. Wir fuhren auf dem Schiff bis Saratow zurück; von dort bis Reval reisten wir in dem Wagen, der den Töchtern des Zaren gehört hatte, so daß Allen auf keiner Station umgeladen werden mußte. Nach dem Wagen zu schließen, müssen einige ihrer Gewohnheiten merkwürdig gewesen sein. Es gab ein luxuriöses Sofa mit hochklappbarem Sitz, unter dem wir in einer Reihe drei Öffnungen für sanitäre Zwecke entdeckten. In Moskau hatten Haden Guest und ich auf dem Heimweg einen heftigen Streit mit Tschitscherin, weil er Allen nicht erlauben wollte, aus Moskau fortzufahren, ehe er nicht von zwei Sowjetärzten untersucht worden sei; und zu Anfang sagte er, es sei ihm nicht möglich, die Ärzte in den nächsten zwei Tagen zu einer Visite zu veranlassen. Auf dem Höhepunkt des Streites in einem Treppenhaus begann ich ihn anzuschreien, denn Tschitscherin war ein Freund meines Onkels Rollo gewesen, und ich hoffte auf ihn. Ich schrie, daß ich ihn als Mörder anklagen werde. Es schien uns und Allen lebenswichtig, ihn so bald wie möglich aus Rußland herauszubekommen, und wir waren der Meinung, daß der Befehl, auf sowjetische Ärzte zu warten, sein Leben gefährden könne. Schließlich kam es zu einem Kompromiß, indem ihn die Ärzte sofort untersuchten. Einer von ihnen hieß Popoff; den Namen des anderen habe ich vergessen. Die Sowjetregierung glaubte, Allen sei ihr freundlich gesonnen

und Guest, Mrs. Snowdon und ich hofften auf seinen Tod, um sein Zeugnis zu ihren Gunsten zu vereiteln.
In Reval traf ich zufällig Mrs. Stan Harding, die ich vorher nicht gekannt hatte. Sie ging nach Rußland voller Enthusiasmus für die Bolschewiken. Ich tat, was ich konnte, um sie zu ernüchtern, doch ohne Erfolg. Sobald sie ankam, warf man sie ins Gefängnis und behielt sie acht Monate lang dort. Sie wurde schließlich auf Drängen der englischen Regierung befreit. Die Schuld daran lag nicht so sehr bei der Sowjetregierung wie bei einer gewissen Mrs. Harrison. Mrs. Harrison war eine amerikanische Dame aus guter Familie, die mit uns auf der Wolga reiste. Sie lebte in sichtlicher Angst und sehnte sich danach, Rußland zu entkommen, aber die Russen beobachteten sie scharf. Es gab einen Spion namens Axionew, den man vom *ancien régime* übernommen hatte, und der sie jeden Augenblick bewachte und jedes ihrer Worte mithörte. Er hatte einen langen Bart und einen melancholischen Ausdruck und schrieb mit großem Geschick dekadente französische Verse. Während der Nacht im Zug teilte er ein Abteil mit ihr; immer wenn jemand auf dem Schiff mit ihr sprach, schlich er leise hinter sie. Dabei war er außerordentlich geschickt. Ich fühlte Mitleid mit der armen Dame, aber mein Mitleid war fehl am Platz. Sie war eine amerikanische Spionin, die auch von den Engländern benutzt wurde. Die Russen entdeckten, daß sie eine Spionin war und schonten ihr Leben unter der Bedingung, daß sie in ihre Dienste trat. Aber sie sabotierte ihre Arbeit für die Russen, indem sie deren Freunde denunzierte und deren Feinde frei herumlaufen ließ. Mrs. Harding wußte dies und mußte daher schnell beiseitegeschafft werden. Daher wurde sie den Sowjetbehörden denunziert. Dennoch war Mrs. Harrison eine bezaubernde Frau und pflegte Allen während seiner Krankheit mit mehr Geschick und Hingabe als seine alten Freunde. Als später die Tatsachen über sie ans Licht kamen, weigerte sich Allen standhaft, auch nur ein Wort gegen sie anzuhören.
Lenin, mit dem ich eine einstündige Unterhaltung hatte, enttäuschte mich eher. Ich glaube nicht, daß ich ihn vorher für

einen großen Mann gehalten hatte, aber im Laufe unserer Unterhaltung wurde ich mir vor allem seiner intellektuellen Grenzen bewußt und seiner eher beschränkten marxistischen Orthodoxie, wie auch eines deutlichen Hanges zu boshafter Grausamkeit. Ich habe über dieses Interview wie auch meine russischen Abenteuer in meinem Buch *Practice and Theory of Bolshevism* berichtet.

Wegen der Blockade gab es damals weder durch Briefe noch durch Telegramme eine Verbindung nach Rußland. Aber sobald ich in Reval angelangt war, telegraphierte ich mehrmals an Dora. Zu meiner Überraschung erhielt ich keine Antwort. Schließlich telegraphierte ich aus Stockholm an Freunde von ihr in Paris, um zu fragen, wo sie sei, und erhielt die Antwort, daß man zuletzt aus Stockholm von ihr gehört habe. Ich nahm an, daß sie gekommen sei, um mich zu treffen, aber nachdem ich vierundzwanzig Stunden lang in der Hoffnung, sie zu treffen, gewartet hatte, traf ich zufällig einen Finnen, der mich davon unterrichtete, daß sie über das Nordkap nach Rußland gefahren sei. Mir wurde klar, daß dies ein Schachzug in unserem lang anhaltenden Streit über Rußland war, aber ich war entsetzlich beunruhigt, weil ich fürchtete, man würde sie ins Gefängnis stecken, da man den Grund ihres Kommens nicht kannte. Ich konnte nichts daran ändern und kehrte nach England zurück, wo ich mich einigermaßen zu erholen versuchte, denn der Schock in Rußland war fast stärker gewesen, als ich ertragen konnte. Nach einiger Zeit begann ich Briefe von Dora zu erhalten, die von Freunden aus Rußland gebracht wurden, und zu meiner großen Überraschung liebte sie Rußland ebenso sehr, wie ich es haßte. Ich fragte mich, ob es uns je möglich sein würde, diese Differenz zu überwinden. Wie dem auch sei, unter den Briefen, die ich bei meiner Rückkehr aus England vorfand, war einer aus China, in dem man mich einlud, ein Jahr für die *Chinese Lecture Association* zu lesen, einer rein chinesischen Körperschaft, die es sich zum Ziel gesetzt hatte, jedes Jahr einen bedeutenden Ausländer zu importieren und im vergangenen Jahr Dr. Dewey eingeführt hatte. Ich beschloß anzunehmen, wenn Dora mit mir käme, sonst nicht. Die Schwierigkeit war, ihr die Angelegenheit trotz der Blockade auseinanderzusetzen. Ich kannte einen Quäker in Reval namens Arthur Watts, der in Zusammenhang mit der Quäker-Hilfe häufig nach Rußland mußte, und so schickte ich ihm ein mehrere Pfund kostendes Telegramm, erklärte ihm die Umstände und bat ihn, Dora wenn möglich zu finden und sie von der Angelegenheit zu unterrichten. Durch einen Glücksfall funktionierte alles. Wenn wir fahren wollten, mußte sie sofort zurückkehren, und die Bolschewiken nahmen anfänglich an, daß ich einen Schabernack treibe. Schließlich aber brachte sie alles zuwege.

Wir trafen uns an einem Sonntag in der Fenchurch Street, und zuerst standen wir einander fast wie zwei feindliche Fremde gegenüber. Für sie war meine Ablehnung der Bolschewiken bürgerlich, senil und sentimental. Mich erfüllte ihre Liebe für sie mit Schrecken und Befremden. Sie war Männern in Rußland begegnet, deren Haltung ihr in jeder Weise der meinen überlegen schien. Ich hatte bei Colette den gleichen Trost gefunden wie während des Krieges. Trotz allem unternahmen wir die notwendigen Schritte, um ein Jahr lang zusammen nach China zu gehen. Eine Macht, stärker als Worte oder als unser bewußtes Denken, hielt uns verbunden, so daß, was das Handeln betraf, keiner von uns einen Augenblick lang zögerte. Wir hatten buchstäblich Tag und Nacht zu tun. Von der Zeit ihrer Ankunft bis zur Zeit unserer Abreise nach China waren nur fünf Tage. Wir mußten Kleider kaufen, die Pässe in Ordnung bringen, uns von Freunden und Verwandten verabschieden, und das noch neben der gewöhnlichen Hetze vor einer großen Reise; und da ich während meines Aufenthalts in China geschieden werden wollte, mußten wir die Nächte in offiziellem Ehebruch verbringen. Die Detektive waren jedoch so dumm, daß dies immer wieder geschehen mußte. Doch schließlich war alles geregelt. Dora hatte mit ihrem gewöhnlichen Geschick ihre Eltern dazu gebracht, daß sie an die Victoria Station kamen, um uns zu verabschieden, gerade als ob wir eben geheiratet hätten. Und das ungeachtet der Tatsache, daß sie durch und durch konventionell waren. Als der Zug aus der Victoria Station ausfuhr, fielen die Alpträume, Schwierigkeiten und Sorgen der letzten Monate von uns ab, und ein völlig neues Kapitel begann.

Briefe

Von J. E. Littlewood

Trinity College
Cambridge
[1919]

Lieber Russell,
Einsteins Theorie hat sich völlig bestätigt. Die vorausgesagte Abweichung war 1"˙72 und die beobachtete 1"˙75 ± ˙06.

Ihr
J. E. L.

Von Harold J. Laski

Harvard-Universität
Cambridge
29. August 1919

Lieber Mr. Russell,
ich wollte, ich wüßte, wie ich Ihnen für Ihren Brief angemessen danken soll. Als ich das neue Buch beendet hatte, fühlte ich, daß mir mehr daran lag, was Sie und Mr. Justice Holmes darüber denken als an der Meinung irgendeines anderen lebenden Menschen; und daß Sie es nun nicht nur für der Mühe wert halten, sondern auch noch mit ihm übereinstimmen, ist eine große Sache für mich. Wenn ich Ihnen also nur so kurz danke, werden Sie wissen, daß dies nicht aus einem Mangel an Wärme geschieht.
Ich habe gewagt, Ihnen mein erstes Buch zu schicken, das wahrscheinlich alle Fehler eines Buches hat, das man mit dreiundzwanzig schreibt; aber vielleicht interessieren Sie sich für das erste Kapitel und den Anhang. Und wenn Sie es mir gestatten, so würde ich Ihnen gerne einige fachlichere Arbei-

ten von mir schicken. Aber ich möchte nicht, daß diese Sie stören und an Ihrer Arbeit hindern.

Mein Interesse am liberalen Katholizismus datiert in Wirklichkeit von 1913 her, als ich in Oxford Figgis *Churches in the Modern State* las; und während ich mein erstes Buch schrieb, wurde mir klar, daß historisch die Kirche und der Staat seit der Reformation ihre Plätze vertauscht haben und daß alle Übel der vereinigten kirchlichen Macht allmählich zur Technik des modernen Staates werden – wenn sie es nicht schon sind; es fiel mir dann auf, daß man das Übel dieser Vorherrschaft ziemlich leicht in der Sphäre der Religion in ihrer Beziehung zum Staat zeigen könnte, wo man immer noch zu zögern scheint, es im wirtschaftlichen Bereich zuzugeben. Mit dem zweiten Buch versuchte ich, diese Kluft zu überbrücken; und das Buch, das ich jetzt schreibe, ist wirklich ein Versuch, das allgemeine Problem der Freiheit mit elementaren Begriffen zu erklären. Wenn Sie durch irgendeine glückliche Fügung Zeit zum Schreiben hätten, so wäre ich überaus froh, wenn ich Ihnen den Plan schicken und Ihre Meinung dazu hören könnte.

Ich würde Sie auch gerne von einer privateren Angelegenheit unterrichten, falls Sie glauben, es bestünde eine Möglichkeit, daß Sie helfen könnten. Ich weiß aus Ihrer *Introduction to Mathematical Logic,* daß Sie etwas von Sheffer halten, der augenblicklich hier in der Philosophischen Abteilung ist. Ich weiß nicht, ob Sie irgendwie persönlich mit ihm bekannt sind. Er ist Jude und hat jemanden geheiratet, den die Universität nicht billigt; außerdem besitzt er nicht jene gesellschaftlichen Tugenden, die Harvard so hochschätzt. Die Folge davon ist, daß sich die meisten aus seiner Abteilung entschieden bemühen, seiner Karriere hier ein Ende zu bereiten. Hoernle, der zur Zeit Vorsitzender ist, ist überzeugt, daß, wenn jemand die Verdienste Sheffers erläutern könnte, die Stimmen gegen ihn schwiegen; Sheffer hat im übrigen eine Abhandlung über einen gewissen Aspekt der mathematischen Logik beendet, der ihm seiner Meinung nach großes Ansehen verschaffen würde, wenn er veröffentlicht werden könnte. Ich selbst

denke, daß das Ganze eine Kombination von Antisemitismus und diesem merkwürdigen Respekt der Universitäten für gesellschaftliches Ansehen ist, das hier eine so große Rolle spielt. Kennen Sie jemanden in Harvard gut genug, um ihm zu sagen (wenn Sie dieser Ansicht sind), daß Sheffer eine Chance haben muß? Natürlich schreibe ich Ihnen dies ganz auf meine eigene Verantwortung hin, aber ich bin überzeugt, daß, wenn Lowell Ihre Meinung über Sheffer wüßte, sich dies auf seine Zukunft auswirken würde. Und ich glaube, wenn er hier wegginge, wäre es sehr schwer für ihn, eine andere Stelle zu finden. Bitte verzeihen Sie mir, daß ich Sie mit diesen Einzelheiten behellige.
Ich werde mit der größten Neugier auf die *Nation* warten. Ich bin Massingham immer sehr verpflichtet gewesen; doch nie war ich es mehr als jetzt.

Stets Ihr
sehr ergebener
Harold J. Laski

Von da an schickte ich in regelmäßigen Abständen Telegramme an Präsident Lowell, in denen ich erklärte, daß Sheffer ein äußerst fähiger Mann sei und Harvard auf ewig Schande auf sich laden würde, wenn es ihn entließe, weil er Jude sei oder weil man seine Frau nicht leiden könne. Glücklicherweise hatten diese Telegramme Erfolg.

Harvard-Universität
Cambridge
29. September 1919

Lieber Mr. Russell,
herzlichen Dank für Ihren Brief. Ich sende Ihnen einige halbjuristische Aufsätze und einen allgemeineren über Verwaltung. Das Buch erlaubte ich mir Ihnen schon früher zu übersenden. Ich bin Ihnen sehr dankbar, daß Sie so freundlich sind, sich für sie zu interessieren.
Und ich bin noch dankbarer für Ihre Zeilen über Sheffer. Ich habe sie Hoernle gegeben, der sie den Mitgliedern der Philosophischen Abteilung zeigen will, und wenn nötig auch Lowell. Außerdem habe ich Abschriften an zwei Mitglieder

der Corporation geschickt, die kämpfen werden, falls es notwendig ist. Ich glaube nicht, daß man im Augenblick etwas anderes tun kann. Es hätte keinen Sinn, an Perry zu schreiben. Die letzten Jahre, vor allem die zwölf Monate im Kriegsministerium der U. S., haben ihn sehr konservativ und zu einem strengen Anhänger »korrekter Form« gemacht. Er ist Kopf und Mittelpunkt der feindlichen Mächte, und ich sehe keinen Nutzen darin, ihn direkt zu mobilisieren. Er will ehrenwerte Neu-Christen in der Abteilung haben, die die Notwendigkeit kirchlicher Maßnahmen erklären; wenn sie jedoch nicht religiös sind, müssen sie zumindest materiell erfolgreich sein. Ich glaube nicht, daß Universitäten je eine Heimstätte des Liberalismus sein können; und das amerikanische System ist in den Händen des »big business« und wird von seinen vulgären Idealen beherrscht. Haben Sie je Veblens *Higher Learning in America* gelesen?
Vielleicht interessiert es Sie, daß ich dieses Jahr eine Klasse von Graduates in Yale die *Roads of Freedom* lesen lasse. Ich hatte vorher nie mit Yale-Leuten zu tun gehabt; aber es war ungeheuer interessant, ihr Erstaunen darüber zu sehen, daß man über Marx, Bakunin und die übrigen schreiben kann, ohne sie zu schmähen. Das erinnert mich daran, daß ich wünschte, Sie würden in irgendeiner Neuauflage des Buches ein gutes Wort über Proudhon sagen! Ich glaube, sein *Du Principe Fédératif* und seine *Justice de la Révolution* sind zwei sehr bedeutende Bücher. Und könnte ich wohl eine Photographie mit Ihrem Namen haben, um sie in meinem Arbeitszimmer aufzuhängen? Das wäre wirklich sehr großzügig von Ihnen.

Ihr sehr ergebener
Harold J. Laski

Harvard-Universität
Cambridge
2. November 1919

Lieber Mr. Russell,
vielen Dank für die Photographie. Selbst wenn sie schlecht ist, gibt sie doch der Einbildungskraft eine Grundlage, und das ist es, was ich wollte.

Was mit Perry los ist? Der Krieg! Er hat sich zur Wehrpflicht bekehrt, war mit der Erziehungs(!)-Abteilung des Kriegsministeriums in Washington und wurde Bürokrat. Mit dem Ergebnis, daß er alles, was nicht »korrekt« ist, schief ansieht, wie ein Stabsmajor, der das Leben von Whitehall und dem Army- und Navy-Club aus gesehen hat. Er meint es immer noch gut – alle Neuengländer tun das. Aber er hat Platos Unterscheidung zwischen Wollen, was recht ist, und Wollen, was recht ist zu wollen, aus dem Gedächtnis verloren. Ich denke, er würde sich auf Sheffers Seite stellen, wenn Sheffer seine Abhandlung unter dem Beifall von Ihnen und Whitehead und Lewis herausbrächte; aber Sheffer ist ein kniffliger kleiner Kerl, und Veröffentlichungen hängen von seinen Grillen und Launen ab. Ich habe die Hoffnung nicht aufgegeben, aber ich wage es nicht, allzusehr zu hoffen.
Yale ist wirklich interessant, oder vielleicht ist alle Jugend, wenn man sechsundzwanzig ist, interessant. Ich stelle fest, daß der Studentenverstand, wenn man ihn mit Syndikalismus oder Sozialismus ohne Namensnennung konfrontiert, diese für vernünftig und einleuchtend hält; sagt man den Namen dazu, dann wird den Eltern zugeflüstert, daß ungeheure Greuel begangen werden. Ich sprach mich neulich für die streikende Polizei hier aus – einer dieser Streiks, bei denen man sich ebenso über die Ausdauer der Männer wie über die phantasielose Stupidität der Beamten wundert. Innerhalb einer Woche verlangten zwei Zeitungen und zweihundert Studenten meine Entlassung – Sowjetismus zu lehren, nannte man es, daß ich geltend gemacht hatte, Männer, die $ 1100 bekommen und 73 Stunden arbeiten, hätten das Recht, nach dreizehnjähriger Agitation zu streiken. Zufällig glaubt Lowell an die Redefreiheit, so daß ich bleibe; aber Sie bekommen eine gewisse Vorstellung von der augenblicklichen amerikanischen Geisteshaltung.

Ihr sehr ergebener
Harold J. Laski

Harvard Universität
Cambridge
Lieber Mr. Russell, 4. Dezember 1919

Hoernle sagt mir, daß Sheffers Abhandlung auf dem Weg zu Ihnen ist. Darf ich Ihnen sagen, wie die Lage aussieht? Hocking und Hoernle kämpfen entschieden für seine Wiederanstellung. Perry schwankt aufgrund Huntingdons emphatischen Lobes über Sheffers Arbeit und sagt, seine Entscheidung werde hauptsächlich davon abhängen, was sie und Moore in Chicago denken. Wenn Sie also zustimmen, so wird Ihr Telegramm um so hilfreicher sein, je emphatischer es ist. Im Augenblick besteht eine wirkliche Kampfchance.

Hier herrscht ein schreckliches Durcheinander. Gerichtliche Verfügungen, die ausdrückliche Versprechen der Regierung verletzen; Festnahme der Bergarbeiterführer, weil die Männer sich weigerten zurückzukehren; Empfehlungen einer scharfen Gesetzgebung gegen »Rote«; Festnahme von Männern im Westen, nur weil sie im Besitz einer I. W. W.[1]-Karte waren; Argument sogar der Gemäßigten wie Eliot, daß das Ganze ein offener Kampf zwischen Labour-Party und konstitutioneller Regierung sei; all dies gehört zum normalen Tagesablauf. Und weder Pound noch ich glauben, daß der Gipfel der Welle erreicht ist. Einige Zeitungen haben tatsächlich verlangt, daß die Yale University Press meine Bücher aus dem Umlauf ziehen solle, da sie »Anarchie« predigten. Andererseits haben Holmes und Brandeis (durch Holmes) eine prachtvolle Streitschrift zur Verteidigung der Redefreiheit anläßlich eines Spionagefalls geschrieben. Ich habe die beiden Stellungnahmen an Massingham geschickt und vorgeschlagen, sie Ihnen zu zeigen.

Das alles klingt sehr düster; aber seit Amerika Lady Astor nach England exportiert hat, fehlt es hier völlig an politischen Komödien.

Ihr sehr ergebener
Harold J. Laski

[*Plus ça change.*]

1 I. W. W. = Industrial Workers of the World, Amerikan. Gewerkschaft. (A. d. Ü.)

Harvard-Universität
Cambridge
Lieber Mr. Russell, 5. Januar 1919 [1920]

Ihr Telegramm über Sheffers Aufsatz war wunderbar. Doch ich fürchte, wir kämpfen eine verlorene Schlacht, denn es sieht so aus, als ob Hoernle nach Yale geht, wodurch wir unsere Hauptstütze verlören. Harvard ist entschlossen, um jeden Preis gesellschaftlich respektabel zu sein. Ich bin kürzlich von dem ›Board of Overseers‹ interviewt worden, um zu erfahren a) ob ich an eine blutige Revolution glaube, b) ob ich an die Regierungsform der Sowjets glaube, c) ob ich nicht glaube, daß die amerikanische Regierungsform allen anderen überlegen sei, d) ob ich an das Recht zur Revolution glaube.

In den letzten drei Tagen haben sie fünftausend Sozialisten verhaftet, die deportiert werden sollen. Ich bin froh, daß Graham Walls versuchen will, mich nach Hause zu bringen.

Ihr sehr ergebener Harold J. Laski

Harvard-Universität
Cambridge
Lieber Mr. Russell, 18. Februar 1920

vor allem meine wärmsten Glückwünsche zu Ihrer Rückkehr nach Cambridge. Das klingt wirklich wie eine Wiederkehr des gesunden Menschenverstandes. Ich hoffe, Sie werden Ihre Vorlesungen nicht auf mathematische Logik beschränken...

Ich schickte Ihnen neulich einen Band von Augent, den meine Frau und ich letztes Jahr übersetzt haben; hoffentlich finden Sie die Zeit, einen Blick hineinzuwerfen. Wie Sie erraten haben, brenne ich darauf, aus diesem Lande fortzukommen, aber ich bin ziemlich ratlos, wie ich es anstellen soll. Ich sehe keine Hoffnung in Oxford und kenne niemanden in Cambridge. Walles versucht, etwas für mich in London zu tun, aber ich weiß nicht, mit welchem Erfolg. Ich bin Amerika herzlich leid und hätte gerne wieder eine Atmosphäre, wo man dem Ochsen nicht das Maul verbietet.

Ihr sehr ergebener Harold Laski

16, Warwick Gardens
[London] W. 14

Lieber Russell, 2. 1. 22

das Beiliegende offiziell. Inoffiziell lassen Sie mich Rivers zitieren: Wir baten ihn, sich als Labour-Kandidat für London aufstellen zu lassen. Dies ist ein Teil seiner Antwort: »Ich glaube, daß ein wesentlicher Faktor bei meiner Entscheidung *The Analysis of Mind* war, die ich nun wirklich sehr sorgfältig gelesen habe. Es ist ein großartiges Buch, und ich bin von Russells Intellekt hingerissen. Es hat die verschiedensten Probleme aufgeworfen, mit denen ich mich auseinandersetzen möchte, und ich würde das gewiß nicht können, wenn ich ins politische Leben einträte. χτλ.«

Was wäre mit Rivers, Joad, Delisle Burns, Clifford Allen als Kerntruppe unserer neuen Utilitaristen? Ihr

H. J. Laski

Von Ludwig Wittgenstein
[eine Postkarte]

Cassino
Provincia Caserta
Italien

Lieber Russell, 9. 2. 19

ich kenne Deine genaue Adresse nicht, aber hoffe, daß diese Zeilen Dich irgendwie erreichen. Ich bin seit November Gefangener in Italien und hoffe, ich kann nach dreijähriger Unterbrechung Verbindung mit Dir aufnehmen. Ich habe sehr viel in Logik gearbeitet, die ich Dich unendlich gerne lesen lassen möchte, bevor ich sie herausgebe.

Immer Dein
Ludwig Wittgenstein

[Postkarte] Cassino

10. 3. 19

Du kannst Dir nicht vorstellen, wie sehr ich mich über Deine Karten gefreut habe! Ich fürchte jedoch, es besteht keine große Hoffnung, daß wir uns bald sehen. Außer Du besuchst mich hier, aber das wäre eine allzu große Freude für mich. Ich kann nicht über Logik schreiben, da ich nicht mehr als 2 Karten (jede zu 15 Zeilen) die Woche schreiben darf. Ich habe ein Buch geschrieben, das veröffentlicht wird, sobald ich nach Hause komme. Ich glaube, ich habe endlich unsere Probleme gelöst. Schreib' mir oft. Es wird meine Gefängniszeit verkürzen. Gott segne Dich. Immer Dein

Wittgenstein

Lieber Russell, 13. 3. 19

ganz vielen Dank für Deine Postkarten vom 2. und 3. März. Ich hatte eine *sehr* schlechte Zeit, da ich nicht wußte, ob Du tot oder lebendig bist! Ich kann nicht über Logik schreiben, da ich nicht mehr als 2 Pkten die Woche schreiben darf (jede zu 15 Zeilen). Dieser Brief ist eine Ausnahme, er wird von einem österreichischen Medizinstudenten aufgegeben, der morgen nach Hause fährt. Ich habe ein Buch mit dem Titel *Logisch-Philosophische Abhandlungen* geschrieben, das meine ganzen Arbeiten der letzten 6 Jahre enthält. Ich glaube, ich habe unsere Probleme endlich gelöst. Das mag anmaßend klingen, aber ich kann nicht umhin, es zu glauben. Ich beendete das Buch im August 1918 und wurde zwei Monate später gefangengenommen. Ich habe das Manuskript hier bei mir. Ich wünschte, ich könnte es für Dich abschreiben; aber es ist ziemlich lang, und ich hätte keine sichere Möglichkeit, es Dir zu schicken. Eigentlich würdest Du es auch nicht ohne eine vorherige Erklärung verstehen, weil es aus ziemlich kurzen Bemerkungen besteht. (Das bedeutet natürlich, daß *niemand* es verstehen wird; trotzdem glaube ich, daß es kristallklar ist. Aber es wirft unsere ganze Theorie der Wahrheit, der Klassen, Zahlen und allem übrigen um.)

Ich werde es veröffentlichen, sobald ich nach Hause komme. Ich habe bloß Angst, daß das nicht »binnen kurzem« sein wird. Und folglich wird es noch lange dauern, bis wir uns sehen können. Ich kann es mir kaum vorstellen, Dich wiederzusehen! Das wäre viel zu schön! Ich nehme an, es wird für Dich unmöglich sein, hierher zu kommen und mich hier zu treffen? Oder vielleicht hältst Du es für kolossal unverschämt von mir, auch nur an so etwas zu denken. Aber wenn Du am anderen Ende der Welt wärest und ich *könnte* zu Dir kommen, so würde ich es tun.
Bitte schreib mir, wie es Dir geht, grüße Dr. Whitehead. Lebt der alte Johnson noch? Denk oft an mich!
Immer Dein Ludwig Wittgenstein

[Cassino
Lieber Russell![1] 12. 6. 19]
Vor einigen Tagen schickte ich Dir mein Manuskript durch Keynes's Vermittlung. Ich schrieb damals nur ein paar Zeilen für Dich hinein. Seither ist nun Dein Buch ganz in meine Hände gelangt und nun hätte ich ein großes Bedürfnis Dir einiges zu schreiben. – Ich hätte nicht geglaubt, daß das, was ich vor 6 Jahren in Norwegen dem Moore diktierte, an Dir so spurlos vorübergehen würde. Kurz ich fürchte jetzt, es möchte sehr schwer für mich sein mich mit Dir zu verständigen. Und der geringe Rest von Hoffnung, mein Manuskript könne Dir etwas sagen, ist ganz verschwunden. Einen Kommentar zu meinem Buch zu schreiben, bin ich, wie Du Dir denken kannst, nicht im Stande. Nur mündlich könnte ich Dir einen geben. Ist Dir irgend an dem Verständnis der Sache etwas gelegen und kannst Du ein Zusammentreffen mit mir bewerkstelligen, so, bitte, tue es. – Ist dies nicht möglich, so sei so gut und schicke das Manuskript, sobald Du es gelesen hast, auf sicherem Wege nach Wien zurück. Es ist das einzige korrigierte Exemplar, welches ich besitze, und die Arbeit meines Lebens! Mehr als je brenne ich *jetzt* darauf, es

1 Den folgenden Brief schrieb Wittgenstein auf Deutsch. (A. d. Ü.)

gedruckt zu sehen. Es ist bitter, das vollendete Werk in der Gefangenschaft herumschleppen zu müssen und zu sehen, wie der Unsinn draußen sein Spiel treibt! Und ebenso bitter ist es zu denken, daß niemand es verstehen wird, auch wenn es gedruckt sein wird! – Hast Du mir jemals seit Deinen zwei ersten Karten geschrieben? Ich habe nichts erhalten.
Sei herzlich gegrüßt und *glaube nicht, daß alles Dummheit ist, was Du nicht verstehen wirst.* Dein treuer

Ludwig Wittgenstein

Cassino

Lieber Russell, 19. 8. 1919

ganz vielen Dank für Deinen Brief vom 13. August. Was Deine Frage betrifft, so kann ich sie *jetzt* nicht beantworten. Denn erstens weiß ich nicht immer, worauf sich die Nummern beziehen, da ich keine Kopie des Ms. hier habe. Zweitens erfordern einige Deiner Fragen eine sehr ausführliche Antwort, und Du weißt, wie schwierig es für mich ist, über Logik zu schreiben. Das ist auch der Grund, warum mein Buch so kurz und folglich so dunkel ist. Aber ich kann es nicht ändern. – Ich fürchte nun, daß Du mein Hauptargument nicht völlig begriffen hast, dessen bloße Folge die ganze Angelegenheit der logischen Sätze ist. Der entscheidende Punkt ist die Theorie dessen, was durch Sätze *gesagt* werden kann – d. h. durch Sprache – (und, was gleichbedeutend damit ist, was *gedacht* werden kann) und was durch Sätze nicht gesagt, sondern nur *gezeigt* werden kann; darin besteht, wie ich glaube, das Grundproblem der Philosophie. –
Ich schicke mein Mr. auch an Frege. Er schrieb mir vor einer Woche, und ich schließe daraus, daß er nicht ein Wort von allem versteht. So ist meine einzige Hoffnung, *Dich* bald zu sehen und Dir alles zu erklären, denn es ist *sehr* schwer, von keinem einzigen Menschen verstanden zu werden!
Nun werden wir übermorgen wahrscheinlich das campo concentramento verlassen und nach Hause fahren. Gott sei Dank! – Aber wie können wir uns so bald wie möglich tref-

fen? Ich würde gern nach England kommen, aber Du kannst Dir vorstellen, daß es ziemlich peinlich für einen Deutschen ist, jetzt nach England zu reisen. (Weit mehr als für einen Engländer, nach Deutschland zu kommen.) Aber ich habe wirklich nicht daran gedacht, Dich zu bitten, jetzt nach Wien zu kommen; es schiene mir das Beste, wenn wir uns in Holland oder in der Schweiz träfen. Natürlich werde ich, wenn Du nicht ins Ausland fahren kannst, mein Bestes tun, nach England zu kommen. Bitte schreib mir so bald wie möglich zu diesem Punkt und laß mich wissen, wann Du wahrscheinlich die Ausreiseerlaubnis erhalten kannst. Bitte schreibe nach Wien IV, Alleegasse 16. Was mein Ms. betrifft, bitte schicke es an dieselbe Adresse; aber nur, wenn es eine völlig sichere Möglichkeit gibt, es zu schicken. Andernfalls behalte es bitte. Ich wäre jedoch sehr froh, es bald zu bekommen, da es die einzige korrigierte Abschrift ist, die ich habe. – Meine Mutter schrieb mir, daß sie es sehr bedauert, Deinen Brief nicht erhalten zu haben, aber froh ist, daß Du ihr überhaupt zu schreiben versucht hast.

Nun schreib bald. Beste Wünsche. Immer Dein

Ludwig Wittgenstein

PS. Nach Beendigung des Briefes fühle ich mich versucht, einige Deiner einfacheren Fragen zu beantworten ...[1]

Lieber Russell![2] 20. 9. 20

Dank' Dir für Deinen lieben Brief! Ich habe jetzt eine Anstellung bekommen; und zwar als Volksschullehrer in einem der kleinsten Dörfer; es heißt Trattenbach und liegt 4 Stunden südlich von Wien im Gebirge. Es dürfte wohl das erstemal sein, daß der Volksschullehrer von Trattenbach mit einem Universitätsprofessor in Peking korrespondiert. Wie geht es Dir und was trägst Du vor? Philosophie? Dann wollte ich, ich

1 Das Postskriptum zu diesem Brief wurde wegen seines fachlichen Charakters ausgelassen. Es ist zu finden in Wittgensteins Schriften 1, S. 274 ff, Frankfurt 1960.

2 Die folgenden drei Briefe schrieb Wittgenstein auf Deutsch. (A. d. Ü.)

könnte zuhören und dann mit Dir streiten. Ich war bis vor kurzem *schrecklich bedrückt* und lebensmüde, jetzt aber bin ich etwas hoffnungsvoller und jetzt hoffe ich auch, daß wir uns wiedersehen werden. Gott mit Dir! Und sei herzlich gegrüßt

von Deinem treuen
Ludwig Wittgenstein

[Trattenbach]
23. 10. 21

Lieber Russell!

Verzeih, daß ich Dir erst jetzt auf Deinen Brief aus China antworte. Ich habe ihn sehr verspätet erhalten. Er traf mich nicht in Trattenbach und wurde mir an verschiedene Orte nachgeschickt, ohne mich zu erreichen. – Es tut mir sehr leid, daß Du krank warst; und gar schwer! *Wie geht es denn jetzt?!* Bei mir hat sich nichts verändert. Ich bin immer noch in Trattenbach und bin nach wie vor von Gehässigkeit und Gemeinheit umgeben. Es ist wahr, daß die Menschen im Durchschnitt nirgends sehr viel wert sind; aber hier sind sie viel mehr als anderswo nichtsnutzig und unverantwortlich. Ich werde vielleicht noch dieses Jahr in Trattenbach bleiben, aber länger wohl nicht, da ich mich hier auch mit den übrigen Lehrern nicht gut vertrage. (Vielleicht wird das woanders auch nicht besser sein.) Ja, *das wäre schön,* wenn Du mich einmal besuchen wolltest! Ich bin froh zu hören, daß mein Manuskript in Sicherheit ist. Wenn es je gedruckt wird, wird's mir auch recht sein. –

Schreib mir bald ein paar Zeilen, wie es Dir geht, etc. etc.

Sei herzlich gegrüßt

von Deinem treuen
Ludwig Wittgenstein

Empfiehl mich der Miss Black.

[Trattenbach]
28. 11. 21

Lieber Russell!

Dank Dir vielmals für Deinen lieben Brief. Ehrlich gestanden: es freut mich, daß mein Zeug gedruckt wird. Wenn auch

der Ostwald[1] ein Erzscharlatan ist! Wenn er es nur nicht verstümmelt! Liest Du die Korrekturen? Dann bitte sei so lieb und gib acht, daß er es genau so druckt, wie es bei mir steht. Ich traue dem Ostwald zu, daß er die Arbeit nach seinem Geschmack, etwa nach seiner blödsinnigen Orthographie, verändert. Am liebsten ist es mir, daß die Sache in England erscheint. Möge sie der vielen Mühe die Du und andere mit ihr hatten würdig sein! –
Du hast recht: nicht die Trattenbacher allein sind schlechter, als alle übrigen Menschen; wohl aber ist Trattenbach ein besonders minderwertiger Ort in Österreich und die *Österreicher* sind – seit dem Krieg – bodenlos tief gesunken, daß es zu traurig ist, davon zu reden! So ist es. – Wenn Du diese Zeilen kriegst, ist vielleicht schon Dein Kind auf dieser merkwürdigen Welt. Also: ich gratuliere Dir und Deiner Frau herzlichst. Verzeih, daß ich so lange nicht geschrieben habe; auch ich bin etwas kränklich und riesig beschäftigt. Bitte schreibe wieder einmal, wenn du Zeit hast. Von Ostwald habe ich keinen Brief erhalten. Wenn alles gut geht, werde ich Dich mit tausend Freuden besuchen! Herzlichste Grüße

Dein

Ludwig Wittgenstein

Von C. K. Odgen

The International Library of Psychology

5. Nov. 1921

Lieber Russell,

Kegan Paul bittet mich, Ihnen eine formelle Erklärung für Ihr Dossier bezüglich der Rechte Wittgensteins zu geben.
Ich füge mit einem Umschlag zu Ihrer Verfügung einen Entwurf bei, der zeigt, wie ich es mir etwa vorstelle. Da sie nicht weniger als £ 50 dabei springen lassen können, finde ich es sehr befriedigend, daß es angenommen wurde – obwohl sie natürlich, wenn sie bald eine zweite Auflage machten und der

1 Wilhelm Ostwald, Herausgeber der *Annalen der Naturphilosophie,* in denen der *Tractatus* mit meiner Einleitung 1921 erstmalig erschien.

Druckpreis plötzlich fiele, ihre Kosten heraus hätten. Mir ist immer noch nicht ganz wohl bei dem Titel, und ich möchte nicht das Gefühl haben, daß wir uns in Eile für *Philosophical Logic* entschieden haben. Wenn Sie nach nochmaliger Überlegung immer noch damit zufrieden sind, können wir dabei bleiben. Aber vielleicht gelingt es Ihnen, sich Alternativen auszudenken, die ich vorschlagen könnte.

Moores Spinoza-Titel, den er für so einleuchtend und ideal hält, ist nutzlos, wenn Sie glauben, daß Wittgenstein ihn nicht mag. Ich nehme an, sein *sub specie aeterni* in den letzten Sätzen des Buches und verschiedene lateinische Zitate ließen Moore das Gegenteil denken. Aber als Verkaufstitel ist *Philosophical Logic* besser, wenn es den richtigen Eindruck vermittelt.

Als ich gestern abend im Zug kurz den Sonderdruck überflog, war ich erstaunt, daß Nicod und Miss Wrinch beide so wenig davon halten. Die Grundgedanken scheinen so vernünftig und verständlich – abgesehen von den Buchstabenrätseln. Ich weiß, Sie sind gerade jetzt furchtbar beschäftigt, aber ich würde sehr gerne wissen, warum alle diese Zeichen und Symbole nicht am besten in Bezug auf eine gründliche Kausaltheorie verstanden werden können. Ich meine so etwas wie in der Anlage: – über ›*Sign Situations*‹ (= Kapitel II der ursprünglichen Übersicht). Das ganze Buch, das die Herausgeber *The Meaning of Meaning* nennen wollen, ist nun im Druck; und ehe es zu spät ist, würden wir es gern mit jemandem diskutieren, der sich ernstlich mit Watson beschäftigt hat. Die Leute hier denken immer noch, es gäbe überhaupt kein Problem bei *Meaning,* und obwohl ihre *Analysis of Mind* sie gestört hat, bleibt hier alles ziemlich astrologisch.

Mit den besten Wünschen und herzlichen Grüßen an die Familie,

stets Ihr
C. K. Ogden

PS. Da Sie es vorziehen, daß Wittgenstein auf Deutsch zusammen mit dem Englischen erscheint, halte ich es nach nochmaliger Überlegung für hilfreich, wenn Sie das PS schrieben, das ich eingefügt habe, und ich werde sie weiterdrängen, wenn ich kann.[1]

An Ottoline Morrell

Hotel Continental
Stockholm
25. Juni 1920

Liebste O.,

so weit bin ich auf meiner Rückreise gekommen, und es mag noch eine Weile dauern, bis ich in England eintreffe. Ich habe Allen in einem Pflegeheim in Reval gelassen, er ist nicht mehr in Gefahr, obwohl ihn die Ärzte zweimal aufgegeben hatten. Zum Teil wegen seiner Krankheit, aber vor allem, weil ich die Bolschewiken haßte, war für mich die Zeit in Rußland unendlich schmerzvoll, obwohl es eine der interessantesten Reisen war, die ich je unternommen habe. Der Bolschewismus ist eine exklusive, tyrannische Bürokratie, mit einem raffinierteren und schrecklicheren Spitzelsystem als das des Zaren, und einer ebenso unverschämten wie gefühllosen Aristokratie, die sich aus amerikanisierten Juden zusammensetzt. Es bleibt keine Spur von Freiheit, weder im Denken noch im Reden oder Handeln. Das Gewicht dieser Maschinerie hat mich bedrückt und erstickt wie ein Bleimantel. Trotzdem glaube ich, daß es im Augenblick die richtige Regierung für Rußland ist. Wenn Du Dich fragst, wie man Dostojewskis Charaktere regieren sollte, dann wirst Du es verstehen. Doch es ist schrecklich. Bis zum einfachsten Bauern herunter sind sie ein Volk von Künstlern; die Bolschewiken haben sich zum Ziel gesetzt, sie so weit wie möglich zu industrialisieren und zu Yankees zu machen. Stell Dir in allen Einzelheiten vor, Du würdest von einem Gemisch aus Sidney Webb und Rufus Isaacs regiert, und Du hast ein Bild des modernen Rußland. Ich fuhr in der Hoffnung hin, das gelobte Land zu finden.

Alles Liebe – ich hoffe, ich werde Dich bald sehen. Dein B.

1 Diese Anmerkung erscheint nun am Anfang des *Tractatus.*

Von Emma Goldman

Mrs. E. G. Kerschner
Bei von Puttkamer
Rüdesheimer Str. 3
Wilmersdorf, Berlin
8. Juli [1922]

Mein lieber Mr. Russell,
meine Nichte sandte mir Ihren freundlichen Brief vom 17. Juni an sie. Ich hätte früher geantwortet, aber ich erwartete ihre Ankunft, um mit ihr über die Angelegenheit zu sprechen.

Haben Sie vielen Dank für Ihre Bereitwilligkeit, mir zu helfen. Ich glaube, Sie werden große Schwierigkeiten dabei haben. Wie ich höre, hat das britische Auswärtige Amt solchen Leuten wie Max Eastman vom *Liberator* und dem Journalisten Lincoln Steffens das Visum verweigert. Es ist nicht wahrscheinlich, daß es mir gegenüber gnädiger ist.

Ich habe mich recht amüsiert über Ihren Satz, »wird sie sich nicht auf die gewalttätigeren Formen des Anarchismus einlassen?«. Ich weiß natürlich, daß man mir derartiges nachsagt, aber das war nie durch Tatsachen begründet. Ich würde jedoch nicht gerne mein Recht auf Asyl in England oder irgendeinem anderen Land durch das Versprechen gewinnen, daß ich mich der Äußerung meiner Ideen oder des Protests gegen Ungerechtigkeit enthalte. Die Österreichische Regierung bot mir Asyl an, wenn ich eine solche Zusicherung unterschriebe. Natürlich lehnte ich ab. Das Leben, so wie wir es heute leben, ist nicht viel wert. Es hätte für mich überhaupt keinen Wert mehr, wenn ich dem abschwören müßte, woran ich glaube und wofür ich einstehe.

Unter diesen Bedingungen würde ich, wenn es nicht zu mühevoll ist, jeden Schritt zu meinen Gunsten willkommen heißen, der mir das Recht geben würde, nach England zu kommen. Für den Augenblick werde ich wahrscheinlich eine Verlängerung meines Visums in Deutschland erhalten, weil ich ein Angebot von Harper Bros. aus New York hatte, ein Buch über Rußland zu schreiben.

Nein, die Bolschewiken haben mich nicht gezwungen, Rußland zu verlassen. Zu meiner großen Überraschung gaben sie mir Passierscheine. Sie haben es mir jedoch schwer gemacht, Visa von anderen Ländern zu bekommen. Natürlich können sie die Kritik in den 10 Artikeln nicht ertragen, die ich für die *New York World* im letzten April nach meiner Abreise aus Rußland schrieb. Ihre sehr ergebene Emma Goldman

Emma Goldman erhielt schließlich die Erlaubnis, nach England zu kommen. Ihr zu Ehren wurde ein Dinner gegeben, bei dem auch ich zugegen war. Als sie sich erhob, um zu sprechen, spendete man ihr begeisterten Applaus; aber als sie sich wieder setzte, herrschte tödliche Stille, weil fast ihre ganze Rede gegen die Bolschewiken gerichtet war.

China

Wir fuhren von Marseille aus, auf einem französischen Schiff mit dem Namen *Portos,* nach China. Kurz vor unserer Abfahrt aus London erfuhren wir, daß wegen eines Seuchenfalles an Bord die Überfahrt um drei Wochen verschoben würde. Wir fühlten uns jedoch nicht imstande, das ganze Abschiednehmen noch einmal durchzustehen; deshalb fuhren wir nach Paris und verbrachten dort drei Wochen. Während dieser Zeit beendete ich mein Buch über Rußland und beschloß nach langem Zögern, es zu veröffentlichen. Etwas gegen den Bolschewismus zu sagen, bedeutete selbstverständlich, der Reaktion in die Hände zu spielen, und die meisten meiner Freunde vertraten die Meinung, daß man nicht sagen solle, was man über Rußland denke, wenn es nicht günstig sei. Ich hatte mich jedoch während des Krieges ähnlichen Argumenten von Patrioten gegenüber unzugänglich gezeigt, und es schien mir, daß man auf die Dauer niemandem diene, wenn man seinen Mund hielt. Die Angelegenheit wurde natürlich durch die Frage meiner persönlichen Beziehungen zu Dora sehr kompliziert. In einer heißen Sommernacht stand ich auf, nachdem sie eingeschlafen war, setzte mich auf den Balkon unseres Zimmers und betrachtete die Sterne. Ich versuchte, das Problem ohne hitzige Parteilichkeit zu sehen und bildete mir ein, ein Gespräch mit Kassiopeia zu führen. Es schien mir, daß ich mit den Sternen in größerem Einklang stünde, wenn ich veröffentlichte, was ich über den Bolschewismus dachte. So setzte ich die Arbeit fort und beendete das Buch in der Nacht, bevor wir nach Marseille aufbrachen.

Den größten Teil unserer Zeit in Paris verbrachten wir jedoch auf eine leichtfertige Weise, indem wir Kleider kauften, die sich für das Rote Meer eigneten, und die nötige Aussteuer für eine inoffizielle Heirat. Nach ein paar Tagen in Paris verschwand alle scheinbare Entfremdung zwischen uns, und wir wurden fröhlich und sorglos. Nur auf dem Schiff gab es schwierige Augenblicke. Ich war empfindlich wegen der Verachtung, die Dora über mein Haupt ausgegossen hatte, da ich Rußland nicht mochte. Ich gab ihr zu verstehen, daß wir einen Fehler gemacht hätten, zusammen fortzufahren, und daß der beste Ausweg wäre, in die See zu springen. Doch diese Stimmung, die hauptsächlich durch die Hitze verursacht wurde, ging rasch vorüber.

Die Reise dauerte fünf oder sechs Wochen, so daß wir unsere Mitreisenden ziemlich gut kennenlernten. Die Franzosen gehörten zum großen Teil zum Beamtentum. Sie waren den Engländern weit überlegen, die Kautschukpflanzer oder Geschäftsleute waren. Zwischen den Engländern und Franzosen gab es Streitigkeiten, bei denen wir vermitteln mußten. Einmal bat mich ein Engländer, einen Vortrag über Sowjetrußland zu halten. Im Hinblick auf die Art von Leuten, die sie waren, sagte ich nur Günstiges über die Sowjetregierung, so daß es fast zu einem Aufstand kam, und als wir in Schanghai eintrafen, schickten unsere englischen Mitreisenden ein Telegramm an das Generalkonsulat in Peking und forderten, man möge uns die Landung nicht erlauben. Wir trösteten uns mit dem Gedanken an das, was dem Anführer unserer Feinde in Saigon passiert war. Es gab in Saigon einen Elefanten, dessen Wärter Bananen verkaufte, die dem Elefanten von den Besuchern gegeben wurden. Wir gaben ihm jeder eine Banane, und er verbeugte sich sehr elegant vor uns, doch unser Feind weigerte sich, worauf der Elefant seine makellosen Kleider mit schmutzigem Wasser bespritzte, was ihm der Wärter ebenfalls beigebracht hatte. Vielleicht vergrößerte unser Vergnügen über den Zwischenfall nicht gerade die Liebe des Engländers zu uns.

Als wir in Schanghai ankamen, war erst niemand da, um uns abzuholen. Ich hatte ursprünglich den dunklen Verdacht gehabt, daß die Einladung ein Schabernack sein könne, und, um ihre Realität zu überprüfen, hatte ich die Chinesen dazu gebracht, das Geld für die Überfahrt vor meiner Abreise zu zahlen. Ich dachte, daß nur wenige £ 125 für einen Scherz ausgeben würden, doch als niemand in Schanghai erschien, wurde unsere Befürchtung wieder wach, und wir begannen zu glauben, daß wir vielleicht mit eingezogenem Schwanz wieder nach Hause zurückkehren müßten. Es stellte sich jedoch heraus, daß sich unsere Freunde nur ein wenig in der Ankunftszeit des Schiffes geirrt hatten. Sie erschienen bald an Bord und brachten uns in ein chinesisches Hotel, wo wir drei der verwirrendsten Tage verbrachten, die ich je erlebt habe. Es gab erst einige Schwierigkeiten, mein Verhältnis zu Dora zu erklären. Sie hatten den Eindruck, daß sie meine Frau sei, aber als wir dies verneinten, fürchteten sie, ihr erstes Mißverständnis könne mir unangenehm sein. Ich sagte ihnen, ich wünsche, daß man sie als meine Frau behandle, und sie veröffentlichten eine diesbezügliche Erklärung in den chinesischen Zeitungen. Vom ersten bis zum letzten Augenblick unseres Aufenthaltes in China behandelte jeder Chinese sie mit vollendeter Höflichkeit und mit genau derselben Ehrerbietung, als sei sie tatsächlich meine Frau. Sie taten das, obwohl wir darauf bestanden, daß sie immer »Miss Black« genannt wurde.

Während der Zeit in Schanghai sahen wir zahllose Leute, Europäer, Amerikaner, Japaner, Koreaner und Chinesen. Im Allgemeinen war das Verhältnis der verschiedenen Leute, die uns besuchten, so zueinander, daß sie nicht miteinander sprachen; es konnte zum Beispiel keinen sozialen Kontakt zwischen den japanischen und den koreanischen Christen geben, die wegen Bombenwerfens ausgewiesen worden waren. (In Korea war zu dieser Zeit ein Christ praktisch dasselbe wie ein Bombenwerfer.) So mußten wir unsere Gäste im Empfangsraum an getrennte Tische setzen und den ganzen Tag lang von Tisch zu Tisch gehen. Wir mußten auch einem riesigen Bankett beiwohnen, bei dem verschiedene Chinesen nach dem Essen im besten englischen Stil Reden hielten, mit ebendenselben Scherzen, die bei einer solchen Gelegenheit angebracht sind. Es war unsere erste Erfahrung mit Chinesen, und wir waren über ihren Humor und Redefluß ziemlich überrascht. Ich war mir bis dahin nicht klargeworden, daß ein kultivierter Chinese der kultivierteste Mensch in der Welt ist. Sun Yat-sen lud mich zum Essen ein, aber zu meinen größten Bedauern lag der von ihm vorgeschlagene Abend nach meiner Abreise, und ich mußte ablehnen. Kurz danach ging er nach Kanton, um die nationalistische Bewegung ins Leben zu rufen, die später das ganze Land eroberte. Da es mir nicht möglich war, nach Kanton zu kommen, traf ich nie mit ihm zusammen.

Unsere chinesischen Freunde brachten uns für zwei Tage nach Hang-tschou, um uns den Westsee zu zeigen. Am ersten Tag fuhren wir im Boot um ihn herum, am zweiten Tag wurden wir in Sänften getragen. Es war wunderbar schön – eine Schönheit alter Kultur, die sogar die Italiens übertrifft. Von dort fuhren wir nach Nanking und von Nanking mit dem Schiff nach Hankau. Die Tage auf dem Jangtse waren so angenehm, wie die auf der Wolga schrecklich gewesen waren.

Von Hankau ging es nach Tschangscha, wo eine Erziehungskonferenz im Gange war. Man wollte, daß wir dort eine Woche lang blieben und jeden Tag redeten, aber wir waren beide erschöpft und sehnten uns nach einer Möglichkeit auszuruhen, was uns nach Peking trieb. Daher lehnten wir es ab, mehr als vierundzwanzig Stunden zu bleiben, obwohl der Gouverneur von Hunan persönlich alle nur möglichen Verlockungen für uns bereit hielt, einschließlich eines Sonderzuges bis nach Wutschang.

Um jedoch die Leute von Tschangscha zu versöhnen, hielt ich innerhalb von vierundzwanzig Stunden vier Vorträge, zwei Reden nach dem Dinner und eine Rede nach dem Lunch. Tschangscha war ein Ort ohne moderne Hotels, und die Missionare boten sehr freundlich an, uns unterzubringen, machten jedoch klar, daß Dora mit der einen Gruppe der Missionare bleiben müsse und ich mit der anderen. Wir hielten es daher für das Beste, ihre Einladung auszuschlagen und in einem chinesischen Hotel zu wohnen. Diese Erfahrung war nicht ganz angenehm. Armeen von Wanzen krochen die ganze Nacht lang über unser Bett.

Der Tutschun[1] gab ein prachtvolles Bankett, bei dem wir zum erstenmal mit den Deweys zusammenkamen, die sehr freundlich waren, und später, als ich krank wurde, war John Dewey außergewöhnlich hilfsbereit zu uns beiden. Man erzählte mir, als er mich im Krankenhaus besuchen kam, sei er sehr gerührt gewesen, daß ich in einem Augenblick, als ich nur phantasierte, sagte: »Wir müssen einen Friedensplan machen.« Es waren etwa hundert Gäste beim Bankett des Tutschun. Wir versammelten uns in einer großen Halle und gingen dann in eine andere für das Festmahl, das über alle Maßen üppig war. Mittendrin entschuldigte sich der Tutschun für die außergewöhnliche Einfachheit der Kost und sagte, er denke, daß wir lieber sehen wollten, wie man hier jeden Tag lebe, als mit Pomp behandelt zu werden. Zu meinem größten Kummer fiel mir keine geeignete Erwiderung ein, aber ich hoffe, der Dometscher machte meine mangelnde Schlagfertigkeit wieder wett. Wir verließen Tschangscha inmitten einer Mondfinsternis und sahen, wie große Feuer entzündet wurden und hörten, wie man den Gong schlug, um den Himmlischen Hund zu verjagen, wie es in China bei solchen Anlässen traditioneller Brauch ist. Von Tschangscha reisten wir direkt nach Peking, wo wir uns zum erstenmal seit zehn Tagen waschen konnten.

Unsere ersten Monate in Peking waren eine Zeit absoluten, uneingeschränkten Glücks. Alle Schwierigkeiten und Uneinigkeiten schienen völlig vergessen. Unsere chinesischen Freunde waren reizend. Die Arbeit war interessant und Peking selbst unvorstellbar schön.

Wir hatten einen Hausdiener, einen Koch und einen Rikschajungen. Der Hausdiener sprach ein wenig Englisch, und durch ihn machten wir uns den anderen verständlich. Dieses Verfahren war erfolgreicher, als es in England der Fall gewesen wäre. Wir stellten den Koch einige Zeit, bevor wir in unser Haus zogen, an und sagten ihm, die erste Mahlzeit, die wir haben wollten, sei ein Dinner in einigen Tagen. Selbstverständlich war, als die Zeit kam, das Dinner fertig. Der Haus-

1 Der Militärgouverneur der Provinz.

diener wußte alles. Eines Tages brauchten wir Kleingeld, und wir hatten, was wir für einen Dollar hielten, in einem alten Tisch versteckt. Wir beschrieben ihm den Ort und baten ihn, das Geld zu holen. Doch er antwortete unerschütterlich: »Nein, Madam. Ist schlecht.« Wir nahmen auch gelegentlich die Dienste einer Näherin in Anspruch, die wir im Winter anstellten und im Sommer ihrer Dienste enthoben. Zu unserer Belustigung beobachteten wir, daß sie, während sie im Winter sehr dick gewesen war, nach und nach, als das Wetter wärmer wurde, sehr abmagerte, da sie die dicken Winterkleider allmählich durch elegantere Sommerkleider ersetzte. Wir mußten unser Haus möblieren, was wir mit Hilfe der ausgezeichneten Möbelläden zweiter Hand taten, deren es in Peking viele gibt. Unsere chinesischen Freunde konnten nicht verstehen, daß wir alte chinesische Sachen den modernen Möbeln aus Birmingham vorzogen. Wir hatten einen offiziellen Dolmetscher, der sich um uns kümmern sollte. Sein Englisch war sehr gut, und er war besonders stolz auf seine Fähigkeit, Wortspiele auf Englisch zu machen. Er hieß Mr. Chao, und als ich ihm einen Artikel mit dem Titel *Causes of the present Chaos* zeigte, bemerkte er: »Nun, ich nehme an, die Gründe für das jetzige Chaos sind die früheren Chaos.« Ich freundete mich während unserer Reisen eng mit ihm an. Er war mit einem chinesischen Mädchen verlobt, und ich konnte einige der Schwierigkeiten beheben, die seine Heirat erschwert hatten. Ich höre gelegentlich immer noch von ihm, und ein oder zwei Mal haben er und seine Frau mich in England besucht.

Ich war mit meinen Vorlesungen sehr beschäftigt und hatte auch ein Seminar für fortgeschrittene Studenten. Sie waren alle Bolschewiken, außer einem, der der Neffe des Kaisers war. Sie entwischten einer nach dem anderen nach Moskau. Es waren reizende Jungen, einfallsreich und intelligent, begierig, die Welt kennenzulernen und den Fesseln chinesischer Tradition zu entgehen. Die meisten von ihnen waren in ihrer Kindheit mit altmodischen Mädchen verlobt worden und wurden von der ethischen Frage gequält, ob sie eine

Rechtfertigung hätten, ihre Verlobung zu lösen und ein Mädchen mit moderner Erziehung zu heiraten. Der Abgrund zwischen dem alten China und dem neuen war tief, und die Familienbande waren für den modern eingestellten jungen Mann außerordentlich lästig. Dora pflegte in die Bildungsanstalt der Mädchen zu gehen, wo jene ausgebildet wurden, die Lehrerinnen werden wollten. Sie stellten ihr alle nur möglichen Fragen über Ehe, freie Liebe, Empfängnisverhütung etc., und sie beantwortete sie mit völliger Offenheit. In einer ähnlichen europäischen Anstalt wäre so etwas nicht möglich gewesen. Trotz ihrer Gedankenfreiheit hatten traditionelle Verhaltensgewohnheiten große Macht über sie. Manchmal gaben wir für die jungen Männer in meinem Seminar und die Mädchen der Bildungsanstalt Parties. Die Mädchen flohen zu Beginn in einen Raum, von dem sie annahmen, daß kein Mann dort eindringen werde; man mußte sie erst holen und ermutigen, sich zu den Männern zu gesellen. Es muß jedoch gesagt werden, daß es, sobald das Eis einmal gebrochen war, keiner weiteren Ermutigung mehr bedurfte.

Die Nationale Universität von Peking, wo ich las, war eine sehr bemerkenswerte Institution. Der Rektor und der Prorektor setzten sich leidenschaftlich für die Modernisierung Chinas ein. Der Prorektor war einer der aufrichtigsten Idealisten, die ich je gesehen habe. Die Gelder, von denen die Gehälter gezahlt werden sollten, gingen immer an die Tutschuns, so daß das Lehren hauptsächlich aus Liebe zur Sache geschah. Die Studenten verdienten, was ihre Professoren ihnen zu geben hatten. Sie waren voll glühender Wißbegierde, und die Opfer, die sie für ihr Land zu bringen bereit waren, kannten keine Grenzen. Die Atmosphäre war durch die Hoffnung auf ein großes Erwachen wie elektrisch geladen. Nach Jahrhunderten des Schlafes wurde sich China der modernen Welt bewußt, und zu jener Zeit waren die Reformer noch frei von der Unlauterkeit und den Kompromissen, die Hand in Hand mit der Regierungsverantwortung gehen. Die Engländer spotteten über die Reformer und sagten, China werde immer China bleiben. Sie versicherten mir,

es sei dumm, auf das seichte Geschwätz unreifer junger Männer zu hören. Doch innerhalb von wenigen Jahren hatten diese unreifen jungen Männer China erobert und die Engländer um einige ihrer liebsten Privilegien gebracht.
Seit der Machtübernahme der Kommunisten in China ist die Politik der Briten gegenüber diesem Land ein wenig aufgeklärter gewesen als die der Vereinigten Staaten, aber bis dahin war das genaue Gegenteil der Fall. Im Jahr 1926 feuerten britische Truppen bei drei verschiedenen Anlässen in unbewaffnete Gruppen chinesischer Studenten, wobei sie viele töteten und verwundeten. Ich prangerte diese Gewalttätigkeit in einem grimmigen Artikel an, der erst in ganz England und dann in ganz China veröffentlicht wurde. Ein amerikanischer Missionar in China, mit dem ich korrespondierte, kam kurz danach nach England und erzählte mir, die Entrüstung in China sei so groß gewesen, daß sie das Leben aller in diesem Land wohnenden Engländer gefährdet hätte. Er sagte sogar – obwohl ich das kaum glauben konnte –, daß die Engländer ihren Weiterbestand in China mir verdankten, denn ich hätte rasende Chinesen zu dem Schluß gebracht, daß nicht alle Engländer schlecht seien. Wie dem auch sei, ich zog mir nicht nur die Feindschaft der Engländer in China, sondern auch der Britischen Regierung zu.
Die Weißen in China wußten über viele Dinge nicht Bescheid, die unter Chinesen allgemein bekannt waren. Einmal gab mir meine (amerikanische) Bank Bankschecks, die von einer französischen Bank ausgegeben worden waren, und ich stellte fest, daß chinesische Kaufleute sie nicht annehmen wollten. Man zeigte sich in meiner Bank erstaunt und gab mir statt dessen andere Schecks. Drei Monate später war die französische Bank bankrott, zur Überraschung aller anderen weißen Banken in China.
Der Engländer im Osten ist, soweit ich mir ein Bild über ihn machen konnte, ein Mann, der völlig ohne jeden Kontakt mit seiner Umwelt lebt. Er spielt Polo und geht in seinen Klub. Er bezieht seine Vorstellung von der eingeborenen Kultur aus den Werken von Missionaren aus dem 18. Jahrhundert,

und betrachtet im Osten die Intelligenz mit der gleichen Verachtung wie die Intelligenz in seinem eigenen Land. Zum Nachteil für unseren politischen Scharfsinn übersieht er die Tatsache, daß im Osten Intelligenz geachtet wird, so daß aufgeklärte Radikale einen Einfluß auf die Dinge haben, der ihren englischen Gegenspielern versagt ist. MacDonald ging in Kniehosen nach Windsor, doch die chinesischen Reformer erwiesen ihrem Kaiser keinen solchen Respekt, obwohl unsere Monarchie, verglichen mit der chinesischen wie von gestern erscheint.

Meine Ansichten darüber, was in China getan werden sollte, habe ich in meinem Buch *The Problem of China* dargelegt und werde sie daher hier nicht wiederholen.

Trotz des Umstandes, daß es in China gärte, schien es uns im Vergleich zu Europa ein Land voll philosophischer Ruhe. Einmal in der Woche kam die Post aus England, und die Briefe und Zeitungen, die von dort eintrafen, schienen uns eine ungesunde Hitze entgegenzuatmen, wie wenn man plötzlich eine Ofentür öffnet. Da wir sonntags arbeiten mußten, gewöhnten wir uns an, am Montag freizunehmen, und gewöhnlich verbrachten wir den ganzen Tag im Tempel des Himmels, dem schönsten Gebäude, das ich je das Glück gehabt habe zu sehen. Wir saßen dann in der Wintersonne, sprachen nur wenig, nahmen allmählich den Frieden in uns auf, und wir gingen wieder fort, bereit, der Verrücktheit und Leidenschaft unseres eigenen, unsinnigen Kontinents mit Haltung und Ruhe zu begegnen. Manchmal promenierten wir auf den Stadtmauern von Peking. Besonders lebhaft erinnere ich mich an den Spaziergang eines Abends, als wir bei Sonnenuntergang aufbrachen und das Aufgehen des Vollmonds miterlebten.

Die Chinesen haben (oder hatten) einen Sinn für Humor, den ich sehr geistesverwandt fand. Vielleicht hat ihn der Kommunismus getötet, aber als ich dort war, erinnerten sie mich ständig an die Leute in ihren alten Büchern. An einem heißen Tag luden mich zwei dicke Geschäftsleute mittleren Alters ein, mit ihnen aufs Land zu fahren und eine sehr berühmte,

halb verfallene Pagode anzusehen. Als wir ankamen, kletterte ich die spiralenförmige Treppe hinauf, und glaubte, sie würden mir folgen. Doch als ich oben angelangt war, sah ich sie immer noch unten stehen. Ich fragte, warum sie nicht mitgekommen seien, und sie erwiderten mit ungeheurem Ernst: »Wir dachten daran, hinaufzukommen und diskutierten, ob wir es tun sollten. Viele gewichtige Argumente wurden auf beiden Seiten vorgebracht, schließlich aber kam eines, das uns bestimmte. Die Pagode kann jeden Augenblick einstürzen, und wir dachten, daß es gut sei, wenn es jemand gibt, der Zeugnis davon ablegen kann, wie der Philosoph starb.«
Sie wollten sagen, daß es heiß und sie sehr dick seien.
Viele Chinesen haben jenen verfeinerten Humor, der darin besteht, sich über einen Spaß mehr zu freuen, wenn ihn der andere nicht versteht. Als ich Peking verließ, gab mir ein chinesischer Freund einen langen klassischen Text, der mikroskopisch klein mit der Hand auf eine sehr schmale Oberfläche gestochen war; außerdem gab er mir denselben Text in wunderbarer Handschrift. Als ich fragte, was darin stünde, antwortete er: »Fragen Sie Professor Giles, wenn Sie nach Hause kommen.« Ich folgte seinem Rat und stellte fest, daß es sich um den »Rat des Weisen« handelte, wobei der Weise seinen Kunden lediglich rät, zu tun, was sie wollten. Er machte sich über mich lustig, weil ich mich stets weigerte, den Chinesen bei ihren unmittelbaren politischen Schwierigkeiten zu raten.
Das Klima in Peking ist im Winter sehr kalt. Der Wind bläst fast immer von Norden und bringt eine eisige Luft aus den Bergen der Mongolei. Ich zog mir eine Bronchitis zu, aber achtete nicht darauf. Sie schien besser zu werden, und eines Tages fuhren wir auf Einladung einiger chinesischer Freunde zu einem zwei Autostunden von Peking entfernt liegenden Ort, wo es heiße Quellen gab. Das Hotel servierte einen sehr guten Tee, und jemand bemerkte, daß es unklug sei, zu viel zum Tee zu essen, da dies das Abendessen verderbe. Ich widersprach dieser Vorsicht mit der Begründung, daß das Jüngste Gericht dazwischenkommen könne. Ich hatte recht,

denn es dauerte drei Monate, bis ich wieder eine ordentliche Mahlzeit aß. Nach dem Tee bekam ich plötzlich Schüttelfrost, und nachdem das etwa eine Stunde gedauert hatte, beschlossen wir, es sei das Beste, sofort nach Peking zurückzukehren. Auf dem Rückweg hatte unser Auto eine Reifenpanne, und als der Reifen geflickt war, war die Maschine kalt. Inzwischen war ich fast im Delirium, aber die chinesischen Diener und Dora schoben das Auto auf einen Hügel, und beim Herabrollen begann die Maschine allmählich wieder zu laufen. Durch diese Verzögerung waren die Tore Pekings bei unserer Ankunft geschlossen, und man mußte eine Stunde lang telefonieren, bis geöffnet wurde. Als wir schließlich nach Hause kamen, war ich ernstlich krank. Bevor ich überhaupt merkte, was geschah, hatte ich das Bewußtsein verloren. Ich wurde in ein deutsches Krankenhaus gebracht, wo mich Dora bei Tag und die einzige englische Berufsschwester in Peking bei Nacht pflegte. Vierzehn Tage lang glaubten die Ärzte jeden Abend, ich werde vor dem Morgen tot sein. Aus dieser Zeit erinnere ich mich an nichts als an ein paar Träume. Als ich wieder zu mir kam, wußte ich nicht, wo ich war, und erkannte die Schwester nicht. Dora sagte mir, ich sei sehr krank gewesen und wäre beinahe gestorben, worauf ich erwiderte: »Wie interessant«, aber ich war so schwach, daß ich es in fünf Minuten wieder vergaß, und sie es mir wieder sagen mußte. Ich konnte mich noch nicht einmal an meinen eigenen Namen erinnern. Aber obwohl man mir noch etwa einen Monat nach meinem Delirium sagte, ich könne jeden Augenblick sterben, glaubte ich kein Wort davon. Die Schwester, die man gefunden hatte, hatte sich in ihrem Beruf ausgezeichnet und war während des Krieges Oberschwester in einem Krankenhaus in Serbien gewesen. Die Deutschen hatten das ganze Krankenhaus erobert und die Schwester nach Bulgarien gebracht. Sie wurde nie müde, mir zu erzählen, wie vertraut sie mit der Königin von Bulgarien gewesen sei. Sie war eine zutiefst religiöse Frau und sagte mir, als es mir besser zu gehen begann, sie habe ernstlich erwogen, ob es nicht ihre Pflicht sei, mich sterben zu lassen. Glücklicherweise war ihre berufliche Erziehung stärker gewesen, als ihr moralisches Gefühl.

Während meiner ganzen Rekonvaleszenz war ich, trotz Schwäche und großer physischer Unannehmlichkeiten, ungemein glücklich. Dora war sehr aufopfernd, und ihre Hingabe ließ mich alles Unangenehme vergessen. Zu Beginn der Rekonvaleszenz entdeckte sie, daß sie schwanger war, und das war eine Quelle unendlichen Glücks für uns beide. Seit dem Augenblick, als ich mit Alys durch Richmond Green spazierte, war der Wunsch nach Kindern in mir immer stärker geworden, bis er schließlich zu einer verzehrenden Leidenschaft wurde. Als ich entdeckte, daß ich nicht nur selbst überleben, sondern auch ein Kind haben werde, wurden mir die Umstände meiner Genesung völlig gleichgültig, obwohl ich währenddessen eine ganze Reihe kleinerer Leiden hatte. Das Hauptleiden war eine doppelte Lungenentzündung gewesen, aber zusätzlich hatte ich noch ein Herzleiden, ein Nierenleiden, Ruhr und Venenentzündung. Nichts hinderte mich jedoch daran, völlig glücklich zu sein, und trotz aller düsteren Prognosen blieben nach meiner Genesung keinerlei Krankheitsspuren zurück.

In meinem Bett zu liegen und zu fühlen, daß ich nicht sterben werde, war überraschend herrlich. Ich hatte mir bis dahin immer eingebildet, daß ich im Grunde pessimistisch sei und das Leben nicht sonderlich schätze. Doch ich entdeckte, daß ich mich völlig geirrt hatte und mir das Leben unendlich süß war. In Peking regnet es selten, aber während meiner Genesung gab es schwere Regenfälle, die den köstlichen Duft feuchter Erde durch die Fenster brachten, und ich dachte oft, wie schrecklich es gewesen wäre, wenn ich diesen Geruch nie mehr gerochen hätte. Dasselbe fühlte ich beim Licht der Sonne und dem Geräusch des Windes. Dicht vor meinem Fenster standen einige schöne Akazien, die gerade zu blühen begannen, als es mir bereits gut genug ging, mich darüber freuen zu können. Ich habe seitdem immer gewußt, daß ich im Grunde froh bin zu leben. Die meisten Leute wissen das zweifellos schon immer, aber ich wußte es nicht.

Man erzählte mir, daß die Chinesen gesagt hätten, sie würden mich am Westsee begraben und einen Tempel zu meinem Gedächtnis bauen. Ich fühle ein leises Bedauern, daß dies nicht geschehen ist, denn ich hätte ein Gott werden können, was für einen Atheisten sehr »chic« gewesen wäre.

Es gab zu dieser Zeit in Peking eine sowjetische diplomatische Mission, deren Mitglieder sich als sehr freundlich erwiesen. Sie hatten den einzigen guten Champagner in Peking und lieferten ihn ausgiebig zu meinem Gebrauch, da Champagner anscheinend das einzig geeignete Getränk für Patienten mit Lungenentzündung ist. Sie pflegten erst Dora und später Dora und mich auf Autotouren in die Umgebung Pekings mitzunehmen. Das war ein Vergnügen, aber ziemlich aufregend, denn sie waren beim Autofahren genau so kühn wie bei Revolutionen.

Ich verdanke mein Leben wahrscheinlich dem Rockefeller Institut in Peking, das ein Serum beschaffte, mit dem die Pneumokokken getötet wurden. Ich schulde diesen Leuten um so mehr Dank, als ich sie vorher und nachher heftig politisch bekämpfte und sie mir gegenüber ebenso viel Widerwillen empfanden wie meine Krankenschwester.

Japanische Journalisten quälten Dora unaufhörlich, ihnen Interviews zu geben, wenn sie mich pflegen wollte. Schließlich wurde sie ein wenig schroff zu ihnen, was die japanischen Zeitungen veranlaßte zu sagen, ich sei tot. Diese Nachricht gelangte postwendend von Japan nach Amerika und von Amerika nach England. Sie erschien in der englischen Zeitung am gleichen Tag wie die Nachricht von meiner Scheidung. Glücklicherweise glaubte das Gericht nicht daran, sonst wäre die Scheidung vielleicht aufgeschoben worden. Das verschaffte mir das Vergnügen, meine Todesanzeige zu lesen, was ich mir immer gewünscht hatte, ohne zu erwarten, diesen Wunsch je erfüllt zu sehen. Ich erinnere mich daran, daß eine Missionszeitung eine Todesanzeige von einem Satz brachte: »Missionaren mag vergeben werden, wenn sie bei der Nachricht vom Tode Bertrand Russells erleichtert aufseufzen.« Ich fürchte, sie haben einen Seufzer anderer Art ausgestoßen, als sie hörten, daß ich doch nicht tot sei. Der Bericht verursachte Freunden in England einigen Schmerz. Wir in Peking wußten nichts davon, bis ein Telegramm von meinem Bruder kam, der fragte, ob ich immer noch lebe. Er hatte mittlerweile gemerkt, daß in Peking zu sterben nicht zu der Art von Dingen gehörte, die ich tun würde.

Das lästigste Stadium meiner Genesung war, als ich Venenentzündung hatte, und sechs Wochen lang bewegungslos auf dem Rücken liegen mußte. Es lag uns sehr daran, zur Niederkunft nach Hause zurückzukehren, und als die Zeit verging, schien es zweifelhaft, ob dies möglich sein würde. Unter diesen Umständen war es schwierig, nicht ungeduldig zu sein, um so mehr als die Ärzte sagten, man könne nichts anderes tun als warten. Doch die Beschwerden legten sich gerade zur rechten Zeit, und am 10. Juli konnten wir Peking verlassen, obwohl ich immer noch sehr schwach war und nur mit Hilfe eines Stockes einherhumpeln konnte.

Kurz nach meiner Rückkehr aus China beschloß die Britische Regierung, sich mit der Frage der »Boxer-Entschädigung« zu befassen. Als die Boxer besiegt worden waren, sah der darauffolgende Friedensvertrag vor, daß die chinesische Regierung eine jährliche Summe an alle jene europäischen Mächte zahlen sollte, die dadurch geschädigt worden waren. Die Amerikaner beschlossen klugerweise, auf die bezüglichen Zahlungen zu verzichten. Freunde Chinas in England drängten England vergeblich, dasselbe zu tun. Schließlich beschloß man, die Chinesen anstelle einer Strafzahlung eine Zahlung leisten zu lassen, die sowohl China wie auch England zugute käme. Die Form dieser Zahlung sollte von einem Komitee festgelegt werden, dem auch zwei Chinesen angehören sollten. MacDonald, der damals Premierminister war, forderte Lowes Dickinson und mich auf, Mitglieder des Komitees zu werden, und billigte unsere Empfehlungen von V. K. Ting und Hu Shih als chinesische Mitglieder. Doch als kurz danach die Regierung MacDonalds stürzte, unterrichtete die darauf folgende konservative Regierung Lowes Dickinson und mich, daß man unsere Dienste nicht mehr brauche und weder V. K. Thing noch Hu Shih als chinesische Mitglieder akzeptiere, mit der Begründung, daß wir nichts über China wüßten. Die chinesische Regierung erwiderte, sie wünsche die beiden von mir vorgeschlagenen Chinesen und niemanden sonst. Das setzte den sehr schwachen Bemühungen, sich die chinesische Freundschaft zu erhalten, ein Ende. Das einzige, was man während der freundschaftlichen Labour-Periode gesichert hatte, war, daß Schantung einen Golfplatz für die britische Marine bekommen und dem chinesischen Handel nicht mehr länger offenstehen solle.

Bevor ich krank wurde, hatte ich mich verpflichtet, nach meiner Abreise aus China eine Vorlesungsreise durch Japan zu machen. Das mußte ich auf einen Vortrag und einige Besuche beschränken. Wir verbrachten zwölf hektische Tage in Japan, Tage, die keineswegs angenehm, wenn auch sehr interessant waren. Im Gegensatz zu den Chinesen mangelte es den Japanern an guten Manieren, und sie waren nicht imstande, Zudringlichkeiten zu vermeiden. Da ich noch immer sehr schwach war, bemühten wir uns, alle unnötigen Anstrengungen zu vermeiden, aber es war schwer, mit den Journalisten fertig zu werden. Im ersten Hafen, den unser Schiff anlief, lagen einige dreißig Journalisten auf der Lauer, obwohl wir unser Bestes getan hatten, geheim zu reisen, und sie unsere Route nur durch die Polizei erfuhren. Da die japanischen Zeitungen sich geweigert hatten, die Nachricht meines Todes zu widerrufen, gab Dora jedem von ihnen einen getippten Zettel, auf dem stand, da ich tot sei, könne ich nicht interviewt werden. Sie zogen die Luft durch die Zähne ein und sagten: »Ah! veree funnee!«

Wir fuhren erst nach Kobe, um Robert Young, den Herausgeber der *Japan Chronicle* zu besuchen. Als sich das Schiff dem Kai näherte, sahen wir riesige Prozessionen mit Fahnen aufmarschieren, und zur Überraschung derer, die Japanisch konnten, hießen mich einige dieser Fahnen willkommen. Es stellte sich heraus, daß gerade ein großer Streik in den Docks war und die Polizei keine Prozessionen außer zu Ehren von hochstehenden Ausländern duldete, so daß dies ihre einzige

Möglichkeit zu einer Demonstration war. Die Streikenden wurden von einem christlichen Pazifisten namens Kagawa angeführt, der mich mit zu den Streikversammlungen nahm, auf deren einer ich sprach. Robert Young war ein reizender Mann, der, da er England in den achtziger Jahren verlassen hatte, nicht von der anschließenden Dekadenz des Denkens berührt war. In seinem Arbeitszimmer hatte er ein großes Bild von Bradlaugh hängen, für den er ehrfurchtsvolle Bewunderung hegte. Ich glaube, seine Zeitung war die beste, die ich je gesehen habe, und er hatte mit einem Kapital von £ 10 angefangen, die er sich von seinen Honoraren als Komponist abgespart hatte. Er fuhr mich nach Nara, einem Ort von erlesener Schönheit, wo man das alte Japan noch sehen konnte. Anschließend fielen wir in die Hände des unternehmenden Herausgebers einer modernen Zeitschrift mit dem Namen *Kaizo*, der uns durch Kioto und Tokio führte, und sich immer darum kümmerte, daß die Journalisten wüßten, wann wir kämen, so daß wir ständig von Blitzlichtern verfolgt und selbst im Schlaf noch photographiert wurden. In beiden Orten luden sie viele Professoren ein, uns zu besuchen. In beiden Orten wurden wir mit der größten Unterwürfigkeit behandelt und von Polizeispionen verfolgt. Das Hotelzimmer neben dem unseren war ständig von einer Gruppe Polizisten mit einer Schreibmaschine besetzt. Die Kellner behandelten uns, als seien wir königliche Hoheiten und gingen rückwärts aus dem Raum. Wir sagten dann: »Zum Teufel mit diesem Kellner«, und sofort hörten wir die Schreibmaschine der Polizisten klicken. Sobald ich mich bei den Professorenparties zu unseren Ehren mit jemandem lebhaft zu unterhalten begann, wurde ein Blitzlichtbild aufgenommen, mit dem Ergebnis, daß die Unterhaltung natürlich unterbrochen wurde.

Die Haltung der Japaner gegenüber Frauen ist ein wenig primitiv. In Kioto hatten wir beide Moskitonetze mit Löchern darin, so daß wir die halbe Nacht lang von den Moskitos wach gehalten wurden. Ich beschwerte mich am nächsten Morgen darüber. Am nächsten Abend war mein

Moskitonetz geflickt, aber nicht das Doras. Als ich mich am nächsten Tag wieder beschwerte, sagten sie: »Aber wir wußten nicht, daß es bei der Lady etwas ausmachte.« Einmal, als wir in einem Vorortzug mit der Historikerin Eileen Power fuhren, die ebenfalls durch Japan reiste, waren keine Plätze frei, aber ein Japaner stand freundlich auf und bot mir seinen Platz an. Ich überließ ihn Dora. Daraufhin bot mir ein anderer Japaner *seinen* Platz an. Ich überließ ihn Eileen Power. Inzwischen waren die Japaner so angeekelt von meinem unmännlichen Benehmen, daß es fast zu einem Tumult kam.

Wir begegneten nur einer Japanerin, die wir wirklich mochten, einer Miss Ito. Sie war jung und schön und lebte mit einem bekannten Anarchisten zusammen, von dem sie einen Sohn hatte. Dora sagte zu ihr: »Haben Sie nicht Angst, daß die Behörden Ihnen etwas tun?« Sie machte mit ihrer Hand einen Schnitt über die Kehle und antwortete: »Ich weiß, daß sie das früher oder später tun werden.« Zur Zeit des Erdbebens kamen Polizisten in das Haus, wo sie mit dem Anarchisten lebte, und fanden ihn und sie und einen kleinen Neffen, den sie für ihren Sohn hielten, und sagten, man erwarte sie auf der Polizeistation. Als sie dort ankamen, wurden sie in getrennte Räume gebracht und von den Polizisten erwürgt, die prahlten, sie hätten nicht viel Mühe mit dem Kind gehabt, da es ihnen gelungen sei, sich auf dem Weg zur Polizeistation mit ihm anzufreunden. Die betreffenden Polizisten wurden Nationalhelden, und Schulkinder mußten Aufsätze zu ihrem Ruhm schreiben.

Wir unternahmen bei großer Hitze eine zehnstündige Reise von Kioto nach Jokohama. Kurz nach Einbruch der Dunkelheit kamen wir an und wurden von einer Reihe von Magnesiumexplosionen empfangen, deren jede Dora zusammenfahren ließ und meine Angst vor einer Fehlgeburt vergrößerte. Ich wurde toll vor Wut – das einzige Mal seit ich versucht hatte, Fitzgerald zu erwürgen.[1] Ich verfolgte die Kerle mit den Blitzlichtern, aber da ich hinkte, konnte ich sie nicht

1 Vgl. Band I, S. 56.

fangen, was mein Glück war, denn ich hätte bestimmt einen Mord begangen. Einem kühnen Photographen gelang es, mich mit blitzenden Augen zu photographieren. Ich hätte nie gedacht, daß ich so völlig wahnsinnig aussehen könnte. Dieses Photo war meine Einführung in Tokio. Ich empfand in diesem Augenblick dieselbe Art von Erregung, die die in Indien lebenden Engländer während der Meuterei gefühlt haben mußten, oder Weiße, die von einer rebellischen farbigen Bevölkerung umringt sind. Es wurde mir dann klar, daß der Wunsch, seine Familie vor Schaden durch eine fremde Rasse zu schützen, wahrscheinlich zu den wildesten und leidenschaftlichsten Gefühlen gehört, deren der Mensch fähig ist. Meine letzte Erfahrung mit Japan war die Veröffentlichung in einer patriotischen Zeitung von etwas, was angeblich meine Abschiedsbotschaft an die japanische Nation sein sollte und ihr nahelegte, chauvinistischer zu sein. Ich hatte weder diese noch irgendeine andere Abschiedsbotschaft an diese oder eine andere Zeitung geschickt.
Wir fuhren von Jokohama zurück und wurden von dem Anarchisten Ozuki und Miss Ito verabschiedet. Auf der *Empress of Asia* erlebten wir einen plötzlichen Wechsel in der sozialen Atmosphäre. Doras Zustand war für die Allgemeinheit noch nicht sichtbar, aber wir sahen, wie der Schiffsarzt einen fachmännischen Blick auf sie warf, und erfuhren, daß er seine Beobachtungen den Passagieren mitgeteilt hatte. Infolgedessen wollte fast niemand mit uns sprechen, obwohl jeder begierig war, uns zu photographieren. Die einzigen Leute, die sich gerne mit uns unterhielten, waren der Geiger Mischa Elman und seine Begleiter. Da alle anderen auf dem Schiff mit ihm zu sprechen wünschten, ärgerten sie sich ziemlich darüber, daß er immer in unserer Gesellschaft war. Nach einer ereignislosen Reise langten wir Ende August in Liverpool an. Es regnete heftig, und jeder beklagte sich über die Trockenheit, so daß wir merkten, daß wir zu Hause angelangt waren. Doras Mutter war am Kai, teils um uns willkommen zu heißen, teils jedoch, um Dora weise Ratschläge zu erteilen, was zu tun sie fast zu schüchtern war. Am 27. September

wurden wir getraut, nachdem es uns gelungen war, den Staatsanwalt zu drängen, obwohl das fast erforderte, daß ich auf dem Bahnsteig von Charing Cross beim Allmächtigen Gott schwor, Dora sei die Frau, mit der ich offiziell Ehebruch begangen hatte. Am 16. November wurde mein Sohn John geboren, und von diesem Augenblick an waren meine Kinder für viele Jahre das Hauptinteresse in meinem Leben.

Briefe

Von Johnson Yuan

6 Yu Yang Li
Avenue Joffre
Schanghai, China
6. Okt. [Nov.?] 1920

Sehr geehrter Mr. Russell,
wir freuen uns sehr, daß der größte Sozialphilosoph der Welt hier nach China kommt, um die chronische Gedankenkrankheit der chinesischen Studenten zu heilen. Seit 1919 scheinen die studentischen Kreise die größte Hoffnung für die Zukunft Chinas zu sein; denn sie sind bereit, eine revolutionäre Ära in der Gesellschaft Chinas willkommenzuheißen. Dieses Jahr hat Dr. John Dewey die intellektuellen Kreise mit großem Erfolg beeinflußt.
Ich wage es, die meisten chinesischen Studenten zu vertreten und Ihnen ein paar Worte zu sagen.
Obwohl Dr. Dewey hier erfolgreich ist, sind die meisten unserer Studenten mit seinen konservativen Theorien nicht zufrieden. Denn die meisten von uns wollen sich ein Wissen über Anarchismus, Syndikalismus, Sozialismus etc. erwerben, mit einem Wort, es liegt uns daran, die sozialrevolutionären Philosophien kennenzulernen. Wir sind Anhänger Mr. Kropotkins, und unser Ziel ist eine anarchistische Gesellschaft in China. Wir hoffen, daß Sie, Sir, uns die Grundlagen der gesamten Sozialphilosophie geben werden, auf der der Anarchismus basiert. Außerdem möchten wir,

daß Sie die Theorie des amerikanischen Philosophen Dr. Dewey wieder korrigieren. Wir hoffen, daß Sie absolute Freiheit in China haben, anders als in England. Daher hoffen wir, Sie werden größeren Erfolg hier haben als Dr. Dewey. Ich selbst bin ein altes Mitglied der Pekinger Regierungs-Universität und bin Ihnen oft in Schanghai begegnet, das erstemal im *Great Oriental Hotel* bei Ihrem Abendempfang.

Bei dem Motto von Lao-tse, das Sie oft gebrauchten, sollte das erste Wort geändert werden, da »Schöpfung ohne Besitz...« besser ist als die frühere Übersetzung; und es entspricht besser dem, was sie den »kreativen Impuls und den possessiven Impuls« genannt haben. Teilen Sie meine Meinung?

Ihr brüderlicher Genosse
Johnson Yuan
(Sekretär der chinesischen anarchistisch-kommunistischen Vereinigung)

Von ›The General Educational Association‹ von Hunan

Tschangscha
11. Oktober 1920

Sehr geehrter Mr. Russell,

wir möchten Sie davon unterrichten, daß das Erziehungssystem unserer Provinz noch in den Kinderschuhen steckt und überdies unglücklicherweise noch durch die furchtbaren Störungen des Bürgerkriegs der letzten Jahre geschwächt ist, so daß wir Führung und Hilfe bei weisen Gelehrten suchen müssen.

Das Ausmaß, das Ihre moralische und intellektuelle Macht erreicht hat, ist so groß, daß alle Leute in diesem Land die größte Hochachtung vor Ihnen haben. Wir aus Hunan wünschen uns inständig, Ihre machtvolle Belehrung als Kompaß zu haben.

Vor einigen Tagen ersuchten wir Sie durch Mr. Lee Shuhtseng, unseren Vertreter in Schanghai, Hunan zu besuchen, und wir sind für Ihre freundliche Zusage sehr dankbar. Eine allgemeine Versammlung wird daher für den 25. des

Monats anberaumt werden, um Ihre instruktiven Ratschläge entgegenzunehmen. Wir beauftragen Mr. Kun Chao-Shuh, Sie herzlich in unserem Namen willkommen zu heißen. Bitte kommen Sie so bald wie möglich. Wir sind, Sir, Ihre

gehorsamen Diener
›The General Educational
Association‹ von Hunan
(Siegel)

An die ›Nation‹[1]
schrieb ich den folgenden Bericht auf dem Jangtsekiang

28. Okt. 1920

Seit unserer Landung in China sind höchst seltsame und interessante Tage vergangen, die wir bisher ausschließlich mit mehr oder weniger europäisierten chinesischen Studenten und Journalisten verbrachten. Ich habe zahllose Reden gehalten – über Einstein, Erziehung und soziale Fragen. Der Wissensdurst bei den Studenten ist ganz außerordentlich. Wenn man zu sprechen anfängt, haben ihre Augen den Ausdruck von Verhungernden, die mit einem Festmahl beginnen. Überall behandelt man mich mit einer höchst peinlichen Verehrung. Am Tag nach meiner Landung in Schanghai gab man uns ein großes Dinner, bei dem man mich als Konfuzius den Zweiten willkommen hieß. In allen chinesischen Zeitungen in Schanghai war an jedem Tag mein Bild. Wir beide, Miss Black und ich, mußten in zahllosen Schulen, Lehrerversammlungen, Kongressen etc. sprechen. Es handelt sich um ein Land seltsamer Gegensätze. Der größte Teil Schanghais ist ganz europäisch, fast amerikanisch; die Straßennamen, Bekanntmachungen und Anzeigen sind auf Englisch (und auf Chinesisch). In den Gebäuden befinden sich prachtvolle Büros und Banken; alles sieht sehr luxuriös aus. Aber die Seitenstraßen sind immer noch ganz chinesisch. Schanghai ist eine große Stadt, etwa so groß wie Glasgow. Die Europäer sehen fast alle gemein und krank aus. Eine der

1 In der *Nation* am 8. Januar 1921 veröffentlicht.

führenden chinesischen Zeitungen lud uns zum Lunch in ein modernes Gebäude ein, das 1917 fertiggestellt wurde, mit der modernsten Ausstattung (außer Linotype), das für chinesische Buchstaben nicht benutzt werden kann). Die Redaktionsmitglieder veranstalteten für uns im obersten Stock des Hauses ein chinesisches Essen mit chinesischem Reiswein und unzähligen Gerichten, die wir mit Stäbchen aßen. Als wir mit dem Essen fertig waren, sagten sie, einer von ihnen sei ein Liebhaber altchinesischer Musik und würde gern für uns spielen. So holte er ein Instrument mit sieben Saiten hervor, das er selbst nach alten Vorbildern aus schwarzem, zweitausendjährigem Holz aus einem Tempel gemacht hatte. Man spielt das Instrument wie eine Gitarre mit den Fingern, aber es liegt flach auf dem Tisch und wird nicht in der Hand gehalten. Man versicherte uns, daß die von ihm gespielte Musik viertausend Jahre alt sei, aber ich hielt dies für übertrieben. Auf jeden Fall war sie erlesen schön, sehr zart, zugänglicher für ein europäisches Ohr als die neuere Musik (von der ich eine ganze Menge gehört habe). Als die Musik geendet hatte, verwandelten sie sich wieder in eine Schar beschäftigter Journalisten.

Von Schanghai aus fuhren uns unsere chinesischen Freunde für drei Nächte nach Hang-tschou am Westsee, von dem man sagt, er sei der landschaftlich schönste Ort in China. Dort verbrachten wir richtige Ferien. Der Westsee ist nicht groß – etwa von der Größe von Grasmere – er ist von bewaldeten Hügeln umgeben, auf denen unzählige Pagoden und Tempel stehen. Dichter und Kaiser haben ihn jahrtausendelang verschönt. (Offensichtlich waren Dichter im alten China so reich wie Finanzleute im modernen Europa.) Wir verbrachten einen Tag auf den Hügeln – ein zwölfstündiger Ausflug in Sänften –, am nächsten besichtigten wir die Landhäuser, Klöster etc. auf den Inseln im See.

Die chinesische Religion ist merkwürdig heiter. Wenn man in einem Tempel ankommt, erhält man eine Zigarette und eine Tasse köstlich duftenden Tees. Dann wird man umhergeführt. Der Buddhismus, den man sich asketisch vorstellt, ist hier ganz fröhlich. Die Heiligen haben fette Bäuche und sind als Leute dargestellt, die das Leben in vollen Zügen genießen. Niemand scheint an die Religion zu glauben, nicht einmal die Priester. Trotzdem sieht man viele reiche, neue Tempel.

Die Landhäuser sind ebenso gastfreundlich – man wird umhergeführt und mit Tee bewirtet. Sie sind genau wie auf chinesischen Bildern, mit vielen Lauben, in denen man sitzen kann; alles ist für die Schönheit, nichts für die Bequemlichkeit gemacht – außer in den größeren Zimmern, wo es ein paar scheußliche europäische Möbel gibt.

Der reizvollste Ort, den wir am Westsee sahen, war ein Zufluchtsort für Gelehrte, der vor achthundert Jahren am See gebaut worden war. Im alten China hatten Gelehrte zweifellos ein angenehmes Leben.

Abgesehen von dem europäischen Einfluß macht China den Eindruck Europas, wie es geworden wäre, hätte sich das achtzehnte Jahrhundert bis jetzt ohne Industrialisierung oder Französische Revolution fortgesetzt. Die Leute scheinen rationale Hedonisten zu sein und sehr gut zu wissen, wie man, verfeinert durch intensive Pflege der künstlerischen Sensibilität, Glückseligkeit erreicht, wobei sie sich von den Europäern dadurch unterscheiden, daß sie den Genuß der Macht vorziehen. In allen Klassen, selbst in den niedrigsten, lachen die Leute viel.

Die Chinesen können meinen Namen nicht aussprechen oder mit ihren Buchstaben schreiben. Sie nennen mich »Luo-Su« – näher können sie nicht kommen. Das können sie sowohl aussprechen als auch schreiben.

Von Hang-tschou fuhren wir zurück nach Schanghai, von da mit der Eisenbahn nach Nanking, einer fast verlassenen Stadt. Die Rundmauer ist dreiundzwanzig Meilen lang, aber sie schließt hauptsächlich Land ein. Die Stadt wurde am Ende des Taiping-Aufstandes zerstört und ein zweites Mal während der Revolution von 1911 beschädigt, aber es befindet sich dort ein aktives Erziehungszentrum, für Neuigkeiten über Einstein und den Bolschewismus aufgeschlossen.

Von Nanking fuhren wir den Jangtse nach Hankau hinauf, etwa drei Tage lang durch eine sehr liebliche Gegend – von da mit dem Zug nach Tschangscha, der Hauptstadt Hunans, wo eine große Erziehungskonferenz stattfand. Es gibt ungefähr dreihundert Europäer in Tschangscha, aber die Europäisierung ist keineswegs weit gediehen. Die Stadt ist genau wie eine mittelalterliche Stadt – enge Straßen, in jedem Haus ein Laden mit einem lustigen Schild draußen, ohne Verkehr, außer Sänften und ein paar Rikschas. Die Europäer haben einige Fabriken, einige Banken, einige Missionen und ein Krankenhaus – die ganze Stufenleiter der Zerstörung und Reparatur von Leib und Seele, nach westlicher Methode. Der Gouverneur von Hunan ist der tugendsamste aller Gouverneure chinesischer Provinzen und unterhielt uns letzte Nacht bei einem prächtigen Bankett. Professor und Mrs. Dewey waren anwesend; es war das erstemal, daß ich ihnen begegnete. Der Gouverneur spricht keine einzige europäische Sprache, so daß ich, obwohl ich neben ihm saß, nur durch einen Dolmetscher Höflichkeiten mit ihm austauschen konnte. Aber ich bekam einen sehr guten Eindruck von ihm; er ist zweifellos sehr bestrebt, die Erziehung zu fördern, an der es in China am meisten zu mangeln scheint. Man kann sich nur schwer vorstellen, wie es ohne sie zu einer besseren Regierung kommen soll. Es muß jedoch gesagt werden, daß eine schlechte Regierung in China etwas weniger verheerend zu sein scheint, als in einem europäischen Land, aber das ist vielleicht ein oberflächlicher Eindruck, den die Zeit richtigstellen wird.

Jetzt sind wir auf dem Weg nach Peking, wo wir am 31. Oktober einzutreffen hoffen. Bertrand Russell

Von S. Yamamoto

Tokio, Japan

Sehr geehrter Mr. Russell, 25. Dezember 1920

Wir danken Ihnen herzlich für Ihr hochgeschätztes Schreiben vom letzten Datum und auch für das Manuskript über *The*

Prospects of Bolshevik Russia, das soeben eingetroffen ist.

Als eine Übersetzung Ihres Artikels über »Patriotismus« in unserer Neujahrsnummer des bereits in Verkauf befindlichen *Kaizo* erschien, kochte das Blut der jungen Japaner vor Begeisterung. Alle Unterhaltungen in Gentlemen-Kreisen, unter Studenten und Arbeitern, bezogen sich auf Ihren Artikel, so sehr fühlte man sich von Ihren Gedanken angezogen.

Unser einziger Kummer war, daß die Regierung uns veranlaßt hatte, in Ihrem Artikel so viele Bezüge wie möglich auf Japan auszulassen, und wir waren gezwungen, einige Ihrer wertvollen Sätze zu streichen. Wir vertrauen darauf, daß Sie die Lage, in der wir uns befinden, großzügig verstehen und uns dafür entschuldigen, den Forderungen der Regierung entsprochen zu haben.

Von nun an aber werden wir Ihre Artikel sowohl im Original wie auch in einer Übersetzung veröffentlichen, gemäß dem Gebot unserer Prinzipien.

Die Bewunderung, die Millionen unserer jungen Menschen hier für Sie empfinden, ist außergewöhnlich.

Ihre Prinzipien sind identisch mit den unseren, so daß wir, solange wir leben, mit Ihnen zu sein wünschen. Aber daß unser Land immer noch im zähen, konventionellen Netz eines 3000jährigen Stillstandes gefangen ist und keine Reformen durchgeführt werden können, ist ein Grund großen Bedauerns für uns. Wir müssen Schritt für Schritt vorwärtsgehen. Ihre Veröffentlichungen sind einer der wichtigsten Faktoren, um unsere vielversprechenden jungen Männer in Japan bei ihrem unerschütterlichen Vorwärtsschreiten zu ermutigen.

In den letzten dreißig und mehr Jahren haben sich in Japan die physikalischen und medizinischen Wissenschaften außerordentlich entwickelt. Doch es ist eine Frage, welchen Fortschritt wir hinsichtlich eigener Erfindungen erzielt haben. Wir vertrauen jedoch darauf, daß wir in der reinen Wissenschaft keineswegs hinter Amerika zurückstehen. Nur ist die

Majorität unserer Landsleute immer noch durch die Ideen der Klassenunterschiede und andere rückständige Prinzipien gefesselt, worüber wir uns sehr schämen. Die japanischen Militär- und Herrschaftscliquen waren darauf aus, Japan auf den Weg der Aggression zu führen, wodurch sie sich nur die Abneigung des Volkes zugezogen haben. Auch im gegenwärtigen japanischen Geistesleben gibt es eine kämpferische Unterströmung. Es täte uns sehr leid, wenn unser Land deswegen als eine aggressive Nation angesehen würde.

Die Hälfte unserer Regierungsbeamten und fast achtzig Prozent der Armee waren in Aggressionsträumen befangen, das ist wahr. Aber kürzlich hat es ein großes Erwachen gegeben.

Wir haben Vertrauen in unsere jungen Männer, die zu erwachen beginnen, so daß sie vielleicht auf einem Weg der Zivilisation voranschreiten, der die Welt nicht enttäuscht. Wir vertrauen darauf, daß Sie Ihre Artikel mit dem Ziel schreiben werden, unsere Leute in ihren Bemühungen um Fortschritt zu ermutigen. Bitte empfehlen Sie uns Miss Black.

Hochachtungsvoll
Ihr
S. Yamamoto

[Unsinn ist international]

An Ottoline Morrell

[1921]

Neulich gingen Dora und ich zu einem chinesischen Festessen, das hier von den chinesischen Studenten gegeben wurde. Sie hielten Reden voll von feinem Esprit im Stil des französischen 18. Jahrhunderts, mit einer Beherrschung des Englischen, die mich ziemlich verwunderte. Der chinesische Chargé d'Affaires sagte, er sei aufgefordert worden, über chinesische Politik zu sprechen. Er sagte, die wichtigsten Probleme seien die allgemeine Wahl, die Wirtschaft und die Rüstungsbeschränkung; er sprach ziemlich lange, wobei er nur Dinge sagte, die auch bei einer politischen Ansprache über England hätten gesagt werden können und durchaus in Ordnung für China waren. Als er sich setzte, hatte er sich auf nichts festgelegt, hatte aber angedeutet (ohne es je zu sagen), daß Chinas Probleme schlimmer als die unseren seien. Die Chinesen erinnern mich ständig an Oscar Wilde bei seinem ersten Prozeß, als er glaubte, seine Schlagfertigkeit werde ihn durchbringen, und sich plötzlich in der Gewalt einer großen Maschinereie fand, die sich nicht um menschliche Werte kümmerte. Ich las kürzlich von einem chinesischen General, dessen Truppen es gewagt hatten, einem japanischen Angriff Widerstand zu leisten, so daß die Japaner darauf bestanden, er solle sich bei ihrem Konsul entschuldigen. Er antwortete, er habe keine Uniform, die für eine solche erhabene Gelegenheit prächtig genug sei, und müsse daher zu seinem großen Bedauern auf das Vergnügen verzichten, einen von ihm so hochgeschätzten Mann zu besuchen. Als sie trotzdem darauf bestanden, ging er am selben Tag zu allen andern Konsuln, so daß es aussah, als mache er bloß einen Anstandsbesuch. Daraufhin erhoben die Japaner ein Geschrei, er habe die ganze japanische Nation beleidigt.

Ich würde alles in der Welt tun, um den Chinesen zu helfen, aber es ist schwer. Sie sind wie eine Nation von Künstlern, mit allen guten und schlechten Seiten. Stell Dir vor, Gertler und [Augustus] John und Lytton regierten das Britische Empire, und Du hast eine gewisse Idee, wie China 2000 Jahre lang regiert worden ist. Lytton gleicht sehr einem altmodischen Chinesen, nicht im geringsten dem modernen, westlich beeinflußten Typ.

Ich muß aufhören. Alles Liebe. Dein B.

Von meinem Bruder Frank Telegraph House
Chichester

Lieber Bertie, 27. Januar 1921

die Bank, der ich vorschnell eine Garantie gab, droht mir, mich pfänden zu lassen, so daß ich bei Deiner Rückkehr wahrscheinlich als Bettler durch die Straßen laufe. Das ist

keine verlockende Aussicht in meinem Alter, aber ich glaube, daß es Elizabeth große Freude bereiten wird.
Ich habe die unzuverlässige kleine Wrinch nicht wieder gesehen, obwohl sie ebenso viel Zeit in London wie in Girton zu verbringen scheint. Ich wußte nicht, daß ein Don während des Semesters so viel Bewegungsfreiheit hat.
Wußtest Du, daß unsere unangenehme Tante Gertrud die Punch Bowl Inn in Hindhead führt? Ich würde gerne hinfahren und ein Wochenende dort verbringen, aber vielleicht nimmt sie mich nicht auf. Tante Agathe war sehr erbittert deswegen, als ich sie zuletzt sah, und sagte, die schreckliche Person liefe durch ganz Hindhead und bringe die Leute gegen sie auf, indem sie die schockierendsten Dinge erzähle – wir können uns denken, worüber. Ich finde, wenn man an die P. L. [Pembroke Lodge] Atmosphäre denkt, ist es lustig sich vorzustellen, daß Tante Agatha in ihrem Alter zu einem Gegenstand des Skandals wird.[1] Natürlich glaubt sie, daß irgend etwas mit der Welt völlig falsch sein müsse, wenn so etwas möglich ist. Sie war auf recht amüsante und erfrischende Weise böse auf Gertrud, und das nächste Mal, wenn ich sie sehe, werde ich sie ein wenig ausfragen.
Ich fürchte, ich habe Dir sonst nichts Neues zu erzählen: meine Gedanken sind ganz mit der Vorstellung beschäftigt, wie es sein wird, wenn man bankrott ist – und wie – und wo – man ein Jahr lang von nichts leben kann. Das Problem ist neu, und alle Lösungen mißfallen mir.

Herzlich Dein
Russell

Von Robert Young

The Japan Chronicle
P. O. Box No. 91 Sannomiya
Kobe, Japan
18. Januar 1921

Lieber Mr. Russell,
Ihre Bücher haben mir immer so geholfen, daß ich mir erlaubte, als ich von Ihrem Kommen hörte, Ihnen ein

1 Sie war zu ihrem Chauffeur verdächtig freundlich. Der Duke of Bedford schenkte ihr ein Auto, aber sie war zu nervös, es je zu benutzen, behielt jedoch den Chauffeur.

Exemplar der *Chronicle* zu schicken in der Hoffnung, Sie könnten zuweilen etwas Interessantes darin finden. Bitte kümmern Sie sich nicht um das Abonnement; ich freue mich sehr, wenn das Blatt von Nutzen war.

Als ich vor einem Jahr in England war, hoffte ich auf eine Gelegenheit, mit Ihnen zu sprechen, und Francis Hirt versuchte dies zu arrangieren, hörte aber, daß Sie sich zu jener Zeit außerhalb von London aufhielten. Haben Sie die Absicht, vor Ihrer Rückkehr nach England, Japan zu besuchen? Wenn ja, so hoffe ich auf die Gelegenheit, Sie zu treffen, und wenn ich hier irgend etwas im Zusammenhang mit Ihrem Besuch tun kann, so lassen Sie es mich bitte wissen.

Ich werde mich freuen, Ihr neues Buch über den Bolschewismus zu lesen. Seit Sie schrieben, haben Sie vielleicht eine Besprechung von *Bolshevism in Theory and Practice* gesehen. Es mag Sie vielleicht interessieren, daß ich mich daran erinnern kann, wie das Testament Ihres Vaters von den Gerichten aufgehoben wurde, und daß ich seitdem Ihre Laufbahn mit Interesse verfolgt habe.

Ihr ergebener
Robert Young

The Japan Chronicle
P. O. Box No. 91 Sannomiya
Kobe, Japan

Lieber Mr. Russell, Kobe, 2. Januar 1922

es ist eine lange Zeit seit August vergangen, als Sie mir von der *Empress of Asia* schrieben, und ich hätte Ihren Brief früher bestätigen sollen, aber mit meinen wenigen Mitarbeitern habe ich immer sehr viel zu tun, und meine Korrespondenz häuft sich immer.

Ich habe gerade von Mrs. Russell von der Geburt eines Erben erfahren und ich gratuliere Ihnen ganz besonders, denn es hat uns sehr gefreut und erleichtert, daß Mrs. Russell nicht unter ihren Erfahrungen in Japan zu leiden hatte. Ich habe den Brief veröffentlicht, den Sie mir schickten, und glaube, durch den Protest ist einiges Gute bewirkt worden.

So wenig Leute haben den Mut, gegen ein Übel dieser Art zu protestieren, aus Furcht, daß ihnen die Kritik noch schlimmer mitspielt.
Welch eine Farce die Konferenz in Washington doch ist! Ich habe von Anfang an die Aufrichtigkeit der Friedensbegeisterung bei denen, die Krieg geführt haben, bezweifelt. Vielleicht irrt hier eher der Kopf als das Herz. Die Staatsmänner scheinen nicht zu erkennen, daß wir, solange die alte Politik verfolgt wird, auch die gleichen Ergebnisse haben werden, und daß eine Rüstungsbeschränkung, wie sie während des Krieges erreicht wurde, uns hinsichtlich der zu tragenden Belastung und der Explosionsgefahr in eine schlimmere Lage bringt als 1914. Japan hat widerstrebend das von Amerika vorgeschlagene Verhältnis akzeptiert, aber unterstützt die französischen Forderungen nach mehr Unterseebooten. Frankreich zeigt sich als größere Gefahr für Europa als es Deutschland je war. China ist bei der Konferenz in Washington, wie wir erwartet haben, verraten worden. Man hat die anglo-japanische Allianz über Bord geworfen und will sie durch ein Viermächte-Abkommen ersetzen, das für China noch gefährlicher ist. Seine Rettung liegt unglücklicherweise in der Eifersucht der Großmächte. Sind sie einer Meinung, wird der Druck auf China stärker werden. Aber ich zweifle daran, daß der Senat den Vertrag billigen wird, wenn man erst einmal seine ganze Tragweite begriffen hat.
Ich sehe, daß Sie sehr beschäftigt sind, und hoffe, daß es Ihnen gelingen wird, die Leute zum Denken zu bringen. Aber ich fürchte, es ist eine böse und verstockte Generation. Manchmal verzweifle ich. Es sieht so aus, als seien alle Ideale, mit denen ich mein Leben begonnen habe, zerstört. Aber ich glaube, daß einem die Spannkraft der Jugend fehlt, wenn man hoch in den Sechzigern ist.
Übrigens habe ich dem Conway Memorial Committee vorgeschlagen, Sie zu fragen, ob Sie den jährlichen Vortrag halten wollen. Wenn man Sie fragt, werden Sie hoffentlich eine Möglichkeit finden zuzusagen. Moncure Conway war ein ausgezeichneter Mann, immer bereit, für die Unterdrückten

einzutreten und die Redefreiheit zu verteidigen. Er hielt zu Bradlaugh und Mrs. Besant, als man sie wegen der Veröffentlichung der *Fruits of Philosophy* anklagte, ebenso wie er zu Foote hielt, als man ihn wegen des *Freethinker* anklagte, obwohl er persönlich gegen diese Art von Propaganda war.

Ich habe Mrs. Russell in einem Brief, den ich ihr gerade schrieb, von einigen japanischen Neuigkeiten erzählt und werde diese deshalb nicht hier wiederholen. Ich hoffe, Sie erhalten die *Japan Weekly Chronicle* regelmäßig, so daß Sie über die Neuigkeiten in diesem Teil der Welt auf dem laufenden bleiben. Sie ist für Sie an George Allen & Unwin geschickt worden. Da ich nur Ihre Adresse in Chelsea habe, werde ich sie dorthin schicken. Einige Jahre lang fand unsere Wochenschrift ständig größere Verbreitung und ging in die ganze Welt. Aber seit dem 1. dieses Jahres hat die japanische Post die Auslandsgebühren verdoppelt, was für ein Exemplar der Zeitschrift schon allein 6 Yen Porto bedeutet, und ich fürchte, die Verbreitung wird darunter leiden.

Es ist sehr schön zu hören, daß Sie wieder völlig gesund sind. Mrs. Russell sagt, Sie würden kaum noch von jenen wiedererkannt werden, die Sie in Japan gesehen haben. Ihr Besuch war eine große Freude für mich. Ich hatte jahrelang Ihre Schriften bewundert und war von der Haltung ermutigt worden, die Sie in öffentlichen Angelegenheiten einnahmen, als selbst die Tapfersten zu wanken schienen. Es hat mir daher viel bedeutet, mit Ihnen Bekanntschaft und, ich hoffe, auch Freundschaft geschlossen zu haben.

Mit guten Wünschen von uns allen

Ihr ergebener
Robert Young

Von C. P. Sanger

5 New Square
Lincolns Inn, W. C. 2
2. Juni 1921

Mein lieber Bertie,

wie lieb von Dir zu schreiben; und so viel Freundliches zu sagen. Bis es ein falsches Gerücht über Deinen Tod gab, habe ich nie richtig gewußt, wie *sehr* ich an Dir hänge. Ich glaubte dem Gerücht nicht, aber der bloße Gedanke, Dich vielleicht nie wiederzusehen, war mir noch nie gekommen; und es war eine unendliche Erleichterung, als die chinesische Botschaft versicherte, das Gerücht sei falsch. Du wirst jetzt auf Deine Gesundheit achten, nicht wahr?

Die politische Lage ist wie immer grauenhaft – Millionen Arbeitsloser, in den Parks kampierende Soldaten –, aber gestern war ein herrlicher Tag für das Derby, was das einzige ist, woran den Leuten etwas zu liegen scheint.

Einstein liest in zehn Tagen im King's College, aber ich konnte keine Karte mehr bekommen. Ich habe einige von Einsteins letzten Arbeiten gelesen, und sie vermitteln mir einen gewaltigen Eindruck von der Klarheit seiner Gedanken.

Wir verbrachten ein wunderschönes Pfingstfest bei den Shiffolds: Tovey[1] war dort, sprach endlos und spielte Beethovensonaten und Bach, so daß ich sehr glücklich war.

Ich lege einen Brief für Miss Black bei – ich fürchte, er paßt nicht ganz, aber es ist so schwer, an jemanden zu schreiben, den man nie gesehen hat. Ich hoffe, diese Erfahrung mit ihr und ihre hingebungsvolle Pflege wird eine immerwährende Grundlage für Euch beide sein.

Dora sendet herzliche Grüße.

In alter Liebe und Verbundenheit
Dein
C. P. Sanger

Von Joseph Conrad

Oswalds
Bishopsbourne, Kent
2. Nov. 1921

Mein lieber Russell,

es hat uns gefreut zu hören, daß die Anstrengungen und Aufregungen des Umzugs[2] Ihrer Frau nicht geschadet haben.

1 Der Musikkritiker.

2 Der Umzug von einer Wohnung zur anderen in London, nachdem wir aus China zurückgekehrt waren.

Bitte grüßen Sie sie herzlich und versichern Sie ihr, daß wir oft an sie denken.
Was Sie selbst betrifft, so habe ich mehrere Tage lang zwischen den Deckeln Ihres Buches[1] im Geiste bei Ihnen geweilt – ein Wohnort von großem Zauber und äußerst faszinierend ausgestattet; ganz zu schweigen von der wundervollen Qualität des Lichts, das dort herrscht. Auch stehen, das fühlt man, alle Fenster weit offen (ich versuche in Bildern zu schreiben). Man kann sich – unter den Behausungen des Geistes – keine vorstellen, die weniger dumpf ist! Ich habe Mitleid mit den Philosophen (Seite 212 – Ende), die nicht (wie wir übrigen) den Kuchen gleichzeitig haben und essen können. Es gibt keine Genauigkeit in der Vision oder in Worten. Ich habe den Eindruck, daß wir in allen Dingen zu dem à-peu-près verdammt sind, das keine wissenschaftliche Leidenschaft für Wiegen und Messen je beseitigen wird.
Es ist sehr gut möglich, daß ich Ihre Seiten nicht verstanden habe – aber der ehrliche Versuch, den ich machte, war eine wunderbare Erfahrung. Ich nehme an, Sie sind Philosoph genug, um nicht mehr von einem gewöhnlichen Sterblichen zu erwarten.
Ich glaube nicht, daß Charles I. hingerichtet wurde (Seite 245 bis 246 ff), aber es bleibt mir nicht genug Papier übrig, um zu erklären, warum. Nächstes Mal vielleicht. Denn ich beabsichtige mit Gewißheit, Sie zum frühesten passenden Zeitpunkt zwischen Ihren Chinoiserien aufzusuchen.

Mit herzlichen Grüßen
immer Ihr
J. Conrad

Oswalds
Bishopsbourne, Kent
18. Nov. 1921

Mein lieber Russell,
Jessie muß gestern unsere Glückwünsche und Willkommensworte für den »comparative stranger« abgesandt haben, der

1 *The Analysis of Mind.*

gekommen ist, um bei Ihnen zu leben (und sich des Haushalts bemächtigen wird, wie Sie bald entdecken werden). Ja! Vaterschaft ist eine große Erfahrung, von der man als Geringstes sagen kann, daß es sich über alle Maßen lohnt, sie zu erleben – schon allein wegen des vertieften Gefühls der Zusammengehörigkeit mit allen Menschen, das sie einem gibt. Sie ist vielleicht die einzige Erfahrung, deren Universalität sie nicht gewöhnlich macht, sondern ihr gerade deshalb eine gewisse Größe verleiht. Meine Zuneigung gilt Ihnen beiden, ihm, der noch ohne Sprache und Gedanken ist, und Ihnen, die Sie mit tiefer Wirkung und Autorität zu den Menschen über die Natur des Geistes gesprochen haben. Denn Ihre Beziehung zueinander wird ihre entscheidenden Augenblicke eben aus jener Zuneigung und Loyalität heraus haben, die Sie aneinander bindet.

Von allen unglaublichen Dingen, die geschehen, ist gewiß dies das wunderbarste, daß es eines Tages einen Russell geben würde, der meinen Namen als einen der seinen trägt. Nicht einmal mein Horoskop hätte das enthüllen können, denn ich glaube wirklich, daß alle vernünftigen Sterne es abgelehnt hätten, sich in dieser extravaganten Weise über meiner Wiege zu ordnen. Trotzdem ist es geschehen (zur Überraschung des Universums), und ich kann nur sagen, daß ich tief gerührt bin – mehr als ich auszudrücken vermag –, Ihren Gedanken auf diese Weise und in einem solchen Augenblick gegenwärtig gewesen zu sein.

Bitte küssen Sie die Hand Ihrer Frau an meiner Statt und sagen Sie ihr, daß ich auf die dunkle verwirrte männliche Art (die trotzdem nicht ganz geistlos ist) an ihrer Freude teilnehme. Seit ihrem reizenden Besuch hier war sie oft in unseren Gedanken – und ich will Ihnen gestehen, wir waren sehr optimistisch. Sie hat das ganz gerechtfertigt, und es ist eine große Freude, an sie mit zwei Männern im Haus zu denken. Sie wird gegenwärtig alle Hände voll zu tun haben. Ich kann nur hoffen, daß John Conrad mit einer Anlage zur Nachsicht geboren ist, die er seinen Eltern gegenüber immer anwenden wird. Ich glaube nicht, daß ich Ihnen irgend etwas

Besseres wünschen kann, und so bin ich, mit aller Liebe für Sie drei, immer Ihr

Joseph Conrad

PS. Ich bin schrecklich beleidigt, daß Sie mich mit irgendeinem Ihrer unerwünschten Bekannten[1] in Verbindung bringen, den man offensichtlich nicht im Leseraum des British Museum hätte dulden sollen. Sie sollten verstehen, daß meine Haltung in der Frage bezüglich König Charles nicht phantastisch, sondern philosophisch ist, und ich werde versuchen, Ihnen dies später zu erklären, wenn Sie eher in der Lage sind, meinen Gedankengängen genau zu folgen. Aus meiner eigenen Erfahrung heraus kann ich mir vorstellen, daß es keinen Zweck hat, mit Ihnen jetzt ernstlich zu reden.

Von Eileen Power 184 Ebury Street

S. W. 1

Lieber Bertie, Samstag, [Dezember 1921]

es handelt sich um das Buch *The Invention of a New Religion* von Professor Chamberlain. Wenn Du hineinschauen willst, hier ist es, und vielleicht kannst Du es mir bald wieder zurückgeben. Ich freue mich so, daß Du und Dora am Mittwoch mit Dr. Wise zum Lunch kommen könnt, und sag Dora, daß 1.30 sehr gut paßt. Ich lade auch B. K. Martin ein, einen sehr intelligenten jungen Mann, der jetzt Geschichte am Magdalene lehrt, nachdem er letztes Jahr seinen B. A. gemacht hat. Er schrieb mir vor drei Tagen und sagte: »Wenn Sie mich Bertrand Russell vorstellen, wäre ich Ihnen für immer verpflichtet. Es liegt mir mehr daran, mit ihm zusammenzutreffen, als mit irgendeinem anderen lebendigen (oder toten) Wesen.« Ich glaubte, daß Du in Anbetracht des Vorranges über die Schatten von Plato, Julius Caesar, Cleopatra, Descartes, Ninon de l'Enclos und Napo-

1 Der mit mir nicht übereinstimmte, daß Julius Caesar tot sei und, als ich fragte, warum nicht, antwortete: »Weil ich Julius Caesar bin.«

leon dem Großen einverstanden wärst, über ihm zu scheinen! Außerdem ist er ein äußerst kluger und netter Junge.

Stets Dein
Eileen Power

Ich wurde neulich bei den Webbs zum Dinner eingeladen, aber ich glaube nicht, daß es wieder geschehen wird, denn es kam fast wegen der jeweiligen Verdienste Chinas und Japans zu Schlägen!

Von Claud Russell

Britische Gesandtschaft
Addis Abeba
22. Sept. 1923

Lieber Bertie,

ich habe gerade mit großem Vergnügen Dein *Problem of China* gelesen, wo ich einige Jahre verbrachte. Es ist die Tatsache, daß der Vertrag von Versailles (Paragraph 131) die Rückgabe der astronomischen Instrumente an China vorsah, aber ich habe den Eindruck, daß man diese Verpflichtung nicht eingehalten hat. Wenn dem so ist, so kannst Du das, fürchte ich, nicht zu den »bedeutenden Vorteilen« zählen, die der Welt durch den Vertrag gesichert sind. Vielleicht könntest Du Deinen Freunden in China die Besetzung Schwabens oder Oldenburgs vorschlagen, um seine Durchführung zu sichern. Ich muß jedoch sagen, um fair gegenüber dem Vertrag von Versailles zu sein, daß Du ihm nicht ganz Gerechtigkeit widerfahren läßt. Du hast Paragraph 246 übersehen, in dem »Deutschlands Regierung Ihrer Britischen Majestät den Schädel Sultan Mkwawas übergeben wird . . .« Ich glaube, wenn ich das sagen darf, daß auf Seite 24 (oben) »animal« »annual« heißen soll. Ich bin sicher, daß der Tempel des Himmels nie der Schauplatz für die Art Opfer war, die dem Gott Abels gefielen.

Herzl. Dein Vetter
Claud Russell

Von J. Ramsay MacDonald

Auswärtiges Amt
S. W. 1
31. Mai 1924

Mein lieber Russell,
seit einiger Zeit erwägt die Regierung Ihrer Majestät die beste Möglichkeit, den britischen Anteil an der chinesischen »Boxer-Entschädigung« zu verwenden und zu verwalten, der, wie beschlossen wurde, dem beiderseitigen Nutzen der britischen und chinesischen Interessen dienen soll.

Um zu den besten Resultaten der hiermit angedeuteten Politik zu gelangen, hat man beschlossen, ein Komitee zu ernennen, das die Regierung Ihrer Majestät beraten soll; und ich wende mich an Sie in der Hoffnung, daß es Ihnen möglich sein wird, diesem Komitee beizutreten, denn ich vertraue darauf, daß Ihre Erfahrungen von größter Hilfe bei dieser Angelegenheit sein könnten, die sich so tiefgreifend und dauernd auf unser Verhältnis zu China auswirken wird.

Der Wortlaut der Empfehlung wird wahrscheinlich der folgende sein:

»Zu der Entscheidung der Regierung Ihrer Majestät, die künftigen Zahlungen des britischen Anteils an der Boxer-Entschädigung zu Zwecken zu verwenden, die zugleich den britischen und chinesischen Interessen zugutekommen.

Um die verschiedenen Projekte, für die diese Zahlungen geleistet werden sollen, und die beste Möglichkeit zu untersuchen, eine zufriedenstellende Verwaltung der Gelder zu sichern, um Zeugen zu hören und Empfehlungen zu machen, die wünschenswert erscheinen.«

Um der größeren Wirksamkeit willen wird das Komitee so klein wie möglich bleiben, besonders zu Beginn seiner Tätigkeit. Aber selbstverständlich wird es möglich sein, »ad hoc« zusätzliche Mitglieder für besondere Gebiete zu ernennen, wenn ein solcher Schritt sich später als empfehlenswert erweist. Als Vertretern der wichtigsten Faktoren, die in dem Komitee repräsentiert sein sollten, haben wir mit den folgenden Persönlichkeiten Kontakt aufgenommen:

Vorsitzender: Lord Phillimore
Auswärtiges Amt: Sir John Jordan und Mr. S. P. Waterlow

Abteilung für Überseehandel: Sir William Clark
Unterhaus: Mr. H. A. L. Fisher, M. P.
Finanzwesen: Sir Charles Addis
Erziehung: Mr. Lowes Dickinson und The Honourable Bertrand Russel
Frauen: Dame Adelaide Anderson
China: ein geeigneter Chinese

Es versteht sich, daß die obige Liste einen vorläufigen Charakter hat und als vertraulich angesehen werden sollte. Ich füge ein kurzes Memorandum bei, das die gegenwärtige Lage hinsichtlich der Entschädigung und des Gesetzesantrages zeigt, der jetzt im Parlament eingebracht wurde. Ich hoffe sehr, daß es Ihnen möglich sein wird, diese Aufgabe zu übernehmen, der ich größte Bedeutung beimesse.

Ihr sehr ergebener
J. Ramsay MacDonald

Notiz auf einem Zettel:
»Es ist erwünscht, daß das Komitee nur aus Personen mit genauer Kenntnis Chinas und seiner Angelegenheiten besteht.«

Memorandum zur Boxer-Entschädigung
Von Bertrand Russell

Der gegenwärtig dem Ausschuß vorliegende Gesetzentwurf zur »Boxer-Entschädigung« sieht vor, daß die noch nicht bezahlte Restsumme der »Boxer-Entschädigung« zu Zwecken verwendet wird, die Großbritannien und China gleichermaßen von Nutzen sind. Er fordert nicht, daß diese Zwecke der Erziehung dienen müssen. Nach Meinung aller, die China kennen (und nicht lediglich als Gebiet kapitalistischer Ausbeutung ansehen), ist es von größter Wichtigkeit, daß ein Änderungsantrag angenommen wird, der die chinesische Erziehung als den einzigen Zweck bestimmt, für den das Geld zu benutzen ist. Die folgenden sind die wichtigsten Gründe zugunsten eines solchen Änderungsantrages:

1) Die oben genannte Verwendung wäre für China am nützlichsten.
2) Kein anderer Schritt könnte auf die einflußreiche chinesische Öffentlichkeit so günstig wirken.
3) Die Interessen Großbritanniens, die berücksichtigt werden müssen, können nur durch die Gewinnung des Wohlwollens der Chinesen gesichert werden.
4) Jeder andere Schritt würde allzu ungünstig mit der Handlungsweise der Amerikaner kontrastieren, die vor langer Zeit den Rest des amerikanischen Anteils an der »Boxer-Entschädigung« für die chinesische Erziehung bestimmt haben.
5) Alle zugunsten anderer Möglichkeiten angeführten Argumente haben ein korruptes Motiv, d. h. sie sind bestimmt, privaten Profit durch einen Schritt der Regierung zu sichern.

Es ist aus diesen Gründen höchst wünschenswert, daß die Labour-Mitglieder des Parlaments etwas unternehmen, um die notwendige Änderung zu gewährleisten, ehe es zu spät ist.

Der Gesetzentwurf zur chinesischen Entschädigung in seiner augenblicklichen Form sieht vor, daß der Rest der »Boxer-Entschädigung« für »Zwecke der Erziehung oder anderes« verwendet wird, was für Großbritannien und China gleichermaßen nutzbringend ist.

Sir Walter de Frece schlug im Ausschuß vor, die Worte »Zwecke der Erziehung oder anderes« durch »mit Erziehung zusammenhängend« zu ersetzen.

Es ist zu hoffen, daß das Unterhaus diesen Änderungsantrag zur Diskussion stellt. Dem Änderungsantrag stehen gewisse Interessen entgegen, für die die Labour-Partei keine Sympathien haben kann. Die Regierung hält es für notwendig, die Vertreter dieser Interessen versöhnlich zu stimmen, bleibt aber dabei, daß das zu ernennende Komitee die Freiheit haben wird, zugunsten der Erziehung zu entscheiden. Das Komitee wird jedoch vom Parlament ernannt, und ein Drittel seiner Mitglieder scheidet alle zwei Jahre aus; es gibt daher

für die Zukunft keine Sicherung gegen seine Beherrschung durch Privatinteressen.
Der Gesetzentwurf in seiner augenblicklichen Form öffnet der Korruption die Türen, ist nicht daraufhin angelegt, der chinesischen Öffentlichkeit zu gefallen, zeigt Großbritannien weniger aufgeklärt als Amerika und Japan und erfüllt alles in allem nicht seine genannten Ziele. Die Labour-Partei sollte zumindest den Versuch machen, die Möglichkeit des Mißbrauchs öffentlicher Gelder zu Zwecken privater Bereicherung zu verhindern. Dies würde gesichert durch den Einschub der Worte »mit Erziehung zusammenhängend« in Absatz 1.
Bertrand Russell

Von Y. R. Chao

Lieber Russell, Berlin, 22. August 1924

hier ist eine gekürzte Übersetzung von C. L. Los Brief an mich (Lo und S. N. Fu sind S. Hus [Hu Shih] bedeutendste Schüler und beide in Berlin).
»Aus China gehört, daß Wu Pei-fu der chines. Regierung geraten habe, sie solle die Gelder für Eisenbahnen benutzen. *Morning Post* schrieb (vor vier Wochen), die brit. Reg. habe der chin. Reg. telegraphiert, Abgeordneten zu schicken. Wenn das wahr ist, wäre es schrecklich. Habe bereits an Londoner Chin. Stud. Klub geschrieben, um Chu zu fragen. Wenn Bericht wahr, versuchen Sie Unternehmen zu stoppen, indem Sie Tsai bitten, sich mit seinem Prestige aufs hohe Roß zu setzen. In jedem Fall hat die brit. Regierung immer noch alle Macht. Haben geschrieben, um Chu zu beeinflussen, aber schreiben Sie bitte an Lo Su [Russell], er solle das brit. Ausw. Amt beeinflussen und bitten Sie ihn, Tsai zu empfehlen, wenn nichts anderes möglich. In Pekinger Erziehg. Kreisen ist bereits Panik. Man hat ein Telegramm an die brit. Reg. und eines an Tsai geschickt, mit der Bitte, nach London zu fahren ...«
Ein anderer Brief von Chu erreichte mich gestern abend:
»Ich habe meine Zustimmung zu der Ernennung von Mr.

Ting gegeben. Ich bin ganz Ihrer Meinung (?), daß Ting der beste Mann für den Posten wäre, aber kürzlich erfuhr ich, daß Peking (Ausw. Amt?) Dr. C. H. Wang befürwortet (?), der nicht in Europa ist. Ich zweifle, ob der letztere die Ernennung annehmen würde ... Ich werde darüber mit Mr. Russell sprechen, wenn er in die Stadt zurückkehrt.«
Ich kenne Wang (Bruder von C. T. Wang von der Kuo Ming Tang – Nationale Volkspartei). C. H. Wang ist ein feiner, freundlicher Mann, kürzlich noch Geschäftsmann, und Christ. Man muß seine persönliche Anziehungskraft und Güte betonen, aber seine Eignung für diesen von Natur aus rauhen und harten Job verneinen.
Meine Nudeln werden kalt und mein kleines helles Bier wird warm, in 200 Meter Entfernung, wo meine Frau wartet.
Entschuldigen Sie tausendmal, daß ich diesen Brief nicht nochmals durchlese.

Stets Ihr
Y. R. Chao

Zweite Ehe

Nach meiner Rückkehr aus China im September 1921 begann in meinem Leben eine weniger dramatische Phase mit einem neuen emotionalen Mittelpunkt. Von meiner Jugendzeit bis zur Vollendung der *Principia Mathematica* war meine Hauptbeschäftigung intellektuell gewesen. Ich wollte verstehen und andere zum Verständnis bringen; auch wollte ich ein Denkmal errichten, das an mich erinnerte und auf Grund dessen ich das Gefühl haben könnte, nicht umsonst gelebt zu haben. Vom Ausbruch des Ersten Weltkrieges bis zu meiner Rückkehr aus China standen soziale Fragen im Mittelpunkt meiner Regungen: der Krieg und auch Sowjetrußland erweckten in mir das Gefühl, daß alles Tragödie sei, und ich hoffte, die Menschheit könne lernen, auf eine weniger schmerzliche Weise zu leben. Ich versuchte, das Geheimnis der Weisheit zu ergründen und es mit solcher Überzeugungskraft zu verkünden, daß die Welt zuhören und es annehmen würde. Doch allmählich kühlte sich dieser Eifer ab, und die Hoffnung wurde geringer; ich änderte meine Ansichten nicht darüber, wie die Menschen leben sollten, aber sprach davon mit weniger prophetischem Eifer und weniger Hoffnung auf Erfolg.

Seit dem Sommertag im Jahre 1894, als ich nach dem medizinischen Urteil mit Alys in Richmond Green spazieren ging, hatte ich versucht, meinen Wunsch nach Kindern zu unterdrücken. Dieser Wunsch war jedoch ständig stärker geworden, bis er fast unerträglich geworden war. Bei der Geburt meines ersten Kindes im November 1921 fühlte ich eine unendliche Befreiung von zurückgestauten Gefühlsregungen, und während der nächsten zehn Jahre war mein wichtigstes Ziel väterlicher Art. Väterliche Gefühle, wie ich sie empfand, sind sehr komplex. Da ist zuerst und vor allem eine rein animalische Zuneigung und die Freude zu beobachten, wie bezaubernd das Verhalten der Kinder ist. Dann ist da ein

Gefühl unausweichlicher Verantwortung, die ein Ziel für die täglichen Beschäftigungen schafft, das von Skeptizismus nicht leicht in Frage gestellt wird. Außerdem gibt es noch ein egoistisches Element das sehr gefährlich ist: die Hoffnung, daß die eigenen Kinder dort Erfolg haben, wo man selbst versagt hat, daß sie die eigene Arbeit weiterführen, wenn Tod oder Altersschwäche den eigenen Bemühungen ein Ende setzen, und daß sie in jedem Fall ein biologisches Entkommen vor dem Tod ermöglichen, indem sie das eigene Leben zu einem Teil des großen Stromes machen, statt zu einem stagnierenden Tümpel, der sich nicht in die Zukunft ergießt. All das erlebte ich, und einige Jahre lang erfüllte es mein Leben mit Glück und Frieden.

Als erstes mußten wir einen Ort zum Leben finden. Ich versuchte, eine Wohnung zu mieten, aber ich war sowohl politisch wie moralisch unerwünscht, und die Hausherrn weigerten sich, mich als Mieter aufzunehmen. Daher kaufte ich ein Haus mit eigenem Grund in Chelsea, Nr. 31, Sydney Street, wo meine zwei älteren Kinder geboren wurden. Doch es schien nicht gut für die Kinder, das ganze Jahr in London zu leben, so daß wir im Frühling 1922 ein Haus in Cornwall, in Porthcurno erwarben, ungefähr vier Meilen von Land's End entfernt. Von da an bis 1927 teilten wir unsere Zeit gleichmäßig zwischen London und Cornwall auf; danach waren wir nicht mehr in London und weniger in Cornwall.

Die Schönheit der Küste von Cornwall ist in meiner Erinnerung unauflöslich mit der Begeisterung verbunden, zwei gesunde, fröhliche Kinder zu beobachten, die die Freuden der See und der Felsen, der Sonne und des Sturms kennenlernen. Ich verbrachte weit mehr Zeit mit ihnen, als es den meisten Vätern möglich ist. Während der sechs Monate in Cornwall hatten wir einen feststehenden, angenehmen Tagesablauf.

Morgens arbeiteten meine Frau und ich, während die Kinder in der Obhut einer Kinderschwester und später einer Erzieherin waren. Nach dem Lunch gingen wir alle zu dem einen oder anderen der vielen Strände, die man zu Fuß von dem

Haus aus erreichen konnte. Die Kinder spielten nackt, badeten oder kletterten oder bauten Sandburgen, wie es ihnen der Augenblick eingab, und wir nahmen natürlich an allen diesen Beschäftigungen teil. Wir kamen sehr hungrig zu einem sehr späten und sehr reichlichen Tee nach Hause; dann wurden die Kinder zu Bett gebracht, und die Erwachsenen kehrten zu ihren entsprechenden Beschäftigungen zurück. In meiner Erinnerung, die natürlich nicht verläßlich ist, war es von April an immer sonnig und immer warm. Aber im April blies ein kalter Wind. An einem Apriltag, als Kate zwei Jahre und dreieinhalb Monate alt war, hörte ich sie mit sich selbst sprechen und schrieb nieder, was sie sagte:

Der Nordwind bläst über den Nordpol
Die Gänseblümchen schlagen auf das Gras.
Der Wind bläst die Glockenblumen nieder.
Der Nordwind bläst zum Wind im Süden.

Sie wußte nicht, daß jemand zuhörte, und sie wußte bestimmt nicht, was »Nordpol« bedeutete.

Unter diesen Umständen war es natürlich, daß ich mich für Erziehung zu interessieren begann. Ich hatte bereits kurz über dieses Thema in *Principles of Social Reconstruction* geschrieben, aber nun nahm es einen großen Teil meiner Gedanken ein. Ich schrieb ein Buch *On Education, especially in early childhood,* das 1926 veröffentlicht wurde und einen sehr großen Absatz fand. Es erscheint mir nun ein wenig allzu optimistisch in seiner Psychologie, aber was die Werte betrifft, so kann ich nichts darin widerrufen, obwohl ich jetzt die von mir vorgeschlagenen Methoden mit sehr kleinen Kindern übermäßig streng finde.

Man darf jedoch nicht glauben, daß das Leben während dieser sechs Jahre von Herbst 1921 bis Herbst 1927 eine einzige lange Sommeridylle war. Die Vaterschaft machte es notwendig, Geld zu verdienen. Der Kauf von zwei Häusern hatte fast alles Kapital aufgebraucht, das mir geblieben war. Als ich aus China zurückkehrte, bot sich mir nicht gleich eine Möglichkeit zum Geldverdienen, und ich hatte zuerst ziemliche Angst. Ich akzeptierte, was ich auch immer an seltsamen journalistischen Jobs bekam: als mein Sohn John geboren wurde, schrieb ich einen Artikel über den Genuß der Chinesen an Feuerwerken, obwohl es schwer war, sich unter diesen Umständen auf ein so fernliegendes Thema zu konzentrieren. Im Jahr 1922 veröffentlichte ich ein Buch über China und 1923 (mit meiner Frau Dora) ein Buch *The Prospects of Industrial Civilization,* aber keines brachte viel Geld ein. Mehr Erfolg hatte ich mit zwei kurzen Büchern *The A. B. C. of Atoms* (1923) und *The A. B. C. of Relativity* (1925) und mit zwei anderen kleinen Büchern *Icarus or The Future Science* (1924) und *What I Believe* (1925). 1924 verdiente ich recht gut bei einer Vortragsreise in Amerika. Aber bis zu meinem Buch über Erziehung im Jahr 1926 blieb ich ziemlich arm. Danach, bis 1933, hatte ich finanziell Erfolg, besonders mit *Marriage and Morals* (1929) und *The Conquest of Happiness* (1930). Die meisten meiner Werke während dieser Jahre waren populärwissenschaftlich und wurden geschrieben, um Geld zu verdienen, aber ich schrieb auch einige Fachbücher. 1925 gab es eine Neuauflage der *Principia Mathematica* mit zahlreichen Erweiterungen; und 1927 veröffentlichte ich *The Analysis of Matter,* ein Buch, das in gewissem Sinn ein Ergänzungsband zu *The Analysis of Mind* ist, welches ich im Gefängnis angefangen und 1921 veröffentlicht hatte. Ich kandidierte auch im Jahr 1922 und 1923 in Chelsea für das Parlament, und Dora tat dies 1924.

Im Jahr 1927 trafen Dora und ich eine Entscheidung, für die wir gleichermaßen verantwortlich waren, nämlich, selbst eine Schule zu gründen, damit unsere Kinder so erzogen würden, wie wir es für richtig hielten. Wir glaubten, vielleicht zu Unrecht, daß Kinder die Gesellschaft anderer Kinder brauchten, und wir uns daher nicht mehr damit zufriedengeben dürften, unsere Kinder ohne andere aufzuziehen. Aber wir wußten von keiner bestehenden Schule, die uns in irgendeiner Weise befriedigte. Wir wollten eine ungewöhnliche Kombination: auf der einen Seite waren uns Prüderie und religiöse Erziehung und viele Freiheitsbeschränkungen zuwider, die in den konventionellen Schulen als selbstverständlich gelten; andererseits konnten wir nicht mit den meisten »modernen« Erziehern übereinstimmen, die den Schulunterricht für unwichtig hielten und ein *völliges* Fehlen von Disziplin befürworteten. Wir bemühten uns daher, eine Gruppe von etwa zwanzig Kindern zusammenzubringen, die ungefähr im gleichen Alter wie John und Kate waren; denn wir wollten diese Kinder während der gesamten Schuljahre bei uns behalten.

Für die Schule mieteten wir das Haus meines Bruders, das sogenannte Telegraph House in den South Downs, zwischen Chichester und Petersfield. Es hatte diesen Namen, weil es zur Zeit Georgs III. eine Signalstation gewesen war, eine jener Stationen, die Botschaften zwischen Portsmouth und London funkten. Wahrscheinlich war die Nachricht von Trafalgar auf diese Weise nach London gelangt.

Das ursprüngliche Haus war ziemlich klein, aber mein Bruder hatte nach und nach angebaut. Er liebte diesen Ort leidenschaftlich und schrieb darüber ausführlich in seiner Autobiographie, die er *My Life and Adventures* nannte. Das Haus war häßlich und ziemlich unsinnig, aber die Lage herrlich. Es gab weite Fernblicke nach Osten, Süden und Westen; in einer Richtung sah man über Sussex Weald nach Leith Hill, in einer anderen die Isle of Wight und die Dampfer, die sich Southampton näherten. Es gab einen Turm mit großen Fenstern an allen vier Seiten. Hier richtete ich mein Arbeitszimmer ein, und ich habe nie eines gesehen, das eine schönere Aussicht hatte.

Zu dem Haus gehörten zweihundertdreißig Morgen wilden Hügellandes, teilweise voller Heidekraut und Farn, aber großteils von ungerodetem Wald bedeckt – prachtvolle Buchen und Eiben von hohem Alter und ungewöhnlicher Größe. Der Wald war voller Wild, einschließlich Rehen. Die nächsten Häuser waren ein paar verstreut liegende Bauernhöfe. Nach Osten hin konnte man fünfzig Meter weit auf Fußwegen über freie, kahle Hügel gehen.

Es ist kein Wunder, daß mein Bruder diesen Ort liebte. Aber

er hatte unklug spekuliert und jeden Pfennig, den er besaß, verloren. Ich bot ihm eine weit höhere Miete als er sie von irgend jemand anderem hätte bekommen können, und die Armut zwang ihn, mein Angebot anzunehmen. Aber er haßte den Gedanken und grollte mir sogar noch später, daß ich sein Paradies bewohnt hatte.

Das Haus mußte jedoch einige nicht ganz angenehme Assoziationen für ihn gehabt haben. Er hatte es ursprünglich als einen verborgenen Zufluchtsort erworben, um die Gesellschaft von Miss Morris zu genießen, die er viele Jahre lang zu heiraten gehofft hatte, falls er je von seiner ersten Frau freikommen könnte. Miss Morris wurde jedoch aus seinem Herzen von Molly verdrängt, jener Dame, die seine zweite Frau wurde, und um deretwillen er ins Gefängnis kam, nachdem er von den Peers wegen Bigamie verurteilt worden war. Molly zuliebe hatte er sich von seiner ersten Frau scheiden lassen. Er wurde in Reno geschieden und heiratete Molly gleich darauf, ebenfalls in Reno. Als er nach England zurückkehrte, stellte er fest, daß das britische Gesetz seine Heirat mit Molly als Bigamie ansah, da es zwar die Gültigkeit von in Reno geschlossenen, aber nicht von in Reno geschiedenen Ehen anerkennt. Seine zweite Frau, die sehr dick war, pflegte grüne Kordknickerbocker zu tragen; wenn sie sich in Telegraph House über ein Blumenbeet beugte, wunderte man sich stets bei ihrem Anblick von hinten darüber, daß er sie all dessen, was er ihretwegen durchmachte, für wert befunden hatte.

Wie die von Miss Morris fanden auch ihre Tage ein Ende, und er verliebte sich in Elizabeth. Molly, von der er sich scheiden lassen wollte, verlangte £ 400 jährlich als Preis dafür; nach seinem Tod mußte ich diese Summe zahlen. Sie starb im Alter von neunzig.

Elizabeth ihrerseits verließ ihn und schrieb einen unerträglich grausamen Roman mit dem Titel *Vera* über ihn. In diesem Roman ist Vera bereits tot; sie ist seine Frau gewesen, und man nimmt an, daß sein Herz bei diesem Verlust brach. Sie starb, indem sie aus einem der Turmfenster von Telegraph House fiel. Mit dem Fortgang des Romans errät der

Leser allmählich, daß ihr Tod kein Zufall war, sondern durch die Grausamkeit meines Bruders veranlaßter Selbstmord. Dies brachte mich dazu, meinen Kindern den nachdrücklichen Rat zu geben: »Heiratet keine Romanschreiber.«
In diesem erinnerungsreichen Haus richteten wir unsere Schule ein. Was die Organisation der Schule betrifft, so erlebten wir einige Schwierigkeiten, die wir hätten voraussehen sollen. Vor allem gab es das Finanzproblem. Es wurde uns klar, daß es ein gewaltiger materieller Verlust würde. Wir hätten das nur durch eine größere Schule und unzureichendes Essen verhindern können, doch das wäre nur möglich gewesen, wenn wir den Charakter der Schule geändert hätten, um auch konventionellen Eltern zu gefallen. Glücklicherweise verdiente ich zu jener Zeit viel Geld durch Bücher und Vortragsreisen in Amerika. Ich unternahm insgesamt vier solcher Reisen – 1924 (wie schon erwähnt), 1927, 1929 und 1931. Die Reise im Jahr 1927 machte ich während des ersten Schulhalbjahres, so daß ich bei den Anfängen nicht dabei war. Während des zweiten Halbjahres ging Dora auf eine Vortragsreise nach Amerika. Auf diese Weise hatte während der ersten beiden Halbjahre nie mehr als einer von uns die Leitung. Wenn ich nicht in Amerika war, mußte ich Bücher schreiben, um das nötige Geld zu verdienen. Daher war es mir nie möglich, meine ganze Zeit der Schule zu widmen.
Eine zweite Schwierigkeit bestand darin, daß einige der Lehrer, wie oft und wie genau wir ihnen auch unsere Prinzipien erklärten, nicht dazu gebracht werden konnten, danach zu handeln, wenn nicht einer von uns anwesend war.
Eine dritte und vielleicht die bedeutendste Schwierigkeit war, daß wir übermäßig viele Problemkinder hatten. Wir hätten uns vor dieser Falle in acht nehmen müssen, aber anfänglich nahmen wir fast jedes Kind mit Freuden auf. Die Eltern, die sich am ehesten bereit zeigten, neue Methoden auszuprobieren, waren jene, die Schwierigkeiten mit ihren Kindern hatten. In der Regel waren diese Schwierigkeiten die Schuld der Eltern, und die üblen Auswirkungen ihrer Unvernunft wur-

den in den Ferien immer wieder erneuert. Was auch immer der Grund gewesen sein mag: viele der Kinder waren grausam und destruktiv. Den Kindern Freiheit zu gewähren, hieß, eine Herrschaft des Terrors einzuführen, bei der die Schwachen unter den Starken zitterten und litten. Eine Schule ist wie die Welt: nur eine Regierung kann brutale Gewalt verhindern. Und so war ich gezwungen, die Kinder ständig zu überwachen, wenn sie keinen Unterricht hatten, um Grausamkeiten zu verhindern. Wir teilten sie in drei Gruppen, in Große, Mittlere und Kleine. Ein Junge der mittleren Gruppe mißhandelte ständig die Kleinen, so daß ich ihn fragte, warum er das tue. Seine Antwort war: »Die Großen haben mich gehauen, darum habe ich die Kleinen gehauen; das ist fair.« Und er dachte das wirklich.

Manchmal kamen wirklich finstere Impulse ans Licht. Unter den Schülern gab es einen Bruder und eine Schwester, denen ihre sehr gefühlvolle Mutter beigebracht hatte, einander ein völlig fantastisches Maß an Zuneigung zu beweisen. Eines Tages fand der das Mittagessen beaufsichtigende Lehrer ein Stück Hutnadel in der Suppe, die gerade ausgeteilt werden sollte. Bei Nachforschungen stellte sich heraus, daß die angeblich so liebevolle Schwester sie hineingetan hatte. »Hast du nicht gewußt, daß sie dich hätte töten können, wenn du sie geschluckt hättest?« fragten wir. »O ja«, sagte sie, »aber ich esse keine Suppe.« Weitere Nachforschungen machten es ziemlich klar, daß sie gehofft hatte, ihr Bruder werde das Opfer sein. Ein anderes Mal, als wir einem unbeliebten Kind ein Kaninchenpärchen geschenkt hatten, unternahmen zwei andere Kinder den Versuch, es zu verbrennen, und machten dabei ein großes Feuer, das mehrere Morgen Land schwärzte und, wenn der Wind sich gedreht hätte, das ganze Haus niedergebrannt hätte.

Für uns persönlich und für unsere beiden Kinder gab es besondere Sorgen. Die anderen Jungen dachten natürlich, daß unser Sohn übermäßig vorgezogen würde, während wir, um ihn oder seine Schwester nicht vorzuziehen, eine unnatürliche Distanz zwischen ihnen und uns wahren mußten, außer während der Ferien. Sie ihrerseits litten darunter, daß sie ihre Loyalität teilen mußten: entweder mußten sie »petzen« oder ihre Eltern hintergehen. Die völlige Unbeschwertheit in unserem Verhältnis zu John und Kate war auf diese Weise zerstört, und an ihre Stelle traten Peinlichkeit und Verlegenheit. Ich glaube, wann immer Eltern und Kinder an derselben Schule sind, muß zwangsläufig etwas Ähnliches geschehen.

Rückblickend habe ich den Eindruck, daß manches an den Prinzipien, nach denen die Schule geleitet wurde, falsch war. Kleinere Kinder in einer Gruppe können nicht ohne ein gewisses Maß an Ordnung und Routine glücklich sein. Überläßt man sie bei ihren Unterhaltungen sich selbst, so langweilen sie sich und werden zu Tyrannen und Zerstörern. In ihrer Freizeit sollte immer ein Erwachsener zugegen sein, der irgendein nettes Spiel oder Vergnügen vorschlägt und die Initiative ersetzt, die von kleinen Kindern kaum erwartet werden kann.

Verkehrt war außerdem, daß mehr Freiheit vorgespiegelt wurde, als tatsächlich vorhanden war. Es gab sehr wenig Freiheit, wenn es sich um Gesundheit und Sauberkeit handelte. Die Kinder mußten sich waschen, ihre Zähne putzen und zur richtigen Zeit ins Bett gehen. Wir hatten zwar nie verkündet, daß es in solchen Dingen Freiheit geben solle, aber törichte Leute, und vor allem Journalisten auf der Suche nach Sensationen, hatten behauptet oder geglaubt, wir träten für eine völlige Abwesenheit aller Beschränkungen und Zwänge ein. Wenn man den älteren Kindern sagte, sie sollten ihre Zähne putzen, so pflegten sie sarkastisch zu sagen: »Und das nennt man eine freie Schule!« Diejenigen, die ihre Eltern über die in der Schule zu erwartende Freiheit sprechen gehört hatten, versuchten das zu testen und zu sehen, wie weit sie ungezogen sein könnten, ohne ermahnt zu werden. Da wir nur Dinge verboten, die eindeutig schädlich waren, waren solche Experimente oft sehr lästig.

Im Jahr 1929 veröffentlichte ich *Marriage and Morals,* das ich bei meiner Genesung von Keuchhusten diktierte (wegen meines Alters hatte man meine Krankheit erst erkannt, als ich die meisten Kinder in der Schule angesteckt hatte). Es war vor allem dieses Buch, das 1940 in New York Material für einen Angriff gegen mich lieferte. Ich entwickelte darin die Ansicht, daß völlige Treue in den meisten Ehen nicht zu erwarten sei, daß aber Mann und Frau trotz Affairen fähig sein sollten, gute Freunde zu bleiben. Ich behauptete jedoch nicht, daß eine Ehe erfolgreich weitergeführt werden könne, wenn die Frau eines oder mehrere Kinder habe, deren Vater nicht ihr Gatte sei; in diesem Fall hielt ich die Scheidung für wünschenswert. Ich weiß nicht, was ich jetzt zu dem Thema Ehe denke. Mir scheint, es gibt unüberwindliche Einwände gegen jede verallgemeinernde Theorie. Vielleicht verursacht eine leichte Scheidung weniger Unglück als jedes andere System, aber es ist mir nicht mehr möglich, in bezug auf das Thema der Ehe dogmatisch zu sein.

In dem darauffolgenden Jahr 1930 veröffentlichte ich *The Conquest of Happiness,* ein Buch, in dem ich allgemeine Ratschläge gab, wie der einzelne temperamentbedingtes Unglück überwinden könne, im Gegensatz zu dem, was durch einen Wandel des sozialen und wirtschaftlichen Systems bewirkt werden kann. Dieses Buch wurde von Lesern dreier verschiedener Schichten unterschiedlich beurteilt. Nichtintellektuelle Leser, für die es bestimmt war, schätzten es, mit dem Ergebnis, daß es einen sehr großen Absatz fand. Geistig Anspruchsvolle betrachteten es dagegen als eine zu verachtende Brotarbeit, als das Buch eines Eskapisten, das den ungebührlichen Anspruch erhebt, es gäbe auch außerhalb der Politik nützliche Dinge zu tun und zu sagen. Aber bei einer dritten Gruppe, nämlich den Berufspsychiatern, erntete das Buch großes Lob. Ich weiß nicht, wer recht hatte; ich weiß jedoch, daß das Buch zu einer Zeit geschrieben wurde, als ich viel Selbstkontrolle und vieles brauchte, was ich durch schmerzliche Erfahrungen gelernt hatte, wenn ich mir ein dauerhaftes Glück bewahren wollte.

Während der nächsten Jahre war ich zutiefst unglücklich,

und einiges, was ich zu jener Zeit schrieb, gibt ein besseres Bild meiner Stimmung als alles, was ich jetzt aus der ein wenig verblaßten Erinnerung heraus sagen kann.
Zu jener Zeit schrieb ich einmal in der Woche einen Artikel für die Hearst Press. Ich verbrachte den Weihnachtstag 1931 auf dem Atlantik, da ich von einer meiner amerikanischen Vortragsreisen zurückkehrte, und wählte daher für den Artikel jener Woche das Thema »Weihnachten auf See«. Dies ist der Artikel, den ich schrieb:

Weihnachten auf See

Zum zweitenmal in meinem Leben verbringe ich den Weihnachtstag auf dem Atlantik. Es ist fünfunddreißig Jahre her, daß ich zum erstenmal dieses Erlebnis hatte, und wenn ich vergleiche, was ich jetzt fühle und was ich von meinen damaligen Gefühlen erinnere, so lerne ich viel über das Altern.
Vor fünfunddreißig Jahren war ich seit kurzem verheiratet, kinderlos, sehr glücklich und begann, die Freuden des Erfolgs zu genießen. Familie erschien mir wie eine äußere Macht, die einen in der Freiheit behindert: die Welt war für mich eine Welt des individuellen Abenteuers. Ich wollte meine eigenen Gedanken denken, meine eigenen Freunde finden, meinen eigenen Wohnsitz wählen, ohne Rücksicht auf die Tradition oder die ältere Generation oder irgend etwas außer meinen eigenen Wünschen. Ich fühlte mich stark genug, allein zu stehen, ohne Stützen.
Nun erkenne ich, was ich damals nicht wußte, daß diese Haltung einer überschäumenden Vitalität entsprang. Ich empfand Weihnachten auf See als angenehmes Vergnügen und freute mich über die Bemühungen der Schiffsoffiziere, diesen Anlaß so festlich wie möglich zu begehen. Das Schiff schlingerte gewaltig, und bei jedem Brecher rutschten die Überseekoffer in allen Kabinen mit Donnergetöse von einer Seite auf die andere. Je lauter der Lärm wurde, um so mehr brachte er mich zum Lachen: alles war ein Riesenspaß.
Man sagt, die Zeit macht einen Menschen reif. Ich glaube das

nicht. Die Zeit macht einen Menschen furchtsam, und die Furcht macht ihn versöhnlich, und wenn er versöhnlich ist, bemüht er sich, anderen auf eine Weise zu erscheinen, die sie für reif halten. Und mit der Furcht kommt das Bedürfnis nach Zuneigung, nach menschlicher Wärme, um die Kälte des eisigen Universums abzuhalten. Wenn ich von Furcht spreche, so meine ich nicht nur oder hauptsächlich die persönliche Furcht: die Furcht vor dem Tod, vor Hinfälligkeit oder Mangel oder solchem lediglich irdischen Unglück. Ich denke an eine mehr metaphysische Angst. Ich denke an die Angst, die in die Seele durch die Erfahrung der größten Übel dringt, denen das Leben unterworfen ist: an den Verrat von Freunden, an den Tod derer, die wir lieben, an die Entdeckung der Grausamkeit, die in der durchschnittlichen menschlichen Natur lauert.

Während der fünfunddreißig Jahre seit meinem letzten Weihnachtsfest auf dem Atlantik hat die Erfahrung dieser Übel meine unbewußte Einstellung zum Leben verändert. Allein zu stehen mag immer noch als moralische Anstrengung möglich sein, ist aber nicht länger ein angenehmes Abenteuer. Ich sehne mich nach der Gesellschaft meiner Kinder, nach der Wärme der heimischen Feuerstelle, nach der Unterstützung durch historische Kontinuität und Mitgliedschaft einer großen Nation. Das sind sehr gewöhnliche menschliche Freuden, die die meisten älteren Leute zu Weihnachten genießen. Nichts ist darin, was den Philosophen von anderen Menschen unterschiede; im Gegenteil, eben ihre Gewöhnlichkeit läßt sie das Gefühl tiefer Einsamkeit wirksamer lindern.

Und so ist Weihnachten auf See, einst ein angenehmes Abenteuer, schmerzlich geworden. Es scheint die Einsamkeit des Menschen zu symbolisieren, der das Alleinsein erwählt hat und sein eigenes Urteil lieber gebraucht als das der Herde. Eine melancholische Stimmung ist unter diesen Umständen unvermeidlich und sollte nicht unterdrückt werden.

Aber es muß auch noch etwas anderes gesagt werden. Häusliche Freuden können, wie alle sanfteren Freuden, den Willen untergraben und den Mut zerstören. Die häusliche Wärme des traditionellen Weihnachtsfestes ist gut, aber ebenso auch der Südwind und der Sonnenaufgang über dem Meer und die Freiheit des Horizontes über dem Wasser. Die Schönheit dieser Dinge wird durch die menschliche Torheit und Bosheit nicht verringert, sie bleibt, um dem schwindenden Idealismus des Alternden Kraft zu geben.

25. Dezember 1931

Wie es natürlich ist, wenn man versucht, die tiefere Ursache für das eigene Unglück zu ignorieren, fand ich allgemeine Gründe für meine Schwermut. Ich war in den ersten Jahren des Jahrhunderts persönlich sehr unglücklich gewesen, aber zu jener Zeit vertrat ich eine mehr oder weniger platonische Philosophie, die es mir ermöglichte, Schönheit im außermenschlichen Universum zu sehen. Die Mathematik und die Sterne trösteten mich, wenn die menschliche Welt ohne Trost zu sein schien. Aber ein Wandel in meiner Philosophie brachte mich um diesen Trost. Solipsismus bedrückte mich, besonders nachdem ich Interpretationen der Physik wie die von Eddington durchgearbeitet hatte. Es sah so aus, als ob das, was wir als Naturgesetze angesehen hatten, nur sprachliche Konventionen seien und die Physik nicht wirklich mit der äußerlichen Welt in Beziehung stehe. Ich will nicht sagen, daß ich das wirklich glaubte, aber es wurde zu einem Alptraum, der immer mehr von meiner Vorstellung Besitz ergriff. In einer nebligen Nacht, als ich in meinem Turm in Telegraph House saß, nachdem alle anderen schlafen gegangen waren, gab ich dieser Stimmung in einer pessimistischen Meditation Ausdruck:

Moderne Physik

Allein um Mitternacht in meinem Turm, erinnere ich mich an die Wälder und Hügel, an die See und den Himmel, die das Tageslicht gezeigt hat. Jetzt, wo ich durch jedes der vier

Fenster blicke, nach Norden, Süden, Osten und Westen, sehe ich nur mein eigenes Bild, trübe widergespiegelt oder in schrecklicher Undurchsichtigkeit als Schatten auf dem Nebel. Was tut's? Wenn ich vom Schlaf erwache, wird der morgige Sonnenaufgang die Schönheit der äußeren Welt zurückbringen.

Aber die geistige Nacht, die sich auf mich gesenkt hat, ist weniger kurz und verspricht kein Erwachen nach dem Schlaf. Früher schienen mir Grausamkeit und Gemeinheit, die staubigen, verzehrenden Leidenschaften des menschlichen Lebens ein Geringes, wie ein aufgelöster Mißklang in der Musik, zwischen dem Glanz der Sterne und der erhabenen Prozession der geologischen Zeitalter. Was, wenn das Universum den allgemeinen Tod stürbe? Es war dennoch unerschütterlich und prächtig. Nun aber ist alles zusammengeschrumpft und nicht mehr als mein eigenes Abbild in den Fenstern der Seele, durch die ich hinaussehe in die Nacht des Nichts. Das Kreisen der Nebel, die Geburt und der Untergang der Sterne sind nichts mehr als bequeme Fiktionen bei dem trivialen Versuch, meine eigenen Wahrnehmungen und vielleicht die anderer, die nicht viel besser sind als die meinen, zu verknüpfen. Nie hat man einen dunkleren und engeren Kerker gebaut als den, in den die Schattenphysik unserer Zeit uns einschließt, denn jeder Gefangene glaubte einst, daß außerhalb seiner Mauern eine freie Welt existiere; nun aber ist das ganze Universum Gefängnis geworden. Es herrscht Dunkelheit draußen, und wenn ich sterbe, wird Dunkelheit drinnen herrschen. Nirgends ist Glanz oder Weite; nur Belanglosigkeit für einen Augenblick, und dann nichts.

Warum in einer solchen Welt leben? Warum gar sterben?

Im Mai und Juni 1931 diktierte ich meiner damaligen Sekretärin, Peg Adams, die früher Sekretärin bei einem Radscha und einer Rani gewesen war, eine kurze Autobiographie, die die Grundlage dieses Buches bis 1921 bildet. Ich beendete sie mit einem Epilog, in dem ich, wie man sehen wird, keine persönliche Unzufriedenheit zugab, sondern nur politische und metaphysische Desillusionierung. Ich füge diesen Epilog ein, nicht weil er ausdrückt, was ich jetzt fühle, sondern weil er zeigt, wie überaus schwer es mir fiel, mich an eine sich wandelnde Welt und eine sehr nüchterne Philosophie anzupassen.

Epilog

Mein persönliches Leben ist seit meiner Rückkehr aus China glücklich und friedvoll gewesen. Von meinen Kindern habe ich mindestens so viel instinktive Befriedigung erhalten, wie ich vermutete, und ich habe mein Leben im wesentlichen nach ihnen gerichtet. Aber während mich mein persönliches Leben befriedigt hat, sind meine allgemeinen Ansichten immer düsterer geworden, und es ist mir immer schwerer gefallen zu glauben, daß sich die Hoffnungen, die ich einst hegte, in absehbarer Zukunft erfüllen könnten. Indem ich mich mit der Erziehung meiner Kinder beschäftigte und Geld für sie verdiente, versuchte ich aus meinen Gedanken die allgemeine Verzweiflung, die mich ständig überkommen will, zu verdrängen. Seit der Pubertät habe ich an den Wert zweier Dinge geglaubt: an Güte und an klares Denken. Zuerst waren beide mehr oder weniger getrennt; wenn ich mich siegreich fühlte, glaubte ich mehr an das klare Denken, und in der gegenteiligen Stimmung mehr an Güte. Allmählich haben sich die beiden in meinem Gefühl immer mehr einander angenähert. Ich sehe, daß mancher unklare Gedanke als Entschuldigung für Grausamkeit existiert und daß manche Grausamkeit durch Aberglauben veranlaßt wird. Der Krieg hat mich mit aller Stärke auf diese Grausamkeit in der menschlichen Natur aufmerksam gemacht, aber ich hoffte nach dem Kriegsende auf eine Reaktion. Rußland gab mir das Gefühl, daß man, was eine Vermehrung der Güte in der Welt betrifft, wenig von einer Revolte gegen die existierenden Regierungen zu hoffen habe, außer vielleicht in Bezug auf Kinder. Die Grausamkeit der konventionellen Erziehungsmethoden Kindern gegenüber ist erschreckend, und ich staunte über den Widerwillen, den man gegen jene empfindet, die ein gütigeres System vorschlagen.

Als Patriot bedrückt mich der bisher nur teilweise, aber wahrscheinlich bald wesentlich vollständigere Niedergang Englands. Die englische Geschichte der letzten vierhundert Jahre liegt mir im Blut, und ich hätte gewünscht, meinem Sohn die Tradition des Gemeinsinns übermitteln zu können, der in der Vergangenheit geschätzt wurde. In der Welt, die ich voraussehe, wird es für diese Tradition keinen Platz mehr geben, und er wird von Glück sprechen können, wenn er mit dem Leben davonkommt. Das Gefühl eines bevorstehenden Verhängnisses läßt jede Tätigkeit, die man in England ausübt, irgendwie nichtig erscheinen.

In der übrigen Welt sehe ich, wenn die Zivilisation überlebt, eine Vorherrschaft entweder Amerikas oder Rußlands voraus, und in beiden Fällen ein System, in dem eine straffe Organisation die Individuen dem Staat so völlig unterordnet, daß hervorragende Persönlichkeiten nicht länger möglich sein werden.

Und wie steht es mit der Philosophie? Die besten Jahre meines Lebens habe ich den Prinzipien der Mathematik gewidmet, in der Hoffnung, irgendwo ein sicheres Wissen zu finden. Trotz dreier dicker Bände hat die ganze Anstrengung in mir mit Zweifel und Verwirrung geendet. Was die Metaphysik betrifft, so erlebte ich, als ich anfangs unter dem Einfluß Moores den Glauben an den deutschen Idealismus über Bord warf, die Freude des Glaubens, daß die erfaßbare Welt wirklich sei. Nach und nach, vor allem unter dem Einfluß der Physik, ist diese Freude verblaßt, und ich wurde auf einen Standpunkt gedrängt, der jenem Berkeleys nicht unähnlich ist, doch ohne seinen Gott und seine anglikanische Selbstzufriedenheit.

Wenn ich mein Leben überblicke, so scheint es mir nutzlos – unmöglichen Idealen gewidmet. In der Nachkriegswelt habe ich keine erreichbaren Ideale gefunden, um die zu ersetzen, deren Unerreichbarkeit ich eingesehen hatte. Was die Dinge betrifft, die mir wichtig waren, so scheint mir für die Welt eine Epoche der Dunkelheit zu beginnen. Als Rom fiel, konnte sich der heilige Augustin, ein Bolschewik seiner Zeit, mit einer neuen Hoffnung trösten, aber meine Ansichten über meine Zeit ähneln weniger den seinen, als denen jener unglücklichen heidnischen Philosophen aus der Zeit Justinians, von denen Gibbon schreibt, sie hätten Asyl in Persien gesucht, seien jedoch so angewidert gewesen von dem, was sie dort sahen, daß sie trotz des christlichen Fanatismus, der ihnen das Lehren verbot, nach Athen zurückkehrten. Sie waren sogar glücklicher als ich, denn sie hatten einen festen intellektuellen Glauben; sie hegten keinen Zweifel an der Größe Platos. Ich für mein Teil finde in den modernsten Gedanken etwas Ätzendes, das die großen Systeme sogar der jüngsten Vergangenheit angreift, und ich glaube nicht, daß die konstruktiven Bemühungen der heutigen Philosophen und Wissenschaftler auch nur irgendwie der Gültigkeit ihrer destruktiven Kritik gleichkommen.

Die Macht der Gewohnheit läßt mich mit meiner Tätigkeit fortfahren, und in der Gesellschaft anderer vergesse ich die Verzweiflung, die hinter meinen täglichen Aufgaben und Vergnügungen steht. Aber wenn ich allein und müßig bin, kann ich vor mir selbst nicht verbergen, daß mein Leben keinen Zweck gehabt hat und ich kein neues Ziel weiß, dem ich die mir noch verbleibenden Jahre widmen könnte. Ich bin gefangen in einem unabsehbaren Nebel emotioneller und metaphysischer Einsamkeit, aus dem ich nicht herausfinden kann.

[11. Juni 1931]

Briefe

Von Joseph Conrad

Oswalds
Bishopsbourne, Kent
23. Okt. 1922

Mein lieber Russell,

als Ihr Buch[1] eintraf, waren wir für einige Tage fort. Vielleicht forderten »les convenances«, daß ich seinen Empfang

1 *The Problem of China.*

sofort bestätigte. Aber ich zog vor, es zu lesen, bevor ich schrieb. Unglücklicherweise brach eine sehr unangenehme Angelegenheit über mich herein und nahm vierzehn Tage lang alle meine Denkenergie in Anspruch. Ich versuchte gar nicht erst, das Buch zu öffnen, bevor die Sorgen und Stürme vorbei waren und ich ihm zwei klare Tage widmen konnte.

Ich habe die Chinesen immer geliebt, sogar diejenigen, die mich (und ein paar andere Leute) im Hof eines Privathauses in Tschantabun umzubringen versuchten, sogar (aber nicht ebenso) den Kerl, der mir in einer Nacht in Bangkok mein ganzes Geld stahl, aber meine Kleider fein säuberlich bürstete und zusammenlegte, damit ich sie am Morgen anziehen könne, ehe er tief nach Siam verschwand. Ich empfing auch manche Gefälligkeit von verschiedenen Chinesen. Das, zusammen mit einer Abendunterhaltung mit dem Sekretär Seiner Exzellenz Tseng auf einer Hotelveranda und dem oberflächlichen Studium eines Gedichts *The Heathen Chinee* ist alles, was ich von den Chinesen weiß. Aber nachdem ich Ihre hochinteressante Meinung zu dem chinesischen Problem gelesen habe, blicke ich mit Sorge auf die Zukunft ihres Landes.

Wer nicht die Wahrheit Ihrer Schlußfolgerung sieht, kann sie nur nicht sehen wollen. Sie lassen einem das Herz erstarren, vor allem wenn Sie sich mit dem amerikanischen Element befassen. Das würde in der Tat ein schreckliches Schicksal für China oder jedes andere Land sein. Ihr Buch geht mir um so tiefer, als der einzige Hoffnungsstrahl, den sie zulassen, die Einführung des internationalen Sozialismus ist, und so etwas habe ich nie eine bestimmte Bedeutung beimessen können. Es ist mir nie gelungen, in dem Buch oder den Worten von irgend jemand etwas zu finden, was sich überzeugend genug einen Augenblick lang gegen mein tiefsitzendes Gefühl hätte behaupten können, nämlich, daß Fatalität diese Menschenwelt lenkt. Schließlich ist Sozialismus nur ein System, nicht sehr tiefgründig und sehr plausibel. Als reine Träumerei gesehen ist es nicht von sehr großer Qualität und ähnelt auf merkwürdige Weise dem Traum eines hungrigen

Mannes von einem prächtigen Festessen, das von zahlreichen Bütteln mit Dreispitzen auf dem Kopf bewacht wird. Doch ich weiß, Sie würden nicht von mir erwarten, an *irgendein* System zu glauben. Das einzige Heilmittel für die Chinesen und uns alle ist ein Wandel des Herzens, aber, wenn man sich die Geschichte der letzten 2000 Jahre ansieht, so hat man nicht viel Anlaß, das zu erwarten, selbst wenn der Mensch zu fliegen begonnen hat – ein großer »Aufschwung« zweifellos, aber keine große Veränderung. Er fliegt nicht wie ein Adler; er fliegt wie ein Käfer. Und es muß Ihnen aufgefallen sein, wie häßlich, lächerlich und albern der Flug eines Käfers ist.

Ihr Kapitel über den chinesischen Charakter zeigt die wunderbare Vollendung, die man von Ihnen erwartet. Es mag nicht vollständig sein. Das weiß ich nicht. Aber so, wie es ist, scheint es mir in seinen leichten Strichen und seiner tiefen Einsicht makellos. Es fällt mir nicht schwer, es zu akzeptieren, denn ich glaube an Anmut vereint mit Grausamkeit, an Mitleid zusammen mit völliger Brutalität und an absolute Aufrichtigkeit hinter offensichtlichster Korruption. Und was diesen letzten Punkt betrifft, so möchte ich Ihnen zu bedenken geben, daß wir diesem Charakterzug nicht allzu viel Wichtigkeit beimessen sollten – eben weil es sich *nicht* um einen Charakterzug handelt! Jedenfalls nicht mehr als in anderen menschlichen Rassen. Ich habe den Verdacht, daß die chinesische Korruption eine Einrichtung ist: einfach eine Methode, Gehälter zu zahlen. Natürlich war das sehr gefährlich. Und deshalb hatten die kaiserlichen Erlässe, die zur Ehrlichkeit aufriefen, keinerlei Wirkung auf die Beamten der Regierung. Aber Chinesen sind im Grunde Geschöpfe von Erlässen, und in jedem anderen Bereich ist ihr charakteristisches Merkmal, ich möchte sagen, skrupulöse Ehrlichkeit.

Ein anderer Vorschlag von Ihnen erschreckt mich und erregt mein Mitleid mit den Chinesen, mehr noch als die Aussicht auf ein amerikanisiertes China. Es handelt sich um Ihre Vorstellung eines ausgewählten Rates, jener streng disziplinierten Vereinigung, die Entscheidungen trifft etc. etc. (S. 244). Wenn man auf eine im Tageslicht verkündete Verfassung, die zumindest die Möglichkeit hat, vom Volk verstanden zu werden, nicht bauen kann, welches Vertrauen soll man zu einer selbsternannten und wahrscheinlich geheimen Vereinigung haben, die der Natur der Dinge entsprechend über dem Gesetz stehen muß, um Individuen oder Institutionen zu empfehlen oder zu verwerfen? Da ich mir nicht denken kann, daß Sie ein Sklave von Phrasen oder ein Opfer von Selbsttäuschung sind, erhebe ich nur mit der größten Schüchternheit meinen Protest gegen Ihren Plan, der *par la force des choses* und durch eben die Art seines Entstehens nur eine Vereinigung von Angebern der gefährlichsten Sorte sein kann. Es gibt nicht genug Ehre, Tugend und Selbstlosigkeit *in der Welt*, als daß aus einem solchen Rat etwas anderes als die größte Gefahr für jede moralische, geistige oder politische Unabhängigkeit würde. Er würde zum Mittelpunkt der Denunziation, Intrige und Eifersucht niedrigster Art werden. Keine Gedankenfreiheit, kein Herzensfrieden, kein Genie, keine Individualität, die das Haupt über die unterwürfige Masse zu erheben versuchte, wäre vor der Beherrschung durch einen solchen Rat und der unvermeidlichen Sittenverderbnis seiner Machtinstrumente sicher. Denn ich muß annehmen, daß Sie der Ansicht sind, er solle Macht haben und Beamte, diese Macht auszuüben – sonst wäre er ebenso unwesentlich, wie wenn er aus Engeln bestünde, von denen zehntausend auf einer Nadelspitze Platz haben ... Aber ich würde einer solchen Gesellschaft nicht trauen, selbst wenn sie aus Engeln bestünde ... Mehr noch! Ich würde, mein lieber Freund (um Sie im Heilsarmeestil anzusprechen), dieser Gesellschaft sogar dann nicht trauen, wenn Bertrand Russell selbst nach 40tägiger Meditations- und Fastenzeit die Mitglieder auswählte. Nachdem ich dies gesagt habe, kann ich mich meiner gewohnten Ruhe wieder hingeben; denn ich kann mir wirklich nicht vorstellen, wie ich meinem äußersten Mißfallen und Mißtrauen über ein solches Mittel zur Rettung Chinas stärkeren Ausdruck geben sollte.

Ich sehe in der *Times* von heute morgen (dieser Brief ist gestern angefangen) einen Leitartikel über Ihr *Problem of*

China, der Sie hoffentlich angesichts meines wilden Angriffs trösten und aufrichten wird. Er sollte tödlich sein; aber ich sehe, daß Sie, da ich alt und gebrechlich bin, meinetwegen nie aus dem Lande zu fliehen oder um Polizeischutz zu bitten brauchten. Es wird Sie zweifellos freuen, wenn Sie hören, daß mein Körper durch einen quälenden Husten kampfunfähig und mein unternehmender Geist von einer unerklärlichen Depression unwiederbringlich gebändigt ist. So werden die Gottlosen geschlagen, und so suchen einen Dinge, die »das Verständnis übersteigen« heim! ... Aber ich will Ihnen keine Meditation über meine Depression auftischen. Der Wahnsinn liegt in dieser Richtung.
Ihre – wirklich in ihrer Sanftheit christlichen – Zeilen haben mich gerade erreicht. Ich bewundere Ihre Fähigkeit, Sündern zu vergeben, und ich fühle mich durch den Schein Ihres Wohlwollens erwärmt. Aber ich protestiere gegen Ihre Gutgläubigkeit in bezug auf Zeitungsberichte! Ich wußte nicht, daß ich in der Stadt bleiben mußte, um Proben beizuwohnen. Welcher Lump hat das angeordnet, frage ich mich? Tatsache ist, daß ich letzten Mittwoch für ganze 4 Stunden und 20 Minuten aufgetaucht bin; und daß ich dem Theater (das Ganze ist wie ein absurder Traum) an einem Tag dieser Woche einen weiteren Besuch abstatten muß. Sie können nicht daran zweifeln, *mon Compère,* daß ich wirklich das Kind sehen will, dessen Ankunft diese intime Beziehung zwischen uns hat entstehen lassen. Aber mir schaudert davor, die Nacht in der Stadt zu verbringen. Ich habe wirklich Angst davor. Das ist kein Scherz. Ebensowenig würde ich von den Dächern herabschimpfen. Ich vertraue Ihnen dies als traurige Wahrheit an. Dennoch – das kann nicht so bleiben; und bald werde ich eine besondere Reise unternehmen, um Sie alle an einem vereinbarten Tag zu sehen. Inzwischen übermitteln Sie ihm meine ganz besondere und ausschließliche Liebe. Bitte versichern Sie Ihre Frau so meiner Ehrerbietung, wie es die Höflichkeit erheischt, und empfehlen Sie mich – wie es meine wirklichen Gefühle verlangen – sehr herzlich meiner *très honorée Commère.* Und haben Sie doch bitte weiterhin

Nachsicht mit dieser unbedeutenden und unwürdigen Person, die sich zu unterzeichnen wagt

Stets Ihr
Joseph Conrad

Von Wm. F. Philpott

Chelsea, S. W.
14. 11. 22

Sehr geehrter Herr,
anliegend schicke ich einiges von der Literatur zurück, die Sie mir zur Durchsicht sandten.
In einem der Aufsätze heißt es: »Warum denkende Leute die Labour-Partei wählen.«
Denkende Leute wählen überhaupt nicht die Labour-Partei, sondern nur solche, die nicht weiter als ihre Nase sehen können.
Nach Ihrem Photo sieht es nicht so aus, als ob Sie die Wiege seit langem verlassen hätten, und deshalb glaube ich, es wäre klug von Ihnen, nach Hause zu gehen und sich an die Brust legen zu lassen. Die Wähler von Chelsea wollen einen erfahrenen Mann für ihre Vertretung. Nehmen Sie meinen Ratschlag an und überlassen Sie die Politik reiferen Männern. Wenn Sie sich nicht an den französisch-preußischen Krieg von 1870 oder an den russisch-türkischen von 1876/77 erinnern können, dann sind Sie nicht alt genug, um Politiker zu sein.
Ich kann mich an beide Kriege erinnern und auch an den Krieg von -/66, als die Schlacht von Königgrätz geschlagen wurde.
England hatte damals erfahrene Männer, um es zu vertreten.
Ich fürchte, wir werden nie wieder jemanden wie Lord Derby und Dizzy als Führer haben.

Ihr ergebener
Wm. F. Philpott

Allgemeine Parlamentswahlen, 15. November 1922

An die Wähler von Chelsea

Sehr geehrter Herr oder sehr verehrte Dame,
auf Einladung des Exekutivkomitees der Labour-Partei von Chelsea stelle ich mich Ihnen als Labour-Kandidat für die bevorstehende allgemeine Wahl vor. Ich bin seit vielen Jahren Mitglied der Unabhängigen Labour-Partei und stimme völlig mit dem Programm dieser Partei überein, das sie am 26. Oktober veröffentlicht hat.

Die Regierung, die seit dem Waffenstillstand im Amt ist, hat während der vergangenen vier Jahre nichts getan, um in Europa wieder ein normales Leben herzustellen. Unser Handel leidet, weil unsere Kunden ruiniert sind. Das ist der Hauptgrund für die in unserer Geschichte bisher beispiellose Arbeitslosigkeit und Not, unter denen unser Land in den letzten zwei Jahren gelitten hat. Wenn wir einen Teil unseres Reichtums zurückerobern wollen, so ist die erste Notwendigkeit eine kluge und bestimmte Außenpolitik, die zur Erneuerung Ost- und Mitteleuropas führt und so unbedachte und leichtsinnige Abenteuer vermeidet wie jenes, das uns fast in einen Krieg mit den Türken gestürzt hat. Die Labour-Partei ist die einzige Partei, deren Außenpolitik klar und vernünftig ist, die einzige, die Britannien wahrscheinlich vor noch schlimmeren Katastrophen zu bewahren vermag als den schon erlittenen. Die Politik der neuen Regierung unterscheidet sich, nach den Aussagen ihrer eigenen Anhänger, in keinem Punkt von der Politik der alten. Das Land ist auf die Unfähigkeit der Koalitionsregierung aufmerksam geworden, und die meisten ihrer Anhänger hoffen, den Zorn der Wählerschaft abwenden zu können, indem sie vorgeben, zu einer ganz anderen Gruppe zu gehören. Das ist ein alter Trick, ein wenig zu alt, um in unserer Zeit erfolgreich angewandt zu werden. Wer die Notwendigkeit einer neuen Politik sieht, sollte neue Männer unterstützen und nicht die alten unter einem neuen Aushängeschild.

Drastische Sparmaßnahmen sind nötig, aber nicht auf Kosten der am wenigsten vom Glück begünstigten Mitglieder der Gemeinschaft und vor allem nicht auf Kosten der Erziehung und Sorge für die Kinder, von denen die Zukunft der Nation abhängt. Was man im Irak und in Chanak und an solchen Orten fortgeworfen hat, ist völlig vergeudet gewesen, und es ist in dieser Richtung, daß wir unsere Ausgaben beschränken müssen.

Ich bin ein entschiedener Verfechter der Kapitalabgabe und der Nationalisierung von Bergwerken und Eisenbahnen und befürworte ein großes Maß an Kontrolle durch den Arbeiter dieser Industrien. Ich hoffe, daß im Lauf der Zeit auch in anderen Industrien ähnliche Maßnahmen ergriffen werden.

Das Wohnungsproblem muß so bald wie möglich gelöst werden. Um die Lage zu erleichtern, könnte etwas durch Besteuerung des Landbesitzes getan werden, was verhindern würde, daß der Eigentümer unbebautes Land zurückhält, indem er auf einen guten Preis wartet. Viel könnte getan werden, wenn öffentliche Körperschaften die Gewinne der Kapitalisten durch Einschaltung von Baugenossenschaften eliminierten. Mit Hilfe dieser oder anderer verfügbarer Methoden müßten Häuser beschafft werden, um der dringendsten Not zu begegnen.

Zur Verhinderung der Arbeitslosigkeit müßte vor allem eine Verbesserung unserer Handelsbeziehungen durch die Wiederherstellung normaler Bedingungen auf dem Kontinent angestrebt werden. Es ist ungerecht, daß inzwischen diejenigen, die ohne ihre Schuld arbeitslos sind, Not leiden; für den Augenblick befürworte ich daher die Fortführung der Arbeitslosenunterstützung.

Ich bin für die Beseitigung aller gesetzesmäßigen Ungleichheiten zwischen Männern und Frauen. Vor allem glaube ich, daß jeder erwachsene Bürger, ob Mann oder Frau, das Wahlrecht haben sollte.

Als Folge der Mißwirtschaft seit dem Waffenstillstand sind unser Land und die ganze Welt von schrecklichen Gefahren bedroht. Die Labour-Partei hat eine klare und vernünftige Politik, um diesen Gefahren zu begegnen. Ich bin ein entschiedener Gegner jeder gewaltsamen Revolution, und ich bin davon überzeugt, daß die Lage nur durch gesetzliche Methoden gebessert werden kann. Aber ich sehe keine Hoffnung auf Verbesserung durch jene Parteien, die eine Fortsetzung jener wirren Rachsucht vertreten, welche Europa an den Rand des Ruins gebracht hat. Für die Welt, für unser eigenes Land und für jeden Mann, jede Frau und jedes Kind in unserem Land ist der Sieg der Labour-Partei lebenswichtig. Aus diesen Gründen bitte ich um Ihre Stimmen.

Bertrand Russell

Von G. B. Shaw

10 Adelphi Terrace, W. C. 2

Lieber Russell, [1922]

ich würde mit Vergnügen ja sagen, wenn die Angelegenheit in meinen Händen wäre; aber, wie Sie sich vorstellen können, habe ich so viele Aufforderungen, daß ich es der Labour-Party überlassen muß, durch die Fabian Society für mich zu handeln und festzusetzen, wohin ich gehen soll. Sie täten daher besser daran, sich sofort an die Fabian Society, 25 Tothill Street, Westminster, S. W. 1 zu wenden, mit der Bitte, daß ich sprechen soll.

Ich muß Sie jedoch warnen; obwohl der Saal meist voll ist, wenn ich spreche, und die Versammlung erfolgreich aussieht, kann es doch sein, daß die Leute, die mir hinterherlaufen und zujubeln, genausogut am Wahltag für den Feind oder gar nicht wählen. Ich habe bei der letzten Wahl bei 13 glanzvollen Versammlungen gesprochen; aber keiner meiner Kandidaten hat es geschafft.

Ihr ergebener
G. Bernard Shaw

PS. Wie Sie sehen werden, ist das ein Rundschreiben, das ich nur schicke, weil es die Situation erklärt. Es steht noch nichts fest, außer daß ich sicherlich am 2., 3. und 10. besetzt bin.
Ich nehme an, es ist zu spät, Sie zu drängen, nicht Ihr eigenes

Geld für Chelsea zu verschwenden, wo kein Progressiver auch nur die geringste Chance hat. Zu Dilkes Zeit war es radikal; aber Lord Cadogan hat es wieder vornehm gemacht und alle Radikalen über die Brücken nach Battersea gejagt. Es ist ärgerlich, daß man für Sie keinen auf vernünftige Weise zu gewinnenden Sitz gefunden hat. Ich selbst würde keinen Heller dafür ausgeben, selbst wenn ich die 400 oder mehr Labour-Kandidaten finanzieren könnte, die mich gern für mindestens einen Fünfer pro Stück anpumpen würden.

Von und an Jean Nicod

Frankreich
15. Juni [1919]

Lieber Mr. Russell,
wir werden mit Freuden kommen. Wir sind beide so glücklich, Sie zu sehen. Wie nett von Ihnen, uns einzuladen!
Ich habe Ihnen die ganze Zeit nicht geschrieben, weil ich nichts Richtiges getan habe und mich daher ein wenig schämte.
Ihr *Justice in War Time* erscheint nach und nach in *La Forge* und soll danach in Buchform veröffentlicht werden. Ich hätte es besser anfangen sollen, glaube ich.
Und ich habe nichts gearbeitet, nur ein wenig Physik studiert. Ich habe schrecklich lange über die Außenwelt nachgedacht, ohne wirklich klare Ergebnisse. Außerdem habe ich mich vergeblich danach gesehnt, ihr zu helfen *à faire peau neuve.*
Sie werden uns also sehen, wenn wir Anfang September nach Lulworth kommen. Wir sind richtig aufgeregt bei dem Gedanken, einige Zeit bei Ihnen sein zu können.

Ihr sehr ergebener
Jean Nicod

53 rue Gazan
Paris XIVe
28. September 1919

Lieber Mr. Russell,
ich konnte Romain Rolland nicht sehen, der augenblicklich

nicht in Paris ist. Ich werde ihm schreiben und ihm Ihren Brief mit dem meinen zusammen schicken.
Wir fahren nicht nach Rumänien. Ich fahre morgen nach Cahors, und Thérèse bleibt hier. Es besteht jetzt die Aussicht, daß wir in achtzehn Monaten nach Brasilien gehen. Natürlich habe ich aufgehört, an irgend etwas Ähnliches zu glauben; aber wir lernen eine Menge Geographie.
Ich habe es endgültig so eingerichtet, daß ich eine *Thesis* über die Außenwelt schreibe. Ein Teil davon wird zu Weihnachten fertig werden, da man mir versichert, ich würde sehr wenig in Cahors zu tun haben.
Hoffentlich hören wir, daß Sie nun wieder in Cambridge sind. Sie wissen, wie froh wir beide sind, Sie wiedergesehen zu haben.

Ihr
Jean Nicod

1, rue Pot Trinquat, Cahors
20. April [1920]

Lieber Mr. Russell,
hier ist die Geometrie des Fisches, wie Sie sie haben wollten. Sie wird in der *Revue de Métaphysique* erscheinen, aber ich kann nicht umhin, sie Ihnen jetzt als Verlängerung unseres Gesprächs zu schicken. Ich hoffe, Sie werden hineinschauen, aber bitte, fühlen Sie sich nicht verpflichtet, mir darüber zu schreiben. Ich weiß, daß Sie sehr beschäftigt sind.
Es war so nett von Ihnen, Station zu machen. Als ich hörte, Sie kämen, schien ein Traum wahr zu werden. Der Tag mit Ihnen war eine große Freude für mich.

Ihr sehr ergebener
Jean

Ich brauche das Ms. nicht wieder.

Campagne Saunex
Prégny, Genf
22. Sept. 1921

Lieber Mr. Russell,
wissen Sie, daß man in einer japanischen Zeitung Ihren Tod

verkündet hat? Ich schickte ein Telegramm an die Universität von Peking, die antwortete: »Genesen« – aber wir hatten große Angst. Wir hoffen, es geht Ihnen wieder ganz gut.
Ich werde diese Stellung im Februar oder März mit einigem Geld aufgeben und tue bis spätestens nächsten Oktober nichts. Ich hoffe sehr, Sie zu sehen. Herzlich Ihr

Jean Nicod

70, Overstrand Mansions
Prince of Wales Road
Battersea, S. W. 11

Lieber Nicod, 2. 10. 21

ich habe Ihre Frage an Whitehead geschickt, da ich seine Theorie vergessen habe und sie nie sehr genau kannte. Ich werde Sie seine Antwort wissen lassen, sobald ich sie erhalte. Ich freue mich sehr, daß Ihr Buch fast fertig ist. *Bitte* lassen Sie es mich sehen, wenn es so weit ist. – Ich weiß von meiner Todesanzeige – es war ein schrecklicher Unfug. Es stand auch in den englischen und amerikanischen Zeitungen. Ich bin jetzt wirklich gesund, aber ich war dem Sterben so nah wie nur möglich, ohne hinüberzugehen – es war Lungenentzündung. Ich war drei Wochen lang im Delirium und habe nicht die geringste Erinnerung an die Zeit, außer an ein paar Träume von Negern, die in Wüsten singen, und von gelehrten Körperschaften, zu denen ich glaubte sprechen zu müssen. Der Doktor sagte mir hinterher: »Als Sie krank waren, verhielten Sie sich wie ein wirklicher Philosoph; jedesmal, wenn Sie zu sich kamen, machten Sie einen Witz.« Man hat mir nie ein Kompliment gesagt, das mir mehr gefallen hat.
Dora und ich sind nun verheiratet, aber genau so glücklich wie vorher. Wir grüßen Sie beide herzlich. Es wird herrlich sein, Sie zu sehen, wenn Sie aus Genf fortgehen. Wir werden in London sein. Herzl. Ihr Bertrand Russell

31 Sydney Street
London, S. W. 3
13. 9. 23

Lieber Nicod,

ich wollte Ihnen während der letzten acht Monate immer schreiben, aber habe es aus irgendeinem Grunde nie getan. Hat Keynes je auf Ihren Brief geantwortet? Er ist jetzt so mit Politik und Geldverdienen beschäftigt, daß ich zweifle, ob er je über Wahrscheinlichkeit nachdenkt. Er ist enorm reich geworden und hat *The Nation* gekauft. Er gehört zu den Liberalen, nicht zur Labour-Party.

Principia Mathematica wird neu gedruckt, und ich schreibe eine neue Einleitung, wobei ich das Reduzierbarkeitsaxiom abschaffe und annehme, daß Funktionen von Sätzen immer Wahrheitsfunktionen sind und Funktionen von Funktionen nur durch die Werte der Funktionen entstehen und immer extensional sind. Ich weiß nicht, ob diese Annahmen richtig sind, aber es scheint mir lohnend, die Konsequenzen herauszuarbeiten.

Was halten Sie von dem beiliegenden Vorschlag? Ich versuche, Artikel zu sammeln. Ich habe angefragt, ob sie auch Franzosen zulassen, und sie haben ja gesagt, wenn sie auf Deutsch oder Englisch schreiben. Wollen Sie mir einen Artikel für sie schicken? Ich möchte ihnen, so sehr ich kann, helfen. Bitte tun Sie es.

Bei uns geht alles gut. Dora erwartet um die Weihnachtszeit ein zweites Kind, und ich muß unglücklicherweise zum neuen Jahr drei Monate lang nach Amerika, um Vorträge zu halten.

Die Welt wird immer schrecklicher. Welches Pech, daß man nicht fünfzig Jahre früher gelebt hat. Und nun hat Gott in Tokio seine Hand im Spiel. Noch besiegt er die menschlichen Kriegshetzer, aber sie werden ihm bald ebenbürtig sein.

Stets Ihr
Bertrand Russell

Von Moritz Schlick,
Gründer des Wiener Kreises

Philosophisches
Institut der Universität
in Wien

Lieber Mr. Russell, Wien, Sept. 1923

sehr herzlichen Dank für Ihren freundlichen Brief. Ich war überglücklich, Ihre Zusage zu erhalten. Ich bin überzeugt, daß die Zukunft der Zeitschrift gesichert ist, da Sie Ihre Hilfe versprochen haben und einer der Herausgeber sein wollen. Es ist natürlich schade, daß Sie nicht gleich einen eigenen Artikel schicken können und keine großen Hoffnungen haben, in den nächsten Monaten Beiträge Ihrer englischen und amerikanischen Freunde zu erhalten, aber wir müssen geduldig sein und werden gerne warten, bis Sie mehr Zeit haben. Ich bin sicher, daß die Sache später sehr gut gehen wird. Es bedeutet uns bereits sehr viel zu wissen, daß Sie uns unterstützen und Ihr Name irgendwie mit dem Geist der Zeitschrift identifiziert wird.

Dank für Ihre weiteren Vorschläge. Meiner Meinung nach würden Beiträge von M. Nicod sehr willkommen sein, und ich zweifle nicht, daß keiner der Herausgeber etwas gegen französische Artikel hat, aber unglücklicherweise hat der Verleger erklärt (der natürlich den Geschäftsstandpunkt vertritt), daß er zur Zeit nichts Französisches drucken kann, aber ich hoffe, er hat nichts dagegen, Artikel französischer Autoren in deutscher oder englischer Sprache zu veröffentlichen.

Ich habe an Reichenbach wegen Ihres Vorschlages bezüglich der polnischen Logiker in Warschau geschrieben; ich denke nicht, daß es irgendwelche politischen Schwierigkeiten geben wird, mit Ihnen in Verbindung zu treten. Ich glaube, wir müssen vorsichtig sein, daß wir nicht zu viele Artikel über mathematische Logik oder in symbolischer Form geschrieben in den ersten Nummern haben, da dies viele Leser abschrecken könnte; sie müssen sich nach und nach an die neuen Formen gewöhnen.

Ich habe Reichenbach gebeten, Ihnen einige Sonderdrucke

seiner wichtigsten Arbeiten zu schicken; ich hoffe, Sie haben sie erhalten, wenn diese Zeilen Sie erreichen.
Ich würde Sie gerne einige philosophische Fragen fragen, aber ich bin außerordentlich beschäftigt zur Zeit. Unsere »Internationalen Hochschulkurse« beginnen diese Woche, mit Vortragenden und Studenten aus vielen Ländern. Es wäre herrlich, wenn Sie bereit wären, nächstes Jahr zu einem ähnlichen Anlaß nach Wien zu kommen.
Mit nochmaligem Dank verbleibe ich Ihr sehr ergebener
M. Schlick

Von Jean Nicod

Chemin des Coudriers
Petit Saconnex, Genf
17. September 1923

Lieber Mr. Russell,
ich würde Ihnen sehr gern mein Buch *La Géométrie dans le Monde sensible* widmen. Es ist nicht sehr gut; aber ich hoffe doch, daß kleine Teile daraus etwas taugen. Wollen Sie es annehmen, so wie es ist? Ich habe an den folgenden Text gedacht:

A mon maître
L'Honorable Bertrand Russell
Membre de la Société Royale d'Angleterre
en témoignage de reconnaissante affection

Kann ich es so lassen? Das Buch enthält die wichtigste meiner Thesen. Die andere ist in *Le Problème logique de l'Induction,* das eine Kritik Keynes' darstellt. Ich denke, ich beweise hier, daß zwei Fälle, die sich nur numerisch unterscheiden (oder in Beziehungen, die als immateriell angenommen werden) in Wirklichkeit mehr sind als nur ein Fall; auch, daß Keynes' Begrenzung der Vielfalt *nicht* bewirkt, was er glaubt. Beide Bücher werden in etwa drei Wochen gedruckt (obwohl sie erst irgendwann nächsten Winter in der Sorbonne diskutiert werden müssen, ehe sie erscheinen können).
Ich habe mein Ms. an Keynes geschickt und angeboten, seine Erwiderung gleichzeitig abzudrucken. Aber er sagt, er sei zu

sehr in anderes vertieft; und alles in allem fürchte ich, daß er mich nicht ernst nimmt – was traurig ist, denn ich bin sicher, meine Einwände verdienen es, in Betracht gezogen zu werden.
Physisch gelange ich zu einem Zustand, der nicht Gesundheit ist, mir aber ein gewisses Ausmaß an Leben gestattet und sich mit der Zeit bessern kann.
Wir hoffen, daß Sie alle drei bei bester Gesundheit sind und senden Ihnen herzliche Grüße. Jean Nicod

Chemin des Coudriers
Petit Saconnex, Genf
Lieber Mr. Russell, 19. Sept. 1923
ich erhielt Ihren Brief an demselben Morgen, an dem ich den meinen an Sie in den Kasten geworfen hatte.
Ich würde sehr gerne einen Artikel für diese neue Zeitschrift schreiben. Aber ich habe gerade einen an die *Revue de Métaphysique* (über die Beziehungen von Werten [d. h. von Wahrheitswerten] und Beziehungen von Bedeutungen in der Logik) geschickt und habe nichts auch nur Halbfertiges. Ich dachte an eine Fortsetzung meines Buches, die sich mit einem Universum von Perspektiven beschäftigt, wo die Objekte in (gleichförmiger) Bewegung sind und die spezielle Relativitätstheorie gilt, wobei alles so einfach wie möglich ist. Ich würde darstellen, was der Beobachter (eher ein Engel als ein Mensch) beobachten würde, und die Ordnung seiner wahrnehmbaren Welt. Was mich bei solchen Dingen reizt, ist die Frische der Vision – sich über eine Welt als etwas völlig Neues klarzuwerden. Aber es kann recht kindisch werden, und ich möchte es nicht fortsetzen, bis Sie nicht das Buch selbst gesehen haben und mir sagen, ob es sich lohnt.
Da Sie *Principia* neu drucken, darf ich Sie daran erinnern, daß ich *sowohl* Permutation *als auch* Assoziation mit Hilfe der drei anderen primitiven Sätze (Tautologie, Addition und dem syllogistischen Satz) hergeleitet habe, bei denen ich nur die Reihenfolge einiger Buchstaben vertauschte. Das Ganze

ist in einer Arbeit, die ich für den Bachelor of Arts schrieb. Ich habe völlig vergessen, wie es war, aber ich glaube wohl, ich könnte es für Sie wiederfinden, wenn Sie Ihre ersten 5 fundamentalen Sätze auf jene drei vermindern wollen (beachten Sie, daß es ein Satz mit einem Buchstaben, einer mit zwei und einer mit drei Buchstaben ist).
Keynes hat auf den Brief geantwortet, den ich Ihnen schickte. Seine Antwort überzeugt mich davon, daß ich in beiden Punkten recht hatte; so habe ich an meinem kleinen Buch weitergearbeitet. Es ist schade, daß er nichts mehr für die Theorie der Induktion tun will.
Ihrem Sohn scheinen die Steine, die er in der Hand hält, zu gefallen. Er sieht prachtvoll aus.
Herzliche Grüße von uns

immer Ihr
Jean Nicod

Von und an Thérèse Nicod

Lieber Mr. Russell, 18. Februar [1924]

Jean ist am letzten Samstag nach einer kurzen Krankheit gestorben.[1]
Ich möchte Ihnen schreiben, während er noch neben mir in diesem Haus ruht, in dem er so viel gearbeitet, so sehr zu gesunden gehofft hat – und wir so glücklich waren.
Sie wissen, wie sehr er Sie liebte – welches Licht Sie für ihn waren. Sie wissen auch, welch wunderbarer und edler Mensch er war. Es ist einfach schrecklich.
Ich hätte gerne Nachricht von Dora.
Mit herzlichen Grüßen an Sie beide

Thérèse Nicod

Lieber Mr. Russell, Genf, 22. Juli 1924

bitte verzeihen Sie mir, daß ich Ihnen nicht eher für das Vorwort (oder die Einleitung, wir werden es nennen, wie es

1 Von da ab ist der Brief auf französisch geschrieben. (A. d. Ü.)

Ihnen richtig scheint) gedankt habe. Ich sage Ihnen nicht, wie dankbar ich bin, denn ich weiß, Sie taten es für Jean.
Ich werde es übersetzen, sobald ich ein wenig Zeit habe. Wir sind völlig überladen mit Arbeit.
Natürlich ist Ihr Vorwort genau so und mehr, als wir wünschen konnten. Ich will damit sagen, daß es sehr schön ist – wie könnte ich die kleinste Änderung vorschlagen!
Ich erinnere mich, daß ich letzten Winter an Jean schrieb, er sei die schönste Verkörperung der Menschlichkeit, die ich kenne. (Ich erinnere mich nicht an das übrige – wir hatten von Zeit zu Zeit solche Ausbrüche), und er antwortete sofort: *»Moi le plus beau type d'humanité que je connais c'est Russell.«*
Haben Sie nochmals tiefen Dank.

Ihre sehr ergebene
Thérèse Nicod

12 Chemin Thury
Genf
am 19. Oktober 1960

Lieber Lord Russell,[1]
erlauben Sie mir, mich nach allen diesen Jahren an Sie zu wenden. Ich habe immer die Absicht gehabt, eine Neuausgabe der Arbeiten Jean Nicods zu machen, und ich weiß, daß auch heute seine Gedanken noch nicht vergessen sind. Ich habe kürzlich die Gelgenheit gehabt, M. Jean Hyppolite, den Direktor der École Normale Supérieure, zu treffen, der mir sehr geraten hat, als erstes *Le problème logique de l'Induction* wieder herauszugeben, an das er sich ganz genau erinnerte und das er den jungen Philosophen empfiehlt.
Unter denen, die mir den gleichen Rat gegeben haben, möchte ich Professor Gonseth aus Zürich nennen, M. Gaston Bachelard, Jean Lacroix etc. Ich habe sogar neulich aus Zufall in einem 1959 erschienenen Lehrbuch eine Stelle mit der Überschrift *Axiome de Nicod* gefunden.
Das neuaufgelegte Werk wird in Paris bei den Presses

1 Dieser Brief ist auf französisch geschrieben. (A. d. Ü.)

Universitaires de France erscheinen, die seine Verbreitung übernehmen.
Ich möchte Sie fragen, ob Sie es wohl übernehmen würden, wenn Sie diese Neuauflage für sinnvoll halten, einige Zeilen zu schreiben, die sich an das Vorwort von M. Lalande anschließen? Wer könnte besser dieser verspäteten Huldigung das nötige Gewicht und den nötigen Schwung geben?
Nehmen Sie, lieber Lord Russell, die Versicherung meiner tiefen Bewunderung und Hochachtung entgegen.

Thérèse Nicod

Ich schreibe Ihnen an eine Adresse, die ich zufällig in einer Zeitschrift fand und die mir so wenig sicher scheint, daß ich mir erlaube, den Brief eingeschrieben zu schicken.

Plas Penrhyn
1. November 1960

Liebe Thérèse Nicod,
haben Sie Dank für Ihren Brief vom 19. Oktober. Ich habe mich sehr gefreut, von Ihnen zu hören. Ich bin ganz Ihrer Meinung, daß es sehr wünschenswert wäre, eine Neuausgabe von Nicods Arbeiten über Induktion herauszugeben, die ich für sehr wichtig halte und die nicht genug Anerkennung gefunden haben. Ich bin gerne bereit, einen kurzen Zusatz zu dem Vorwort von Monsieur Lalande zu schreiben. Ich nehme an, Sie sind in Verbindung mit Sir Roy Harrod (Christ Church, Oxford), der sich seit einiger Zeit bemüht, eine bessere englische Übersetzung der Arbeiten Nicods zu beschaffen als die alte.
Es tat mir sehr leid, von dem Tod Ihres Sohnes zu hören.
Wenn Sie je in England sein sollten, so wäre es mir eine große Freude, Sie zu sehen.

Ihr sehr ergebener
Bertrand Russell

Von G. B. Shaw[1] Hotel Metropole
Minehead, Somerset
11. April 1923

Mein lieber Russell,
kürzlich las ich Ihre lobenswert unapologetische *Apologia* von Anfang bis Ende mit unvermindertem Interesse durch. Ich errate aus Ihrem *Au Revoir*, daß Sie damit in einem nächsten Band fortfahren wollen.
Ich wurde ganz nach dem Plan Ihres Vaters erzogen – oder mir überlassen, mich selbst zu erziehen. Schlimmeres kann ich mir nicht vorstellen, als die Lage eines Jungen, der so anfing und später, als er einen erwachsenen, freidenkenden Geistes- und Charakterhabitus errungen hatte, zurückgedrängt wurde in die P.L[2]-Bevormundung. Sie sagen, Sie haben einen schlechten Charakter; doch die Tatsache, daß Sie weder das Haus abgebrannt noch Onkel Rollo ermordet haben, ist ein ewiger Gegenbeweis.
Kein Zweifel, Winchester rettete Rollo und sein Heiligtum. Ihre Beschreibung der Schule ist die einzige wirklich deskriptive Beschreibung einer der großen Knabenfarmen, die ich je gelesen habe.

Stets
G. Bernard Shaw

Auszug aus *Unity*, Chicago 19. Juni 1924

Bertrand Russell ist nach England zurückgekehrt, und eine der eindrucksvollsten Rundreisen, die je in diesem Land von einem berühmten Ausländer unternommen wurden, ist zu Ende gekommen. Überall, wo Professor Russell sprach, wurde er von einem zahlreichen Publikum mit leidenschaftlicher Begeisterung begrüßt, und man hörte ihm mit rührendem Interesse und Ehrerbietung zu. Bei den meisten dieser Versammlungen wurde Eintritt erhoben, häufig in der Höhe

1 Dieser Brief war an meinen Bruder gerichtet und handelt von seinem *My life and Adventures*, erschienen 1923.
2 P.L. – Primrose League, Konservative Vereinigung, 1883 gegründet und nach der angeblichen Lieblingsblume Disraelis benannt. (A. d. Ü.)

normaler Theaterpreise, aber das schien den Zudrang nicht zu beeinträchtigen. Scharen begieriger Männer und Frauen drängten sich in den Sälen, wo er erschien, und wetteiferten miteinander, dem hervorragenden Mann, den sie so verehrten, zu huldigen. In dieser Hinsicht war der Besuch Bertrand Russells ein Triumph. In einer anderen Hinsicht war er ein Mißerfolg und ein Unglück! Was erlaubte man dem großen Publikum über diesen berühmten Engländer und die Botschaft, die er uns Amerikanern übers Meer brachte, zu wissen? Nichts! Es herrschte fast völliges Schweigen in den Zeitungen. Nur als Mr. Russell in ein Streitgespräch mit Präsident Lowell von Harvard geriet, das die Möglichkeit bot, den patriotischen Adlerschrei auszustoßen, erschienen sein Name und seine Worte in aller Deutlichkeit in unseren öffentlichen Zeitungen. Dieselben Zeitungen, die spaltenlang über Millionäre, Schauspieler, Sänger, Berufsboxer aus dem Ausland berichten und die gleichgültigsten Kommentare über alles und jedes von den Frauen bis zum Wetter von sich geben, brachten fast nichts über einen der hervorragendsten Europäer unserer Zeit. Aber das war nicht das Schlimmste. Man wende sich von den Zeitungen zu den Colleges und Universitäten! Hier ist Mr. Russell, der fähigste und berühmteste mathematische Philosoph der Moderne – lange Zeit geehrter Fellow von Cambridge, England –, Autor gelehrter Essays und Abhandlungen, die Standardwerke auf diesem Gebiet sind – zumindest ein großer, vielleicht sogar einer der größten Gelehrten! Aber wie viele Colleges in Amerika luden ihn offiziell in ihre Hallen ein? Wie viele verliehen ihm einen Ehrentitel? Soweit wir wissen, war Smith College die einzige Institution, die ihn offiziell als Vortragenden empfing, obwohl wir hörten, daß er auch vor der Harvard Union erschien. Um es deutlich zu sagen, Professor Russell wurde ignoriert. Einen besseren Maßstab für die Unwissenheit, Feigheit und das Pharisäertum des amerikanischen akademischen Lebens hätten wir nie gewinnen können!

Von T. S. Eliot

9, Clarence Gate Gardens
N. W. 1
15. X. 23

Lieber Bertie,
ich habe mich sehr über Deinen Brief gefreut. Es ist für mich sehr schön zu wissen, daß Du *Waste Land* magst, und vor allem Teil V, der meiner Meinung nach nicht nur der beste ist, sondern der einzige, der das Ganze überhaupt rechtfertigt. Es bedeutet mir sehr viel, daß Du ihn schätzt.
Ich muß Dir sagen, daß Vivien vor 18 Monaten, bevor es irgendwo veröffentlicht war, wollte, daß ich Dir das Ms. zur Lektüre schickte, denn sie war sicher, daß Du einer der wenigen wärest, die vielleicht etwas daran fänden. Aber wir hatten das Gefühl, daß *Du* vielleicht lieber nichts mit *uns* zu tun haben wolltest: es ist absurd zu sagen, daß wir Dich fallenlassen wollten.
Vivien hatte eine furchtbare Krankheit und starb fast im Frühling – wie Ottoline Dir wahrscheinlich erzählt hat. Und sie ist seitdem auf dem Land. Sie ist noch nicht zurück.
Dinner ist für mich zur Zeit recht schwierig. Aber kann ich am Samstag zum Tee zur Dir kommen? Ich würde Dich sehr gerne sehen – ich habe das *oft* gedacht.

Immer Dein
T. S. E.

9, Clarence Gate Gardens
N. W. 1
21. April [1925]

Lieber Bertie,
wenn Du immer noch in London bist, würde ich Dich sehr gerne sehen.
Meine Zeiten und Treffpunkte sind ziemlich beschränkt, aber es ist unnötig, sie zu erwähnen, wenn ich nicht von Dir höre.
Ich brauche Worte von Dir, die nur Du sagen kannst. Aber wenn Du aufgehört hast, Dir aus einem von uns etwas zu machen, so schreib nur auf einen Zettel »Es liegt mir nichts daran, Dich zu sehen« oder »Es liegt mir nichts daran, einen von Euch zu sehen« – und ich werde verstehen.

Für diesen Fall will ich Dir jetzt schon sagen, daß alles so gekommen ist, wie Du es vor 10 Jahren vorausgesagt hast. Du bist ein großer Psychologe.

Dein
T. S. E.

The Criterion
17, Thavies Inn
London, E. C. 1
7. Mai [1925]

Mein lieber Bertie,
hab ganz herzlichen Dank für Deinen Brief. Wie Du sagst, ist es sehr schwer für Dich, Vorschläge zu machen, bis ich Dich sehe. Zum Beispiel weiß ich nicht, inwieweit die Veränderungen, die stattgefunden haben, seit wir in Verbindung mit Dir waren, Dir wesentlich erscheinen. Was Du vorschlägst, scheint mir natürlich dasjenige zu sein, was schon vor Jahren hätte getan werden sollen. Seitdem hat sich ihre[1] Gesundheit tausendfach verschlechtert. Ihre einzige Alternative wäre, ganz allein zu leben – wenn sie das kann. Und die Tatsache, daß ihr das Zusammenleben mit mir so geschadet hat, hilft mir nicht, zu einer Entscheidung zu kommen. Ich brauche die Hilfe von jemandem, der sie versteht – ich finde sie immer noch ständig verwirrend und irreführend. Sie kommt mir vor wie ein sechsjähriges Kind mit einem enorm klugen und frühreifen Verstand. Sie schreibt *außerordentlich* gut (Geschichten etc.), mit großer Originalität. Und ich entgehe nie dem Zauber ihrer so überzeugenden (und sogar zwingenden) Gabe zur Beweisführung.
Also, vielen Dank, Bertie, – ich bin recht verzweifelt. Ich hoffe, Dich im Herbst zu sehen.

Immer Dein
T. S. E.

Von meinem Bruder Frank

50 Cleveland Square
London, W. 2
8. Juni 1925

Lieber Bertie,
ich habe am Freitag mit Tante Agatha zu Mittag gegessen,

1 Er bezieht sich auf seine erste Frau.

und sie hat sogar noch Langweiligeres mit Dir vor. Sie begann, sehr wegen Alys zu klagen und sich nach Art der P. L. zu benehmen, und sie sagte, wie sehr sie Dich immer noch liebe und wie entschlossen Du gewesen seist, sie zu heiraten. Sie brachte mich furchtbar in Zorn, und ich erinnerte sie schließlich daran, daß zu jener Zeit die, ganz von ihr geteilte, Ansicht der P. L. war, Du seiest ein unschuldiger junger Mann, der von einer zielstrebigen Frau verfolgt werde, und daß eine Ansicht nicht mehr der Wahrheit entspräche als die andere. Dann ging sie zur Geburtenkontrolle über, mit einem Naserümpfen über Dora und verärgerte mich derartig, daß ich mich gezwungen fühlte, ihr zu sagen, ich glaube nicht, alte Frauen von dreiundsiebzig hätten das Recht, für junge von fünfundzwanzig Gesetze zu machen. Worauf sie mir versicherte, sie sei auch einmal fünfundzwanzig gewesen, aber unglücklicherweise hatte ich den Mut zu sagen, nie! Du kannst aus der Tatsache, daß ich antwortete, was ich gewöhnlich nicht tue, erraten, wie provozierend sie war. Sie versuchte dann weiter, Dich und Elizabeth schlechtzumachen, indem sie mir sagte, wie sehr Du in Elizabeth verliebt gewesen seist und wie regelmäßig Du sie gesehen habest.[1] Sie ist wirklich eine boshafte alte Katze!

Um einen anderen Geschmack im Mund zu haben, als ich nach Hause kam, las ich oder blätterte zumindest in drei Büchern, die ich vorher nicht gesehen hatte: *Daedalus, Icarus* and *Hypatia.* Haldanes *Test Tube Mothers* ließen mich schaudern: ich ziehe die Art der Music Hall-Lieder vor! Was ich von Doras Buch las, gefiel mir, und ich beabsichtige, es sorgfältiger zu lesen.

Sagst Du Dora, daß mir nicht im geringsten daran liegt, zu den Fabianern zu gehen, da es mich tödlich langweilen würde und ich es nur getan hätte, um ihr den Rücken zu stärken? Daher hoffe ich, sie wird mir niemand anderen aufhalsen. Dora schreibt, Du seist dick und etwas, das ich zuerst für *beneath consideration* hielt, was mir die schwache Hoffnung

1 Das war natürlich völlig unwahr.

gab, du habest aufgehört, Philosoph zu sein, aber bei nochmaligem Hinsehen merke ich, daß es heißt *writing about education.*
Dorothy Wrinch sagt, sie käme her, um Dich Anfang August zu sehen, und ich schlug vor, sie herzufahren, aber ich nehme an, das hieße, auch den alten Schwergewichtler mitzunehmen. Der von ihr vorgeschlagene Zeitpunkt kurz nach dem Bankfeiertag[1] im August würde mir passen, wenn Du mich dann haben könntest. Es wird Dich bestimmt überraschen, daß ich dieses Jahr zur ›British Ass.‹ gehe, da sie dieses Jahr ganz bequem in Southampton stattfindet.
Zum Teufel mit der scharfzüngigen alten Jungfer!

Herzlich Dein
Russell

50 Cleveland Square
London, W. 2
15. Juni 1925

Lieber Bertie,
Dank für Deinen amüsanten Brief. Ich wollte Dir ohnehin schreiben, da ich Dein herrliches *What I believe* lese. Bei Gott! Du hast es kurz gemacht, und es ist Dir gelungen, eine Menge Dinge zu sagen, die für die Tugendhaften in der Welt enorm ärgerlich sein müssen. Ich bin so entzückt davon, daß ich mir ein halbes Dutzend Exemplare verschaffen und sie verschenken werde, wenn ich denke, daß man sie würdigt. Ich mag Deinen schlüssigen Beweis, daß Bischöfe viel brutaler sind als Azteken, die sich mit Menschenopfern abgeben. Ich glaube nicht, daß ich ein Exemplar an meinem zahmen Bischof versuche, obwohl ich ihn sehr gern habe; Intellekt ist nicht seine Stärke.
Ich werde an Dorothy schreiben und ihr Deinen Vorschlag machen.

Herzlich Dein
Russell

1 bank-holiday, in England: Oster- und Pfingstmontag, der 1. Montag im August und der 2. Weihnachtstag. (A. d. Ü.)

Von Gertrude Beasly

8 Woburn Place, W. C. 1
Gresham Hotel, London
21. Juni 1925

Lieber Mr. Russell,

kurz nachdem ich Sie im März verließ, fand ich einen Verleger für mein Buch, eine halbprivate Gesellschaft in Paris. Vor einigen Wochen trafen einige Fahnen bei mir ein. Gestern morgen fand ich mich nach einer Nacht im Gefängnis vor dem Polizeirichter in der Bow Street wieder. Am Nachmittag des 19. Juni besuchte mich ein Beamter von Scotland Yard und brachte ein Bündel Korrekturbogen meines Buches mit, das er als »grob obszön« bezeichnete. Er sagte, ich werde vor dem Polizeirichter erscheinen müssen, da ich unter der Anklage stehe, schmutzige Dinge mit der Post zu schicken. Er untersuchte meinen Paß und fand heraus, daß er nicht amtlich registriert war. Ich wurde verhaftet und in die Bow Street begleitet, um meinen Paß registrieren zu lassen, und über Nacht dort behalten. Der Auslandsbeamte erhob Klage gegen mich, daß ich es versäumt habe, meinen Paß einzutragen, wofür ich mich vor dem Polizeirichter schuldig bekannte und eine Erklärung für meine Nachlässigkeit anbot. Der Agent von Scotland Yard erhob Klage wegen Beförderung obszöner Literatur durch die Post und forderte den Polizeirichter auf, mich zu bestrafen (ich glaube, er sagte dies) und meine Deportation zu veranlassen. Die Strafe besteht, glaube ich, in einer hohen Geldstrafe oder Gefängnishaft.

Ich bin gegen eine Kaution von 10 Pfund freigelassen worden, und der Fall wird am Samstag, dem 27. Juni, gegen 11 Uhr verhandelt. Ich werde morgen die genaue Zeit herausfinden.

Mr. Ewer glaubt, er könne einen Anwalt finden, der meinen Fall übernimmt. Ich werde morgen zu dem amerikanischen Konsul gehen und mit den anderen sprechen, die mich hier kennen. Ich sehe Dr. Ellis wahrscheinlich morgen.

Ich wäre froh, wenn Sie mir einen Rat geben könnten.

Viele Grüße
Ihre Gertrude Beasly

Miss Beasly war eine Lehrerin aus Texas, die eine Autobiographie geschrieben hatte. Sie war wahrheitsgetreu, und das ist ungesetzlich.

An den berühmten Mathematiker Max Newman

Lieber Newman, 24. April 1928

vielen Dank für die Übersendung des Sonderdrucks Ihres Artikels über mich in *Mind*. Ich lese ihn mit dem größten Interesse und einiger Bestürzung. Sie machen es völlig klar, daß meine Behauptung, nichts über die physikalische Welt sei bekannt, außer ihrer Struktur, entweder falsch oder trivial ist, und ich schäme mich ein wenig, daß ich diesen Punkt nicht selbst bemerkt habe.

Es ist natürlich klar, wie Sie ausführen, daß die einzige mögliche Behauptung über die physikalische Welt, die darin besteht zu sagen, daß sie eine so und so geartete Struktur zuläßt, eine Behauptung über ihre Kardinalzahl ist. (Dies ist im übrigen keine so triviale Behauptung, wie es den Anschein hat, wenn, wie nicht unwahrscheinlich, die betreffende Kardinalzahl endlich ist. Das jedoch ist kein Punkt, den ich hervorheben möchte). Es ist mir bei der Lektüre Ihres Artikels ganz klar geworden, daß ich nicht wirklich zu sagen beabsichtigte, was ich tatsächlich sagte, daß nämlich *nichts* von der physikalischen Welt außer ihrer Struktur bekannt sei. Ich hatte immer eine raum-zeitliche Kontinuität in der Welt der Wahrnehmungen angenommen, das heißt, ich hatte angenommen, es könne eine Kopunktualität zwischen Wahrnehmungen und Nicht-Wahrnehmungen geben und sogar, daß man mit einer endlichen Anzahl von Schritten von einem Ereignis zu einem anderen, ihm gleichzeitigen Ereignis, von einem Ende des Universums zum anderen übergehen könne. Und ich betrachtete die Kopunktualität als eine Beziehung, die zwischen Wahrnehmungen existieren kann und selbst wahrnehmbar ist.

Ich habe noch nicht die Zeit gehabt, darüber nachzudenken,

inwieweit mich die Zulassung des Begriffes der Kopunktualität zusammen mit Struktur vor Ihrer Kritik schützen würde oder inwieweit dies die Plausibilität meiner Metaphysik beeinträchtigte. Ich sehe jedoch ein, daß die raum-zeitliche Kontinuität von Wahrnehmungen und Nicht-Wahrnehmungen in meinen Gedankengängen so axiomatisch war, daß ich gar nicht bemerkte, daß meine Ausführungen dies zu leugnen schienen.

Ich bin im Augenblick viel zu beschäftigt, um gründlicher über die Angelegenheit nachzudenken, aber ich wäre Ihnen dankbar, wenn Sie die Zeit fänden, mir mitzuteilen, ob Sie irgendwelche Gedanken zu dem Thema haben, die nicht nur negativ sind, denn aus Ihrem Artikel ergibt sich nicht, welchen Standpunkt Sie selbst beziehen. Ich erriet in dem Gespräch mit Ihnen, daß Sie zum Phänomenalismus neigen, aber ich weiß nicht ganz, wie entschieden Sie darin sind.

Ihr ergebener
Bertrand Russell

An Harold Laski

Mein lieber Laski, 12. Mai 1928

ich fürchte, es wird mir nicht möglich sein, dieses Semester vor der Socratic Society zu sprechen, so gerne ich es auch täte. Aber tatsächlich bin ich zu beschäftigt, um irgendwelche lohnenden Gedanken zu haben, wie Mrs. Eddy, die einem Freund von mir sagte, sie sei viel zu beschäftigt, um in die zweite Inkarnation einzugehen.

Es verwundert mich nicht im geringsten, daß Bentham Kameradschaftsehe vorschlägt; man hätte es wirklich fast erraten können. Ich entdeckte zufällig, durch einen alten Umschlag, der im Augenblick meiner Geburt als Lesezeichen benutzt wurde, daß mein Vater Benthams *Table of the Springs of Action* las. Offensichtlich veranlaßte mich dies, »benthamisch« veranlagt zu sein, denn er schien mir immer ein sehr vernünftiger Mann zu sein. Als Schulmeister jedoch komme ich allmählich zu immer radikaleren Ansichten, wie etwa zu denen Platos. Wenn es eine internationale Regierung gäbe, so würde ich ernsthaft für eine radikale Abschaffung der Familie sein, aber wie die Dinge stehen, fürchte ich, daß die Leute dadurch patriotischer würden. Stets Ihr

Bertrand Russell

An Mr. Gardner Jackson

Lieber Mr. Jackson, 28. Mai 1929

es tut mir leid, daß ich zur Zeit Ihrer Versammlung am 23. August nicht in Amerika sein werde, um so mehr, als ich kurz danach dort bin. Ich glaube, Sie haben ganz recht, alles nur Mögliche zu tun, um das Andenken an Sacco und Vanzetti lebendig zu halten. Meiner Meinung nach muß es jedem unvoreingenommenen Menschen klar sein, daß es keinen Beweis gegen sie gab, der zu einer Verurteilung berechtigt hätte, und ich selbst hege keinerlei Zweifel, daß sie völlig unschuldig waren. Ich muß daraus folgern, daß sie wegen ihrer politischen Meinung verurteilt wurden und daß Männer, die es besser hätten wissen sollen, sich irreführende Ansichten bezüglich der Beweismittel zu äußern gestatteten, weil sie meinten, Leute mit solchen Ansichten hätten kein Recht zu leben. Eine solche Auffassung ist sehr gefährlich, da sie aus der theologischen in die politische Sphäre eine Form der Verfolgung überträgt, von der man glaubte, zivilisierte Länder seien ihr entwachsen. Man wundert sich nicht so über solche Fälle in Ungarn oder Litauen, aber in Amerika müssen sie allen ernstlich zu denken geben, denen an der Meinungsfreiheit liegt. Ihr ergebener

Bertrand Russell

P. S. Ich hoffe, daß Sie aus dem Obenstehenden eine Botschaft für Ihre Versammlung machen können. Wenn Sie es nicht geeignet finden, lassen Sie es mich bitte wissen, und ich werde eine andere zusammenbrauen.

Von und an Mr. C. L. Aiken 8, Plympton St.
Cambridge, Mass.

Mein lieber Mr. Russell, 2. März 1930

ich bereite gerade im allgemeinen Interesse einen Artikel über parasitische Plagegeister vor, die Autoren quälen: Autographen- und Photojäger, jene gedankenlosen Myriaden, die freie Kritik, Gedichte, Reden, Vorträge, Jobs erwarten, und die gewöhnlich den Berufsliteraten mißbrauchen. (Ich nehme an, Sie werden mich in dieselbe Kategorie einstufen, hoffe aber, Sie merken, daß der Zweck in diesem Fall die Mittel rechtfertigt.)

Würden Sie so freundlich sein, mir eine Liste Ihrer Beschwerden zu schicken, deren Länge und Art ich natürlich Ihnen überlasse?

Ihr ergebener
Clarice Lorenz Aiken

Lieber Mr. Aiken, 19. März 1930

gemeinsam mit anderen Autoren leide ich beträchtlich unter Leuten, die glauben, daß ein Autor ihre Arbeit verrichten müßte. Abgesehen von Autogrammjägern erhalte ich zahlreiche Briefe von Personen, die wollen, daß ich für sie den entsprechenden Hinweis in *Who's Who* abschreibe, oder mich um meine Meinung in Dingen bitten, die ich ausführlich in meinen Schriften diskutiert habe.

Ich erhalte viele Briefe von Hindus, die beschwören, irgendeine Form von Mystizismus anzunehmen, von jungen Amerikanern, die mich fragen, wie weit man im »petting« gehen dürfe, und von Polen, die mich drängen zuzugeben, daß, wenn auch jeder andere Nationalismus schlecht sein mag, der polnische doch durchaus edel sei.

Ich erhalte Briefe von Ingenieuren, die Einstein nicht verstehen können, und von Pfarrern, die glauben, daß ich die Genesis nicht verstehen kann, von Ehemännern, die von ihren Frauen verlassen worden sind – nicht (sagen sie), daß dies so schlimm wäre, aber die Frauen haben die Möbel mitgenommen, und was soll unter diesen Umständen ein aufgeklärtes männliches Wesen tun?

Ich erhalte Briefe von Juden, die sagen, daß Salomon kein Polygamist, und von Katholiken, die sagen, daß Torquemada kein Verfolger gewesen sei. Ich erhalte Briefe (deren Echtheit ich anzweifle), die versuchen, mich zu einer Verteidigung der Abtreibung zu bringen, und ich erhalte Briefe von jungen Müttern, die mich um meine Meinung über Flaschenernährung fragen.
Es tut mir leid, daß die meisten der von meinen Korrespondenten behandelten Themen meiner Erinnerung im Augenblick entfallen sind, aber die wenigen, die ich erwähnt habe, mögen als Beispiel dienen.

Ihr sehr ergebener
Bertrand Russell

An Miss Brooks[1]

Liebe Miss Brooks, 5. Mai 1930

ich weiß nicht genau, ob Sie mit Recht sagen können, das amerikanische Problem sei größer als das chinesische. Es ist wahrscheinlich, daß Amerika während der nächsten ein, zwei Jahrhunderte wichtiger sein wird, aber danach kann sehr gut die Reihe an China kommen. Ich finde Amerika sehr beunruhigend. Irgend etwas mit den menschlichen Beziehungen ist in Ihrem Lande völlig falsch. Wir haben eine Reihe amerikanischer Kinder in unserer Schule, und ich bin verblüfft über die instinktive Unfähigkeit ihrer Mütter. Die Quelle der Liebe scheint ausgetrocknet. Ich nehme an, daß die gesamte westliche Zivilisation denselben Weg geht, und erwarte, daß alle unsere westlichen Rassen aussterben, mit der möglichen Ausnahme der Spanier und Portugiesen. Statt dessen mag der Staat es übernehmen, die notwendigen Bürger aufzuziehen und sie als Janitscharen ohne Familienbindungen zu erziehen. Lesen Sie John B. Watson über die Mütter. Ich hielt ihn früher für verrückt; nun halte ich ihn bloß für einen Amerikaner; das heißt, die Mütter, die er kennengelernt hat,

1 Die die Rev. Rachel Gleason Brooks wurde und für deren immer noch unveröffentlichtes Buch über China ich 1931 ein Vorwort schrieb.

waren amerikanische Mütter. Das Ergebnis dieser physischen Reserviertheit ist, daß das Kind voller Haß gegen die Welt aufwächst und danach drängt, sich selbst als Verbrecher auszuzeichnen, wie Leopold und Loeb. Ihr ergebener

Bertrand Russell

Hier ist ein Teil des Vorworts, das ich schrieb:

Angesichts der Aggression der westlichen Nationen sahen sich die Chinesen, die in vieler Hinsicht zivilisierter waren als wir und ein höheres ethisches Niveau hatten, mit der Notwendigkeit konfrontiert, eine Politik zu entwickeln, die eine größere militärische Wirksamkeit hatte, als aus der Lehre des Konfuzius abgeleitet werden kann. Das gesellschaftliche Leben im alten China gründete sich auf die Familie. Sun Yat-sen erkannte richtig, daß China, wenn es erfolgreich dem Angriff kriegerischer Nationen widerstehen wolle, notwendigerweise die Familie durch den Staat ersetzen müsse; und kindliche Ehrerbietung durch Patriotismus – mit einem Wort, die Chinesen hatten zu wählen, ob sie als Heilige sterben oder als Sünder leben wollten. Unter christlichem Einfluß wählten sie die zweite Alternative.

Angenommen, die nationalistische Regierung (Tschiangkaischek) ist erfolgreich, so würde ein anderes und sehr wichtiges Mitglied zu den unbarmherzigen militaristischen Regierungen hinzukommen, die in allem übrigen miteinander konkurrieren, außer bei der Vernichtung der Zivilisation, der einzigen Aufgabe, bei der sie zu einer Zusammenarbeit bereit sind. Alle Intelligenz, aller Heroismus, alles Märtyrertum und alle qualvollen Enttäuschungen der chinesischen Geschichte seit 1911 werden nur zu dem einen führen: eine neue Macht des Bösen zu schaffen und ein neues Hindernis für den Frieden in der Welt. Die Geschichte Japans hätte den Westen Vorsicht lehren müssen. Aber die westliche Zivilisation mit all ihrer Intelligenz ist in ihrem Vorgehen ebenso blind wie eine Lawine und muß ihren Lauf nehmen, zu welch schrecklichem Ende wage ich nicht zu sagen.

In ihrem Buch This is Your Inheritance: A History of The Chemung County, N. Y. Branch of the Brooks Family *(S. 167, veröffentlicht bei Century House, Watkins Glen, New York, USA, 1963) schrieb sie: »Bertrand Russells Vorwort (ich lasse die lobenden Bemerkungen über den Autor aus) faßt zusammen, was zu unseren Lebzeiten in China geschah ... Dieses Vorwort wurde von mir im Empfangsraum des Mayflower Hotels in Akron, Ohio, am Morgen des 1. Dez. 1931 niedergeschrieben, während Mr. Russell, seine Pfeife rauchend, hin- und herging. Dann unterschrieb er es, und wir fuhren zum Bahnhof; er, um einer anderen Vortragsverpflichtung nachzukommen, ich, um nach Oberlin zurückzukehren.«*

An H. G. Wells

Mein lieber H. G., 24. Mai '28

vielen Dank für die Übersendung Ihres Buches über *The Open Conspiracy*. Ich habe es mit der größten Anteilnahme gelesen und kenne nichts, mit dem ich mehr übereinstimmte. Ich hatte den größten Spaß an Ihrer Fabel von der Insel Provinder. Ich glaube, ich bin ein bißchen weniger optimistisch als Sie, wahrscheinlich auf Grund der Tatsache, daß ich während des Krieges in Opposition zu der Masse der Menschheit stand und die Gewohnheit annahm, mich hilflos zu fühlen.

Sie sprechen zum Beispiel davon, Männer aus der Wissenschaft für die »offene Verschwörung« zu gewinnen, aber ich glaube, es gibt kaum einen, mit Ausnahme von Einstein – eine nicht unwichtige Ausnahme, das gebe ich zu. Die übrigen in diesem Land würden sich Rittertitel wünschen, in Frankreich will man *membre de l'Institut* werden, und so weiter. Ich glaube, selbst unter den Jüngeren würde die Unterstützung sehr mager sein. Julian Huxley wäre nicht bereit, seinen Flirt mit dem Episkopat aufzugeben; Haldane würde das Vergnügen nicht missen wollen, das ihm der nächste Krieg bereitet.

Ich habe mit Interesse gelesen, was Sie über Schulen und Erziehung im allemeinen sagen und daß Sie für »ein gewisses Sektierertum des häuslichen und gesellschaftlichen Lebens im Interesse der Kinder« plädieren und für eine »Gruppierung der Familien und die Einrichtung eigener Schulen«. Es war das Gefühl dieser Notwendigkeit, das uns zur Gründung von Beacon Hill School veranlaßte, und ich bin mit jedem Tag mehr überzeugt, daß Leute, die unsere Ideen haben, ihre Kinder nicht einem obskurantistischen Einfluß aussetzen sollten, vor allem während der frühen Jahre, wo diese Einflüsse sich auf das auswirken können, was in ihrem Erwachsenenleben das Unterbewußtsein sein wird.
Dies bringt mich auf ein Thema, an das ich nur zögernd herangehe, aber über das ich Ihnen schreiben wollte, bevor ich Ihr Buch las. Diese Schule kostet mich etwa £ 2000 im Jahr, das heißt, fast mein gesamtes Einkommen. Ich glaube nicht, daß dies an irgendeiner Unzulänglichkeit der Verwaltung liegt; tatsächlich waren alle Versuchsschulen, von denen ich je gehört habe, teure Unternehmen. Mein Einkommen ist gefährdet, seit es von dem Geschmack der amerikanischen Leser abhängt, die bekanntlich wankelmütig sind, und ich weiß deshalb auch gar nicht, ob es mir möglich sein wird, die Schule zu halten. Um dies zu können, brauchte ich Spenden im Betrag von etwa £ 1000 pro Jahr. Ich habe mich gefragt, ob Sie bereit wären, mir in irgendeiner Weise zu dieser Summe zu verhelfen, entweder direkt oder indem Sie einen Aufruf schreiben, der fortschrittliche Amerikaner beeinflußte. Ich wäre Ihnen sehr dankbar, wenn Sie mich wissen ließen, ob Sie irgend etwas dieser Art ins Auge fassen könnten. Sie werden gewiß einsehen, daß ein von Dora und mir geschriebener Aufruf weniger wirksam ist als einer, der aus einer unparteiischen Feder stammt, besonders wenn es die Ihre ist.
Ich bin zutiefst von der Wichtigkeit dessen, was wir hier tun, überzeugt. Wenn ich unsere erzieherischen Ziele in einen einzigen Satz fassen sollte, so würde ich sagen, daß wir beabsichtigen, Initiative auszubilden, ohne ihre Kraft zu vermin-

dern. Ich war lange der Ansicht, daß Dummheit zum großen Teil das Ergebnis von Angst sei, die zu geistigen Hemmungen führt, und die Erfahrungen mit unseren Kindern bestätigen mich darin. Ihr Interesse für die Wissenschaft ist gleichzeitig leidenschaftlich und intelligent, und ihr Wunsch, die Welt, in der sie leben, zu verstehen, ist bei weitem größer als bei Kindern, die mit den üblichen Tabus bezüglich ihrer Neugier erzogen werden. Was wir tun, ist natürlich nur ein Experiment in kleinem Maßstab, aber ich vertraue darauf, daß die Ergebnisse sehr bedeutend sein werden. Sie können sich vorstellen, daß kaum ein anderer Erziehungsreformer ein besonderes Gewicht auf Intelligenz legt. A. S. Neill zum Beispiel, der in vieler Hinsicht ein bewundernswerter Mann ist, gestattet eine derartige Freiheit, daß seine Kinder nicht das notwendige Training erhalten und immer ins Kino gehen, wenn sie anderweitig interessiert werden könnten, etwas Wertvolleres zu tun. Das Fehlen von Möglichkeiten für aufregende Vergnügen hier ist, meiner Meinung nach, ein wichtiger Faktor bei der Entwicklung des intellektuellen Interesses der Kinder. Ich nehme zur Kenntnis, was Sie in Ihrem Buch über das Thema Vergnügen sagen, und bin vollkommen Ihrer Meinung.
Ich hoffe, daß Sie nach Ihrer Rückkehr nach England diese Schule besuchen kommen und sich ansehen, was wir tun.

Ihr sehr ergebener
Bertrand Russell

Von und an den
modernen Pädagogen A. S. Neill

Summerhill
Lyme Regis, Dorset
23. 3. 26

Lieber Mr. Russell,
ich staune darüber, daß zwei Männer, die von zwei verschiedenen Gesichtspunkten aus arbeiten, im wesentlichen zu den gleichen Schlüssen kommen können. Ihr Buch und das meine ergänzen einander. Es mag sein, daß der einzige Unterschied zwischen uns von unseren jeweiligen Komplexen herrührt. Es

fällt mir auf, daß Sie wenig oder gar nichts über Handwerk in der Erziehung sagen. Mein Hobby ist immer das Handwerk gewesen, und wenn Ihr Kind Sie über die Sterne befragt, so fragen mich meine Schüler über Stahl und Schraubengewinde. Wahrscheinlich messe ich auch dem Gefühl in der Erziehung mehr Bedeutung bei als Sie.
Ich lese Ihr Buch mit großem Interesse und sehr wenig Widerspruch. Mit Ihrer Methode, die Angst Ihres Jungen vor der See zu überwinden, bin ich jedoch ganz und gar nicht einverstanden! Ein introvertierter Junge mag mit dem Gedanken reagieren: »Papi will mich ertränken.« Wieder mein Komplex... der vor allem durch meinen Umgang mit Neurotikern entstanden ist.
Ich habe keine direkte Kenntnis von der frühen Kindheit, da ich bisher unverheiratet bin, aber Ihre Ratschläge für die frühe Kindheit scheinen mir ausgezeichnet. Ihre Einstellung zur Sexualaufklärung und Masturbation ist wunderbar, und Sie drücken es so aus, daß es nicht schockiert oder beleidigt. (Ich habe diese Gabe nicht!)
Ich teile nicht Ihre Begeisterung für Montessori. Ich kann mit einem von einer energischen Kirchenfrau ausgedachten System mit einem streng moralischen Ziel nicht übereinstimmen. Ihre Ordentlichkeit ist für mich ein Gegenschlag gegen die Erbsünde. Übrigens sehe ich in der Ordentlichkeit keine Tugend. Meine Werkstatt ist immer in Unordnung, meine Arbeit jedoch nicht. Meine Schüler haben kein Interesse an Ordnung bis etwa zur Pubertät. Sie werden finden, daß Ihre Kinder im Alter von fünf nichts mit Montessori-Geräten anfangen können. Warum sollte man das Gerät *nicht* dazu benutzen, um einen Zug daraus zu machen? Ich erörterte dies vor einigen Jahren mit Madame Macaroni, der Stellvertreterin der Montessori. Ist es nicht unsere schreckliche Einstellung zum Lernen, die unseren Blickwinkel verzerrt? Immerhin ist ein Zug Realität, während ein Gestell ganz künstlich ist. Ich benutze nie künstliche Geräte. Meine Geräte in der Schule sind Bücher, Werkzeuge, Reagenzgläser, Zirkel. Montessori will ein Kind lenken. Ich nicht.

Nebenbei, um auf die Angst vor der See zurückzukommen, ich habe zwei Jungen, die nie ins Wasser gehen. Mein neunjähriger Neffe (der Uhrenzerstörer des Buches) und ein introvertierter Junge von elf, der voller Ängste ist. Ich habe den anderen Kindern geraten, nicht von der See zu sprechen, die beiden nie zu verspotten, niemals zu versuchen, sie zum Baden zu bringen. Wenn sie nicht aus eigenem inneren Drang baden . . . nun, so ist es nicht so wichtig. Einer meiner besten Freunde, der alte Dauvit aus meinem Heimatdorf, ist 89 und hat nie in seinem Leben gebadet.

Sie werden sich für die Theorie Homer Lanes über die Stundenplan-Ernährung interessieren. Er trat dafür ein, daß man dem Kind immer die Brust geben solle, wenn es danach verlange. Er war der Meinung, daß es beim Stillen zwei Komponenten gäbe – Lust und Ernährung. Das Stundenplankind akkumuliert beide Komponenten, und wenn das Saugen beginnt, verschwindet plötzlich die Lustkomponente und wird in einer Art Orgasmus befriedigt. Aber das Ernährungselement bleibt unbefriedigt, und er glaubt, daß viele Fälle von Unterernährung der Tatsache zuzuschreiben sind, daß das Kind zu saugen aufhört, bevor der Ernährungsdrang befriedigt ist.

Das Interessanteste an Ihrem Buch für mich ist, daß es gelehrt ist (ein häßliches Wort) in dem Sinne, daß es von einem Mann geschrieben ist, der Geschichte und Wissenschaft kennt. Mir ist beides unbekannt, und ich glaube, daß ich zu meinen Schlüssen zum Teil durch blinde Intuition gelange. Ich wiederhole nochmals, wie erstaunlich es ist, daß wir beide fast zu der gleichen Anschauung über Erziehung gelangen. Es ist heutzutage die einzig mögliche Anschauung, aber wir können nicht hoffen, viel gegen die Schulen von Eton bis zu L. C. C.[1] auszurichten. Unsere einzige Hoffnung sind die jeweiligen Eltern.

Meine Hauptschwierigkeit sind die Eltern, denn meine Schüler sind Produkte unwissender und roher Eltern. Ich fürchte

1 London County Council. (A. d. Ü.)

sehr, daß mein Buch ein oder zwei von ihnen schockiert und sie ihre Kinder fortnehmen. Das wäre eine Tragödie.
Auf jeden Fall danke ich Ihnen vielmals für Ihr Buch. Es ist das einzige Buch über Erziehung, das ich gelesen habe, bei dem ich nicht fluchen muß. Alle anderen sind als Erziehung verkleidete Moralpredigten.
Eine Warnung jedoch ... es besteht immer die Möglichkeit, daß Ihr Sohn eines Tages zur ›Primrose League‹ gehen möchte! Eine Möglichkeit von zehn Millionen, aber wir müssen der Tatsache ins Auge sehen, daß die menschliche Natur sich bis jetzt noch an kein System von Ursache und Wirkung angepaßt hat; und es niemals tun wird.
Wenn Sie je in Ihr Haus nach Cornwall fahren, halten Sie doch an und besuchen Sie uns.

Ihr sehr ergebener
A. S. Neill

Leiston, Suffolk
Summerhill School
18. 12. 30

Lieber Russell,
haben Sie irgendwelchen politischen Einfluß? Das Arbeitsministerium verweigert mir die Anstellung eines Franzosen für den Französisch-Unterricht. Der Bursche, den ich haben möchte, ist augenblicklich hier, ist analysiert und ein erstklassiger Mann, um mit meiner Schar Problemkinder fertig zu werden. Andere Schulen haben Ausländer, um die jeweilige Sprache zu lehren – und ich frage mich natürlich, warum mir in des Teufels Namen ein verfluchtes Amt meine Erziehungsmethoden vorschreiben soll. Ich habe dem Ministerium einen vollständigen Bericht über den Mann gegeben und warum ich ihn brauche, und die Idioten antworten: »Aber das Ministerium kann sich nicht damit zufriedengeben, daß nicht ein britischer Untertan in den von Ihrer Schule angewandten besonderen Lehrmethoden ausgebildet werden kann.«
Haben Sie irgendeinen politischen Freund, der ein hohes Tier ist und sich an die verdammten Idioten heranmachen würde

und könnte, die unsere Abteilungen kontrollieren? Ich bin fuchsteufelswild.
Machen Sie's gut, helfen Sie mir, wenn Sie können. Ich kenne George Lansbury, aber zögere an ihn heranzutreten, da er genug in seiner eigenen Abteilung zu tun hat. Ihr

A. S. Neill

Lieber Neill, 20. Dez. 30

was Sie mir erzählen, ist wirklich empörend. Ich habe an Charles Trevelyan und Miss Bondfield geschrieben und lege die Kopien der Briefe an sie bei.
Ich frage mich, ob Sie den Fehler begingen, in Ihrem Gesuch die Psychoanalyse zu erwähnen. Sie wissen sicherlich von Homer Lanes Fall, daß Polizisten die Psychoanalyse lediglich für einen Vorwand für Verbrechen halten. Der einzige Grund, den man der Abteilung angeben kann, ist der, daß Franzosen besser Französisch können als Engländer. Je mehr sich die Abteilung nach Ihren Methoden erkundigt, um so mehr wird sie Sie zu hemmen suchen. Niemand darf etwas Gutes in diesem Land tun, außer durch Betrug und Täuschung. Stets Ihr

Bertrand Russell

An Charles Trevelyan

Lieber Trevelyan, 20. Dez. 30

A. S. Neill von der Summerhill School in Leiston, Suffolk, der, wie Sie wissen, als Erzieher sehr angesehen ist, nachdem er sich von einem konventionellen Schulmeister zu einem der originellsten und erfolgreichsten Reformer unserer Zeit entwickelt hat, schreibt mir, daß das Arbeitsministerium ihm nicht erlauben will, weiterhin Franzosen für den Französischunterricht anzustellen. Er hat augenblicklich einen Französischlehrer, den er gerne behalten möchte, aber das Arbeitsministerium hat ihn offiziell davon unterrichtet, daß Englän-

der genau so gut Französisch sprechen wie Franzosen und sein gegenwärtiger Lehrer nicht bleiben dürfe.
Ich denke, Sie werden mit mir übereinstimmen, daß so etwas untragbar ist. Ich weiß, daß viele der wichtigsten Erziehungsfragen nicht vor Ihre Abteilung kommen, sondern von Polizeibeamten entschieden werden, deren Urteil man es überläßt, ob ein Ausländer auf einem Erziehungsposten nötig ist. Wenn die Prinzipien, nach denen das Ausländergesetz gehandhabt wird, im 15. Jahrhundert in Italien angewendet worden wären, so hätte die westliche Welt nie die Kenntnis des Griechischen erlangt, und die Renaissance hätte nicht stattfinden können.
Obwohl die Angelegenheit nicht in Ihre Abteilung gehört, kann ich doch nicht daran zweifeln, daß das kleinste Wort von Ihnen das Arbeitsministerium veranlassen würde, seine Entscheidung zu ändern. A. S. Neill ist ein Mann von internationalem Ruf, und ich stelle mir nur ungern vor, was er unternehmen würde, um britischen Beamtendünkel in der ganzen zivilisierten Welt lächerlich zu machen. Wenn Sie irgend etwas tun könnten, um die Sache in Ordnung zu bringen, würden Sie meine Sorge in dieser Angelegenheit sehr erleichtern.

Ihr sehr ergebener
Bertrand Russell

PS. Ich habe auch an Miss Bondfield in dieser Angelegenheit geschrieben.

Von und an A. S. Neill

Summerhill School
Leiston, Suffolk
22. 12. 30

Lieber Russell,
ausgezeichnet! So muß man mit den Truppen umgehen. Wie auch immer das Ergebnis, haben Sie meinen Dank. Ich erwähnte ihnen gegenüber nicht die Psychoanalyse. Ich stellte das Gesuch auf dem üblichen Formular, und sie fragten zurück, welche Schritte ich genau unternommen hätte, »um einen Französischlehrer zu finden, der Engländer sei oder in diesem Land ansässiger Ausländer«. Ich sagte ihnen,

daß ich einen Franzosen wolle, daß aber nicht jeder zwinkernde Franzmann genüge... daß ich eine psychologische Schule hätte und jeder Lehrer nicht nur Fachmann auf seinem Gebiet, sondern auch im Umgang mit neurotischen Kindern sein müsse.
Abgesehen von dem Theater, das Sie Beamtendünkel nennen, wird es wahrscheinlich einen Kampf geben, wenn Trevelyans Ausschuß für Privatschulen seinen Bericht veröffentlicht. Sie und ich werden höllisch dagegen kämpfen müssen, daß wir nicht ein paar blöde Inspektoren bekommen, die herumstänkern und fragen, warum Tommy nicht lesen kann. Jeder Inspektor, der jetzt zu mir käme, würde gewiß von Colin (sechsjährig) mit den freundlichen Worten begrüßt werden: »Wer zum Teufel bist du?«, so daß wir dafür kämpfen müssen, Whitehall aus unseren Schulen herauszuhalten.
Ich werde Sie wissen lassen, was geschieht.
Vielen dank Ihr

A. S. Neill

Es wäre Zeit, daß Sie und ich uns wiedersehen und Erfahrungen austauschen.

Lieber Russell, Leiston, 31. 12. 30

Sie haben es geschafft. Der Brief (vom Arbeitsministerium) ist widerlich, aber ich nehme an, daß der Kerl, als er ihn schrieb, in einer üblen Lage war. Klingt mir wie ein Haßgesang in guter Prosa.
Ich habe mich mit seinen Bedingungen einverstanden erklärt – wobei ich mich fühlte, als schlüge ich dem Quälgeist gleichzeitig ins Auge. Es ist meine erste Erfahrung mit der Bürokratie, und ich vergesse leicht, daß ich es mit einer Maschine zu tun habe.
Vielen Dank für Ihre prompte Hilfe, das nächste Mal werde ich vielleicht an Sie herantreten müssen, wenn sich der Ausschuß für Privatschulen rührt. Sie werden alle ehrenwerten, alten blinden Passagiere der Erziehung als Fachzeugen

aufrufen (Badley und Co.), und wenn nicht Männer des Augenblicks wie Sie dafür kämpfen, wird man uns (die Erzbolschewisten der Erziehung) ignorieren. Dann werden wir uns mit den schönen Regeln, die die Reaktionäre vertreten, abfinden müssen. Können wir nicht eine Liga häretischer Schulmeister aufstellen, die sich »Anal«-isten nennen?

Mit größter Dankbarkeit
Ihr
A. S. Neill

Lieber Neill, 5. Januar 31

vielen Dank für Ihren Brief und die Nachricht über Ihren Französischlehrer. Es tut mir leid, daß Sie die Bedingungen der Leute im Arbeitsministerium annehmen, denn sie waren auf dem Rückzug und hätten zu einer bedingungslosen Zusage gebracht werden können.

Ich nehme an, Sie haben nichts dagegen, wenn ich Miss Bondfield gegenüber meine geringe Meinung von ihren Beamten zum Ausdruck bringe und Trevelyan gegenüber desgleichen. Es ist durchaus möglich, daß sich das Ministerium immer noch entschließt, Sie Ihren jetzigen Lehrer unbegrenzt behalten zu lassen. Ich fahre für kurze Ferien fort und diktiere diese Briefe deswegen jetzt schon meiner Sekretärin, die sie nicht abschicken wird, bis sie von Ihnen hört, daß Sie damit einverstanden sind. Wären Sie daher so freundlich, ihr (Mrs. O. Harrington) ein paar Zeilen zu schreiben und nicht mir, ob Sie damit einverstanden sind, daß die Briefe abgehen?

Stets Ihr
Bertrand Russell

Neill war damit einverstanden, daß ich die folgenden Briefe schickte:

An Miß Bondfield

Liebe Miß Bondfield, 12. Jan. 31

ich bin Ihnen sehr verbunden, daß Sie sich um die Angelegenheit von Mr. A. S. Neills Französischlehrer gekümmert haben. Ich zweifle, ob Sie wissen, daß Ihr Büro, als es ihm die Erlaubnis erteilte, seinen jetzigen Lehrer für ein Jahr zu behalten, die Bedingung stellte, er dürfe am Ende dieses Jahres nicht erneut darum ansuchen, seinen jetzigen Lehrer zu behalten.

Ich glaube nicht, daß Sie je eine Schule zu leiten hatten, aber wenn, dann wüßten Sie, wie sehr ein Lehrerwechsel einmal im Jahr die Schwierigkeit, zu irgendeinem Erfolg zu gelangen, vergrößert. Was würde der Direktor einer unserer großen Schulen zu Ihrem Büro sagen, wenn es darauf bestünde, er solle einmal im Jahr seine Lehrer wechseln. Mr. Neill unternimmt einen Versuch, der jedem, der sich für moderne Erziehung interessiert, sehr wichtig erscheint, und es ist ein Jammer, daß die Handlungsweise der Regierung ihm gegenüber sich darauf beschränken sollte, eine gerechte Beurteilung dieses Versuches unmöglich zu machen. Ich zweifle nicht im geringsten daran, daß Sie meiner Meinung sind und daß irgendein Untergebener es versäumt hat, Ihre Wünsche in dieser Angelegenheit zu befolgen.

Mit meiner Entschuldigung, Sie behelligt zu haben, verbleibe ich

Ihr ergebener
Bertrand Russell

An Charles Trevelyan

Lieber Charles, 12. Jan. 31

vielen Dank für die Mühe, die Sie wegen des Französischlehrers in der Schule A. S. Neills auf sich genommen haben. Das Arbeitsministerium hat ihm die Erlaubnis erteilt, ein Jahr zu bleiben, aber unter der Bedingung, daß Neill nicht darum ersucht, seine Aufenthaltserlaubnis zu verlängern. Sie werden, denke ich, meiner Meinung sein, daß dies eine außergewöhnliche Bedingung ist. Neill hat angenommen, daß er der *force majeure* nachgeben muß, aber es kann keine begreifliche Rechtfertigung dafür geben. Jeder, der je eine Schule

geleitet hat, weiß, daß ein ständiger Lehrerwechsel untragbar ist. Was würden die Leiter von Harrow denken, wenn das Arbeitsministerium sie zwänge, ihre Lehrer einmal im Jahr zu wechseln?
Neill hat ein Experiment unternommen, das jeder für Erziehung Interessierte als äußerst wichtig ansieht, und Whitehall tut, was es kann, es zum Scheitern zu bringen. Ich fühle mich nicht durch Neills Unternehmen gebunden, und ich sehe keinen Grund, warum intelligente Leute, die etwas Wichtiges leisten, sich brav den Befehlen unwissender Schwätzer unterordnen sollten, wie es die Beamten im Arbeitsministerium zu sein scheinen. Ich bin ganz sicher, daß Sie meine Meinung teilen.

Mit nochmaligem Dank — Ihr ergebener
Bertrand Russell

An und von A. S. Neill

Lieber Neill, 27. Jan. 31

wie Sie aus dem Beiliegenden ersehen, ist beim Arbeitsministerium nichts zu erreichen.
Ich habe eine Erwiderung geschrieben, die ich beilege, aber ich habe sie noch nicht abgeschickt. Wenn Sie denken, sie könne Ihrem Fall nützen, so haben Sie alle Freiheit dies zu tun; aber denken Sie daran, Miß Bondfield ist unverheiratet.

Stets Ihr
Bertrand Russell

Die anliegende Erwiderung an das Arbeitsministerium:

Sehr geehrte Herren, 27. Jan. 31

vielen Dank für Ihren Brief vom 26. Januar. Ich verstehe durchaus das Prinzip, Arbeitsplätze, ohne Rücksicht auf die Tauglichkeit, so weit wie möglich auf britische Staatsbürger zu beschränken. Ich denke jedoch, daß das Ministerium dieses Prinzip nicht umfassend genug anwendet. Ich kenne viele

Engländer, die Ausländerinnen geheiratet haben, und viele tüchtige Engländerinnen, die ohne Arbeit sind. Wäre ein Jahr nicht lang genug, um eine englische Ehefrau zu schulen, damit sie die Ausländerin in einem solchen Fall ersetzen kann?

Hochachtungsvoll
Bertrand Russell

Summerhill School
Leiston, Suffolk
28. 1. 31

Lieber Russell,

nein, es hat keinen Zweck, diesen Leuten zu antworten. Sehr wahrscheinlich ist es das Hauptziel der Regierungsämter, das Gesicht ihrer Beamten zu wahren. Wenn mein Mann noch länger bleiben will, kann ich es vielleicht deichseln, daß ich ihn auffordere, Geld in der Schule anzulegen und als *Arbeitgeber* weiter zu unterrichten. Wie dem auch sei, Sie haben auch so eine Menge geschafft. Vielen Dank. Ich glaube, ich werde das nächste Mal *Tory* wählen!

Heute erhielt ich einen Brief von der Witwe Norman MacMunns. Sie scheint mittellos zu sein und bat mich um eine Stelle als Hausmutter. Ich kann ihr keine geben und nehme auch nicht an, daß Sie es können. Ich habe ihr geraten, sich an unsere Millionärsfreunde in Darington Hall zu wenden. Ich schicke ihnen immer die Notleidenden ... wobei ich sie stets wegen ihres Überflusses hasse. Wenn Elmhirst einen neuen Gebäudeflügel braucht, schreibt er für Heals einen Scheck aus ... Heals! Und hier bin ich in absoluter Verlegenheit, Geld für eine Töpferwerkstatt aufzutreiben. Pioniertum ist aufreibend, Mann! Ich bin es bald leid, die Schweinerei aufzuwischen, die die Eltern anrichten. Augenblicklich habe ich einen Kerl von sechs, der sechsmal am Tag seine Hosen vollscheißt ... seine liebe Mama »heilte« ihn, indem sie ihn die Scheiße essen ließ. Ich erhalte keinerlei Dank ..., wenn ich nach jahrelanger Arbeit diesen Burschen heile, wird ihn seine Mutter auf eine »feine« Schule schicken. Die hier ist nicht gut genug ... Gleichgültigkeit der Öffentlichkeit oder Feindschaft der Mächtigen, elterliche Eifersucht... die einzige Freude sind die Kinder selbst. Eines Tages werde ich alles hinschmeißen und ein schönes Hotel bei Salzburg aufmachen.

Sie werden erraten haben, daß ich ziemlich genug habe heute morgen. Ich würde Sie gern wiedersehen und mit Ihnen plaudern. Meine Stimmung heute ist zum Teil durch Nachrichten von anderen schlimmen Schulden ausgelöst... insgesamt £ 150 dieses Jahr. Alles Eltern, deren Probleme ich gebessert habe.

Ihr A. S. Neill

Ich wüßte gern, was Margaret Bondfields Ansichten über meine Ansichten zur Onanie sind!

Lieber Neill, 31. Jan. 31

es tut mir leid, daß Sie so genug haben. Es ist eine normale Stimmung bei mir, soweit es die Schule betrifft. Die Eltern schulden mir zusammen etwa £ 500, die ich gewiß nie sehen werde. Ich habe meine Zweifel darüber, ob Sie es viel besser fänden, ein Hotel zu leiten. Sie würden schwangere, unverheiratete Frauen ohne einen Pfenning auf dem Hals haben und würden für sie und ihre Kinder für den Rest ihres Lebens sorgen. Wahrscheinlich käme Ihnen das kaum lukrativer als eine moderne Schule vor. Niemand kann sich seinen Lebensunterhalt verdienen, außer durch Unehrlichkeit oder Grausamkeit, ganz gleich bei welchem Handel.

Was Elmhirst angeht, so ist das alles sehr traurig. Doch ich denke immer, daß ein Mann, der Geld heiratet, auch für seinen Lebensunterhalt zu arbeiten hat. Bei mir ist im Augenblick kein Platz für eine Hausmutter, da ich endlich eine sehr zufriedenstellende bekommen habe.

Ich habe manchmal auf sanfte Art versucht, ein wenig finanzielle Unterstützung von Leuten zu bekommen, die denken, sie glaubten an moderne Erziehung, aber ich bin dahintergekommen, daß bei mir vor allem die bekanntgewordene Tatsache im Wege stand, daß ich bei meinen Mitarbeitern nicht absolut auf strenger sexueller Tugend bestehe. Ich habe gemerkt, daß sogar Leute, die sich für ziemlich fortschrittlich

halten, glauben, nur die sexuell Verhungerten könnten einen gesunden moralischen Einfluß ausüben.
Ihre Geschichte von dem Jungen, der in die Hosen scheißt, ist schrecklich. Ich mußte noch nicht mit so schlimmen Fällen fertig werden.
Ich würde Sie gerne wiedersehen. Vielleicht können wir uns irgendwann einmal in London treffen ... Ihr

Bertrand Russell

Von Mrs. Bernard Shaw

Ayot St. Lawrence
Welwyn, Herts.
28. Okt. 1928

Lieber Bertrand Russell,
ich war dankbar und fühlte mich *geehrt* durch Ihre Güte, mir das Ms. Ihres Vortrags zu schicken und zu sagen, ich dürfe es behalten. Das ist wunderbar von Ihnen. Ich habe es einmal gelesen und werde es mit Ihrer Erlaubnis behalten, bis ich die Zeit finde, noch einmal mit aller Ruhe hineinzuschauen.
Sie wissen, Sie haben eine demütige, aber überzeugte Bewunderin in mir. Ich fühle eine sehr starke mystische Neigung, die sich nicht nach außen hin kundtut, und ich halte Ihre Medizin für das beste Korrektiv und *Ernüchterungsmittel,* das mir je begegnet ist!
Meine besten Grüße an Sie beide. Ich hoffe, die Schule blüht.

Ihre dankbare
C. F. Shaw

An C. P. Sanger

Telegraph House
Harting, Petersfield
23. Dez. 1929

Mein lieber Charlie,
es tut mir schrecklich leid zu hören, daß Du so krank bist. Ich hoffe sehr, daß es Dir bald besser geht. Sobald mich die Ärzte lassen, werde ich kommen und Dich besuchen. Heute vor einem Jahr war Kates Operation, und Du warst so freundlich – ich erinnere mich daran, wie sehr Kate Deine Besuche liebte. Lieber Charlie, ich glaube nicht, daß ich Dir je meine

tiefe Zuneigung zum Ausdruck gebracht habe, aber ich nehme an, Du wußtest davon.
Ich kam vor drei Tagen nach Hause und fand hier alles zufriedenstellend. Die Kinder gedeihen, und es ist herrlich, zu Hause zu sein. Man fühlt sich in Kalifornien und an solchen Orten sehr weit weg. Ich fuhr nach Salt Lake City, und die Mormonen versuchten mich zu bekehren, aber als ich erfuhr, daß sie Tee und Tabak verbieten, fand ich, das sei keine Religion für mich.
Meine wärmsten und besten Wünsche für eine schnelle Genesung.

Sehr herzlich Dein
Bertrand Russell

Von Lord Rutherford

Newnham Cottage
Queen's Road
Cambridge
9. März 1931

Lieber Bertrand Russell,
ich habe gerade mit viel Interesse und Nutzen Ihr Buch *The Conquest of Happiness* gelesen und möchte Ihnen für diese sehr anregende und, wie ich denke, wertvolle Analyse der betreffenden Faktoren danken. Der Hauptpunkt, in dem ich nicht ganz mit Ihnen übereinstimmen konnte, war Ihre Behandlung der Faktoren Neid und Eifersucht. Selbst in dem einfachen und – ich stimme mit Ihnen überein – im Grunde glücklichen Leben des Wissenschaftlers sind einem natürlich manchmal Beispiele dieser Schwäche begegnet, aber entweder bin ich ungewöhnlich glücklich gewesen oder sie ist in der großen Mehrzahl meiner Freunde nicht ausgeprägt genug, um sie zu bemerken. Ich habe einige Männer gekannt, die ein einfaches Leben auf dem Land oder in Laboratorien führten und die mir ungewöhnlich frei von dieser Schwäche schienen. Ich bin durchaus mit Ihnen einverstanden, daß sie besonders bei Menschen aufdringlich ist, die über Gebühr klassenbewußt sind. Diese Bemerkungen sind nicht als Kritik gemeint, sondern als rein persönliche Feststellungen meiner eigenen Beobachtungen in dieser Richtung.

Ich war sehr betrübt, von dem plötzlichen Tod Ihres Bruders zu hören, den ich nur oberflächlich kannte, und ich nehme teil an Ihrem Verlust. Ich hoffe jedoch, daß Sie interessiert genug sind, an einigen künftigen Debatten hier im Oberhaus teilzunehmen.

Ihr ergebener
Rutherford

Als ich Dora verließ, führte sie die Schule bis nach dem Ausbruch des Zweiten Weltkrieges weiter, obwohl ab 1934 nicht mehr in Telegraph House. John und Kate wurden in Chancery in Pflege gegeben und gingen in die Dartington Schule, wo sie sehr glücklich waren.

Ich verbrachte einen Sommer in Hendaye und übernahm für einige Monate eines anderen Sommers das Haus Gerald Brenans bei Malaga. Ich hatte keinen der Brenans gekannt und fand sie interessant und reizend. Gamel Brenan überraschte mich dadurch, daß sie eine Gelehrte von großer Bildung und weitläufigen Interessen war, voll der verschiedensten Brokken eines ungewöhnlichen Wissens und eine Dichterin eindringlicher und gelehrter Verse. Wir haben unsere Freundschaft beibehalten, und sie besucht uns manchmal – eine reizende, ältere Dame.

Den Sommer 1932 verbrachte ich in Carn Voel, das ich später Dora schenkte. Dort schrieb ich *Education and the Social Order.* Danach gab ich, da ich nicht länger die finanzielle Belastung durch die Schule hatte, das Schreiben von Brotarbeiten auf. Nach meinem Scheitern als Vater fand ich, daß mein Ehrgeiz wieder auflebte, Bücher zu schreiben, die wichtig sein könnten.

Während meiner Vortragsreise in Amerika im Jahr 1931 hatte ich mit dem Verleger W. W. Norton einen Vertrag geschlossen, um jenes Buch zu schreiben, das 1934 unter dem Titel *Freedom and Organization 1814-1914* erschien. Ich arbeitete an diesem Buch zusammen mit Patricia Spence, allgemein bekannt als Peter Spence, erst in einer Wohnung in Emperor's Gate (wo John und Kate so enttäuscht waren, daß sie weder einen Kaiser noch ein Tor fanden) und dann in Deudraeth Castle in Nordwales, das zu dieser Zeit ein Nebengebäude des Portmeirion Hotels war. Ich genoß diese Arbeit sehr und fand das Leben in Portmeirion angenehm.

Das Hotel gehörte meinen Freunden, Clough Williams-Ellis, dem Architekten, und seiner Frau Amabel, der Schriftstellerin, deren Gesellschaft reizend war.
Nach Beendigung von *Freedom and Organization* beschloß ich, nach Telegraph House zurückzukehren und Dora zu sagen, sie müsse woanders leben. Meine Gründe waren finanzieller Natur. Ich war gesetzlich verpflichtet, eine Miete von £ 400 pro Jahr für Telegraph House zu zahlen, da diese Einnahmen der zweiten Frau meines Bruders als Alimente zustanden. Ich war auch verpflichtet, Dora Alimente zu zahlen und für die Ausgaben von John und Kate aufzukommen. Inzwischen hatte mein Einkommen katastrophal abgenommen. Dies lag zum Teil an der Depression, die die Leute veranlaßte, viel weniger Bücher zu kaufen, zum Teil an der Tatsache, daß ich keine populären Bücher mehr schrieb, und zum Teil daran, daß ich es abgelehnt hatte, 1931 mit Hearst in seinem Schloß in Kalifornien zu bleiben. Meine wöchentlichen Artikel in Hearsts Zeitungen hatten mir £ 1000 jährlich eingebracht, aber nach meiner Absage wurde die Bezahlung auf die Hälfte reduziert, und sehr bald sagte man mir, die Artikel seien nicht mehr gefragt. Telegraph House war groß und nur auf Privatwegen zugänglich, jeder etwa eine Meile lang. Ich wollte es gerne verkaufen, konnte es aber nicht anbieten, während die Schule dort war. Die einzige Hoffnung bestand darin, dort zu leben und es für mögliche Käufer attraktiv zu machen.
Nachdem ich mich ohne Schule wieder in Telegraph House niedergelassen hatte, verbrachte ich einige Ferienwochen auf den Kanarischen Inseln. Bei meiner Rückkehr fand ich mich zwar geistig gesund, doch ohne jeden schöpferischen Impuls und in Verlegenheit, mit welcher Arbeit anzufangen. Nur um mich selbst abzulenken, arbeite ich zwei Monate lang über das Problem der siebenundzwanzig Geraden auf einer kubischen Oberfläche. Aber das genügt nicht, ebenso wie es völlig nutzlos war, und ich lebte von dem Kapital, das ich während der erfolgreichen Jahre, die 1932 endeten, verdient hatte. Ich beschloß, ein Buch über die sich täglich vergrößernde

Kriegsgefahr zu schreiben. Ich nannte dieses Buch *Which Way to Peace?* und behauptete darin den pazifistischen Standpunkt, den ich während des ersten Krieges eingenommen hatte. Ich machte allerdings eine Ausnahme: ich vertrat die Auffassung, daß, wenn je eine Weltregierung eingerichtet würde, es wünschenswert sei, diese mit Gewalt gegen Rebellen zu behaupten. Aber was den Krieg betraf, den man in unmittelbarer Zukunft befürchten mußte, so drängte ich auf Kriegsdienstverweigerung.

Diese Haltung war jedoch unbewußt unaufrichtig geworden. Es war mir möglich gewesen, mit widerstrebender Resignation die Möglichkeit einer Vorherrschaft eines Deutschland des Kaisers ins Auge zu fassen; ich hätte dies für ein Unglück gehalten, aber nicht für ein so großes Unglück wie einen Weltkrieg und seine Folgen. Doch mit dem Deutschland Hitlers war es etwas anderes. Ich fand die Nazis über alle Maßen empörend – grausam, fanatisch und dumm. Sie waren mir gleichermaßen moralisch und intellektuell verhaßt. Obwohl ich an meiner pazifistischen Überzeugung festhielt, tat ich das mit zunehmender Schwierigkeit. Als England im Jahr 1940 die Invasion drohte, wurde mir klar, daß ich während des Ersten Weltkrieges nie ernsthaft die Möglichkeit einer völligen Niederlage ins Auge gefaßt hatte. Ich fand diese Möglichkeit unerträglich und beschloß schließlich, bewußt und endgültig das zu unterstützen, was für einen Sieg im Zweiten Weltkrieg notwendig war, wie schwer dieser Sieg auch zu erlangen und wie schmerzlich die Folgen sein würden.

Dieses war das letzte Stadium bei der langsamen Preisgabe vieler Überzeugungen, zu denen ich im Augenblick der »Bekehrung« im Jahre 1901 gelangt war. Ich war niemals ein völliger Anhänger der Doktrin der Widerstandslosigkeit gewesen. Ich hatte immer die Notwendigkeit der Polizei und des Strafrechts eingesehen, und selbst während des Ersten Weltkrieges hatte ich öffentlich vertreten, daß einige Kriege gerechtfertigt seien. Aber ich hatte dem System der Widerstandslosigkeit – oder besser, des gewaltlosen Widerstandes

– mehr Raum zugestanden, als es die späteren Erfahrungen zu rechtfertigen schienen. Gewiß kommt ihm eine große Bedeutung zu; wie Gandhi zeigt, der ihm gegen die Engländer in Indien zum Triumph verhalf. Aber es hängt von dem Vorhandensein gewisser Tugenden in denen ab, gegen die es angewandt wird. Als die Inder sich auf die Schienen legten und die Behörden herausforderten, sie mit den Zügen zu zermalmen, fanden die Engländer eine solche Grausamkeit untragbar. Aber die Nazis hatten in ähnlichen Situationen keine Skrupel. Die Lehre, die Tolstoj mit großer Überzeugungskraft predigte, daß die Inhaber der Macht moralisch regeneriert werden könnten, wenn sie mit Gewaltlosigkeit konfrontiert würden, war sicherlich nach 1933 in Deutschland falsch. Offensichtlich hat Tolstoj nur recht, wenn die Machthaber nicht über eine gewisse Grenze hinaus rücksichtslos sind, und die Nazis überschritten eindeutig diese Grenze.

Aber persönliche Erfahrungen hatten fast ebenso viel mit meinem Glaubenswandel zu tun wie die Weltlage. In der Schule sah ich, wie nötig eine sehr entschiedene und kraftvolle Ausübung der Autorität ist, wenn die Schwachen nicht unterdrückt werden sollen. Vorfälle wie mit der Hutnadel in der Suppe konnten nicht dem langsamen Einwirken einer guten Umgebung überlassen werden, da die Notwendigkeit zu handeln dringend und gebieterisch war. In meiner zweiten Ehe hatte ich versucht, jene Achtung vor der Freiheit meiner Frau beizubehalten, die meine Überzeugungen zu fordern schienen. Ich fand jedoch, daß meine Fähigkeit zur Vergebung und zu dem, was man christliche Liebe nennen mag, nicht jenen Forderungen entsprachen, die ich stellte, und daß das Verharren in einem hoffnungslosen Bemühen mir viel schaden, den anderen jedoch nicht in dem beabsichtigten Maße nützen würde. Jeder andere hätte mir das voraussagen können, aber ich war durch die Theorie verblendet.

Ich möchte nicht übertreiben. Der allmähliche Wandel meiner Ansichten von 1932 bis 1940 war keine Revolution; es handelte sich lediglich um einen quantitativen Wandel und um eine Verlagerung der Schwerpunkte. Ich hatte das Glaubensbekenntnis der Widerstandslosigkeit nie für absolut gehalten und verwarf es jetzt auch nicht vollkommen. Aber der praktische Unterschied zwischen dem Widerstand gegen den Ersten Weltkrieg und der Unterstützung des Zweiten war viel zu groß, um das beträchtliche Maß theoretischer Folgerichtigkeit zu verhüllen, die tatsächlich bestand.

Obwohl mein Verstand völlig überzeugt war, folgten meine Gefühle nur widerstrebend. Mein ganzes Dasein hatte an meinem Widerstand gegen den Ersten Weltkrieg teilgehabt, während es ein geteiltes Ich war, das den Zweiten begünstigte. Seit 1940 habe ich nie wieder das gleiche Maß an Übereinstimmung zwischen Überzeugung und Gefühl erreicht, wie von 1914 bis 1918. Ich glaube, indem ich mir selbst diese Übereinstimmung gestattete, hatte ich mir ein größeres Glaubensbekenntnis zugebilligt, als wissenschaftlicher Verstand rechtfertigen kann. Dem wissenschaftlichen Verstand zu folgen, wohin er auch immer führen mag, war mir stets als die dringendste aller moralischen Forderungen erschienen, und ich bin dieser Forderung sogar dann gefolgt, wenn es den Verlust dessen bedeutete, was ich selbst für eine tiefe, geistige Erkenntnis gehalten hatte.

Etwa anderthalb Jahre verbrachten Peter Spence, die ich seit einiger Zeit liebte, und ich mit *The Amerley Papers,* einer Erinnerung an das kurze Leben meiner Eltern. Man spürt etwas vom elfenbeinernen Turm in dieser Arbeit. Meine Eltern waren nicht mit unseren modernen Problemen konfrontiert gewesen; ihr Radikalismus war zuversichtlich, und ihr ganzes Leben lang entwickelte sich die Welt in einer Richtung, die ihnen gut schien. Und obwohl sie gegen die aristokratischen Privilegien waren, überdauerten diese unangefochten, und sie profitierten, wenn auch ungewollt, von ihnen. Sie lebten in einer bequemen, geräumigen, hoffnungsvollen Welt, und trotzdem konnte ich ihnen ganz zustimmen. Das war erholsam, und indem ich ihnen ein Denkmal errichtete, trug ich meinen Gefühlen kindlicher Liebe Rechnung.

Doch ich konnte nicht vorgeben, daß dieses Werk wirklich bedeutend war. Ich hatte eine Periode unschöpferischer Unfruchtbarkeit durchlebt, aber sie war zu Ende, und es war Zeit, sich etwas weniger Fernliegendem zuzuwenden.

Meine nächste Arbeit war *Power, a new social analysis*. In diesem Buch vertrat ich, daß selbst in einem sozialistischen Staat ein Bereich der Freiheit immer noch wünschenswert sei, daß aber dieser Bereich neu definiert werden müsse, und zwar nicht mit liberalen Begriffen. Ich vertrete diese Doktrin immer noch. Die *These* dieses Buches scheint mir wichtig, und ich hoffte damals, daß sie mehr Aufmerksamkeit erregen würde. Sie war als eine Widerlegung sowohl von Marx wie auch der klassischen Ökonomie gedacht, nicht im einzelnen, aber in ihren gemeinsamen Grundvoraussetzungen. Ich argumentierte, daß nicht Wohlstand, sondern Macht der Ausgangspunkt einer sozialen Theorie sein und soziale Gerechtigkeit in der weitestmöglichen Verteilung der Macht bestehen solle. Daraus folgte, daß staatseigenes Land und Kapital kein Fortschritt waren, sofern der Staat nicht demokratisch war, und selbst dann nur, wenn man sich Methoden einfallen ließ, um die Macht der Beamten einzuschränken. Ein Teil meiner Gedanken wurde aufgegriffen und in Burnhams *Managerial Revolution* bekanntgemacht, aber sonst erregte das Buch nicht viel Aufsehen. Ich bin jedoch immer noch der Meinung, daß das, was es zu sagen hat, von großer Wichtigkeit ist, wenn man die Übel des Totalitarismus vermeiden will, besonders in einem sozialistischen Regime.

Im Jahr 1936 heiratete ich Peter Spence, und mein jüngstes Kind, Conrad, wurde 1937 geboren. Das war ein großes Glück. Wenige Monate nach seiner Geburt gelang es mir schließlich, Telegraph House zu verkaufen. Jahrelang hatte ich keine Angebote, aber plötzlich bekam ich zwei: eines von einem polnischen Prinzen, das andere von einem englischen Geschäftsmann. Dank ihrer Konkurrenz gelang es mir, den von ihnen gebotenen Preis in vierundzwanzig Stunden um £ 1000 zu erhöhen. Zum Schluß gewann der Geschäftsmann, und ich war den Alpdruck los, der mich mit Ruin bedroht

hatte, denn ich mußte Geld dafür ausgeben, solange ich es nicht loswurde, und mir war sehr wenig Kapital geblieben.
Obwohl ich aus finanziellen Gründen froh sein mußte, Telegraph House los zu sein, war der Abschied schmerzlich. Ich liebte die Hügel und die Wälder und mein Turmzimmer mit seinen Ausblicken in alle Himmelsrichtungen. Ich kannte den Ort seit über vierzig Jahren und hatte ihn in den Tagen meines Bruders wachsen sehen. Er bedeutete Kontinuität, die, abgesehen von der Arbeit, in meinem Leben weit weniger vorhanden war, als ich es gewünscht hätte. Als ich verkaufte, konnte ich wie der Apotheker sagen: »Meine Armut, nicht mein Wille, stimmt zu.« Lange Zeit danach hatte ich keinen festen Wohnsitz und hielt es nicht für wahrscheinlich, daß ich je einen haben würde. Ich bedauerte dies tief.
Nach dem Abschluß von *Power* bemerkte ich, daß sich meine Gedanken wieder der theoretischen Philosophie zuwandten. Während der Zeit im Gefängnis im Jahre 1918 hatte ich mich für Probleme der Bedeutung interessiert, die ich in früheren Zeiten völlig außer acht gelassen hatte. Ich schrieb einiges darüber in *The Analysis of Mind* und in verschiedenen Artikeln aus jener Zeit. Aber es gab wesentlich mehr zu sagen. Die logischen Positivisten, mit deren allgemeinen Ansichten ich weitgehend übereinstimmte, schienen mir in mancher Hinsicht Irrtümer zu begehen, die vom Empirismus zu einer neuen Scholastik führen konnten. Sie schienen geneigt, das Gebiet der Sprache zu behandeln, als sei es unabhängig und brauche keinerlei Beziehung zu außersprachlichen Geschehnissen. Als man mich einlud, eine Vorlesungsreihe in Oxford zu halten, wählte ich zu meinem Thema *Words and Facts.* Diese Vorlesungen waren der erste Entwurf zu dem Buch, das 1940 unter dem Titel *An Inquiry into Meaning and Truth* veröffentlicht wurde.
Wir kauften ein Haus in Kidlington in der Nähe von Oxford und lebten dort etwa ein Jahr, aber nur eine Oxforder Dame kam zu Besuch. Wir waren nicht achtbar. Später machten wir ähnliche Erfahrungen in Cambridge. In dieser Hinsicht habe ich diese alten Lehrstühle einzigartig gefunden.

An Maurice Amos

Lieber Maurice, 16. Juni 1930

Sie haben mir letzten Oktober einen sehr liebenswürdigen Brief geschrieben, und ich habe immer noch nicht darauf geantwortet. Als Sie schrieben, machte ich gerade eine Vortragsreise durch Amerika, was einem keine Muße für etwas anderes außer der täglichen Arbeit läßt. Ich wollte Ihren Brief beantworten, aber als der richtige Augenblick verstrich, starb auch der Antrieb dazu.

Mir gefällt Jeans' Buch. Es ist amüsant, wie die Physiker wieder zum armen alten Bischof Berkeley zurückkommen. Sie erinnern sich, wie man uns in unserer Jugend lehrte, daß Idealismus selbstverständlich das Eigentliche sei, Bischof Berkeleys Abart davon aber ziemlich einfältig; jetzt ist dies die einzige Form, die überlebt. Ich sehe nicht, wie man ihn widerlegen kann, obwohl ich ihn meiner Natur entsprechend abstoßend finde. Es müßte natürlich in jedem Fall Solipismus sein. Ich las über dieses Thema in Harvard, als Whitehead den Lehrstuhl hatte, und sagte, es schiene mir unwahrscheinlich, daß ich die mir unverständlichen Partien seiner Bücher geschrieben hätte, wie ich glauben müsse, wenn ich Solipsist wäre. Trotzdem ist es mir nie gelungen, einen wirklichen Beweis dafür zu finden, daß ich es nicht tat.

Ich bin sehr interessiert an dem, was Sie zu Ihrem Buch über die britische Verfassung sagen, und ich finde es besonders amüsant, daß Sie schon 46 000 von den 50 000 erforderlichen Wörtern geschrieben hatten, ehe Sie zum Parlament gelangen. Das Parlament ist eine etwas unwichtige Institution geworden. Im 19. Jahrhundert traten die Premierminister zurück, wenn sie im Parlament eine Niederlage erlitten, bis Gladstone diesen Brauch änderte; nun terrorisieren sie das Parlament mit der Drohung der Auflösung. Die Verfassung würde nicht nennenswert geändert, wenn man den Premierminister direkt wählte, er die Regierung bildete und sich entweder nach fünf Jahren oder wenn sich ihm innerhalb der eigenen Partei ein neuer Führer entgegenstellt, um Wiederwahl bemühen müßte.

Ich glaube, Sie haben völlig recht mit dem, was Sie über die Labour-Party sagen. Ich mag sie nicht, aber ein Engländer muß eine Partei haben ebenso wie er Hosen haben muß, und von den drei Parteien scheint sie mir die am wenigsten peinliche. Meine Einwände gegen die Tories sind charakterbedingt, und mein Einwand gegen die Liberalen ist Lloyd George. Ich glaube nicht, daß man, wenn man Mitglied einer Partei wird, notwendigerweise auf den Gebrauch seiner Vernunft verzichtet. Ich weiß, daß meine Hosen besser sein könnten; trotzdem erscheinen sie mir besser als gar keine.

Es ist wahr, daß ich nie von Holdsworths *History of English Law* gehört hatte, aber in Wirklichkeit habe ich nie irgendwelche Bücher über Recht gelesen, außer einem oder zweien von Maitland.

Seit meiner Rückkehr aus Amerika bin ich sehr gebunden hier, aber ich werde wahrscheinlich im Herbst gelegentlich in London sein und würde Sie dort sehr gerne sehen.

Sangers Tod bereitete mir großen Schmerz.

Mit herzlichen Grüßen
stets Ihr
Bertrand Russell

Von und an den Anthropologen
Bronislaw Malinowski

The London School
of Economics
13. November 1930

Lieber Russell,

anläßlich meines Besuches Ihrer Schule ließ ich meinen einzigen präsentierbaren braunen Hut in Ihrem Vorzimmer. Ich frage mich, ob er seitdem das Vorrecht gehabt hat, das einzige Hirn in England zu bedecken, das ich neidlos als dem meinen überlegen betrachte; oder ob er bei einem der jugendlichen Experimente in Physik, Technologie, dramati-

scher Kunst oder prähistorischem Symbolismus benutzt worden ist; oder ob er auf natürliche Weise aus dem Vorzimmer verschwand.
Wenn keines dieser Ereignisse, oder sollen wir sie eher Hypothesen nennen, sich bestätigt oder stattfand, würden Sie so gut sein, ihn in einem braunen Papierpaket oder auf eine andere verborgene Beförderungsweise nach London zu bringen und mich auf einer Postkarte zu benachrichtigen, wo ich ihn anfordern könnte? Ich bedaure sehr, daß meine Zerstreutheit, die ein Charakteristikum hoher Intelligenz ist, Sie allen diesen mit dem Ereignis verbundenen Unbequemlichkeiten aussetzt.
Ich hoffe sehr, Sie bald einmal zu sehen. Ihr ergebener

B. Malinowski

Lieber Malinowski, 15. Nov. 1930

meine Sekretärin hat einen präsentierbaren braunen Hut in meinem Vorzimmer gefunden, von dem ich annehme, daß er der Ihre ist; tatsächlich erinnert mich schon sein bloßer Anblick an Sie.
Ich gehe am Montag (17.) in die School of Economics, um einen Vortrag in der Students Union zu halten, und wenn nicht mein Gedächtnis so schlecht und meine Intelligenz so gut ist wie die Ihre, werde ich den Hut beim Portier der Schule lassen und ihm sagen, er solle ihn Ihnen auf Anfrage hin geben.
Auch ich hoffe, daß wir uns bald treffen werden. Ich machte neulich die Bekanntschaft von Briffault[1] und war verblüfft von seiner Streitbarkeit. Ihr ergebener

Bertrand Russell

1 Briffault war ein praktischer Arzt aus Neuseeland, der sich an die Soziologie heranwagte und für dessen Buch *Sin and Sex* ich 1931 eine Einleitung schrieb.

Von und an G. E. Moore

86, Chesterton Road
Cambridge

Lieber Russell, 9. März 30

der ›Council of Trinity‹ hat letzten Juni Wittgenstein ein Stipendium gewährt, um ihm zu ermöglichen, seine Forschungen über die Grundlagen der Mathematik weiterzubetreiben. Es erhebt sich nun die Frage, ob man ihm ein weiteres Stipendium bewilligt: und man will, bevor man sich entscheidet, Sachverständigenberichte über die Arbeiten haben, die er seit dem letzten Stipendium gemacht hat. Man hat mich bevollmächtigt, Sie zu bitten, einen solchen Bericht zu schreiben. Ich fürchte, dies wird recht viel Mühe mit sich bringen. Wittgenstein hat eine Menge geschrieben; aber er sagt, es wäre unbedingt nötig, es Ihnen mündlich zu erklären, wenn Sie es verstehen sollten. Ich glaube, er wäre sehr froh, eine Gelegenheit dazu zu haben, aber es würde zweifellos viel Zeit von Ihnen beanspruchen. Ich hoffe sehr, daß Sie trotzdem dazu bereit sind, denn es scheint keine andere Möglichkeit zu bestehen, ihm ein genügendes Einkommen zu sichern, damit er weiterarbeiten kann, wenn der ›Council‹ ihm dieses Stipendium nicht gewährt. Ich fürchte, die Chance ist sehr gering, daß er es tut, wenn er nicht günstige Berichte von Sachverständigen auf diesem Gebiet erhält: und Sie sind natürlich bei weitem die kompetenteste Persönlichkeit dafür. Man würde Ihnen selbstverständlich ein Honorar für den Bericht zahlen.

Sie würden nicht hierher kommen müssen, um Wittgenstein zu sehen. Er würde es so einrichten, daß er Sie besucht, wo und wann es Ihnen am besten paßt. Mit freundschaftlichen Grüßen Ihr

G. E. Moore

Beacon Hill School
Harting, Petersfield

Lieber Moore, 11. März 1930

ich sehe nicht, wie ich es von mir weisen kann, Wittgensteins

Arbeiten zu lesen und einen Bericht darüber zu schreiben. Gleichzeitig haben Sie recht, daß dies eine Menge Arbeit machen wird, da es eine Diskussion mit ihm erfordert. Ich kenne nichts Anstrengenderes, als mit ihm in einer Sache uneins zu sein.

Offentlichtlich wäre es am besten für mich, wenn ich das Manuskript erst sorgfältig läse und ihn dann sähe. Wie bald könnte ich es haben? Wenn möglich würde ich ihn gern vor dem 5. April sehen: an diesem Tag fahre ich über Ostern nach Cornwall, und ich möchte dort keine Arbeit haben, da ich seit Ende des letzten Sommers ununterbrochen sehr viel zu tun hatte. Ich weiß nicht, wie lange ich mit ihm diskutieren muß. Ich könnte drei Tage frei halten, sagen wir Freitag, Samstag und Sonntag vor dem 5. April, aber es wäre schwer für mich, mehr Zeit zu finden. Glauben Sie, das reicht?

Mit freundschaftlichen
Grüßen Ihr
Bertrand Russell

86, Chesterton Road
Cambridge

Lieber Russell, 13. März 30

Wittgenstein sagt, daß er nichts geschrieben habe, was wert sei, Ihnen gezeigt zu werden: alles was er geschrieben hat, ist im Augenblick in einem allzu ungeordneten Zustand. Es tut mir leid, daß ich dies nicht deutlich verstanden hatte, als ich Ihnen zuerst schrieb. Er möchte lediglich die Möglichkeit haben, Ihnen einige seiner Ergebnisse zu erklären, so daß Sie in der Lage sind, dem ›Council‹ zu berichten, ob Sie – selbst wenn Sie sie für falsch halten – diese wichtig finden und so beschaffen, daß man ihm eine Möglichkeit geben sollte, in derselben Richtung weiterzuarbeiten; und ich hoffe, daß ein Bericht dieser Art dem ›Council‹ genügen wird. Ich nehme an, drei Tage sind reichlich dafür, und es wird nicht nötig sein, viel mit ihm zu streiten. Er telegraphiert Ihnen jetzt, um Sie zu fragen, ob er Sie am Samstag entweder in Harting oder in London sehen kann (wenn Sie dort sein sollten), um eine Verabredung mit Ihnen zu treffen. Ich glaube, er ist am 5. April in Österreich.

Mit freundschaftlichen
Grüßen Ihr
G. E. Moore

Lieber Moore, 17. Mai 1930

Wittgenstein war übers Wochenende hier, und wir haben so lange miteinander gesprochen wie die Zeit reichte.

Ich würde gerne wissen, welches der späteste Termin für den Bericht an den ›Council‹ ist, da meine Eindrücke im Augenblick ziemlich vage sind und er beabsichtigt, während seines Aufenthaltes in Österreich eine zusammenfassende Übersicht zu seiner Arbeit zu schreiben, die es mir erleichtern würde, adäquat zu berichten. Wenn es nicht möglich ist, etwa einen Monat zu warten, werde ich mein Bestes tun, auf Grund unserer Unterhaltung einen Bericht aufzusetzen, aber ich hoffe, das ist nicht nötig. Er beabsichtigt, mich kurz vor Anfang des Maisemesters wieder in Cornwall zu besuchen, mit seiner Zusammenfassung.

Mit freundschaftlichen
Grüßen Ihr
Bertrand Russell

Lieber Moore, 5. Mai 1930

ich hatte zum zweitenmal Besuch von Wittgenstein, aber er blieb nur sechsunddreißig Stunden, und all das genügte ihm keineswegs, mir eine Zusammenfassung von all dem zu geben, was er getan hat. Er hinterließ mir ein ziemlich umfangreiches Maschinenmanuskript, das ich Littlewood schicken werde, sobald ich es gelesen habe. Unglücklicherweise war ich krank und daher nicht in der Lage, so rasch damit voranzukommen, wie ich hoffte. Ich glaube jedoch, daß ich im Lauf der Unterhaltung mit ihm einen recht guten Eindruck von dem erhielt, was er will. Er benutzt die Worte »Raum« und »Grammatik« in eigenartigen Bedeutungen, die mehr oder weniger miteinander verbunden sind. Er behauptet, daß, wenn es sinnvoll ist zu sagen »Das ist rot«, es nicht sinnvoll sei zu sagen »Das ist laut«. Es gibt für ihn einen »Raum« der Farben und einen anderen »Raum« der Töne. Diese Räume sind anscheinend im Kantschen Sinne a priori gegeben, oder zumindest meint er, wenn nicht genau das, so doch etwas Ähnliches. Grammatische Fehler kommen daher, daß man die »Räume« verwechselt. Dann bringt er eine Menge über Unendlichkeit, was immer in Gefahr ist, der Brouwerschen Voraussage entsprechend zu werden und immer gekürzt werden muß, wenn diese Gefahr auftaucht. Seine Theorien sind zweifellos bedeutend und zweifellos sehr originell. Ob sie richtig sind, weiß ich nicht; ich hoffe von Herzen, daß sie es nicht sind, denn die Mathematik und die Logik würden dadurch unglaublich schwierig. Man kann einen »Raum«, wie er das Wort benutzt, als einen kompletten Satz von Möglichkeiten einer bestimmten Art definieren. Wenn man sagen kann »Das ist blau«, so gibt es eine Reihe anderer Dinge, die man sinnvoll sagen kann, nämlich all die anderen Farben.

Ich bin ganz sicher, daß man Wittgenstein die Möglichkeit geben sollte. seine Arbeit fortzuführen. Würde es Ihnen etwas ausmachen, mir zu schreiben, ob dieser Brief dem ›Council‹ vielleicht genügen würde? Ich frage dies, weil ich momentan so viel zu tun habe, daß die Anstrengung, deren es bedarf, um Wittgensteins Arbeiten gründlich zu lesen, fast mehr ist, als ich leisten kann. Doch ich werde es weitertreiben, wenn Sie es für wirklich nötig halten.

Mit freundschaftlichen
Grüßen Ihr
Bertrand Russell

86, Chesterton Road
Cambridge
7. Mai 30

Lieber Russell,

ich glaube nicht, daß Ihr Brief an mich, so wie er ist, dem

›Council‹ genügen wird; aber ich halte es nicht für nötig, daß Sie weitere Zeit damit verbringen, Wittgensteins Zusammenfassung zu lesen. Für wichtig halte ich, daß Sie einen offiziellen Bericht schreiben (den der ›Council‹ vielleicht in seinen Akten aufbewahren möchte), nicht unbedingt länger als ihr Brief, der aber ganz klar und ausdrücklich einige Dinge feststellt, die in Ihrem Brief nur implizit sind. Ich glaube, der Bericht sollte ganz klar darlegen, wie weit es Ihnen zu entdecken gelungen ist, was W. seit letztem Juni getan hat, teilweise durch Lektüre der Zusammenfassung und teilweise durch W.s mündliche Erklärungen; er sollte betonen, daß Ihre Meinung, die Sache sei wichtig und man solle ihm die Möglichkeit geben weiterzumachen, sich auf das gründet, was Sie aus der Natur seiner neuen Arbeit selbst erfahren konnten, und nicht nur auf Ihre frühere Kenntnis W.s. Der ›Council‹ weiß ja, daß Sie bereits eine sehr hohe Meinung von W.s Werk im allgemeinen haben, und was er jetzt will, ist Ihr Urteil über die Bedeutung dieser besonderen neuen Arbeit, nicht nur von der Annahme ausgehend, daß alles, was W. tut, voraussichtlich wichtig ist. Ich denke, Sie sollten versuchen, sehr kurz zu sagen, welcher Natur die Arbeit ist und worin ihre Originalität und Bedeutung besteht.

Ich fürchte, es wird mühsam sein, einen solchen Bericht zu schreiben, aber ich hoffe, es nimmt Ihnen nicht viel Zeit; und ich halte es für wichtig, daß es getan wird.

Mit freundschaftlichen
Grüßen Ihr
G. E. Moore

Beacon Hill School
Harting, Petersfield
8. Mai 1930

Lieber Moore,

ich habe gerade Wittgensteins Maschinenmanuskript an Littlewood geschickt, zusammen mit einem offiziellen Bericht, der dem ›Council‹ überreicht werden kann. Ich sage darin genau dasselbe, wie in meinem Brief an Sie, aber ich sage es

mit mehr Worten, so daß es der ›Council‹ verstehen kann. Eine Kopie füge ich bei.
Ich merke, daß ich Wittgenstein nur verstehe, wenn ich bei guter Gesundheit bin, was augenblicklich nicht der Fall ist.

Mit freundschaftlichen
Grüßen Ihr
Bertrand Russell

Mein Bericht an den ›Council of Trinity‹ über Wittgensteins Arbeit:

Beacon Hill School
Harting, Petersfield
8. Mai 1930

Krankheit hat mich verhindert, Wittgensteins neue Arbeit so gründlich zu studieren, wie ich es beabsichtigte. Ich verbrachte fünf Tage in Diskussion mit ihm, während derer er mir seine Ideen erklärte, und er hinterließ mir ein umfangreiches Manuskript *Philosophische Bemerkungen*, von dem ich etwa ein Drittel gelesen habe. Das Manuskript, das ausschließlich aus unfertigen Notizen besteht, wäre ohne die Hilfe der Unterhaltung sehr schwer zu verstehen gewesen. So wie die Dinge stehen, glaube ich jedoch, daß das Folgende zumindest teilweise die Ideen wiedergibt, die seit der Zeit seines *Tractatus* neu sind:
Wittgenstein behauptet, daß, wenn irgend etwas der Fall ist, es gewisse andere Dinge gibt, die sozusagen, in demselben besonderen Tatsachenbereich, auch der Fall gewesen sein könnten. Angenommen zum Beispiel, ein bestimmtes Stück Wand ist blau; es könnte auch rot oder grün oder sonstwie sein. Zu sagen, daß es eine dieser Farben hat, ist falsch, aber nicht sinnlos, jedoch zu sagen, daß es laut oder schrill ist, oder irgendein anderes dem Klang eigenes Adjektiv zu verwenden, hieße Unsinn reden. Es gibt so eine Auswahl von Möglichkeiten einer gewissen Art, die bei jedem Sachverhalt zur Verfügung stehen. Eine solche Reihe von Möglichkeiten nennt Wittgenstein einen »Raum«. Es gibt auf diese Weise

einen »Raum« der Farben und einen »Raum« der Töne. Zwischen den Farben gibt es nun verschiedene Beziehungen, die die Geometrie dieses »Raumes« darstellen. All dies ist, in gewisser Beziehung, von Erfahrung abhängig: das heißt, wir brauchen die Art von Erfahrung, durch die wir wissen, was »grün« ist, aber nicht jene Art, durch die wir wissen, daß ein bestimmter Teil der Wand grün ist. Wittgenstein benutzt das Wort »Grammatik«, um zu bestimmen, was in der Sprache mit der Existenz der verschiedenen »Räume« korrespondiert. Wo auch immer ein Wort auftaucht, das einen Bereich in einem gewissen »Raum« bezeichnet, kann dieses durch ein Wort, das einen anderen Bereich dieses »Raumes« bezeichnet, ersetzt werden, ohne daß Unsinn entsteht; ein Wort aber, das einen zu irgendeinem anderen »Raum« gehörigen Bereich bezeichnet, kann es nicht ersetzen, ohne daß schlechte Grammatik, d. h. Unsinn entsteht.

Ein beträchtlicher Teil von Wittgensteins Arbeit hat mit der Interpretation der Mathematik zu tun. Er hält es für falsch zu sagen, daß Mathematik Logik sei oder aus Tautologien bestehe. Er diskutiert »Unendlichkeit« sehr ausführlich und verbindet dies mit dem Konzept der Möglichkeit, das er in Verbindung mit seinen verschiedenen »Räumen« entwickelt hat. Er glaubt an die »unendliche Möglichkeit«, wie er es nennt, aber nicht an wirklich »unendliche Klassen« oder »unendlichen Reihen«.

Was er über Unendlichkeit sagt, neigt oft dazu, offensichtlich gegen seinen Willen, eine gewisse Ähnlichkeit mit dem zu haben, was Brouwer gesagt hat. Ich denke, daß die Ähnlichkeit vielleicht nicht so stark ist, wie es auf den ersten Blick aussieht. Die Diskussion geht oft um mathematische Induktion.

Die in diesem neuen Werk Wittgensteins enthaltenen Theorien sind neu, sehr originell und zweifellos wichtig. Ob sie wahr sind, weiß ich nicht. Als Logiker, der das Einfache liebt, wünschte ich mir, daß sie es nicht wären, aber nach dem, was ich davon gelesen habe, bin ich ganz sicher, daß er die Möglichkeit haben sollte, sie auszuarbeiten, da sie, wenn

vollständig, wahrscheinlich eine völlig neue Philosophie bilden könnten.
Bertrand Russell

An den Verleger W. W. Norton

Lieber Norton, 27. Jan. 1931

Dank für Ihren Brief vom 14. Januar ...

Was *The Meaning of Science* betrifft, so habe ich davon eine Inhaltsangabe geschrieben und etwa 10 000 Worte bearbeitet. Ich fürchte, ich kann den von Ihnen vorgeschlagenen Schluß nicht machen. Ich glaube weder, daß Wissenschaft *per se* eine hinreichende Quelle des Glücks ist, noch denke ich, daß meine eigenen wissenschaftlichen Auffassungen viel zu meinem eigenen Glück beigetragen haben, welches ich der Tatsache zuschreibe, daß ich zweimal täglich mit unfehlbarer Regelmäßigkeit Stuhlgang habe. Die Wissenschaft erscheint mir in sich selbst neutral, d. h. sie vergrößert die Macht des Menschen zum Guten oder zum Bösen. Den Sinn des Lebens zu verstehen, ist etwas, was zur Wissenschaft noch dazugefügt werden muß, wenn sie glücklich machen soll. Ich möchte in keinem Fall das individuelle Glück diskutieren, sondern nur die Art von Gesellschaft, der die Wissenschaft zum Aufstieg verhelfen kann. Ich fürchte, Sie könnten enttäuscht sein, daß ich nicht ein besserer Apostel der Wissenschaft bin, aber da ich älter werde – und zweifellos infolge des Verfalls meines Gewebes – beginne ich, ein gutes Leben mehr und mehr als Balanceakt anzusehen und jede Überbetonung eines der Bestandteile zu fürchten. Das war immer schon die Ansicht älterer Männer und muß daher einen physiologischen Grund haben, aber man kann seiner Physiologie nicht dadurch entrinnen, daß man sich ihrer bewußt ist.

Ich bin nicht überrascht über das, was die Leute auf Ihrer Seite des Atlantiks von *The Conquest of Happiness* dachten. Weit mehr überrascht mich, daß englische Intellektuelle es für gut hielten. Ich glaube, Leute, die unglücklich sind, sind immer stolz darauf, und lassen sich nicht gern sagen, daß am

Unglück nichts Imposantes ist. Ein Mann, der melancholisch ist, weil er wegen mangelnder Bewegung an der Leber leidet, glaubt immer, daß es der Verlust Gottes oder die Bedrohung durch den Bolschewismus oder irgendein erhabener Grund ist, der ihn traurig macht. Wenn man Leuten sagt, daß Glück eine einfache Angelegenheit ist, werden sie über einen ungehalten.

Mit den besten Wünschen Ihr ergebener
Bertrand Russell

Lieber Norton, 17. Februar 1931

Dank für Ihren Brief vom 9. Februar. Meine Methode, glücklich zu sein, ist von einem Vertreter der verachteten Gattung der Philosophen entdeckt worden, nämlich von John Locke. Sie können darüber eine sehr ausführliche Darlegung in seinem Buch über Erziehung finden. Das ist sein wichtigster Beitrag zum menschlichen Glück; andere kleine Beiträge waren die englische, die amerikanische und die Französische Revolution.

Von der Zusammenfassung [von *The Scientific Outlook*], die ich Ihnen sende, darf nicht angenommen werden, daß sie all das behandelt, was ich tatsächlich behandeln werde. Natürlich muß »Erziehung« zu »Die Methode in der Gesellschaft« kommen, obwohl ich sie als einen Zweig der Propaganda angesehen hatte. Was den Behaviourismus angeht, so habe ich ihn unter Pawlow eingeordnet. Pawlow machte die Arbeit, die Watson angekündigt hatte.

Ich habe jetzt 36 000 Worte des Buches bearbeitet, aber wenn ich fertig bin, werde ich es bis Ende Mai behalten, um es revidieren zu können und boshafte Fußnoten hinzuzufügen.

Ich habe bereits ein Kapitel über »Wissenschaft und Religion« geschrieben,das ausgesprochen atheistisch ist. Haben Sie etwas dagegen? Es wäre selbstverständlich möglich, der ganzen Sache eine ironische Note zu geben, und möglicherweise könnte es dadurch literarisch besser werden. Man

könnte die Argumente der Wissenschaftler durchgehen, Eddington, Jeans und ihre Komplizen darauf hinweisen, wie schlecht sie sind, und schließen, daß unser Glauben glücklicherweise nicht von ihnen abzuhängen brauche, da er sich auf den unerschütterlichen Fels der Heiligen Schrift gründe. Wenn Sie dies als literarische Form vorziehen, bin ich bereit, das Kapitel in diesem Sinne umzuarbeiten. Im Augenblick ist es direkt, aufrichtig und voll moralischen Ernstes. Wenn Sie nicht einen früheren Termin vorsehen, so schlage ich vor, das Manuskript in der zweiten Juniwoche zu schicken oder es Aannestad zu übergeben, wenn er immer noch in England ist. Es ist durchaus realisierbar, es früher zu schicken, aber ich kann es immer noch verbessern, solange ich es habe.
Ich habe mich sehr gefreut, Aannestad zu sehen.

Ihr ergebener
Bertrand Russell

Lieber Norton, 11. März 1931
Sie werden erfahren haben, daß mein Bruder plötzlich in Marseille gestorben ist. Ich erbe von ihm einen Titel, aber keinen Pfennig Geld, da er bankrott war. Ein Titel ist mir sehr lästig, und ich bin ratlos, was ich tun soll, aber auf jeden Fall wünsche ich nicht, daß er in Verbindung mit irgendeinem meiner literarischen Werke benutzt wird. Es gibt, so weit ich weiß, nur eine Art, ihn loszuwerden, nämlich wegen Hochverrats verurteilt zu werden, und dies würde einschließen, daß man mir den Kopf auf dem Tower Hill abschlüge. Diese Methode erscheint mir doch etwas übertrieben, aber ich bin sicher, ich kann mich auf Sie verlassen, daß Sie den Titel nicht für Werbezwecke verwenden.

Ihr ergebener
Bertrand Russell

An Mr. Runham Brown

Lieber Mr. Runham Brown, 21. März 1931

Einsteins Erklärung über die Pflicht der Pazifisten, jede Art von Militärdienst zu verweigern, hat meine von Herzen kommende Zustimmung, und ich bin sehr froh, daß der führende Geist unserer Zeit sich so klar und unmißverständlich zu diesem Thema geäußert hat.

Ich für meinen Teil erwarte nicht, so sehr ich es auch wünsche, daß sich sehr viele Männer finden werden, die sich weigern, in Kriegszeiten Waffen zu tragen, und ich glaube auch nicht, daß die Weigerung von zwei Prozent genügen würde, um einen Krieg zu verhindern. Ich nehme an, der nächste Krieg wird grausamer sein als der, den man bis jetzt noch den »Großen« nennt, und ich glaube, daß die Regierungen nicht zögern werden, die pazifistischen zwei Prozent zu erschießen. Eine wirksamere Art des Widerstandes wären Streiks der Munitionsarbeiter. Aber im Ganzen gesehen erwarte ich mehr von internationalen Vereinbarungen als von den Aktionen einzelner Pazifisten. Während ich also mit Einstein übereinstimme, was die Pflicht eines Pazifisten betrifft, messe ich den jeweiligen politischen und individuellen Faktoren eine andere Bedeutung zu.

Es gibt einen Punkt, in dem ich vielleicht prinzipiell mit ihm und vielen anderen Pazifisten nicht übereinstimme. Wenn es eine internationale Autorität gäbe, die die einzige bewaffnete Streitkraft besäße, so wäre ich bereit, sie sogar mit Waffengewalt zu unterstützen.

Ihr ergebener
Bertrand Russell

An Dr. Steinbach

Lieber Dr. Steinbach, 19. Mai 1931

ich fürchte, ich habe nichts sehr Nützliches über die englische Sprache zu sagen. Ich bemerke, daß Literaten in Amerika dazu neigen, sie so zu studieren, wie man eine tote Sprache studiert, d. h. es fällt ihnen nicht ein, daß das geschriebene Wort lediglich eine Transkription des gesprochenen Wortes sein kann. Was mich betrifft, so bin ich zwar bereit, gute Autoren wegen ihres Stils zu lesen und um meinen Wortschatz zu bereichern, aber es würde mir nicht einfallen, sie zu irgendeinem grammatikalischen Zweck zu lesen.

Ich würde korrektes Englisch im Jahr neunzehnhunderteinunddreißig nicht als die Sprechgewohnheit gebildeter Leute in diesem Jahr definieren, und ich sehe keinen Sinn darin, zwischen Gesprochenem und Geschriebenem zu unterscheiden. Wenn man einmal eine Unterscheidung dieser Art zuläßt, gelangt man bald zur Situation des literarischen Chinesisch. Ich kannte einen gelehrten Chinesen, dem sehr daran lag, die Volkssprache (wie man es nennt) an die Stelle der klassischen Sprache zu setzen. Ich fragte ihn, ob diese Bewegung Fortschritte mache; er antwortete, daß es Zeiten gäbe, wo sie es täte, und Zeiten, wo nicht. »Zum Beispiel«, sagte er, »machte sie während des dreizehnten Jahrhunderts große Fortschritte.« Ich kann nicht Chinesisch, aber ich folgerte, daß klassisches Chinesisch dem Lateinischen entspricht und die Volkssprache Chaucer. Ich möchte nicht, daß so etwas Ähnliches jenen widerfährt, die Englisch sprechen.

Ihr sehr ergebener
Bertrand Russell

Von und an Will Durant

Earl Bertrand Russell
Carn Voel, Porthcurno
Cornwall, England

44, North Drive
Great Neck, N. Y.
8. Juni 1931

Lieber Earl Russell,
würden Sie Ihr geschäftiges Leben einen Augenblick unterbrechen und das Spiel der Philosophie mit mir spielen?

Ich versuche, mich in meinem nächsten Buch mit einer Frage auseinanderzusetzen, die unsere Generation, vielleicht mehr als die meisten, immer wieder zu fragen bereit scheint und offensichtlich nie zu beantworten vermag. Was ist die Bedeutung oder der Wert des menschichen Lebens? Früher ist diese Frage hauptsächlich von Theoretikern behandelt worden, von Echnaton und Lao-tse bis zu Bergson und Spengler. Das Ergebnis war eine Art intellektueller Selbstmord: das Denken scheint eben durch seine Entwicklung den Wert und die Bedeutung des Lebens zerstört zu haben. Die Zunahme und Verbreitung des Wissens, für die so viele Reformer und Idealisten beteten, bringt nun seinen Gläubigen – und durch Ansteckung vielen anderen – eine Ernüchterung, die den Mut unserer Gattung fast gebrochen hat.

Astronomen haben uns gesagt, daß das menschliche Treiben nur einen Augenblick in der Bahn eines Sterns bedeute; Geologen haben uns gesagt, daß die Zivilisation ein gefährdetes Zwischenspiel zwischen Eiszeiten sei; Biologen haben uns gesagt, daß alles Leben Krieg sei, ein Kampf um die Existenz zwischen einzelnen, Gruppen, Völkern, Sippen und Gattungen; Historiker haben uns gesagt, daß »Fortschritt« eine Täuschung sei, deren Herrlichkeit unweigerlich im Verfall ende; Psychologen haben uns gesagt, daß der Wille und das Ich hilflose Instrumente der Erbmasse und Umgebung seien, und die einst unvergängliche Seele nur eine vorübergehende Erregung des Gehirns. Die Industrierevolution hat das Zuhause zerstört, und die Entdeckung von Verhütungsmitteln zerstört die Familie, die alte Moral und vielleicht (durch die Sterilität des Intelligenten) die Gattung. Leben wird als physischer Blutandrang analysiert, und die Ehe wird zu einer zeitweisen physiologischen, kaum der Promiskuität überlegenen Annehmlichkeit. Die Demokratie ist zu einer solchen Korruption entartet, wie nur Milos Rom sie gekannt hat; und unsere jugendlichen Träume von einem sozialistischen Utopia verschwinden, wie wir sehen, Tag für Tag aus dem unermüdlichen Erwerbssinn des Menschen. Jede Erfindung stärkt den Starken und schwächt den Schwachen; jeder neue Mechanismus verdrängt Menschen und vervielfacht die Schrecken des Krieges. Gott, der einst der Trost unseres kurzen Lebens und unsere Zuflucht in Verlassenheit und Leid war, ist offenbar von der Bühne verschwunden; kein Teleskop, kein Mikroskop entdeckt ihn. Leben ist, in jener totalen Perspektive der Philosophie, zu einem unsteten Gewimmel menschlicher Insekten auf der Erde geworden, zu einem planetarischen Ekzem, das vielleicht bald geheilt wird; nichts ist sicher darin außer Niederlage und Tod – ein Schlaf, aus dem es, wie es scheint, kein Erwachen gibt.

Wir müssen daraus schließen, daß der größte Fehler in der menschlichen Geschichte die Entdeckung der Wahrheit war. Sie hat uns nicht frei gemacht, nur frei von Illusionen, die uns trösteten, und von Schranken, die uns erhielten; sie hat uns nicht glücklich gemacht, denn Wahrheit ist nicht schön und verdiente es nicht, so leidenschaftlich gesucht zu werden. Wenn wir das Ganze jetzt betrachten, so fragen wir uns, warum wir uns so beeilt haben, sie zu finden. Denn es zeigt sich, daß sie uns jeden Grund zu existieren genommen hat, außer für den Grund des Augenblicks und die triviale Hoffnung auf morgen.

Dies ist der Engpaß, zu dem uns Wissenschaft und Philosophie gebracht haben. Ich, der ich die Philosophie viele Jahre geliebt habe, kehre nun von ihr zum Leben selbst zurück und bitte Sie, als einen, der sowohl lebt wie denkt, mir verstehen zu helfen. Vielleicht ist das Urteil jener, die gelebt haben, anders als das von jenen, die bloß dachten. Nehmen Sie sich einen Augenblick Zeit, um mir zu sagen, welche Bedeutung das Leben für Sie hat, welche Hilfe – wenn überhaupt – Sie in der Religion finden, was Sie weitermachen läßt, welches die Quellen Ihrer Inspiration und Energie sind, was das Ziel oder das Motiv Ihrer Mühe; wo Sie Ihren Trost und Ihr Glück finden, wo letzten Endes Ihr Schatz liegt. Schreiben Sie kurz, wenn Sie müssen; schreiben Sie mit Muße und ausführlich, wenn Sie können; denn jedes Wort von Ihnen wird mir kostbar sein.

Hochachtungsvoll
Will Durant

Autor von *The Story of Philosophy*, *Transition*, *The Mansions of Philosophy*, *Philosophy and the Social Problem* etc.

Ehemals Mitglied der Abt. für Philosophie, Columbia Universität; Ph. D. (Columbia); L. H. D. (Syracuse).
PS. Eine Kopie dieses Briefes geht an die Präsidenten Hoover und Masaryk; die Rt. Hons.[1] Ramsay MacDonald, Lloyd George, Winston Churchill und Philip Snowden; M. Aristide Briand; Signori Benito Mussolini, G. Marconi und G. d'Annunzio; Mme. Curie, Miss Mary Garden und Miss Jane Addams; Dean Inge; und Messrs. Josef Stalin, Igor Strawinsky, Leon Trotzki, M. K. Gandhi, Rabindranath Tagore, Ignace Paderewski, Richard Strauss, Albert Einstein, Gerhart Hauptmann, Thomas Mann, Sigmund Freud, G. B. Shaw, H. G. Wells, John Galsworthy, Thomas Edison, Henry Ford und Eugene O'Neill.
Der Zweck ist rein philosophisch. Ich vertraue jedoch darauf, daß man nichts dagegen einwenden wird, wenn ich aus den Antworten in meinem künftigen Buch *On the Meaning of Life* zitiere, dessen eines Kapitel versuchen wird, von der Haltung der hervorragendsten lebenden Männer und Frauen gegenüber dem Leben zu berichten.

Lieber Mr. Durant, 20. Juni 1931

es tut mir leid, Ihnen sagen zu müssen, daß ich im Augenblick viel zu beschäftigt bin, um davon überzeugt zu sein, daß das Leben keinerlei Sinn hat, und auf Grund dieser Tatsache weiß ich nicht, wie ich Ihre Fragen vernünftig beantworten könnte.
Ich sehe nicht, daß wir beurteilen können, was das Ergebnis der Entdeckung der Wahrheit wäre, da man bisher noch keine entdeckt hat.

Ihr ergebener
Bertrand Russell

Von und an Albert Einstein

Caputh bei Potsdam
Waldstr. 7/8
den 14. Oktober 1931

Lieber Bertrand Russell![2]

Ich habe schon lange den Wunsch, Ihnen zu schreiben.

1 Rt. Hon. = Right Honourable. (A. d. Ü.)
2 Dieser Brief ist auf deutsch geschrieben (A. d. Ü.)

Nichts anderes wollte ich dabei, als Ihnen meine hohe Bewunderung ausdrücken. Die Klarheit, Sicherheit und Unparteilichkeit, mit der Sie die logischen, philosophischen und menschichen Dinge in Ihren Büchern behandelt haben, steht nicht nur in unserer Generation unerreicht da.
Dies zu sagen, hätte ich mich immer gescheut, weil Sie wie die objektiven Dinge so auch dies selber schon am besten wissen und keine Bestätigung nötig haben. Aber da löst mir ein kleiner Journalist, der mich heute aufsuchte, die Zunge. Es handelt sich da um ein internationales journalistisches Unternehmen (cooperation), dem die besten Leute als Mitarbeiter angehören, und das sich die Aufgabe gestellt hat, das Publikum in allen Ländern in internationalem Sinne zu erziehen. Mittel: Artikel von Staatsmännern und Journalisten, welche einschlägige Fragen behandeln, werden systematisch in Zeitungen aller Länder veröffentlicht.
Herr Dr. J. Révész geht in kurzem nach England, um für diese Sache zu wirken. Es würde nach meiner Überzeugung wichtig sein, wenn Sie ihm eine kurze Unterredung gewährten, damit er Sie in dieser Angelegenheit informieren kann. Ich richte eine solche Bitte nicht leichthin an Sie, sondern in der Überzeugung, daß die Angelegenheit Ihrer Beachtung wirklich wert sei.

In freudiger Verehrung
Ihr
A. Einstein

PS. Einer Beantwortung dieses Briefes bedarf es nicht.

Telegraph House
Harting, Petersfield
7. 1. 35

Lieber Einstein,

ich habe mir lange gewünscht, Sie zu einem Besuch einzuladen, aber hatte bis vor kurzem kein Haus, in das ich Sie hätte bitten können. Nun ist dieses Hindernis beseitigt, und ich hoffe sehr, daß Sie zu einem Wochenende kommen werden. Entweder der nächste Samstag (12.) oder der 19. wären mir recht; danach werde ich für 6 Wochen in Skandinavien und

Österreich sein, so daß wir, wenn sowohl der 12. wie der 19. nicht möglich sind, bis zur zweiten Märzhälfte warten müßten. Ich kann mir kaum etwas vorstellen, was mich mehr freuen würde, als ein Besuch von Ihnen, und es gibt viele Dinge, sowohl in der Welt der Physik als in der der Menschen, über die ich Ihre Meinung gern genauer kennenlernen möchte.

Ihr sehr ergebener
Bertrand Russell

Von und an Henri Barbusse

Vigilia
Miramar par Théoule
(Alpes-Maritimes)
10. Februar 1927

Lieber und werter Kollege,[1]

erlauben Sie mir, dem hier beiliegenden Appell, dem ich Sie bitte sich anzuschließen, einen persönlichen hinzuzufügen. Ihr Name ist einer von jenen, die sich aufdrängen bei der Zusammenstellung einer Reihe von großen, aufrichtigen Männern, die sich erheben würden, um die einbrechende Barbarei des Faschismus zu vernichten und zu bekämpfen.

Ich habe diesen Appell spontan abgefaßt, ohne irgendeiner Anregung politischer oder anderer Art zu gehorchen. Ich habe nur auf das Gefühl der Solidarität und die Stimme des gesunden Menschenverstandes gehört: das Übel ist nicht ohne Heilmittel; man kann etwas dagegen tun; und was man hauptsächlich und vor allem angesichts der erschreckenden Ausmaße des Faschismus tun muß, ist, eine moralische Macht aufzurichten, das eigentliche, öffentliche Gewissen zu mobilisieren und dem Tadel, der überall zu finden ist, eine hörbare Stimme zu verleihen.

Ich muß hinzufügen, daß ich mich hinsichtlich des Inhalts des Appells mit Romain Rolland verständigt habe, der mich von ganzem Herzen unterstützt und der wie ich der Meinung ist, daß einzig eine Erhebung der freien Geister, ein organisierter und ständiger Protest der aufgeklärten und angesehenen Per-

1 Dieser und der folgende Brief sind auf französisch geschrieben. (A. d. Ü.)

sönlichkeiten diesem schrecklichen Zustand ein Ende bereiten kann.
Es liegt mir schließlich daran, Ihnen zu sagen, daß ich die Absicht habe, sehr bald eine internationale Zeitschrift zu gründen: *Monde*, die zum Ziel hat, in dem augenblicklichen internationalen Chaos große menschliche Prinzipien zu verbreiten und gegen den reaktionären Geist und die reaktionäre Propaganda zu kämpfen. Diese Veröffentlichung könnte im intellektuellen, künstlerischen, moralischen und sozialen Bereich eine wichtige Tribüne werden, wenn Persönlichkeiten wie Sie es wollen. Sie wird der Stimme des Komitees als Vehikel dienen und seinem lauten Protest Substanz verleihen.
Ich wäre Ihnen dankbar, wenn Sie mir sagten, ob Sie damit einverstanden wären, einer der eventuellen Mitarbeiter von *Monde* zu sein.
Ich wäre Ihnen ebenfalls verpflichtet, wenn Sie mir hinsichtlich des Appells mit einem Brief antworteten, den ich im Notfall heranziehen könnte, indem ich ihn entweder ganz oder in Auszügen veröffentlichte.
Mit dem Ausdruck meiner größten Wertschätzung bin ich

Ihr ergebener
Henri Barbusse

Sylvie
Aumont par Senlis
(Oise)
12. Dezember 1932

Mein lieber Russell,
da das Komitee Tom Mooney den Regierungswechsel in den Vereinigten Staaten ausnutzen will, um mit der Affaire Tom Mooney, zu der man immer noch Neues entdeckt, zu einer Lösung zu gelangen, hat es beschlossen, Präsident Roosevelt den anliegenden Brief zu schicken, der uns, obwohl in amtlichen und sehr ehrerbietigen, wenn auch festen Worten gehalten, geeignet scheint, das skandalöse Martyrium Tom Mooneys und Billings wirklich zu einem Ende zu bringen.

Ich bitte Sie, zu unterschreiben und mir den Brief umgehend wieder zurückzuschicken.

Mit freundschaftlichen Grüßen
Henri Barbusse

Ich schicke Ihnen außerdem eine von dem Komitee Tom Mooney herausgegebene Broschüre.

47 Emperor's Gate
S. W. 7
16. Dezember 1932

Lieber Barbusse,
ich bin jederzeit bereit, alles zu tun, was mir geeignet scheint, Mooney zu helfen, aber ich zögere etwas angesichts des Briefentwurfes, den Sie mir zuschicken.

Sie werden sich gewiß daran erinnern, daß die russische Regierung zur Zeit Kerenskis einen Appell zu demselben Thema an Präsident Wilson richtete, und daß dieser daraufhin den Fall Mooney von einer Reihe hochstehender juristischer Autoritäten untersuchen ließ, die zugunsten Mooneys berichteten. Der Staat Kalifornien wies jedoch darauf hin, daß der Präsident nicht das Recht habe, sich in die Justizverwaltung der einzelnen Staaten einzumischen.

Ich glaube, es hat nicht viel Sinn, sich an den künftigen Präsidenten zu wenden, da er sich lediglich damit absichern wird, keine legale Macht zu haben. In jedem Fall wäre es nutzlos, den Brief vorzulegen, ehe er Präsident geworden ist, was, wie ich glaube, am 4. März sein wird. Es besteht kein Zweifel darüber, daß die amerikanische Öffentlichkeit in diesem Augenblick weder Ihrem noch meinem Land besonders freundlich gesonnen ist, und ich bin nicht sicher, ob wir uns wirkungsvoll einschalten können, bis sich nicht die Leidenschaften gelegt haben.

Ihr ergebener
Bertrand Russell

Dieser Brief zeigt, daß ich nicht immer ungestüm war.

Von Graf Michael Károlyi The White Hall Hotel
70 Guildford St., W. C. 1
Mein lieber Russell, 5. Feb. 1935

ich möchte Ihnen für den brillanten Brief danken, den Sie zur Verteidigung Rákosis[1] geschrieben haben. Die Verhandlung läuft noch immer und das endgültige Urteil kann jeden Tag gefällt werden. Wenn er nicht zum Tode verurteilt wird, geschieht dies großteils auf Ihre Intervention hin. In diesem Falle fürchte ich jedoch, daß er lebenslänglich ins Gefängnis kommt. Selbstverständlich werden wir versuchen, ihn auch dann zu retten – vielleicht gelingt es uns, ihn von der Sowjetregierung gegen irgend etwas auszutauschen.

Das letzte Mal, als ich Sie sah, luden Sie mich ein, ein Wochenende mit Ihnen zu verbringen. Wenn ich Sie nicht störe, würde ich Sie gerne besuchen, nicht an diesem Sonntag, aber zu jedem anderen Ihnen genehmen Zeitpunkt.

Es gibt so vieles, worüber ich gern mit Ihnen spräche – bitte verständigen Sie mich.

Meine neue Adresse ist die obenstehende und meine Telefonnummer Terminus 5512.

Ihr sehr ergebener
M. Károlyi

Von Gerald Brenan,
Autor von ›The Spanish Labyrinth‹
und anderen Büchern

1. Juni 1935
Churriana
[Malaga]

Lieber Bertie,

ich sehe, daß ich wirklich etwas sehr Dummes sagen muß, um Dir einen Brief zu entlocken. Mein Brief wurde spät in der Nacht geschrieben, wenn einen die Gedanken und Ängste forttragen, und ich bereute es hinterher. Ich verbrachte den

1 Mátyás Rákosi, ein ungarischer Kommunist, wurde bei seiner Freilassung von einer langen Gefängnisstrafe wieder verhaftet. Sein Leben wurde gerettet, aber er wurde wieder ins Gefängnis geworfen. 1940 erhielt ihn Rußland im Austausch gegen 1849 eroberte ungarische Fahnen. Später wurde Rákosi Ministerpräsident von Ungarn.

nächsten Tag in Buße und las einen Bericht über Montforts Kampagne.

Es ist allzu leicht, mit den destruktiven Wünschen von Revolutionären zu *sympathisieren:* in den meisten Fällen besteht die Schwierigkeit darin zu glauben, daß sie überhaupt imstande sind, etwas Gutes zu tun. Was ich wirklich bei ihnen nicht mag, sind ihre doktrinären Ideen und ihre intolerante Haltung. Der religiöse Gedanke im Kommunismus, der seinen Erfolg begründet (die Versicherung, daß die Zeit, d. h. Gott auf der eigenen Seite sei), wird vielleicht schließlich zu einer Art von mohammedanischem Glaubensbekenntnis der Brüderlichkeit und einem Stillstand führen. Ich habe den Verdacht, daß die Energie und Streitbarkeit der christlichen Nationen von der Sündenlehre herrührt, vor allem der Erbsünde, und von dem Kampf, den man für die Erlösung (oder für das Geld) führen muß. Wäre nicht Augustins Manichäismus, so wären wir ein fügsamer, aber weniger interessanter Haufen. Ich bin gegen diese kommunistische Religion, weil ich glaube, daß Sozialismus nur eine Sache der Verwaltung sein sollte. Alle religiösen Ideen, die man damit verbindet, werden zur Verkümmerung führen, wenn man sie natürlich nicht leichtfertig auffaßt, wie die Römer die Vergötterung des Augustus oder die Chinesen den Konfuzianismus. Aber das wird wohl [nicht] der Fall sein. – Wie dem auch sei, da man letzten Endes diese Dinge als Ganzes annehmen oder ablehnen muß, werde ich den Kommunismus unterstützen, wenn ich sehe, daß er gewinnt – und ich werde ihn *immer* gegen den Faschismus unterstützen.

Hier draußen bringt uns jeder Tag Nachrichten von der Auflösung der Volksfront. Gemäßigte Sozialisten, revolutionäre Sozialisten und Gewerkschaftler liegen sich alle in den Haaren. Die Unordnung wird immer größer, und ich nehme an, daß das das wahrscheinliche Ende der Diktatur ist. Ich neige zu dem Glauben, daß das beste für das Land eine Diktatur der gemäßigten Linken wäre (augenblickliche Regierung mit Sozialisten) für, sagen wir, zehn Jahre. Ich höre, daß die Arbeitslosigkeit in der Landwirtschaft nicht gemindert werden kann, solange nicht bisher unbewässerte Gebiete bewässert werden. Man hat mit dem Bau von Dämmen begonnen, aber man braucht noch mehr, und erst in fünfzehn Jahren sind sie fertig. Die Reg. plant Investitionen zu kontrollieren und für diese Dämme zu bestimmen, wobei die Geldgeber durch eine Hypothek auf das neu bewässerte Land bezahlt würden.

Das Wetter ist jetzt herrlich und jeder Augenblick des Lebens ein Genuß. Neben der Gesundheit und dem Wetter – das die Gesundheit der Natur ist – zählt nur sehr wenig. Es wäre schön, wenn Du ein Haus hier draußen mietetest und einige Deiner Bücher herausbrächtest. Wenn schon in Spanien alles unsicher ist – wie steht es erst mit dem übrigen Europa?

Mit herzlichen Grüßen von uns beiden an Dich und Peter

stets Dein
Gerald Brenan

Die Öffentlichkeit in England scheint beunruhigend kriegswillig zu sein. Ich bin für die Aufhebung der Sanktionen und den Abschluß eines Mittelmeerpaktes, was eine Kontrolle Mussolinis sein würde. Dann aber müßten wir zum Krieg bereit sein, wenn er eine griechische Insel nimmt.

In England wird die Bedeutung, daß Österreich nicht mit den Nazis mitmacht, immer unterschätzt. Die *Times* weigert sich, überhaupt nach Mitteleuropa zu sehen. Die Engländer sind hochmütig gegenüber allem, was jenseits der Linie Berlin-Wien-Venedig liegt. Ich nehme an, Du denkst ebenso wie ich.

Von Mrs. Gerald Brenan

Bell Court
Aldbourne, Marlborough
[Nov. 1938]

Mein lieber Bertie,

ich dachte viel an Dich während dieser wirklich schrecklichen Tage – die entsetzlich für Dich gewesen sein müssen, als Du immer weiter von Deinen Kindern fortfuhrst und sie in einer solchen Welt zurückließest. Von solchen Dingen träumt

man während eines bösen Alptraums – aber es war einer jener modernen Alpträume, bei denen man immer noch wach ist.
Ich habe dieselben Schwierigkeiten wie Du. Ich bin und werde immer Pazifistin sein. Aber manchmal scheinen sie »Frieden, Frieden« zu schreien, wenn es keinen Frieden gibt.
In was für einer Welt leben wir!
Power hat wunderbare Kritiken, wie ich sehe, und ist ein Bestseller. Ich freue mich so darüber. Hoffentlich kann ich es bald lesen.
Wir hatten einen Anarchisten aus Holland bei uns, den Sekretär von A. I. T. Er war charmant und sehr intelligent und war ziemlich lange mit der C. N. T.[1] in Spanien.
Er ist ein großer Bewunderer von Dir. Er sagt, daß er kürzlich einen Artikel über Anarchismus für eine Enzyklopädie geschrieben habe. In der Bibliographie am Ende hat er »Alle Werke von Bertrand Russell« angeführt, weil sie, wie er erklärte, obwohl nicht wirklich anarchistisch, »die Tendenz« haben, wie alte Anarchisten sagen.
Mir gefiel das – denn, wie auch anarchistische Parteien in der Praxis sein mögen, »die Tendenz« erscheint mir sicher richtig. Wir fuhren an einem Tag in den Savernake Forest. Die Herbstblätter begannen zu fallen, aber der Tag war warm und hell. Ich hätte Dich und Peter und John und Kate gern hier gehabt. Vielleicht können wir an einem anderen Tag dort spazierengehen.
Ich hoffe, Du und Peter seid so glücklich, wie es so weit weg von zu Hause in solchen Zeiten möglich ist.
Mit herzlichen Grüßen an Euch beide stets Deine
Gamel

Bell Court
Aldbourne, Marlborough
Mein lieber Bertie, [Winter 1938/39]
ich habe mich so über Deinen Brief und den Gedanken gefreut, daß Du in nicht allzu langer Zeit nach Hause kommst und wir Dich wiedersehen.

1 Confederación Nacional de Trabajo. (A. d. Ü.)

Ja, irgendwie müssen wir öfter zusammenkommen. Wir müssen Picknicks im Savernake Forest machen und einen hübschen Ort finden, wo wir uns auf halbem Wege zwischen Kidlington und Aldbourne treffen. Gerald und ich werden diesen Sommer Fahrrad fahren, so daß wir uns überall sehen können.

Ich bin sicher, daß es jetzt sehr schwer ist, in Amerika zu sein. Ich hatte gefürchtet, Du und Peter würdet es in vieler Hinsicht anstrengend finden – immerzu zum Helden des Tages gemacht zu werden, muß sehr mühselig sein und letzten Endes sehr erschöpfend, so gut es auch immer gemeint sein mag.

Longmans Green wird mein Buch irgendwann im späten Frühling herausbringen, denke ich. Ich bin froh darüber, denn ich glaube, daß es auf seine Weise ein nützliches Buch ist. Es gibt ein so schmerzliches Bild vom Kriegszustand des Geistes. Ich möchte es *Death's Other Kingdom* nach der Zeile von T. S. Eliot *Is it like this in Death's other Kingdom?* nennen.

Gerald und ich haben beide *Power* mit großem Interesse und großer Bewunderung gelesen. Es hat einen großen Eindruck gemacht, scheint mir; das zeigen nicht nur die Kritiken, sondern auch die Tatsache, daß fast jeder intelligente Mensch, den ich sehe, es irgendwie in irgendeinem Zusammenhang erwähnt.

Ich verstehe, wie sehr Du Dich danach sehnst, in England zu sein. Und ich freue mich sehr darauf, daß Du bald nach Hause kommst.

Mit herzlichen Grüßen an Euch alle

Deine
Gamel

Ich bin entzückt, etwas von der wirklichen Herkunft meines Namens zu erfahren – aber ich weiß nicht recht, was ich von seiner Nähe zu Kamel halten soll.

Von Mrs. Bernard Berenson

The Mud House
Friday's Hill, Haslemere
28. Juli 1936

Mein lieber Bertie,
darf ich zu Euch herüberfahren und Dich und Deine Frau am Donnerstag oder Freitag dieser Woche oder irgendwann nächste Woche besuchen?
Ich war sehr krank, und eine der Folgen der Krankheit ist, daß ich verstehen gelernt habe, was in meinem Leben wertvoll ist, und Du gehörst zum Wertvollsten. Ich möchte nicht sterben, ohne Dich nochmals gesehen zu haben und Dir für so vieles zu danken.

Herzlich Deine
Mary Berenson

An Lion Fitzpatrick

Telegraph House
Harting, Petersfield
21. 12. 36

Lieber Lion,
es war sehr enttäuschend, daß ich gerade krank war, als wir zu Dir kommen wollten – es war eine Darmgrippe; sie war kurz, setzte mich aber außer Gefecht. Wir freuen uns darauf, Dich Ende Januar zu sehen.
Da Alys bei Dir sein wird, frage ich mich, ob Du nicht ein paar freundliche Worte von mir ausrichten könntest. Es liegt mir um so mehr daran, da Mrs. Berenson einige sehr kritische Dinge über Alys äußerte, die ich mir mit eisigem Schweigen anhörte; und ich halte es für wahrscheinlich, daß sie fortging und verkündete, ich hätte sie gesagt. Ich möchte kein Unheil anrichten, so daß es keinen Sinn hätte, Mrs. Berenson Alys gegenüber zu erwähnen, aber es täte mir sehr leid, wenn Alys glaubte, ich dächte oder sagte unfreundliche Dinge über sie.

Dein
BR

The Warden's Lodgings
All Souls College, Oxford
28. Dez. 36

Lieber Bertie,
gut, ich werde es versuchen. Aber es ist nicht leicht, mit Alys

über Dich zu reden. Sie denkt gern, sie wüßte alles von Dir. Im Grunde interessiert sie sich sehr für Dich, aber sie scheint immer noch, selbst nach all diesen Jahren, empfindlich zu sein. Ich glaube, es liegt ihr noch viel an Dir. Die Leute sind wirklich seltsam. Wenn sie keinen Humor haben, trocknen sie entweder aus oder werden abgeschmackt. Meiner Meinung nach ist es die höchste Tugend, sich selbst als Witz betrachten zu können.

Ich werde fragen (?) [unleserliches Wort], wann Alys und Grace Worthington und nach ihnen die Wells fortgehen – Es wird Februar werden, fürchte ich, wenn ich nicht zwischen den Besuchen kommen kann. Aber gewöhnlich muß ich dann ins Bett. – O Gott, wie wenig anpassungsfähig die Engländer sind und wie wenig beeindruckbar die U. S. (?) [unleserliches Wort]. Diese Leute hier sind Schotten und Ulsterer. Ein weit flexiblerer Schlag.

Ich habe in meinem Unterbewußtsein eine recht erbärmliche Stelle wegen Deines Buches über Philosophie. Ich wünschte sehr, Du könntest es aus Dir herausbringen, bevor Du stirbst – ich glaube, es würde wichtig sein! – schließlich ist es doch das, was Du schreiben solltest – nicht Brotarbeiten. Bill Adams (der Sohn des Rektors hier) hat Dich irgendwo über Physik sprechen hören und sagt, Dein Verstand sei der schärfste in England – (Ist das ein großes Lob in einem Land, in dem fast jeder Verstand wirr ist und noch stolz darauf?)

Grüße an Lady Russell – ich hoffe, es geht ihr gut – ich werde später an sie schreiben – Lion

Lion Fitzpatrick, die Schreiberin des vorangehenden Briefes, war eine enge Freundin von Alys und später auch von mir. »Lion« war ein Spitzname, den man ihr wegen ihrer schwarzen Haarmähne gegeben hatte. Ihr Vater war ein Belfaster Geschäftsmann gewesen, der durch seine Trunksucht starb. Sie kam ohne einen Pfennig nach England und wurde von Lady Henry Somerset für philanthropische Arbeiten in Somerstown (St. Pancras) angestellt. Ich begegnete ihr zum erstenmal am 10. Juni 1894 bei einer Abstinenzprozession,

an der ich wegen Alys teilnahm. Wir stritten uns über die Mission für Tiefseefischer, und ich machte in diesem Zusammenhang einige verächtliche Bemerkungen. Kurz danach folgte sie dem Beispiel Bernard Shaws und kandidierte für die St. Pancras Vestry (die dem entsprach, was heute der Gemeinderat ist). Sie lebte in einem Hinterhaus in einem Slum, und da ich mich meiner Möbel in Cambridge entledigen mußte, gab ich ihr einige.
Inzwischen hatte sie durch Alys einen jungen Mann namens Bobby Phillimore kennengelernt, der Alys einen Antrag gemacht hatte, aber abgewiesen worden war. Er war in Christchurch und der Sohn Lord Phillimores, eines sehr reichen Liberal Law Lords[1] und engen Freundes von Mr. Gladstone. Ich glaube, daß Bobby unter Logans Einfluß Sozialist und Dichter wurde. Er ist das Vorbild für den Dichter in Shaws *Candida*. Er beschloß, Lion zu heiraten, aber nicht den Fehler der Hast zu wiederholen, den er mit Alys begangen hatte. Deshalb ließ er sich in die St. Pancras Vestry wählen und bereitete seine Annäherungsversuche vorsichtig vor. Kurz nachdem Alys und ich geheiratet hatten und in Berlin lebten, erhielt ich einen Brief von Lion, die mich um Rat fragte, ob sie ihn nehmen solle. Ich schrieb sofort zurück und führte zwölf Gründe dagegen an. Ich bekam postwendend einen Brief von ihr, sie habe angenommen.
Im folgenden Frühling, als Alys und ich mit ihrer Schwester in Fiesole waren, besuchten uns Lion und Bobby auf ihrer Rückkehr von den Flitterwochen in Nordafrika. Ich erfuhr damals zum ersten Mal, warum sie ihn genommen hatte. Nachdem sie ihn eine Zeit lang entschieden abgewehrt hatte, war er herzkrank geworden, und hervorragende Mediziner hatten behauptet, daß er sterben würde, wenn sie dabei bliebe. Sein Vater sprach mit ihr, aber vergeblich. Schließlich, nach leidenschaftlichen Bitten von Lord Phillimore, stieg Mr. Gladstone, obwohl achtzigjährig und fast blind, ihre schmutzigen Hinterhaustreppen persönlich hinauf, um sie

1 Mitglied des britischen Oberhauses mit richterlichen Funktionen. (A. d. Ü.)

dazu zu bringen, ihre Rolle als Barbara Allen aufzugeben. Das war zu viel für sie, und sie nahm ihren liebeskranken Seladon.

So weit so gut – eine hübsche Geschichte. Aber in Fiesole nach ihren Flitterwochen erzählte sie uns eine überraschende Fortsetzung. Alys und ich bemerkten sofort, daß sie völlig zynisch geworden war und erstaunlich obszön in ihrer Unterhaltung, daher drängten wir sie natürlich, uns zu sagen, was diesen Wandel verursacht habe. Sie erzählte uns Folgendes: sobald sie und Bobby getraut waren, sagte er ihr, er habe die Ärzte getäuscht und seinem Herzen fehle nicht das geringste[1]; ferner liebe er sie nicht, obwohl er sie zu heiraten beschlossen habe, und er habe sie auch nie geliebt. Ich glaube, die Ehe wurde nie vollzogen.

Bobbys Vater besaß Radlett, das damals ein malerisches Dorf auf dem Lande war; ihm gehörte auch ein recht schönes Landhaus zwischen Radlett und Elstree. Er gab Bobby das Haus und freie Hand bei der Verwaltung des Besitzes. Der Dichter und Sozialist traten in den Hintergrund und wurden von einem sehr nüchtern denkenden Geschäftsmann ersetzt, der dazu überging, Radlett zu erschließen, indem er zahllose, billige, häßliche, schmutzige Vorstadtvillen errichtete, die enormen Gewinn brachten. Jahre danach wurde er wirklich krank. Seine Frau pflegte ihn hingebungsvoll etwa drei Jahre lang, dann starb er. Nach seinem Tod sagte sie mir, sie würde jeden Mann heiraten, der ihr verspräche, immer krank zu sein, da sie sich so an das Pflegen gewöhnt habe, daß sie nicht wisse, wie sie ihre Tage ohne dies ausfüllen könne.

Doch sie heiratete nicht wieder. Sie veröffentlichte anonym ein recht erfolgreiches Buch mit dem Titel *By an unknown disciple.* Sie hatte eine unglückliche Affaire mit Massingham. Sie interessierte sich sehr für psychologische Forschungen. Da sie eine reiche Witwe war, verwandte sie einen großen Teil ihres Einkommens für die Unterstützung der Labour Party. Ich sah sie in den letzten Jahren selten, da sie

1 Trotzdem starb er einige Jahre später an einem Herzleiden.

verlangte, man müsse gewisse Dinge ernst nehmen, die ich als Unsinn betrachte: empfindsame Frömmigkeit, das zweite Gesicht, die größere Intuition der Iren – und so weiter. Aber ich bedauerte diese Hindernisse und versuchte sie zu sehen, ohne daß es zu Streit oder Unaufrichtigkeit kam.

An den Logiker W. V. Quine aus Harvard

Telegraph House
Harting, Petersfield

Lieber Dr. Quine, 6. 6. 35

Ihr Buch [*System of Logistic*] kam in einem Augenblick an, als ich überarbeitet war und längere Zeit in Ferien gehen mußte. Die Folge ist, daß ich es eben erst fertiggelesen habe.

Ich bin der Ansicht, daß Sie eine wunderbare Arbeit geleistet haben; es ist lange her, daß ich einen so großen intellektuellen Genuß empfunden habe wie bei der Lektüre Ihres Buches.

Zwei Fragen sind für mich aufgetaucht, zu denen ich gerne Ihre Antwort hätte, wenn Sie Zeit haben. Ich habe sie auf ein getrenntes Blatt geschrieben.

Bei der Lektüre Ihres Buches verblüffte mich die Tatsache, daß ich bei meinen Arbeiten immer von nicht dazugehörigen philosophischen Betrachtungen beeinflußt war. Nehmen Sie z. B. Beschreibungen. Ich interessierte mich für *Scott is the author of Waverley* und nicht für die deskriptiven Funktionen von PM.[1] Wenn Sie Meinongs Arbeit durchblättern, werden Sie sehen, welche Art von Irrtümern ich vermeiden wollte; dasselbe gilt für die ontologische Beweisführung.

Nehmen Sie wiederum die Symbole (vor allem von Whitehead): wir müßten etwas für die Korrelatoren in Teil III und IV haben. Ihr $\alpha\beta$ für unser $R|S$ würde nicht für drei oder mehr Relationen oder verschiedene Formeln (wie $R|S$), die wir brauchten, genügen.

1 *Principia Mathematica.*

Es beunruhigt mich – obwohl ich bisher meine Unruhe noch nicht in Worte fassen kann –, ob Sie wirklich die Schwierigkeiten, wegen derer das Reduzierbarkeitsaxiom eingeführt wurde, so vollkommen vermieden haben, wie Sie meinen. Ich sähe gern die Induktion und die Dedekindsche Kontinuität mit Ihren Verfahren ausdrücklich behandelt.

Ich bin etwas im Zweifel über den Status von Klassen in Ihrem System. Sie erscheinen als eine Grundidee, aber der Zusammenhang von α mit $\hat{x}$ (Φx) kommt mir ein wenig unklar vor. Behaupten Sie, daß, wenn $\alpha = \hat{x}$ (Φx) ist, der Satz αx mit Φx identisch ist? Sie müssen dies tun, wenn Sie sagen wollen, daß alle Sätze Reihen sind. Und doch scheint offensichtlich, daß »Ich gab meinem Sohn einen Sixpence« nicht *dasselbe* ist wie »Mein Sohn ist einer von den Leuten, denen ich einen Sixpence gab.«

Und behaupten Sie, daß eine unendliche Klasse durch etwas anderes definiert werden kann als durch eine definierende Funktion? Die Notwendigkeit, unendliche Klassen einzubeziehen, war einer meiner Gründe, nachdrücklich zu betonen, daß in PM Funktionen im Gegensatz zu den Klassen stehen.

Auf jeden Fall hege ich die größte Bewunderung für das, was Sie geleistet haben. Es hat viele Dinge verbessert, bei denen ich immer ein ungutes Gefühl hatte.

Ihr sehr ergebener
Bertrand Russell

An G. E. Moore

Telegraph House
Harting, Petersfield
8. Feb. 1937

Lieber Moore,

ich verspüre den starken Wunsch, wieder zu rein philosophischen Arbeiten zurückzukehren; im besonderen möchte ich die Ideen in meiner Abhandlung über *The Limits of Empiricism* weiter entwickeln und die Beziehung zwischen Sprache und Tatsachen untersuchen, da mir Carnaps Gedanken dazu sehr unzulänglich erscheinen. Aber ich bin unglücklicherweise gesetzlich gezwungen, anderen Leuten £ 800 bis £ 900 zu zahlen, und ich habe jährlich nur £ 300 Kapitaleinkommen. Ich kann daher nicht philosophisch arbeiten, wenn ich nicht irgendeinen akademischen Posten erhalte. Ich nehme an, es gibt keine Möglichkeit in Cambridge? Ich wäre sehr froh, wenn es doch etwas gäbe, denn mein Wunsch, zur Philosophie zurückzukehren, ist sehr groß. Ihr

Bertrand Russell

Telegraph House
Harting, Petersfield
18. Febr. 1937

Lieber Moore,

vielen Dank für Ihren Brief, der zeigt, daß die Lage so ist, wie ich annahm. Ich denke, daß es momentan kaum lohnt, die Angelegenheit weiter zu betreiben, da die Erfolgsaussichten klein scheinen und es anderswo Möglichkeiten gibt. Ich bin Ihnen sehr dankbar, daß Sie mich empfehlen wollen, und wenn die anderen Dinge scheitern, werde ich Ihnen wieder schreiben. In der Zwischenzeit halte ich es für das Beste, nichts zu unternehmen.

Über die Leverhulme-Stipendien wird im Juni entschieden; bis dahin werde ich nichts wissen. In jedem Fall sind sie nur für zwei Jahre.

Ihr

Bertrand Russell

Von Desmond MacCarthy

25, Wellington Square
S. W. 3
16. März 37

Lieber Bertie,

ich bin erleichtert, daß Du meine Rezension für geeignet hältst, den Appetit der Öffentlichkeit anzuregen: das ist es, was ich wollte. Ich habe nicht gut geschrieben: ich schrieb zu schnell und hatte nur Zeit, oberflächliche Korrekturen zu machen, aber ich denke, die Besprechung wird die Leute davon überzeugen, daß *The Amberley Papers* sehr interessant sind. Ich wohnte der Trinity-Gedenkfeier bei und aß Sonntag abend in Hall, und ich fand, daß die Kritik dort wirkte.

Es freut mich, daß ich G. M. Younge dazu bringen konnte, im *Observer* darüber zu schreiben. Er wollte es in den S. T.[1] tun, aber dadurch, daß ich ihm das Buch entriß, brachte ich ihn dazu, seine Kritik Garvin anzubieten.
Ich nehme nicht an, daß Du auf einen großen Absatz hoffst, aber ich denke, er wird ganz ordentlich sein und nicht aufhören.
Ich höre mit Interesse, daß Du Telegraph House verkauft hast und würde gerne Einzelheiten wissen. Ich fürchte, der Preis war nicht [*sic*] gut, sonst hättest Du freudiger davon geschrieben. Es heißt nicht, daß Deine schlimmsten Geldsorgen nun vorbei sind, oder? Erinnerst Du Dich daran, wieviel Aufhebens Schopenhauer darum machte, daß er der Frau, die er die Treppe hinunterstieß, bis zu ihrem Lebensende eine Pension zahlen mußte? Er hatte nur einen braunen Pudel, der von ihm abhängig war (er hieß Butz), und Du hast nie eine Frau die Treppe heruntergestoßen. Erinnerst Du dich an den triumphierenden Eintrag in seinem Tagebuch nach vielen Jahren: »obit anus, abit onus«? Ich freue mich darauf, von Dir bald *zwei* Postkarten mit diesen Worten zu bekommen.
Es ist von äußerster Wichtigkeit, daß Du die Muße hast, Dein Buch zu schreiben und die Beziehungen zwischen Grammatik und Philosophie und außerdem viele andere Dinge zu klären. Ist es wahr, daß Du mit £ 500 jährlich zu Rande kommen könntest, bis Du diese Postkarten schreiben kannst? Deine Bewunderer sollten in der Lage sein, diese Summe aufzubringen. Würdest Du etwas dagegen haben, eine Pension zu beziehen? Ich hätte es nicht, wenn meine Aussichten so gut wären wie die Deinen, etwas Wertvolles zu schreiben.
Die Zeit wird nun kurz. Ich meine nicht unbedingt, daß der Tod einem von uns nah ist, aber der langsame Tod ist nah; dieses Erschlaffen und Nachgeben der Konzentrationsfähigkeit, das bei seinem Herannahen dem Opfer wie Weisheit vorkommt.

1 S. T. = The Sunday Times. (A. d. Ü.)

Ich traf Shaw vor nicht langer Zeit und sprach über seine letzten Arbeiten, die alle seine erstaunlichen Fähigkeiten zeigen – außer Verständnis. Es lag mir auf der Zunge zu sagen (doch ich hielt es für zu herzlos): »Haben Sie nicht Angst, das tödliche Geheimnis auszuplaudern – daß Sie kein Interesse mehr empfinden?« Ich erriet die Art dieses Geheimnisses durch die Beobachtung dessen, was mich bedroht. Aber bei Dir und mir ist es bisher nur eine Bedrohung – Du vor allem kannst Dich immer noch engagieren, Deine Gefühlsintensität war immer stärker als die meine. Trotzdem ist die Zeit kurz. Wir glauben alle (und mit wir meine ich auch Leute, die wir beide nicht kennen), daß Du philosophieren solltest und Dein Buch schreiben, ehe die Kraft zu schreiben unmerklich in der fetten Umschlingung jener Hydra, die man Alter nennt, fortgesaugt wird.
Ich besuchte Moore, und wir waren glücklich – Graubärte beim Spiel die meiste Zeit. Er gab mir einen Aufsatz von Wisdom über Definition zu lesen, aber ich bin nicht dahinter gekommen. Es war wittgensteinisch. Ich wollte von mir selbst sprechen und auch Moore dazu bringen, doch wir hatten keine Lust, die Unbequemlichkeit auf uns zu nehmen und das angenehme Ufer der Erinnerungen zu verlassen. Aber zum Teufel! Das nächstemal werde ich es tun! (Dabei sage ich das nicht zum erstenmal!) Bitte schreibe mir, wenn Du *demnächst* in London bist und komm zum Lunch oder am Morgen oder am Nachmittag oder zum Dinner, wann auch immer. Wir könnten Dich unterbringen. Dermod ist Schiffsarzt, sein Zimmer ist leer. Und ich werde Dich im Mai besuchen, nach meinem Leslie Stephen-Vortrag. Sag »Peter« meine herzlichen und besten Wünsche für eine glückliche Niederkunft –

stets Dein
Desmond

Amerika. 1938-1944

Im August 1938 verkauften wir unser Haus in Kidlington. Die Käufer wollten es nur kaufen, wenn wir sofort auszögen, so daß wir im August vierzehn Tage lang irgendwo unterkommen mußten. Wir mieteten einen Wohnwagen und verbrachten die Zeit an der Küste von Pembrokeshire. Es handelte sich um Peter und mich, John, Kate und Conrad und unseren großen Hund Sherry. Es regnete fast die ganze Zeit in Strömen, und wir hockten sehr dicht aufeinander. Es war wohl die unbequemste Zeit, an die ich mich erinnern kann. Peter mußte Essen machen, was sie haßte. Schließlich gingen John und Kate zurück nach Dartington, und Peter, Conrad und ich schifften uns nach Amerika ein.

In Chicago hielt ich ein großes Seminar, bei dem ich über dasselbe Thema sprach wie in Oxford, nämlich über *Words and Facts.* Doch man sagte mir, daß Amerikaner keine Achtung vor meinen Vorlesungen haben würden, wenn ich einsilbige Worte benutzte, und so änderte ich den Titel ab in etwas wie *The Correlation between Oral and Somatik Motor Habits.* Unter diesem oder einem ähnlichen Titel wurde das Seminar gebilligt. Es war ein außergewöhnlich angenehmes Seminar. Carnap und Charles Morris pflegten zu kommen, und ich hatte drei ganz hervorragende Schüler – Dalkey, Kaplan und Copilowish. Wir pflegten scharf zu debattieren, und es gelang uns wirklich, gewisse Punkte zur gegenseitigen Befriedigung zu klären, was bei einem philosophischen Streitgespräch selten ist. Abgesehen von diesem Seminar war die Zeit in Chicago nicht angenehm. Die Stadt ist abscheulich, und das Wetter war miserabel. Rektor Hutchins, der sich mit den Hundert Besten Büchern und dem Versuch befaßte, der philosophischen Fakultät den Neo-Thomismus aufzudrängen, konnte mich nicht leiden, und als das Jahr, für das man mich angestellt hatte, zu Ende ging, war er, glaube ich, froh, mich gehen zu sehen.

Ich wurde Professor an der Universität von Kalifornien in Los Angeles. Nach der trüben Scheußlichkeit Chicagos, das noch ganz winterlich war, war es herrlich, in den kalifornischen Frühling zu kommen. Wir langten Ende März in Kalifornien an, und meine Pflichten begannen erst im September. Den ersten Teil der Zwischenzeit verbrachte ich mit einer Vorlesungsreise, von der ich mich nur an zwei Dinge deutlich erinnere. Das eine ist, daß die Professoren der Louisiana State University, wo ich las, alle etwas von Huey Long hielten, weil er ihre Gehälter erhöht hatte. Die andere Erinnerung ist angenehmer: in einer ganz ländlichen Gegend wurde ich oben auf die Deiche geführt, die den Mississippi einschließen. Ich war von Vorlesungen, den langen Reisen und der Hitze sehr ermüdet. Ich lag im Gras, sah auf den majestätischen Fluß und starrte, halb hypnotisiert, auf das Wasser und den Himmel. Etwa zehn Minuten lang empfand ich Frieden, etwas, das mir sehr selten widerfahren ist, und ich glaube, nur in der Nähe von fließendem Wasser.
Im Sommer 1939 kamen John und Kate für die Zeit der Schulferien zu uns auf Besuch. Ein paar Tage nach ihrer Ankunft brach der Krieg aus, und es wurde unmöglich, sie nach England zurückzuschicken. Ich mußte in kürzester Frist für ihre weitere Erziehung sorgen. John war siebzehn, und ich schrieb ihn in die Universität von Kalifornien ein, aber Kate war erst fünfzehn, und dies schien sehr jung für die Universität. Ich erkundigte mich bei Freunden, welche Schule in Los Angeles das höchste akademische Niveau habe, und es gab eine, die alle empfahlen, so daß ich sie dorthin schickte. Aber ich erfuhr, daß nur ein Fach gelehrt wurde, das sie noch nicht gehabt hatte, und das war über die Vorzüge des kapitalistischen Systems. Ich war daher gezwungen, sie trotz ihrer Jugend an die Universität zu schikken. Von 1939 bis 1940 lebten John und Kate mit uns.
In den Sommermonaten des Jahres 1939 mieteten wir ein Haus in Santa Barbara, das ein ganz entzückender Ort ist. Unglücklicherweise verletzte ich meinen Rücken und mußte einen Monat lang flach auf dem Rücken liegen, gequält von

fast unerträglichem Ischias. Die Folge davon war, daß ich mit meinen Vorlesungsvorbereitungen in Verzug geriet und das ganze kommende akademische Jahr hindurch immer überarbeitet war und in dem Bewußtsein lebte, daß meine Vorlesungen unzulänglich seien.

Die akademische Atmosphäre war viel weniger angenehm als in Chicago; die Leute konnten nicht so viel, und der Rektor der Universität war ein Mann, gegen den ich, wohl zurecht, eine tiefe Aversion hatte. Wenn ein Dozent irgend etwas allzu Liberales sagte, so entdeckte man, daß dieser betreffende Dozent seine Arbeit schlecht machte, und er wurde entlassen. Bei Fakultätssitzungen pflegte er hereinzumarschieren, als ob er Schaftstiefel trüge, und jeden Antrag zu streichen, der ihm nicht gefiel. Alle zitterten vor seinem Stirnrunzeln, und ich mußte an eine Sitzung des Reichstags unter Hitler denken.

Gegen Ende des akademischen Jahres 1939-40 lud man mich ein, am College der Stadt New York Professor zu werden. Die Sache schien geregelt, und ich schrieb an den Rektor der Universität von Kalifornien, um von meinem Posten dort zurückzutreten. Eine halbe Stunde, nachdem er meinen Brief bekommen hatte, erfuhr ich, daß die Anstellung in New York nicht sicher sei, und ich ersuchte ihn, meine Kündigung rückgängig zu machen, aber er sagte mir, daß es zu spät sei. Eifrige christliche Steuerzahler hatten dagegen protestiert, zum Gehalt eines Gottlosen beitragen zu müssen, und er war froh, mich los zu sein.

Das College der Stadt New York war eine Institution, die von der Stadtverwaltung geleitet wurde. Diejenigen, die es besuchten, waren praktisch alle Katholiken oder Juden; aber zur Entrüstung der ersteren gingen fast alle Stipendien an die letzteren. Die Stadtverwaltung von New York war im Grunde ein Satellit des Vatikans, aber die Professoren des Colleges rangen leidenschaftlich darum, einen gewissen Anschein akademischer Freiheit aufrecht zu erhalten. Zweifellos hatten sie mich in Verfolgung dieses Zieles auch empfohlen. Man hetzte einen anglikanischen Bischof auf, gegen mich zu protestieren, und Priester predigten der Polizei, die praktisch nur aus irischen Katholiken bestand, ich sei für das lokale Verbrechertum verantwortlich. Eine Dame, deren Tochter in irgendeine Abteilung des City Colleges ging, mit der ich nie in Verbindung gekommen wäre, fühlte sich bemüßigt, Klage zu erheben und zu behaupten, daß meine Anwesenheit in jener Institution für die Tugend ihrer Tochter gefährlich sein würde. Diese Klage war nicht gegen mich gerichtet, sondern gegen die Stadt New York.[1] Ich wollte mich diesem Verfahren anschließen, aber man sagte mir, ich habe nichts damit zu tun. Obwohl nominell die Stadtverwaltung angeklagt war, wollte sie den Fall ebenso gern verlieren, wie die gute Dame ihn gewinnen wollte. Der Anklagevertreter erklärte meine Werke für »wollüstig, libidinös, lüstern, unkeusch, erotoman, aphrodisisch, respektlos, engstirnig, unwahr und bar jeglicher Moral«. Der Fall kam vor einen Iren, der ausführlich und voller Tadel gegen mich entschied. Ich wollte Berufung einlegen, aber die Stadtverwaltung von New York weigerte sich. Einige Dinge, die man gegen mich anführte, waren wirklich fantastisch. Man hielt mich zum Beispiel für verdorben, weil ich gesagt hatte, man solle ganz kleine Kinder für Masturbation nicht bestrafen.

Es kam zu einer typisch amerikanischen Hexenjagd gegen mich[2], und ich wurde in den gesamten Vereinigten Staaten tabu. Ursprünglich sollte ich auf eine Vortragsreise gehen, aber ich hatte nur eine Verpflichtung, die vor Beginn der Hexenjagd zustande gekommen war. Der Rabbiner, der die Abmachung getroffen hatte, brach seinen Vertrag, aber ich kann es ihm nicht verdenken. Saalbesitzer weigerten sich zu vermieten, falls ich vortragen werde, und wenn ich irgendwo

1 Informationen über diesen Prozeß finden sich in *The Bertrand Russell Case*, ed. by John Dewey and Horace M. Kallen, Viking Press, 1941; und auch im Anhang zu *Why I am Not a Christian*, ed. by Paul Edwards, Allen & Unwin, 1957.

2 Die Standesbeamtin des Kreises New York sagte öffentlich, ich müsse »geteert und gefedert und aus dem Land getrieben werden«. Ihre Äußerungen waren für die allgemeine öffentliche Verdammung typisch.

in der Öffentlichkeit erschienen wäre, so hätte mich wahrscheinlich der katholische Pöbel mit dem vollen Einverständnis der Polizei gelyncht. Keine Zeitung und keine Zeitschrift wollte irgend etwas veröffentlichen, was ich schrieb, und ich war plötzlich aller Mittel beraubt, meinen Lebensunterhalt zu verdienen. Da es gesetzlich unmöglich war, Geld aus England zu bekommen, brachte mich dies in eine sehr schwierige Lage, vor allem, da meine drei Kinder von mir abhingen. Viele liberal gesinnte Professoren protestierten, aber sie nahmen alle an, daß ich, da ich ein Earl war, Familienbesitz habe und sehr vermögend sein müsse. Nur ein Mann tat etwas Praktisches, und das war Dr. Barnes, der Erfinder des Argyrols und Schöpfer der *Barnes Foundation* in der Nähe von Philadelphia. Er gab mir einen Fünfjahresvertrag, um in seiner Stiftung über Philosophie zu lesen. Dies befreite mich von einer großen Sorge. Vor dieser Anstellung hatte ich keinen Ausweg aus meinen Schwierigkeiten gesehen. Ich konnte kein Geld aus England herausbekommen; es war unmöglich, nach England zurückzukehren; ich wollte auf keinen Fall, daß meine drei Kinder zurück in die deutschen Bombenangriffe kämen, selbst wenn ich eine Überfahrt für sie hätte bekommen können, was gewiß lange Zeit unmöglich gewesen wäre. Es sah so aus, als müßte ich John und Kate von der Universität nehmen und so billig wie möglich von der Unterstützung hilfreicher Freunde leben. Vor dieser trüben Aussicht rettete mich Dr. Barnes.

Der Sommer 1940 bot mir einen ungewöhnlichen Kontrast zwischen öffentlichem Schrecken und privater Freude. Wir verbrachten ihn in den Sierras, am Fallen Leaf Lake nahe dem Lake Tahoe, einem der herrlichsten Orte, an den mich je mein gutes Glück geführt hat. Der See liegt mehr als 6000 Fuß über dem Meeresspiegel, und den Großteil des Jahres macht tiefer Schnee die ganze Gegend unbewohnbar. Aber es gibt eine dreimonatige Sommersaison, während der die Sonne ständig scheint; das Wetter ist warm, aber in der Regel nicht unerträglich heiß. die Bergriesen sind voll der köstlichsten wilden Blumen und der Duft der Kiefern erfüllt die

Luft. Wir hatten ein Blockhaus mitten zwischen den Kiefern, nahe am See. Conrad und sein Kinderfräulein schliefen drinnen, aber es war kein Platz für uns andere in dem Haus, und wir schliefen alle auf den verschiedenen Balkonen. Wir machten endlose Spaziergänge durch einsame Gegenden zu Wasserfällen, Seen und Bergspitzen, und man konnte vom Schnee aus in tiefes Wasser springen, das nicht übermäßig kalt war. Ich hatte ein winziges Arbeitszimmer, das kaum mehr als ein Schuppen war, und dort beendete ich meine *Inquiry into Meaning and Truth.* Oft war es so heiß, daß ich splitternackt schrieb. Aber Hitze bekommt mir, und ich fand es nie zu heiß zum Arbeiten.
Zwischen all diesen Freuden warteten wir Tag um Tag auf Nachricht, ob England besetzt worden war und ob London noch existierte. Der Postbote, ein Spaßvogel mit einem etwas sadistischen Humor, kam eines Morgens und sagte mit lauter Stimme: »Haben Sie schon die Nachrichten gehört? Ganz London zerstört, kein Haus steht mehr!« Und wir wußten nicht, ob wir ihm glauben sollten. Lange Spaziergänge und häufige Bäder in den vielen Seen halfen, die Zeit erträglich zu gestalten, und im September begann es so auszusehen, als ob England nicht erobert würde.
In den Sierras fand ich die einzige klassenlose Gesellschaft, die ich je gesehen habe. Praktisch alle Häuser wurden von Universitätsprofessoren bewohnt, und die notwendigen Arbeiten wurden von Universitätsstudenten verrichtet. Dem jungen Mann z. B., der uns unsere Lebensmittel brachte, hatte ich den ganzen Winter über Vorlesungen gehalten. Viele Studenten waren auch nur für die Ferien gekommen, die man sehr billig dort verbringen konnte, da alles primitiv und einfach war. Amerikaner verstehen sich auf die Behandlung von Touristen weit besser als Europäer. Obwohl es viele Häuser am See gab, konnte man kaum eines vom Boot aus sehen, da sie sorgfältig zwischen den Kiefern verborgen lagen, und die Häuser selbst waren aus Kiefernholz gebaut und störten überhaupt nicht. Die eine Ecke des Hauses, in dem wir lebten, bestand aus einem lebendigen, wachsenden

Baum; ich kann mir nicht vorstellen, was mit dem Haus geschieht, wenn der Baum zu groß wird.
Im Herbst hielt ich in Harvard die Vorlesungen über William James. Diese Verabredung war vor den Schwierigkeiten in New York getroffen worden. Vielleicht bedauerte Harvard dies nun, aber wenn, so wurde mir das Bedauern höflich verborgen.
Meine Pflichten bei Dr. Barnes begannen zu Beginn des Jahres 1941. Wir mieteten ein Bauernhaus etwa dreißig Meilen von Philadelphia entfernt, ein sehr reizendes Haus, etwa zweihundert Jahre alt, auf leicht hügeligem Land, nicht unähnlich dem Landesinneren von Dorsetshire. Es gab einen Obstgarten, eine schöne alte Scheune und drei Pfirsichbäume, die gewaltige Mengen der köstlichsten Pfirsiche trugen, die ich je gegessen habe. Es gab Felder, die sich zu einem Fluß herabsenkten, und angenehmes Waldland. Wir waren zehn Meilen von Paoli entfernt (nach dem korsischen Patrioten benannt), welches die Endstation der Vorortzüge aus Philadelphia war. Von dort pflegte ich mit dem Zug zur Barnes-Stiftung zu fahren, wo ich in einer Galerie mit modernen französischen Gemälden las, meist Aktbildern, die für die akademische Philosophie ein wenig unangemessen schienen.
Dr. Barnes war ein seltsamer Charakter. Er hatte einen Hund, dem er leidenschaftlich ergeben war, und eine Frau, die ihm leidenschaftlich ergeben war. Er zeigte sich gern als Gönner für Farbige und behandelte sie als Gleichgestellte, obwohl er nicht daran zweifelte, daß sie es nicht waren. Die Erfindung des Argyrol hatte ihm ein riesiges Vermögen gebracht; als er am reichsten war, verkaufte er alles und legte sein gesamtes Geld in Staatsanleihen an. Dann wurde er Kunstliebhaber. Er hatte eine sehr schöne Galerie mit modernen französischen Gemälden, und in Verbindung mit der Galerie lehrte er die Prinzipien der Ästhetik. Er verlangte ständig nach Schmeicheleien und hatte eine Leidenschaft zum Streit. Ich wurde gewarnt, bevor ich sein Angebot annahm, daß er nach kurzer Zeit der Leute müde werde,

daher hatte ich mich auf einen Fünfjahres-Vertrag festgelegt. Am 28. Dezember 1942 erhielt ich einen Brief von ihm, daß meine Anstellung mit dem 1. Januar beendet sei. So verwandelte sich mein Überfluß wieder einmal in Mangel. Freilich hatte ich meinen Vertrag, und der Anwalt, den ich konsultierte, versicherte mir, es gäbe nicht den geringsten Zweifel, daß mir das Gericht volle Wiedergutmachung verschaffen werde. Aber eine rechtliche Wiedergutmachung nimmt Zeit in Anspruch, besonders in Amerika, und ich mußte die Zwischenzeit irgendwie durchstehen. Corbusier erzählt in seinem Buch über Amerika eine typische Geschichte von Barnes. Corbusier war auf einer Vortragsreise und wollte die Galerie von Dr. Barnes sehen. Er bat um Erlaubnis, die Dr. Barnes immer nur sehr ungern erteilt. Dr. Barnes erwiderte, daß er die Galerie an einem bestimmten Samstag morgen um neun Uhr sehen könne, aber zu keinem anderen Zeitpunkt. Corbusier schrieb zurück, daß seine Vortragsverpflichtungen diesen Zeitpunkt unmöglich machten und ob nicht eine andere Zeit passen würde. Dr. Barnes schrieb einen ungemein groben Brief, in dem er sagte, er könne zu jener Zeit kommen oder nie. Daraufhin schickte Corbusier eine lange Antwort, die in seinem Buch abgedruckt ist, er sei Streitereien nicht abgeneigt, aber er ziehe es vor, mit Leuten zu streiten, die in Kunstdingen auf der anderen Seite stünden, während er und Dr. Barnes doch die Moderne förderten, und es schiene ihm bedauerlich, daß sie zu keiner Verständigung kämen. Dr. Barnes öffnete diesen Brief nie, sondern schickte ihn, das Wort »merde« groß auf den Umschlag geschrieben, wieder zurück.

Als mein Fall vor Gericht kam, beklagte sich Dr. Barnes, ich habe mich nicht genügend auf meine Vorlesungen vorbereitet und sie seien sehr oberflächlich und schablonenhaft gewesen. So weit ich damit gekommen war, bestanden sie aus den ersten zwei Dritteln meiner *History of Western Philosophy*, deren Manuskript ich dem Richter übergab, obwohl ich kaum annehme, daß er es las. Dr. Barnes beschwerte sich über meine Behandlung der Männer, die er Pithergawras und

Empi-Dokkles nannte. Ich bemerkte, daß der Richter aufhorchte, und ich gewann meinen Fall. Dr. Barnes legte natürlich, so oft er konnte, Berufung ein, und erst, als ich zurück in England war, bekam ich wirklich das Geld. Mittlerweile hatte er, meine Sünden betreffend, ein gedrucktes Dokument an den Master[1] und an jeden der Fellows im Trinity College geschickt, um sie vor der Torheit zu warnen, mich zurückzuholen. Ich habe diese Dokumente nie gelesen, zweifle aber nicht, daß es eine gute Lektüre war.

In den ersten Monaten des Jahres 1943 litt ich unter Geldmangel, doch nicht so sehr, wie ich gefürchtet hatte. Wir vermieteten unser schönes Bauernhaus und lebten in einer Hütte, die für ein farbiges Ehepaar bestimmt war, das von den Bewohnern des Bauernhauses hätte angestellt werden sollen. Diese Hütte bestand aus drei Räumen und drei Öfen, die etwa jede Stunde geschürt werden mußten. Einer war zum Heizen, der andere zum Kochen und der dritte für heißes Wasser. Wenn sie ausgingen, dauerte es mehrere Stunden, bis sie wieder brannten. Conrad konnte jedes Wort hören, das Peter und ich miteinander sprachen, und wir mußten viele beunruhigende Dinge besprechen, mit denen sich zu quälen nicht gut für ihn war. Aber mittlerweile hatte der Wirbel um das City College abzuklingen begonnen, und es war mir möglich, gelegentlich Vortragsverpflichtungen in New York und anderen Orten zu erhalten. Die Sperre wurde zuerst von einer Einladung von Professor Weiss von Bryn Mawr durchbrochen, der mich bat, dort eine Reihe von Vorlesungen zu halten. Das erforderte nicht wenig Mut. Einmal war ich so arm, daß ich nur ein Hinfahrtbillet nach New York nehmen konnte und die Rückfahrt von meinem Vertragshonorar zahlen mußte. Meine *History of Western Philosophy* war beinahe vollendet, und ich schrieb an W. W. Norton, der mein amerikanischer Verleger gewesen war, um ihn zu fragen, ob er in Anbetracht meiner schwierigen finanziellen Lage einen Vorschuß zahlen könne. Er antwortete, daß er

1 Master of Trinity = Rektor. (A. d. Ü.)

mir aufgrund seiner Sympathie für John und Kate und um einem alten Freund zu helfen, fünfhundert Dollar vorschießen würde. Ich glaubte, anderswo mehr bekommen zu können, und wandte mich an Simon und Schuster, die ich nicht persönlich kannte. Sie waren sogleich einverstanden, mir auf der Stelle zweitausend Dollar und sechs Monate später weitere tausend zu zahlen. Zu dieser Zeit war John in Harvard und Kate in Radcliffe. Ich hatte befürchtet, meine Mittellosigkeit könne mich zwingen, sie von dort fortzunehmen, aber dank Simon und Schuster erwies es sich als unnötig. Ich erhielt zu dieser Zeit auch Hilfe von privaten Freunden, denen ich glücklicherweise die geliehene Summe bald wieder zurückzahlen konnte.

Die *History of Western Philosophy* entstand zufällig und erwies sich viele Jahre lang als meine Haupteinnahmequelle. Ich hatte keine Vorstellung, als ich mich auf dieses Unternehmen einließ, daß es einen Erfolg haben würde, den keines meiner anderen Bücher je gehabt hat, und sogar eine Weile lang zuoberst auf der amerikanischen Bestsellerliste glänzen werde. Als ich noch an der Antike arbeitete, hatte mir Barnes gesagt, er brauche mich nicht länger, und meine Vorlesungen hörten auf. Ich fand die Arbeit ausnehmend interessant, und besonders die Teile, über die ich vorher am wenigsten gewußt hatte, wie den Teil über das frühe Mittelalter und den über das Judentum kurz vor der Geburt Christi; daher arbeitete ich weiter daran, bis ich die Übersicht beendet hatte. Ich war dem Bryn Mawr College für die Erlaubnis dankbar, seine Bibliothek benutzen zu dürfen, die ich ausgezeichnet fand, vor allem da sie mir das unschätzbare Werk des Rev. Charles verschaffte, der Übersetzungen jüdischer Werke veröffentlicht hat, die kurz vor Christus geschrieben worden waren und seine Lehre großteils vorwegnehmen

Ich schrieb diese Geschichte gerne, denn ich war schon immer der Auffassung gewesen, daß Geschichte ausführlich geschrieben werden solle. Ich hatte zum Beispiel immer behauptet, daß das von Gibbon behandelte Thema nicht angemessen in einem kürzeren Buch oder in mehreren

Büchern hätte behandelt werden können. Ich betrachtete den ersten Teil meiner *History of Western Philosophy* als Kulturgeschichte, doch in den späteren Teilen, wenn die Wissenschaft Bedeutung erlangt, ist es schwieriger, sich in den Rahmen einzupassen. Ich tat mein Bestes, aber ich bin keineswegs sicher, ob es mir gelang. Es wurde mir manchmal von Kritikern vorgeworfen, keine wirkliche Geschichte geschrieben zu haben, sondern einen tendenziösen Bericht von Ereignissen, die ich willkürlich ausgewählt hätte. Aber meiner Meinung nach kann ein Mensch ohne Tendenz keine interessante Geschichte schreiben – wenn es wirklich einen solchen Menschen gibt. Ich halte es für baren Unsinn vorzugeben, man sei nicht voreingenommen. Außerdem sollte ein Buch, wie jedes andere Werk, von seiner These zusammengehalten werden. Ein Buch, das aus den Essays verschiedener Autoren besteht, ist daher als Ganzes eher weniger interessant als das Buch eines einzelnen. Da ich nicht zugeben kann, daß es einen Menschen ohne Vorlieben gibt, glaube ich, daß man bei der Abfassung einer ausführlichen Geschichte am besten seine Tendenz gesteht, und unzufriedene Leser sich nach Autoren mit einer entgegengesetzten Tendenz umsehen. Welches Vorurteil der Wahrheit näher kommt, muß der Nachwelt überlassen bleiben. Aus diesem Grunde habe ich meine *History of Western Philosophy* lieber als *Wisdom of the West*, ein Buch, das man aus dem ersteren gemacht hat, doch ausgebügelt und gezähmt – obwohl mir die Illustrationen von *Wisdom of the West* gefallen.

Den letzten Teil unserer Zeit in Amerika verbrachten wir in Princeton, wo wir ein kleines Haus am Seeufer hatten. In Princeton lernte ich Einstein recht gut kennen. Ich pflegte einmal in der Woche in seine Wohnung zu kommen und mit ihm, Gödel und Pauli zu diskutieren. Diese Diskussionen waren in mancher Hinsicht enttäuschend, denn, obwohl alle drei Juden, Emigranten und in der Intention Kosmopoliten waren, fand ich, daß sie alle einen deutschen Hang zur Metaphysik hatten, und trotz unserer größten Bemühungen gelangten wir nie zu gemeinsamen Prämissen, auf Grund derer wir hätten diskutieren können. Gödel entpuppte sich als echter Platoniker und glaubte anscheinend, daß ein ewiges »nicht« im Himmel aufbewahrt werde, wo die tugendhaften Logiker einst hoffen dürften, es zu finden.

Die Gesellschaft in Princeton war außergewöhnlich angenehm, angenehmer in ihrer Gesamtheit als jede andere soziale Gruppe, der ich in Amerika begegnet war. Zu jener Zeit war John zurück in England, war in die britische Marine eingetreten und mußte Japanisch lernen. Kate erhielt sich selbst in Radcliffe, da sie großen Erfolg bei ihrer Arbeit gehabt und man ihr einen kleinen Lehrposten angeboten hatte. Es gab daher nichts, was uns in Amerika hielt, außer der Schwierigkeit, eine Überfahrt nach England zu bekommen. Diese Schwierigkeit schien jedoch lange Zeit unüberbrückbar. Ich fuhr nach Washington, um zu argumentieren, daß man mir gestatten müsse, meine Pflichten im Oberhaus zu erfüllen, und ich versuchte, die Behörden glauben zu machen, daß mein Wunsch danach sehr groß sei. Schließlich fiel mir ein Grund ein, der die Leute in der Britischen Botschaft überzeugte. Ich sagte zu ihnen: »Sie werden zugeben, daß dies ein Krieg gegen den Faschismus ist.« »Ja«, sagten sie. »Und«, fuhr ich fort, »Sie werden zugeben müssen, daß das Wesen des Faschismus in der Unterordnung der Legislative unter die Exekutive besteht.« »Ja«, sagten sie, wiewohl mit leichtem Zögern. »Nun«, fuhr ich fort, »Sie sind die Exekutive und ich die Legislative, und wenn Sie mich von meinen legislativen Funktionen einen Tag länger als nötig fernhalten, so sind Sie Faschisten.« Unter allgemeinem Gelächter wurde mir sogleich die Erlaubnis erteilt. Es blieb jedoch eine merkwürdige Schwierigkeit. Meine Frau und ich bekamen A-Priorität, aber unser Sohn Conrad bekam ein B, da er noch keine legislativen Funktionen hatte. Natürlich wollten wir, daß Conrad, der sieben Jahre alt war, und seine Mutter zusammenreisten, aber dazu mußte sie sich als B klassifizieren lassen. Bisher hatte es noch keinen Fall gegeben, daß jemand eine niedrigere Klasse akzeptierte als die, auf die er ein Recht hatte, und alle Beamten waren so verwirrt, daß sie einige Monate brauchten, um zu verstehen. Schließlich jedoch wurde das Datum festgesetzt, erst für Peter und Conrad, für mich vierzehn Tage später, und im Mai 1944 konnten wir fahren.

Briefe

An die Frau von Charles Sanger

›The Plaisance‹
On the Midway at
Jackson Park – Chicago
5. Nov. 1938

Meine liebe Dora,
Dank für Deinen Brief, der mich nach einigen Irrfahrten hier erreichte.
Ich bin ganz Deiner Meinung über das neue Kriegsgeschrei. Ich war unendlich froh, als die Krise vorbeiging, aber ich weiß nicht, wie bald sie wieder kommen wird. Hier in Amerika denken neun von zehn Leuten, wir hätten kämpfen, Amerika aber neutral bleiben sollen – eine Ansicht, die mich ärgert. Es ist merkwürdig, daß in England dieselben Leute, die 1919 gegen die ungerechten Grenzen der Tschechoslowakei protestierten, 1938 am meisten darauf bestehen, sie zu verteidigen. Und sie vergessen immer, daß der Versuch, die Tschechen mit Waffen zu verteidigen, sofort dazu geführt hätte, sie der deutschen Invasion preiszugeben, was weit schlimmer für sie gewesen wäre, als das, was sie jetzt durchstehen.
Ich hatte das mit Eddie Marsh auf dem Schiff im Jahr 1914 vergessen, aber Dein Brief erinnert mich wieder daran. Jeder hat zu dieser Zeit so charakteristisch reagiert.
Ottolines Tod war ein großer Verlust für mich. Charlie, Crompton und Ottoline waren die einzigen wirklich nahen Freunde in meinem Alter, und nun sind sie alle drei tot. Und Tag für Tag bewegen wir uns einer immer schrecklicheren Welt entgegen.

Privat bin ich jedoch trotz allem glücklich. John und Kate sind so, wie ich es mir wünschen kann, und der Schreihals Conrad (nun 19 Monate alt) ist höchst zufriedenstellend. Amerika ist interessant und stabil, während man fürchtet, daß England zusammenbricht. Daphne[1] muß eine interessante Zeit in Belgrad verbracht haben.
Ich werde Anfang Mai zuhause sein und hoffe, Dich dort bald zu sehen. Alle guten Wünsche stets Dein

Bertrand Russell

An W. V. Quine 212 Loring Avenue

Los Angeles, Cal.

Lieber Dr. Quine, 16. Okt. 1939

ich teile ganz Ihre Meinung über Tarski; kein anderer Logiker seiner Generation (wenn nicht Sie selbst) scheint mir ihm gleichzukommen.
Ich wäre folglich sehr froh, wenn ich die Behörden hier dazu bringen könnte, eine Stelle für ihn zu finden. Ich würde mich für die Logik, für die Universität, für ihn und für mich selbst freuen. Aber Umfragen haben ergeben, daß keinerlei Möglichkeit besteht; man hat das Gefühl, sowohl mit Ausländern wie mit Logikern saturiert zu sein. Ich ging so weit anzudeuten, daß ich, wenn ich durch mein Ausscheiden einen Platz für ihn schaffen könne, dies in Erwägung ziehen würde; aber es scheint, daß selbst auf diese Weise nichts auszurichten ist.
Ich nehme an, Sie haben es im Osten versucht: Harvard, Princeton, Columbia etc. Princeton *sollte* der richtige Platz sein. Sie können überall anführen, daß ich mit Ihrem Urteil über Tarskis Fähigkeiten übereinstimme. Ihr ergebener

Bertrand Russell

Von einem anonymen Korrespondenten

Newark, N. J.

Bertrand Russell, 4. März 1940

wen dachten Sie wohl zum Narren zu halten, als Sie diese

1 Die Tochter der Sangers.

scheinheiligen gestellten »Familienvater«-Bilder für die Zeitungen machen ließen? Kann Ihr krankes Gehirn einen solchen Grad von Senilität erreicht haben, daß Sie sich einen Augenblick lang vorstellten, dies würde irgend jemand beeindrucken? Sie armer alter Narr!
Selbst Ihre öffentlich bewiesene Degeneration kann die Nichtswürdigkeit nicht übertreffen, für solche Bilder zu posieren und zu versuchen, sich hinter der Unschuld Ihrer unglücklichen Kinder zu verstecken. Schande über Sie! Alle anständigen Leute im Lande verabscheuen Sie wegen dieser niedrigen Tat mehr als für Ihre übrigen Fehler, die Sie schließlich auf ehrliche Weise von Ihrem dekadenten Stammbaum geerbt haben. Was Ihre Fragen und Ihr Interesse hinsichtlich der Beziehung zwischen Kirche und Staat in diesem Lande betrifft – welches Interesse haben Sie nur an diesem Lande zu bekunden? Wenn Sie das amerikanische Leben nicht mögen, dann gehen Sie doch zurück in Ihr heimatliches England (wenn Sie können), zu Ihrem stotternden König, der ein ausgezeichnetes Beispiel für das degenerierte britische Königtum ist – mit seinen Vorfahren von Barmädchen und Butlern!
Oder hörte ich jemanden sagen, man hätte Sie aus dem Land der liberalen Degeneration herausgeschmissen, weil Sie die königliche Familie übertrafen? Haw! Ihr

Hasser von Zuhältern

P. S. Ich bemerke, daß Sie von einem amerikanischen Richter als einem »unwissenden Kerl« sprechen. Wenn Sie ein so großes Licht sind, warum suchen Sie dann zu einer so späten Zeit Ihres Lebens nach einer neuen Anstellung? Haben Sie das kalifornische Land allzusehr verpestet?

Von Aldous Huxley

Metro-Goldwyn-Mayer
Pictures
Culver-City, Kalifornien
19. III. 40

Lieber Bertie,
Sympathie kann, fürchte ich, nicht viel helfen; aber ich fühle,

daß ich Dir sagen muß, wie sehr ich mit Dir und Peter inmitten der obszönen Entrüstung, die um Deinen Namen in New York ausgebrochen ist, mitfühle. Stets Dein

Aldous H.

Presseerklärung des Studentenrates,
College der Stadt New York

An den Herausgeber 9. März 1940

Die Ernennung Bertrand Russells zum Mitglied des Lehrkörpers des City Colleges hat eine große Diskussion in der Presse hervorgerufen und zu Erklärungen verschiedener Organisationen und Privatleute Anlaß gegeben. Wir wünschen nicht, uns in irgendeine Kontroverse über Prof. Russells Ansichten hinsichtlich Moral und Religion einzulassen; wir glauben, daß er das Recht hat, eigene Ansichten zu haben.

Prof. Russell ist zum Mitglied des Lehrkörpers des City Colleges ernannt worden, um Mathematik und Logik zu lehren. Er besitzt internationales Ansehen und ist in hohem Maße dazu qualifiziert, diese Fächer zu lehren. Nachdem er Vorlesungen an der Universität von Kalifornien gehalten hat und Gastprofessor an der Harvard Universität gewesen ist, wird er im Februar 1941 dem City College beitreten. Die Studentenschaft wie auch die Fakultät sind der Ansicht, daß der Beitritt Prof. Russells zur Fakultät nur helfen kann, das akademische Prestige und das nationale Ansehen unseres Colleges zu vergrößern.

Niemand hat Lehrer öffentlicher Schulen oder Dozenten des City Colleges je nach ihrem Glauben über die Natur des Kosmos befragt, als man sie ernannte – ob sie nun Katholiken, Protestanten, Juden, Atheisten oder Verehrer des alten griechischen Pantheons waren. Das amerikanische System der öffentlichen Erziehung gründet sich auf das Prinzip, daß Religion nichts mit der weltlichen Erziehung zu tun hat und theoretisch der religiöse Glaube des Lehrenden nichts mit seinem Beruf. Religiöse Gruppen haben die Freiheit, ihre Ansichten darzulegen. Warum nicht Erzieher?

Indem sich die Schulbehörde weigert, dem ausgeübten Druck zu weichen, und indem sie fest zur Ernennung Prof. Russells steht, erspart sie dem City College eine akademische Niederlage und wird im höchsten Sinne gegenüber der Allgemeinheit ihre Pflicht tun. Wir möchten noch einmal die Worte von Präsident Mead betonen, daß Prof. Russell vom City College angestellt worden ist, um Mathematik und Logik und nicht seine Ansichten über Moral und Religion zu lehren.
Das City College wird seit langem von verschiedenen Leuten angegriffen, die versuchen, unsere freie höhere Erziehung zu ändern oder zu zerstören; der Angriff auf Bertrand Russell ist nur eine andere Manifestation dieser Tendenz.

Exekutivkomitee
Studentenrat
Das City College

An Bernard Goltz
Sekretär des Studentenrates
C. C. N. Y.

Lieber Mr. Goltz, 22. März 1940

ich bin sehr froh über die Unterstützung des Studentenrates bei dieser Schlacht. Old York war der erste Ort, an dem das Christentum Staatsreligion wurde, und es war dort, daß Konstantin den Purpur annahm. Vielleicht wird New York der letzte Ort sein, dem diese Ehre zukommt.

Ihr ergebener
Bertrand Russell

An William Swirsky,
einen Studenten am
C. C. N. Y.

212 Loring Avenue
West Los Angeles, California
22. März 1940

Lieber Mr. Swirsky,

vielen Dank für Ihren Brief und die Anlage aus *The Campus*. Ich bin wirklich sehr froh darüber, daß die Studenten nicht die Meinung von Bischof Manning über mich teilen; wenn sie es täten, müßte man an der Jugend verzweifeln. Es ist tröstlich, daß die Schulbehörde zu meinen Gunsten entschieden hat, aber ich zweifle daran, daß der Kampf zu Ende ist. Ich fürchte, wenn ich meine Pflichten am City College übernehme, werden Sie alle enttäuscht sein, in mir einen sehr milden und harmlosen Menschen, ganz ohne Hörner und Hufe, zu finden.

Ihr dankbarer
Bertrand Russell

Von M. F. Ashley-Montagu

The Hahnemann Medical College and Hospital of Philadelphia
31. März 1940

Lieber Professor Russell,

ich verdanke Ihnen so viel, daß ich glaube, ich werde Ihnen nie richtig vergelten können, was Ihre Schriften für meine intellektuelle Entwicklung bedeutet haben. Da ich meinen Anteil an Hemmungen unter dem englischen »System« der Mißerziehung mitbekommen habe, versuche ich mich seit 1930 allmählich von dem zu befreien, was man eine »natürliche Hemmung« nennt, Leute anzusprechen, denen ich nicht in aller Form vorgestellt worden bin. Zu diesem ziemlich kritischen Zeitpunkt Ihres Lebens möchte ich Sie beruhigen. Es war eigentlich Mrs. Russells Bemerkung (wie in der *New York Times* berichtet), die mich veranlaßt hat, diesen Brief sofort zu schreiben. Dies ist wirklich ein befremdliches Land, aber Sie sind hier kein Fremder. Ihre Freunde hier gehen in die Millionen, und wie Sie gewiß seit langer Zeit wissen, ist es wirklich das humanste und im Grunde anständigste Land der Welt. Deswegen besteht alle Hoffnung, daß der Entscheidung eines einzelnen Juristen schließlich gewissenhaft der Wert beigemessen wird, der ihr zukommt, und Ihre Ernennung zum Mitglied der Fakultät des City Colleges aufrechterhalten wird. Wenn man Situationen, wie die Ihre, erst einmal gründlich durchlüftet, dann geschieht, wie ich bemerkt habe, fast immer Gerechtigkeit. Nur in der Kloake lokaler und

departementaler Verborgenheit kann Ungerechtigkeit Erfolg haben und gedeihen; ich habe bei mehr als einer Gelegenheit unter den Folgen solcher privaten Gewaltherrschaft gelitten, aber bei Ihnen ist der Fall ganz anders. Es gibt viele unter uns, die sowohl als Individuen wie auch als Mitglieder von Gesellschaften zur Bewahrung der akademischen und intellektuellen Freiheit um Ihren Fall, wenn nötig bis zum letzten Blutstropfen, kämpfen würden. Ich kann mit einem gewissen Grad an Wahrscheinlichkeit, der auf Gewißheit hinausläuft, voraussagen, daß trotz dem Gebell der Hunde von St. Ernulphus die allgemeine Anständigkeit überwiegen wird.
Ich kann mir gut vorstellen, wie voll Ihr Briefkasten ist; bitte bemühen Sie sich also nicht, diesen Brief zu beantworten. Ihr Sinn für Humor wird Sie nicht im Stich lassen, und das übrige können Sie uns überlassen.

Mit den besten Wünschen
stets Ihr ergebener
M. F. Ashley-Montagu

An Mr. Harry W. Laidler
von der League for Industrial Democracy

Lieber Mr. Laidler, 11. April 1940

die unterzeichneten Mitglieder der Philosophischen Abteilung am UCLA[1] nehmen sich die Freiheit, Ihren an Miss Creed gerichteten Erkundigungsbrief zu beantworten. Wir haben allen Vorlesungen oder Seminaren Mr. Russells auf diesem Campus beigewohnt und wissen daher aus erster Hand von seinem Charakter und der Art seines Unterrichts hier. Wir finden, daß er der anregendste Lehrer ist, dem wir je begegnet sind, und sein intellektueller Einfluß auf die Studentenschaft ist außergewöhnlich groß. Die allgemeine Wirkung seines Unterrichts besteht darin, den Sinn für Wahrheit beim Studenten zu schärfen, was dadurch geschieht, daß sein Wunsch nach Wahrheit entwickelt und er

1 UCLA – University of California, Los Angeles. (A. d. Ü.)

dazu angehalten wird, die Wahrheit strenger zu prüfen. Ebenso ungewöhnlich ist der Einfluß von Mr. Russells ethischem Charakter auf den Studenten. Es ist unmöglich, Mr. Russell zu kennen, ohne schließlich seine völlige Fairneß zu bewundern, seine unfehlbare, angeborene Höflichkeit und seine aufrichtige Liebe zum Menschen und zur Menschheit.

Wir können hinzufügen, daß es auf diesem Campus keinerlei Kritik an Mr. Russells Unterricht gegeben hat. Als die Abteilung die Ernennung Russells empfahl, war sie sich bewußt, daß Außenseiter an dem Entschluß der Universität Kritik üben würden. Aber in keinem Fall hat es irgendeinen Einwand bezüglich der Arbeit von Mr. Russell hier gegeben. Als wir Mr. Russell zu uns einluden, taten wir dies in dem Glauben, daß ein individuell Lehrender ein Recht auf seine individuellen Ansichten zu politischen, moralischen und sozialen Angelegenheiten hat und daß unorthodoxe Meinungen in solchen Dingen kein Grund sind, ein Individuum aus dem öffentlichen Leben zu verbannen.

Sie können diesen Brief gerne in jeder Ihnen geeignet scheinenden Weise benutzen.

Mit besten Grüßen
Hans Reichenbach
Isabel P. Creed
J. W. Robson
Hugh Miller,
stellvertretender Vorsitzender

Von und an William Ernest Hocking
Professor für Philosophie
Harvard Universität

16 Quincy Street
Cambridge, Massachusetts
30. April 1940

Lieber Russell,

ich beantwortete einen Teil Ihres Briefes vom 14. April mit meinem Telegramm: »Kein ersichtlicher Einwand gegen Verpflichtung in Newark«.

Was den anderen Teil betrifft, der ebenfalls nach einer

Antwort verlangt – den Teil, in dem Sie der Hoffnung Ausdruck geben, »daß es Harvard nicht allzuviel ausmacht« –, hielt ich es für besser zu warten, bis ich Ihnen etwas Handgreifliches sagen könnte.

Der beiliegende Ausschnitt aus dem *Boston Herald* vom Sonntag enthält eine Erklärung, die unsere Leitung (»The President and Fellows«, allgemein bezeichnet als »The Corporation«) am Samstag abend abgegeben hat und die die Berufung aufrechterhält. Er wird Ihnen auch einen Hinweis darauf geben, durch welche Art von Angriff die Erklärung ausgelöst worden ist. Die Seite des *Crimson* vom Montag zeigt mehr von den Interna.

Bitte, betrachten Sie das, was ich erläuternd sage, als rein persönlich. Einzelne Mitglieder der Abteilung haben, wie Sie bemerkt haben, agiert; aber die Abteilung selbst hat keinerlei Haltung Ausdruck verliehen, und ich spreche nur für mich selbst.

Es wäre dumm von mir zu behaupten, daß die Universität durch die Lage der Dinge nicht gestört sei. Harvard ist keine »Staatsuniversität« in dem Sinne, daß sie ihre Hauptunterstützung aus öffentlich kontrollierten Fonds bezieht (wie in Indiana, Michigan etc.). Es handelt sich vielmehr um eine staatliche Institution, für deren Leitung in der Verfassung gewisse einmalige Bestimmungen aufgeführt sind, so daß eine politische Einmischung in unsere Arbeit gesetzlich möglich ist. Der Prozeß, den der Anklagevertreter der Stadt Boston, Thomas Dorgan, angekündigt hat, stützt sich in gewisser Weise auf das Gesetz des Commonwealth, dennoch ist die Universität bereit, dem zu begegnen. Aber darüber hinaus gibt es Möglichkeiten einer weiteren Gesetzgebung, die für eine von gewissen Elementen der Öffentlichkeit bereits mißbilligte Institution gefährlich sein könnte.

Was den Prozeß selbst betrifft, so gedenkt ihn die Universität nicht aufgrund der »Redefreiheit« oder »Lehrfreiheit« anzufechten (da dies so aussähe, als stelle sich die Universität hinter den Rechtsanspruch Ihrerseits, Ihre Ansichten über sexuelle Moral in Harvard zu lehren, ein Anspruch, der gewiß nicht in unseren Vereinbarungen ins Auge gefaßt wurde und wahrscheinlich vor dem Gesetz unhaltbar ist). Die Universität vertritt lediglich die Ansicht, daß sie die Freiheit haben muß, Personen ohne Einmischung von außen zu ernennen. Das ist eine verfechtbare Haltung, wenn wir zeigen können, daß wir diese Freiheit mit dem erforderlichen Sinn für Verantwortung unserer satzungsmäßigen Verpflichtungen gegenüber gebrauchen und gebraucht haben. Sie werden nun verstehen, warum man in der Erklärung der Universität den Bereich Ihrer Vorlesungen und die Beschränkung Ihrer Lehrtätigkeit auf fortgeschrittene Studenten betont hat; die Umstände zwingen uns, bei dieser Abgrenzung zu bleiben.

(Die in der Universitätserklärung erwähnte Anzahl von Vorlesungen wurde hergeleitet aus den Worten des Stiftungsvermächtnisses, in dem es heißt: »nicht weniger als sechs«; in der Praxis belaufen sich die Vorlesungen auf zehn oder zwölf; ich nehme an, wegen der Umstellung auf einen Zweijahresplan.)

Es tut uns allen schrecklich leid, daß es zu diesem Zetergeschrei gekommen ist, sowohl wegen der Bedrängnis für Sie, als auch, weil es das so sehr in den Vordergrund schiebt, was wir beide (wie ich annehme) als nebensächlich betrachten und woran wir wirklich kein Interesse haben. Was mich selbst betrifft, so tut es mir ebenfalls leid, daß Sie in der New Yorker Situation die Redefreiheit zum Streitpunkt machen. Denn wenn Sie verlieren, so verlieren Sie; und wenn Sie gewinnen, so verlieren Sie ebenfalls. Und auch die Colleges werden verlieren: denn der bereits in der Öffentlichkeit verbreitete Eindruck wird sich vertiefen, daß für Colleges alle Hypothesen auf der gleichen Ebene liegen – keine ist dumm oder unmoralisch: sie sind lediglich Spielzeug in den Streitgesprächen vieler unparteiischer Intellekte, die nichts mit den unmittelbaren Erkenntnissen durchschnittlicher Menschen gemein haben. Ich persönlich halte es mit dem Durchschnittsmenschen, und ich zweifle daran, ob alle Hypothesen auf der gleichen Ebene liegen und den gehässigen Adjektiven entgehen können.

Großenteils deswegen hatte ich bisher nichts über diese Angelegenheit in der Öffentlichkeit zu sagen. Ich pflege das große, vergessene Recht der Schweigefreiheit, das in diesem Land schwer aufrechtzuerhalten ist. Wenn ich mich äußerte, würde ich in den Grundzügen mit dem ersten Absatz des Leitartikels der *New York Times* vom 20. April übereinstimmen, den Sie zweifellos gelesen haben, und dessen Kehrreim ist, »daß alle Beteiligten die Angelegenheit falsch eingeschätzt haben«.

Die Aufstellung Ihrer Vorlesungstitel ist eingetroffen und erscheint mir glänzend – vielen Dank. Ich werde wieder schreiben, wenn die Abteilung eine Möglichkeit gehabt hat, sie durchzusehen.

Ihr ergebener
Ernest Hocking

212 Loring Avenue
Los Angeles, Cal.
6. Mai 1940

Lieber Hocking,

ich danke für Ihren Brief. Er läßt mich wünschen, daß ich ehrenvoll von der Berufung für die Vorlesungen über William James zurücktreten könnten, aber ich weiß nicht, wie ich dies tun kann, ohne mich selbst der Anklage der Feigheit auszusetzen und die Interessen des ganzen Lehrkörpers zu verraten.

Ich wünschte auch fast, daß der Rektor und die Fellows die Berufung nicht noch mal bestätigt hätten, da, wie Sie sagen und wie es aus dem mir geschickten Zeitungsausschnitt hervorgeht, die Opposition eine beträchtliche Stütze im Gesetz hat. Von meinem Standpunkt aus wäre es besser, jetzt mit einem finanziellen Ausgleich entlassen zu werden, als nach langer Sorge und Qual sowohl um die Berufung als auch um den Ausgleich zu kommen.

Ich habe mich nicht um die Berufung bemüht, und es liegt mir nicht so sehr an der Rolle des Märtyrers, daß ich wünschte, ständig für eine Sache zu leiden, die andere so viel mehr angeht als mich. Die Unabhängigkeit der amerikanischen Universitäten ist ihre Angelegenheit, nicht meine. Irgend jemand scheint Sie falsch informiert zu haben hinsichtlich der Haltung, die ich und die Schulbehörde in New York bezüglich meiner Berufung eingenommen haben. Es würde mir nicht im Traum einfallen, das Recht zu beanspruchen, über Sexualmoral zu reden, wenn man mich anstellt, um über Logik und Semantik zu sprechen; ebenso hätte jemand, der Ethik lehren soll, nicht das Recht, über Logik zu sprechen. Ich beanspruche nur zwei Dinge: 1. daß Berufungen für akademische Posten von Leuten ausgehen, die die fachlichen Qualifikationen eines Mannes zu beurteilen in der Lage sind; 2. daß ein Lehrer in der Zeit außerhalb seines Berufes frei sein muß, seine Meinung zu äußern, wie auch immer sie sein mag. Das City College und die Schulbehörde haben ihre Verteidigung nur auf den ersten dieser Punkte gegründet. Ihre Verteidigung ist daher mit dem identisch, was nach Ihren Worten Harvard beabsichtigt.

Das Prinzip der Redefreiheit wurde von anderen ins Feld geführt, und meines Erachtens zu Recht. Ich fürchte, daß Harvard wie auch die Schulbehörde einen auf diesem Prinzip basierenden allgemeinen Protest nicht verhindern kann; obwohl es natürlich klar ist, daß sich rechtlich die offizielle Aufrechterhaltung der Berufung auf die Unabhängigkeit ordnungsgemäß ernannter akademischer Lehrkörper gründet und auf ihr Recht, eigene Berufungen zu machen.

Ich möchte nun im voraus darum bitten, daß man mich offiziell von jedem gerichtlichen Vorgehen gegen die Universität hinsichtlich meiner Berufung unterrichtet und mir erlaubt, Partei zu sein. Wegen der Feindseligkeit des Anwaltes der Stadtbehörde, der die Verteidigung leitete, war das in New York nicht der Fall. Ich kann es nicht ein zweites Mal ertragen, in einem Gerichtshof verleumdet und verurteilt zu werden, ohne die Möglichkeit zu haben, falsche Anschuldigungen zurückzuweisen, gegen die mich aus Mangel an Wissen niemand anderes angemessen verteidigen kann.

Ich hoffe, daß Harvard so höflich sein wird, mich offiziell über jede Entwicklung zu informieren, anstatt es mir zu über-

lassen, von Dingen, die mich wesentlich angehen, nur durch ungenaue Berichte in Zeitungen zu erfahren.
Ich wäre froh, wenn Sie diesen Brief dem Rektor und den Fellows zeigten.

Ihr ergebener
Bertrand Russell

An den Herausgeber
von ›Harvard Crimson‹

212 Loring Avenue
Los Angeles, Cal.
6. Mai 1940

Sehr geehrter Herr,
ich hoffe, Sie gestatten mir, einiges zu Ihrem Hinweis auf die jüngsten Verhandlungen bezüglich meiner Berufung an das City College in New York im *Harvard Crimson* vom 29. April zu erläutern.
Sie sagen: »Redefreiheit wird nicht der Streitpunkt sein, wie es bei dem Prozeß gegen das City College von New York der Fall war, als dieses die erfolglose Verteidigung seiner Russell-Berufung auf die Behauptung gründete, es müsse Russell erlaubt sein, vom Katheder aus seine moralischen Ansichten darzulegen.«
In Wirklichkeit war die Redefreiheit nicht die Grundlage der Verteidigung des City Colleges und der New Yorker Schulbehörde. Beide gründeten ihre Verteidigung auf das Prinzip der akademischen Freiheit, was einfach bedeutet, daß ordnungsgemäß ernannte akademische Lehrkörper unabhängig sind und das Recht haben, ihre eigenen Berufungen auszusprechen. *Dies ist, nach Ihrer Überschrift, genau die Art der Verteidigung, die die Corporation von Harvard erwägt.* Weder die Schulbehörde noch die Fakultät des City Colleges stellten je die Forderung, »es müsse mir erlaubt sein, vom Katheder herab meine moralischen Ansichten darzulegen«. Im Gegenteil, sie äußerten des öfteren und mit Nachdruck, daß meine moralischen Ansichten nicht das geringste mit den Fächern zu tun hätten, die man mich zu lehren angestellt habe.
Selbst wenn man mir erlaubte, meine moralischen Ansichten

im Vorlesungssaal dazulegen, so würde mein Gewissen dies nicht zulassen, da sie keinerlei Beziehung zu den Fächern haben, die ich meinem Beruf nach lehre, und ich denke, daß der Vorlesungssaal nicht als Ort der Propaganda für irgendein Thema benutzt werden sollte.

Das Prinzip der Redefreiheit ist nicht von der Schulbehörde zu ihrer rechtlichen Verteidigung heraufbeschworen worden, sondern von vielen tausend Menschen in den ganzen Vereinigten Staaten, die die offensichtliche Verquickung dieses Prinzips mit der Kontroverse erkannt haben: weil nämlich die amerikanische Verfassung jedem das Recht zusichert, seine Meinung zu äußern, wie diese auch sein mag. Dieses Recht wird natürlich von jedem Vertrag eingeschränkt, den der einzelne eingeht und der von ihm fordert, einen Teil seiner Zeit anders zu verbringen, als damit, seine Meinung zu äußern. Wenn also ein Kaufmann, ein Postbote, ein Schneider und ein Mathematiklehrer zufällig alle eine bestimmte Meinung zu einem Thema haben, das nichts mit ihrer Arbeit zu tun hat, wie diese auch immer sein mag, so sollte keiner von ihnen mit Reden über dieses Thema Zeit verschwenden, die ihnen bezahlt wird, damit sie diese mit Verkaufen, Briefaustragen, Schneidern und dem Lehren von Mathematik verbringen. Aber es sollte ihnen allen gleichermaßen erlaubt sein, ihre Meinung frei und ohne Furcht vor Strafen in ihrer übrigen Zeit zu äußern und so zu denken, zu reden und sich zu benehmen, wie sie – innerhalb der Grenzen des Rechts – wollen, wenn sie nicht ihren professionellen Pflichten nachkommen.

Das ist das Prinzip der Redefreiheit. Es scheint wenig bekannt. Wenn daher irgend jemand um weitere Informationen bittet, so verweise ich ihn auf die Verfassung der Vereinigten Staaten und auf die Werke ihrer Schöpfer.

Hochachtungsvoll
Bertrand Russell

An den Herausgeber des
›New Statesman‹
Kingsley Martin

212 Loring Avenue
Los Angeles, Cal.
13. Mai 1940

Lieber Kingsley Martin,
haben Sie Dank für Ihren feundlichen Artikel zu meiner New Yorker Anstellung. Wir hoffen immer noch, Berufung einzulegen, aber der Bürgermeister und der Stadtrat tun aus Rücksicht auf die katholischen Wähler ihr Bestes, das zu verhindern. Ähnliche Schwierigkeiten hat man mir vorausgesagt, wenn ich im Herbst in Harvard die Vorlesungen über William James halten soll.
Ich werde jetzt mit Freundlichkeit und Hilfe überschüttet, aber in diesem Lande sind die anständigen Leute erschreckend machtlos und oft sehr naiv. Dieser Trubel dient dazu, die Aufmerksamkeit auf die Dinge zu lenken, die weniger bekannten Leuten ständig passieren.
Die Neuigkeiten aus Europa sind unerträglich schmerzlich. Wir wünschten alle, daß wir nicht so weit weg wären, obwohl wir zuhause keinem nützlichen Zweck dienen könnten.
Seit Beginn des Krieges fühle ich, daß ich nicht länger Pazifist sein kann: aber ich habe wegen der damit verbundenen Verantwortung gezögert, es zu sagen. Wenn ich jung genug wäre, würde ich selbst kämpfen, aber es ist schwerer, andere dazu zu drängen. Nun jedoch glaube ich, daß ich meinen Gesinnungswechsel bekanntmachen muß, und ich wäre froh, wenn Sie eine Gelegenheit fänden, im *New Statesman* zu erwähnen, daß Sie das von mir gehört hätten.

Ihr ergebener
Bertrand Russell

An Professor Hocking von John Dewey

1 West 89th St. N Y City
16. Mai 40

Lieber Hocking,
ich habe eine Kopie Ihres Briefes an Russell gelesen, und ich kann nicht umhin zu sagen, daß er mich teilweise beunruhigt – vor allem, weil er von Ihnen kommt.

Natürlich bin ich nicht in der Lage, vom Standpunkt Harvards aus zu sprechen oder einen Rat in der Sache zu erteilen, soweit es die Verwaltung von Harvard betrifft. Aber eines weiß ich sicher: jedes Nachgeben Harvards würde die Kräfte der Reaktion stärken – der kirchlichen und anderer – die bereits viel zu rasch wachsen, wahrscheinlich aufgrund der jetzt so allgemeinen Furcht und Unsicherheit. Ich halte es nicht für unwichtig zu betonen, daß der Stadtrat von New York seiner Einmischung in die Angelegenheiten des City Colleges eine Resolution hinterherschickte, in der er die Auflösung der gegenwärtigen Schulbehörde und die Ernennung einer neuen forderte – da die augenblickliche hauptsächlich von La Guardia ernannt sei und an der liberalen Haltung festhalte, wegen der sie ursprünglich ernannt worden sei – trotz der jüngsten schockierenden Feigheit des Bürgermeisters. Tammany und die Kirche bekommen jetzt nicht die pädagogischen Rosinen, die sie haben wollen und sonst bekamen. Meiner Meinung nach (obwohl ich es nicht beweisen kann) waren die Angriffe gegen Russells Berufung und noch mehr der Wortlaut der Entscheidung McGeehans keine *isolierten* Ereignisse. Die reaktionäre katholische Zeitung in Brooklyn *The Tablet* gab öffentlich der Hoffnung Ausdruck, daß der Schritt der Beginn einer Bewegung sein könne, die städtischen Colleges im New Yorker Bezirk, deren es jetzt vier gibt, abzuschaffen. Eine Politik der »Beschwichtigung« wird meiner Meinung nach nicht mehr Erfolg bei diesen alten totalitären Institutionen haben als bei den neueren. Jedes Nachgeben wird zum Signal für neue Angriffe. So viel – wahrscheinlich von Ihrem Standpunkt Belangloses – zu der Harvarder Bereinigung der Situation.

Der Punkt, der mich in Ihrem Brief störte, ist jedoch nicht der des vorigen, vielleicht überflüssigen Absatzes, sondern Ihre Behauptung, Russell hätte das Problem der Redefreiheit aufgeworfen. Er hat es nicht aufgeworfen; als erster warf es McGeehan durch sein Urteil auf (ich möchte gerne wissen, ob Sie dieses monströse Dokument je gesehen haben), und dann waren es andere – erst nur in New Yorker Institutionen, aber bald im ganzen Land –, die erkannten, zu welch schwerwiegenden Folgen es kommen könnte, wenn man passiv zusieht und aus Nachlässigkeit den Dingen ihren Lauf läßt. Was die rechtliche Seite betrifft, so will man jetzt und in Zukunft auf einer Grundlage kämpfen, die im wesentlichen identisch ist mit der, die Sie im Fall des Harvard-Prozesses erwähnen. Aber die pädagogische Streitfrage ist umfassender, viel umfassender. Sie wurde in dem mutigen Brief des Chancellor[1] Chase von der New Yorker Universität in einem Brief an die *Times* dargelegt – ein Brief, der schließlich ihren ersten Redaktionskommentar hervorrief –, die, obwohl grollend und ungnädig, zugab, daß man Berufung einlegen solle. Wenn man Personen von amerikanischen Colleges fernhält, weil sie unkonventionelle, unorthodoxe und sogar unvernünftige Ansichten (aber wer ist schon Richter über Verstand oder Unverstand?) über politische, ökonomische, soziale oder moralische Belange äußern, und diese Ansichten in Veröffentlichungen äußern, die an die allgemeine Öffentlichkeit gerichtet sind, so bin ich herzlich froh, daß meine eigene Lehrtätigkeit zu Ende ist. Es werden immer in jeder Institution einige Prostituierte übrig bleiben; es wird immer [die] Furchtsameren geben, die sich der Lehrtätigkeit als einer Art geschützter Berufung zuwenden. Wenn man, ohne daß Collegelehrer protestieren, den Gerichten unter dem Druck von Außenseitergruppen erlaubt, die Lehrkörper der Colleges auf Lehrer dieser beiden Typen zu beschränken, so sind die Aussichten wirklich düster. Wenn ich zu nachdrücklichen Worten greife, so deshalb, weil ich eine entschiedene Auffassung in diesem Punkte habe. Obwohl ich die ganz und gar gräßliche Lage, in die man die Russells persönlich gebracht hat, überaus bedaure, kann ich doch nur dankbar sein im Hinblick auf die zahlreichen, weniger bedeutenden Leute, die man leiden läßt, daß dieser Fall von solcher Wichtigkeit ist und allgemeine Aufmerksamkeit und Protest erregt. Wenn Sie MacGeehans Urteil gelesen hätten, würden Sie wahr-

1 Chancellor entspricht an manchen amerikanischen Universitäten dem Rektor. (A. d. Ü.)

scheinlich wie einige von uns empfinden, daß kein Mensch, der sich selbst achtet, irgend etwas tun würde – wie es der Leitartikel der *Times* vorschlug –, was auch nur im entferntesten der Wahrheit der empörenden Behauptungen gleichkäme – Behauptungen, die gewiß kriminell verleumderisch wären, wenn sie nicht durch die Stellung derjenigen, die sie machten, geschützt wären.
Aber vor allem bin ich dankbar für den Dienst, den Russell den Lehrenden und den pädagogischen Interessen im allgemeinen erweist, indem er die Herausforderung annimmt – daher werde ich mir auch die Freiheit nehmen, Russell eine Kopie dieses Briefes zu schicken.

Ihr sehr ergebener
John Dewey

Von John Dewey

Lieber Mr. Russell,
das Beiliegende bedarf keiner Erklärung – ich weiß, wie beschäftigt Sie sind und brauche keine Antwort.

In aufrichtiger
Dankbarkeit Ihr
John Dewey

Von Alfred North Whitehead

1737 Cambridge St.
Cambridge, Mass.
26. April 1940

Lieber Bertie,
Evelyn und ich können diese Gelegenheit nicht verstreichen lassen, ohne Dir zu sagen, wie sehr wir mit Dir in der Angelegenheit der New Yorker Berufung mitfühlen. Du weißt natürlich, daß wir in vieler Hinsicht genau die gegenteilige Meinung vertreten. Dies nur, um Dir bezüglich der persönlichen Schwierigkeiten, zu denen es gekommen ist, unsere Zuneigung und tiefe Sympathie mitzuteilen –
Mit allen guten Wünschen von uns beiden stets Dein

Alfred Whitehead

Die Kontroverse über meine Berufung an das C. C. N. Y. war im Jahr 1940 nicht zu Ende.

Aus der *Times* vom 23. und 26. November 1957
über die Veröffentlichung von *Why I am Not a Christian:*

An den Herausgeber der ›Times‹

Sir, 10, Darlington Street, Bath
in einem Brief an die *Times*, den Sie am 15. Oktober veröffentlichten, beklagt sich Lord Russell, daß ihn 1940 protestantische Episkopale und römische Katholiken in New York City daran hinderten, sich vor Gericht gegen das zu wehren, was er ihre »Verleumdungen« nennt.
Das offizielle Protokoll des Urteils, das ihn für die in Frage stehende Professur als ungeeignet erklärt, zeigt deutlich daß sein Anwalt seinetwegen einen Antrag einrichte, der von dem Gericht angenommen wurde. Sein darauffolgendes Gesuch, den Fall wieder aufzunehmen, wurde von dem Gericht unter anderem mit der Begründung abgelehnt, daß er allem Anschein nach keine neuen Beweise anführen konnte, die das einstimmig von zwei Berufungsgerichten gefällte Urteil hätten ändern können.
Er hätte außerdem gegen jeden wegen außergerichtlicher Behauptungen Verleumdungsklage erheben können, aber er versäumte das.
Ist es unter diesen Umständen angebracht zu behaupten, wie es Lord Russell tut, daß protestantische Episkopale und römische Katholiken ihn daran hinderten, sich vor Gericht gegen Vorwürfe zu verteidigen, die sich weitgehend auf seine eigenen Schriften gründeten? Ihr ergebener
Schuyler N. Warren

An den Herausgeber der ›Times‹ Plas Penrhyn
Penrhydeudraeth
Sir, Merioneth.
in Ihrer letzten Nummer vom 23. November veröffentlichten

Sie einen Brief von Mr. Schuyler N. Warren, der eine völlige Unkenntnis der Tatsachen beweist. Ich werde seine Punkte einen nach dem anderen beantworten.
Zuerst zu den »Verleumdungen«. Ich schrieb zu dieser Zeit öffentlich: »Wenn vor Gericht völlig unwahre Behauptungen über mich erhoben werden, so glaube ich, daß ich sie Lügen strafen muß. Ich habe nie eine Nudistengruppe in England geleitet. Weder meine Frau noch ich zeigten sich je nackt in der Öffentlichkeit. Ich habe mich nie mit obszöner Dichtung befaßt. Solche Behauptungen sind absichtlich unwahr, und diejenigen, die sie machen, müssen wissen, daß sie sich nicht auf Tatsachen gründen. Ich würde mich über eine Möglichkeit freuen, sie eidesstaatlich widerlegen zu können.« Diese Möglichkeit wurde mir mit der Begründung verweigert, daß ich bei dem Prozeß nicht Partei sei. Diese Beschuldigungen (die der Anwalt der Gegenpartei vor Gericht erhob) gründeten sich nicht auf meine eigenen Schriften, wie Mr. Warren versichert, sondern auf die krankhafte Einbildung von Frömmlern.
Ich kann Mr. Warrens Behauptung, daß *mein* Anwalt einen Antrag meinetwegen stellte, nicht verstehen. Es gab keinen Anwalt, der mich vertrat. Noch kann ich seine Behauptung verstehen, daß zwei Berufungsgerichte auf dem Urteil bestanden, da die Stadt New York ein Berufungsverfahren ablehnte, als man sie dazu drängte. Der Vorschlag, auf Verleumdung zu klagen, kann mit gutem Gewissen nur von jemandem gemacht werden, der nichts von der Atmosphäre der Hysterie weiß, die den Fall zu jener Zeit umgab. Diese Atmosphäre wird dadurch deutlich, daß man allgemein nichts gegen die Beschreibung des Anklagevertreters einzuwenden hatte, der sagte, ich sei: »wollüstig, libidinös, lüstern, unkeusch, erotoman, aphrodisisch, respektlos, engstirnig, verlogen und bar jeglicher Moral.«

Ihr ergebener
Bertrand Russell

Von und an Schuyler N. Warren

10, Darlington Street
Bath

Lieber Lord Russell,

10. Januar 1958

ich schreibe Ihnen zu Ihrem Brief, der in der *Times* vom 26. November erschien. Dieser Brief, der sich mit der Kontroverse und dem nachfolgenden Rechtsstreit über Ihre Berufung als Philosophieprofessor an das City College von New York befaßt, widerspricht Behauptungen, die ich in einem von der *Times* am 23. November veröffentlichten Brief gemacht hatte.

Ich lege Photokopien beider Entscheidungen des Oberbundesgerichtes zu Ihrer Information bei, eine widerruft Ihre Anstellung, die andere lehnt Ihren Antrag ab, den Fall nochmals aufzurollen. Ich lege ebenfalls eine Kopie des Briefes von Mr. Charles H. Tuttle bei, damals wie jetzt Mitglied der Schulbehörde.

Hinsichtlich Ihrer Behauptung, daß es keinen Sie vertretenden Anwalt gegeben hätte und keine Berufung eingelegt worden sei, bestätigen die beiliegenden Entscheidungen die Richtigkeit meiner Aussagen. Im Anhang des Bandes *Why I am Not a Christian* erwähnt Professor Edwards Mr. Osmund K. Fraenkel als Ihren Anwalt und spricht von seinen erfolglosen Anträgen bei der Berufungsabteilung und beim Berufungsgericht.

Ihr ergebener Schuyler N. Warren

Plas Penrhyn

Lieber Mr. Warren,

13. Januar 1958

Ihr Brief vom 10. Januar mit den beiliegenden Photokopien bestätigt nicht die von Ihnen vorgetragenen Ansichten bezüglich dessen, was in meinem New Yorker Prozeß im Jahr 1940 vor sich ging. Die Berufung, die sie erwähnen, bezog sich nicht auf den Fall selbst, sondern darauf, ob man mich als Partei zulassen sollte. Sie haben nicht ganz die Merkwürdigkeit dieser ganzen Angelegenheit erfaßt. Die Verteidiger wollten den Fall verlieren – wie zu jener Zeit allgemein bekannt war – und wünschten daher nicht, daß McGeehans

Urteil in der Berufung umgestoßen würde. Die Behauptung, daß man mich über die Geschehnisse informierte, ist vielleicht in einem streng gesetzlichen Sinn zu verteidigen, aber da mich meine Pflichten in Los Angeles hielten, wurden mir die Informationen über die Ereignisse in New York mit gewöhnlicher Post zugeschickt, und das Verfahren war so überstürzt, daß alles vorbei war, ehe ich richtig wußte, was geschah. Es bleibt die Tatsache, daß man mir nicht erlaubte, Partei zu sein, daß es mir unmöglich war, Berufung einzulegen, daß ich keine Möglichkeit hatte, vor Gericht auszusagen, nachdem ich hörte, was man von mir behauptete. Mr. Fraenkel, den Sie erwähnen, wurde von der Civil Liberties Union ernannt, nicht von mir, und erhielt seine Aufträge von ihnen.

Ihr ergebener Russell

Von Prof. Philip P. Wiener

The City College
New York 31, N. Y.
Philosophische Abteilung
4. Okt. 1961

An den Herausgeber der
New York Times,

In meinem Namen und in dem vieler meiner Kollegen möchte ich unser Bedauern über die mangelnde Fairneß und den schlechten Geschmack ausdrücken, der sich im Versuch des Herausgebers Ihres Lokalteiles zeigt, den Fall Bertrand Russell ins Lächerliche zu ziehen und wieder aufzuwärmen. Es ist allgemein bekannt, daß die gebildete Welt aus moralischen Gründen den von Richter McGeehan begangenen Rufmord an einem der größten Philosophen der Welt verurteilte und daß die Gerichte Russell nicht erlaubten, den Fall wieder aufzurollen. Nun, da dieser große Mann fast neunzig Jahre alt ist und für die Erhaltung der Menschheit kämpft (obwohl einige von uns nicht mit seiner unilateralen Abrüstungspolitik übereinstimmen[1]), glauben wir, daß Ihr Kommentator ihm und der gebildeten Welt Abbitte schuldet.

Philip P. Wiener
Professor und Vorsitzender

1 Ich vertrat zu jener Zeit eine unilaterale Abrüstung nur für England.

289 Convent Avenue
New York City
8. Dez. 1940

Lieber Professor Russell,

nachdem ich mich über Ihren aktuellen Vortrag vor der P. E. A.[1] gefreut hatte und über den freundschaftlichen Schwatz am Penn. R. R. Bahnhof, berichtete ich meinen Kollegen, daß man uns wirklich einen großen Lehrer gestohlen hat, der unseren Studenten so viel Licht und Menschlichkeit gebracht hätte, daß sich die Harpyen der Dunkelheit und des Verderbens gewiß aus Angst vor einer Persönlichkeit, die ihren Interessen so gefährlich ist, geduckt hätten. John Dewey arbeitet an einer Untersuchung des McGeehan-Urteils insoweit, als es Ihre Bücher über Erziehung in Frage stellt. Dies wird Deweys Beitrag zu dem von Barnes veröffentlichten Buch sein. Unsere Abteilung hat sich angeboten, mit den Herausgebern zusammenzuarbeiten, aber wir haben bisher noch nicht von Horace Kallen gehört, der die Herausgabe zu leiten scheint.

Die Hearst Press bringt Ihre Berufung an das City College in Zusammenhang mit den Kommunisten, die das State Legislative Committee, das subversive politische Tätigkeiten von Lehrenden am City College untersucht, genannt hat, um die Schulbehörde zu verurteilen und ihre Neuorganisation unter reaktionärer Kontrolle empfehlen zu können. Sie haben vielleicht in der gestrigen *N. Y. Times* gelesen, daß Präsident Gannon von der Fordham Universität empfiehlt, »subversive *philosophische* Aktivität« an den Colleges der Stadt zu untersuchen!

Mit Interesse höre ich von Ihrem Plan, die nächsten vier Jahre einer Geschichte der Philosophie zu widmen. Ich habe immer Ihre Arbeit über Leibniz in ihrer Bedeutung gleich an die zweite Stelle nach *Principles of Mathematics* und *Principia Mathematica* gestellt. Wenn Sie ähnliche analytisch-kritische Quellenstudien über die einflußreichsten Philosophen machten – wenn auch nur über einige – z. B. Plato, Aristote-

1 Progressive Education Association.

les, Thomas von Aquin, Hobbes, Hume, Kant und Hegel, so würden Sie zu der *kritischen* Philosophiegeschichte beitragen, was nur ein mit den modernsten Instrumenten der Analyse und mit einer direkten Kenntnis der Texte ausgerüsteter Philosoph tun könnte. Dies wäre philosophisch bedeutsam als Verbindung analytischer und historischer Methoden bei der Erforschung universeller Ideen wie der der Freiheit (die hauptsächlich als Idee besteht).

Ich würde gerne über dieses Thema mit Ihnen diskutieren, da das Ganze meinen Hauptinteressen und meiner Tätigkeit in Zusammenhang mit dem *Journal of The History of Ideas* nahesteht. Vielleicht bin ich zum Symposium der Amer. Philosophical Assoc. am 28. Dezember in Philadelphia und rufe Sie an, wenn Sie an diesem Abend oder am Tag darauf frei sein wollten (Sonntag, den 29. Dez.)

Ihr ergebener
Philip P. Wiener

P. S. Professor Lovejoy könnte eventuell mitkommen, wenn ich wüßte, ob Sie Zeit haben, über Philosophiegeschichte zu sprechen.

An und von Robert Trevelyan 212 Loring Avenue
Los Angeles, Cal., U.S.A.

Lieber Bob, 22. 12. 39

seit ich Deinen Brief vor einem Jahr erhielt, wollte ich Dir ständig schreiben, aber es ging mir wie Gott, als er daran dachte, die Welt zu schaffen: es gab keinen Grund, diesen oder jenen Augenblick zu wählen. Ich habe nicht so lange gewartet wie er.

Ich habe mich hier als Philosophieprofessor niedergelassen. John und Kate kamen für die Sommerferien herüber und blieben, als der Krieg ausbrach, so daß sie hier zur Universität gehen müssen. John hat eine Leidenschaft für Latein, vor allem für Lukrez; unglücklicherweise ist Dein Lukrez mit dem Rest meiner Bücher in Oxford. (Ich hatte beabsichtigt, letzten Frühling nach England zurückzukommen.)

Vielen Dank für die Druckfehlerliste.
Ich wüßte gerne, was Du über den Krieg denkst. Ich versuche sehr, Pazifist zu bleiben, aber der Gedanke an Hitler und Stalin als Sieger ist schwer zu ertragen.
C. A.s [Clifford Allen] Tod muß ein großer Schmerz für Dich gewesen sein. Ich weiß nicht, was seine Ansichten zum Schluß waren.
Die Amerikaner sagen alle: »Sie müssen froh sein, in dieser Zeit hier zu leben«, aber abgesehen vom Wohl der Kinder sind wir nicht dieser Ansicht.
Viele herzliche Grüße an Dich und Bessie von uns beiden. Schreib, wenn Du kannst – es ist ein Trost, von alten Freunden zu hören.

Mit lieben Grüßen
immer Dein Bertrand Russell

The Shiffolds
Holmbury St. Mary, Dorking
11. Febr. 1940

Lieber Bertie,
es war schön, neulich von Dir zu hören und zu wissen, daß es Peter, Dir und den Kindern gut geht (ich nehme an, sie sind wohl kaum noch Kinder). Uns geht es hier recht gut – im Augenblick jedenfalls. Bessie ist immer noch ganz heiter, obwohl ihr Auge nicht besser wird. Ich lese ihr jetzt abends vor, anstatt daß sie es tut.
Wir freuen uns sehr, daß die Kinder in Amerika bleiben. Ich hoffe jedoch, es wird nicht für immer sein. Im Augenblick sehen die Dinge ziemlich hoffnungslos aus. Ich habe Dir ein Exemplar meines Lukrez für John geschickt, vielleicht kann es ihm helfen. Ich habe auch meine Gedichte und Stücke als Weihnachtsgeschenk geschickt. Natürlich erwarte ich nicht, daß Du sie von Anfang bis Ende liest: mein Rat ist im übrigen, wenn Du glaubst, Du müßtest sie überhaupt lesen, daß Du am Ende anfängst und rückwärts liest, (nicht Zeile für Zeile rückwärts, sondern Gedicht für Gedicht) bis Du müde wirst.
Ich glaube nicht, daß ich noch viel mehr Gedichte schreiben

werde. Wenn, wird es vielleicht auf die Art Whitmans sein, in der Form meine ich, oder eher in der Formlosigkeit; obwohl niemand ein feineres Gefühl für Form hatte als W. W., wenn er inspiriert war, was er so viel oder noch mehr war als die meisten Dichter. Ich bin ganz zu meiner alten Liebe aus Cambridge für ihn zurückgekehrt, sowohl, was die Prosa als auch, was die Lyrik betrifft. Sein *Specimen Days* ist für mich eines der bewegendsten Bücher, das ich kenne (vor allem der Teil über den Bürgerkrieg). Ich habe ein anderes amerikanisches Buch gelesen, das kaum beliebt in Kalifornien sein dürfte, nämlich *Grapes of Wrath.* Es mag unfair und übertrieben hinsichtlich der Behandlung der Emigranten sein, ich weiß es nicht; aber es scheint mir ein großartiges Buch zu sein, auf eine epische Art. Wir lesen jetzt Winifred Holtbys *South Riding,* ebenfalls fast ein großartiges Buch, aber eben nur fast.

Ich veröffentlichte gerade eine Übersetzung der *Episteln* von Horaz und zwei Essays von Montaigne, die ich Dir irgendwann in diesem Jahr einmal schicken werde, wenn die Cambridge Press nicht bombardiert wird, was kaum so aussieht. Außerdem muß ein Prosabuch fertig werden; aber das wird kaum dieses Jahr der Fall sein. Mir fällt kein Titel ein – es sind Miszellen, aber alle Synonyme (Hotch potch, Olla Podrida) klingen unwürdig, und der Inhalt ist zum Teil äußerst ernst. Bessie will nicht, daß ich es »Ein Bündel Kleinholz« nenne, weil sie meint, man denke dann, es verdiene nur verbrannt zu werden.

Ich glaube, Bessie beabsichtigt Dir bald zu schreiben, und ich hoffe, daß danach nicht wieder ein Jahr vergeht, ehe wir von Euch hören. Wir haben seit Ausbruch des Krieges die Sturge Moores da. Er ist ziemlich krank jetzt. Wir hatten im August einen angenehmen Besuch von G. E. M. Er liest in Oxford vor einer großen Hörerschaft. Francis Lloyd sagt, viele Dons gehen hin und sind amüsiert oder schockiert. Seine Vorlesungen scheinen ihr viel zu bedeuten. Wir haben auch einen italienischen Jungen bei uns, einen Vivante, Neffe von L. de Bosis, den ich in Latein und Griechisch unterrichte. Er hat

gerade ein Stipendium für Pembroke Oxford bekommen. Ich sehe jetzt ein, daß ich Schulmeister hätte werden sollen.
Liebe Grüße an Euch beide von B. und mir.

Immer Dein Bob

212 Loring Avenue
Los Angeles, Cal., U.S.A.
19. Mai 1940

Lieber Bob,

vielen Dank für die schönen Bände mit Deinen Arbeiten, die unversehrt ankamen und über die ich mich sehr freue.
In einer solchen Zeit ist es schwer, an etwas anderes als an den Krieg zu denken. Wenn Du dies bekommst, wird der Ausgang der gegenwärtigen Schlacht entschieden sein. Ich denke immer daran, wie ich während der Krise der Marneschlacht in Shiffold war und Dich zwei Meilen zu laufen zwang, um eine Sonntagszeitung zu bekommen. Vielleicht wäre es besser gewesen, wenn der Kaiser gewonnen hätte, da Hitler um so viel schlimmer ist. Ich stelle fest, daß ich diesesmal kein Pazifist bin, und ich betrachte die Zukunft der Zivilisation als von unserem Sieg abhängig. Ich glaube nicht, daß etwas ebenso Wichtiges seit dem 5. Jahrhundert geschehen ist, als die Germanen zum erstenmal die Welt zur Barbarei zurückführten.
Du hast vielleicht gelesen, daß man mich in Amerika aus dem Lehramt verjagen wird, weil die Katholiken meine Ansichten nicht mögen. Ich nahm ziemlichen Anteil an der Sache (die mich sehr in Gefahr bringt, Not zu leiden), bis die augenblickliche Schlacht begann – nun fällt es mir schwer, mich daran zu erinnern.
Ja, ich habe *Grapes of Wrath* gelesen und halte es für ein sehr gutes Buch. Das Problem der Wanderarbeiter brennt hier sehr auf den Nägeln und hat viel Bitterkeit verursacht.
John und Kate werden an der Universität hier heimisch, und Conrad (gerade 3) gedeiht und ist intelligent. Wir haben alle verzweifeltes Heimweh und hoffen, sobald es finanziell möglich ist, zurückzukommen.

Grüße Bessie sehr herzlich und sag ihr, es wäre sehr schön, von ihr zu hören. John war *sehr* dankbar für den Lukrez.

Immer Dein
Bertrand Russell

The Shiffolds
3. Mai 1941

Mein lieber Bertie,
wir haben uns so gefreut, von Dir und den Deinen zu hören. Ich werfe diese Zeilen ein, ehe die Post weggeht. Ja, Plato war ein komischer Dichter. Er schrieb offensichtlich auch einige nicht allzu seriöse pseudophilosophische Dialoge, die man zu ernst nahm. Einige Gelehrte sagen, es habe zwei Platos gegeben; aber Gelehrte sagen alles.
Ich schicke Dir ein kleines Buch mit Leopardi-Übersetzungen. Ich hätte nie damit angefangen, wenn Du mich nicht um die Passage aus *La Ginestra* gebeten hättest. Also kannst Du Dich als den alleinigen Urheber betrachten.
Bessie geht es weiterhin ganz gut, obwohl sie immer blinder wird. Ich versuche, immer noch zu arbeiten und habe kürzlich mehr Montaigne übersetzt, da ich keine Lyrik schreiben kann.
Liebe Grüße an Dich und die Deinen immer Dein Bob

Little Datchet Farm
Malvern R. D. 1.
Pennsylvania
20. August 1941

Mein lieber Bob,
ich habe mich sehr über Deine Leopardi-Übersetzungen gefreut, die ich für ausgezeichnet halte. Es freut mich zu denken, daß ich ihr Erscheinen mit verursacht habe.
Sehr kurze Zeit nachdem ich an Dich schrieb, stieß ich auf eine Anspielung auf Plato, den komischen Dichter. Er war mir bis dahin völlig unbekannt gewesen.
Wie gefällt George seine neue Würde?[1] Ich habe ihn nur

1 Er war Master of Trinity geworden.

einmal seit dem 4. August 1914 gesehen. In den Tagen des alten Butler wohnte ich einmal in der Lodge[1] und schlief in Bett der Königin Anne. Ist es immer noch da?
Was hat Dich auf Montaigne gebracht? Mißbilligst Du Florio? Es hat mich gefreut, herauszufinden, daß *Lead kindly Light,* das man gemeinhin Newman zuschreibt, in Wirklichkeit im 3. Jahrhundert vor Christus von Kleanthes geschrieben wurde. Es gibt ganze Teile aus dem Neuen Testament bei den Stoikern.
Ich füge einen Brief an Bessie bei. Ich hoffe, ihr Augenlicht wird nicht weiterhin schlechter werden. Immer Dein

Bertrand Russell

The Shiffolds
Holmbury St. Mary, Dorking
2. Oktober 1941

Mein lieber Bertie,
es war eine große Freude, wieder von Dir zu hören. Bessie wird gewiß schreiben oder hat es schon getan. Es geht ihr sehr gut, außer mit den Augen. Ich lese ihr jetzt abends Nevinsons Memoiren vor, die durchaus nicht schlecht sind. Davor lasen wir einen Roman von Willa Cather, den wir beide mochten. Ich habe in letzter Zeit nicht viel Lyrik geschrieben, aber was ich geschrieben habe, werde ich Dir bald in einem Band mit einigen alten Sachen schicken, da meine Gesammelten Gedichte im Feuer bei Longman verbrannt sind. Es sind zwei oder drei quasi-philosophische Gedichte darunter, die vielleicht zu sehr denen Santayanas ähneln, um Deine Billigung zu finden. Ich habe kürzlich sein Buch über *Realm of Spirit* gelesen, das mir, obwohl es manchmal ein wenig wortreich ist, besser gefällt, als die meiste Philosophie – aber ich bin eben kein Philosoph. Ich wünschte, ich könnte Dein letztes Buch verstehen, aber es ist wirklich zu schwer für mich. Dein kleiner Essayband hat mir jedoch gefallen (die meisten kannte ich schon), und ich war mit fast allem, was Du sagst, einverstanden.

1 Behausung des Rektors in Cambridge. (A. d. Ü.)

Was Montaigne betrifft, so würde ich gerne wissen, ob Du Florio je mit den Franzosen verglichen hast; wenn ja, würdest Du, glaube ich, sehen, warum ich es für wert halte, ihn nochmal zu übersetzen – obwohl ich nur die Essays übersetze – oder die Teile der Essays, die mir am besten gefallen. Ich schreibe außerdem selbst ein wenig Prosa, kurze Essays und Erinnerungen; ich möchte auch über einige meiner Freunde schreiben, die tot sind, wie Tovey, C. A., Goldie und Roger.[1] Du siehst also, ich kann Dich noch nicht drannehmen; aber vielleicht muß ich mich demnächst an lebende Freunde halten, wenn sie nicht bald genug verschwinden. George[2] wollte nicht Master sein, aber sein *nolo episcopari* wurde von Churchill nicht beachtet, und nun genießt er es sehr. Die Lodge hat man neu hergerichtet, da sie entsetzlich baufällig war, aber nun ist sie recht schön und gut möbliert. Ich schlief in dem Zimmer des Junior Judge. Königin Annes Bett ist noch da, doch ich glaube, der »bed-tester« ist fort. George ist in Gesellschaft heiter, aber allein verfällt er oft in Schwermut. Er hat das Gefühl, daß die Welt, die er liebte, zu Ende ist. Ich selbst fühle nicht ganz so, zumindest nicht oft. Er hat ein Buch über die Gesellschaft in England geschrieben, wobei er Kriege, Politik etc. fortließ. Was ich davon sah, war recht gut. Es wird, glaube ich, bald erscheinen. Sein Sohn Humphrey hat ein Buch über Goethe geschrieben, das sehr gut sein wird, wenn es herauskommt (womit ich nicht meine, daß das »Herauskommen« es gut macht, obwohl das vielleicht auch zutrifft). Flora Russell und ihre Schwester riefen letzte Woche an, und sie sprachen sehr liebevoll von Dir, und Flora sagte, Du habest ihr geschrieben, was ihr offensichtlich sehr gefallen hat. Sie wird älter und ist ziemlich behindert. Ich habe Desmond[3] seit Juli nicht gesehen, hoffe aber, daß er uns bald besucht. Er wird älter und hatte in diesem Frühling eine schlimme Krankheit, ist aber so charmant wie immer. *Das Leben Rogers* von Virginia Woolf hat uns sehr gefallen.

1 Donald Tovey, Clifford Allen, Goldie Dickinson, Roger Fry.
2 Sein Bruder.
3 Desmond MacCarthy.

Nun, Du mußt uns bald wieder schreiben, und dann werden wir Dir schreiben. Ich hoffe sehr, daß es Euch beiden gut geht und Ihr Amerika einigermaßen mögt. G. E. Moore, scheint es, gefallen Amerika und die Amerikaner sehr. Ich freue mich, daß er diesen Winter dort bleibt. Hoffentlich geht es den Kindern beiden* gut. Ich denke, sie sind jetzt kaum noch Kinder. Liebe Grüße von uns beiden herzlich Dein

R. C. Trevelyan

* Conrad ist ein Baby, kein Kind; aber ich hoffe, es geht auch ihm gut.

Little Datchet Farm
Malvern, R. D. 1
Pennsylvania
9. Juli 1942

Mein lieber Bob,

seit sechs Monaten will ich Dir und Bessie schreiben, aber ich habe es immer wieder für einen Augenblick der Muße aufgeschoben. Wie schrecklich traurig, daß Deine gesammelten Gedichte im Feuer bei Longman verbrannt sind. Ich freue mich um so mehr, daß mein Exemplar unversehrt ist. Ich bekomme so gerne Deine Gedichte – wenn Du keinen Dank erhältst, bitte schreibe es Feindeinwirkung zu.

Ich habe Santayana über *Realm of Spirit* nicht gelesen, da ich gerade über ihn geschrieben hatte, als es erschien. Ich war froh, daß er mochte, was ich über ihn schrieb. Den Philosophen in diesem Lande fehlt etwas, was ich liebe, und ich bin zu dem Schluß gekommen, daß es Plato ist. (Nicht Dein Freund, der komische Dichter). Ich kann mich nicht von der Liebe zu Kontemplation *versus* Aktion befreien.

Ist Dir bewußt, daß Thales und Jeremias zu einer bestimmten Zeit beide in Ägypten waren und wahrscheinlich beide in derselben Stadt? Ich schlage vor, daß Du einen Dialog zwischen ihnen dichtest.

Ich schrieb an George über die Möglichkeit, daß mein Sohn John nach dem Krieg nach Trinity geht und welches seine Stellung dort wäre; er antwortete sehr freundlich und gab zu verstehen, daß es ihn viel Mühe gekostet habe. John ist in Harvard, und man wird ihm erlauben, sein Semester dort zu beenden (das im Februar aufhört), bevor er nach England zurückkehrt und in die Britische Armee eintritt. Lange war dies nicht sicher; wir sind froh, daß jetzt alles geregelt ist. Er wird voraussichtlich im März in England sein. Er weiß recht viel Geschichte und liest Lateinisch wie auch Griechisch zu seinem Vergnügen. Ich arbeite mich durch meine Philosophiegeschichte von Thales bis zur heutigen Zeit hindurch. Als Scotus Erigena *tête-à-tête* mit dem König von Frankreich dinierte, fragte der König: »*What separates a Scot from a sot?*« »Nur der Eßtisch«, sagte der Philosoph. Ich habe mit 8 Premierministern diniert, aber nie eine solche Gelegenheit gehabt. Auf Wiedersehn, mit allen guten Wünschen.

Herzlich Dein
Bertrand Russell

The Shiffolds
Holmbury St. Mary, Dorking
3. Januar 1942 [1943]

Mein lieber Bertie,

ich schulde Dir seit langem einen Brief. Deine letzten Briefe an uns sind im Juli geschrieben. Fast zwei Monate lang war ich im Krankenhaus als Folge meiner Unerschrockenheit, Hyde Park Corner während der Verdunkelung diagonal zu überqueren und dabei überfahren zu werden. Es hätte schlimmer sein können; denn nun, nach einem Monat zuhause, kann ich fast so gut wie sonst gehen, obwohl ich leicht ermüde. Du wurdest nur von einem Fahrrad überfahren; ich von einem Militärtaxi. Ein Militärlastwagen wäre ehrenvoller gewesen, wenn vielleicht auch weniger angenehm.

Ted Lloyd sollte heute zum Tee kommen, aber er hatte Grippe, so daß nur Margaret und John kamen.[1] Ich nehme an, Du weißt, daß Ted in den Osten geht. Es sieht so aus, als

1 Seine Frau, meine Cousine Margaret Lloyd, die Tochter meines Onkels Rollo, und ihr ältester Sohn John.

bedaure er es, nicht nach Amerika zurückzukehren. Wir hoffen, ihn nächsten Sonntag zu sehen und dann mehr von ihm über Euch beide zu hören. Ich freue mich sehr, daß Du eine Art Geschichte der Philosophie und der Philosophen schreibst. Niemand könnte das besser als Du. Du wirst gewiß den Einfluß von Jeremias auf die Kosmologie des Thales nachweisen. Ja, ein Dialog zwischen ihnen könnte die Mühe lohnen, aber zurzeit weiß ich fast nichts über Jeremias und sein kleines Buch. Nebenbei, wenn Du ein wirklich erstklassiges Buch über die griechischen Atomisten brauchst, so solltest Du in Cyril Baileys *Greek Atomists* (Clarendon Press), 1928, hineinschauen. Aber ich würde meinen, daß Du es kennst. Mir scheint, daß er Epikur wirklich versteht, was unser Freund Benn[1] nie getan hat. Sehr gut ist Bailey meiner Meinung nach auch über Leukipp, Demokrit etc.

Ich habe seit fast zwei Jahren keine Gedichte geschrieben; und nicht viel Prosa; obwohl ich irgendwann in diesem Jahr einen Essay- und Dialogband herausbringe, den ich Dir schicken werde, wenn es mir gelingt, ihn zu Dir zu befördern. Die ganze geistige Anstrengung, deren ich in letzter Zeit fähig war, ist ein wenig leichtes »Mountaineering« gewesen, worunter ich das Übersetzen von Montaigne verstehe – nicht alles von ihm, aber die wenigst langweiligen Teile. Manchmal kann er wirklich gut sein. Zum Beispiel habe ich gerade einen berühmten Satz von ihm übersetzt: »Wenn alles gesagt ist, mißt man den Theorien eines Mannes zu viel Wert bei, wenn man ihn veranlaßt, sich lebendig für sie braten zu lassen.«

Wenn Du an ein Exemplar herankommen kannst, solltest Du Waleys Übersetzung von *Monkey* lesen, ein chinesisches Märchen aus dem 15. Jahrhundert über Buddhismus, Taoismus und die menschliche Natur im allgemeinen, das herrlich an Rabelais, Aristophanes, Voltaire und die Bibel erinnert.

Wenn John herüberkommt, werden wir hoffentlich Gelegenheit haben, ihn zu sehen. Wir halten immer noch den *Manch. Guardian,* so daß wir Deine und P.s Briefe gesehen haben, mit denen wir völlig übereinstimmen.

1 Der klassische Gelehrte A. W. Benn.

Wir wünschten, Du hättest Weihnachten hier mit uns verbringen können. Vielleicht nächstes Mal – doch ich fürchte, das wird kaum so bald sein.
Es gibt jetzt ein amüsantes Leben B. Shaws von Hesketh Pearson, aber zum größten Teil von G. B. S. selbst geschrieben. Ich wurde jedoch Shaws ein wenig müde, ehe ich zum Ende kam. Die Essays von Raymond Mortimer sind keineswegs schlecht (*Channel Packet*). Es gibt auch eine gute Kritik der *Amberley Papers;* aber ich nehme an, Du hast sie gesehen. Es ist gerade Dinner-Zeit, daher muß ich aufhören. Liebe Grüße an Euch beide von Bessie und mir,

herzlich Dein
Bob

Desmond war diesen Herbst recht krank; aber es scheint ihm jetzt wieder einigermaßen gut zu gehen.

An und von Gilbert Murray The West Lodge
Downing College, Cambridge
3. 3. 37

Lieber Gilbert,
Dank für Deinen Brief. C. A. steckt ihm in der Kehle. Die Rede war gegen die Bewaffnung, und es ist Unsinn anzunehmen, daß Tory Peers gegen Bewaffnung sind.
Spanien hat viele vom Pazifismus abgebracht. Ich selbst habe es sehr schwer gefunden, um so mehr, als ich Spanien, die meisten Orte, wo gekämpft wurde, und das spanische Volk kenne und mich die spanische Frage zutiefst erregt. Mit der Tschechoslowakei würde es mir gewiß nicht anders ergehen, und da ich Pazifist geblieben bin, als die Deutschen 1914 nach Frankreich und Belgien einmarschierten, sehe ich nicht, warum ich aufhören soll, einer zu sein, wenn sie es wieder tun. Daß wir damals eine Kriegspolitik verfolgt haben, hat kein so erfreuliches Ergebnis gebracht, daß ich mir eine Wiederholung wünschte.
Du glaubst: »Man muß ihnen Einhalt gebieten«. Ich glaube, wenn wir ihnen Einhalt zu gebieten versuchten, würden wir allmählich genauso wie sie, und die Welt hätte nichts gewon-

nen. Und wenn wir sie schlagen, werden wir rechtzeitig jemanden hervorbringen, der um so viel schlimmer sein wird, als Hitler schlimmer ist als der Kaiser. In alledem sehe ich keine Hoffnung für die Menschheit.

Stets Dein
B. R.

Yatscombe
Boar's Hill, Oxford
5. Januar 1939

Mein lieber Bertie,

jemand hat an die Home University Library geschrieben, es müsse ein Buch über die Kunst des klaren Denkens geben. Es ist eine Menge über theoretische Logik geschrieben worden, aber nichts, außer vielleicht dem Buch von Graham Wallas, über die gegenwärtige Praxis des klaren Denkens. Es scheint mir, daß der Wert eines solchen Buches ausschließlich von seinem Schreiber abhinge; ich fand zum Beispiel das Buch von Wallas außerordentlich anregend und hilfreich und denke, daß es ein großer Treffer werden könnte, wenn Du Lust hättest, etwas dazu zu schreiben. Es würde so etwas wie die *Sophistici Elenchi* von Aristoteles sein und müßte die Richtungen diskutieren, in denen das menschliche Denken irregeht, aber ich glaube, es würde ein wenig konstruktiver. Ich bin neugierig, ob Dich diese Idee überhaupt reizt.

Ich las neulich mit großem Genuß *Power* und würde gerne mehrere Punkte mit Dir erörtern.

Empfiehl mich Deiner Universität. Einmal, als ich in New York war, gab sie ein Kostümfest, zu dem die Leute als berühmte Verbrecher kamen. Ein Mann war als Trapper verkleidet, aber konnte nicht identifiziert werden, bis er am Ende des Abends gestand, er sei der Mann, der Chicago entdeckt habe.

Stets Dein
G. M.

University of Chicago
15. Januar 1939

Mein lieber Gilbert,

Dank für Deinen Brief vom 5. Januar. Ich glaube, ein Buch

darüber, wie man klar denkt, wäre sehr nützlich, aber ich glaube nicht, daß ich es schreiben könnte. Erstens wegen äußerer Gründe, weil ich schon für mehrere Bücher Verträge geschlossen habe, die es mich zu schreiben drängt und die mich einige Jahre beanspruchen werden. Zweitens – und das ist wichtiger – weil ich nicht die geringste Vorstellung davon habe, wie ich denke oder wie man denken sollte. Der Prozeß ist, soweit ich weiß, ebenso instinktiv und unbewußt wie die Verdauung. Ich fülle mein Gehirn mit allem nur wichtigen Wissen und warte dann. Wenn ich Glück habe, kommt ein Zeitpunkt, wo die Arbeit getan ist, aber in der Zwischenzeit hat sich mein bewußtes Denken mit anderen Dingen beschäftigt. So etwas würde für ein Buch nicht ausreichen.

Ich bin neugierig, welche Punkte in *Power* Du mit mir erörtern willst. Ich hoffe, die Anspielungen auf die Griechen waren nicht gänzlich falsch.

Diese Universität ist, so weit es sich um Philosophie handelt, eine der besten, die ich je gesehen habe. Es gibt zwei scharf entgegengesetzte Schulen in der Fakultät, die eine ist aristotelisch, historisch und traditionell, die andere ultramodern. Die Wirkung auf die Studenten scheint gerade richtig. Die Historiker unter den Professoren sind unglaublich bewandert, besonders was mittelalterliche Philosophie angeht.

Ich bin nur bis Ende März hier, aber ich genieße den Ort intellektuell sehr.

Stets Dein
B. R.

212, Loring Avenue
Los Angeles
21. 4. 40

Mein lieber Gilbert,

es ist schwer, zu diesem Zeitpunkt in Amerika viel für deutsche akademische Flüchtlinge[1] zu tun. Die amerikanischen Universitäten waren sehr großzügig, aber sind nun ziemlich saturiert. Ich sprach über die Angelegenheit Jacobsthal mit

1 Murray hat sich wegen eines deutschen Nazigegners, eines Professors namens Jacobsthal, an mich gewandt.

Reichenbach, einem deutschen Flüchtling, der hier Professor ist und den ich sowohl vom moralischen Standpunkt als auch intellektuell bewundere. Er wußte alles über Jacobsthals Arbeiten, was ich nicht tat. Der beiliegende Brief ist eine offizielle Antwort der Universitätsbehörden. Ich muß weitere Schritte anderen überlassen, da ich im Augenblick nicht einmal meine eigene Haut retten kann. Angesichts der deutschen Invasion Norwegens scheint es mir nur allzu wahrscheinlich, daß sich Jacobsthal inzwischen in einem Konzentrationslager befindet.

Ja, ich wünschte, wir könnten uns sehen und die Gespräche fortführen, die wir gewöhnlich führten. Ich stelle fest, daß ich in diesem Krieg meine pazifistische Einstellung nicht beibehalten kann. Ich bin mir des Gegenteils nicht sicher genug, um irgendeinen Widerruf zu veröffentlichen, obwohl es dazu kommen mag. Auf jeden Fall kann ein Engländer hier in Amerika nur seinen Mund halten, und was er auch äußert, wird als Propaganda abgestempelt. Was ich sagen wollte, ist, daß sich meine Meinung nicht so sehr von der Deinen unterscheidet wie 1914, obwohl ich immer noch glaube, daß ich damals recht hatte, insofern, als dieser Krieg ein Ergebnis von Versailles ist, was wiederum ein Ergebnis moralischer Entrüstung war.

Es ist schmerzlich, in Kriegszeiten so weit fort zu sein, und nur die dringendste finanzielle Not hält mich hier. Zu meinem Trost sind meine drei Kinder bei uns, aber der Älteste ist 18, und ich weiß nicht, wie bald man ihn beim Militärdienst braucht. Wir leiden alle unter einem fast unerträglichen Heimweh, und ich selbst sehne mich nach alten Freunden. Ich bin froh, daß Du immer noch einer davon bist.

Bitte bestelle Mary herzliche Grüße, selbst wenn sie diese nicht haben will. Und schreib doch bitte wieder und sag mir, was Du von der ganzen gräßlichen Angelegenheit hältst.

Stets Dein
Bertrand Russell

Mein lieber Bertie, 29. Juli 1940

ich habe mich sehr über Deinen Brief gefreut, obwohl er mich außerordentlich bekümmert. Ich hätte gedacht, daß der offensichtlich ungerechte Angriff gegen Dich als Lehrer eine starke und hilfreiche Reaktion zu Deinen Gunsten hervorrufen würde; in der *Nation* (der amerikanischen) war ein recht guter Artikel darüber. Ich hoffe immer noch, daß Deine Freunde dadurch aktiver werden.

Ich nehme nicht an, daß Du an eine Rückkehr hierher denkst. Es wäre leicht genug, wenn Du allein wärst, aber mit den Kindern ist die Sache völlig anders. Ich glaube, dieses Land ist wirklich ein gefährlicher Ort, obwohl es für den Durchschnittsbürger schwer ist, sich dieser Tatsache bewußt zu werden; das Leben geht allzu sehr wie sonst weiter, ohne besondere Kriegsnot außer Steuern, nur jeden Tag Nachrichten über die Luftkämpfe und der allgemeine Eindruck, daß wir alle Soldaten spielen. Ich denke gerne, daß einer der soliden Vorzüge des englischen Charakters darin besteht, daß wir uns nicht wie die Romanen und Semiten im voraus ängstigen oder aufregen; wir warten bis die Gefahr kommt, ehe wir deswegen aus der Fassung geraten. Ich nehme an, daß es das ist, was die Leute Mangel an Phantasie nennen.

Eine Entwicklung, die mich interessiert, ist die folgende: nimmt man an, daß der Krieg in einem gewissen Sinne ein Bürgerkrieg in der ganzen Welt ist oder ein Religionskrieg oder was man heute einen Krieg der Ideologien nennt, so stand es lange Zeit nicht fest, wer die beiden Seiten waren: z. B. sagten einige, es handele sich um Kommunismus oder Sozialismus gegen Faschismus, andere, es gehe um Christentum gegen Gottlosigkeit. Aber nun stehen, soweit es um die Ideen geht, deutlich England und Amerika, mit einigen wenigen Helfern, gegen die verschiedenen Autokratien, was heißt, Liberalismus gegen Tyrannei. Ich habe festgestellt, daß Beneš neulich etwas sehr Ähnliches gesagt hat; er hatte gefürchtet, der Krieg könne, wie er sagte, eine falsche Tendenz erhalten, d. h. Kommunismus gegen Faschismus. Nun, denkt er, ist es die richtige.

Wenn ich Dir irgendwie nützlich sein kann, so laß es mich bitte wissen.

Stets Dein
Gilbert Murray

Harvard Universität
Cambridge, Mass., U.S.A.
6. September 1940

Lieber Gilbert,
vielen Dank für Deinen Brief vom 29. Juli. Meine persönlichen Probleme wurden durch einen reichen Gönner gelöst (im Stil des achtzehnten Jahrhunderts), der mir einen Lehrposten mit wenig Arbeit und genügend Gehalt gegeben hat. Ich kann nicht nach England zurück, nicht nur wegen der Kinder, sondern auch, weil ich meinen Lebensunterhalt dort nicht verdienen könnte. Exil zu einer solchen Zeit ist jedoch über alle Maßen schmerzlich. Inzwischen haben wir den Sommer an einem außergewöhnlich schönen Ort verbracht, wie die schönsten Gegenden von Tirol, und ich habe ein dickes Buch beendet, *An Inquiry into Meaning and Truth* – Hume plus moderne Logik. Manchmal denke ich, das Beste, was man tun kann, ist, so viel Kultur wie möglich vor dem Beginn der dunklen Zeiten zu retten. Mir ist, als lebten wir im 5. Jahrhundert.
Ich bin ganz mit dem einverstanden, was Du über den Krieg der Ideologien sagst. Das Resultat wurde deutlich, als sich Rußland gegen uns wandte. Das letzte Mal verwirrte sich das Bild durch das Bündnis mit dem Zaren.
Die Sympathie für uns in diesem Land wird immer ausdrücklicher. Ich glaube, wenn wir diesen Monat durchhalten, gewinnen wir. Aber ich bin nicht optimistisch in bezug auf jene Art von Welt, die der Krieg hinterlassen wird.

Stets Dein
Bertrand Russell

(Ständige Adresse)
Little Datchet Farm
Malvern, R. D. 1, Pa; U.S.A.

Mein lieber Gilbert, 18. Januar 1941

Dein guter Brief vom 23. Oktober hat mich sehr gefreut. Ich habe mich nun in einem kleinen, 200 Jahre alten Landhaus eingerichtet – sehr alt für diesen Teil der Welt – in einer schönen Landschaft, mit angenehmer Arbeit. Wenn in der Welt Friede wäre, könnte ich sehr glücklich sein.

Was die Zukunft betrifft: es scheint mir, daß wir, wenn wir gewinnen, völlig gewinnen werden. Ich kann mir nicht vorstellen, daß die Nazis überleben. Amerika wird herrschen und wahrscheinlich nicht abziehen wie 1919; es wird nicht kriegsmüde sein und wird fest an das Maß an Demokratie glauben, das hier existiert. Ich bin daher ziemlich optimistisch. Es besteht die begründete Hoffnung, daß das militaristische Regime in Japan zusammenbricht, und ich glaube nicht, daß China je wirklich militaristisch wird. Rußland wird meiner Meinung nach die größte Schwierigkeit sein, besonders, wenn es schließlich auf unserer Seite steht. Ich hege keinen Zweifel, daß die Sowjetregierung noch schlimmer ist als die Hitlers, und es wäre ein Unglück, wenn sie überlebte. Es kann zu keinem dauernden Frieden kommen, bis es nicht eine einzige Luftwaffe in der Welt gibt, die so weit international verwaltet wird wie erforderlich. Abrüstung alleine wäre gut, würde aber den Frieden nicht sichern.

Die Ansichten hier ändern sich mit den Längengraden. Im Osten sind die Leute leidenschaftlich pro-englisch; in den Läden werden wir mit besonderer Freundlichkeit behandelt, sobald man unseren Akzent bemerkt. In Kalifornien ist man anti-japanisch, aber nicht pro-englisch; im Mittelwesten ziemlich anti-englisch. Aber überall hat sich sehr schnell die Überzeugung durchgesetzt, daß wir nicht verlieren dürfen.

Es ist recht schlimm, aus allem heraus zu sein. Ich beneide Rosalind [seine Tochter] ebenso wie ich sie bewundere.

Ich halte einen Vierjahres-Kurs über Philosophie in Beziehung zur Kultur und den gesellschaftlichen Umständen, von

Thales bis Dewey. Da ich nicht Griechisch lesen kann, ist das eher kühn; aber es macht mir Spaß. Ich teile den Kurs in drei Zyklen, einen griechischen, einen katholischen und einen protestantischen. In jedem der Fälle führt der allmähliche Verfall eines irrationalen Dogmas zur Anarchie und von da zur Diktatur. Mir gefällt das, die Entwicklung des Katholizismus aus der griechischen Dekadenz und die von Luther aus dem Weltbild Machiavellis.
Ich erinnere mich an Deine Beschreibung von Sophokles (die Du später ablehntest) als »einer Kombination aus Muttermord und Edelmut«. Ich erinnere mich auch, daß Du sagtest, als ich Dich anflehte, den Wert von *hark, hark the lark* anzuerkennen, es müsse weitergehen *begins to bark*. Ich kann mit Dir in bezug auf Shakespeare nicht übereinstimmen; ich weiß nicht genug über Sophokles, um eine Meinung zu haben. Im Augenblick bin ich voller Bewunderung für Anaximander und voller Verblüffung über Pythagoras, der Einstein und Mrs. Eddy in sich vereint. Ich mißbillige Plato, weil er alle Musik außer *Rule Britannia* und *The British Grenadiers* verbieten wollte. Außerdem erfand er den scheinheiligen Stil der *Times*-Leitartikel.
Bitte schreib wieder. Lebwohl.

Immer Dein
Bertrand Russell

Little Datchet Farm
Malvern, R. D. 1
Pennsylvania
18. Juni 1941

Lieber Gilbert,
vielen Dank für Deinen Brief vom 23. April, der heil zu mir kam. Ich bekenne demütig meinen Irrtum über die Vierfältigkeit. Ich stimme mit allem überein, was Du in Deinem Brief sagst, und vor allem mit dem, was Du über die »christliche Tradition« sagst; ich habe selbst die Anziehungskraft des Konservatismus zu spüren bekommen. Einige wichtige Dinge sind jedoch festzustellen. Erstens: die Tradition, um die es

geht, wird in diesem Land vor allem durch die Katholische Kirche repräsentiert, die hier nicht die Kultur hat, die man mit dieser Einrichtung historisch verbindet (darüber schreibt Santayana überzeugend). Die Kirche hat viel während der Reformation verloren, und mehr noch, als das intellektuelle Frankreich freidenkerisch wurde; sie besitzt nicht mehr die Vorzüge, die sie besaß. Gewöhnlich hört eine konservative Institution auf, gut zu sein, sobald sie angegriffen wird.

Ich würde Sozialismus in seinen milderen Formen als eine natürliche Weiterentwicklung der christlichen Tradition ansehen. Aber Marx gehört als Apostel der Spaltung zu Nietzsche, und unglücklicherweise hat der Marxismus unter den Sozialisten gesiegt.

Die romantische Bewegung ist eine der Quellen des Übels; weiter zurück, Luther und Heinrich VIII.

Ich sehe nicht viel Hoffnung in der nahen Zukunft. Zuerst muß ein Weltstaat kommen, dann ein augusteisches Zeitalter, dann ein langsamer undramatischer Verfall. Eine Zeitlang bringt vielleicht die gelbe Rasse Kraft in die hellenisch-römische Tradition; zuletzt kann etwas Neues von den Negern kommen. (Ich glaube eigentlich, daß St. Augustinus ein Neger war.)

Es scheint mir, daß alles Gute im Christentum entweder von Plato oder von den Stoikern kommt. Die Juden trugen schlechte Geschichte bei; die Römer Kirchenregierung und kanonisches Recht. Ich mag die englische Kirche, weil sie die reinste platonische Form des Christentums ist. Katholizismus ist zu römisch, Puritanismus zu jüdisch.

Das Leben hier könnte mit der Arbeit, die ich habe, sehr angenehm sein, wenn es keinen Krieg gäbe. Die Landschaft ähnelt dem Inneren von Dorsetshire; unser Haus ist 200 Jahre alt, von einem Walliser gebaut. Meine Arbeit ist interessant und hält sich in Grenzen. Aber alles scheint unwirklich. Die Wogen des Zorns branden, und jeder scheint dazu verurteilt, früher oder später davon mitgerissen zu werden. Es ist schwer, irgend etwas für nützlich zu halten, außer wirklichem Widerstand gegen Hitler, woran ich nicht teilnehmen kann. Wir haben englische Freunde, die nach England zurückkehren, und wir beneiden sie, weil sie zu etwas zurückkommen, was einem wichtig erscheint. Ich versuche zu denken, daß es nützlich ist, zivilisiert zu bleiben, aber das ist recht wenig. Ich bewundere den englischen Widerstand von ganzem Herzen, aber es ist mir schrecklich, nicht dazuzugehören. Bitte schreib wieder.

Stets Dein
Bertrand Russell

Little Datchet Farm
Malvern, R. D. 1
Pennsylvania
23. März 1942

Mein lieber Gilbert,
ich habe seit beschämend langer Zeit einen Brief von Dir auf meinem Schreibtisch, aber ich war entsetzlich beschäftigt. Du schriebst über Physik und Philosophie. *Ich* glaube, die Wirkung der Physik besteht darin, Berkeley zu stützen; aber jeder Philosoph hat seine eigene Ansicht darüber. Du schriebst auch über den Wiederaufbau nach dem Krieg. Ich denke, der Einbruch Japans hat die Lage verändert. Ein wohlwollender angloamerikanischer Imperialismus wird nichts zuwege bringen: »Asien den Asiaten« muß zugestanden werden. Die einzige Frage ist, ob Indien und China frei oder unter Japan sein werden. Wenn sie frei sind, werden sie sich Rußland zuwenden, das asiatisch ist. Es wird eine kulturelle Einheit geben, und ich zweifle daran, ob sich Rußland und die USA über irgendeine Form internationaler Regierung einigen könnten, oder ob sie, wenn sie es nominell tun, wirklich eine haben werden. Ich erhoffe weit weniger von der Nachkriegswelt als von den japanischen Erfolgen.
Bei meinem Überblick über die Kulturgeschichte – oder: »Sünde, von Adam bis Hitler« – bin ich bei Karl dem Großen angelangt. Ich finde die Zeit von 400-800 nach Christus sehr wichtig und zu wenig bekannt. Die bewußten Gedanken der Leute waren dumm, aber bei ihrem blinden Umhertappen gründeten sie die Institutionen, unter denen England immer

noch lebt – z. B. Oxford und die Erzbischöfe. Es gab viele einsame Männer in jenen Tagen – den Erzbischof von Canterbury, Theodor, erzogen in Athen, der versuchte, den Angelsachsen Griechisch beizubringen; den englischen St. Bonifazius und den irischen St. Virgil, die in den wilden germanischen Wäldern darüber stritten, ob es andere Welten als die unsere gibt; John den Schotten, physisch im 9. Jahrhundert lebend, geistig im 5. oder sogar 4. Der Verlust von Rom als Mittelpunkt war letzten Endes doch gut. Vielleicht brauchten wir 400 Jahre Anarchie, um uns zu erholen. In einer zentralisierten Welt halten sich zu wenig Leute für wichtig.

In diesem Land gehen sehr interessante Kämpfe vor sich. Die Regierung ist gezwungen, die Kapitalisten zu kontrollieren, und diese versuchen dafür, die Gewerkschaften unter Kontrolle zu bringen. Weit mehr als in England fürchtet man hier eine »Planwirtschaft«, die man für sozialistisch hält und von der man sagt, sie führe zum Faschismus; und doch zwingen die Bedürfnisse des Krieges dazu. Jeder in Washington ist sich klar darüber, daß nach dem Krieg ziemlich viel Planung nötig sein wird, aber die Kapitalisten hoffen, dann wieder zum laissez-faire zurückzukehren. Wahrscheinlich wird es viele Schwierigkeiten geben. Es geht hier ein großer, ziemlich fundamentaler Wandel vor sich, der wert ist, untersucht zu werden. Aber ich wünschte, ich könnte zuhause sein.

Mit allen guten Wünschen stets Dein Bertrand Russell

Little Datchet Farm
Malvern, R. D. 1
9. April 1943

Mein lieber Gilbert,

ich danke Dir für Deinen Brief vom 13. Marz, der heute morgen kam; auch für Deinen vorigen Brief über Barnes. Er ist ein Mann, der Streit liebt; aus keinem mir erfindlichen Grund hat er plötzlich seinen Vertrag mit mir gebrochen. Zu guter Letzt werde ich wahrscheinlich Schadensersatz von ihm bekommen; aber das Gesetz arbeitet so langsam wie zu

Shakespeares Zeiten. Verschiedene Dinge, die ich zu tun begonnen habe, halten mich hier bis Ende Oktober fest; dann (D. V.) werde ich nach England zurückkommen – Peter und Conrad ebenfalls, wenn die Gefahr durch die Unterseeboote nicht zu groß ist. Wir können es nicht ertragen, länger von zuhause fort zu sein. In England werde ich irgend etwas finden müssen, um Geld zu verdienen. Ich wäre durchaus bereit, Regierungspropaganda zu machen, da meine Ansichten über diesen Krieg so orthodox sind. Ich wünschte, ich könnte eine Möglichkeit finden, meine Kenntnisse über Amerika nützlich anzuwenden; ich glaube, daß Engländer sehr leicht Fehler machen, wenn sie der amerikanischen Öffentlichkeit gefallen wollen. Aber ich würde jede ehrliche Arbeit annehmen, die 3 Leute auch nur dürftig ernähren könnte.

Es ist nicht der wachsende Fanatismus, sondern die wachsende Demokratie, die mir Sorge bereitet. Hast Du je das Leben von Averroes gelesen? Er wurde von Königen geschützt, aber er haßte den Pöbel, der fanatisch war. Schließlich gewann der Pöbel. Freidenkertum war immer ein Vorrecht der Aristokratie. So ist es mit der intellektuellen Entwicklung der Frauen. Es tut mir leid zu hören, daß Mary die Hausarbeit tun muß. Die ganze Zeit meines Peter vergeht mit Hausarbeit, Kochen und der Betreuung Conrads; sie hat kaum je Zeit zum Lesen. Das achtzehnte und das neunzehnte Jahrhundert waren ein kurzes Zwischenspiel, was die gewohnte Barbarei der Männer betrifft. Nun ist die Welt wieder zu den normalen Bedingungen zurückgekehrt. Für uns, die wir uns für Demokraten hielten, aber in Wirklichkeit verzärtelte Produkte der Aristokratie waren, ist dies unerfreulich.

Es tut mir sehr leid, von Lucy Silcox[1] zu hören; bitte versichere sie meiner Zuneigung und Sympathie, wenn Du sie siehst.

Der Grund für unsere Heimkehr ist, daß wir Conrad nicht in eine amerikanische Schule schicken wollen. Der Unterricht

1 Eine bekannte liberale Lehrerin.

ist nicht nur schlecht, sondern der starke Nationalismus könnte in ihm einen schädlichen Konflikt zwischen Elternhaus und Schule hervorrufen. Wir halten Unterseeboote, Bomben und schlechtes Essen für eine geringere Gefahr. Aber das alles ist noch nicht völlig entschieden.
Ich werde meine umfangreiche Philosophiegeschichte diesen Sommer beenden – Du wirst sie nicht mögen, weil ich Aristoteles nicht bewundere.
Mein John ist in England und trainiert für die Marine. Kate ist immer noch im College in Radcliffe. Sie will nach dem Krieg bei etwas Ähnlichem wie dem Quäker-Hilfswerk mitmachen – sie hat Deutsch als Spezialgebiet und ist unfähig, einen vorgeschriebenen Haß zu fühlen.
Richte Mary meine herzlichsten Grüße aus – Es wäre wirklich eine große Freude, Dich wiederzusehen – die alten Freunde werden weniger.

Immer Dein
Bertrand Russell

Von Sir Ralph Wedgwood,
dem Bruder von Col. Josiah [*Jos*] *Wedgwood,*
der später Lord Wedgwood of Barlaston wurde.

Aston House
Stone, Staffordshire
29. 7. 41

Lieber Russell,
Jos ist nun sicher hierher zurückgekehrt, und als erstes erzählte er mir, daß er Sie gesehen habe, und schickte mir Ihren Brief an ihn als erhärtenden Beweis. Das ließ mich an die alten Tage in Cambridge denken – wozu ich jetzt recht oft neige, wo ich die 65 überschritten habe, von denen ich immer hoffte, sie würden das Ende meines aktiven Lebens sein. Das sollte die eigentlich gute Zeit im Leben sein, wenn man, nachdem man das Gewissen zufriedengestellt und seine Arbeit getan hat, alten Vorlieben nachgehen und vielleicht alte Freunde wiederfinden könnte. Außerdem habe ich Ihren letzten Band mit Essays gelesen, und ich wollte Ihnen schon deswegen schreiben, um Ihnen zu sagen, wie wunderbar sie

sind. Viele waren für mich neu, und ich kann nicht entscheiden, ob ich die neuen oder die alten vorziehe – ich bin nur sicher, daß es höchst genußreich ist, sie zusammen zu lesen.
Ich würde Sie so gern wiedersehen und die Bekanntschaft Ihrer Frau machen. Werden Sie je wieder nach England kommen? Ich nehme an, auf jeden Fall nicht vor Kriegsende. Auch ich werde vor diesem glücklichen Ereignis (um optimistisch zu sein) nicht in Amerika sein. So viele unserer Freunde sind nicht mehr da – und einige sind einfach zu reaktionär geworden! George Moore ist der einzige, der immer unverändert bleibt; ich nehme an, Sie haben ihn in Amerika gesehen. Auch bei ihm sieht es so aus, als bliebe er für immer. Das ist ein großer Verlust für Cambridge. Ich verbrachte letzten Monat einen Abend mit dem neuen Master of Trinity in der Lodge – nicht so phantastisch wie es klingt. Er ist ein lieber Kerl, aber man muß so viele Themen wie die Pest vermeiden. Doch wir sprachen von alten Tagen und hörten den Nachtigallen zu – und entgingen so dem Schiffbruch. Ich pflegte von Zeit zu Zeit Desmond MacCarthy zu sehen, aber der Krieg hat all diesen gesellschaftlichen Zusammenkünften ein Ende gesetzt – jeder muß in seinem eigenen Bereich arbeiten oder sich Konflikten aussetzen. Wenn Sie Zeit finden, so schreiben Sie mir doch und erzählen Sie mir von sich. Ich werde Jos über seinen Besuch bei Ihnen ausfragen, wenn ich ihn sehe: er war in seinem Brief verdächtig wortkarg über seinen Besuch in USA. Ich fürchte, die Wheeler-Sache hat alles ziemlich schlimm für ihn gemacht. Auf Wiedersehn und beste Wünsche.

In Freundschaft Ihr
Ralph Wedgwood

An den Brückenexperten Ely Culbertson

Lieber Culbertson, 12. Januar 1942

nach reiflichen Überlegungen bin ich zu einer mehr oder weniger definitiven Meinung über eine internationale Regierung und über Ihren Entwurf gekommen.

Was eine internationale Regierung anbelangt, so halte ich dies augenblicklich für bei weitem die wichtigste Frage in der Welt. Ich bin bereit, jeden Entwurf zu unterstützen, der mir geeignet scheint, einen großen Teil der Militärmacht dem internationalen Recht zu unterstellen; gewissen Lösungen würde ich den Vorrang vor anderen geben, aber ich würde die unterstützen, die eine Chance hat, angenommen zu werden. Die Angelegenheit wird in letzter Instanz von Roosevelt, Stalin und Churchill (oder seinem Nachfolger) entschieden; oder vielleicht ohne Stalin. Roosevelt und Churchill werden sehr von der öffentlichen Meinung in ihren eigenen Ländern, jedoch auch von ihren Beamten beeinflußt werden. Es ist fast sicher, daß sie jeden von ihnen angenommenen Vorschlag modifizieren.

Ich habe unter diesen Umständen den Eindruck, daß es meine Aufgabe ist, das *Prinzip* der internationalen Regierung zu befürworten, nicht diesen oder jenen Entwurf. Spezielle Entwürfe sind sehr nützlich, damit die Sache zustande kommt, aber ich würde mich nicht gerne auf eine Kontroverse zwischen einem Entwurf und einem anderen einlassen.

Sie vermögen, wie Sie wissen werden, außerordentlich gut zu überzeugen, und ich dachte, ich könnte mich öffentlich mit Ihnen verbinden, aber zu meinem Bedauern bin ich nach reiflicher Überlegung zu dem Schluß gekommen, daß die Punkte, in denen ich nicht mit Ihnen übereinstimme, zu wichtig sind. Die wichtigsten sind die folgenden:

1) Ihr Plan regionaler Föderationen mit den führenden Staaten hat Schwierigkeiten. Sie selbst machen Frankreich und Italien in der romanischen Föderation zu gleichen Partnern; die Südamerikaner würden sich eingestandenermaßen in ihrem Status den US unterlegen fühlen; Deutschland dürfte nicht über die kleineren teutonischen Länder gestellt werden, die viel zivilisierter sind und einer Weltföderation viel günstiger gegenüberstehen.

2) Ich kann nicht mit Ihrem Vorschlag zu Indien übereinstimmen. Ich habe mich viele Jahre lang für die indische Frei-

heit eingesetzt und kann das nicht gerade dann aufgeben, wenn eine wirkliche Aussicht auf Verwirklichung besteht.
3) Es gefällt mir nicht, daß Sie die Kontingente der Militärmacht »für immer« oder auch nur für 50 Jahre festlegen; 25 Jahre ist das Äußerste, was mir klug erscheint. Das gehört zu dem umfassenderen Einwand, daß Sie meiner Meinung nach keinen genügenden Mechanismus für eine *gesetzliche* Änderung haben, und doch ist gerade das grundlegend, wenn Gewalt ihre Anziehungskraft verlieren soll.
Sie können sagen, daß gerade die Punkte, die ich bei Ihrem Entwurf nicht billige, die Wahrscheinlichkeit erhöhen, daß er angenommen wird. Ich bin nicht dieser Auffassung. Es scheint mir, daß der Kern für jeden praktikablen Plan aus einer anglo-amerikanischen Zusammenarbeit hervorgehen wird und daß sich eine Reihe kleinerer Länder schnell als Satelliten anschließen werden. Man kann dasselbe von China und einem wiedererstandenen Frankreich hoffen. Ich erwarte daher als erstes eine Föderation, aus der ehemals feindliche Länder ausgeschlossen sind und von der sich Rußland wahrscheinlich fernhalten wird. Was die ehemals feindlichen Länder betrifft, so wird es keine Schwierigkeiten mit Italien geben, das im Grunde nicht faschistisch ist. Japan wird, denke ich, auseinanderfallen und Besatzungstruppen brauchen, um die Ordnung aufrechtzuerhalten; im Schutze dieser Armeen könnte eine neue Zivilisation entstehen. Deutschland wird zweifellos lange Zeit brauchen, könnte aber, denke ich, innerhalb von 20 Jahren angegliedert werden. Was Rußland betrifft, so muß man warten und sehen.
Das Fazit ist, daß ich nicht glaube, daß wir *alles* in den Friedensvertrag bringen können. Besser ein Machtkern in wirklicher Übereinstimmung und dann eine graduelle Erweiterung, immer unter der Annahme, daß der Kern in Friedenszeiten eine überragende militärische Überlegenheit hat und die Mittel, sie für einige Zeit aufrechtzuerhalten.
Wie schon gesagt, befürworte ich *jeden* Plan einer internationalen Regierung, die der Hitlers nicht zu sehr ähnelt, und würde mich sehr freuen, wenn der Ihre angenommen würde,

obwohl ich immer noch den im *American Mercury* umrissenen vorziehe. Ich würde mich auch immer noch sehr freuen, wenn Sie es wünschen, Ihre Arbeiten kritisch *von Ihrem Standpunkt aus* durchzugehen. Es mag Einzelheiten geben, die man verbessern könnte. Ich würde auch, sobald Ihr Vorschlag bekannt ist, seine Vorzüge sehr loben, wann auch immer ich die Gelegenheit hätte, über eine internationale Regierung zu sprechen oder zu schreiben. Aber ich kann mich nicht von Ihnen für öffentliches Auftreten bezahlen lassen, da dies meiner Meinung nach ein zu großes Opfer intellektueller Unabhängigkeit mit sich brächte.
Ich bedaure das sehr, weil ich die Aussicht, mit Ihnen zusammenzuarbeiten, sehr anziehend fand, und weil es die Gelegenheiten verringert, über eine internationale Regierung zu sprechen. Aus diesen beiden Gründen lag mir daran, mich mit Ihnen zusammenzutun, und ich dachte, ich könnte es; aber es ist nicht meine Stärke, meine Meinung jemand anderem unterzuordnen, und wenn ich es versuchte, so würde es, glaube ich, den Zweck nicht erfüllen.
Das obige bezieht sich im Besonderen auf einen eventuellen Vortrag vor dem ›Columbia Teachers' Training College‹, über das ich schrieb.
Es täte mir wirklich sehr leid, wenn irgend etwas in diesem Brief unser persönliches Verhältnis beeinträchtigte. Unsere Gespräche waren für mich eine große intellektuelle Anregung, und ich wage zu hoffen, daß Ihnen als Gegenleistung meine Einwände von einem gewissen Nutzen sein können. Abgesehen von all dem hätte ich gerne das Gefühl, daß eine wirkliche Freundschaft zwischen uns besteht.

Ihr ergebener
Bertrand Russell

Meine Frau bittet mich, Sie zu grüßen.

Von Pearl Buck, der Autorin von
›Die gute Erde‹ und anderen Büchern

R. D. 3
Perkasie,
Pennsylvania
23. Okt. 1942

Mein lieber Mr. Russell,

Ihre Haltung am vergangenen Sonntag hat mich so beeindruckt, daß ich mir überlegt habe, ob ich Ihnen nicht schreiben könnte. Dann sprach am Mittwoch Lin Yutang von Ihrem Brief in PM, den er für ausgezeichnet hielt. Ich habe ihn noch nicht selbst gelesen – ich werde versuchen, eine Abschrift zu bekommen –, aber er erzählte mir genügend davon, daß ich glaube, Ihnen wirklich schreiben zu müssen.

Ich war lange Zeit – in der Tat viele Monate lang – tief beunruhigt über die Einstellung vieler Amerikaner gegenüber England. Ich wußte, daß es in Anbetracht der Lage in Indien dazu kommen mußte. Ich glaube, ich wußte dies vor Jahren, als ich in Indien war und selbst sah, was unvermeidbar sein würde, wenn es Krieg gäbe, und selbst damals schien der Krieg ziemlich wahrscheinlich.

Sie mögen fragen, warum ich an der Diskussion um Indien teilgenommen habe, wenn ich das Fehlen von Wärme zwischen unseren beiden Ländern bedauerte. Ich habe es trotz meiner Liebe zu England getan, weil es mir als Amerikanerin meine Pflicht zu sein schien, alles nur Mögliche zu tun, erstens, um herauszufinden, was unternommen werden könnte, um Indien ernstlich in die Kriegsbemühungen einzubeziehen, und zweitens, weil ich wußte, es müsse irgendeine starke Beruhigung für China geben, daß wir nicht alle in denselben alten Prinzipien denken. Aus dem zweiten Grund habe ich den mir ausgezeichnet erscheinenden Standpunkt begrüßt, den die Engländer hinsichtlich der amerikanischen Rassentrennung in unseren Armeen in England eingenommen haben.

Ich glaube nun, daß das, was in Indien geschehen ist, nicht mehr zu ändern ist und man nicht länger erörtern sollte, wer dort recht und wer unrecht hatte, sondern gemeinsam planen, alle von uns, wie man mit der bevorstehenden Katastrophe fertigwerden könnte. Ich hoffe, Sie werden Edgar Snows Artikel in der laufenden Nummer der *Saturday Evening Post* mit dem Titel »Müssen wir Japan zuerst schlagen?« lesen, wenn Sie es nicht schon getan haben. Die Lage ist so ernst, daß wir alle gemeinsam überlegen müssen.

Es scheint mir, daß man keine weitere Entfremdung zwischen Amerikanern und Engländern zulassen darf. Ich denke nicht, daß wir über Indien hinwegkommen, vor allem, wenn unsere Verluste im Fernen Osten größer werden, was der Fall sein wird, da Indien nicht zu unserer Hilfe mobilisiert wird. Ich fürchte sowohl die professionellen Anti-Engländer wie auch die, die durch die Tatsache, daß Indien nicht ernstlich in den Krieg einzubeziehen ist, entfremdet worden sind. Ja ich fürchte noch mehr jene, die verärgert sein werden, wenn sie sehen, was uns der Verlust Indiens kosten wird.

Ich glaube nicht, daß die Amerikaner besonders pro-indisch eingestellt sind – wenn überhaupt; ich weiß, daß ich es nicht bin. Aber etwas im Durchschnittsamerikaner mißbilligt von Grund auf die Dinge, die in Indien geschehen sind, und dies trotz unseres ebenso falschen Verhaltens unseren eigenen Farbigen gegenüber. Natürlich stecken wir voller Widersprüche, aber so ist es nun einmal. Was kann getan werden, um die Beziehung zwischen unseren beiden Ländern wieder in Ordnung zu bringen?

Ich denke an einen Punkt, der nicht allzu schwierig sein dürfte. Angenommen, daß Churchill sich nicht ändern kann und will, würde es sehr helfen, wenn wir eine andere Art Engländer sehen könnten und ihn in mehreren Exemplaren sehen und sprechen hören könnten. Wie Sie wissen, sind die liberalen englischen Ansichten recht streng beurteilt worden Hier in Amerika hat man uns nicht gestattet, abweichende englische Stimmen zu hören, und die Sorte von offiziellen Engländern, die wir hier haben, und ihre ganze Propaganda tragen wenig oder gar nichts dazu bei, den Riß im Durchschnittsamerikaner zu heilen.

Was können wir tun, Engländer und Amerikaner zusammen,

die wir die Notwendigkeit menschlicher Gleichheit kennen, um unsere Einigkeit in Gedanken und Zielen bekanntzumachen?
Die Zeit ist für uns gekommen, zueinanderzufinden und gemeinsam für dieselbe Art Welt einzustehen. Wir können nicht den Fehlern und Dünkeln des anderen nachgeben, aber wir können uns zusammen dagegen wehren und zusammen einen besseren Weg finden und so vor unseren Feinden und unseren zweifelnden Verbündeten überall die wesentliche Einheit unserer beiden Völker aufs Neue bestätigen.

Ihre sehr ergebene
Pearl S. Buck

Ich glaubte zu jener Zeit, daß es nötig sein würde, die britische Regierung davon zu überzeugen, wieder Verhandlungen mit Indien aufzunehmen. Es war jedoch schwer zu sehen, wie dies geschehen sollte, solange Churchill an der Macht war. Auch sollten die indischen Führer davon überzeugt werden, den passiven Widerstand zu beenden und an den Verhandlungen teilzunehmen. Wahrscheinlich hätte das letztere durch Nehru geschehen können. Ich hielt es für selbstverständlich, daß Indien frei von jeder fremden Herrschaft sein müsse, ob der englischen oder anderer.

Von und an Mrs. Sidney Webb

Passfield Corner
Liphook, Hants.
17. Dez. 1942

Mein lieber Bertrand,
ich war so froh, als ich in dem bemerkenswerten Buch – *I meet America* – von W. J. Brown M. P. sah, daß Ihnen nicht nur daran liegt, den Krieg zu gewinnen, sondern daß Sie auch die Welt nach dem Krieg wieder aufbauen wollen. Es hat uns auch sehr interessiert, daß Sie beschlossen haben, in den USA zu bleiben und Ihren Sohn zu ermutigen, seine Karriere eher dort als in Großbritannien zu machen. Wenn Sie nicht Peer des Königreiches wären und Ihr Sohn nicht vielleicht ein großer Staatsmann würde wie sein Urgroßvater, hielte ich

dies für einen weisen Entschluß, aber wir möchten Sie beide in Großbritannien zurückhaben, da Sie von der parlamentarischen Regierung unserer Demokratie nicht zu trennen sind. Ich sollte auch denken, daß Professoren, die gleichzeitig Peers sind, es in den USA, was ihre öffentliche Karriere angeht, schwerer haben, da sie die Snobs anziehen und die Labour-Bewegung ärgern. Aber ich kann mich selbstverständlich irren.

Ich freue mich, Ihnen sagen zu können, daß es Sidney sehr gut geht und er glücklich ist, obwohl er natürlich nach seinem Schlaganfall im Jahr 1938 nicht mehr an den Staatsgeschäften teilnehmen kann. Ich selbst schreibe und veröffentliche noch unaufhörlich. Aber ich bin alt und müde und habe alle möglichen Leiden, von geschwollenen Füßen bis zu schlaflosen Nächten.

Ich schicke Ihnen unser letztes kleines Buch, das in Großbritannien sehr gut ging und in New York bei Longman erschienen ist. Wahrscheinlich stimmen Sie nicht damit überein, aber ich denke, Sie werden sich dafür interessieren, und das Vorwort von Bernard Shaw ist amüsant. Wie wir selbst sind die Bernard Shaws sehr alt geworden, und während Shaw immer noch schreibt, ist Charlotte hoffnungslos krank und ziemlich unglücklich. Shaw schreibt ein Buch – *What's What to the Politicians.* Er schreibt seit vielen Monaten daran, und es wäre ein immer längeres Buch geworden, wenn ihn nicht die Papierknappheit daran gehindert hätte.

Ob Sie in den USA bleiben oder nicht, ich hoffe sehr, daß Sie und Ihre beiden gescheiten jungen Leute Großbritannien einen Besuch abstatten und wir das Vergnügen haben werden, Sie und Ihre Frau zu sehen. Bitte grüßen Sie sie von mir; ich bin neugierig, wie ihr Amerika gefällt.

Herzlichst Ihre
Freundin
Beatrice Webb
(Mrs. Sidney Webb)

PS. Ich glaube nicht, daß Sie unseren Neffen Stafford Cripps kennen, aber er vertritt eine neue Bewegung, die in Großbritannien entsteht. Diese verbindet den christlichen Glauben... [fehlende Worte] – was Sie interessieren könnte. Er verließ wegen Indien den Ministerrat!

Little Datchet Farm

Meine liebe Beatrice, 31. Jan. 1943

vielen Dank für Ihren Brief vom 17. Dezember. Ich habe mich sehr darüber gefreut, von Ihnen und Sidney Nachricht zu erhalten und zu wissen, daß es ihm gut geht. Ich bedaure sehr, daß Sie »Leiden« haben, aber ich glaube, das ist nach einem gewissen Alter unvermeidlich – das ich selbst bald erreichen werde.

Ich weiß nicht, wer W. J. Brown auf die Idee gebracht hat, ich beabsichtigte, mich in Amerika niederzulassen. Ich habe nie auch nur daran gedacht. Anfänglich kam ich für 8 Monate her, dann boten sich Arbeitsmöglichkeiten. Dann nach Kriegsausbruch hielt ich es für besser, wenn Conrad (jetzt fünf Jahre alt) hierbliebe. Aber alle diese Gründe sind nun bald gegenstandslos.

John (Amberley) ist fertig mit Harvard und kehrt in einigen Tagen nach England zurück, um in die Marine einzutreten, wenn er kann, und wenn nicht, in die Armee. Meine Tochter Kate ist in Radcliffe; sie macht alles, was sie studiert, immer so gut wie man es nur machen kann. Nach dem Krieg hofft sie, auf dem Kontinent irgendeinem Hilfswerk beitreten zu können. Ich selbst werde im Augenblick von verschiedenen Verpflichtungen hier festgehalten, aber vielleicht komme ich ziemlich bald nachhause und lasse Peter und Conrad bis zum Kriegsende hier.

Ich war sehr enttäuscht, daß Indien Cripps' Angebot abgelehnt hat. Die Leute hier wissen nichts über Indien, aber haben sehr feste Überzeugungen. Ich spreche und schreibe viel, um zu versuchen, die anti-englischen Gefühle wegen Indien zu überwinden, die in manchen Kreisen sehr ausgeprägt sind.

Haben Sie vielen Dank für Ihr hochinteressantes kleines

Buch über Rußland. Ob man das Regime nun mag oder nicht, man kann nicht umhin, die russische Leistung im Krieg außerordentlich zu bewundern.
Ich hoffe sehr, Sie wiederzusehen, wenn ich nach England zurückkehre. Peter grüßt und dankt für Ihre Nachrichten.

Herzlichst Ihr
Bertrand Russell

Von Dr. and Mrs. A. N. Whitehead

1737 Cambridge St.
Cambridge, Mass.
3. Jan. 1944

Lieber Bertie,
wir haben gerade – im Protokoll des Trinity Council – von Deiner Wiederwahl zum Fellow und Dozenten gelesen. Das Protokoll betonte auch, daß die Wahl einstimmig war. Unsere wärmsten Glückwünsche. Genau das mußte geschehen.

Stets Deine
Alfred und Evelyn Whitehead

Zeittafel

1872	geboren am 18. Mai in Chepstow/Monmouthshire als Nachkomme der Herzöge von Bedford
1890–1910	Studium der Philosophie und Mathematik in Cambridge
1894	Attaché der Britischen Botschaft in Paris Heirat mit Alys Pearsall Smith
1895	Aufenthalt in Berlin (*German Social Democracy. Six Lectures,* 1896)
1910–1913	gemeinsam mit seinem Freund A. N. Whitehead *Principia Mathematica*
1910–1916	Lecturer am Trinity College in Cambridge
1916	*Principles of Social Reconstruction* (dt. Grundlagen für eine soziale Umgestaltung) wegen Aufwiegelung zur Kriegsdienstverweigerung verurteilt und auf Kriegsdauer in London interniert
1918	*Mysticism and Logic* (dt. Mystik und Logik)
1919	*An Introduction to Mathematical Philosophy* (dt. Einführung in die mathematische Philosophie)
1920–1921	als Gastdozent nach China, *The Practice and Theory of Bolshevism*
1921	The Analysis of Mind (dt. Analyse des Geistes) Heirat mit Dora Black
1922	*Problem of China* (dt. China und das Problem des Fernen Ostens)
1923	*The ABC of Atoms* (dt. ABC der Atome) *Prospects of Industrial Civilization* (dt. Kultur des Industrialismus und ihre Zukunft)
1925	*The ABC of Relativity* (dt. Das ABC der Relativitätstheorie)
1926	*On Education, especially in early childhood* (dt. Erziehung, vornehmlich in frühester Kindheit)
1927	Russell eröffnet mit seiner Frau eine Privatschule, die sie bis 1932 führen *Analysis of Matter*
1929	*Marriage and Morals* (dt. Ehe und Moral)
1930	*Conquest of Happiness* (dt. Eroberung des Glücks)

1931	*The Scientific Outlook* (dt. Das naturwissenschaftliche Zeitalter)
1932	*Education and Social Order*
1934	*Freedom and Organization 1814–1914* (dt. Freiheit und Organisation 1814–1914)
1935	*In Praise of Idleness* (dt. Lob des Müßiggangs)
1936	Heirat mit Patricia Helen Spence *Which Way to Peace?*
1938	*Power. A new social analysis* (dt. Macht. Eine sozialkritische Studie)
1938–1943	Gastdozent in den USA
1941	*Let the People Think*
1944	Rückkehr nach England. Vorlesungen im Rundfunk
1945	*A History of Western Philosophy* (dt. Philosophie des Abendlandes)
1947	*The Faith of a Rationalist*
1948	*Human Knowledge, its Scope and its Limits* (dt. Das menschliche Wissen, Umfang und Grenzen)
1948–1949	*Authority and the Individual* (dt. Macht und Persönlichkeit)
1950	Nobelpreis für Literatur
1951	*New Hopes for a Changing World* (dt. Neue Hoffnung für unsere Welt)
1952	Heirat mit Edith Finch *The Impact of Science on Society* (dt. Wissenschaft wandelt das Leben)
1953	*Satan in Suburbs* (dt. Satan in den Vorstädten)
1954	*History as an Art* *Human Society in Ethics and Politics* (dt. Moral und Politik) *Roads to Freedom, Socialism, Anarchism and Syndicalism* (dt. Wege zur Freiheit. Sozialismus, Anarchismus, Syndikalismus)
1957	*Why I am not a Christian* (dt. Warum ich kein Christ bin)
1959	*Common Sense and Nuclear Warfare* (dt. Vernunft und Atomkrieg)
1961	*Has Man a Future?* (dt. Hat der Mensch noch eine Zukunft?)
1962	*Unarmed Victory;* greift als Vermittler in den Kuba-Konflikt ein

1965	Austritt aus der Labour Party, um gegen die passive Unterstützung des Vietnamkrieges durch die Außenpolitik Wilsons zu protestieren
1967	Gründung und erste Sitzung des Vietnam-Tribunals (2.–10. Mai) in Stockholm, gemeinsam mit Jean-Paul Sartre *War Crimes in Vietnam* (Russell/Sartre) (dt. Das Vietnam Tribunal, 2 Bde.) *Autobiography (1872–1914)* (dt. Autobiographie 1872–1914) *The Problems of Philosophy* (dt. Die Probleme der Philosophie)
1968	*Autobiography (1914–1944)* (dt. Autobiographie 1914–1944)
1969	*Autobiography (1944–1967)* (dt. Autobiographie 1944–1967)
1970	am 2. Februar in Penrhyndendraeth/Wales gestorben

Von Bertrand Russell erschienen im Suhrkamp Verlag

Autobiographie I 1872–1914. Aus dem Englischen von Harry Kahn. 1972. *suhrkamp taschenbuch* Band 22

Autobiographie II 1914–1944. Aus dem Englischen von Julia Kirchner. 1973. *suhrkamp taschenbuch* Band 84

Autobiographie III 1944–1967. Aus dem Englischen von Rudolf Weys. 1974. *suhrkamp taschenbuch* Band 192

Probleme der Philosophie. Aus dem Englischen von Eberhard Bubser. 1967. *edition suhrkamp* Band 207

Wege zur Freiheit. Sozialismus, Anarchismus, Syndikalismus. Aus dem Englischen übersetzt und herausgegeben von Reiner Demski. 1974. *edition suhrkamp* Band 447

Eroberung des Glücks. Neue Wege zu einer besseren Lebensgestaltung. Autorisierte Übersetzung von Magda Kahn. 1977. *suhrkamp taschenbuch* Band 389

suhrkamp taschenbücher

st 408 Ludwig Börne
Spiegelbild des Lebens.
Aufsätze über Literatur
Ausgewählt und eingeleitet von Marcel Reich-Ranicki
146 Seiten
»Was immer Börne schrieb, es war Zeitkritik im Kampf um die Demokratie. Das gilt auch, versteht sich, für seine Auseinandersetzung mit der Literatur, dem Theater ...« So formuliert Reich-Ranicki in seinem einleitenden Essay Börnes oft unterschätzte Bedeutung, um dann, in einem repräsentativen Querschnitt der literarkritischen Arbeit Börnes, jene Arbeiten folgen zu lassen, deren Themen für uns und heute noch von besonderem Interesse, ja von bisweilen verblüffender Aktualität sind.

st 409 Der Weg der großen Yogis
von Dilip Kumar Roy und Indira Devi
Einzig berechtigte Übertragung aus dem Englischen
von Liselotte Julius
368 Seiten
Die faszinierenden Autobiographien dieser beiden großen Yogis führen mit beeindruckender Intensität und Klarheit ein in indische Philosophie. Da beide keine »reinen« Philosophen sind, sondern Dilip außerdem Musiker und Indira Tänzerin und Dichterin, geriet ihre Lebenserzählung auch nicht zu einer trockenen Abhandlung über geistige Probleme des Yoga, sondern zu einer lebendigen Schilderung von Menschen, die mit ihnen wanderten, und vom Weg, der sie ihrem göttlichen Ziel immer näher bringt.

st 410 Herbert W. Franke, Zarathustra kehrt zurück
Science-fiction-Erzählungen
Phantastische Bibliothek Band 9
216 Seiten

Der Autor will die Aufmerksamkeit des Lesers auf Probleme lenken, die sich in einer gar nicht so fernen Zukunft der menschlichen Gesellschaft stellen.

»Hinter dieser Art von Literatur steht nicht zuletzt der Wunsch, Bildung auf eine Art und Weise zu vermitteln, die von seiten des Lesers nicht mehr als ein Interesse am Thema fordert und doch Vergnügen bereitet.«

Helmut Eisendle

st 411 Algernon Blackwood, Besuch von Drüben
Gruselgeschichten
Deutsch von Friedrich Polakovics
Phantastische Bibliothek Band 10
248 Seiten

Dieser Band variiert Blackwoods Lieblingsthema, das Gespensterhaus, in immer neuen und originellen Abwandlungen. Betritt ein sensibler Mensch ein solches Gebäude, dessen Atmosphäre vergiftet ist durch die haßerfüllten Gedanken und Taten früherer Bewohner, wird er leicht zum Angriffsobjekt des bösen Willens, der als unheilbringender ›Genius loci‹ auf sein Opfer lauert.

st 412 Werner Koch, Wechseljahre oder See-Leben II
204 Seiten

Dieser Band ist die unmittelbare Fortsetzung von *See-Leben I* (st 132). Wie in *See-Leben I* lebt der Angestellte einer Kölner Firma in seiner Hütte an einem See, und das bleibt weiterhin der Versuch, eine utopische Existenz zu verwirklichen, indem er von seinem Schreibtisch auf der Wiese aus seine berufliche Existenz zu meistern versucht und die Möglichkeiten eines individuellen Lebens durchprobiert.

»Kochs Buch gehört zu jenen geglückten literarischen Erzeugnissen, die eine leicht dahinfließende Feder mit Tiefgang in Bewegung hält ... Den Mann am See kennt wohl jeder, nur spricht er eben aus, was nicht jeder sagen kann noch auszusprechen sich traut.«

Badische Zeitung

st 413 Hermann Hesse, Innen und Außen
Gesammelte Erzählungen. Band 4 1919–1955
Zusammengestellt von Volker Michels
432 Seiten
Der vierte und letzte Band der Erzählungen Hesses setzt ein nach dem ersten Weltkrieg und enthält alle seitdem parallel zu den großen erzählerischen Werken, »Siddhartha«, »Der Steppenwolf«, »Narziß und Goldmund«, »Die Morgenlandfahrt« und »Das Glasperlenspiel« entstandenen kürzeren Erzählungen.

st 415 Hermann Hesse, Die Welt der Bücher
Betrachtungen und Aufsätze zur Literatur
Zusammengestellt von Volker Michels
382 Seiten
Dieser Band versammelt erstmals sämtliche grundsätzlicheren Schriften Hesses zur Literatur, ergänzt um zahlreiche Stücke, die er selbst nicht in die Ausgabe seiner *Gesammelten Schriften* von 1957 aufgenommen hat und die folglich größtenteils auch in der Hesse-Werkausgabe von 1970 fehlen.
»Bücher sind nicht dazu da, lebensunfähigen Menschen ein wohlfeiles Trug- und Ersatzleben zu liefern. Im Gegenteil, Bücher haben nur einen Wert, wenn sie zum Leben führen und dem Leben dienen und nützen, und jede Lesestunde ist vergeudet, aus der nicht ein Funken von Kraft, eine Ahnung von Verjüngung, ein Hauch neuer Frische sich für den Leser ergibt.« *Hermann Hesse*

st 417 Giorgio Strehler, Für ein menschlicheres Theater
Geschriebene, gesprochene und verwirklichte Gedanken
Herausgegeben und aus dem Italienischen übertragen von Sinah Kessler
284 Seiten
Strehler markiert die Basis seines Theaterkonzepts, in dem Verstand und Gefühl, Phantasie und dialektisches Denken, Beherrschung des ›Handwerks‹ und Bekenntnis zur vitalen Spontaneität des Theaters sich koordinieren zu einer unaufhörlichen Auseinandersetzung mit den menschlichen, politischen, sozialen, geistigen und künstlerischen Problemen unserer Gegenwart.

st 418 Jenseits der Erkenntnis. Fragen statt Antworten
Herausgegeben von Leonhard Reinisch
190 Seiten
Jene Menschen sind zu beneiden, die sagen können: Mit meinem Tod ist alles vorbei. Den übrigen bleibt die Frage, ob es so ist. Die Frage nach unserem Leben stellt sich nur dem gewußten Tod. Nach dem Scheitern immanent-rationaler Aufklärung und transzendent-emotionaler Gläubigkeit stehen wir da – so klug als wie zuvor.

st 420 Basis. Jahrbuch für deutsche Gegenwartsliteratur
Band 7
Herausgegeben von Reinhold Grimm und Jost Hermand
242 Seiten
Aus dem Inhalt: G. Sautermeister, Vergangenheitsbewältigung? Th. Manns *Doktor Faustus* und die Wege der Forschung; Chr. L. Hart Nibbrig, Sprengkitt zwischen den Zeilen. Versuch über Günter Eichs poetischen Anarchismus; R. Grimm, Dichter-Helden. *Tasso, Empedokles* und die Folgen; H. Gnüg, Gespräch über Bäume. Zur Brecht-Rezeption in der modernen Lyrik; J. Hermand, Zersungenes Erbe. Zur Geschichte des *Deutschlandliedes*, u. a.

st 421 Dieter Kühn, Ludwigslust
Erzählungen
104 Seiten
Auch hier greift der Autor zu historischem Material und führt zur Unterrichtung und zum Entsetzen des Lesers die Faszination von Wahrem und Möglichem vor.

st 422 Archibald MacLeish, Spiel um Job
Deutsch von Eva Hesse
174 Seiten
Hier wird die barocke Weltbühne erneuert. Die eigentlichen Akteure sind Gott und Satan. Drei Ebenen werden fugenlos vereint: die vordergründig-realistische der Millionärsfamilie und ihrer durchaus modernen Art des Untergangs; die Ebene des hoffnungslos-verlorenen Godot-Kommentars und schließlich die barocke Ebene von Gott und Satan.

st 425 Marie Luise Kaschnitz, Zwischen Immer und Nie
Gestalten und Themen der Dichtung
Mit einem Nachwort von Hans Bender
324 Seiten
Die Arbeiten, in den Jahren 1949 bis 1965 entstanden, reichen vom Engidu über Sappho, Diotima, Anna Karenina bis hin zu Peer Gynt, Fuhrmann Henschel und Lucky aus Becketts *Warten auf Godot*. Die subjektive Sicht dieses Sammelbandes vermittelt überraschende Einsichten, kann den Leser mitreißen, heraus aus den verknöcherten Interpretationsschemata der Schullektüre, und ihm längst vertraute klassische Literatur in neuem Licht zeigen.

st 440 Philip K. Dick, UBIK
Science-Fiction-Roman
Aus dem Amerikanischen von Renate Laux
Mit einem Nachwort von Stanisław Lem
Phantastische Bibliothek Band 15
222 Seiten
Das Schlüsselwort, das Joe Chip und seine Kollegen vor einer abscheulichen Verschwörung bewahren kann, heißt UBIK. Joe hat nie zuvor davon gehört. Er weiß aber, daß er dem geheimnisvollen UBIK auf die Spur kommen muß, wenn er seine surreale Existenz ändern will.
»Dick übertrifft in den Inventionen bei weitem seine Kollegen; seine sich verzweigende, ungeheure und ominös purzelbaum-schießende Welt ist voller Einfälle – manchmal mit satirischem Unterton.«

st 449 Herbert Achternbusch, Die Stunde des Todes
Roman
100 Seiten
»Wie dieser Autor aus Querulantentum und Phantasie, eine bayrisch-bäuerische Kindheit im Rücken, Poetisches erschafft, das kann man sich mit seinem Roman unter die Haut lesen.« *Frankfurter Rundschau*

Alphabetisches Gesamtverzeichnis der suhrkamp taschenbücher

Achternbusch, Alexanderschlacht 61
– Happy oder Der Tag wird kommen 262
– Die Stunde des Todes 449
Adorno, Erziehung zur Mündigkeit 11
– Studien zum autoritären Charakter 107
– Versuch, das ›Endspiel‹ zu verstehen 72
– Zur Dialektik des Engagements 134
– Versuch über Wagner 177
Aitmatow, Der weiße Dampfer 51
Alfvén, M 70 – Die Menschheit der siebziger Jahre 34
– Atome, Mensch und Universum 139
Allerleirauh 19
v. Ardenne, Ein glückliches Leben für Technik und Forschung 310
Arendt, Die verborgene Tradition 303
Arlt, Die sieben Irren 399
Artmann, Grünverschlossene Botschaft 82
– How much, schatzi? 136
– The Best of H. C. Artmann 275
– Unter der Bedeckung eines Hutes 337
v. Baeyer, Angst 118
Bahlow, Deutsches Namenlexikon 65
Balint, Fünf Minuten pro Patient 446
Ball, Hermann Hesse 385
Barnet (Hrsg.), Der Cimarrón 346
Basis 5, Jahrbuch für deutsche Gegenwartsliteratur 276
Basis 6, Jahrbuch für deutsche Gegenwartsliteratur 340
Basis 7, Jahrbuch für deutsche Gegenwartsliteratur 420
Beaucamp, Das Dilemma der Avantgarde 329
Becker, Jürgen, Eine Zeit ohne Wörter 20
Becker, Jurek, Irreführung der Behörden 271
Beckett, Warten auf Godot (dreisprachig) 1
– Watt 46
– Endspiel (dreisprachig) 171
– Das letzte Band (dreisprachig) 200
– Molloy 229
– Glückliche Tage (dreisprachig) 248
– Malone stirbt 407
Das Werk von Samuel Beckett. Berliner Colloquium 225
Materialien zu Becketts »Godot« 104
Materialien zu Becketts Romanen 315
Benjamin, Illuminationen 345
– Über Haschisch 21
– Ursprung des deutschen Trauerspiels 69
– Der Stratege im Literaturkampf 176
Zur Aktualität Walter Benjamins 150
Bernhard, Das Kalkwerk 128
– Frost 47
– Gehen 5
– Der Kulterer 306
– Salzburger Stücke 257
Bierce, Das Spukhaus 365
Bingel, Lied für Zement 287
Bioy Casares, Fluchtplan 378
Blackwood, Besuch von Drüben 411
– Das leere Haus 30
Bloch, Naturrecht und menschliche Würde 49
– Subjekt–Objekt 12
– Vorlesungen zur Philosophie der Renaissance 75
– Atheismus im Christentum 144
Börne, Spiegelbild des Lebens 408
Bond, Die See 160
– Bingo 283
Braun, Stücke 1 198
Brecht, Geschichten vom Herrn Keuner 16
– Schriften zur Gesellschaft 199
– Frühe Stücke 201
– Gedichte 251
Brecht in Augsburg 297
Bertolt Brechts Dreigroschenbuch 87
Broch, Barbara 151
– Die Schuldlosen 209
– Schriften zur Literatur 1 246
– Schriften zur Literatur 2 247
– Der Tod des Vergil 296
– Philosophische Schriften 1 u. 2 2 Bde. 375
– Die Unbekannte Größe 393
– Die Verzauberung 350
Materialien zu »Der Tod des Vergil« 317
Broszat, 200 Jahre deutsche Polenpolitik 74
Brude-Firnau (Hrsg.), Aus den Tagebüchern Th. Herzls 374
Buono, Zur Prosa Brechts. Aufsätze 88
Butor, Paris–Rom oder Die Modifikation 89
Carpentier, Explosion in der Kathedrale 370
Celan, Mohn und Gedächtnis 231
– Von Schwelle zu Schwelle 301
Chomsky, Indochina und die amerikanische Krise 32
– Kambodscha Laos Nordvietnam 103
– Über Erkenntnis und Freiheit 91
Condrau, Angst und Schuld als Grundprobleme in der Psychotherapie 305
Conrady, Literatur und Germanistik als Herausforderung 214
Cortázar, Das Feuer aller Feuer 298
– Ende des Spiels 373
Dedecius, Überall ist Polen 195
Der andere Hölderlin. Materialien zum »Hölderlin«-Stück von Peter Weiss 42
Der Friede und die Unruhestifter 145
Dick, UBIK 440
Doctorow, Das Buch Daniel 366
Döblin, Materialien zu »Alexanderplatz« 268
Dolto, Der Fall Dominique 140
Döring, Perspektiven einer Architektur 109
Duddington, Baupläne der Pflanzen 45
Duke, Akupunktur 180
Duras, Hiroshima mon amour 112
Durzak, Gespräche über den Roman 318
Ehrenburg, Das bewegte Leben des Lasik Roitschwantz 307
Eich, Fünfzehn Hörspiele 120
Eliot, Die Dramen 191
Zur Aktualität T. S. Eliots 222
Enzensberger, Gedichte 1955–1970 4
– Der kurze Sommer der Anarchie 395
Eschenburg, Über Autorität 178
Ewald, Innere Medizin in Stichworten I 97
– Innere Medizin in Stichworten II 98
Ewen, Bertolt Brecht 141
Fallada/Dorst, Kleiner Mann – was nun? 127
Feuchtwanger (Hrsg.), Deutschland – Wandel und Bestand 335
Fischer, Von Grillparzer zu Kafka 284
Fleißer, Eine Zierde für den Verein 294
– Ingolstädter Stücke 403
Fletcher, Die Kunst des Samuel Beckett 272
Franke, Ypsilon minus 358
– Zarathustra kehrt zurück 410

Freisprüche. Revolutionäre vor Gericht 111
Fries, Der Weg nach Oobliadooh 265
Frijling-Schreuder, Was sind das – Kinder? 119
Frisch, Dienstbüchlein 205
– Stiller 105
– Stücke 1 70
– Stücke 2 81
– Wilhelm Tell für die Schule 2
– Mein Name sei Gantenbein 286
– Andorra 277
– Homo faber 354
Frischmuth, Amoralische Kinderklapper 224
Fromm/Suzuki/de Martino, Zen-Buddhismus und Psychoanalyse 37
Fuchs, Todesbilder in der modernen Gesellschaft 102
Fuentes, Nichts als das Leben 343
Fühmann, Erfahrungen und Widersprüche 338
García Lorca, Über Dichtung und Theater 196
Gibson, Lorcas Tod 197
Gilbert, Das Rätsel Ulysses 367
Glozer, Kunstkritiken 193
Goldstein, A. Freud, Solnit, Jenseits des Kindeswohls 212
Goma, Ostinato 138
Gorkij, Unzeitgemäße Gedanken über Kultur und Revolution 210
Grossmann, Ossietzky. Ein deutscher Patriot 83
Habermas, Theorie und Praxis 9
– Kultur und Kritik 125
Habermas/Henrich, Zwei Reden 202
Hammel, Unsere Zukunft – die Stadt 59
Han Suyin, Die Morgenflut 234
Handke, Chronik der laufenden Ereignisse 3
– Der kurze Brief 172
– Die Angst des Tormanns beim Elfmeter 27
– Ich bin ein Bewohner des Elfenbeinturms 56
– Stücke 1 43
– Stücke 2 101
– Wunschloses Unglück 146
– Die Unvernünftigen sterben aus 168
– Als das Wünschen noch geholfen hat 208
– Falsche Bewegung 258
Heilbroner, Die Zukunft der Menschheit 280
Heller, Thomas Mann 243
– Nirgends wird Welt sein als innen 288
– Die Wiederkehr der Unschuld 396
Hellman, Eine unfertige Frau 292
Henle, Der neue Nahe Osten 24
v. Hentig, Magier oder Magister? 207
– Die Sache und die Demokratie 245
Hermlin, Lektüre 1960–1971 215
Herzl, Aus den Tagebüchern 374
Hesse, Glasperlenspiel 79
– Aus Kinderzeiten. Erzählungen Bd. 1 347
– Ausgewählte Briefe 211
– Klein und Wagner 116
– Die Kunst des Müßiggangs 100
– Lektüre für Minuten 7
– Unterm Rad 52
– Peter Camenzind 161
– Der Steppenwolf 175
– Siddhartha 182
– Demian 206
– Die Nürnberger Reise 227
– Lektüre für Minuten. Neue Folge 240
– Eine Literaturgeschichte in Rezensionen 252
– Die Märchen 291
– Narziß und Goldmund 274
– Kleine Freuden 360
– Briefe an Freunde 380
– Freude an Büchern 415
– Die Gedichte. 2 Bde. 381
– Kurgast 383
– Der Europäer. Erzählungen Bd. 3 384
– Innen und Außen. Erzählungen Bd. 4 413
– Die Verlobung. Erzählungen Bd. 2 368
– Von Wesen und Herkunft des Glasperlenspiels 382
– Eine Werkgeschichte von Siegfried Unseld 143
Materialien zu Hesses »Glasperlenspiel« 1 80
Materialien zu Hesses »Glasperlenspiel« 2 108
Materialien zu Hesses »Steppenwolf« 53
Materialien zu Hesses »Siddhartha« 1 129
Materialien zu Hesses »Siddhartha« 2 282
Über Hermann Hesse 1 331
Über Hermann Hesse 2 332
Hermann Hesses weltweite Wirkung 386
Hildesheimer, Paradies der falschen Vögel 295
– Stücke 362
– Hörspiele 363
Hobsbawm, Die Banditen 66
Hofmann (Hrsg.), Schwangerschaftsunterbrechung 238
Höllerer, Die Elephantenuhr 266
Holmqvist (Hrsg.), Das Buch der Nelly Sachs 398
Hortleder, Fußball 170
Horváth, Der ewige Spießer 131
– Ein Kind unserer Zeit 99
– Jugend ohne Gott 17
– Leben und Werk in Dokumenten und Bildern 67
– Sladek 163
– Die stille Revolution 254
Hudelot, Der Lange Marsch 54
Hughes, Hurrikan im Karibischen Meer 394
Huizinga, Holländische Kultur im siebzehnten Jahrhundert 401
Innerhofer, Schöne Tage 349
Jakir, Kindheit in Gefangenschaft 152
Johnson, Mutmassungen über Jakob 147
– Das dritte Buch über Achim 169
– Eine Reise nach Klagenfurt 235
– Berliner Sachen 249
– Zwei Ansichten 326
Jonke, Im Inland und im Ausland auch 156
Joyce, Ausgewählte Briefe 253
Joyce, Stanislaus, Meines Bruders Hüter 273
Kappacher, Morgen 339
Kästner, Offener Brief an die Königin von Griechenland. Beschreibungen, Bewunderungen 106
– Der Hund in der Sonne 270
Kardiner/Preble, Wegbereiter der modernen Anthropologie 165
Kasack, Fälschungen 264
Kaschnitz, Der alte Garten 387
– Steht noch dahin 57
– Zwischen Immer und Nie 425
Katharina II. in ihren Memoiren 25
Kluge, Lebensläufe. Anwesenheitsliste für eine Beerdigung 186
Koch, Anton, Symbiose – Partnerschaft fürs Leben 304
Koch, Werner, See-Leben I 132
– Wechseljahre oder See-Leben II 412
Koeppen, Das Treibhaus 78
– Eine unglückliche Liebe 392
– Nach Rußland und anderswohin 115
– Romantisches Café 71
– Der Tod in Rom 241

Koestler, Der Yogi und der Kommissar 158
– Die Wurzeln des Zufalls 181
Kolleritsch, Die grüne Seite 323
Kracauer, Die Angestellten 13
– Kino 126
– Das Ornament der Masse 371
Kraus, Magie der Sprache 204
Kroetz, Stücke 259
Krolow, Ein Gedicht entsteht 95
Kücker, Architektur zwischen Kunst und Konsum 309
Kühn, Ludwigslust 421
– N 93
– Siam-Siam 187
Kundera, Das Leben ist anderswo 377
Lagercrantz, China-Report 8
Lander, Ein Sommer in der Woche der Itke K. 155
Laxness, Islandglocke 228
le Fort, Die Tochter Jephthas und andere Erzählungen 351
Lem, Solaris 226
– Die Jagd 302
– Transfer 324
– Nacht und Schimmel 356
Lenz, Hermann, Die Augen eines Dieners 348
Lepenies, Melancholie und Gesellschaft 63
Lévi-Strauss, Rasse und Geschichte 62
– Strukturale Anthropologie 15
Lidz, Das menschliche Leben 162
Lovecraft, Cthulhu 29
– Berge des Wahnsinns 220
– Das Ding auf der Schwelle 357
– Der Fall Charles Dexter Ward 391
MacLeish, Spiel um Job 422
Mächler, Das Leben Robert Walsers 321
Malson, Die wilden Kinder 55
Martinson, Die Nesseln blühen 279
– Der Weg hinaus 281
Mayer, Georg Büchner und seine Zeit 58
McHale, Der ökologische Kontext 90
Melchinger, Geschichte des politischen Theaters 153, 154
Meyer, Eine entfernte Ähnlichkeit 242
Miłosz, Verführtes Denken 278
Minder, Dichter in der Gesellschaft 33
– Kultur und Literatur in Deutschland und Frankreich 397
Mitscherlich, Massenpsychologie ohne Ressentiment 76
– Thesen zur Stadt der Zukunft 10
– Toleranz – Überprüfung eines Begriffs 213
Mitscherlich (Hrsg.), Bis hierher und nicht weiter 239
Moser, Lehrjahre auf der Couch 352
Muschg, Liebesgeschichten 164
– Albissers Grund 334
– Im Sommer des Hasen 263
Myrdal, Politisches Manifest 40
Nachtigall, Völkerkunde 184
Nizon, Canto 319
Norén, Die Bienenväter 117
Nossack, Spirale 50
– Der jüngere Bruder 133
– Die gestohlene Melodie 219
– Um es kurz zu machen 255
– Das kennt man 336
Nossal, Antikörper und Immunität 44
Olvedi, LSD-Report 38
Penzoldts schönste Erzählungen 216
– Die Kunst das Leben zu lieben 267
– Die Powenzbande 372
Plenzdorf, Die Legende von Paul & Paula 173
– Die neuen Leiden des jungen W. 300
Plessner, Diesseits der Utopie 148
– Die Frage nach der Conditio humana 361
Portmann, Biologie und Geist 124
Prangel (Hrsg.), Materialien zu Döblins »Alexanderplatz« 268
Proust, Briefe zum Werk 404
Psychoanalyse und Justiz 167
Puig, Verraten von Rita Hayworth 344
Raddatz, Traditionen und Tendenzen 269
Rathscheck, Konfliktstoff Arzneimittel 189
Regler, Das Ohr des Malchus 293
Reik (Hrsg.), Der eigene und der fremde Gott 221
Reinisch, Jenseits der Erkenntnis 418
Reiwald, Die Gesellschaft und ihre Verbrecher 130
Riedel, Die Kontrolle des Luftverkehrs 203
Riesman, Wohlstand wofür? 113
– Wohlstand für wen? 114
Rilke, Material. zu »Malte« 174
– Materialien zu »Cornet« 190
– Rilke heute 290
– Rilke heute 2 355
Rochefort, Das Ruhekissen 379
Rosei, Landstriche 232
– Wege 311
Roth, die autobiographie des albert einstein. Künstel. Der Wille zur Krankheit 230
– Der große Horizont 327
Rottensteiner (Hrsg.), Blick vom anderen Ufer 359
Rühle, Theater in unserer Zeit 325
Russell, Autobiographie I 22
– Autobiographie II 84
– Autobiographie III 192
– Eroberung des Glücks 389
v. Salis, Rilkes Schweizer Jahre 289
Sames, Die Zukunft der Metalle 157
Sarraute, Zeitalter des Mißtrauens 223
Schickel, Große Mauer, Große Methode 314
Schneider, Macht und Gnade 423
Schultz (Hrsg.), Wer ist das eigentlich – Gott? 135
– Der Friede und die Unruhestifter 145
– Politik ohne Gewalt? 330
Shaw, Die Aussichten des Christentums 18
– Der Sozialismus und die Natur des Menschen 121
– Der Aufstand gegen die Ehe 328
Simpson, Biologie und Mensch 36
Sperr, Bayrische Trilogie 28
Steiner, In Blaubarts Burg 77
– Sprache und Schweigen 123
Sternberger, Panorama oder Ansichten vom 19. Jahrhundert 179
– Gerechtigkeit für das 19. Jahrhundert 244
– Heinrich Heine und die Abschaffung der Sünde 308
Stierlin, Adolf Hitler 236
– Das Tun des Einen ist das Tun des Anderen 313
Strausfeld (Hrsg.), Materialien zur lateinamerikanischen Literatur 341
Strehler, Für ein menschlicheres Theater 417
Strindberg, Ein Lesebuch für die niederen Stände 402
Stuckenschmidt, Schöpfer der neuen Musik 183
– Maurice Ravel 353
Swoboda, Die Qualität des Lebens 188
Szabó, I. Moses 22 142
Terkel, Der Große Krach 23
Timmermans, Pallieter 400

Unseld, Hermann Hesse. Eine Werkgeschichte 143
– Begegnungen mit Hermann Hesse 218
Unseld (Hrsg.), Wie, warum und zu welchem Ende wurde ich Literaturhistoriker? 60
– Bertolt Brechts Dreigroschenbuch 87
– Zur Aktualität Walter Benjamins 150
– Mein erstes Lese-Erlebnis 250
– Peter Suhrkamp 260
Unterbrochene Schulstunde. Schriftsteller und Schule 48
Vargas Llosa, Das grüne Haus 342
Vidal, Messias 390
Waggerl, Brot 299
Waley, Lebensweisheit im Alten China 217
Walser, Das Einhorn 159
– Der Sturz 322
– Gesammelte Stücke 6
– Halbzeit 94
Walser, Robert, Poetenleben 388
– Der »Räuber«-Roman 320
Weber-Kellermann, Die deutsche Familie 185
Über Kurt Weill 237
Weill, Ausgewählte Schriften 285
Weiss, Das Duell 41
– Rekonvaleszenz 31
Materialien zu Weiss' »Hölderlin« 42
Weissberg-Cybulski, Hexensabbat 369
Wendt, Moderne Dramaturgie 149
Wer ist das eigentlich – Gott? 135
Werner, Wortelemente lat.-griech. Fachausdrücke in den biolog. Wissenschaften 64
Werner, Vom Waisenhaus ins Zuchthaus 35
Wiese, Das Gedicht 376
Wilson, Auf dem Weg zum Finnischen Bahnhof 194
Wittgenstein, Philosophische Untersuchungen 14
Wolf, Punkt ist Punkt 122
Zivilmacht Europa – Supermacht oder Partner? 137